Yo, el legionario

Yo, el legionario

La Legión Extranjera Francesa. Leyenda y realidad

George de Vigne

www.librosenred.com

Dirección General: Marcelo Perazolo
Diseño de cubierta: Federico Achler
Diagramación de interiores: Vanesa L. Rivera

Traducción del búlgaro: Vladimir Iliev
Primera redacción: Jorge Escohotado
Segunda redacción: David Cánovas

Primera edición en español - Impresión bajo demanda

© LibrosEnRed, 2015
Una marca registrada de Amertown International S.A.

ISBN: 978-1-62915-191-5

Para encargar más copias de este libro o conocer otros libros de esta colección visite www.librosenred.com

Prólogo

Yo, legionario número 187992, he decidido contarles todo lo que viví y aprendí durante mi servicio en la Legión Extranjera Francesa. Fue mi familia durante largo tiempo y, precisamente, ese período tendría un fuerte impacto en mi vida. Gran parte de los nombres en este libro corresponden a legionarios verdaderos de la época, pero esto no es un ensayo histórico, sino una novela; una novela que reúne mis propias aventuras y las hazañas de mis camaradas de la Legión.

Aparte de las cosas que viví personalmente, he incluido historias que solamente escuché en los bares y las cantinas de los legionarios. Para lograr relacionarlo todo he inventado ciertos episodios y, en algunos casos, he reunido en un solo personaje las aventuras de varios camaradas. En la parte que concierne a la historia he tratado de contar todo lo que aprendí y leí durante mi servicio en la Legión, y también en los años posteriores tras haber dejado sus filas. He recargado ciertos capítulos con nombres de ciudades, batallas y fechas históricas con la intención de ubicar el lector en el tiempo y, sobre todo, para honrar a los veteranos que murieron para la gloria de la Legión Extranjera.

Cada año, miles de jóvenes de diferentes lugares de nuestro planeta llegan a la Legión Francesa, creada en 1831 por Luis Felipe I, rey de Francia, quien decidió unir en un cuerpo militar a todos los extranjeros mercenarios que servían a la corona. Hoy sus soldados son enviados a Afganistán, África Central,

Guayana Francesa y otros puntos menos conocidos del orbe. Siempre listos para morir sin tener derecho a preguntar "¿por qué?".

Su pasado no existe y su futuro está dictado únicamente por los oficiales de sus compañías. La disciplina de hierro es la base de la comunicación en esa división, única en su tipo. Cada legionario se compromete a servir un mínimo de cinco años. La Legión se convierte en su familia.

Nadie espera al legionario en el aeropuerto cuando regresa de una misión. Como único recibimiento cuenta con algunos camiones militares estacionados en la pista.

En Navidad, todos los regimientos celebran juntos la cena, desde el último soldado hasta el general. "La Legión es tu familia", reza uno de los lemas. La Navidad es una fiesta familiar, por eso todos se quedan en "casa".

Un legionario es mucho más que un mercenario; no se deja llevar por lo personal, mantiene sus pensamientos bajo control. Cada acción queda registrada en su expediente y por cada error le aguarda una dura pena carcelaria. ¿Quién escogería una vida semejante y por qué? Las causas son muchísimas y sobre todo de carácter personal, por eso no siempre podemos descubrirlas. Pero, cuando hay una mayoría que viene de una misma nación, la causa tiene un carácter global. Así, después de la Revolución de Octubre, miles de soldados del ejército blanco bajo las órdenes del rey ruso buscaron un refugio en la Legión. Durante 1945, muchos oficiales alemanes que habían perdido a su ídolo Hitler también se incorporaron a sus filas. En los años noventa la mayoría éramos de los países del bloque soviético.

A la Legión llegan hombres dispuestos a todo porque han sido arrastrados a la desesperación en sus vidas, gente que no tiene futuro en su país o simplemente aventureros que buscan emociones fuertes.

El camino hacia el *képi blanc* (la gorra militar de la Legión) es largo y difícil. Comienza desde el momento del reclutamiento, continúa en el cuartel general en Aubagne (la selección), y después sigue con estancias en los Pirineos (las montañas entre Francia y España) donde deben olvidarse de frases como "estoy cansado", "no tengo fuerzas" o "no puedo". Las marchas, los entrenamientos y las maniobras militares están acompañados de exámenes médicos y pruebas psiquiátricas.

Sólo uno de cada diez candidatos prosigue con la preparación. La verdadera selección se desarrolla durante cuatro meses, cuando se determina quién durará y quién no. Ahí un hombre se da cuenta de que una musculatura desarrollada no basta por sí sola para soportar los trotes de diez kilómetros o las caminatas de ochenta. La base de todo es la mente, que controla las fuerzas y el ánimo. La apariencia de fuerza es únicamente pose. Los que quedan después de pasar por esos cuatro meses de infierno no son los gorilas fuertes, sino los decididos, los que son conscientes de que no hay vuelta atrás.

También hay otras cosas con las cuales tienen que combatir algunas almas sentimentales; la nostalgia no tiene cabida entre las filas de la Legión, porque puede conducir a la depresión. La patria está lejos y del pasado les separa un abismo. Bajo la influencia de esa increíble presión física y psicológica muchos de los novatos no aguantan y tratan de desertar o, directamente, se rinden ante el jefe de la compañía, confesando que su deseo de servir en la Legión ha llegado al límite. A estos les aguarda la cárcel y después el regreso a la vida civil.

Los que quedan después de los cuatro meses de instrucción se ubican en diferentes batallones de combate, y todo comienza de nuevo: nuevas instrucciones, marchas y maniobras. En la Legión, las dificultades nunca terminan. Las tradiciones y la disciplina de hierro llegan hasta el fanatismo y acompañan al legionario durante toda su carrera, sin importar el rango o el tiempo de servicio. La psicología y el cuerpo están sometidos constantemente a nuevas pruebas. Un legionario destinado a una misión está menos agotado porque reserva sus fuerzas para las acciones reales, a diferencia de los entrenamientos y las maniobras en las cuales el soldado acaba exprimido casi hasta la muerte.

La Legión Extranjera es parte del ejército francés y es el cuerpo de élite de la infantería. La única diferencia entre ella y los otros cuerpos de élite del mundo es que sus puertas están abiertas a candidatos de todas las nacionalidades.

La Legión brinda a cada uno el derecho de cambiar su vida, tanto a los extranjeros como a los fugitivos del mismo territorio francés. La Legión Extranjera no es una banda de criminales y aventureros, es un ejército que se ha preservado durante los siglos gracias a su disciplina de hierro y tradiciones.

En las filas de la Legión las diferencias entre el color de piel, la nacionalidad y la religión que uno profesa carecen de importancia. Ahí lo fundamental son las fuerzas físicas, la nobleza y la moral.

La única fe que un hombre necesita es la seguridad en sí mismo y en su propia fuerza y, si esta es suficiente, podrá transformar su debilidad en fortaleza.

DEDICATORIA

Dedico este libro a todos los que sirvieron en las filas de la Legión Extranjera Francesa, a los veteranos que han forjado los ideales y han creado las tradiciones, a mis hermanos de armas que nunca olvidaré y a todos los que hoy sirven con honor y cumplen su palabra.

Bulgaria, 1996

Conducía por el camino interurbano estrecho y sinuoso que bordea las playas del mar Negro. Había dejado que la moto escogiera la ruta mientras me perdía en mis pensamientos. Era el final de mis vacaciones y debía regresar a la realidad de cada día. Por desgracia, el presente no me agradaba para nada. Acababa de diplomarme exitosamente, pero estaba falto de perspectivas vitales. No atisbaba posibilidad alguna de trabajo en mi especialidad, ni tampoco la posibilidad de un pequeño negocio como camino para mi futuro. Todos los planes que tenía se habían desbaratado.

El país iba encaminado a la ruina. Las leyes habían desaparecido. En realidad, lo único bueno que encontrábamos en tal situación era nuestra recién hallada libertad. Pero enseguida nos dimos cuenta de que, en esa democracia tan soñada, ser libre y estar sin dinero no era gran cosa. Criticábamos y criticábamos, algo que antes -durante el totalitarismo- no podíamos permitirnos, pero al gobierno de entonces no le importaban los problemas del pueblo, ya que no eran los suyos. Los políticos necesitaban repartirse el poder y así, Sofía se convirtió de la ciudad más insegura del mundo, en la Chicago de los años treinta. Lo único bueno es que no nos impusieron la Ley Seca y nos permitían beber a voluntad mientras discutíamos sobre la nueva situación reinante.

Había pasado mis últimos años de secundaria protestando contra los dogmas del viejo comunismo totalitario. Esperaba que después de la caída del muro de Berlín viviéramos mejor y la gente fuera feliz y libre, pero lamentablemente no eran más que los sueños idealistas de un muchacho de dieciséis años.

Más tarde, en la universidad, tomé conciencia de que en estos nuevos tiempos cada uno debería arreglárselas por su cuenta y tendría que buscarse una manera de sobrevivir. Con el tiempo nos transformamos en lobos solitarios.

"Tengo que encontrar una solución para mi vida" fue el primer pensamiento que me cruzó la mente mientras conducía entre las montañas y las playas. ¿Pero qué solución? ¿A dónde podría dirigirme? Mi mente estaba vacía. Me fundí con la moto y me sentí parte de una naturaleza que me envolvía por el camino. A fin de cuentas, en matemáticas, los problemas que no tienen solución se dejan en blanco. Puede ser que en la vida "un problema sin solución, no sea problema"; tenemos que pasar a la siguiente etapa antes de caer en barrena.

Me había sumergido en el remolino de recuerdos cuando, de repente, una certeza iluminó mi mente: "La solución para ti no está en Bulgaria". A pesar de todos los buenos momentos que había pasado aquí, tenía que aprovechar la libertad que habíamos obtenido tras el fin del comunismo. Tenía que ir al oeste para ver cómo la gente solucionaba sus problemas. Debía verificar si esa vida al otro lado del muro era de verdad tan bella como contaban.

Guiaba mi moto a toda velocidad por la autopista en dirección a Sofía. Había decidido dejar mi pequeña patria, la cual se estaba resquebrajando y descomponiendo. Me daba cuenta claramente de que mi vida no iba a ser fácil cuando dejara mi hogar. Me quedaría solo, sin mi gente, sin mis amigos fieles, sin nadie que me pudiera ayudar en caso de necesidad. Lo bueno era que, al menos, iba a dejar atrás los problemas sin solución e iba a empezar desde cero. Me sentí, por un momento, verdaderamente libre. Mis pensamientos ya estaban claros y sabía lo que tenía que hacer. La decisión estaba tomada y era hora de pasar a la acción.

Logré conseguir un visado alemán con el pretexto de comprar un coche en Berlín. Alemania ya estaba reunificada y era parte de la Comunidad Europea, así que con ese visado podría pasar por los países de Schengen (la convención de Schengen entonces había eliminado las fronteras entre Francia, Alemania, España, Portugal, Italia y Grecia).

Necesitaba dinero y tuve que vender mi moto. Ese fue el momento más difícil porque toda mi adolescencia estaba ligada a ella. Sentí como si vendiese todos mis sueños, mis viajes de libertad, y con ello los gratos recuerdos de mis jornadas de motero. Pero no había lugar para la nostalgia, el pasado estaba enterrado.

El día de mi partida contaba únicamente con el dinero que había obtenido tras la venta de todos mis objetos de valor y con la decisión firme de tomar el camino desconocido. Abracé a mi madre en el umbral de la puerta del apartamento. Me miraba sin moverse, parecía un retrato. No podía creer que su hijo partiese así, sin tener dirección exacta, tan solo con el deseo de viajar al oeste. Las lágrimas brillaban en sus ojos, pero había aceptado el hecho de que me había llegado el momento de tomar otro rumbo en la vida, aunque fuese hacia lo desconocido.

—¡Te deseo suerte de todo corazón, pero no olvides nunca que aquí hay gente que te ama! —fueron sus últimas palabras antes de partir hacia mi nueva vida.

LEGIONARIO CYBULSKI. VARSOVIA 1996 (POLONIA)

En Varsovia la vida había cambiado mucho después de la caída del muro de Berlín. La disciplina de hierro y la moral impuesta por el comunismo habían desaparecido. Polonia, donde precisamente se había firmado el Pacto de Varsovia y que había servido durante cincuenta años a los intereses de la Unión Soviética, de repente había tomado un nuevo camino. El gobierno contemplaba una oportunidad para su país y esa era la de unirse a la Comunidad Europea.

Después del final de la Guerra Fría y la desintegración del bloque socialista, cada uno de los países miembros tenía que salvarse individualmente. La gente también necesitaba entender que el país ya no les daría de comer y que muy pronto el desempleo se convertiría en el pan nuestro de cada día. Empezó la privatización de los bienes del Estado. El aparato gubernamental se convirtió en mafia, detentando el control de los grandes negocios. En niveles más bajos se organizaron diferentes bandas. Los jóvenes, en lugar de buscar empleo en la industria, preferían inventarse un chanchullo y lo más lucrativo era la importación de automóviles de Europa occidental, robados en su mayoría.

En una banda de ese tipo cayó Lech. Tan solo un año antes de empezar con esa actividad era un joven que practicaba deportes activamente y se preparaba para ser un boxeador profesional. Las cosas cambiaron tan rápido que él mismo no entendía cómo sus sueños pugilísticos se desvanecían en el pasado y ahora empezaba a robar coches con los mismos muchachos con los que, hasta hace poco, se entrenaba en el cuadrilátero.

Lech era bastante hábil, y con la ayuda de un grupo especializado en sistemas de alarma se convirtió en uno de los más ágiles y expertos ladrones de Polonia. Cuando los polacos ya no necesitaban visado gracias a la normativa Schengen, la banda decidió enviarle a Alemania para traer algunos Mercedes Benz. Desde Berlín, Lech pasó hasta Estrasburgo y logró importar automóviles franceses.

Con solamente veinte años había reunido miles de dólares y conducía abordo de un BMW deportivo robado personalmente en Berlín. Tenía una novia modelo, hija del jefe de la banda, quien un día le planteó directamente que había llegado el momento de la boda. Le prometió que después le dejaría trabajar en Varsovia, en las oficinas centrales de la empresa, donde todo era legal. De aquí en adelante le esperaba una buena carrera y una vida arreglada. Se preparaba una pomposa ceremonia a la que habían invitado a más de doscientas personas de la nueva élite social, aunque de la familia y los amigos de Lech asistirían menos de veinte.

Un día antes del enlace hicieron el ensayo para que todo saliera perfecto. Después de acompañar a su prometida Lech dejó el BMW frente a la casa de la novia y decidió caminar hasta su hogar, donde dormiría por última vez.

Recordó que cuando se entrenaba activamente para el boxeo siempre prefería correr o caminar por las calles de Varsovia en lugar de tomar un autobús. Esa noche, los doce kilómetros hasta la vivienda de sus padres le cansaron como si fuese una caminata en la montaña. Hacía ya casi cuatro años que Lech no daba paseos parecidos, y cuando pasó junto a la sala en la cual que entrenaba se percató de que había perdido su destreza.

Esta noche, de repente, sintió nostalgia de su vida anterior. Con mucho menos dinero era más feliz. Había perdido a su mejor amigo —inseparable desde su niñez— ya que este no había aceptado las proposiciones de Lech para participar en el negocio de los coches robados. Por el dinero fácil también había dejado atrás a la chica que amaba con todo su corazón.

Eva fue el amor de su vida, y en la educación secundaria eran uña y carne. Ella hizo todo lo posible por disuadirle de entrar en la banda, pero no lo logró. Solo una semana después de la separación de Eva conoció a Teresa, la muñeca *Barbie* con la que se iba a casar.

Ahora, la idea de vivir con Teresa en el nuevo apartamento de lujo, regalo de su futuro suegro, ya no le pareció tan atractiva. Estar con su novia le resultaba placentero, y fanfarroneaba con ella delante de sus amigos, pero no la amaba. Lech se sentó en un banco desde el cual podía divisar el edificio donde vivía Eva. Ella era la chica que compartía sus sueños, a ella la había amado de verdad, y no a la mujer guapa y rica que vivía de apariencias ¿Acaso tendría que pasar toda su vida con esa belleza mimada? Últimamente su padre se metía constantemente en la relación y Lech presentía que él sería el jefe en la oficina, pero también en la casa, algo que no le agradaba en absoluto.

Quedaban únicamente diez horas para la gran ceremonia en la que se emparentaría con la nueva burguesía. En un instante Lech decidió renunciar a la boda, la cual se había visto forzado a aceptar, pero se dio cuenta de que el padre de Teresa no le perdonaría esa ofensa y seguramente se vengaría, hasta el punto de que podría salir perjudicada su propia familia. Se sintió como en un túnel sin salida.

Al acostarse solo le rondaba un pensamiento por la cabeza: "¿Cómo evitar la boda?". Miró al poster de Mike Tyson y se acordó de los tiempos en los que soñaba únicamente con el boxeo. Ahora había llegado el momento de pagar por su sed de dinero. Esa misma sed que lo había separado del deporte, de Eva y de sus verdaderos amigos. La gente lo envidiaba por su suerte y por su fulgurante éxito, pero no imaginaban que Lech se sentía solo e infeliz. Fugazmente en su memoria apareció la imagen de un muchacho que había salido de la banda y había decidido cambiar de vida.

Como su compañero Lech, Waclaw Kowalewski era deportista y ganador de muchos premios en las competiciones juveniles de natación estilo libre. Terminada la escuela, Waclaw soñaba con seguir estudiando para convertirse en entrenador, pero en la banda le mintieron asegurándole que trabajaría como chofer. Él aceptó gustosamente traer los coches de Francia y Alemania, pero pronto entendió de qué se trataba el asunto en realidad.

Durante su último viaje a Estrasburgo Lech percibió que Waclaw estaba inquieto y, cuando el tren se detuvo en la estación, le preguntó:

—¿Qué te está pasando, amigo?

—Salgo del juego —respondió tajante el nadador—. Sé que eres buena gente y no me vas a delatar. A mí nadie me dijo que me involucrarían en robos y ahora es muy tarde para explicaciones. No quiero tener problemas en Varsovia, ni poner en riesgo a mi familia, por lo que solamente diles que me ha detenido la policía o que he desaparecido.

—¿Qué te pasa, cobardica? —interrumpió Lech—. ¿Por qué te ha entrado el miedo en el último momento?

—¡Yo no soy un ladrón! Y este trabajo no es para mí.

—¡Sabes muy bien que no te puedes ir así de nuestro grupo! —trató de amenazarlo Lech.

—Sí, lo sé, pero he encontrado la manera de hacerlo, no la compartas con nadie, puede ser que algún día tengas la necesidad de usarla.

Tras aquellas palabras, Waclaw le dio el folleto que tenía en las manos y se alejó con las palabras "¡adiós, amigo!".

El joven desapareció entre la multitud de pasajeros de la estación. Mientras, Lech se quedó como congelado, sin poder creer lo que estaba pasando. Durante los preparativos para el siguiente robo explicó a una persona de la banda que Waclaw había desaparecido durante el viaje:

—No entiendo qué le pasó. Simplemente desapareció y espero que no se haya metido en líos peores.

La escapada de Waclaw Kowalewski no representó gran problema; los chóferes se encontraban más rápido que los ladrones con experiencia. Una semana después trasladaron a un nuevo muchacho de Varsovia.

En la noche antes de su boda Lech se acordó de aquel folleto que había escondido detrás del poster de Mike Tyson. Lo sacó con cuidado y le pareció como si nuevamente escuchase las palabras de Waclaw: "Puede que algún día tengas la necesidad de usarlo".

El folleto estaba escrito en polaco, y en la primera página aparecía la cara de un joven de mirada decidida con un texto debajo donde se podía leer: "Si quiere cambiar su vida, ingrese en las filas de la Legión Extranjera". Aparecían escritas también las direcciones de los puntos de reclutamiento donde los candidatos se tenían que presentar. Se especificaba claramente a su vez que la Legión concedía una nueva identidad a sus soldados y que el francés se estudiaba durante el entrenamiento militar, por lo que no era obligatorio de partida.

No había tiempo que perder, quedaban solamente seis horas para la boda. La decisión ya estaba tomada y Lech Cieslik, por última vez, robó un vehículo que arrancó en dirección a Estrasburgo.

Con las prisas había olvidado llevar dinero suficiente, y la mala suerte quiso que el depósito de gasolina del coche estuviera a menos de la mitad. De todos modos, era suficiente para alejarse a una distancia segura de Varsovia. Lech escapó de su boda con tal precipitación que se dejó hasta su pasaporte.

El único documento de identidad que siempre portaba en el bolsillo de su chaqueta de cuero era su licencia de conducir.

Pretendía pasar la frontera como de costumbre en tren, pero su plan era una improvisación absoluta. El dinero que llevaba tendría que alcanzarle para todo el trayecto. Comió bien y se aprovisionó de algunos panecillos para el camino. Decidió viajar escondido en alguno de los baños del tren, que abordaría en la propia frontera. Lech se estacionó cerca de la línea del ferrocarril y allí abandonó el coche.

A partir de ahí empezaron las dificultades. La vida fácil de los últimos años lo había ablandado, pero gracias a los fuertes entrenamientos de su juventud todavía se sentía capaz de formar parte de la mítica Legión. Pudo entrar desapercibido en el tren, y con la ayuda de un destornillador desmontó el falso techo de uno de los baños. Se dio cuenta de que el espacio disponible era más pequeño de lo que esperaba, pero no tenía otra opción y se metió ahí.

Tras cruzar la frontera el joven salió de su escondite y cruzó rápidamente el vagón-restaurante robando comida de las mesas para volver a esconderse. Así pudo llegar hasta Berlín, donde debía cambiar de tren. Nuevamente sintió hambre y se comió dos de los panecillos, el tercero lo guardó porque todavía estaba lejos de Estrasburgo.

En el tren alemán Lech no pudo esconderse de la misma manera, pero pudo entrar en el baño antes de que los cobradores se colocaran en las puertas. Se escondía de vagón en vagón y desaparecía en los baños, pero una hora antes de que el tren llegara a Estrasburgo los cobradores le descubrieron. Le pescaron en el momento en que acudió al vagón-restaurante acuciado por el hambre. Acto seguido, lo llevaron a un compartimiento aparte y allí trataron de interrogarle.

El muchacho hablaba algo de alemán, pero la mayoría del tiempo mostraba con la cabeza que no entendía nada. Le revisaron pero no encontraron nada más que su licencia de conducir, un juego de destornilladores, el panecillo maltratado guardado en una bolsa de plástico y el folleto de la Legión. Uno de los hombres iba a tirar su comida a la basura cuando Lech se arrojó sobre él quitándoselo de las manos y mordiéndolo con avidez. Los otros dos cobradores obligaron al joven a sentarse nuevamente doblándole los brazos y sacándole el panecillo de la boca, aunque esta vez se lo guardaron en su bolsa. Después observaron con atención el folleto y vieron subrayada una dirección en Estrasburgo y preguntaron a Lech, en inglés, a dónde iba. Él respondió también en inglés:

—French Foreign Legion.

—*Légion etrangère*? —preguntó otro de los hombres en francés.

—*Yes* —confirmó Lech.

Los alemanes mantuvieron una reunión para dilucidar qué harían con él. Entre Francia y Alemania ya no había control de documentos en la frontera. ¿A qué autoridad debían entregarlo entonces? En ese momento el tren entró en territorio francés y empezó a acercarse a la estación de Estrasburgo. Dos cobradores se quedaron al cuidado de Lech mientras otro se marchó a preguntar a los representantes de las autoridades francesas si se harían cargo de aquel perturbador del orden. Al parecer, como había sido retenido en el tren alemán, la policía francesa se negó a tomar cartas en el asunto y correspondía devolverle a Alemania.

Lech no entendió los detalles, pero advirtió que no tenían ni la más mínima intención de bajarlo del tren. Su única oportunidad era escapar. Sus cosas estaban en el asiento de enfrente; entonces preguntó educadamente si podía comerse su panecillo y, tras la respuesta afirmativa, agarró el bolsito, su licencia de conducir y el folleto y corrió hacia la puerta abierta del tren. Saltó al vacío y se metió entre la turba de pasajeros. Escuchó el silbato del cobrador tras él y corrió más rápido. Tuvo que renunciar a su chaqueta de cuero y los destornilladores que se quedaron en el asiento. Corría entre las vías tratando de perderse entre la muchedumbre de viajeros. A los cinco minutos, cuando comprobó que ya nadie le perseguía, ralentizó el paso.

Cuando salió de la estación del ferrocarril, abrió su folleto y, enseñando la dirección, comenzó a preguntar a los transeúntes cómo llegar. Un anciano entendió que el muchacho buscaba el punto de reclutamiento de la Legión e hizo una señal con la mano a una patrulla de la gendarmería. Los oficiales se pararon y preguntaron cuál era el problema. El hombre señaló al polaco y les aclaró: "Este joven busca la Legión Extranjera, verifiquen primero si no es un terrible criminal". Lech esperaba que le indicaran cómo llegar a su destino y quedó estupefacto cuando en unos segundos le pusieron esposas y lo empujaron dentro del coche. La bolsa con el panecillo se le cayó en el asiento trasero del vehículo de la patrulla. Cuando lo llevaron a comisaría y trataron de interrogarlo, solo respondía una cosa: "Legión Extranjera".

Los agentes del orden no sabían qué hacer con el muchacho. Iba sin documentos de identidad y la licencia se había caído también en el asiento trasero del vehículo. Pasó la noche en una celda, donde al menos había inodoro y lavabo.

Por la mañana llegó el oficial al mando y, cuando entendió el caso, sonrió y dijo: C'est un futur legionnaire, il va se battre pour la France! Accompagnez-le jusqu'au portail du quartier Lecourbe! C'est un ordre. Ordenó que llevaran al muchacho hasta el cuartel Lecourbe y les explicó que este era un futuro legionario, que lucharía por Francia.

Lech no entendía qué pasaba a su alrededor. En las últimas veinticuatro horas no había comido nada y cuando lo llevaron de nuevo al coche se alegró al ver su bolsito con el panecillo, aquel que siempre estuvo tirado en el asiento trasero. Los agentes terminaban con su turno y ellos también estaban cansados. Cuando Lech escondió la bolsa bajo su camiseta nadie le prestó atención. Solamente querían deshacerse del muchacho lo más rápido posible y, cuando pasaron frente al portón del cuartel Lecourbe, le quitaron las esposas y le enseñaron el rótulo "Légion Etrangère". Sonrió y respiró aliviado. Por fin había llegado a su destino. Dio las gracias a los gendarmes franceses, aunque no entendió por qué le habían retenido tanto tiempo antes de traerle.

Del portón del cuartel salió un soldado con el mismo *képi blanc* que el de la foto del folleto y saludó a los de la gendarmería, los cuales le explicaron el caso del polaco. El legionario movió la cabeza afirmativamente e hizo un gesto a Lech para que entrara. Enseguida lo puso frente a una tele y le preguntó:

—Понимаешь по русски? (¿Hablas ruso?)

—Немножко понимаю (un poco) —respondió el polaco.

—*Bien, tú vas regarder le film en russe* —prosiguió el legionario en francés, y puso una película traducida al ruso.

Lech visionó toda la película con el máximo interés, y cuando el soldado le preguntó en varios idiomas: Понял? *You understand? Compris?*, respondió tajante en ruso: Да, понял.

—Ok —le dijo el legionario, e hizo un gesto para que le siguiera. Mientras caminaban le preguntó de nuevo en ruso—. Хочеш *Légion Etrangère*?

—Да, хочу! —volvió a confirmar el polaco.

Antes de entrar en la oficina Lech observó a otros muchachos, vestidos en *shorts* y camiseta, que limpiaban el pasillo y los baños. Le hicieron entrar en un cuarto donde la primera pregunta fue:

—Passport?

—*Passport, no, but driving licence* —respondió esta vez en inglés el polaco.

—*Ok. Donne-moi ton permis de conduire*! —el legionario de la oficina hizo un gesto con el cual le demostró que quería ver ese documento.

Lech sacó su bolsito y, con cuidado, comenzó a desenrollarlo.

—*Donne-le-moi! Dépêche-toi!* —le gritó el soldado para apurarlo y, sin paciencia, se lo quitó de sus manos.

En cuanto Lech vio de nuevo el panecillo le rugieron las tripas, y sintió como si su cerebro se bloqueara. El legionario sacó el mendrugo mordisqueado y lo tiró a la basura, concentrando su atención en la licencia de conducir.

—¡Noooooooooo! —el grito del polaco asustó hasta al viejo soldado. Lech se abalanzó hacia su panecillo.

En ese preciso momento el legionario saltó, dobló el brazo del muchacho que sostenía el panecillo y lo empujó contra la pared, gritándole que se calmara.

—Toi tu es fou, mec! Calme-toi! Tu es mort de faim ou quoi?

—**Все нормально, все хорошо!** *Ok!* —pudo controlarse Lech tratando de explicar en ruso su acción y el hambre que sentía.

Después, con un movimiento muy lento, dejó caer su panecillo en la basura y Lech solamente pudo seguirlo con una mirada triste mientras tragaba saliva. El legionario no necesitaba una explicación más clara. Había entendido que el muchacho estaba muerto de hambre y acto seguido se lo llevó a la cocina.

En ese momento la vida de un ladrón de coches experimentó un giro de ciento ochenta grados, y el destino le puso en un camino totalmente nuevo. Lech Cieslik siguió en esta dirección, transformándose en una nueva persona. Dentro de poco sería el *engagé volontaire* (candidato voluntario) Cybulski, y su identidad quedaría reducida a un número de registro de la Legión Extranjera.

ARGELIA, 1831. AUX LEGIONNAIRES

Quand on a bouffé son pognon
Cuando gastaste todo tu dinero
On a gâché par un coup d'cochon
Desperdiciaste por ser un cerdo
Toute sa carrière,
Toda tu carrera,
On prend ses godasses sur son dos
Te echas los zapatos a la espalda
Et on file au fond d'un paquebot
Y te tiras al fondo del barco
Aux légionnaires.
Donde los legionarios.
On y trouve de copains de partout
Encontramos ahí amigos de todos lados
Y en a d'Vienne, Y en a d'Montretout
Hay de Viena y de Montretout
J'as ordinaires,
Tipos ordinarios
Des aristots et des marlous
Aristócratas y proxenetas
Qui se sont donné rendez-vous
Quienes se dieron cita
Aux légionnaires.
Donde los legionarios.

Y a des avocats, des médecins
Hay abogados, médicos
D'anciens notaires,
Antiguos notarios
Même des curés qui sans façons
Hasta curas, quienes sin maneras
Baptisent le Bon Dieux d'sacrés noms
Bautizan al buen Dios con nombres tremendos
Aux legionnaires...
Donde los legionarios...

Bajo la bandera francesa sirvieron muchos extranjeros, todavía en el tiempo de Carlos VII y Luis XI. Eran sobre todo ingleses, irlandeses, alemanes, suizos y polacos, los cuales defendieron los intereses del rey bajo las órdenes de diferentes capitanes, a veces también de origen extranjero, como el famoso mariscal del siglo XVIII Maurice de Saxe.

Después de la Revolución se formaron diferentes legiones: alemana, polaca e italiana. Durante el año 1815 los regimientos extranjeros se unieron bajo el nombre "La Legión del rey", pero solo algunos años más tarde quedaron reducidos y se transformaron en el Regimiento Hohenlohe, el cual existió hasta el 15 de enero de 1831. ¿Qué les faltó a todos esos regimientos para dejar una huella en la historia como la que dejaría la Legión Extranjera, creada solamente tres meses más tarde y heredera de una gran parte de los soldados de esos cuerpos?

Solo podemos llegar a la respuesta si conocemos la Legión de hoy. Une a soldados de más de ciento cuarenta nacionalidades que, a diferencia de las otras legiones, no se separan por batallones según su nacionalidad, sino que todos ellos sirven juntos bajo una sola bandera. Esos guerreros tienen solo un honor y la palabra de servir a la patria Legión —*LEGIO PATRIA NOSTRA.*

La certeza de que la Legión es su refugio y la patria que escogieron levanta el espíritu de los legionarios y les aporta el valor necesario para luchar y resistir en las batallas heroicas e históricas como la de Camerone.

Los legionarios que formaron parte de la primera Legión eran guerreros con experiencia que se habían quedado sin trabajo tras las guerras napoleónicas o revolucionarios perseguidos por diferentes gobiernos en Europa. La cláusula más importante en la ley con la cual el rey Luis Felipe impuso el inicio de la Legión Extranjera fue la posibilidad de servir bajo la identidad declarada por el voluntario, sin necesidad de presentar un documento que la acreditase. Es exactamente este punto de la ley, aceptada el 10 de marzo de 1831, lo que rodea de misterio la imagen del legionario y la dota de su carácter místico, aliado hasta el día de hoy con el nombre de la Legión Extranjera.

En sus orígenes la Legión siempre fue objeto de críticas. Muchos de los oficiales de alto rango no estaban de acuerdo con el monarca para que este cuerpo fuera reconocido en el reino. Uno de los primeros comandantes de la Legión, el coronel Bernelle, quien tomó el mando el 9 de septiembre de 1832, se permitió hablar de sus propios soldados despreciándolos de una manera terrible: "Esta turba ha adoptado mañas y costumbres de la vida civil incompatibles con la vida militar durante una misión…".

Cada inicio es difícil, pero los legionarios demostraron rápidamente que sabían pelear. Su bautizo de guerra sucedió en Argelia, cerca del puente abandonado de la *Maison Carré*, construido en tiempos del imperio otomano y conocido primeramente con el nombre de *Bordj el Kantara*.

Cuando en 1832 el puente de *Maison Carré* se vio amenazado y necesitó refuerzos, enviaron al lugar a la nueva formación de la Legión Extranjera. Todos dudaron de los legionarios y los tomaron por unos majaderos, pero el 27 de abril hicieron firmemente retroceder al enemigo y salvaron el puesto, demostrando sus cualidades de soldados duros y cumpliendo con su palabra. Para ellos era preferible morir en la batalla que en el hospital.

Aparte de con las tribus árabes, los legionarios iniciaron una lucha terrible contra las duras condiciones climáticas del desierto. Empezaron a desecar los pantanos de *Maison Carré*, causa de las muchas enfermedades graves que afectaban a los soldados. A cada día que pasaba, "esa banda de aventureros" causaba más miedo al enemigo y se ganaba el respeto del ejército colonial.

Entonces algunos de los generales recordaron al rey que en Argelia había extranjeros peleando por Francia cuyo regimiento no tenía ni bandera. Así, el 24 de julio de 1833, la Legión recibió su primera bandera de las manos del hijo mayor del rey —el duque de Orleans—, y que fue confiada al nuevo comandante coronel Comb. En ella estaba escrito: "Del rey de Francia para la Legión Extranjera". Aún con todo, los generales del Estado Mayor en París mantuvieron su escepticismo. A menudo se oían exclamaciones como "¿qué? ¿Esos borrachos, ladrones y bandidos son también soldados maravillosos?". Pero los legionarios no se dejaban afectar por los comentarios de los oficiales superiores alejados del frente; habían dado su palabra de que pelearían por Francia, y darían siempre todo por ella.

Empezando sin bandera, sin código, sin emblema y sin derecho a las medallas, la Legión crea y construye sola sus ideales y se gana el reconocimiento de los oficiales al mando del ejército colonial. Lo cierto es que la mayoría de los voluntarios reunidos en los primeros acantonamientos, en Bar Le Duc, Auxerre y Agen, eran pobres diablos o criminales a los cuales se les había dado una segunda oportunidad en la vida. Es preciso reconocer que esos hombres carecían de experiencia militar, pero las condiciones difíciles, la disciplina castrense y las enfermedades rápidamente se convirtieron en una criba, y tras ello solo quedaron los mejores.

Los oficiales se dieron cuenta de que los legionarios eran buenos soldados, pero también de que precisaban principios morales y dignidad. De inmediato apareció el primer lema de la Legión Extranjera: "Valor y disciplina".

Aparte de las capacidades como combatientes, los legionarios se distinguen por su cualidad de constructores. El pico y el fusil se van alternando en la vida diaria. El tiempo de descanso entre las múltiples batallas se aprovecha, pues, para el mantenimiento y la reconstrucción de sus fortalezas.

Doce años después de que la Legión llegase a Argelia construyó una ciudad entera, una obra maestra, la cual se convirtió en su hogar.

Durante ciento veinte años la ciudad cuartel "Sidi Bel Abbès" brindó refugio a los legionarios del mundo entero, y ha sido nombrada *La Maison Mère de la Légion Extrangère* (la casa madre de la Legión Extranjera).

Legionario Ford. Georgia. 1996

En la ciudad de Atenas, pero no en Grecia, sino en el estado de Georgia, se encuentra la Facultad de Idiomas de la Universidad Estadounidense UGA. En ella, un joven profesor de francés e historia de Francia, de nombre James Ford, profundizó en sus estudios sobre la historia de la Legión Extranjera. Al principio era un *hobby*, pero con el tiempo se convirtió en su obsesión. Había leído mucho sobre la época en la cual los primeros legionarios, con mucho coraje y sacrificio, se habían hecho acreedores de su bandera y el respeto del rey Luis Felipe.

Para James era un enigma si en la Legión de hoy aún habría criminales, personas extrañas, aventureros o guerreros con experiencias en ejércitos extranjeros. En los medios no se comentaba nada sobre la Legión Extranjera, y muy poca gente tenía conocimiento de que el gobierno francés enviaba a aquellos soldados a los puntos más conflictivos y peligrosos del planeta.

Impulsado por la curiosidad común y interés propio, el historiador tomó la valiente decisión de cambiar su vida de raíz saliendo de la universidad y dejando su carrera docente para viajar a París y descubrir esa sociedad cerrada de hombres duros. No comentó a nadie su idea, que parecía tan extraña, por no decir descabellada. Por otra parte, nada de su vida personal le retenía. No había podido establecer una relación seria con ninguna chica, y la mayoría de su tiempo libre lo pasaba navegando en Internet, en la biblioteca o haciendo deporte.

Se levantaba cada día a las cinco de la mañana y corría cinco kilómetros. Después preparaba sus clases. Su única esperanza era aprender algo más del mundo y de su historia.

Cuando se formó la idea de la Legión en su cabeza, James redobló sus sesiones deportivas porque había leído que en los primeros meses de instrucción existían duras pruebas físicas, y él quería llegar en un estado de forma perfecto. Sus estudiantes habían notado que en los últimos meses su profesor había adelgazado y cambiado las camisas y las corbatas por ropa de *sport*, y el maletín por una mochila.

Durante una de sus últimas clases James habló mucho sobre las colonias francesas en África, y decidió entonces mencionar a la Legión Extranjera. Sus estudiantes se sintieron intrigados por el tema y expusieron diferentes preguntas:

—¿Todos los legionarios han sido criminales? —preguntó una chica.

—¿Algo como en la película *Los doce del patíbulo*? —siguió con las preguntas otro estudiante.

—¡No exactamente! —respondió entusiasmado James—. Siempre han sido voluntarios y, aunque muchos de ellos han sido perseguidos por la ley, la decisión de ingresar en la Legión ha sido únicamente suya, ya que nadie les ha obligado a hacerlo.

—¿Eso significa que, aparte de los criminales, hay personas que no han sido perseguidas por nadie?

—Sí, claro, siempre ha existido gente así. Como había empezado a explicar, los hombres que deciden ser parte de la Legión Extranjera lo hacen por diferentes motivos. Ha habido, por ejemplo, voluntarios descendientes de la nobleza que se incorporaban como soldados comunes y enseguida llegaban al grado de oficiales. Algunos de ellos dieron su vida por la gloria de la Legión, poniéndose siempre al frente del ataque. A pesar de su composición heterogénea, los legionarios están muy unidos, y diferencias como la nacionalidad, raza o religión carecen de la menor importancia. La Legión es su patria y la misión es sagrada.

—¿Y hubo compatriotas nuestros que lucharon en las filas de la Legión en esas guerras coloniales?

—Como saben, nuestra nación ha sido fundada por hijos de inmigrantes, y al igual que la Legión, siempre ha aceptado y sigue aceptando inmigrantes del mundo entero. Tenemos que aclarar que nosotros nos formamos como nación independiente casi al mismo tiempo que los voluntarios extranjeros que sirvieron al rey de Francia. Al principio se fueron uniendo en diferentes regimientos hasta que en el año 1831 formaron la Legión Extranjera. En los primeros años de su creación se hace muy difícil hablar de norteamericanos porque nuestra nación aún no estaba plenamente formada. Pero hay datos de uno de nuestros militares del siglo XIX que provenía de la Legión. Sirvió en Argelia y después de terminado su contrato volvió a los Estados Unidos y se hizo famoso en el salvaje oeste. Es el ejemplo más fidedigno de un aventurero genuino. Se llamaba Christian Madsen, y fue comandante de la Policía Federal -*United StatesMarshals Service*- en Oklahoma, sirviendo para el Ministerio de la Justicia de los Estados Unidos a finales del siglo XIX y a principios del siglo XX.

—Tal como lo veo, se trata de una turba de criminales, aventureros y locos descendientes de la nobleza —empezó a discutir escéptico otro de los estudiantes—. En mi opinión, han sido una banda de mercenarios y usted habla de ellos como si fueran *marines*.

—En realidad no están por debajo de nuestros *marines* porque hoy día la Legión Extranjera participa en diferentes misiones para las Naciones Unidas y la OTAN. Podrán comprobarlo si analizan con detenimiento el contingente francés que participó en 1991 en la operación "Tormenta del desierto" en Kuwait. Allí nuestros soldados lucharon hombro a hombro con los legionarios.

—¿Quiere decir que la Legión Extranjera existe en la actualidad?

—No solamente existe, sino que forma parte activa en las acciones más peligrosas de la OTAN. Y en la ONU buscan al contingente francés para sus misiones en África. Francia siempre manda a su Legión porque, precisamente, los legionarios tienen mayor experiencia en el continente desértico y ardiente.

—¿Y la Legión brinda refugio en nuestros tiempos a los criminales como antes?

—Hasta donde yo sé, es parte del ejército francés, aunque sus puertas están abiertas a candidatos del mundo entero. En lo que concierne a la gente con un pasado no muy claro o con un expediente criminal, creo que eso queda como secreto militar y, a pesar de que existen casos hoy día, no creo que queden muchos vestigios de eso. Solamente sé que ahora no es tan fácil ser aceptado en el cuerpo de la Legión Extranjera. Hay una selección de candidatos muy severa, donde apenas el 10% logra superar los exámenes médicos y las pruebas iniciales. Después pasan una segunda selección durante cuatro meses de formación militar, y ahí es donde se separa a los candidatos legionarios del resto del mundo y se les somete a una carga sobrehumana a diario. Allí sucede algo como una selección natural, donde quedan solo los mejores.

—¿Y usted, dónde pudo aprender tanto acerca de la Legión Extranjera, si casi nadie habla de ella en los medios de comunicación?

—Descubrí un libro de la Legión Extranjera en la biblioteca, escrito por André Paul Comor, en el cual se documenta detalladamente la historia de la Legión, desde su creación en Argelia hasta la época de la colonización y el fin de la colonia, cuando los legionarios abandonaron para siempre su cuartel-patria en Sidi Bel Abbès.

—¿Y usted cómo descubrió que existe en la actualidad? —siguieron curioseando los estudiantes.

—El tema me intrigó y simplemente profundicé él, buscando toda la información que había disponible en Internet. Como saben, en Europa están un poco atrasados con la red, y no encontré gran cosa. Había sitios que estaban en proceso de actualización, así que, en un futuro, si alguno de ustedes se interesa, podrá encontrar información más exacta. Ahora tenemos que volver al tema de la clase: "Francia y las guerras coloniales".

Pero los estudiantes estaban muy sorprendidos por el hecho de que esta Legión Extranjera existiera todavía y que pudiera esconder a algunos bandidos entre sus soldados. No pararon de preguntar a su profesor y no quisieron cambiar de tema. Lo que más les costaba entender es que hubiera personas capaces de ir a la Legión y alistarse voluntariamente a sabiendas de que allí su vida no sería nada fácil y podían encontrarse hasta con criminales. En esta ocasión James no les respondió. No sabía explicar con precisión lo que le había empujado a tomar su decisión. Solo sabía que algo le intrigaba tan fuertemente que no podría estar tranquilo hasta que él mismo pasara por la Legión.

Dos semanas más tarde el joven profesor del estado de Georgia se encontraba paseando por las calles de París. Siempre había tenido interés en esta ciudad maravillosa, considerada la capital del mundo por algunos románticos. Antes de ingresar en la Legión James decidió pasar una semana de excursión visitando el Louvre, el museo D'Orsey y el castillo de Versalles, paseando en barco por el río Sena y terminando con el espectáculo del Lido.

La historia de Francia le había fascinado desde su juventud, cuando estudiaba ese idioma tan difícil de pronunciar. Primero empezó leyendo tebeos en francés de los galos Asterix y Obelix. Después pasó por las novelas de Alejandro Dumas, culminando en la facultad de idiomas. Y, en la actualidad, había decidido protagonizar una antigua leyenda que pervivía en el presente: "La Legión Extranjera Francesa".

Después del increíble espectáculo y la cena de lujo en el Lido, James dio su último paseo por los famosos Campos Elíseos. Se le estaba acabando el dinero, pero eso no le importaba porque sabía que dentro de poco su vida iba a cambiar para siempre.

A primera hora de la mañana, y con un mapa turístico en las manos, el profesor americano partió hacia la estación del metro Châtelet-Les Halles, donde buscaría un tren llamado RER A. Su objetivo final era Fort de Nogent, donde se encontraba el punto de reclutamiento de la Legión para la región de París. Con una mochila al hombro y el mapa en la mano James parecía más un turista que un candidato a legionario. Se bajó del tren en la estación de Nogent sur Marne y empezó a caminar por las calles de Fontenay-sous-bois. Cuando preguntó a un transeúnte por el cuartel de la Legión el hombre lo miró sorprendido y pensó que no había escuchado bien. El americano hablaba perfectamente francés, pero aun así el transeúnte le hizo repetir dos veces su pregunta y, una vez que había confirmado que se refería realmente a Fort de Nogent, le acompañó hacia el cuartel militar y luego continuó su camino.

Al fin llegó el momento en el que este profesor de la facultad de idiomas se detuvo delante del ancho portón del cuartel de la Legión y lo observó con una mirada soñadora. El sargento al mando salió y se acercó a James preguntándole qué estaba buscando exactamente.

—La Legión Extranjera —fue la respuesta corta del americano, quien sostenía su mapa en manos como si estuviese en un curso de orientación.

El sargento le miró de pies a cabeza y dedujo que este hombre no podía ser un candidato.

—Si usted busca el museo de la Legión Extranjera, se encuentra en Aubagne. Esto es un cuartel y aquí no aceptamos turistas. La ciudad de Aubagne está en las cercanías de Marsella, así que, si quiere visitar el museo de la Legión, tendrá que viajar al sur de Francia.

El militar se dio la vuelta pero James le siguió con las palabras:

—Yo no busco el museo sino, exactamente, el cuartel de Fort de Nogent, el cual según mis investigaciones es el punto de reclutamiento de la Legión Extranjera. He venido a probar suerte.

—¿He escuchado bien? —el sargento se volvió con rapidez, fijando nuevamente su mirada penetrante en James—. Usted habla francés mejor que yo, y no tiene aspecto de alguien con problemas, ¿de dónde es?

—Soy de los Estados Unidos del Norte América y, más concretamente, de Georgia.

—Si hubiera sido de la Georgia de la Unión Soviética le habría podido entender, pero los candidatos norteamericanos son muy escasos en este momento tras la caída del socialismo. Todavía más extraño me resulta que usted hable perfectamente francés.

—Es porque soy profesor de francés —aclaró James.

—Eso no explica por qué está usted aquí, pero ese no es mi problema y no me interesa. Se lo preguntaré por última vez: ¿está usted seguro de que quiere servir en la Legión Extranjera?

—Sí, estoy seguro —fue la respuesta afirmativa de James.

—¡Bueno, pues deme su pasaporte! —de repente, la voz del sargento cobró un tono educado. Ya no hablaba con un turista perdido, sino con un candidato a legionario—. A partir de este momento cada legionario pasa a ser tu jefe y tu único derecho es ejecutar las órdenes dando siempre lo mejor de ti. De aquí en adelante nosotros, y más tarde la comisión en Aubagne, decidiremos si sirves o no para ser legionario.

Este era el primer paso hacia una nueva vida que no tenía nada en común con la docencia universitaria. El deseo de James de ser parte de la Legión era su mayor motivación. Difícilmente podrían entenderlo los demás, pero él sentía que estaba en el camino correcto.

España. 1835

Quinze ans on fait ce dur métier
Quince años con esta ardua labor
A moin qu'un' ball' vien' prend' pitié
Al menos que una bala tenga piedad
De not' misére
De nuestra miseria
Alors L'chacal 'aiguise ses crocs,
Pues el chacal está afilando sus colmillos
En disant j'vais croquer les os
Diciendo voy a quebrar los huesos
D'un Légionnaire.
De un legionario.
Mais ca n'est pas admis chez nous
Pero eso no nos está admitido
Un copain dit au bord d'not'trou
Un camarada entona al borde de nuestro hoyo
Quelqu' bout d'priére,
Algunos fragmentos de una plegaria
Deux morceaux d'bois en croix, un nom,
Dos pedazos de madera en forma de cruz, un nombre,
Qu'importe si c'nom la c'est pas L'bon
Qué importa si ese nombre no es el bueno
C't'un Légionnaire.
Es un Legionario.

Luis Felipe I de Francia pensó que los legionarios, aunque se había comprobado que eran el cuerpo de vanguardia del ejército colonial, no sentían realmente la necesidad de comprometerse con Francia. Para él eran simplemente mercenarios a los cuales únicamente se les debía el salario. Y así, a pesar del éxito que tuvieron en Argelia, se obligó a los legionarios a devolver su bandera al rey de Francia porque en 1835 la Legión se prestó a la reina de España. Su misión entonces fue la de pelear por los intereses de la pequeña reina Isabel II de España, que tenía solamente dos años de edad, y unirse al ejército de su madre, María Cristina de Borbón-Dos Sicilias. En aquel momento histórico el otro pretendiente al trono era el infante Don Carlos, quien estaba apoyado por la población de Cataluña, Aragón y Valencia, lo que dificultaba sensiblemente la misión de la Legión.

Los legionarios aceptaron su destino sin rechistar. Durante las primeras batallas en Argelia habían creado lo que más tarde se llamaría "el espíritu de la Legión". Sintieron el orgullo de ser reconocidos por todo el ejército colonial francés y percibieron que habían encontrado una nueva patria y una nueva familia en su regimiento.

El Mariscal Maison les quitó la bandera pero no el coraje porque los muchachos, en los que muy pocos confiaban, estaban muy orgullosos de servir a su Legión Extranjera. La misión en Argelia había unido a los batallones y fueron hacia España con una sola idea, la de demostrar de nuevo su calidad en el frente, y lo lograron desde los primeros encuentros con el enemigo.

El bando de Don Carlos se vio ganando la guerra civil porque el ejército de la regente María Cristina no andaba muy motivado en las primeras batallas. Pero un día apareció una nueva fuerza en el combate. Se trataba de una milicia que tenía el extraño nombre de Legión Extranjera y cuyos soldados y oficiales daban la impresión de ser hombres que amaban más la guerra que sus propias vidas.

Uno de los más feroces seguidores de Don Carlos había oído hablar de la gloria de este cuerpo. Se trataba del joven oficial Martínez, quien ya no tenía paciencia para encontrarse con el enemigo cuando por fin le llegó el día. Se envió al frente a los oficiales más valientes del infante con más de mil soldados con los cuales tenían que barrer a los trescientos legionarios del capitán Ferray. En este momento la Legión tenía como misión salvaguardar uno de los puntos más importantes y estratégicos para el fin de la guerra.

Era septiembre y la noche antes de la batalla el cielo estaba encapotado. Todo estaba hundido en una oscuridad impenetrable. Los oficiales carlistas decidieron sorprender al enemigo contando con que los combatientes estarían cansados y tal vez dormidos. Martínez, al frente de su compañía, se acercó sigilosamente en la oscuridad y, cuando ya estaba cerca del asentamiento de los legionarios, levantó su espada y ordenó a toda su gente lanzarse en un ataque sin piedad hasta exterminar a la banda de mercenarios. Las tropas carlistas atacaron frontalmente. Martínez estaba seguro de encontrar desprevenidos a los soldados extranjeros, pero cuando se acercó demasiado y recibió la primera descarga de los legionarios se dio cuenta de que les estaban esperando listos para el combate.

El primer cañonazo frenó el ataque carlista y el segundo cayó con mayor potencia sobre las cabezas de los soldados españoles, los cuales quedaron estupefactos ante la puntería de los legionarios.

-¡Adelante! —ordenó nuevamente Martínez—. ¡Aplasten a esa banda callejera! —trató de gritar de nuevo el oficial cuando su nueva orden quedó ensordecida por un tercer cañonazo que provocó el pánico total entre los soldados carlistas, que estaban horrorizados.

Los legionarios son y han sido siempre unos tiradores increíbles que nunca fallan cuando disparan al blanco. Protegieron el desfiladero y no retrocedieron ni un centímetro. Los ataques carlistas continuaron durante dieciséis horas, pero no lograron romper la defensa. Entrada ya la noche todas las compañías de infantería se retiraron a descansar después de la terrible batalla, antes de continuar con el ataque al día siguiente.

Pero el capitán Ferray no compartió la opinión del enemigo y ordenó a los suyos que atacaran. Los legionarios salieron de su refugio y se lanzaron como bestias salvajes sobre los últimos hombres de la compañía de Martínez, que todavía se estaba retirando del campo de batalla. Los seguidores del infante se quedaron asombrados por el coraje de los soldados extranjeros y no lograron responder a la ofensiva.

El capitán Ferray era un guerrero que vivía únicamente por y para la batalla, y decidió perseguir al enemigo hasta el final. Los seguidores del infante creían haber tenido una pesadilla porque por la mañana triplicaban en número a los extranjeros y, de repente, en un abrir y cerrar de ojos, esa banda de "perros callejeros" los estaba persiguiendo a ellos.

Martínez fue uno de los pocos que permanecieron en el campo de batalla. Prefería morir con honor que cubrirse con la cobardía. Una bala le hirió en el hombro y cayó al suelo. Fue entonces cuando los legionarios pasaron a su lado persiguiendo a la tropa carlista, la cual estaba huyendo. Desde el suelo Martínez logró ver cómo esos hombres seguían atacando sin rabia ni enojo mientras avanzaban con una tranquilidad tremenda, como si no fuera cuestión de vida o muerte. En un instante se dio cuenta que había subestimado mucho a esos bravos extranjeros que peleaban con el orgullo de los leones. Un poco antes de perder la conciencia sintió admiración ante esos soldados para los cuales la guerra era solo una rutina.

Cuando abrió los ojos Martínez creyó que ya estaba en el Paraíso. Cuatro mujeres cuidaban de él con la única esperanza de salvarlo. Una de ellas empezó a llorar, mientras otra salió y llamó a un anciano. El viejo señor, con voz entrecortada, comenzó a explicarle:

—La Legión Extranjera ganó, Señor, toda su gente está muerta, usted es el único superviviente.

—Sí, recuerdo que me quedé con mi compañía hasta el final, ¿pero dónde está el resto de nuestras tropas? Éramos por lo menos mil.

—Ay Señor, algo peor ha sucedido. Los extranjeros siguieron a su ejército hasta el castillo de Guimera. Mi hijo y algunos hombres del pueblo se fueron a ayudar a su gente pero los extranjeros asaltaron el castillo y dijeron que los civiles no tenían derecho a participar en la guerra. Fusilaron a todos los que no llevaban uniforme —los ojos del anciano se llenaron de lágrimas—. Mi hijo era uno de ellos. Mientras fusilaban a los nuestros sus soldados entregaron las armas y fueron liberados.

—¿Cómo? ¿Esa gente se ha permitido imponer sus leyes aquí en España? Te doy mi palabra de que se arrepentirán de esto. Me encargaré personalmente de ellos, vengaré a tu hijo y a los demás del pueblo.

Martínez no podía creer que un regimiento de mil hombres fuera destruido por trescientos soldados extranjeros. Estaba lleno de rabia pero, en el fondo de su alma, sentía un extraño respeto por el valor de esos legionarios que habían tenido el coraje de salir de su refugio y enfrentarse a un adversario que los triplicaba en número, además de perseguirlo hasta el final para destruirlo. Parecía como si Martínez hubiese sido víctima de una maldición para que los extranjeros, protegidos por el mismo diablo, cumpliesen con su misión imposible.

Una semana más tarde, cuando Martínez estuvo completamente recuperado, dejó el pueblo bajo las miradas enamoradas de las muchachas. Por primera vez habían tenido el honor de cuidar a alguien de la nobleza.

***

Después de aquella dramática batalla, Martínez persiguió sin parar a los batallones de la Legión y cumplió muchas veces con sus promesas de vengar a los civiles ejecutados.

El joven oficial aprendió numerosas cosas de la guerra directamente de su enemigo. Entendió que los legionarios eran guerreros con experiencia a los que es imposible ganar cuando están refugiados en una fortaleza, y por eso los atacaba siempre cuando se encontraban en movimiento. Aunque eran guerreros duros y combatían hasta la muerte, los extranjeros no lograban resistir a los ataques por sorpresa de un enemigo que los superaba en número. Martínez ganó muchas batallas y mató a la mayoría de los extranjeros, pero nunca logró obligarles a rendirse, pues ellos siempre peleaban hasta la muerte.

Los carlistas avanzaban seguros, ocupando el país, pero mientras la Legión Extranjera se mantenía en el frente de combate los caminos hacia Madrid permanecían cerrados. Los legionarios encajaron muchas pérdidas, por lo que las compañías decidieron agruparse con sus camaradas y preparar la última batalla. La batalla del honor, en la cual lo más probable era que muriesen todos. Las huestes de Don Carlos también estaban listas. Como siempre, los carlistas superaban en número a los legionarios, y de nuevo estaban seguros de su victoria.

Llegó el día en el que la Legión Extranjera sería exterminada hasta el último de sus hombres. Martínez había esperado desde siempre este momento y no veía la hora de lanzarse al ataque.

Cuando por fin las divisiones de Don Carlos estuvieron listas para atacar, para su gran sorpresa un pequeño grupo de tres oficiales de la Legión se acercó. Hasta el momento los legionarios no habían aceptado ni enviado emisario alguno. Martínez, quien conocía muy bien a sus enemigos, no pudo creer lo que veía y se preguntó a sí mismo: "¿Será que, por fin, tienen miedo y piensan rendirse? Pero los legionarios siempre están dispuestos a morir en nombre del honor y cumpliendo con su palabra... ¿Será alguna trampa o se tratará de una táctica nueva de esos guerreros astutos?".

El capitán de los legionarios, que estaba firme, habló:

—Estamos aquí para anunciarles que recibimos órdenes del rey de Francia y tenemos que regresar. Nos necesita en otra parte. Eso significa que ustedes ya no son nuestros enemigos y que nos prepararemos para el camino.

Martínez no creía lo que estaba escuchando. No podían marcharse simplemente así, por las buenas, como si nunca hubiera pasado nada entre ellos a lo largo de todos estos años de batallas sangrientas. Una mezcla de sentimientos confusos invadió su corazón. Por unos segundos los recuerdos del pasado se apoderaron de su mente. Se acordó del amor que había sentido por una muchacha noble que había conocido en Madrid, pero también del dolor padecido cuando la reina María Cristina lo humilló delante de su conquista. Después siguieron una serie de momentos tristes y su vida en la corte se transformó en un infierno. La decisión de unirse a Don Carlos le hizo convertirse en un guerrero severo y valiente. Pero, al parecer, era como si la vida lo hubiera destinado a enfrontarse con esa extraña milicia extranjera sobre la cual vertía todo el odio que sentía por la reina. Sin embargo, al mismo tiempo, en su subconsciente admiraba a esos guerreros de sangre fría.

Los tres emisarios extranjeros regresaban al lado de sus soldados cuando de repente escucharon el galope de un caballo y se sorprendieron al ver que hacia ellos se acercaba a una velocidad feroz uno de los oficiales carlistas. El oficial al mando de la Legión Extranjera salió a su encuentro. Martínez gritó agitado:

—Estoy listo para alistarme y servir a sus órdenes.

A esto el oficial de la Legión respondió:

—Podría aceptarlo ya que mis compañías han sufrido enormes pérdidas pero ha de saber que aquí no podrá mantener su rango de oficial, que aquí usted puede empezar únicamente como legionario raso.

—Estoy listo para servir como simple soldado, lo único que quiero es partir con ustedes ahora.

—En tal caso tendrá que entregarme su caballo y su espada de oficial y, a partir de ese momento, formará parte la primera compañía.

El oficial carlista cumplió la orden de su nuevo comandante y partió con el último regimiento de la Legión. Algunos años después, el legionario Martínez fue alcanzado por una bala en las inmediaciones de Sebastopol. Cuando los franceses, ingleses y turcos se unieron contra el rey ruso y empezó la guerra de Crimea, la Legión Extranjera llegó a Sebastopol y logró romper la defensa rusa entrando en la ciudad. Muchos legionarios murieron durante esa guerra, cumpliendo con honor su deber, y uno de ellos fue el ex oficial carlista, que murió demostrando un valor excepcional. De ser su peor enemigo, la Legión terminó convirtiéndose en su hogar, en su familia, y un día llegó el momento de dar su vida por ella.

Por el camino. 1996

Miraba el camino que me llevaba al oeste y el sol había descendido tanto que tenía la sensación de que iba a tocar la tierra de un momento a otro. Los coches que pasaban a mi lado no me interesaban. Sabía que mi oportunidad en este viaje como autoestopista eran los camiones. Precisamente así había salido de Bulgaria, en un camión de la empresa "COMAT", recientemente comprada por la compañía Alemana "Willi Betz". Me quedaba alrededor de una hora antes de que el sol se escondiera definitivamente.

La oscuridad se acercaba pero eso no me preocupaba porque pasar una noche más fuera no suponía un problema. El único inconveniente era que las posibilidades de conseguir un *ride* (que me recogieran) disminuían considerablemente con la llegada de la oscuridad. Algunos de esos conductores de camiones pararían para descansar antes de la puesta del sol. Ya llevaba dos horas parado en el camino y no había logrado nada.

Albergaba esperanzas de que mi suerte cambiase. El cielo estaba cubierto de nubes por el este. Me acordé de que ya había cruzado Serbia, Croacia, Eslovenia y Austria sin ver el sol. Era obvio que los aguaceros me iban a seguir también aquí en Alemania. Del sol no se apreciaba ya casi nada, apenas una débil luz roja en el horizonte que en pocos segundos sucumbiría a la oscuridad. Las nubes negras venidas del este hacían presagiar una tormenta. De repente escuché un ruido sobradamente familiar; era el de un enorme motor de una cabeza tractora Mercedes Benz. Levanté la mano con el pulgar estirado, señalando al oeste.

En aquel momento, el ruido de los frenos de aquella enorme máquina bastaba para hacerme feliz. A los pocos segundos me encontraba sentado al lado de un camionero barbudo. Había logrado escapar de la lluvia y dejarla atrás. Junto con la tormenta también quedaban a mi espalda los recuerdos y los problemas de veintitrés años vividos en el bloque comunista. Viajaba directo hacia mi objetivo, hacia aquel pequeño pedazo de sol que todavía teñía el cielo de un color rojo sangriento. Ese último rayo de luz me llenó de esperanza; estaba seguro de que iba a encontrar una vida mejor porque estaba dispuesto a pelear por ella.

Es muy bonito que un hombre tenga fe y deseos de luchar, pero en "nuestro mundo" uno tenía que tener también dinero. Y el problema del dinero era que siempre se terminaba rápido. Haciendo autoestop por Alemania y Francia ahorraba mucho y así podía visitar diferentes ciudades. Las posibilidades que me proponía mi nueva vida al oeste del muro no eran para nada tan atractivas como me las había imaginado cuando estaba al otro lado. No acepté ninguna de propuesta de trabajo ilegal y de pago inseguro porque todavía tenía dinero y podía permitirme escoger.

En ese momento aún no había entendido muy bien que no estaba de vacaciones y que pronto tendría que trabajar en lo que fuera. La vida de los inmigrantes que conocí durante estos viajes no era para nada fácil. Todos ellos estaban sin papeles y trabajaban por una miseria de salario que era lo justo para sobrevivir. Algunos de ellos trabajaban en la construcción, pero también servían como esclavos para ganarse algunos centavos más. Entendí rápidamente que de este lado del muro, sin documentos legales, nadie tenía un futuro mejor; sin permiso de residencia y sin un contrato legal de trabajo, siempre se me consideraría una persona de segunda clase. Sin embargo, ni siquiera eso enfrió mi optimismo y, aunque se me estaba acabando el dinero y comía de manera cada vez más precaria, no perdí la esperanza. Buscaba mi suerte y me repetía a mí mismo que tenía que existir otra solución que el trabajo ilegal.

***

El portón grande, con el rótulo *LEGION ETRANGÉRE* y la bandera con los colores verde y rojo, aparecieron ante mis ojos. Parecía como si la providencia me hubiese traído hasta aquí. No podía descifrar qué era exactamente, pero sabía que una fuerza inexplicable —la suerte, el destino, Dios o el mismísimo diablo— me había traído de camino a este portón.

Por casualidad había visto una pancarta en la estación de trenes en Estrasburgo que decía *Regarde la vie autrement* ("mira la vida de otra manera"). Procuré ver de qué se trataba y, tras observarla bien, entendí que representaba un soldado de la Legión Extranjera. Hasta este momento había considerado que la Legión era una vieja leyenda y no sospechaba que realmente siguiera existiendo en el presente. Al otro lado del muro de Berlín no había circulado ninguna información actualizada sobre la mítica Legión. Había oído hablar de ella en muy pocas conversaciones, y siempre la relacionaban más con la historia colonial de Francia que con la actualidad.

Por suerte, ese legendario cuerpo militar no había modificado su principio de aceptar extranjeros. La idea de probar suerte, y de hacerlo justamente en la Legión, desbarató cualquier posibilidad de aceptar un trabajo ilegal. Estaba parado frente al portón y sabía que mi destino era cruzarlo. Había recorrido dos mil kilómetros en autoestop para encontrarme justamente frente al cuartel Lecourbe. Contemplé por última vez la bulliciosa ciudad detrás de mí, llena de transeúntes que se apresuraban tras sus problemas, y presioné el timbre sin miedo. La puerta se abrió y un legionario con *képi blanc* exactamente igual al soldado de la pancarta me miró de pies a cabeza; a continuación frunció el ceño como tratando de atemorizarme. Sonreí y le dije en un francés perfecto: *Je suis volontaire et je veux devenir légionnaire.* La palabra "voluntario" tenía que explicarlo todo.

—¡Dame tu pasaporte o cualquier documento de identidad! —me dijo el legionario, que tenía grado de cabo primero. Pero en ese momento yo no entendía nada de grados militares y para mí era simplemente un soldado. Le entregué mi pasaporte y él lo cogió como si fuese alguna clase de visado.

—¿Ruso? —me preguntó.

—No, búlgaro —respondí.

—¡Búlgaro! Eso es lo mismo, un comunista más en nuestras filas —sonrió el legionario por primera vez indicándome con un gesto brusco que le siguiese.

El soldado retuvo mi pasaporte mientras yo cruzaba el umbral del cuartel Lecourbe sin pensar que ese paso cambiaría todo en mi vida. Después de ascender por ese peldaño del destino, me invitaron a visionar una película en ruso que mostraba todas las etapas por las cuales debía de pasar el voluntario para convertirse en un verdadero legionario. En este cortometraje un oficial explicaba que, después del primer contrato de cinco años, los legionarios obtienen derecho a la nacionalidad francesa.

En este momento para mí el pasaporte francés significaba libertad. El primer contrato que firmaban todos los voluntarios era de cinco años. Después podían proseguir con su carrera militar firmando nuevas prórrogas por uno o tres años más. Si alcanzaban quince años de servicio recibían una pensión que se enviaría a cualquier parte del mundo. Tras estas explicaciones iniciales la película continuó mostrando la vida de los legionarios en diferentes regimientos dispersos alrededor del mundo. Frente a mis ojos se sucedían imágenes de la jungla suramericana en la lejana Guayana Francesa, donde los legionarios patrullaban alrededor de la base espacial en *Kourou*, famosa por su nueva lanzadera de satélites *Ariane 5*. Luego siguieron los paisajes desérticos de Yibuti en África, las bellas palmeras de la isla Mayotte en el archipiélago de las Comores y las playas del archipiélago Mururoa en la Polinesia Francesa. Todo ello me pareció increíble, estaba realmente impresionado y firmemente convencido de que esa era, exactamente, la vida que buscaba.

En este momento la leyenda "LEGIÓN EXTRANJERA" capturó mi alma. Estaba emocionado por el hecho de empezar una nueva vida al oeste con una nueva aventura tan interesante. Pero después de la película llegaría el inicio de la realidad, la cual no era para nada romántica.

El cabo primero entró en la sala de la televisión y me preguntó si tenía alguna duda. Le aseguré que todo estaba muy claro y que no tenía preguntas al respecto. Después sacó un formulario que yo debía de rellenar. Las preguntas estaban escritas en francés pero debajo aparecían también traducidas en ruso. Respondí todas las preguntas escribiendo en francés. Por lo menos contaba con la suerte de haber completado mi enseñanza secundaria en el colegio francés de Sofía *Alphonse de Lamartine* que, durante el comunismo, pasó a llamarse *Gueorgui Kirkov*. Cuando le devolví el formulario al legionario me miró sorprendido.

—*Wow*! Hasta sabes escribir en francés. Parece que has venido para hacer una carrera militar —sonrió de nuevo el soldado.

—Exactamente —le respondí muy serio.

Cuando hube concluido con todos los detalles que acompañaban a la firma del pre-contrato entendí que me quedaban muchos obstáculos por delante hasta llegar a tener el derecho a una plaza en este cuerpo de élite. Esa noche aparecieron dos voluntarios más. Un alemán y un eslovaco. Cada uno de nosotros hablaba un idioma diferente pero todos estábamos aquí con el mismo propósito —convertirnos en legionarios— y, por ello, nos estrechamos las manos amistosamente con toda naturalidad.

—Erwin —el eslovaco se presentó con una sonrisa bondadosa de oreja a oreja que daba a entender sus buenas intenciones. Su cabeza rasurada y su enorme cuerpo musculoso infundían respeto.

—Karl —dijo el alemán.

—Georgi —me presenté. Esta sería la primera y la última vez que mencionase mi nombre ya que, después de llegar a Aubagne, me presentaría en adelante únicamente con el apellido seguido de mi número militar, también denominado *matricule*.

El legionario nos condujo a un dormitorio enorme con veinte camas. Cada una de ellas estaba perfectamente arreglada y cubierta con una colcha de color rojo vivo. A los pies de las mismas había dos sábanas blancas enrolladas, cruzadas como las tibias de la calavera de una bandera pirata. El dormitorio estaba limpio e impecable, el suelo brillaba como si fuera la sala de un museo. Esa imagen me bastó para comprender la disciplina que allí reinaba.

—Todos los días, a las seis de la mañana, quiero ver sus camas y el dormitorio arreglados de esa manera —empezó a explicarnos el legionario, acompañando sus palabras con gestos—. Todo tiene que estar arreglado y limpio. Por el momento sus únicas armas serán la escoba, la pala y los trapos.

Luego nos enseñó un gran almacén, en el cual había todo lo necesario para limpiar el edificio; después nos miró de manera interrogativa y preguntó:

—Est-ce que c'est clair? You understand? Понимаешь?

—Entendido —respondí en francés mientras mis nuevos camaradas solo afirmaban con las cabezas.

—Ok, mañana veremos. Ahora pueden pasar por la ducha y después *bonne nuit! Good night! OK?* —el cabo primero hacía unas muecas y gestos extraños con los que trataba de explicarnos que teníamos que darnos prisa para bañarnos y acostarnos— ¡Vamos, vamos muchachos, muevan sus traseros, porque muy pronto su vida cambiará y se les acabará la tranquilidad!

Yo era el único que entendía todo lo que el legionario nos decía, así que me apuré para sacar mi toalla y mi jabón cuanto antes. El alemán y el eslovaco me copiaron y, desde ese momento, si no entendían los gestos del cabo primero, se giraban hacia mí interrogándome o simplemente hacían lo mismo que yo. Después de la ducha cada uno de nosotros se acostó en silencio junto a los recuerdos de su reciente vida civil.

Las preguntas me rondaban por la cabeza: "¿Pasaré los exámenes médicos en Aubagne? ¿Aguantaré las dificultades durante la instrucción de cuatro meses? ¿Qué regimiento podré escoger? ¿Me enviarán a la Guayana Francesa?...". Si quería tener éxito debía estar seguro de mí mismo, así que dejé de preguntarme. Sabía que estaba preparado para superar todas las dificultades porque quería ser verdaderamente parte de esa sociedad de valientes.

Las imágenes de la Guayana, de la isla Mayotte y del archipiélago de Mururoa, habían llenado mi cabeza de paisajes exóticos y me preguntaba si todo eso sería en realidad tan maravilloso como parecía en la película, la cual era muy similar a un anuncio publicitario. Una y otra vez soñaba con las imágenes de países desconocidos: "¿De verdad llegaría a hollar alguna de esas lejanas colonias francesas?". Por fin, con esa pregunta rondándome la cabeza, logré conciliar el sueño. Nosotros, los tres voluntarios, provenientes de diferentes lugares de Europa, apostamos ese día nuestra vida a una carta, y cuando esa carta entrase en juego ya sería demasiado tarde para retractarse.

Al día siguiente la película romántica, con sus exóticos paisajes, se había evaporado. De madrugada los tres nos pusimos a limpiar todo el edificio y, antes del desayuno, todo brillaba como una patena. Esa fue la primera tarea que ejecuté en la Legión Extranjera. A las siete de la mañana el cabo primero verificó nuestro trabajo:

—Bueno, siempre podemos limpiar mejor, pero por ser la primera vez, pase —tras esas palabras nos hizo la señal de seguirlo—. Por fin se han ganado el desayuno. *La Légion est dure mais la gamelle est sure* (en la Legión la vida es dura pero la comida es segura).

Al mediodía ya éramos ocho, pero yo seguía siendo el único que entendía francés. Los nuevos eran tres polacos, un ruso y un checo. Los cinco hablaban ruso. El checo era el mayor, tenía más de treinta años. Me explicó que había venido para ganar dinero y obtener la nacionalidad francesa. Los polacos eran deportistas y habían llegado con el deseo de demostrar sus dotes de guerreros duros. Tenían la intención de hacer carrera militar. El ruso, por su parte, era un soldado expulsado del ejército rojo y carecía de otro oficio que no fuera éste.

Cabe decir que, a grandes rasgos, estas eran las historias de los nuevos voluntarios o, por lo menos, las que ellos explicaron. Nadie podía verificar su veracidad. De todos modos no tenía mucha importancia porque el pasado quedaría a nuestras espaldas.

Por la tarde logramos terminar más rápido la limpieza porque contábamos con la ayuda de los cinco nuevos voluntarios. Acercándose la noche el cabo primero, que era nuestro responsable y quien nos adjudicaba cada vez una nueva tarea, decidió dejarnos en paz en la sala de televisión. Mientras la mayoría miraba la televisión, aunque no entendiese nada, Erwin, el enorme eslovaco, trataba de aprender un poco francés con un manual que llevaba consigo. Miré a esa enorme criatura sudando y frunciendo el ceño sobre su pequeño manual y me sonreí. Él levantó la cabeza en ese momento y, con señas, me pidió que le ayudase. Fui con el corazón abierto a echarle una mano en ese pantano de palabras extrañas en las que se había hundido.

La pronunciación era el principal escollo para el eslovaco. Más tarde, durante mi servicio, me di cuenta que el francés que hablaban los legionarios era diferente a las novelas de Balzac, Víctor Hugo o Alejandro Dumas. El idioma de los legionarios estaba mezclado con diferentes palabras y expresiones en alemán, inglés y hasta ruso. Cada uno pronunciaba con su acento, pero eso carecía de importancia porque lo principal era entender las órdenes y, sobre todo, ejecutarlas. Durante su servicio Erwin iba a entender que el francés de los legionarios no es tan difícil, pero en aquel momento en la sala de la televisión estaba realmente preocupado. Cuando me fijé en su manual vi que estaba escrito en un idioma extraño que yo no entendía. Si hubiese estado escrito en eslavo habría comprendido el sentido de algo. Me dirigí a Erwin con una mirada interrogante, él sonrió y dijo *Magyar* (nombre de la república de Hungría en su idioma, el húngaro). De esta manera se destapó que el eslovaco tenía un origen mezclado, ya que era mitad húngaro.

—Si entiendes eso significa que podrás con el francés —lo tranquilicé.

Él me respondió en eslovaco, una lengua que, aunque forma parte del grupo de idiomas eslavos, a veces yo no entendía, por lo que tenía que buscar las palabras rusas en el diccionario. A veces teníamos que explicarnos con las manos, pero lo más importante era que lográbamos comunicarnos.

De esta manera el imponente eslovaco con porte de gorila se convirtió en mi primer amigo en el punto de reclutamiento de Estrasburgo.

Al día siguiente, temprano por la mañana, llegó un polaco más. Nunca olvidaré la entrada de aquel muchacho en el comedor del cuartel. Había sucedido algo entre él y nuestro cabo primero, pero no entendí qué había pasado exactamente. Nos sorprendió ver que el legionario responsable de nosotros traía al nuevo al desayuno con su ropa de civil y lo dejaba comer todo lo que quería y cuanto quería. "¿De dónde había salido este tipo?", nos preguntábamos todos. El recluta recién llegado llenó su tabla con cinco panecillos, cinco pedazos de mantequillas, cinco mermeladas, miel, queso y chocolate. Aparte de todo eso se bebió un litro de leche. Se veía que el hombre tenía el cerebro bloqueado porque hasta el momento en que terminó de comer no se dio cuenta de nuestras miradas, que lo observaban con curiosidad. Cuando comprendió que no estaba solo en el comedor se levantó y se presentó con el nombre de Lech. Más tarde, en Castelnaudary, ese nombre quedó olvidado, y se convirtió en legionario Cybulski. Después de saludar con un apretón de manos a todos trató de disculparse por algo con el cabo primero, quien lo miraba con una gran sonrisa.

—¡La legión es dura pero la comida es segura! Haremos un buen legionario de ti, muchacho —sonrió el cabo primero y siguió explicando el dicho–. Aquí tenemos lo que buscas. La comida nunca ha faltado en la Legión Extranjera.

Al cabo de diez días ya éramos quince muchachos listos para partir hacia Aubagne. Nuestros días en Estrasburgo habían transcurrido entre la limpieza del edificio y la sala de televisión. La monotonía de las jornadas en el cuartel no desmotivó a ninguno de los candidatos, y sólo uno de los polacos fue devuelto a la vida civil por problemas de sobrepeso. Le explicaron que tendría derecho, después de bajar de peso, a probar su suerte de nuevo dentro de tres meses. El resto pasamos a la siguiente etapa, y en Aubagne nos esperaba la casa madre de la Legión Extranjera. Allí, tras múltiples pruebas y exámenes, una comisión militar decidiría cuáles de nosotros éramos capaces y habíamos hecho méritos para continuar con la instrucción de cuatro meses en el regimiento-escuela de la Legión, el cual se encontraba en la base de Castelnaudary.

La guerra de Crimea. 1854

Cumpliendo con su palabra, los legionarios pelearon por los intereses de la reina de España hasta el momento en que el rey de Francia dictó una nueva orden y los trajo de regreso. Hasta entonces Luis Felipe no se dio cuenta de que su Legión Extranjera había sido casi exterminada. De los cinco mil legionarios que habían salido para España al inicio de la guerra regresaron solo quinientos. La mayoría habían pagado esa aventura con sus vidas. Prácticamente, era necesario crear una nueva Legión con nuevos voluntarios, listos para servir con honor y dignidad.

La resucitada Legión fue enviada de nuevo a Argelia en 1837 y, de inmediato, se incorporó a las batallas por la conquista de la ciudad antigua de Constantina. Creada tres mil años antes de Cristo con el nombre Kirta, la ciudad antigua fue renovada y modernizada durante el año 311 por Constantino y, en su honor, recibió el nombre de este emperador romano. Se construyó sobre una roca de seiscientos metros y, durante siglos, se creyó que era inexpugnable. Dirigida por Ahmed Bey, la ciudad resistió los ataques de los franceses durante todo 1836.

Al inicio del año 1837 el ejército colonial de Francia se vio reforzado con dos batallones de legionarios y, en octubre del mismo año, la Legión Extranjera peleó al lado de *Les Zouaves* (los zuavos, voluntarios de las tribus del territorio de Argelia y Marruecos, incluidos en las divisiones coloniales en 1830). Juntos lograron lo imposible: abrieron una brecha en la fortaleza y penetraron en la ciudad antigua. Mientras los defensores de Constantina trataban de organizar una desesperada resistencia Ahmed Bey escapó de la ciudadela. Tras varios ataques feroces, los soldados del Bey se vieron empujados y perseguidos calle por calle, y al final la última gran ciudad de Argelia cayó bajo dominio francés.

Para la Legión Constantina sería solamente el inicio de una serie de batallas gloriosas. Durante el año 1839 los legionarios lograron tomar la fortaleza de Djidjelli, ocupada por los corsarios del Mediterráneo desde el siglo XVI y conquistada en esa época por el pirata musulmán Khair-ad-Din, conocido en Europa bajo el nombre de Barbarroja.

Aparte de su valentía, los legionarios se granjearon la fama merced a sus cualidades como constructores, hasta el punto de que crearon el camino de piedra entre las ciudades Douera y Boufarique, vía que por mucho tiempo recibió el nombre de "Carretera de la Legión".

La Legión Extranjera empezó a labrarse la fama por la que acabaría siendo reconocida. En el año 1841 el número de voluntarios aumentó considerablemente. Así que, después de la guerra en España, se crearon dos regimientos extranjeros. El primero de ellos fue el fundador de la Casa Madre en Sidi Bel Abbès, y el segundo mantuvo la presencia militar francesa en el puerto Bon. Estos dos regimientos fueron parte activa en todas las operaciones militares que se desarrollaron en el territorio de Argelia, y escribieron para la historia muchas páginas gloriosas.

Durante el año 1847 Enrique de Orleans, duque d'Aumale, condujo a los legionarios a varias victorias mientras se reprimían rebeliones en la región de Les Aurès. Era el cuarto hijo de Luis Felipe y María Amelia Teresa de Borbón-Dos Sicilias, y ese mismo año fue nombrado gobernador de las colonias francesas en África.

Siguió el oasis de Zaatcha, donde los legionarios se encontraron con un adversario más serio enfrentándose al Sheik Bou-Zian, famoso desde el año 1833 cuando con sus rebeldes logró resistir y expulsar a un ejército de cuatro mil turcos de Ahmed Bey. Bou-Zian se autoproclamó líder del linaje de Mahoma, y llevó a los rebeldes del desierto hacia una "Guerra Santa". Las sangrientas batallas se prolongaron durante siete meses hasta que el 26 de noviembre de 1849 los franceses ganaron la batalla de Zaatcha, gracias a la Legión y a los Zuavos.

Bou-Zian cayó en manos de los soldados franceses y antes de ser fusilado exclamó al cielo: "¡Ustedes fueron los más fuertes y, si esta es la voluntad de Alá, que así sea!". A medianoche, los minaretes y las mezquitas fueron destruidos.

***

En el año 1853 empezó la guerra de Crimea. La raíz de este conflicto está en el deseo del rey Nicolás I de Rusia de tener el control de las tierras santas de Jerusalén, que en esta época pertenecían al imperio otomano. Lo que el rey ruso no logró prever es que el emperador Napoleón III y la reina Victoria de Gran Bretaña se unirían como aliados al sultán turco. Así que, después de 700 años de continuos conflictos, por primera vez franceses e ingleses combatieron hombro con hombro.

La verdadera dificultad para los aliados resultó ser el invierno ruso. En septiembre de 1854 el frío en las trincheras paralizó a los ejércitos del imperio otomano, Francia y Gran Bretaña. En ese momento Napoleón III se acordó de su Legión Extranjera, y el primer regimiento fue llamado para ayudar en los ataques contra Rusia. Durante el gélido invierno en las trincheras frente a Sebastopol, Raphael Vienot fue la persona que animó a los legionarios y pasó junto con ellos los momentos más duros de la guerra. El coronel Vienot había salido de la academia militar francesa *Saint Cyr*, la cual era análoga a la de *West Point* en los Estados Unidos. Tenía cincuenta años cuando tomó el mando del primer regimiento extranjero y lo dirigió hacia la guerra de Crimea.

El 14 de noviembre del año 1854 un huracán hundió muchos de los barcos de abastecimiento franceses, los cuales transportaban ropa, municiones, forraje, comida y todo lo necesario para el asedio. La pérdida de esa preciosa carga hizo todavía más complicada la vida de los soldados. Durante esos meses que transcurrieron a la espera de la ansiada primavera el enemigo principal de los legionarios y del resto de los combatientes fue una epidemia de cólera. A diferencia del resto de soldados, los legionarios no tenían derecho a quejarse y debían resistir todo en silencio. Su líder era veterano y aguerrido, y los capitaneaba con valentía desde los primeros combates. El coronel Vienot era un ejemplo de valor y siempre levantaba el espíritu de su tropa.

Unidos alrededor de su comandante, los legionarios atacaron el cerro Schwartz durante la noche del primero de mayo.

—¡Adelante! —gritó Vienot saliendo de las trincheras. Sus soldados lo siguieron abalanzándose sobre el enemigo como bestias salvajes.

Los rusos se retiraron y el Primer Regimiento Extranjero se cubrió de gloria, pero su comandante quedó para siempre en el campo de batalla. Raphael Vienot, como siempre estaba al frente del ataque, fue alcanzado por varias balas del enemigo. El cuartel en Sidi Bel Abbès se bautizó con su nombre y, más adelante, la casa madre en Aubagne. Hoy día el cuartel Vienot reúne a todos los candidatos del mundo entero para darles la oportunidad de llegar a ser legionarios.

En junio de 1854, se puso al frente de la brigada de la Legión el mismísimo sobrino del emperador, Pedro Bonaparte, quien ya había dado muestra de sus cualidades de mando en el Segundo Regimiento Extranjero. El general ruso Franz Totleben defendió su posición hasta agosto de 1855. Los legionarios lograron ser los primeros en entrar en la ciudad. Se habrían ganado mucho más respeto y muchas más medallas si, después del perfecto ataque y la invasión, no hubieran demostrado su capacidad para beber alcohol y participar en todas las fiestas. Su pasión por el vino y la parranda reveló su semejanza con los piratas y de nuevo se ganaron la fama de ser de unos valientes insensatos y locos mercenarios. Sebastopol recuerda sin duda el heroísmo innegable de aquellos legionarios, pero no olvidará tampoco las toneladas de alcohol ingeridas por estos valientes en honor a la victoria.

En esta guerra participaron algunas de las grandes figuras de la historia de la Legión Extranjera. Aparte de Pedro Bonaparte y el coronel Vienot tenemos que mencionar al general Carbuccia, el coronel de Chabrière, a Vitalis Pacha, el capitán Maine y el gran héroe de la batalla de Camerone, el capitán Danjou.

***

Terminada la guerra de Crimea no hubo descanso para los legionarios. Regresaron a Argelia, donde les esperaba una gloriosa batalla más, la de Ischeriden. En el territorio ocupado por el *sheik* Beni Raten, en una región de relieve rocoso en Gran Kabylia, se habían desatado múltiples rebeliones. Entre las montañas de Djurdjura, a mil metros de altura, Ischeriden era la posición clave de los rebeldes. Antes de llegar hasta el corazón de la rebelión los legionarios cambiaron de nuevo los fusiles por los picos y, en dieciocho días, construyeron un camino de veintiséis kilómetros. Exactamente por ese camino lograron pasar los cañones "12", las municiones y las piezas de artillería necesarias para el ataque. En cuanto finalizaron su trabajo como constructores tomaron nuevamente sus fusiles y empezaron la ascensión hacia la posición clave del enemigo.

Entre las rocas y las trincheras de Ischeriden había un ejército de cinco mil rebeldes, los cuales habían reunido a las tribus más feroces de Djurdjura. Sobre los franceses cayó una lluvia de balas. La gente de Kabylia recibía el apoyo de sus mujeres, que traían comida y municiones a los soldados y cuidaban de sus heridos. El ataque de los franceses fue reprimido, pero los valientes del regimiento de los Zuavos hicieron un último intento de romper la defensa del enemigo cayendo también bajo otra lluvia mortal de balas. En este momento el primer batallón del Segundo Regimiento Extranjero rodeó las trincheras y organizó un nuevo ataque. Los legionarios avanzaron con agresividad guiados por un valiente jefe montado en un caballo negro.

La sorpresa para los rebeldes fue mayúscula, y asustados empezaron a disparar hacia todas partes. Tras algunas descargas de metralla en la dirección del batallón de los legionarios, los rebeldes comprobaron cómo esos soldados avanzaban sin miedo hacia su posición. La sensación inicial de sorpresa se estaba transformando ahora en una gran inquietud. Algunos de los rebeldes se aterrorizaron creyendo que el jefe de los legionarios era el mismísimo diablo porque sus balas no lograban tocarlo, y el pánico se apoderó de sus tropas.

Atacados por el costado por este batallón inmortal, que no se detenía ni siquiera para refugiarse de las balas, la resistencia de Kabylia cedió. Su retirada se convirtió en una evasión en la que cundió el pánico mientras en todas sus cabezas flotaba una sola pregunta: "¿Quién o qué era lo que guiaba a ese batallón de demonios?". Según algunos datos, esa persona que se comparó con el diablo era el capitán Dufaure du Bessol, aunque existe también la versión de que pudo ser el mismísimo comandante Mangin. Algunos todavía creen que fue un soldado endemoniado y, como suele pasar con los enigmas, este ha quedado también sin resolver.

En esa batalla tan cruenta, en la cual hasta el general Mac-Mahon cayó herido, los batallones recordaron la valentía de un cabo legionario al que propusieron para ser condecorado con la medalla de la Legión de Honor. El cabo Mori servía bajo una identidad falsa y, aunque había sido propuesto para varias condecoraciones durante la guerra de Crimea, siempre había preferido guardar su anonimato. Al final, un premio de la altura de la orden de la Legión de Honor le hizo revelar su verdadera identidad, y se descubrió que el modesto cabo Mori era el príncipe Ubaldini, quien poseía una cuantiosa fortuna en Italia.

Legionario Fujisawa. Japón. 1996

Tras cuatro años de servicio, Fujisawa era sargento en una de las unidades de la caballería japonesa. Sobresalía como el mejor tirador de su escuadrón, pero últimamente su entusiasmo por servir a la patria había disminuido considerablemente. Había sacrificado algunos años de su juventud en nombre de su carrera militar. Se había dedicado a entrenamientos severos, tiros, maniobras militares y al estudio de diferentes tácticas de guerra, pero nunca había visto –ni siquiera se había acercado– a algo real, a una misión de verdad. Y eso lo desmotivaba.

Ya no sentía la agitación y las emociones de su primer año de servicio, cuando era tan celoso a la hora de cumplir con la normativa. La sensación de ser un guerrero que defiende los intereses de su patria se había evaporado, e iba al cuartel únicamente porque allí estaba su lugar de trabajo.

Muchas veces había reflexionado sobre la filosofía de los samuráis, dispuestos a morir por su Shogun, y hasta a suicidarse cuando no lograban cumplir su misión. Los samuráis fueron los más grandes guerreros. A pesar de ser respetados como una elite de la sociedad se convirtieron en una reliquia histórica de Japón. El ejército nipón era uno de los más antiguos, pero después de la Segunda Guerra Mundial sus soldados perdieron constitucionalmente el derecho de salir de su archipiélago. Fujisawa estaba condenado a servir, únicamente, en el territorio de su país. Su admiración por la valentía y la sangre fría de los samuráis solamente aumentaba su deseo de probar un día sus capacidades en una acción militar real.

El mundo había cambiado y el sargento, cada vez más a menudo, contemplaba la espada que pendía sobre su cama. Esa antigua katana de los samuráis había pertenecido a alguno de sus bisabuelos, y Fujisawa sentía que era un mensaje para él. Parecía como si sus antepasados esperasen de él que defendiese el honor de la patria y de la familia como lo habían hecho ellos anteriormente. El joven sargento estaba confundido. El honor guerrero se había esfumado en el pasado junto con el dueño de la espada. En el futuro parecía que Japón no necesitaría más a sus samuráis.

Siempre disciplinado, aunque con un creciente desencanto, Fujisawa seguía sirviendo con valor, hasta que un día escuchó a dos de sus camaradas hablar de un cuerpo de élite en Europa en el que cualquiera podía probar suerte. Este extraño ejército había participado en todos los grandes conflictos del planeta a lo largo de los últimos dos siglos. El joven quedó tan impresionado e intrigado con el asunto que ni corto ni perezoso se puso a buscar más información acerca de la Legión Extranjera.

Al fin logró encontrar un pequeño librito escrito por un ex legionario japonés. En él se describía cómo se seleccionaban los candidatos en el punto de reclutamiento principal de Aubagne, en alguna parte del sur de Francia. Narraba las últimas misiones de la gloriosa Legión en Camboya, donde los legionarios habían participado como cascos azules sirviendo para las Naciones Unidas; después venían los relatos de Ruanda y Chad en África; y más adelante la operación Tormenta del Desierto, donde los legionarios habían participado conjuntamente con los soldados norteamericanos.

Lo último que leyó Fujisawa fue que, en este momento, los soldados de la Legión participaban en la sangrienta contienda de la antigua Yugoslavia. El joven sargento estaba entusiasmado con la idea de probar suerte en una batalla de verdad, y la idea de ese ejército, que incluía entre sus filas a guerreros de todo el planeta, no cesaba de rondarle por la cabeza. Un día, cuando leía por quinta vez el revelador librito, el sargento tomó la decisión de viajar a Francia para alistarse en la Legión Extranjera Francesa.

***

Fujisawa permaneció silencioso al lado de su padre en el modesto comedor de su apartamento mientras su madre les servía el tradicional *sushi*. Su cuerpo estaba allí, pero sus pensamientos volaban hacia unos campos de batalla muy lejanos, donde los guerreros de la Legión Extranjera peleaban defendiendo el honor de sus antepasados. Con independencia de que el conflicto tuviera un carácter político o religioso, los legionarios siempre estaban presentes en las batallas que se libraban en lugares remotos y exóticos. Eran unos verdaderos profesionales a los ojos del sargento japonés.

—Parece que tienes problemas, hijo —aventuró su padre devolviéndole a la realidad—. Tienes cara de preocupado.

—¡No, padre! —respondió asustado Fujisawa, parpadeando como si se acabase de despertar. Sin embargo, la mirada penetrante de ese hombre cauto le aguardaba esperando la verdad—. Lo único que tengo que anunciarte es que he anulado mi contrato con el ejército. He decidido cambiar el rumbo de mi destino.

—Hace tiempo que creciste, hijo, y sólo tú decides qué hacer con tu vida.

—Sí, exactamente, por eso quiero anunciarte que partiré hacia Europa dentro de dos semanas. Allí es donde voy a probar suerte.

—¿Por qué has llegado a la conclusión de que tu carrera militar aquí se ha agotado?

—Simplemente quiero probar mis fuerzas en un ejército donde se reúnen voluntarios del mundo entero. Es un cuerpo de élite que participa en cada batalla importante que se produce en nuestro planeta. Después de tantos entrenamientos y años en las filas japonesas quiero ver si de verdad soy digno de ser un guerrero. Quiero participar en una verdadera misión con un enemigo real.

—La verdadera batalla, hijo, es la batalla por la vida y no por la muerte. El verdadero guerrero no es simplemente un soldado que busca gloria, es un hombre seguro de sí mismo que no tiene necesidad de probar sus fuerzas a cada instante, a menos que haya una razón realmente importante.

—Hablas así, padre, porque tratas de protegerme del peligro, pero ya he tomado una decisión y nada puede pararme.

—Bueno, hijo, confío en que sigas vivo y deseo que te conviertas, no solamente en un guerrero valiente, sino también en un guerrero sabio. Te daré mi bendición, pero quiero que me prometas algo antes de partir.

—Te escucho padre. ¿Qué es lo que quieres que te prometa?

—Cuando termines con esa aventura, con esa tropa de extranjeros, no te quedes en Europa. Regresa aquí para cuidar de tu madre. Yo ya estoy viejo y pronto llegará el día en el cual tú serás la cabeza de nuestra familia. La felicidad de nuestro hogar depende de ti.

—Todavía no eres tan viejo, padre, pero te prometo que volveré vivo para estar de nuevo a tu lado, como ahora, y en ese momento nos ocuparemos juntos del hogar.

—Confío en que así sea.

Dos semanas después de esta conversación el ex sargento de la infantería japonesa estaba cómodamente sentado en el avión que hacía la ruta de Tokio a París. Llevaba consigo un pequeño diccionario del que aprendía algunas frases en francés. El japonés hablaba un poco de inglés y conocía el alfabeto latino, pero la pronunciación de las palabras francesas era, en realidad, algo muy complicado para él. Según el libro que Fujisawa había leído, el conocimiento del francés no era obligatorio para la admisión de candidatos. Durante el largo vuelo estuvo tan concentrado en su diccionario que no durmió ni un segundo.

El japonés, con la mejor intención, construía las frases con las que trataría de explicar que era voluntario y que quería servir en la Legión Extranjera. También estudiaba posibles frases sobre cómo llegar al cuartel. Apuntaba todo en un cuaderno y lo repetía con mucha dificultad: *Je suis volontaire! Je servir Légion Etrangère. Où trouver caserne Légion?* (¡soy voluntario! Yo servir Legión Extranjera. ¿Dónde encontrar cuartel Legión?). En el momento en que bajó del avión en el aeropuerto de París tenía una combinación de palabras grabada en la cabeza: *Je Légion, caserne et volontaire servir armée* (yo Legión, cuartel y voluntario servir armada).

París era la ciudad más visitada del mundo. Sus calles estaban atestadas de turistas. Grandes grupos de japoneses paseaban alineados por la famosa avenida de los Campos Elíseos, pero Fujisawa no pensaba en los lugares de interés turístico. Pasó cerca de la torre Eiffel sin levantar la cabeza para verla mejor o admirarla, aunque solo fuese por unos pocos minutos. Cruzó el puente Alma sin prestar atención a los barcos llenos de turistas que navegaban por el rio Sena. El sueño de muchos japoneses era ver París, pero nuestro joven caminaba sólo hacia su objetivo: Aubagne y el cuartel de la Legión Extranjera. El nipón llevaba consigo únicamente la dirección de la casa madre de la Legión en Aubagne y no tenía ni idea de la existencia de Fort de Nogent, el punto de reclutamiento en París. Así que, entre todos los monumentos y lugares espectaculares de la capital francesa buscaba únicamente *la gare de Lyon* (la estación de trenes de Lyon) de la cual salían los ferrocarriles para el sur de Francia.

Cuando por fin llegó a la ventanilla, Fujisawa hizo el esfuerzo de hablar en francés, tratando de pronunciar correctamente, haciendo comprender a los demás que necesitaba un tren para

Aubagne: *Voyage Aubagne, train Aubagne.* Le explicaron varias veces que tendría que hacer transbordo en Marsella, y cuando le especificaron el tiempo disponible para cambiar de un tren al otro hizo una seña de que entendía lo que le estaban diciendo y, de nuevo con un enorme esfuerzo, se fue diciendo: *Compris, compris.* El descendiente de los samuráis viajaba firme hacia su sueño. París quedaba a su espalda con su muchedumbre de turistas, con sus bellos edificios, con sus puentes sobre el río Sena y con los artistas que se sitúan alrededor de ellos. El japonés no tenía tiempo de consagrarse a la cultura medieval de Europa. Su espíritu ya estaba entre los legionarios. Ahora sólo quedaba que el cuerpo lo alcanzara.

Aubagne. 1996

La posibilidad de ser aceptado en la Legión era alrededor de un diez por ciento, y a veces hasta menos. Cada semana, de los diferentes puntos de reclutamiento llegaban a Aubagne entre doscientos y trescientos candidatos, de los cuales, tras varias pruebas, la comisión militar seleccionaba alrededor de treinta. Esos seleccionados todavía no eran legionarios. Para ellos las verdaderas dificultades y pruebas acababan de empezar. Los elegidos tenían que pasar ahora los cuatro meses de instrucción en la escuela de la Legión Extranjera. Las estadísticas demostraban que durante la instrucción, la cual funcionaba como tamiz para la selección natural de candidatos, un veinte por ciento más abandonaba su lucha por ingresar en el cuerpo de la Legión.

Eran las seis de la mañana cuando el autobús del cuartel Vienot llegó a buscarnos en la estación de trenes de Aubagne. Mis nuevos camaradas y yo esperábamos impacientes a entrar en el regimiento de la Legión Extranjera y empezar con la selección. El autocar se paró frente al portal de la casa madre de los legionarios. El cabo primero, que nos acompañaba desde Estrasburgo, saludó al guarda y el autobús cruzó enseguida el umbral del cuartel Vienot. Al bajar nos dejaron al cuidado de un cabo rechoncho de origen irlandés. Hablaba bastante rápido y con un acento muy fuerte, así que no entendí nada de lo que decía. Mis compañeros se habían acostumbrado a contar conmigo como traductor y esperaban mi reacción o mis explicaciones. Un ruso me preguntó qué es lo que teníamos que hacer, pero esta vez yo tampoco sabía. El irlandés empezó a ponerse nervioso.

—*Sssssilenshe, bordel!!! Pershon ne parle franshais ici ou quoi?* —nos gritó esperando que alguien reaccionase. Parecía que quería saber si alguno de nosotros hablaba francés. Nos quedamos inmóviles y en silencio como estatuas hasta que decidí responder.

—Yo entiendo francés, pero le agradecería que nos hable más despacio si puede.

—*OK! That's good* —suspiró con alivio y empezó a hablar mucho más lento. Lo único que quedaba era su acento fuerte—. *Buenou, eshcusha ahora. Tuu vash a explicaar a losh de mash, que aquí shoy yo el que manda!* —nos miró severamente y después siguió—. *Ici la Légion, moi Caporal. Ushtedesh shon mish sholdadosh.*

Nos enseñó su charretera y repitió:

—CAPORAL! Para voshotrosh, yo shoy MAMÁ y PAPÁ. She acabó vida civil. ¿Eshta claro?

—Sí, lo he entendido —respondí dándome la vuelta hacia los rusos y los polacos y explicándoles que este era nuestro jefe.

—*Fuck! Toi you don't understand, rien compris!* —me gritó enojado el irlandés diciéndome que no había entendido nada—. ¡Aquí Legión! No hay tiempo para traducción. Tú ejecutarás las órdenes y el resto te seguirán. *Now* empezamos. Cada vez tienes que responderme con *Oui*, Caporal o con "No, caporal", pero cada vez decir CAPORAL. ¿Eshta claro?

—*Oui, caporal* —respondí.

—O.K. Now everyone, repiten!

—*Oui, caporal* —respondimos todos juntos.

—Now, tú que hablash franshesh, ponte adelante. El reshto alinéense en columna. Go, go, go! —el irlandés empezó a ordenarnos hasta que se formó una columna—. Now, tú el inteligente, tienesh un minuto para explicarle al resto que aquí en Primer Regimiento Extranjero nosh movemos shiempre alineados en columna. ¿Eshta claro?

—*Oui, caporal* —respondí, y empecé a explicar las instrucciones en ruso al resto de mis compañeros, los cuales hacían señas con la cabeza de que lo habían comprendido.

Entramos en el edificio de los candidatos a legionarios, donde todos entregamos nuestra ropa civil con todo el equipaje que llevábamos y, a cambio, recibimos únicamente unos *shorts* y camisetas. Lo único que tuvimos derecho a llevarnos de todos nuestros accesorios fueron las zapatillas de deporte. Claro que eso era válido únicamente para los que las llevábamos puestas, a los que no traían se le dio un modelo de zapato deportivo del ejército francés. Nos cambiamos y enseguida nos subieron al segundo piso, donde nos repartieron en dormitorios según los lugares disponibles.

Por ser los recién llegados tuvimos el honor de limpiar todo el edificio. Los dormitorios estaban vacíos porque durante el día los candidatos-legionarios no tenían derecho a entrar. No conocí a los ocupantes de mi cuarto hasta que entramos todos después de haber pasado la revisión nocturna. En mi dormitorio había dos checos, un ruso, un estadounidense afroamericano y tres franceses. A partir de este momento mi liderazgo como traductor se había acabado.

A las nueve de la noche se apagaron las luces del edificio. Teníamos que acostarnos pronto porque el día de los candidatos legionarios empezaba muy temprano. Antes de dormirme escuché a los franceses murmurar asustados diciendo que esta noche terminaba el turno del cabo irlandés y que sería relevado por otro, más loco aún, y existía la posibilidad de que nos torturara. Se referían a este cabo con el apodo King Kong y decían que causaba pánico entre los aspirantes, obligando a muchos de ellos a regresar a su vida civil. Aquí en Aubagne me di cuenta de nuevo de que el francés me era bastante útil para entender todo lo que pasaba a mi lado. Así comprendí con más claridad que la mayoría de los cabos o de los suboficiales responsables de nosotros se esforzaban por representar un papel con el objetivo de asustarnos y de poner a prueba nuestro coraje y nuestra voluntad de convertirnos en legionarios. Durante mi primera noche en el regimiento extranjero me despertaron el silbato y los gritos del nuevo cabo. Yo no entendía nada del porqué de aquel poderoso rugido, pero mis camaradas de cuarto ya tenían experiencia y sabían lo que tocaba hacer. Ahora era mi turno de, sin saber qué estaba pasando, seguí corriendo a mis compañeros hacia la escalera.

Nos reunimos en el patio interno de la compañía, donde empezamos a formar, algunos bastante confundidos. Ya estaba en la formación pero todavía escuchaba la bulla y los gritos de King Kong, quien despertaba a los últimos a patadas. Al final apareció frente a nosotros llevando consigo a dos muchachos bajo sus sobacos. Parecía un ogro portando dos corderos. Al segundo siguiente tiró a los dos muchachos al lodo frente a nosotros y rugió con una voz que parecía salir de las entrañas más profundas de las pirámides de Egipto:

—¡Alinéense! ¡Banda de vagabundos e infelices!

Después de haber asistido a esta escena comprendí por qué los muchachos de nuestro cuarto le llamaban King Kong. En realidad era un tipo enorme, pero eso no era lo único que causaba pánico. No me lo tomé en serio hasta que me topé por primera vez con su mirada. Cuando todos nos alineamos y quedamos en posición de firmes, el enorme cabo pasó frente a los reclutas, fijando su mirada de ogro en cada uno de nosotros. King Kong posó sus ojos en el último de la primera fila, parecía como si lo fuese morder con su mirada, y el muchacho no resistió bajando la cabeza. En ese mismo segundo recibió un cachete acompañado del grito:

—¡Mírame a los ojos, tarado!

El voluntario miró de nuevo a los ojos al enorme cabo, pero esta vez su cuerpo temblaba de miedo.

—¿Qué estás buscando aquí, mocoso? ¿Por qué quieres servir? —le preguntó King Kong.

—Para cambiar aaa, cambiar aaaa… —trató de responder el muchacho titubeando.

—¿Qué vas a cambiar tú, mierda civil?

—Voy a cambiar, aaaa…, mi vida, *mon caporal*.

Aunque su voz estaba temblando el muchacho encontró fuerzas para responder y aguantar la mirada feroz del "ogro". King Kong se le había acercado y, cuando todos esperábamos que al siguiente segundo lo fuese a aplastar, el cabo empezó a hablar al recluta con más calma para sorpresa de todos:

—Piensas cambiar tu vida aquí, pero te digo, francamente, que no lo creo. Simplemente vas a cambiarte de calzoncillos y después vas a regresar a tu tranquila vida civil.

King Kong se inclinó para quedar cara a cara con el muchacho y después le preguntó:

—¿Está claro?

—Oui, aaaa,… *mon caporal* —respondió casi llorando el voluntario, el cual había quedado traumatizado y tembloroso.

Tras haber aplastado moralmente a este candidato, King Kong se volvió hacia nosotros:

—Empecemos por la primera lección. Mi grado es cabo primero, y eso no tiene nada que ver con los otros grados de los oficiales. Soy, antes que todo, un soldado, y no hay porque llamarme *MON CAPORAL CHEF* (mi cabo primero). Su respuesta siempre tiene que ser corta, y tienen derecho de responderme únicamente diciendo *oui, caporal chef*.

En este momento me di cuenta de que en la Legión, aparte de los cabos, había también otros grados. Me estuve fijando en su charretera, la cual representaba un cuadrado pegado en su pecho, y observé que aparte de las dos tiras verdes que llevaban los cabos, había una tercera de color amarillo. Dos segundos después de haber examinado al cabo primero, vi el cuerpo del ogro acercándose hacia mi posición.

—¿Y tú, qué haces mirándome? ¡Aquí soy yo quien los observa! ¡Tienen que estar en posición de firmes, mirando únicamente hacia adelante y, cuando pase frente a ustedes, quiero que me miren a los ojos!

En el momento en que se paró ante mí crucé su mirada por primera vez. En ese mismo instante me di cuenta que no era simplemente un *show*. Sus ojos grises me miraban con la esperanza de hallar en mí una debilidad que me obligaría a dejarlo todo. Sentí algo extraño, como si él necesitase alimentarse y saciarse con el miedo que habitaba en nosotros. Era la mirada de un loco. No quitaba sus ojos de mí, pero yo no bajé la cabeza, y hasta traté de imitarlo, respondiéndole con una mirada firme. La adrenalina iba en aumento dentro de mi cuerpo y sentía que mi corazón palpitaba cada segundo más rápido. Por fin habló de nuevo:

—¿Entendiste algo de las cosas que estaba explicando?

—*Oui, caporal chef*—le respondí con calma, seguro de que, precisamente, esa era la respuesta correcta.

Pero él se asomó por encima de mí, exactamente de la misma manera con que acababa de asustar al muchacho de la primera fila y me increpó:

—¡Aquí en el ejército no se habla en voz baja como en la escuela! ¡Aquí quiero que la respuesta resuene, quiero escuchar la fuerza de sus voces! ¿Está claro?

Percibía sobre mí la mirada de esta enorme criatura, lo que me hacía sentir molesto, pero levanté el pecho y sin bajar la vista frente a sus ojos grises le respondí con la misma locura, gritándole con todas mis fuerzas:

—Oui, caporal chef!

—Ahora quiero escucharles a todos. ¿Entendieron lo que dije?

—*Oui, caporal chef!* —respondimos todos juntos ya que, aunque no todos entendían francés, todos teníamos claro lo que había que responder.

—*Oui, caporal chef!* —se escuchó una voz fuera de la formación y con un acento muy fuerte, palabras que provenían de la oscuridad y por detrás del cabo primero.

Se trataba de un japonés que había llegado ese mismo día por la tarde. Su nombre era Fujisawa y nadie entendía cómo había aparecido desde detrás de King Kong. Parecía como si hubiera estado esperando a que el gigante terminara su discurso antes de pedir permiso para entrar en la formación.

—¿Y tú, pequeño kamikaze, dónde te habías metido hasta ahora? —el enorme legionario, no podía creer lo que veían sus ojos—. Pasé por todos los cuartos y no te encontré. Por si acaso, ¿duermes debajo de la cama?

Fujisawa estaba en la postura de firmes sin moverse, como si no le hablasen a él. El japonés, de todos modos, no entendía nada de las preguntas del legionario. Cuando King Kong empezó a ponerse nervioso lo agarró con una mano y lo levantó acercándose a su cara. Fijó sus ojos fríos, llenos de locura, en los ojos de Fujisawa y le preguntó de nuevo:

—*Où étais tu, bordel de merde?* ¿Dónde has estado y por qué no apareces hasta ahora? A ti no te vi en los cuartos. ¡Responde, kamikaze, antes que sea tarde!

Aunque estaba suspendido en el aire por el enorme legionario, el japonés respondió firme y con calma:

—Yo no entiende francés.

El cabo primero lo devolvió a la tierra y con gestos acompañados de una mezcla de palabras en varios idiomas, explicó su pregunta. Finalizó con unas palabras en inglés, las cuales Fujisawa pareció entender:

—When I was in your room, where were you?

—*Moi, waé up avant. Moi, go to bathroom. Moi, douche, toilette.* (Yo me levanté antes. Yo ir baño. Yo, duchar, servicio) —respondió por fin el japonés en una mezcla de francés e inglés.

King Kong lo levantó de nuevo, pero esta vez sin rabia, y lo puso en la formación. Después empezó a hablarle con el mismo francés-inglés y con la esperanza de que Fujisawa lo entendiese.

—¡Aquí es la Legión! ¡Todos y en cada instante juntos! Cien hombres tienen que reaccionar como uno. *Do you understand, petit kamikaze?*

—*Oui, caporal chef!* —respondió rotundamente el japonés.

—¿Quién es el responsable del cuarto de ese kamikaze? —preguntó King Kong dirigiéndose hacia todos nosotros—. ¡Quiero ver a ese cabrón! ¡Que salga adelante!

Un flaco y alto francés salió de la fila y se acercó con inseguridad hacia el enorme cabo primero.

—¡Tú eres un cabrón de mierda!

—Oui, caporal chef!

—¡Eres una mierda que no entiende nada de la Legión! Hoy dejaste atrás a un camarada que no entiende nada de francés. Si hubierais estado en guerra, él ya habría muerto —King Kong paró de hablar un momento como si se estuviese acordando de algo porque se quedó un tiempo pensativo, pero de repente prosiguió—. Esta semana vas a limpiar los inodoros tú solo, y mientras limpias la mierda de tus camaradas quiero que reflexiones sobre tus deberes. Cuando entiendas que eres responsable de la gente de tu dormitorio, hablaremos de nuevo. Ahora regresa a la formación y piensa si quieres limpiar mierda durante cinco años.

—*Oui, caporal chef!* —respondió el francés alineándose de nuevo junto a nosotros.

En este instante me di cuenta que estaba lloviendo y de que todos estábamos empapados. Era una lluvia de verano, pero como era muy temprano, tal vez las cuatro de la madrugada, la temperatura era bastante baja. Algunos de mis nuevos camaradas temblaban de frío. El enorme cabo primero estaba frente a nosotros bajo la lluvia empezando un nuevo discurso:

—Todos ustedes son una banda de haraganes y hasta ustedes mismos no entienden por qué están aquí. No tienen ni idea de lo que les espera. Hoy todo les parece un lugar de vacaciones, pero han venido engañados, y el día en el que se den cuenta de lo que es la Legión, ya será demasiado tarde. Esta noche nos vamos a quedar todos juntos bajo la lluvia y vamos a reflexionar qué es lo que estamos haciendo aquí. Si estamos buscando aventuras y si en realidad la Legión es nuestra aventura. Algunos de ustedes son románticos perdidos que se imaginan un mundo de película. Ja, ja, ja, no chicos, no hay nada de romántico en las filas de la Legión Extranjera, y todavía menos durante los momentos de acción. Si logran pasar todas las pruebas y se quedan con nosotros en nuestra vieja Legión algún día me entenderán, claro, eso si no mueren antes. Todavía se pueden largar de aquí vivos y sanos, así que piénsenlo ahora. Es suficiente con que se salgan de la formación y pidan regresar a su vida de vagabundos... ¡Piénsenlo ahora porque mañana puede ser ya demasiado tarde!

King Kong seguía caminando frente a nosotros con su mirada llena de locura. De vez en cuando nos gritaba:

—¡Banda de tontos, se van a arrepentir!

Nos quedamos firmes en el patio bajo la lluvia mientras nos preguntábamos si este tipo estaba bien de la cabeza. Durante los primeros diez minutos tras el discurso siete u ocho muchachos salieron de la formación y pidieron regresar a la vida civil. King Kong se rió y gritó de nuevo:

—¡Vamos, banda de idiotas, regresen a sus casas para cambiarse otra vez de calzoncillos! Regresen con mamá, porque conmigo su vida va a ser muy triste.

Nos mantuvimos así hasta que llegó la hora del desayuno. Había sentido mi primer contacto con esa leyenda llamada Legión Extranjera. La leyenda se convertía ahora en realidad, pero esa realidad no era soportable para algunos de nosotros y, antes de asistir al desayuno, quince se habían salido ya de la formación.

Por fin entramos en la cocina. Debido a la falta de sueño y a la lluvia fresca tenía el apetito de un lobo. Cogí más pan, además de tres porciones de miel, y me fijé en que los muchachos que venían detrás seguían mi ejemplo. Nunca había apreciado tanto un café caliente como esta mañana. Tuve la suerte de estar en la primera columna y entrar entre los primeros en el refectorio, porque a los últimos el tiempo que les quedó fue de apenas tres minutos.

Justo cuando me comía mi último pan, un negro de la última columna agarró del cuello a un francés chaparro gritándole en un dialecto incomprensible. El francés reaccionó fulminantemente y le clavó un tenedor en el brazo. Este último aflojó la mano con la cual tenía cogido el cuello de su adversario pero a su vez le propinó un cabezazo al francés directo en la nariz que lo hizo caer al suelo. Otros dos franceses saltaron encima del negro en defensa de su compatriota. Lo bajaron al suelo y allí empezaron a patearlo. En este momento otros tres africanos se levantaron de una mesa y corrieron hacia el lugar de la pelea. Se habría armado un lío con un final bastante trágico si King Kong y los legionarios de la cocina no hubiesen intervenido. Saltaron sobre el centro del revoltijo e inmovilizaron a los participantes de la pelea agarrando también a los candidatos que estaban cerca. De repente todo se calmó, y la primera cosa que rompió el silencio fue la voz de King Kong:

—¡Todos al suelo y boca abajo! ¡Más rápido! Se creen muy recios. Ahora veremos lo que valen. ¡En posición para flexiones!

Empezamos a esforzarnos y los que no podían seguir el ritmo del cabo primero se veían urgidos por sus patadas. Los cabos de la cocina también ayudaron con la distribución de patadas, pero los que tuvieron la suerte de sentir los golpes de King Kong ya se quedaban prácticamente inmóviles. "¡Arriba! ¡Abajo! ¡Arriba! ¡Abajo!", seguía gritando con su voz de oso.

Pensé que el ejercicio no iba a terminar nunca o por lo menos hasta que todos recibiéramos alguna patada. Mi camiseta todavía estaba impregnada del agua de la lluvia y no podía absorber el sudor de mi cuerpo. Gotas mezcladas de agua de la lluvia con el sudor empezaron a caer encima de los azulejos del refectorio. Los músculos de mis brazos se quemaban de la tirantez, pero no tenía ningún deseo de probar las patadas y por eso hacía un esfuerzo sobrehumano por mantenerme en una posición casi horizontal. "¡Arriba! ¡Abajo! ¡Arriba! ¡Abajo!" y las gotas de sudor caían al mismo ritmo.

En un momento dado me quedé tumbado dejando el cuerpo descansar, relajándome sobre los azulejos. Pero cuando percibí que uno de los cabos se acercaba hacia mí me levanté como un resorte. Mi cuerpo obedecía las órdenes de "¡Arriba! ¡Abajo! ¡Arriba! ¡Abajo!". Ya ni sentía mis músculos y no tenía ni idea de cómo era posible que pudiese levantarme todavía. Era un estado de la mente bastante extraño, parecía que estaba en trance y por eso me movía como una máquina. De repente un leve dolor en el estómago cortó mi hipnosis y de nuevo sentí el calor quemando mis brazos. El dolor no era fuerte, seguramente estaba causado por la rapidez con la cual me había comido los tres panes, pero el problema fue que me sacó de mi trance y ya no pude levantarme.

Sabía que pronto iba a recibir una patada, pero la fuerza de mis brazos se había agotado y yacía en el suelo sin poder levantarme. Los pasos pesados de King Kong se acercaban, pero en lugar de recibir una patada escuché su voz:

—¡Vamos, levántense cabrones! Ya veo que nadie tiene fuerza para pelear.

Esa orden me llenó de felicidad, y mi cuerpo revivió. Salté sobre mis pies escondiendo mi agotamiento. Había llegado hasta el final del ejercicio sin haber sido castigado, y eso significaba mucho para mí. De nuevo me enfrenté a la mirada lunática de King Kong y, por segunda vez, logré resistirla. A continuación, comenzó con un nuevo discurso:

—Si alguien más quiere herirse, yo estoy listo para probarlo en pelea. ¿Vamos, qué pasó, parece que se cagaron? ¿Dónde están ahora los valientes que buscaron la pelea? —por supuesto, nadie se atrevió, parece que no había más osados entre nosotros, y King Kong continuó con sus lecciones—. ¡Aquí no están en la calle, y las peleas están prohibidas! Aquí hay disciplina y orden y, si hubieran sido legionarios, el coronel los hubiera enviado hoy mismo a la cárcel. Pero aún tienen la gran oportunidad de ser civiles, miedicas con los calzoncillos cambiados. Así que los que se pelearon antes no tienen cabida entre nosotros. Hoy mismo, todos los que participaron en esa reyerta se irán de regreso a la calle y allí podrán pelear si quieren hasta matarse. Ninguno de ellos ha entendido el significado de la palabra disciplina, y eso me dice que su lugar no está aquí.

—*Caporal-chef!* —se atrevió a interrumpirle el francés que había convertido el tenedor en un arma peligrosa—. Los negros empezaron, esos cabrones de Senegal y este…

—¡Cállate bruto! —le cortó la palabra King Kong y siguió con su discurso—. ¡Eso demuestra que tu lugar no está aquí, estúpido! Tienen que comprender que, en la Legión, no nos dividimos ni por raza, ni por religión, ni tampoco por equipos de fútbol. Somos un solo equipo y todos somos legionarios. No nos interesa lo que uno fue antes de ser legionario. Nosotros no hablamos de negros, de amarillos o de blancos, ni tampoco de musulmanes o cristianos. Únicamente existen el número y el nombre que nos da la Legión, y así es como distinguimos a nuestros camaradas. Por eso ustedes, que todavía no son legionarios y no tienen ni número ni tampoco nombre, aquí no son nada, y no tienen ni siquiera el derecho de opinar. ¡Su único derecho es prestar atención y cumplir las órdenes y, si no son capaces de hacer eso, será mejor que se larguen de aquí ahora mismo! Pues hoy, aparte de los que pelearon, regresarán a su vida miserable también los que llegaron a mirar de cerca y no hicieron nada para interrumpir esa estúpida pelea de cobardes. En la Legión todos cuidamos juntos de la disciplina y todos reaccionamos como uno, actuamos por binomios o por grupos. Hasta yo necesité la ayuda de los cabos de la cocina para lograr imponer el orden. Sin ellos hubiera tenido que matar a algunos de estos estúpidos, los cuales no hacen méritos que les brinden un honor similar —el enorme cabo primero suspiró y terminó su discurso con unas últimas palabras—. Creo que ya habrán observado que en la Legión la palabra "gracias" no existe. Los cabos no me agradecieron que salvase su comedor de una pelea, ni tampoco yo les dije gracias. En la Legión no hay lugar para la gratitud porque es nuestro deber trabajar en equipo.

***

Llegamos a principios de septiembre, pero el clima en Aubagne aún nos recordaba el caluroso verano, que ya tocaba a su fin. Nos despertaban cada mañana a las cuatro y media e íbamos a reflexionar al patio del cuartel. Estábamos aislados de todo y de todos; las únicas personas que se comunicaban con nosotros eran los legionarios que estaban de servicio en la compañía de reclutamiento. En este patio contábamos con una cancha de voleibol, alrededor de la cual corríamos por la mañana para calentarnos, y había también varias barras donde podíamos hacer ejercicios mientras esperábamos la decisión de la comisión militar. Pasábamos nuestros días como presos, y los legionarios eran nuestros guardias. La única diferencia era que habíamos venido aquí voluntariamente, y el objetivo era permanecer allí y no escapar. Esperábamos ver quién era el siguiente llamado a otro examen médico, pero sobre todo esperábamos la decisión del destino.

Todos los viernes un grupo de treinta candidatos partía en dirección de Castelnaudary para someterse a una prueba real de la vida militar. El único propósito de todos nosotros, venidos de diferentes rincones del planeta y reunidos en este patio, era entrar en este grupo de "elegidos por Dios". Estábamos impacientes por pasar los exámenes médicos, las pruebas de agilidad mental, las citas con los psiquiatras y, al final, la prueba de nuestra resistencia física —el test de Cooper. En Aubagne la única exigencia asociada con la forma deportiva que teníamos que cumplir era solamente ese test de Cooper. El resto era, sobre todo, una prueba psicológica, porque súbitamente habíamos perdido la libertad y la tranquilidad de la vida civil. Nos habíamos convertido en prisioneros voluntarios.

Mientras esperábamos la convocatoria de exámenes médicos había días en los que nos enviaban a trabajar. Mi primer empleo en la Legión fue lavar todos los platos de la cocina. Después de eso me enviaron a los almacenes, donde con un cabo primero proporcionamos uniformes al equipo de veintisiete elegidos que iban a partir en dirección de Castel. Este parecía muy tranquilo y no tenía nada que ver con el loco de King Kong. Su mirada era completamente normal e, incluso, mientras hiciera bien mi trabajo, su tono de voz era bastante amistoso. Obviamente, no todos los legionarios estaban locos. Pero a mí me resultaba extraño comprender cómo después de tantos años de servicio en la Legión este hombre podía mantener un carácter tranquilo y apacible. De repente me pasó un paquete de boinas verdes que ordenar y me distraje observando una de ellas. Para mí, en ese momento, tener una de esas boinas entre las manos, era un sueño. Era mi primer contacto físico con algo que simbolizaba la Legión Extranjera. La boina verde era la marca distintiva de este cuerpo de élite dependiendo del rango en el que se solicitase ser aceptado.

—¡Oye, chico, muévete! —la voz del cabo primero me sacó de mis pensamientos—. Si realmente quieres usar una boina verde debes darte prisa con arreglar las que te di. Aquí todo se hace puntualmente y no hay tiempo que perder.

Me miró con una leve sonrisa y yo me sentí como un niño sosteniendo el juguete de sus sueños. Sus palabras fueron suficientes para darme prisa y organizar los equipajes de los elegidos que al día siguiente irían a Castel.

***

Vi a Fujisawa sentado solo en un banco al lado de la cancha de voleibol. Su único compañero era un libro de frases en francés, y el japonés se esforzaba por aprender algo. Parecía un ermitaño. El resto de los candidatos se habían reunido en grupos según sus diferentes nacionalidades y, sobre todo, se habían dividido en función de las lenguas que hablaban. Los grupos más numerosos eran de polacos y rusos, pero el primer lugar por idioma se lo llevaba el grupo de francófonos. Además de franceses había muchachos de Tahití, África del Norte y África Central, Guadalupe, Martinica y Madagascar. Las colonias francesas actuales y las del pasado estaban ampliamente representadas porque la historia de la Legión Extranjera estaba ligada a ellas. Importantes eran también los grupos de los checos –los cuales durante el socialismo se habían unido con los eslovacos–, rumanos y húngaros. Por último, cabe mencionar el grupo de los anglófonos, que estaban representados por antiguos mercenarios procedentes de Sudáfrica, ingleses, irlandeses, escoceses y dos norteamericanos.

Estos dos representantes de América del Norte eran totalmente diferentes. Uno de ellos era un intelectual blanco y el otro un hombre festivo de piel negra que no paraba de cantar algo siempre, y que a menudo se quejaba de que no teníamos nada para beber. El negro, que estaba en mi habitación, cantaba todas las noches antes de dormir la canción *Killing me Softly*.

América del Sur estaba representada por un gordito brasileño que no deseaba separarse de su balón de fútbol hasta el punto de que dormía con él. El sudamericano fue rechazado en el primer examen médico debido a su exceso de peso. Además de él, recuerdo que en algún momento aparecieron dos argentinos y un mexicano, pero no supe que pasó con ellos. Por aquel entonces yo no hablaba nada de castellano.

Todos mis amigos de Estrasburgo encontraron su grupo en función de su nacionalidad, y sólo Karl se unió a los anglófonos porque era el único alemán y hablaba bien inglés. A pesar de todos los idiomas que dominaba, en los primeros días de mi estancia en Aubagne a menudo me quedaba solo porque era el único representante de mi país. Mi amigo Erwin me sorprendió porque dejó de presentarse como eslovaco y se unió al grupo de los húngaros. Ya no necesitaba hablar conmigo usando las manos, haciendo muecas y buscando difíciles palabras eslavas. El primero de mis conocidos que me invitó a sentarme entre los suyos fue un ruso de nombre Kudriavich, a quien yo había ayudado varias veces en Estrasburgo.

—Брат говорит по французски. Он будет нам помогать, так что мы сможем понять все, что легионеры нам говорят (el hermano habla francés. Nos va a ayudar para que entendamos lo que nos dicen los legionarios). Con estas palabras me presentó a sus compañeros, y así todos los rusos empezaron a buscarme para consultas y asesoramiento.

Aquel era un ruso de alma grande. Me acogieron con una gran bienvenida y Kudriavich me explicó que desde ese momento era parte de su grupo, y que en caso de problema o peleas podría contar con la ayuda de todos. La mayoría de mis nuevos amigos eran antiguos militares del ejército soviético, había incluso unos comandos de Afganistán. Esos muchachos hacían ejercicio físico todo el día y entrenaban continuamente sus reflejos. Eran los mejores en la barra, y ninguno podía medirse con ellos en flexiones hechas con una sola mano. Nadie quería tener problemas con los rusos, y yo era el único extranjero aceptado entre ellos. Todos me llamaban, simplemente, "hermano".

El grupo más pequeño estaba representado por dos coreanos. Se llamaban Kim y Kan, pero como nadie hablaba con ellos no estábamos nunca seguros de quién era Kim y quién era Kan. Un día saludé a uno de ellos, digamos que era Kan, y traté de hablar con él en inglés. Para mi sorpresa me respondió, y aunque su inglés era muy difícil de entender, logramos establecer contacto.

Durante mi adolescencia practiqué taekwondo, que es un deporte nacional en Corea, así que decidí preguntar a Kan si lo había practicado en su patria. Me sonrió y me explicó que era maestro de taekwondo de "cuarto dan" y que había tenido su propia escuela de artes marciales. No pude entender muy bien lo que le había sucedido a su escuela, pero debido a la sospecha que había notado en mi mirada, parece que Kan decidió darme una lección.

Sólo yo había conseguido hasta el momento establecer contacto con los asiáticos, y mis amigos rusos se burlaban de mí diciendo que yo hablaba mejor coreano que el amigo de Kan, que siempre permanecía en silencio. Kim, a diferencia de Kan, se encerraba por completo en sí mismo. Cada noche se aislaba y meditaba bajo los rayos del sol poniente. Era cierto que hubo un momento en que Kan hablaba más conmigo que con su compatriota. Parecía que ambos se entendían sobre todo con miradas y, a veces, con muy pocas palabras.

Un día, cuando ya tuve más confianza con Kan, decidí saludar a Kim, pero la única respuesta que obtuve fue un leve movimiento de cabeza. Los coreanos se ejercitaban de una manera en la que prevalecía la meditación. Habían llegado a Aubagne un mes antes que yo y ya habían pasado todas las pruebas y exámenes con éxito. Ahora les quedaba esperar solamente la decisión de la comisión.

Estaba seguro de que estos asiáticos disciplinados serían aceptados en las filas de la Legión, pero un día, para mi sorpresa, incluyeron a mi amigo Kan en el grupo que debía regresar de nuevo a la vida civil. Cuando Kim entendió lo que estaba pasando también se salió de la formación y se unió a su compatriota. Al parecer no tenía intención de quedarse solo en la Legión. Hasta un solitario como él necesitaba una alma gemela. Así que, en un día, nos dejó el grupo de Corea. Más tarde me enteré de que Kan se había llevado al cuarto alimentos de la cocina, y que el responsable de su dormitorio, en vez de explicarle que eso estaba prohibido, prefirió denunciarlo al cabo de turno.

Después del triste final de los coreanos llegó un chinito, pero tras realizar sus primeras entrevistas descubrieron que era menor de edad y tuvo que abandonar el regimiento el mismo día. Así que, al final, Fujisawa seguía siendo el único candidato que estaba solo, siempre tranquilo, sentado en un banco al lado de la cancha de voleibol con su libro de frases en francés en la mano. El japonés se había dado a conocer entre los voluntarios la noche del discurso de King Kong, cuando tranquilamente había aparecido detrás del gigante y hasta había sorprendido a este enorme hombre, al cual se enfrentó con sangre fría. La mayoría le llamaba el "kamikaze solitario", pero nadie había tratado de hablar con él.

Por fin llegó el día en que se me citó para el primer examen médico. Tras mencionar mi nombre, el cabo de servicio llamó a "Fudzhiasa". El japonés salió de la formación y preguntó cortésmente:

—¿Fujisawa decir quería? Fujisawa mí.

—Creo que solo tú te puedes llamar así, Yokosawa, pues tú te vienes con nosotros —a continuación se dirigió a todos los otros que ya nos habían llamado, y dijo en voz alta —¡vamos, más rápido, formen una columna y síganme!

La selección se iniciaba en aquel momento, porque durante el examen médico se eliminaba alrededor de un tercio de los aspirantes. Era como en la ruleta, pero en este caso la bola que determinaba nuestro destino había sido sustituida por el dictamen de un médico militar. Solo nos miraba los dientes, nos medía y pesaba, el resto estaba basado en su primera impresión.

Nos quedamos en calzoncillos en la sala de espera de la policlínica del primer regimiento extranjero impacientes por pasar la prueba. En caso de que el candidato fuera aprobado, se le administraba inmediatamente una vacuna contra la gripe. Nunca en mi vida había sentido felicidad ante el hecho de ser vacunado, pero esta inyección realmente me hizo feliz. Aquellos que no recibieron la vacuna abandonaron la casa madre de la Legión ese mismo día.

Después de cada examen, el cabo de turno nos ponía en formación y anunciaba los nombres de los candidatos descartados para ocupar un lugar en la Legión.

Uno por uno iba superando los exámenes médicos, los interrogatorios de los oficiales, las valoraciones psicológicas, las pruebas de agilidad mental, y sentía cómo me acercaba cada vez más y más hacia mi sueño. Finalmente llegó el día de la única prueba de resistencia física, el día del "test de Cooper". Fujisawa pasó conmigo esta primera etapa y, a pesar de su soledad, parecía complacido.

Había que correr doce minutos, y durante ese tiempo teníamos que recorrer una distancia de, al menos, dos mil ochocientos metros. Esta vez todo dependía de mí, y estaba convencido de mi éxito. La noche antes de la prueba había sentido síntomas de gripe pero no me dio miedo porque un leve resfriado no me iba detener en mi lucha por un lugar en la Legión. A la mañana siguiente me desperté con un dolor de garganta que me recordó el resfriado de la noche anterior. Sentía un ligero dolor muscular, y pronto me di cuenta de que superar la prueba no iba a ser tan fácil como había pensado. Frotaba constantemente los ligamentos de las rodillas y los músculos de las caderas e intentaba no pensar en el resfriado. Traté de concentrarme sólo en mi abrumador deseo de convertirme en legionario y en correr lo más rápido posible durante esos doce minutos.

El cabo de turno anotó los doce nombres de los participantes y empezó a nombrarnos de manera triunfante, como si fuéramos finalistas de los Juegos Olímpicos.

—¡Yanchak!

Era un polaco, un muchacho tranquilo, alto y delgado. Fue de los que pasaban desapercibidos, sin llamar la atención.

—¡Ferrari!

Siempre pensaba que ese hombre era italiano, pero para mi sorpresa resultó ser francófono, de los barrios árabes de Marsella.

—¡Pulash!

Se trataba de un albanés, único representante de su nacionalidad. Fue aceptado por los francófonos porque hablaba un francés perfecto. A estas alturas de la selección yo ya no era el único de mi país porque dos días antes habían llegado cuatro búlgaros.

—¡Fujisawa!

Por primera vez se pronunció el nombre del japonés correctamente.

—¡Müller!

Resultó que este era Karl, el alemán que conocí el primer día en Estrasburgo. Parecía completamente seguro de sí mismo.

—¡Pavlov!

El más respetado entre los rusos, había sido capitán en el ejército rojo y combatido en Afganistán. Su serenidad era impresionante.

—¡Gasparovich!

Este era el apellido de Erwin, mi amigo de Estrasburgo. El enorme eslovaco se unió al grupo en el momento en que yo comenzaba a preocuparme de si realmente sería seleccionado para participar en la fase final.

—¡Kowalewski!

Era un polaco alto, también muy fuerte, que se unió al grupo con una amplia sonrisa.

—¡Mamadou!

Un joven negro, más rellenito que musculoso, salió de la formación para unirse con los finalistas. Era de Níger.

—¡Lozev!

Finalmente escuché mi nombre y me olvidé por completo del resfriado y del dolor muscular. Me apresuré para unirme al grupo de los que habíamos sido seleccionados para la fase final de las pruebas en Aubagne.

—¡Cieslik!

El otro polaco, el que había llegado muerto de hambre en Estrasburgo, se unió a nosotros. Lo recuerdo siempre como el tipo más hambriento que jamás hubiera visto.

—¡Ford!

El afroamericano de mi cuarto que cantaba todas las noches se había retirado de la lucha por un lugar en la Legión la semana anterior, por lo que en aquel momento James Ford era el único representante de los Estados Unidos.

El cabo de turno nos alineó en dos columnas y, antes de salir de la compañía, nos hizo correr alrededor del edificio. Mientras pasábamos por el patio, donde los voluntarios recién llegados nos miraban con respeto, escuché las voces de dos de mis compatriotas. Gritaban mi nombre como aficionados y me apoyaban, como si representase al equipo de Bulgaria en la final de una competición.

Yo no había tenido tiempo de conocer mucho a los chicos búlgaros porque desde que habían llegado a mí me sacaban constantemente de la compañía de los voluntarios para llevarme a la policlínica o al hospital en Marsella para los exámenes médicos y pruebas de laboratorio. Nunca olvidaré su apoyo, el cual aumentó mi autoestima en el momento en que nos dirigimos al estadio. Corrimos hacia el lugar de la prueba, que estaba a una distancia de tres kilómetros, a un ritmo ligero. Fuimos acompañados por dos cabos polacos y un sargento jefe de Tahití, quienes iban a ser nuestros árbitros y tenían que apuntar los resultados de tan importante prueba cronometrada. Cuando llegamos al estadio nos dieron cinco minutos para descansar y, a continuación, nos colocamos en formación en la línea de salida.

Una vez más el sargento jefe nos explicó que tendríamos que correr durante doce minutos, y que al terminar ese tiempo emitiría una señal con su silbato tras la cual todos deberíamos parar en el punto al que hubiéramos llegado. Para poder pasar esta prueba con éxito teníamos que correr por lo menos una distancia de dos mil seiscientos metros. Del grupo anterior había escuchado decir que lo mínimo eran dos mil ochocientos metros, por lo que me quedé con la duda acerca de la distancia que tenía que correr. Sonó la señal del inicio y todo eso ya no tuvo importancia.

Salí como una flecha. Estaba seguro de mí mismo porque desde mi infancia había practicado diferentes deportes. En secundaria siempre terminaba el primero en la distancia de seiscientos metros, y hoy mis compatriotas habían aumentado mi autoestima hasta su punto máximo. Aún escuchaba en mi mente sus gritos: "¡Vamos, Georgi, gánales a todos! ¡Estamos contigo". En realidad terminé la primera vuelta con una gran ventaja debido a la euforia causada por el apoyo de mis compatriotas, que se habían convertido en verdaderos fans. Durante la segunda vuelta todo empezó a cambiar. Los síntomas del resfriado volvieron y el dolor en la garganta me hizo toser. Esto interrumpió el ritmo de mi respiración, por lo que tuve que reducir mi velocidad. Apenas acababa de restablecer la respiración cuando Kowalewski me pasó y tomó el primer lugar. En este momento cometí un error que me podría haber costado mi lugar en la Legión.

Mi autoestima me hizo olvidar la gripe y, en lugar de concentrarme en el ritmo de mi respiración, me centré en perseguir al polaco. El primer lugar no importaba, pero mi ego así lo quería. Me pegué al polaco y lo di todo en esta segunda vuelta. Logré alcanzarlo y empecé a correr a su lado. En el momento en que trataba de adelantarlo observé que Kowalewski estaba fresco como una lechuga y, de repente, sentí que yo estaba terriblemente agotado. Me di cuenta del fatal error que había cometido escuchando únicamente la voz de mi ambición. Había gastado mis fuerzas desde el principio en esta prueba tan importante sin pensar que debía hacer por lo menos cinco vueltas más para cumplir con el mínimo. Era algo tarde pero decidí dejar la carrera con el polaco y en unos segundos ya me sacaba veinte metros. Para distraerme de mi obsesión y no seguirlo de nuevo empecé a pensar en una moto Harley Davidson, que había sido mi sueño de siempre. Me imaginé el sonido fuerte de su enorme motor y los cilindros formando la letra "V", que simboliza la victoria, y así terminé la tercera vuelta.

Al comienzo de la cuarta vuelta pensé que si terminaba con éxito la prueba un día, en realidad, podría montarme en la máquina de mis sueños y galopar libremente por la ruta 66 cruzando Estados Unidos desde el Atlántico hasta la costa del Pacífico. El polaco me sacaba ya media vuelta, pero eso no me molestaba. Yo andaba perdido en mis anhelos y simplemente seguía corriendo.

De repente mi agotamiento resultó capaz de sacarme de la melancolía y la quinta vuelta se convirtió en una batalla contra mi debilidad. Mi fuerza física se había agotado y me quedaba únicamente la voluntad espiritual. Mi cuerpo quiso parar cuando un pensamiento traicionero causado por el dolor muscular intentó penetrar en mi mente y hacer que mi alma se rindiera. ¿Qué había pasado con la estima con la cual comencé esta carrera? ¿Y con la euforia generada por los gritos de mis compatriotas? Me sentí engañado por mi propio ego y pensé que en el siguiente segundo iba a dejarlo todo. Estaba dispuesto a darme por vencido cuando un grito desesperado llegó desde el fondo de mi alma y tomó el control: "¡No! ¡No te vas a parar!". Una canción de mi banda favorita, Manowar, comenzó a sonar en mi mente "¡No hay vuelta atrás! ¡Quema el puente detrás de ti!"

Esto ya no era solamente el "test de Cooper", sino el punto en el cual mi destino iba a cambiar de dirección. Era la lucha por mi nueva vida.

Cuando la canción terminó, el dolor y el ardor en todos los músculos atacaron de nuevo. No tenía ni idea de si era todavía la quinta o ya la sexta vuelta. Creí por un instante que iba a caer cuando de repente me acordé de por qué estaba allí. Yo no había salido de mi casa únicamente con sed de una aventura. Estaba aquí con un gran propósito —tenía que ayudar a mis seres queridos. Mi padre había muerto y mi madre estaba sola. Yo era el hermano mayor y tenía que luchar y dar ejemplo a los pequeños, los cuales todavía iban a la escuela. Podía dejar mis sueños para otro momento, pero aunque mi propio ego me traicionara no podía abandonar a mis seres queridos.

Si lograba incorporarme al cuerpo de la Legión, con el salario de un soldado les ayudaría a pasar mejor los meses de duro invierno mientras durase la crisis económica. Fueron estos pensamientos los que me dieron fuerzas para seguir corriendo. Mi corazón estaba lleno de alegría, había vencido mi debilidad, y de nuevo corría tranquilo. Sentí que otro candidato respiraba cerca de mi cuello y, aunque sabía que pronto me iba a adelantar, esta vez no me inquieté. Estaba seguro de que hoy pasaría todos los obstáculos y de que mi primer sueldo se lo enviaría a mi madre.

El silbato del sargento mayor sonó sacándome de mis recuerdos hogareños e interrumpiendo mis nobles pensamientos. Habíamos llegado al minuto doce y el test Cooper había terminado. Me detuve, pero sentí mareo y para no desfallecer me senté y empecé a desatar los cordones de mis deportivas. Estaba tratando de recuperar el aliento cuando noté que Fujisawa, que estaba a unos metros frente a mí, me hacía señas para levantarme. Hubiera preferido tenderme en el suelo pero encontré fuerzas y me levanté suavemente. El japonés me había adelantado en los últimos segundos del minuto doce, pero eso no tenía importancia porque lo único que importaba era pasar la prueba. Miré y vi que no solo Fujisawa había terminado delante de mí. Para mi gran sorpresa, a unos cincuenta metros estaba el otro polaco, el gran comilón de Estrasburgo, Lech Cieslik. Había tratado de alcanzar a su compatriota, pero Kowalewski había acabado delante de él con al menos veinte metros de ventaja. Mientras pensaba que aquellos polacos habían tenido el honor de ganar el campeonato vi, más de cien metros delante de Kowalewski, al capitán ruso Pavlov.

No era casualidad que el oficial de Afganistán fuese tan respetado por sus compatriotas. No se le notaba cansancio alguno, parecía que solo había completado su sesión de deporte matutino. Estaba satisfecho de mí mismo por obtener el quinto lugar, pero no era el único que ocupaba ese quinto lugar. A mi lado estaba parado el tercer polaco –Yanchak–, cuya sonrisa revelaba que estaba feliz con su resultado. Por primera vez vi también la sonrisa de Fujisawa además de los gestos con los cuales me explicaba que habíamos pasado la prueba.

Mi corazón desbordaba felicidad y, de repente, recobré mis fuerzas . Miré hacia atrás para ver qué había sucedido con los otros candidatos. Inmediatamente me di cuenta de que todos ellos habían luchado duro y que estaban a solo veinte metros detrás de mí y Yanchak. Los que terminaron más cerca de nosotros fueron Erwin y Karl. Les seguía, a solo cinco metros, el norteamericano Ford, y diez metros más atrás estaban Ferrari, Mamadou y Pulash.

El sargento mayor nos colocó en formación y, con una voz completamente tranquila, anunció que todos habíamos pasado la prueba. Incluso Pulash y Mamadou, que eran últimos, se sintieron campeones.

Por el camino de vuelta al cuartel corrí al lado de Fujisawa, quien había sido testigo de mi agotamiento durante los últimos segundos de la prueba. El japonés trataba de apoyarme con gestos, y en su francés de acento fuerte me decía: "Cerca cuartel". Sentí a Fujisawa como un amigo cercano y, tratando de imitarlo, con una inclinación de la cabeza, le contesté que estaba agradecido por su apoyo moral.

Frente a la compañía de los candidatos voluntarios un subteniente nos explicó que sólo disponíamos de quince minutos para bañarnos, vestirnos y lavar la ropa sudada que teníamos puesta. Después nos teníamos que presentar para el examen que reflejaría nuestro nivel intelectual. Bajo el agua helada de la ducha me acordé de mi resfriado y el dolor de garganta me golpeó de nuevo. No había tiempo que perder, sabía que ya había pasado lo más difícil y no tenía ninguna intención de abandonarlo todo en el último momento. En este día se iba a decidir mi destino. Estaba listo para el examen y, antes de oír el silbato del cabo de turno que nos llamaba para reunirnos, pensé en mi nuevo amigo preocupándome por si conseguirían para él las preguntas de la prueba en japonés.

En la sala del examen me di cuenta de que todo iba a estar, de nuevo, cronometrado. Teníamos solo cinco minutos para responder a setenta preguntas. Aunque varias de ellas no eran difíciles, el tiempo era realmente escaso y con la prisa uno se podía equivocar. El albanés Pulash se levantó y explicó que no podía leer y escribir en francés. Siempre se le había considerado francófono porque hablaba bien en francés, y por eso sus preguntas estaban escritas en este idioma.

El cabo le explicó que no había examen en albanés, y le ofreció en idiomas ruso o inglés. Pulash trató de discutir poniendo como ejemplo de injusticia que Fujisawa tuviese sus preguntas en japonés. Su protesta no fue aceptada y lo sacaron del examen. Esa misma noche regresó con los albañiles que trabajaban sin documentos en las construcciones en Marsella, de donde había llegado.

Mi examen lo recibí en ruso, pero en mi caso no tenía ninguna intención de quejarme. Yo ya sabía que los rusos y los búlgaros, para la mayoría de los legionarios, éramos lo mismo porque escribíamos en alfabeto cirílico. El ruso no era una barrera para mí ya que, además, en esas últimas semanas lo había practicado bastante con mis nuevos camaradas.

Había llegado a la pregunta número sesenta y tres cuando el cabo me quitó la hoja haciéndome la señal de que el tiempo había terminado. Nos quedamos en la sala porque teníamos que esperar a realizar tres pruebas más, la última de las cuales era un poco diferente. Nos dieron un mapa sencillo con un par de calles, las cuales tenían diferentes tiendas, una farmacia y un cine. La observamos durante cinco minutos, después la quitaron, y al cabo de otros cinco minutos nos dieron unas hojas en blanco en las que teníamos que dibujar el mismo mapa y apuntar los nombres de las calles. Tras la prueba de agilidad mental seguía un examen psicológico. Pavlov se rió y se giró hacia mí.

—Hermano, ya que estamos aquí no deberíamos ser normales. Creo que este examen no es necesario.

—Es posible que deseen comprobar, precisamente, que estamos lo suficientemente locos —bromeé.

El día de las últimas pruebas había terminado. Por la tarde el subteniente anunció los resultados finales de nuestro grupo:

—Candidatos voluntarios Mamadou y Pulash se tendrán que retirar después de los resultados obtenidos en las pruebas de hoy. Volverán a la vida civil. El resto tendrá una entrevista con el Comité DRHLE (Dirección de Recursos Humanos de la Legión Extranjera), responsable del personal de la Legión, y quien tiene la última palabra en la aceptación de candidatos.

Estaba muy feliz y ese estado de ánimo me ayudó a combatir el resfriado y hasta pude olvidarme de la gripe. Había aplastado a mi debilidad en la primera prueba y me di cuenta de que, de ahora en adelante, nada me podría detener hasta convertirme en legionario. Lo único que no sabía entonces era que habían previsto enviar cerca de treinta candidatos a Castelnaudary, y los que habíamos pasado todas las pruebas durante esas últimas semanas éramos sesenta.

A la semana siguiente nos presentamos varias veces antes los oficiales de la DRHLE. Una y otra vez nos preguntaban sobre nuestro pasado y nuestra vida civil. Entre los candidatos voluntarios, la compañía responsable del personal de la Legión era denominada Gestapo debido a los severos interrogatorios a los que fuimos sometidos.

Al inicio me ponían las preguntas en ruso, y de intérprete había un cabo de origen soviético. Al día siguiente me pasaron con un subteniente serbio que me exigió hablarle en búlgaro. El búlgaro y el serbio se parecen mucho, pero algunas palabras, aunque se pronuncian igual, tienen un significado completamente diferente, por eso tuve mucho cuidado de lo que decía. Quería estar seguro de que me había entendido bien, pero él no paraba de observarme con una mirada sospechosa. De repente me atacó con preguntas extrañas como: "¿Te orinas por la noche?", "¿fumas marihuana?", "¿eres gay?", "y con la cocaína ¿cómo lo llevas?". Mantuve la sangre fría y pude negar con calma todas las acusaciones. Al final la duda pareció desaparecer de su mirada.

Tras dos días consecutivos de interrogatorios, me llamaron de nuevo al patio con el resto de candidatos. Nos reunimos también con los que habían llegado recientemente y estaban esperando su primer examen, mientras que nosotros esperábamos el resultado final. Era miércoles y los resultados no se anunciarían hasta el viernes. Había hecho todo lo que dependía de mí y me sentía tranquilo. Algo me decía que lo había logrado.

Me encontraba entre un pequeño grupo de compatriotas, los cuales no paraban de preguntarme sobre las diferentes pruebas. Me sentía como un viejo prisionero que apoyaba a los compañeros recién llegados. Les expliqué que aquí, aparte de las nacionalidades, nos dividíamos de acuerdo con la etapa de selección. En el fondo, en lo más bajo, estaban ellos, los recién llegados, que tenían que limpiar y trabajar sin protestar o de lo contrario perderían el derecho a continuar en esa competición. Después venían los candidatos que habían pasado los primeros exámenes médicos y estaban seleccionados. A continuación le tocaba el turno a mi grupo –los que habíamos realizado con éxito todo y nos quedaba esperar solo la decisión final de la comisión DRHLE–. Y por último, y en la cima, los más respetados del patio de la compañía eran los llamados *Rojos*. Vestían ropa militar y sus cabezas ya estaban bien rasuradas.

El viernes esos treinta muchachos seleccionados, con una franja roja en los hombros, partirían hacia el cuartel Danjou, y treinta nuevos serían elegidos. Todo estaba ya en manos de Dios. Aunque me levantaba a las cuatro y media cada mañana sabía que mi destino ya estaba escrito y mi nuevo camino estaba ya decidido. Los compatriotas que me habían apoyado con euforia durante la prueba de Cooper estaban convencidos de mi éxito. Les expliqué que, en mi caso, la decisión final llegaría el viernes. No paraba de aconsejarles sobre cómo comportarse con los oficiales y cómo reaccionar ante las provocaciones de los otros candidatos. Les hablaba de los exámenes como a mí un mes antes me lo habían contado varios de los rusos. Les aconsejé aprovechar el tiempo para prepararse para el "test de Cooper", que no debía subestimarse como una prueba ligera.

El jueves, dos de mis compatriotas abandonaron la lucha por ser legionarios y nuestro pequeño grupo quedó aún más reducido. Uno decidió regresar a Bulgaria y volver con su novia, que había quedado embarazada, y el otro no recibió la primera vacuna contra la gripe debido al exceso de peso. Aparte de mí, sólo quedaba uno, un chico llamado Vlado, que prestaba mucha atención a todos mis consejos. Vlado estaba casado y tenía una niña. Había llegado a la Legión con el único objetivo de ayudar a su familia a pasar por la crisis económica y tratar de darles una vida mejor. El jueves por la tarde mi grupo fue llamado una vez más ante un teniente, quien nos preguntó por última vez:

—¿Por qué quieres servir? ¿Por qué quieres convertirte en un legionario?

—¡Quiero hacer una carrera militar! —respondí como lo había hecho desde la primera vez que me lo preguntaron.

Habían sido de nuevo mis camaradas rusos quienes me habían aconsejado responder así a esa pregunta. Hasta ahora esa respuesta había sido siempre suficiente, pero el oficial me miró sorprendido y continuó.

—¿Estás seguro de eso? He examinado tu expediente, que completaron en DRHLE, y por lo que veo, nunca has servido en un ejército. No tienes ni la menor idea de lo que es la vida militar porque solamente has estado estudiando.

—Es cierto, no he servido en ningún ejército, pero he decidido que quiero servir aquí, justamente en la Legión Extranjera —esta fue la última respuesta que di antes del día de la decisión final de la Gestapo.

***

Nunca me olvidaré de aquel viernes y de la emoción con la que esperaba oír el resultado final después de una tan larga selección. Por primera vez me desperté antes de que pitase el silbato del cabo de turno y aguardé impaciente el grito "réveil!"

(¡despierten!). Por fin iba a saber si seguiría dentro de la Legión o si iba a regresar a la vida civil en la que viajaría nuevamente en autoestop buscando cualquier trabajo por el camino.

Todos mis pensamientos se concentraban en el instante fatal en el que, dentro de la formación, solo treinta escucharían sus nombres. La comisión militar ya había elegido los que estaban en condiciones de servir en la Legión Extranjera, y en este momento íbamos a saber quién se quedaría y quién se iría. Pensé en todos los que habían viajado conmigo por este camino desde Estrasburgo. La mayoría estaba todavía aquí conmigo, firmes, esperando la decisión del destino.

Pensé en mis compatriotas, que se fueron tan rápido, como si hubiesen venido aquí únicamente para apoyarme en el test de Cooper. Me acordé del coreano Kan, que seguramente hubiera sido un buen soldado si el destino no lo hubiese llevado hacia otra parte. Por último, me puse a pensar en Fujisawa, que había pasado todas las pruebas conmigo pero al que la Gestapo había retenido una semana para hacerle nuevos interrogatorios. El japonés nunca revelaba sus emociones, nunca se le notó algún sentimiento de enojo o de desesperación. Siempre estaba tranquilo, como si hubiese venido a un campamento de verano donde lo más difícil fuese entender este complejo idioma francés.

Eran las ocho de la mañana y yo estaba inmóvil, tenso como la cuerda de un violín, ya que estaba en la formación más importante de mi vida, la del candidato legionario. Hoy era el turno del irlandés que nos dio la bienvenida a mí y a mi grupo de Estrasburgo. Era él quien anunciaría el resultado final de "la carrera". Sacó una lista donde estaban marcados los nombres de los elegidos y comenzó a leer. El que escuchaba su nombre salía de la formación de los candidatos-legionarios y se alineaba detrás del irlandés.

A espaldas del cabo empezaron a formarse dos columnas listas para comenzar la larga marcha hacia el "képi blanc" (la gorra militar blanca, símbolo de la Legión). El irlandés ya había anunciado veinte nombres, pero yo no perdía la esperanza. Me había despertado muy temprano esta mañana, como si mi destino se hubiese dado cuenta de que mi lugar estaba allí, en las columnas tras el cabo. Prestaba mucha atención cada vez que el irlandés anunciaba un nombre con su fuerte acento. Estaba seguro de que la suerte me había traído hasta aquí y que no me iba abandonar justo ahora. Invoqué a todos los dioses de la guerra, acordándome de nuevo de mi banda favorita de *heavy metal*, Manowar, y sonó en mi cabeza:

Gods of war I call you.
My sword is by my side.
I seek a life of honor, free from
all false pride.
I will crack the whip with a bold
mighty hail.
Cover me with death if I should
ever fail.
Glory, majesty, unity!
Hail, Hail, Hail

Dioses de la guerra, yo os invoco.
Mi espada junto a mí.
Busco una vida de honor libre de falso orgullo.
Sacudiré el látigo y os invocaré con el grito valiente.
Que la muerte caiga sobre mí si alguna vez he fallado.
¡Gloria, majestad, unidad!
Salve, salve, salve.

Parecía que estaba orando por primera vez en mi vida, usando las palabras del *Warrior's prayer* (la oración del guerrero). En ese instante, busqué inconscientemente el apoyo de algún poder sobrenatural y el siguiente nombre anunciado por el irlandés fue "Loshev Guerra... Geori... Gueorgi". Tartamudeó bastante pronunciando mi nombre, pero yo ya estaba seguro de que hablaba de mí. Sentí una oleada de energía que llenó mi corazón y levanté las manos como un jugador que acababa de marcar el gol más importante del Mundial. En los próximos segundos corría hacia las dos columnas formadas detrás del irlandés. Hasta que no tomé mi lugar entre los elegidos para Castelnaudary no me sentí por fin relajado. La tensión de la larga espera de la decisión final ya se había esfumado. Mi suerte había hecho su trabajo, ahora todo dependía de mí y mi deseo de luchar por el lugar de un legionario.

En ese momento sentí que estaba listo para cualquier cosa, y ya sabía que no me rendiría frente a las dificultades que me esperaban en los próximos meses. El destino me había dado la oportunidad y yo tenía que ser digno de ella. Comprendí que ese día mi vida había cambiado para siempre. "¿Iba realmente a hacer una carrera militar, o iba a regresar a la vida civil después de mi primer contrato?", pensé yo, pero por el momento eso no tenía importancia, porque en ese momento lo único que importaba era que mi sueño de convertirme en legionario se hacía realidad.

Ese día tuvo tanto significado para mí que me prometí escribir un libro sobre la Legión y sus soldados, reunidos de todos los rincones del planeta. Cumplí esa promesa después de haber sido convocado por ese poder sobrenatural que me sacó de mi vida de bohemio llevándome hacia un nuevo mundo llamado *LEGIO PATRIA NOSTRA*. Así que, en este momento, doce años después de aquel viernes, siento que ya ha llegado el momento de hacer honor a esa promesa y dar lo mejor de mí mismo, escribiendo estas páginas.

Ahora sé que lo más importante en esta vida es no conformarnos con lo presente y tratar siempre de buscar nuevas oportunidades persiguiendo nuestros sueños hasta el final.

México. 1863

No puedo permitirme escribir un libro dedicado a la Legión Extranjera sin contarles algo acerca de *la Batalla de Camerone*, hazaña de sesenta valientes legionarios que resistieron los ataques de dos mil mexicanos. La historia se relata cada 30 de abril a todos los que asisten a la celebración de *Camerone*.

No diría que el memorable capitán Danjou y casi toda su compañía encontraron la muerte porque, exactamente ese día, se convirtieron en héroes inmortales, aportando el futuro ejemplo a seguir por los legionarios de las generaciones venideras.

Jean Danjou era el hijo de un fabricante de sombreros y prendas de punto. Los siete hermanos de la familia ayudaban en el trabajo de su padre. Cuando cumplió los diecinueve años, Jean decidió cambiar su vida y probó su suerte en la prestigiosa escuela militar de Saint Cyr. Danjou comenzó su carrera militar en el 51º Regimiento de Infantería y, tres años después, fue enviado a la Legión Extranjera. Mientras servía en el Segundo Regimiento Extranjero en Argelia, un fusil explotó en sus manos durante un ejercicio militar y le destrozó los dedos. Su mano tuvo que ser amputada. Poco después el joven oficial recibió la orden de abandonar el servicio activo. Danjou se negó y pidió la elaboración de una mano de madera con la cual partió hacia la Guerra de Crimea. Demostró que, aun con la prótesis, podía seguir en las filas como oficial activo. En los siguientes años participó en varias misiones, pero se convertiría en una leyenda en 1863 cuando, al mando de la tercera compañía de la Legión, se enfrentó a dos mil mexicanos.

En esta gloriosa contienda nos acordaremos también del nombre de Philipe Maine, uno de los pocos que resistió hasta el último ataque del enemigo. Sirvió como sargento en el Cuarto Batallón de los Cazadores de Infantería. Durante la Guerra de Crimea demostró un espíritu encomiable. Después de la caída de Sebastopol fue condecorado con la Orden de la Legión de Honor, y con semejante condecoración a sus espaldas partió para Argelia como un soldado raso del Segundo Regimiento de los Zuavos (Les Zuavos, en francés). Sirvió en la infantería en África hasta 1863, cuando al final se decidió a probar suerte en la Legión Extranjera. Justo después de su llegada a las filas de la Legión fue enviado a México, donde participó en la batalla de Camerone y, a partir de ese momento, formó para siempre parte de su leyenda.

***

Durante la guerra en Italia, de la cual recordaremos siempre la batalla en Magenta, el Segundo Regimiento Extranjero de Infantería perdió a su coronel y a más de la mitad de sus efectivos. Después vino la misión en Argelia, tras la cual únicamente quedó un regimiento de la Legión.

En ese momento los Estados Unidos estaban inmersos en su propia Guerra Civil. Napoleón III vio la oportunidad de crear una nueva colonia francesa y planeó enviar a su ejército a México. Los legionarios estaban ansiosos de vivir aventuras, y el nuevo mundo –que los españoles llamaba "El Dorado"– atrajo de inmediato su interés y mostraron su predisposición de participar en esta misión durante la fiesta de San Napoleón.

El cuartel estaba decorado con numerosas imágenes que representaban las victorias legendarias a través de las cuales la Legión Extranjera se ganó su fama en menos de treinta años de existencia: la conquista de Argelia, la misión en España, el puente Alma, Malakof, Sebastopol y la batalla de Magenta. Al final de la exposición aparecía un cuadro vacío colgado. Cuando el coronel Jeanningros fue a brindar con sus hombres por la salud del emperador observó el gran cuadro sin dibujo y sin título. Sorprendido, les preguntó a los legionarios por qué entre todos esos cuadros de épicas batallas habían colocado ese cartel en blanco. De repente, en la sala, un grito poderoso rompió el silencio; era el deseo de los legionarios de una nueva aventura: *Partons pour le Mexique.*

***

El ejército francés estaba ya en Puebla y allí había sufrido numerosas pérdidas. Mientras, el gobierno francés parecía haberse olvidado de su Legión Extranjera, la cual estaba ansiosa de partir hacia América. Los legionarios se reunieron y decidieron enviar una solicitud formal al emperador, explicando que habían rubricado un contrato para luchar y ayudar al ejército francés. Aunque los políticos de la época consideraron esta insistencia una muestra de arrogancia e incluso algunos de los oficiales de la Legión fueron castigados, en enero de 1863 el coronel Jeanningros y sus legionarios recibieron la orden de partir hacia México.

El 9 de febrero dos mil hombres del Primer Batallón de la Legión Extranjera subieron con su coronel a bordo del barco que los llevaría hacia el Nuevo Mundo. Tras mes y medio de dificultoso viaje a través del océano los legionarios finalmente arribaron a Veracruz. Su primer contacto con las Américas no fue tan emocionante como esperaban porque al llegar se encontraron con una ciudad fantasma, casi sin habitantes. Por otra parte, Jeanningros ya había recibido las primeras órdenes por parte del ejército francés y, al parecer, su misión era proporcionar el enlace entre Teheria y Chiquihuite. Los legionarios se quedaron un poco decepcionados porque habían llegado a México para combatir en Puebla junto al ejército del general Forey, y no a ser obligados a permanecer en las "tierras calientes", que eran zonas caracterizadas por la desolación de sus ciudades y los cielos cubiertos de aves negras.

A primera vista la misión de la Legión se antojaba bastante tranquila, no se veían unidades enemigas, pero no era ninguna coincidencia que las tierras de alrededor estuviesen deshabitadas. Enfermedades terribles comenzaron a atacar a los legionarios. El primer choque del regimiento extranjero no fue con la guerrilla, sino con una epidemia llamada "vómito negro". Los legionarios comenzaron a sufrir dolores de cabeza insoportables, seguidos por una fiebre muy fuerte y convulsiones que les provocaban vómitos de sangre.

Los afectados murieron rápidamente y los médicos se veían impotentes ante esta enfermedad desconocida. A pesar de la epidemia y de las duras condiciones, los legionarios siguieron ejecutando las órdenes llegadas de la sede sin protestar. El regimiento de la Legión Extranjera sufrió pérdidas considerables antes de haber entrado siquiera en batalla.

Al mismo tiempo, el ejército de general Forey perdía en un nuevo enfrentamiento con las tropas rebeldes. Los soldados franceses en Puebla necesitaban apoyo y, el 14 de abril de 1863, salió de Soledad un convoy militar que transportaba armas, alimentos, municiones y cuatro millones en monedas de oro.

En el momento en que el coronel Jeanningros se enteró de la existencia de dicho convoy, llamó a la tercera compañía, que fue posicionada en Paso del Macho. Sin embargo, esta división se había visto gravemente afectada por las enfermedades tropicales, y sólo llegaba a sesenta y dos combatientes. El teniente Gans, el único oficial superviviente, también estaba enfermo y no se encontraba en disposición de combatir. En este momento el convoy se encontraba a cincuenta kilómetros de Chiquihuite.

El coronel Jeanningros supuso que los rebeldes tratarían de atacar la preciosa carga, pero tampoco podía permitirse abandonar Chiquihuite ya que este era uno de los puntos estratégicos más importantes. Por otra parte, no podía dejar que el dinero y las municiones contaran únicamente con la protección de los soldados que acompañaban la caravana desde Soledad. El coronel no tenía otra opción y, a pesar del estado en que se encontraba, la tercera compañía debía de partir en una misión de inteligencia. El Capitán Danjou se ofreció para asumir el mando de los sesenta y dos hombres. Los subtenientes Clément Maudet y Jean Vilain decidieron acompañarle y así, la tercera compañía, con sus tres oficiales al frente, se puso en marcha la noche del 29 de abril.

La misión de los legionarios se dirigió a Palo Verde para reconocer el terreno. Caminaron toda la noche sin descanso. Pasaron primero por Paso del Macho, y a continuación por Paso Ancho. Al amanecer estaban ya en las afueras de la aldea desierta de Camarón (conocida por los franceses Camerone). La compañía llegó a Palo Verde a las siete y media de la mañana y, finalmente, el capitán Danjou dio la señal de descanso.

El cabo Magnin salió acompañado por un legionario a buscar agua mientras unos descargaban las mulas y otros cortaban la madera para el fuego. De acuerdo con el plan, tras la cobertura, la tercera compañía debía regresar a Chiquihuite, pero de pronto el centinela vio una nube de polvo en el horizonte. El capitán Danjou oteó con sus binoculares y se percató de que la caballería mexicana se estaba acercando. "¡A las armas! ¡Enemigo!" gritó mientras apagaba el fuego. La tercera compañía no había tenido tiempo para descansar ni un solo momento, y hasta las cantimploras de agua seguían vacías.

En sólo unos segundos los legionarios se alinearon en una columna y se dirigieron contra el enemigo. El Capitán Danjou tenía un solo propósito: impedir que los mexicanos se acercaran al convoy. Sin embargo, parece que los jinetes mexicanos no habían recibido la orden de ataque y por eso se retiraron.

Los legionarios corrieron tras ellos, cruzando el espesor del bosque. El avance a través de este terreno escarpado era muy lento y doloroso. El capitán se dio cuenta de que se habían alejado demasiado de la zona que tenía que proteger y decidió volver a la carretera. Estaba llevando a sus hombres hacia Camarón cuando, a trescientos metros de la hacienda de Trinidad, una bala enemiga alcanzó al legionario. Danjou decidió partir entonces hacia Paso del Macho en busca de refuerzos, pero la caballería mexicana volvió a aparecer. El capitán dedujo que ya era demasiado tarde para volver a Paso del Macho y ordenó a los legionarios cargar contra el enemigo.

Esta vez los mejicanos, que confiaban en su superioridad numérica, cabalgaron hacia la compañía a trote ligero. Los legionarios adoptaron la posición de defensa y esperaron con calma al enemigo. Los jinetes mexicanos iniciaron un feroz ataque pero no pudieron romper el cuadrado defensivo creado por los legionarios. Sesenta hombres repelieron el ataque de cientos de jinetes y al final los rebeldes se batieron en retirada.

La tercera compañía del capitán Danjou se disponía a celebrar la pequeña victoria cuando alguien se percató de que las dos mulas provistas con víveres y municiones habían huido asustadas por el tiroteo y el ruido. Durante la batalla los legionarios no se dieron cuenta de la desaparición de los animales, pérdida que era fatal porque les quedaban muy pocas balas; además, se habían quedado sin comida y agua. El capitán Danjou, viendo que su posición sobre un terreno plano era muy favorable para recibir los ataques de la caballería mexicana, decidió mover a sus hombres. Encontró el lugar ideal para formar un cuadrado en el lado sur de la carretera, bordeado a un lado por un terraplén y por el otro con setos de cactus.

La caballería de Juárez volvió en un número aún mayor, y el segundo ataque comenzó. Pero esta vez los caballos de los rebeldes no lograron superar el terraplén y los legionarios rechazaron el ataque fácilmente. Así que, por segunda vez, la guerrilla mexicana se retiraba ante el fuego de la Legión.

En este momento el capitán Danjou, consciente de que sus muchachos eran capaces de resistir al numeroso enemigo, decidió ubicar a su compañía en la hacienda de Camarón y luchar allí hasta el final. Corriendo y gritando "¡viva el Emperador!", la compañía llegó hasta la hacienda abandonada. El Capitán Danjou mandó al Sargento Morzicki parapetarse en el tejado e informar de la posición del enemigo. Hacia la hacienda de Camarón se acercaban, por lo menos, mil jinetes. Los legionarios estaban listos para enfrentarse a otro ataque cuando uno de los oficiales de Juárez se acercó a su posición con un paño blanco. El emisario prometió al sargento Morzicki que, si se entregaban, el coronel Milán dejaría con vida a todos los legionarios. La respuesta de Danjou fue lacónica:

—Tenemos balas y no nos rendiremos.

La batalla comenzó. El capitán trataba de levantar la moral de sus legionarios aunque sabía que no tenían ninguna oportunidad, sin comida y casi sin municiones, ante el numeroso enemigo. No había refuerzos y les quedaban muy pocas balas. A las diez de la mañana Danjou reunió a sus hombres en el interior de la hacienda y les instó a hacer un juramento:

—¡Legionarios, ustedes juran conmigo que no nos rendiremos... y que resistiremos hasta el último aliento!

La batalla continuó y los mexicanos, cada vez más y más entusiasmados, trataron de acceder a la hacienda. El Capitán Danjou siempre estuvo al lado de sus soldados pero poco antes del mediodía una bala enemiga le hirió en el pecho. El subteniente Vilain tomó el mando y la desesperada resistencia continuó. De repente, los legionarios escucharon el ritmo de los tambores pero, por desgracia, no eran los refuerzos que esperaban. Se trataba de la infantería mexicana, que venía a unirse a la caballería.

El coronel Milán estaba convencido de que los legionarios se rendirían ante su gran ejército, y por ello les ofreció una vez más renunciar a su resistencia sin sentido. Pero obtuvo una respuesta muy rápida directamente del sargento Morziki: "¡Vete al infierno! Los legionarios han hecho un juramento de honor a su capitán y lo cumplirán hasta el final". Danjou ya no estaba entre los vivos, pero su ejemplo de coraje, honor y lealtad continuó liderando a sus valientes soldados en los momentos críticos de la batalla.

A las dos de la tarde una bala golpeó en la frente al teniente Vilain. Ya sólo quedaba un oficial, el subteniente Maudet, que asumió el mando. Clement Maudet era el oficial que había obtenido más medallas y honores militares entre los batallones y, como tal, era el alférez. Los combatientes que aún quedaban de la tercera compañía se reunieron alrededor de su valiente líder y la resistencia continuó. Los legionarios no habían comido, ni habían bebido agua desde el día anterior pero, a pesar del agotamiento, continuaron luchando. El coronel Milán no podía creer lo que veían sus ojos:

—Estos no son personas, ¡son demonios! —exclamó.

Al atardecer se le hizo llegar una última propuesta al sargento Morziki que ni siquiera respondió. Solo quedaba una docena de legionarios alrededor de Maudet y, aunque mantenían una feroz resistencia, a las seis de la tarde las municiones comenzaron a escasear. Al sargento Morziki, que valerosamente había rechazado en dos ocasiones las propuestas del enemigo, le tocó su turno y fue atravesado por varias balas. En estado de combatir quedaron ya solamente el subteniente Maudet, el cabo Maine y los legionarios Catteau, Wensel y Constantin. Continuaron la batalla hasta su fin. Había llegado el momento de la última bala.

—¡Carguen los fusiles! —ordenó el subteniente Maudet—. ¡Disparen a mi orden y atacaremos con las bayonetas!

Los legionarios cumplieron con el juramento hecho ante el capitán Danjou. Los mejicanos se acercaron al ver que nadie disparaba, y cuando se aventuraron a entrar en el patio de la hacienda de pronto escucharon el grito "¡Fuego!" y las últimas balas de los legionarios repelieron la avanzada del ejército mejicano una vez más. Sólo con las bayonetas de sus fusiles, los últimos cinco se lanzaron sobre el enemigo. Los rebeldes de Juárez dispararon entonces a quemarropa contra los legionarios. Catteau se echó hacia adelante cubriendo con su cuerpo al subteniente Maudet y fue atravesado por diecinueve balas. A pesar del sacrificio Maudet fue herido en el muslo y en el costado derecho. Por su parte Wensel fue golpeado en el hombro, pero logró levantarse y ponerse al lado del cabo y Constantin. Los tres se mantuvieron firmes frente al enemigo, amenazando con sus bayonetas. Un oficial mexicano decidió salvar a estos valientes hombres y detuvo la descarga de sus soldados, que se preparaban para disparar por última vez a los legionarios. Se dirigió hacia el cabo Maine, hablando en francés:

—¡Esta vez tienen que rendirse!

Maine se dio cuenta de que el mejicano había intervenido para salvarles y mostrarles su respeto. Los legionarios seguían amenazando con sus bayonetas cuando el cabo dijo:

—Me doy por vencido si nos dejan nuestras armas y si usted se compromete a cuidar a nuestro teniente, que está herido.

—¡Nada puede negarse a gente como ustedes! —respondió el oficial mejicano poniendo el punto final a la épica batalla de Camerone.

Ese oficial era el coronel Angel Lucido Cambas, criado en Francia en una familia burguesa pero a quien el destino había devuelto a México para enfrentarse al ejército francés. Su afecto por ese país le hizo salvar a los últimos tres legionarios.

El cabo Maine y sus guerreros todavía seguían en posición amenazante sin poder creer en el milagro que los había salvado. Philippe Maine, como si quisiera asegurarse de no estar soñando, puso de nuevo a prueba sus condiciones:

—¡Nos rendiremos si prometen decir a todos que cumplimos con nuestro deber hasta el final!

El coronel Cambas juró que los trataría con dignidad y que iba atender a sus heridos. Los tres legionarios guardaron sus fusiles y sus uniformes mientras el resto de soldados mejicanos los observaba con respeto. El enemigo mismo se inclinaba admirando el coraje de los legionarios.

Los heridos de la batalla de Camerone fueron trasladados a un hospital en Jalapa. Ni con toda la atención brindada por parte de los mejicanos el subteniente Maudet logró recuperarse de sus heridas, y la tercera compañía perdió a su último oficial, que fue enterrado con todos los honores militares frente a la formación del ejército de Juárez.

Un día después de la batalla el coronel Jeanningros llegó con refuerzos, pero solo encontró la tumba común de los legionarios de la Tercera Compañía. Los mejicanos estaban lejos y era demasiado tarde para perseguirlos. En la fosa común, entre los cadáveres los legionarios, encontraron al tambor de la compañía, que todavía respiraba. Era un milagro que, a pesar de sus dos heridas de bala y varias puñaladas, solamente hubiese perdido la conciencia.

El tambor se recuperó y fue condecorado con la Orden de la Legión de Honor. Entre las ruinas de la hacienda el coronel Jeanningros halló la prótesis del capitán Danjou, y se la llevó consigo. La mano de madera se convertiría en un símbolo de la Legión Extranjera. Al principio fue guardada como una reliquia en Sidi Bel Abbes, pero cuando los legionarios se fueron de Argelia y regresaron al viejo continente, fue trasladada a Aubagne y actualmente está en la cripta del museo del Primer Regimiento Extranjero. Cada 30 de abril, cuando se celebra la gran batalla de Camerone, los legionarios veneran la mano del capitán Danjou.

Dos meses después de la batalla de Camerone, el coronel Dupin, con ciento cincuenta jinetes de las fuerzas aliadas de México y ciento veinte legionarios del primer batallón de la Legión, derrotó al ejército de Juárez que participó en la batalla de la hacienda de Camerone. La guerra continuó y, dos años más tarde el coronel Cambas, que había salvado al cabo Maine y los legionarios Wensel y Constantin, murió en el campo de batalla. Su cuerpo fue envuelto en la bandera de la Legión Extranjera y acompañado hasta Huatusco, donde los legionarios le brindaron un reconocimiento con todos los honores militares.

Gracias al sacrificio de la Tercera Compañía, la valiosa carga llevada por el convoy llegó intacta a Puebla. Los cargamentos de municiones, comida y dinero siguieron llegando sin problemas en la ruta de acceso proporcionada por la Legión Extranjera, y finalmente el ejército francés logró apoderarse de Puebla. La victoria en el plano militar fue absoluta, pero la política de Napoleón III cambió después del final de la Guerra Civil en los Estados Unidos. Los norteamericanos sólo reconocieron la legitimidad del gobierno de Juárez y comenzaron a ayudar a los rebeldes para que recuperaran el poder. Bajo la presión de los políticos, el emperador francés decidió retirar finalmente sus tropas de México.

Aunque la misión en México no fue un éxito para Francia, aportó más fama aún a la Legión Extranjera. La tercera compañía escribió una de las páginas más grandes de la historia del cuerpo. El sacrificio de aquellos bravos guerreros hizo que los generales de la sede de París reconocieran finalmente a los legionarios como héroes. Napoleón III decidió no volver a permitir que estos valientes soldados fueran sacrificados para ayudar en causas ajenas. Ordenó que el nombre de "Camerone" se bordara en la bandera del Primer Regimiento Extranjero y que los nombres de Danjou, Vilain y Maudet fueran grabados en letras de oro en la pared del museo *Les Invalides* de

París. Además, en el lugar de la legendaria batalla se levantó un monumento donde aparece anotado:

ESTABAN AQUÍ MENOS DE SESENTA,
ENFRENTADOS A TODO UN EJÉRCITO.
SU PODER LOS APLASTÓ.
FUE LA VIDA, NO LA VALENTÍA
LO QUE ABANDONÓ A ESTOS SOLDADOS
FRANCESES.
EL 30 DE ABRIL DE 1863.
EN SU MEMORIA LA PATRIA LEVANTA ESTE
MONUMENTO.

El único superviviente de la batalla de Camerone, el cabo Maine, fue tratado con respeto y finalmente fue liberado en julio de 1863. Al final de la misión en México, tuvo el honor de ascender a teniente. En 1868 emprendió un camino hacia nuevas aventuras en Vietnam, pero fue tuvo que ser repatriado por enfermedad.

Cuando en 1870 el este de Francia fue ocupado por los alemanes, el ejército del príncipe de Saxe atacó la ciudad francesa Bazeilles. Al final de esa batalla se produciría una escena similar a la de Camerone. Esta vez, sustituyendo la hacienda mexicana por la posada de Bourgerie y a la Legión por la División Azul, entre los últimos supervivientes reunidos alrededor del mayor Lambert aparece de nuevo el mismo Philipe Maine.

Este guerrero incansable, que abandonó la Legión para incorporarse al tercer regimiento de infantería marina con la única razón de volver a su patria para defenderla de los alemanes, fue incluido en la División Azul para luchar en Bazeilles. En la posada Bourgerie solo quedaron unos pocos que no se rindieron y que no retrocedieron ante los invasores alemanes. Entre ellos se encontraba nuestro héroe, el superviviente de Camerone. Las municiones se terminaron y Maine se encontró de nuevo únicamente con su bayoneta ante el ataque de los alemanes. Su ángel de la guarda volvió a protegerle y consiguió salvar la vida. Philip Maine se reiría una vez más en la cara de la muerte al lograr escapar de su cautiverio para unirse al ejército de Loira, con el cual detuvo la invasión alemana. Las aventuras de ese guerrero seguirían a través de los años con los tiradores senegaleses. Su ángel de la guarda lo cuidó hasta el final de su carrera militar cuando, en 1878, después de veinte y ocho años de servicio, Philipe Maine decidió retirarse con honor y gloria.

CASTELNAUDARY. 1996

Por primera vez desde que había llegado a Francia, hacía frío y llovía fuerte. El tiempo había cambiado bruscamente. El verano se acababa pero en mi corazón el sol todavía brillaba y nada podía hacer que perdiese mi buen humor.

Éramos unos treinta jóvenes, vestidos con ropa militar completamente nueva, y calábamos con orgullo las boinas verdes en nuestras cabezas. Estábamos en formación en la estación de Marsella, donde un tren nos llevaría a la base militar en Castelnaudary. Parecíamos algún mineral de hierro que iba ser purificado y procesado en la siderurgia. De nosotros tenía que quedar únicamente el acero templado más fuerte.

En este momento, esperando en la estación de Marsella, todavía disfrutaba de mi alta autoestima. La lección recibida durante la prueba Cooper no era suficiente para perderla ya que yo culpaba al resfriado de aquella debilidad momentánea. Tenía fe en mi voluntad firme de convertirme en legionario y estaba seguro de que los sargentos-instructores en Castelnaudary no tendrían nada con que asustarme. Desde los seis años siempre había practicado algún deporte y, aunque nunca llegué a ser campeón, me sentía constantemente en excelente forma.

Entre los chicos que nos habíamos ganado un lugar para este viaje hacia el Regimiento Escuela de la Legión Extranjera se encontraba el alemán Karl y el eslovaco Erwin, con quienes había iniciado esta aventura desde Estrasburgo. También reconocí entre ellos a mi principal oponente de la prueba de Cooper, el polaco Kowalewski, que ahora se llamaba Klis. Por supuesto, entre nosotros también había encontrado su lugar Pavlov, capitán del ejército rojo, a quien todos los rusos respetaban.

El único representante de Estados Unidos, James Ford, también fue elegido para la fase final de la selección, de la cual ya no teníamos derecho a salir por voluntad propia. Todos estábamos ansiosos de demostrar nuestra fuerza en Castel. Si realmente merecíamos este lugar, cuatro meses después volveríamos a la misma estación de tren para ser distribuidos en diferentes regimientos de la Legión.

El ferrocarril estaba parado y nos esperaba mientras formábamos ante el nuevo sargento, quien nos explicó que, a partir de ese momento, estábamos bajo sus órdenes y nadie podía moverse sin su permiso. No teníamos derecho de desplazarnos solos. La vida en la compañía de combate es por binomios y, desde ese momento, estaríamos siempre acompañados por uno de nuestros camaradas. Tendríamos que entender que durante las acciones militares nuestra vida depende de nuestros compañeros, y que uno solo no es nada. En este caso el sargento no nos dejaba ni un momento a solas. Su misión era llevarnos a Castel sin que nadie se perdiera por el camino.

Cuando el instructor terminó su discurso hicimos las maletas y enseguida el cabo dio la orden de embarcar.

—¡Vamos, dense prisa! Al que suba el último le tocará la tarea de guardar el equipaje.

Los que entendimos la orden nos apresuramos a entrar en el tren. Último quedó un gran húngaro que no tenía ni idea de lo que había dicho el cabo. Y, cuando estaba a punto de instalarse cómodamente en un asiento libre, el sargento le hizo la seña de ir donde el cabo, quien se encontraba al lado de nuestras maletas bien ordenadas a la entrada del vagón.

—¡Parece que no entendiste nada! —le recriminó el cabo con una mirada severa—. ¿O estás sordo?

—Yo comprender, aaa, no —trató de responder el húngaro en francés.

—¡OK, ahora, mira, te quedas aquí! ¡Tú, guardia!

—*Oui, caporal!* —respondió el húngaro y se quedó recto en posición firmes.

—¡No, no firme, descanse! Vas a guardar el equipaje y vas a observar a tus compañeros para que no se escape nadie —el cabo comenzó a explicar con señas cuál era la tarea del húngaro.

—*Oui caporal, compris caporal!* —respondió de repente el voluntario, que al parecer finalmente se había dado cuenta de qué se trataba el asunto.

—Bien, OK —suspiró aliviado el cabo. —Ahora simplemente relajarse, no firme, descanso. Tú vas a observar, y si hay algún problema, me llamas. ¡Vamos, descanse!

El húngaro se quedó en posición de descanso al lado de las bolsas, pero, sin embargo, continuaba inmóvil y bastante tenso. Esta había sido su primera tarea al servicio de la Legión Extranjera.

Al comienzo del viaje la mayoría de mis nuevos amigos se durmieron y aprovecharon esas cuatro horas en tren para descansar. Yo no cerré los ojos ni un segundo. Miraba por la ventana las tierras que el tren cruzaba, la gente en las estaciones, las pequeñas casas rurales, los castillos medievales y las grandes granjas que adornaban el paisaje. Aunque ya no tenía moto, el viaje en sí mismo me emocionaba, y además este era el comienzo de una gran aventura.

A pesar del tiempo lluvioso, seguí contemplando la imagen que se revelaba desde la ventana del vagón. En realidad nunca había pensado en convertirme en un militar porque amaba la libertad y no soportaba las restricciones, pero me encantaban las pruebas que encontraba por el camino, y la Legión

Extranjera era la más grande. Mi enorme voluntad de sortear todos los obstáculos y la emoción de enfrentarme a lo desconocido me tendrían que ayudar, no sólo durante los cuatro meses de formación en Castel, sino en la totalidad del contrato de cinco años.

En la estación de trenes en Castelnaudary nos esperaba el autobús del Cuarto Regimiento Extranjero. Nos subimos rápidamente y, cinco minutos más tarde, ya estábamos a las puertas del cuartel "Capitán Danjou". El regimiento-escuela de la Legión llevaba el nombre del héroe de *Camerone*, ya que los voluntarios tenían que comprender qué significaba *l'esprit légionnaire* (espíritu legionario). El sargento solicitó al conductor del vehículo que parara frente al portón del cuartel y enseguida nos ordenó bajar. Una vez ubicados en formación en el umbral del Cuarto Regimiento Extranjero, inició un nuevo discurso:

—Algunos de ustedes no saldrán tan felices de aquí como ahora lo están. Hoy ustedes ya se creen legionarios, pero aún no son nada. Aunque ahora no lo crean pronto verán cómo algunos empezarán a llorar y a querer regresar a su vida civil, pero ya será muy tarde para eso. Han sido alistados en el ejército y ahora tienen que pasar por estos cuatro meses de instrucción. Algunos de ustedes no aguantarán, unos desertarán, otros irán al hospital. Después de todo llegará el día de los exámenes y luego nosotros decidiremos quién se queda y quién no. ¡Valor! —el sargento terminó así su discurso intentando animarnos.

Después nos echó una mirada severa a todos y alzó su voz fuerte dándonos la orden de marchar:

—Gardez-vous! Pas cadencé, droit devant, en avant marche!

Por primera vez en mi vida caminaba con el paso de la Legión Extranjera. No entendía nada del orden cerrado, lo único que sabía era que tenía que empezar con la pierna izquierda. Cada vez que el sargento contaba *Un, deux, trois, quatre... Un, deux, trois, quatre...*, era el momento de la pierna izquierda. Fue bastante fácil cogerlo. Este paso era único en su tipo, era lento y simple. Se diría que se inventó para personas corrientes. Marchando así pasamos por el portón del cuartel Capitán Danjou y nos detuvimos frente a las puertas del edificio de la Tercera Compañía. Allí nuestro grupo se dividió y doce candidatos se fueron con el sargento a la Segunda Compañía. Iban a completar un pelotón que empezaría de inmediato la instrucción. Al resto nos confiaron a un sargento, nativo de Madagascar, con un nombre largo y complicado que en un primer instante no pude memorizar.

—¡Vamos, entren! ¡A partir de este momento, la Tercera Compañía es su nuevo hogar! —nos gritó mientras nos hacía entrar a un aula donde había una pizarra—. Después de unos minutos se les presentará ante el comandante de nuestro pelotón, el sargento mayor Khalil.

Cuando nuestro comandante entró en la habitación, el sargento gritó:

—¡Firmes!

—¡Descansen! ¡Pueden sentarse y sean bienvenidos! —fueron las primeras palabras que escuché del comandante de nuestro pelotón, que parecía bastante tranquilo y me cayó bien—. Soy el comandante de sección cuatro de la Tercera Compañía. Nuestra sección, abreviadamente, se llama S4. S4, eso somos nosotros, y pasaremos juntos estos cuatro meses. Durante este tiempo deben aprender a trabajar en equipo, y yo tengo que hacer de ustedes un verdadero pelotón preparado para entrar en combate.

El sargento mayor Khalil era libanés y tenía treinta y ocho años. Jamás chillaba, nervioso, como la mayoría de los suboficiales que había visto en Aubagne. Siempre hablaba con calma. Llevaba unas gafas con las que, frente a la pizarra, parecía más un profesor que un legionario. De repente sentí como si estuviese de nuevo en las clases de la universidad, y escuchaba con interés las explicaciones del comandante de nuestro pelotón, quien nos advirtió que lo más difícil sería el primer mes de entrenamiento. Lo íbamos a pasar en medio de la naturaleza, usando como base una finca. Allí, desde el amanecer hasta el anochecer, y a veces hasta la madrugada, íbamos a hacer ejercicios acostumbrándonos a la vida en la Legión Extranjera. Además del deporte y la carga física íbamos a estudiar francés, manejo de armas, el código de honor del legionario, las canciones tradicionales y, al final, algunas lecciones relacionadas con la historia de la Legión Extranjera.

La formación de un mes en la finca terminaría con una larga marcha, llamada por los instructores *képi blanc* porque después de cruzar marchando por los Pirineos obtendríamos la gorra blanca, símbolo de la Legión Extranjera. Aquellos que lograsen culminar con éxito dicha marcha tradicional serían formalmente aceptados en la gran familia de los legionarios y, desde ese momento, la Legión Extranjera se convertiría en su patria. Tras esta prueba quedarían tres meses más de formación, incluyendo ejercicios, cursos de primeros auxilios, marchas y maniobras en las montañas, pero siempre regresando a nuestra nueva casa –el cuartel Capitán Danjou. Al final de la instrucción tendríamos que superar unos exámenes relacionados con las materias estudiadas a lo largo de los cuatro meses. Por otra parte, también nos esperaban unas pruebas de resistencia física que tendríamos que cumplir obligatoriamente. Sólo aquellos que lograsen pasar por todo esto tendrían el honor de ser incluidos en un regimiento de combate de la Legión Extranjera.

Antes de partir el sargento mayor nos dejó a disposición del sargento de Madagascar.

—¡S4 firmes! —alzó la voz por primera vez nuestro comandante, luego sonrió y habló de nuevo con voz tranquila—. Se quedarán con el sargento Raza. Su nombre completo es

Razafinimpanana, pero aquí en la Legión no tenemos mucho tiempo para hablar tanto y por eso le llamamos sargento Raza.

Tras estas palabras nuestro comandante se fue y nosotros relajamos la postura.

—¡Firmes! —el grito del sargento Raza nos recordó que estábamos en la Legión y que el ambiente tranquilo creado por nuestro comandante era sólo una ilusión—. Su formación ya ha empezado y ustedes, después de escuchar la orden "firmes", tendrán que mantenerse rectos y tensos, siempre listos para cumplir mis órdenes A partir de ahora no habrá ni sábado, ni domingo, para ustedes. Durante los cuatro meses no habrá descanso, pero les prometo que sus días estarán colmados de muchos momentos interesantes. A veces los días no serán suficientes y llenaremos también las noches con actividades divertidas. No tenemos mucho tiempo, sólo cuatro meses, así que tienen que concentrarse y dar lo mejor de sí mismos para poder convertirse en legionarios. También deben aprender a ejecutar sin problemas las órdenes de sus jefes inmediatos, los cabos instructores. Ahora los dejaré a la disposición del cabo Ruja, y después quiero ver sus armarios ordenados siguiendo el modelo que él les enseñará.

Ruja era rumano y tenía 35 años. Había completado la formación con excelentes resultados en deporte, y por ello fue elegido para convertirse en instructor después de sus primeros cuatro meses en la Legión. Desde hacía dos años entrenaba a los nuevos voluntarios, y veíamos en sus ojos salvajes que haría todo lo posible para educarnos a su manera.

—Como ha dicho el sargento Khalil, S4 significa sección cuatro, y eso son ustedes. Si oyen "¡S4, pasillo!" significa que los quiero alineados en el pasillo, y si oyen "¡S4, abajo!" los quiero ver en formación frente a la entrada del edificio de nuestra tercera compañía. Todos ustedes, S4, deben actuar como un solo hombre, así que si alguien llega tarde significa que toda la compañía se retrasa, y en ese momento llegará la orden "¡S4, en posición para las flexiones!".

Aquellos que no entendían bien el francés pero habían aprendido muy bien en Aubagne la última orden, se prepararon para las flexiones. Ruja los miró con una sonrisa y continuó:

—S4 es una sección, es una unidad de combate y siempre deben ayudarse entre ustedes. Así que aquellos que entienden el francés deberían ayudar a los *non francophones*.

Empezamos a dar explicaciones a los que todavía no se manejaban en francés y pronto pasamos de los susurros a montar un alboroto que fue interrumpido por el grito seco del cabo.

—¡Silencio! ¡S4, en posición para las flexiones!

Iniciamos un largo ejercicio y los que no podían seguir el ritmo de Ruja recibían como premio una patada en el costado. Las flexiones eran un ejercicio en el que yo me había entrenado desde muy temprana edad sin saber que era el castigo principal en la Legión, y que soportábamos desde el principio en Estrasburgo. Seguí haciendo las flexiones, seguro de mis propias fuerzas. La mitad del pelotón ya estaba en el suelo tras haber recibido varias patadas del cabo. De repente pareció que Ruja se cansó o se aburrió de repartir patadas y empezó a meternos prisa aumentando el ritmo con sus gritos: *En haut! En bas!* (¡arriba! ¡abajo!).

Me di cuenta de que este ejercicio solo terminaría cuando el último de nosotros cayese sin fuerzas sobre las baldosas del pasillo. De repente sentí que no tenía la fuerza para subir y, cuando traté de que mis músculos obedecieran en un alarde de fuerza de voluntad, se negaron y caí sobre el suelo helado. Estaba terriblemente agotado, y en el momento en que esperaba recibir una patada profiláctica, el instructor gritó:

—¡Levántense, desgraciados, los quiero ver a todos en las habitaciones! Hoy nos espera mucho trabajo.

La primera tarea consistió en ordenar nuestros armarios. Aquello consistía en doblar toda la ropa que habíamos recibido en Aubagne en forma de cuadrados con lados de treinta centímetros, para luego separarla en diferentes categorías: ropa deportiva, ropa militar, uniforme de salida y de desfile, camisas, camisetas... Justo estábamos terminando con el orden de la ropa cuando el grito de Ruja se hizo eco en el corredor:

—¡S4, en el pasillo!

Como no pudimos reaccionar lo suficientemente rápido y no pudimos alinearnos en el tiempo cronometrado, la siguiente orden fue:

—¡S4, en posición para las flexiones!

Repetimos el ejercicio anterior, pero esta vez todos nos caímos al suelo muy rápidamente porque hasta los más duros estábamos agotados.

—¡Levántense! El tiempo para alinearse en el corredor es de diez segundos. ¡Ahora, de vuelta a sus habitaciones!

Volvimos y los que hablábamos francés, explicamos a los *non francophones* que el tiempo para alinearse era corto y que debíamos estar preparados para reaccionar con rapidez al grito del cabo. Todos nos quedamos en estado de alerta, listos para reaccionar con la velocidad de un rayo a la orden del instructor, y cuando gritó: S4, *couloir*, se rompió de nuevo el silencio y todos nos precipitamos como locos, pero en el afán de cumplir con las normas empezamos a empujarnos y luchar por un lugar dentro de la fila. Ruja contaba los segundos con una voz mecánica: *Un, deux, trois, quatre...* Después anunciar con calma el número diez y ver que algunos todavía se estorbaban buscando un lugar, siguió con:

—S4, en position pour les pompes!

La mayoría caímos antes de la flexión número veinte porque ya habíamos sobrecargado nuestros músculos dos veces.

—¡Vamos, todos arriba! Veo que ya no tienen fuerzas para los ejercicios así que les encontraré otras ocupaciones interesantes.

Ruja pasó por las habitaciones, pero en vez de verificar si estaban arreglados los armarios, cogía todas nuestras pertenencias arrojándolas después al suelo, para luego obligarnos a ordenarlo todo de nuevo. Acabábamos de comenzar a doblar la ropa cuando una nueva orden reverberó en el edificio de la Tercera Compañía.

—S4, *en bas*!

De inmediato abandonamos los armarios y nos apresuramos corriendo por las escaleras hacia la salida. Fuera, enfrente del edificio, había mucho más espacio que en el pasillo y fuimos capaces de ordenarnos mucho mejor. Ruja nos observaba contento cuando un francés murmuró: "Si esto continúa así, difícilmente lograremos ordenar nuestras cosas hoy".

—¿Qué oigo? —el instructor nos echó una mirada severa—. ¿Tienen prisa por arreglar sus armarios? No se preocupen, la noche está para nosotros y disponemos de suficiente tiempo. Ahora les propongo correr un rato para ir con apetito a la cena.

Dimos unas cuantas vueltas a los caminos internos del cuartel, después de lo cual volvimos a las habitaciones y seguimos ordenando armarios. En realidad no pudimos arreglar nada porque los gritos de Ruja rompían el silencio cada cinco minutos: S4, *en bas*! S4, *de retour dans les chambres*! S4, *couloir*! Y, por supuesto, "S4, en posición *pour les pompes*!". Así, después de acostumbrarnos a este juego, en la última alineación en el pasillo por fin logramos formar la fila antes que Ruja llegara a contar hasta diez. Esta vez estaba orgulloso de nosotros y, tras ordenarnos en dos columnas frente a la compañía, nos llevó al refectorio.

Tuve el honor de sentarme en su mesa, por lo que oí muy bien el siguiente grito: "¡Levántense! ¡Todos fuera!". Algunos acababan de empezar a comer, pero no podían protestar ya que nuestro único derecho era cumplir las órdenes del cabo. Los legionarios de las otras compañías seguían comiendo tranquilos, pero para nosotros, los novatos, todo era diferente. Rápidamente entendimos que siempre debíamos estar preparados para cumplir con la orden de nuestro jefe. Abandonamos la cena y nos precipitamos hacia la salida del refectorio. Nos colocamos en formación bastante rápido pensando que Ruja nos felicitaría, pero simplemente actuó con una nueva orden:

—¡S4, corran hasta la compañía y los quiero ver en fila en el pasillo!

Como de costumbre, los que no le habían entendido corrían detrás de los que sí habían captado el sentido de lo que se exigía. Subimos las escaleras, haciendo un ruido parecido a una manada. Formamos la fila y quedamos en posición de firmes. De Ruja no había ningún rastro. Obviamente, él no había corrido. Estábamos tensos y nos quedamos tiesos un buen rato. Los que no entendían el francés se preguntaban si nosotros, detrás de quienes ellos se habían precipitado como ovejas ciegas, habíamos entendido bien lo que se exigía en realidad.

Normalmente, la tercera compañía contaba con cuatro secciones, pero ese día en el edificio estábamos solo nosotros. S1 había terminado la instrucción y se había dirigido de vuelta a Aubagne. S2 y S3 maniobraban en las montañas, y nosotros, S4, esperábamos a otro grupo de candidatos de Aubagne para completar nuestra sección y salir en dirección a la denominada "granja del sufrimiento". Era viernes por la noche y, como he dicho antes, en el edificio de la tercera compañía estábamos únicamente nosotros, el sargento de turno Raza y el cabo Ruja.

Tras esperar unos minutos oímos los pasos pesados del cabo, el cual lentamente subía por las escaleras. Por último, se acercó y empezó a contar. Tenía que verificar que no había perdido una oveja. Al comprobar que no faltaba nadie nos propuso un nuevo juego:

—¿No creen que esta noche está muy tranquila? Podemos cambiar un poco las cosas, así que les doy un minuto para que se cambien con ropa deportiva y se alineen de nuevo aquí en el pasillo. ¡Vamos!

Ruja contaba los segundos mientras nosotros buscábamos nuestra ropa deportiva. No nos había dado tiempo para arreglar nuestros armarios y, además, la mayoría de nuestras pertenencias estaban desperdigadas por el suelo. El cabo seguía apurando lentamente los segundos mientras nosotros tratábamos de encontrar algo de la ropa deportiva. Dadas las circunstancias fue imposible cumplir con la misión porque nuestra ropa no solo estaba por el suelo, sino que también estaba revuelta con la ropa de nuestros camaradas. Además de todo esto, los que no entendían el francés no sabían qué es lo que buscábamos exactamente. Ellos solo observaban con curiosidad a los francófonos y conscientes de que no seríamos capaces de hacer frente a esta tarea.

Cuando el tiempo expiró, todos escuchamos la orden de "*S4, en position pour les pompes!*", y otra vez reanudamos nuestro ejercicio favorito. Mientras forzábamos nuestros músculos ya agotados el instructor hablaba tranquilamente:

—Ya han comprendido por qué tiene que estar todo perfectamente ordenado en los armarios. Para que sean capaces de cambiar rápidamente su uniforme por la ropa deportiva sus pertenencias siempre deben estar en el lugar designado. ¡Mírense, parecen un montón de vagos! Veo a algunos con zapatillas diferentes, otros que se han puesto sus *shorts* del revés... pero la mayoría ni han tratado de encontrar la ropa porque que eran conscientes de que, si hay desorden, no es posible cumplir con la tarea. Veo que sus fuerzas se agotan demasiado rápido haciendo flexiones, por lo que advierto que ahora mismo ninguno de ustedes sirve para nada. Todavía están muy lejos del día en que se convertirán en legionarios. ¡Vamos, levántense y encárguense seriamente de sus armarios! ¡Quiero todo perfectamente ordenado!

Ya presentíamos una noche sin dormir llena de travesuras en la que Ruja jugaría con nosotros sacándonos cada cinco minutos al pasillo cuando, para sorpresa de todos y después de la medianoche, los armarios quedaron organizados a la perfección, el cabo nos dejó en paz y logramos dormir unas cinco horas.

Al día siguiente todo comenzó con "S4, *couloir!*", y esta vez logramos formar la fila en los diez segundos reglamentarios. En un solo día los avances eran ya palpables y el rumano estaba muy contento de nosotros.

Tras el desayuno nos reunimos en un pequeño estadio con el cual contaba el Cuarto Regimiento Extranjero. Allí nos esperaba nuestro comandante, el sargento mayor Khalil. Nos explicó que íbamos a realizar el test de Cooper, la misma prueba que ya habíamos pasado en Aubagne.

Esta vez no luché por la primera posición y corrí los doce minutos con facilidad, aumentando mi resultado final en doscientos metros. Me sentí más seguro de mí mismo al considerar que el sufrimiento anterior había sido causado únicamente por un resfriado que mi organismo ya había combatido.

Después del deporte nuestro comandante nos ordenó traer todas nuestras pertenencias y nos colocó en formación frente a la compañía. Vaciamos los armarios que habíamos organizado con calma hasta la medianoche del día anterior. Los que no entendían el francés repetían automáticamente lo que los otros hacíamos. Nos alineamos en una fila y dejamos sobre la tierra y frente a nosotros los sacos de nylon. Con todas nuestras pertenencias ordenadas, el sargento mayor fue revisando los equipos de cada uno de nosotros, explicándonos que no podíamos perder nada, ya que respondíamos personalmente por todo lo que la Legión nos diera.

De nuevo nos dejaron con Ruja, quien siguió con sus alertas, controles, flexiones y, obviamente, con el orden de nuestras taquillas.

Durante estos primeros días, en la base de Castelnaudary había muy poco tiempo para conversaciones. Sólo hablábamos mientras ordenábamos los armarios de las habitaciones, único momento que teníamos para conocer a nuestros vecinos de cama. A un lado tenía el polaco Yanchak, que estaba interesado en aprender francés y siempre me preguntaba alguna palabra. Yo siempre le prestaba atención, de la misma manera que había tratado de ayudar a Erwin en Estrasburgo.

En la cama del otro lado dormía un francés llamado Jean. Este chico era bastante tranquilo y me ayudó con la explicación de algunas palabras complicadas. Los francófonos en la Legión hablaban una especie de jerga, mientras que yo, con mi francés aprendido de los libros de Víctor Hugo y Honoré de Balzac, apenas entendía el sentido de las frases. Gracias a mi vecino de cama empecé a comprender rápidamente su forma de hablar, y al final de los cuatro meses en la escuela de la Legión ya fui capaz de conversar con el grupo de los franceses.

Desde los primeros días en el regimiento-escuela los voluntarios extranjeros comprendimos la gran importancia del idioma francés. Además de para entender las órdenes de nuestros comandantes era necesario para comunicarnos con nuestros compañeros. En la sección yo era el único búlgaro y si no hubiese sabido hablar francés o ruso me hubiera quedado aislado de los demás, por lo que mi situación se habría vuelto mucho más difícil.

El día siguiente comenzó con un trote ligero de siete kilómetros. A continuación el sargento mayor nos puso en formación y nos presentó a su suplente, el sargento Rachita. También era rumano, como Ruja, pero nunca les oímos hablar entre ellos en su lengua materna, al menos mientras estaban con nosotros. El jefe del pelotón nos explicó que nuestra sección se completaría con el siguiente grupo de voluntarios procedentes de Aubagne, y que luego se dividiría en tres grupos de combate. El sargento que debía estar al mando del primer grupo estaba de vacaciones. El segundo grupo estaba dirigido por el sargento Webe, que era de Senegal pero, para sorpresa de todos, era blanco. El tercer grupo estaba en manos del sargento Razafinimpanana, al que ya conocíamos como Raza.

Nos presentaron otro cabo, que era un ex mercenario de Sudáfrica. Su nombre era Boone y hablaba francés con un acento inglés muy marcado. Ese día nos dejaron con el mercenario porque Ruja fue convocado a una reunión con el coronel. Por la tarde nos enteramos de que el cabo Ruja había terminado ya su carrera como instructor, y que iba partir a la Treceava Semibrigada de la Legión extranjera (13ème DBLE), que operaba en el territorio de Yibuti (Somalia francesa). El rumano abandonó el mismo día la tercera compañía del Cuarto Regimiento donde había servido durante dos años y cuatro meses.

El cabo Boone nos metió en el aula de la pizarra. Con él teníamos que estudiar el texto de una canción que se llamaba *En África*. Nos explicó que íbamos a ensayar la melodía con el sargento Raza, que tenía una voz mejor. Con el ex mercenario íbamos a trabajar únicamente el texto.

—¡Idioma franshesh, muchoo extrañoo! Understand you it's bizarre! Maintenant que Yes Sí para ti esta canción en francés OK! Maintenant I explique for you this song in French OK! First or d'abord I'll read this song, je vais lire ce chanson. Ecoutez OK!

Después de estas palabras casi incomprensibles el viejo soldado se puso a leer el texto de la canción. De vez en cuando metía un *OK* o *all right mec* y, cuando terminó, escribió con grandes letras en la pizarra *EN AFRIQUE*. Esta vez la situación en el aula no tenía nada que ver con ninguna otra vivida en la universidad. Yo observaba y no creía lo que veía: un ex mercenario en uniforme de camuflaje que estaba tratando de explicarnos a los nuevos voluntarios, en su mayoría de Europa del Este, el texto de una canción hablando en anglo-francés y con acento sudafricano. Ya fuera sueño o un espectáculo, Boone, sin embargo, siguió obstinadamente:

En Afrique malgré le vent, la pluie,
Guette la sentinelle sur le piton...
En África, a pesar del viento y la lluvia,
Hay un soldado de guardia en la colina mirador...

Después de leer este primer verso el cabo trató de explicár-
noslo con gestos, ayudándose con algunas palabras del inglés o
francés. *En Afrique, le vent* pronunció con esfuerzo en francés
y luego se puso a imitar el sonido de un viento fuerte silbando
con los labios. Nos miró convencido de que le entendíamos,
y para convencerse a sí mismo confirmó: "OK. *Tous understand!*". Entonces se puso de pie como guardia, y nos explicó
de alguna manera que se encontraba en una colina y repitió:
Guette la sentinelle sur le piton... Todos nos dimos cuenta de
que hablaba de un "centinela" en África y que "había vientos".
Seguimos con el siguiente verso:

Mais son coeur est au pays chéri,
Quitté pour voir des horizons lointains...
Pero su corazón está en su querida patria,
Que el dejó para ver horizontes lejanos...

Se hacía evidente que no era nada fácil para nuestro cabo
explicarnos el significado de las palabras francesas; pero él era
un legionario y esta era su misión, así que con los siguientes versos Boone nos representó la pantomima más expresiva
que había visto en mi vida. Ya habíamos entendido que ni el
viento ni la tormenta preocupaban al centinela. Boone hizo
una mueca triste y algunos gestos para aclararnos que, con el
pensamiento, había regresado a su patria. Luego desarrolló su
papel moviendo los brazos y demostrando que había dejado su
patria por el único deseo de viajar y ver el mundo.

Ses yeux ont aperçu l'ennemi qui s'approche,
L'alerte est sommée, les souvenirs s'envolent,
Maintenant au combat...
Sus ojos vieron el enemigo acercándose,
La alerta está dada, los recuerdos desaparecen,
Es la hora de la batalla...

De repente el centinela, cuyo papel interpretaba el cabo Boone, saltó y respondió al fuego del enemigo, el cual por un segundo lo había sacado de sus recuerdos. Gritó en inglés: "¡Ahora! ¡Acción!". Y siguió defendiendo su posición en contra de un enemigo ficticio. En un momento se giró hacia nosotros y nos preguntó: *"You understand* ennemi?", pero después de esta memorable actuación, las palabras eran innecesarias. Todos habíamos entendido que el enemigo ya había entrado en escena. El legionario había dado la voz de alarma y la batalla había comenzado. Quedaba sólo el estribillo:

Dans le ciel brille l'étoile qui lui rappelle son enfance,
Adieu mon pays, adieu mon pays,
Jamais je ne t'oublierai.
En el cielo brilla la estrella, que le recuerda su infancia,
Adiós mi tierra natal, adiós mi tierra natal
Nunca te olvidaré.

Boone se puso a mirar el techo imaginando que este era el cielo y, de repente, fijó su mirada en un punto, explicándonos que este era *l'étoile* (la estrella). Después, nuevamente puso cara de melancolía y confirmó *Adieu mon pays*, "yo nunca te olvidaré" (*jamais oublier*). Ese fue el final de un espectáculo increíble al que sólo faltaban los aplausos. Éramos como niños de guardería aprendiendo las palabras de una canción, y esta supuso la primera lección real de francés para los que tenían que aprender ese idioma tan difícil de pronunciar. Tras los tremendos esfuerzos del cabo Boone apareció el sargento Raza, quien, llegado su turno, tendría que enseñarnos a cantar la melodía. Empecé a entender que toda canción de los legionarios contiene algún mensaje y que era través de sus letras como estudiábamos las tradiciones de la Legión Extranjera.

El sargento tenía, en efecto, una voz bastante buena, y cuando dio el tono logramos seguirlo. Pero nos interrumpió y comenzó a segmentarnos según el tipo de nuestras voces. Me sentí como parte de un coro. Raza señaló a algunos de los compañeros que tenían buenas voces y los motivó a cantar más fuerte que el resto, y fue así como nuestra sección pudo pasar la prueba de canto. Ese día el sargento nos elogió y nos explicó que, tanto en las canciones como en la batalla, debíamos actuar siempre como uno solo.

—Lo que tiene un valor real es lo logrado por S4, su sección, y no tanto los resultados individuales. Para sentirse bien en la Legión deben hacer todo de la misma manera que acaban de cantar esta canción. Los que cantaban bien cubrieron con sus voces a aquellos que cantaban mal. Eso es lo que se le pide durante las pruebas, las marchas y las maniobras, ayudarse mutuamente como en el grupo binomial, y también en el grupo de combate. ¡Siempre tienen que trabajar en equipo, siempre unidos con los otros, todos juntos!

En Castelnaudary esta fue la principal lección: enseñarnos a reaccionar todos juntos como uno solo. Por el error de uno sufría la sección entera. Luego entre nosotros nos arreglábamos con el que no podía seguir o entender. Si la persona no entendía el idioma encontrábamos la manera de explicarle, pero si seguía obstaculizando el trabajo del grupo su vida se volvía difícil.

Así, durante la primera semana en el Cuarto Regimiento Extranjero dos chicos de nuestro grupo pidieron abandonar su lucha por un puesto en la Legión. Pero las cosas ya no eran como en Aubagne. Aquí ya habíamos sido registrados bajo unos números de la Legión Extranjera y, aunque todavía no nos habíamos convertido en legionarios, regresar a la vida civil no estaba permitido.

Estos dos muchachos entraron en el calabozo y, cuando salieron de ahí, sirvieron en la compañía de mantenimiento hasta el final de nuestra formación, donde se les dio siempre el trabajo más sucio y más difícil. Tras un mes en el calabozo y tres meses de duro trabajo, les calificaron como "no aptos" para el servicio militar, y sólo entonces pudieron volver a su vida anterior.

Cantando, marchando y practicando deporte pasé mi primera semana en la escuela de la Legión. En general, a excepción de los primeros días, todo transcurría tranquilamente. La única dificultad era la organización de los armarios personales. No olvidaré cómo los cabos de turno, de un solo golpe, tiraban abajo nuestras pertenencias una y otra vez hasta que alcanzábamos el orden ideal. Cada fracaso siguiente era acompañado por un ejercicio de flexiones cuyo número iba en aumento, hasta llegar al desfallecimiento.

El viernes llegó el resto de voluntarios aprobados en Aubagne y nuestra sección S4 quedó completa. Lamentablemente, Vlado, el otro búlgaro que había pasado todas las pruebas y se había quedado esperando únicamente la decisión de Gestapo, no estaba entre los recién llegados. Vi muchas caras conocidas ya que habíamos esperado juntos los exámenes médicos en Aubagne con una parte de ellos.

El ruso Kudriavich me dijo que mi compatriota no había conseguido aprobar y había regresado a la vida civil, por lo que yo sería el único búlgaro en nuestra sección. Me alegró ver a Fujisawa, el pequeño japonés con quien había pasado por el Test de Cooper y que, al igual que en mi caso, era el único representante de su país. Me saludó sólo con una ligera pero típica inclinación de cabeza japonesa y se marchó a su nueva habitación. Fujisawa provenía de un mundo completamente diferente y seguía siendo el más alejado de la realidad por su barrera con los idiomas. Era el verdadero solitario de nuestra compañía de voluntarios.

James Ford era también el único representante de su país, pero su idioma era el más hablado del planeta y, aparte de eso, James dominaba perfectamente el francés, algo raro para un americano.

El segundo día de la semana siguiente cada uno de nosotros recibió un fusil ametralladora FAMAS, equipo de combate completo, incluyendo una cartuchera, casco, saco de dormir, ropa impermeable, una mochila grande, mochila pequeña y otros pequeños enseres de los que éramos completamente responsables. Nos explicaron que nuestro amigo más leal, el hermano o la esposa, era nuestro FAMAS, cuyo número teníamos que recordar de memoria. Durante los ejercicios, las maniobras y las misiones reales, tendría que estar constantemente con nosotros; debía acompañarnos incluso en el saco de dormir durante la noche.

El sargento mayor verificó el equipo de cada uno y luego nos anunció que dentro de una hora arrancaríamos en dirección a la granja donde él y sus sargentos harían de nosotros unos verdaderos legionarios.

Nos subieron en tres camiones por ser tres grupos de combate y salimos en dirección hacia las verdaderas pruebas. Llegamos a la famosa granja a las dos de la tarde. Estábamos a finales de octubre y en la región llovía a diario pero, sin embargo, en ese momento el sol brillaba con todo su esplendor por encima de las lomas que rodeaban un pequeño lago. La imagen era bastante bucólica y nada tenía que ver con las amenazas y las advertencias que nos habían hecho previamente los sargentos instructores. En un lugar tan hermoso uno podía pasar las vacaciones más tranquilas de su vida contemplando la naturaleza. Por desgracia, sin embargo, no habíamos venido para gozar de la tranquilidad y la belleza del paisaje, sino que estábamos allí porque teníamos que pasar por algunos de los peores meses de entrenamiento de la Legión.

Mi grupo de combate fue confiado al cabo Boone; del segundo grupo se encargaría el cabo Minutelo; y, del tercero, el cabo Payet. Minutelo era un francés de origen italiano que muchas veces bromeaba diciendo que su abuelo había sido uno de los jefes de la mafia siciliana. Estaba muy orgulloso de ser instructor, e incluso pecaba de ser un poco vanidoso. Soñaba con el día en que ingresaría en el Segundo Regimiento Extranjero de Paracaidistas para luego incorporarse al equipo de Comando de Élite de la Inteligencia (CRAP).

El cabo Payet era el más joven de los instructores y destacaba por ser el mejor deportista del pelotón. En su grupo los trotes eran más largos y rápidos, y los ejercicios parecían para campeones olímpicos. Así que, si alguien no soportaba las dificultades en el tercer grupo, comandado por el sargento Raza y su joven corpulento, le pasaban al segundo grupo.

El segundo grupo de combate estaba al mando del sargento Webe, el más moderado con el asunto de la sobrecarga durante la práctica de deportes.

El primer grupo de combate, en el que yo me encontraba, no tenía comandante porque nuestro sargento seguía de vacaciones; mientras tanto, se encargaba de nosotros el suplente del jefe Khalil, el sargento Rashita, y en el caso que él también estuviese ocupado nos distribuiríamos entre los otros dos grupos.

Nos dispusieron en formación y nuestro comandante empezó a explicarnos que el primer paso era la organización de los *binomios*: "Tu binomio es como parte de ti y, durante la instrucción, incluso cuando vayan al baño, irán juntos".

Teníamos que entender que en la Legión uno no puede sobrevivir solo. El binomio es la unidad más pequeña de un grupo de combate. "Si tu compañero muere morirás tú también porque no habrá nadie para cuidarte la espalda. El trabajo en binomio es lo más importante que deberán aprender en los próximos cuatro meses".

Los binomios estaban organizados de manera que siempre uno hablase francés, y así pudiera enseñar a su compañero y ayudarle en el aprendizaje del idioma. Mi binomio fue el polaco Yanchak. Puedo decir que tuve suerte con él porque, aparte de ser inteligente, era muy tranquilo y nunca perdió la sangre fría ni el coraje, así que luchábamos siempre juntos contra las dificultades.

Todos permanecíamos firmes, cada uno al lado de su binomio mientras el comandante continuaba con su discurso:

—¡Somos una sola familia, compañeros de armas y del destino! Sus sargentos y sus cabos son como hermanos mayores para ustedes y si quieren quedarse en esta familia deben comprender que desde este día sus palabras serán ley para ustedes. ¡Son voluntarios y nadie les ha pedido venir aquí a la fuerza! A partir de este instante tendrán que olvidar todos los hábitos de la vida civil y comenzar a adquirir otros nuevos ya que la instrucción ha dado comienzo. Les dejo en manos de sus sargentos.

Entonces el sargento mayor ordenó:

—¡S4, bajo mi mando! ¡Firmes! Quedan a la disposición de sargento Raza.

—¡Acepto la compañía a mi disposición, a sus órdenes jefe! —Raza respondió siguiendo el orden cerrado e inmediatamente se volvió hacia nosotros—. ¡Formen dos columnas y empiecen a moverse rápido que nos espera entrenamiento nocturno! Hoy hemos perdido un montón de tiempo y tenemos que ponernos al día. ¡Tras de mí, corran!

Dimos varias vueltas por la granja y, a continuación, Raza nos llevó a un hangar lleno de máquinas de gimnasio, barras y tres gruesas cuerdas que pendían del techo. Cada una de ellas tenía seis metros de longitud.

—¡Miren bien! —nos alertó el sargento—. Tenemos que llegar hasta el techo usando únicamente las manos. ¡Vamos, los tres primeros, suban ya!

Empezamos a colgarnos uno a uno forzando los músculos, pero era evidente que incluso al más fuerte de nosotros le faltaba práctica. Algunos lograron llegar casi al techo, pero bajando se resbalaban dejándose la piel en la cuerda. Un tipo incluso se cayó de espaldas a dos metros de altura, pero ya habían previsto poner arena para casos similares.

Pavlov, el ex capitán del ejército soviético, fue el único que hizo frente a la, para los demás, imposible tarea. Subió con tanta facilidad que parecía hacerlo por placer, demostrando que estaba al nivel de los instructores. Tras él otros dos muchachos llegaron hasta el techo, pero bajaron malamente con sus últimas fuerzas. Fujisawa también tuvo éxito en su primer intento, pero al bajar se hirió un dedo. Cybulski subió usando toda su fuerza y al final se deslizó desollándose las palmas de las manos. El estadounidense Ford comenzó con mucha habilidad y llegó hasta la mitad de la cuerda, de donde se dejó caer sin herirse. Siempre estuvo tranquilo y, a pesar de los gritos de los cabos, se comportaba como si hubiera llegado a un campamento de verano donde todo era diversión.

Cuando llegó mi turno ataqué la cuerda exactamente de la misma manera estúpida y confiada con la que realicé la prueba de Cooper en Aubagne y, rápidamente, mi fuerza y confianza se desvanecieron. Llegando a los cuatro metros de altura resbalé dejándome piel y un poco de sangre en la cuerda.

—Está bien, compruebo que tienen suficiente deseo de llegar arriba, pero les falta técnica —empezó a explicarnos el sargento Raza—. Quiero que miren atentamente no solo los movimientos de las manos, sino también la sincronía con sus piernas, que se mueven sin tocar la cuerda pero empujan el cuerpo hacia arriba.

El sargento se quitó la boina y la dejó caer junto al cinturón del que también se había desprendido y subió con facilidad, sosteniendo el peso de su cuerpo con la mano derecha y empujando hacia arriba con el movimiento de la pierna izquierda. Parecía como si sus pies subiesen por una escalera invisible. Al llegar al techo, se giró hacia nosotros para que pudiéramos observar la bajada y, con movimientos muy lentos, descendió cumpliendo con la mencionada coordinación entre brazos y piernas.

—¡Ahora les toca a ustedes, vamos, uno en cada cuerda! —ordenó de nuevo el sargento.

Algunos de los muchachos trataron de resistirse mostrando sus manos ensangrentadas, pero Raza se limitó a sonreír y les señaló de nuevo la cuerda, dando salida a los tres primeros voluntarios. Esta vez los candidatos llegaron solamente hasta los dos metros de altura, pero bajaron con mucho cuidado, tratando de no resbalarse de nuevo.

—¡Así es mucho mejor! —les animó Raza—. Han empezado a pensar y han comprendido que es necesario reservar fuerzas para la bajada.

Después que todos hiciésemos la segunda prueba igual de mal, aunque sin duda con mucha más atención, los cabos decidieron competir entre ellos, subiendo dos veces sin pausa los seis metros de la cuerda. Ganó el cabo Payet, que decidió competir con Pavlov, el único de nosotros, los candidatos, con posibilidades reales contra el instructor.

En los ojos del joven cabo se entreveía el afán por luchar contra el ruso y su enorme deseo de ganar, mientras que el capitán de la ex Unión Soviética esperaba con total indiferencia al lado de la cuerda. Tras la señal los competidores se dispararon hacia las alturas. En la primera ascensión hacia el techo Payet tocó primero pero, con su técnica impresionante y completamente tranquilo, Pavlov lo alcanzó durante la segunda escalada y todo terminó en empate. Nos sentimos muy orgullosos de nuestro representante y todos lo recibimos con un fuerte aplauso.

El ruso, por su parte, se limitó a asentir con la cabeza y murmuró: Ну что, все нормально (no pasa nada, todo tranquilo).

Finalizado nuestro primer aperitivo deportivo nos alinearon en calzoncillos y toallas en la pradera que había frente al cuarto de baño y nos dieron diez minutos para bañarnos. Había diez duchas y éramos cerca de cincuenta personas, así que tratamos de dividirnos en cinco por cada ducha. Parecía una carrera porque el tiempo para bañarnos era limitado. Sólo el norteamericano se mantuvo esperando con calma al lado del resto hasta que alguna ducha quedara desocupada. A primera vista daba la impresión de que aquel tipo había ido allí de vacaciones, pero lo cierto es que nunca retrasó al grupo.

Aun en medio del desorden y la prisa logramos lavarnos, quitarnos el sudor y alinearnos a tiempo frente a la cocina. Todos estábamos ansiosos por ir a comer, pero el sargento nos explicó que primero teníamos que determinar el personal de servicio que se encargaría de servir la cena y luego limpiaría el lugar. Se hizo un programa y, para cada día, dispusimos dos binomios responsables de organizar la cocina durante el desayuno, el almuerzo y la cena. Así que, aparte de la instrucción de combate, había trabajos de todo tipo. Esto no era una residencia de vacaciones sino una formación militar donde lo más importante era acostumbrarse a la vida colectiva.

Supongo que los distintos ejércitos en todo el mundo tienen mucho en común, pero la Legión es única en un aspecto, ya sea por aventura o por coacción del destino, todos sus miembros quedan completamente aislados de su patria y su hogar, y finalmente empiezan a vivir dentro de una gran familia llamada Legión Extranjera. Los candidatos legionarios estábamos dispuestos a hacer cualquier cosa por encontrar nuestro lugar aquí, pero sólo los que realmente lograsen resistir podrían permanecer.

Nuestra primera mañana en la granja se inició con el sonido de un silbato que nos despertó a las 5:30 acompañado por los gritos de los cabos recordándonos que había que hacer todo lo más rápido posible. Nos afeitamos y nos lavamos los dientes a toda velocidad y enseguida nos llevaron a la cocina, donde el binomio de servicio ya había preparado el café. Traíamos nuestras cantimploras, que eran parte de nuestro equipo personal. La mayoría de nosotros ni siquiera habíamos tenido la oportunidad de servirnos algo de café cuando oímos los gritos del cabo:

—¡Vamos! ¡Todos afuera!

Los que consiguieron un trozo de pan estaban realmente felices. Nos alinearon frente a la cocina y nos dieron diversas instrucciones para limpiar la finca. Los que se retrasaron y salieron los últimos de la cocina tuvieron que limpiar las duchas y los servicios. La higiene, tanto personal como la de la base (en este caso de la granja), es el requisito más importante en nuestra vida cotidiana.

Cuando los dormitorios, los baños y el patio de la granja habían sido limpiados adecuadamente nos dispusieron en formación en la pradera que servía de plaza de armas. El sargento mayor Khalil nos presentó el programa del día. Comenzábamos con un trote de ocho kilómetros, luego seguía una hora de clase de francés y, a continuación, deporte hasta el mediodía. Por la tarde teníamos que volver a limpiar la base y después venía la hora para el estudio del fusil de asalto FAMAS. Antes de la cena debíamos aprender el paso de la Legión para los desfiles, hacer más deportes y luego otra vez labores de limpieza seguidas por el aprendizaje de dos nuevas canciones legionarias. La hora de acostarse no se determinaba ya que, como expresó el jefe, no habíamos llegado aquí para dormir sino para convertirnos en legionarios.

Hasta el momento el ejercicio físico no era muy difícil, así que los tres grupos hicimos frente a las exigencias del primer día y, si no hubiera sido por culpa de las canciones legionarias, todo habría concluido sin mayores sobresaltos.

Lo que sucedió es que estábamos cansados y no pudimos memorizar la nueva letra. Supusimos que Raza ya estaba harto de nuestros errores de canto y nos dejaría dormir, pero entonces llegó un cabo nuevo y nos impuso recorrer toda la finca como castigo. Nos demostraba así que no nos dejarían en paz hasta que aprendiéramos a cantar correctamente. Corrimos y luego hicimos flexiones bajo los incomprensibles gruñidos del nuevo instructor, que tenía un acento terrible. Más tarde me di cuenta de que en realidad era un instructor auxiliar ruso que había terminado la formación militar tan sólo cinco meses antes de nuestra llegada, lo que explicaba su pobre francés. Como había sido uno de los primeros en deportes le habían dejado en la base para formarse como instructor. Dentro de un año obtendría realmente el rango de cabo porque, por el momento, solo cumplía las funciones de este grado. En los regimientos de combate se llega a cabo después del tercer año de servicio y tras superar unos exámenes. Los instructores auxiliares, como el caso de este ruso, se llamaban en la Legión *foot-foot* porque tenían la posibilidad de hacer más rápida la carrera militar. Por supuesto, además de las habilidades deportivas se necesitaba inteligencia, así que no todo *foot-foot* se convertía en suboficial.

Nuestro *foot-foot* se llamaba Zakharov y su trabajo era hostigarnos cuando no cumplíamos con nuestras tareas. En esta ocasión no habíamos puesto interés en las canciones y por eso se nos agasajó con esa sesión de deporte tan especial. A las diez de la noche Raza nos alineó de nuevo y, con su eterna sonrisa, preguntó:

—¿Van a intentar cantar, por fin, correctamente?

—*Oui, Sargent*! —fue la respuesta de todos al unísono.

Empezamos de nuevo a cantar mientras Zakharov observaba la formación y, si veía que alguien no cantaba, lo sacaba a un lado. El grupito selecto se fue otra vez con él para recibir otra dosis de deporte y flexiones mientras el resto seguía tratando de afinar con Raza.

Por fin llegó el momento en que conseguimos dar con el tono de la canción, y todo iba mejorando cuando de repente se oyeron gritos desde el lugar donde Zakharov practicaba deporte con el grupo de cantantes rezagados. El instructor auxiliar había propinado unas patadas a un recluta checo durante el ejercicio de flexiones y este último, en lugar de seguir con las flexiones, se había levantado y le había lanzado un crochet al joven *foot-foot*. Afortunadamente Minutelo estaba cerca y corrió en ayuda de Zakharov. Los dos instructores lograron reducir al checo enojado, que trataba de explicar algo en su idioma para justificarse.

La eterna sonrisa del sargento Raza había desaparecido y miraba con enojo al checo al que arrastraba Minutelo:

—¡Creo que el sargento mayor ya les ha explicado que las órdenes de los cabos son ley para ustedes! Aquellos que pierdan los nervios se salen del juego y, si los francófonos no les han explicado eso, a partir de hoy tendrán que recordárselo a diario. Minutelo acompañará ahora mismo a su compañero a la cárcel de Castelnaudary y, cuando cumpla su pena, abandonará las filas de la Legión. ¡En nuestra familia no hay lugar para la gente que no puede controlar los nervios!

En diez minutos el checo "culpable" había reunido todas sus pertenencias y, acompañado por Payet y Minutelo dentro de un *jeep*, se dirigía a la cárcel de la base. Esa noche Zakharov no apareció más. Nosotros continuamos un rato más con el canto hasta que finalmente nos dejaron acostarnos.

Por la mañana cantamos bastante mal y, como castigo, no hubo desayuno para nosotros. Nos enviaron directamente a limpiar la granja. El programa fue similar al del primer día, aunque esta vez después de la cena nos dejaron en el aula con el sargento Webe y el cabo Boone, y el canto se reemplazó por el estudio del Código de Honor del legionario. Boone volvió a representar un gran espectáculo de mímica para que todos lográsemos captar por sus gestos y expresiones el sentido de cada frase.

En la pizarra frente a nosotros estaba escrito el texto siguiente:

Article 1: Légionnaire, tu es un volontaire servant la France avec honneur et fidélité

Legionario, eres un voluntario sirviendo a Francia con honor y lealtad.

Article 2: Chaque légionnaire est ton frère d'arme quelle que soit sa nationalité, sa race ou sa religion. Tu lui manifestes toujours la solidarité étroite qui doit unir les membres d'une même famille.

Cada legionario es tu camarada, sin importar su nacionalidad, su raza o su religión. Le mostrarás siempre la gran solidaridad que une a los miembros de una familia.

Article 3: Respectueux des traditions, attaché à tes chefs, la discipline et la camaraderie sont ta force, le courage et la loyauté tes vertus.

Respetando las tradiciones, unido a tus superiores, la disciplina y el compañerismo son tu fuerza, el coraje y la lealtad, tus virtudes.

Article 4: Fier de ton état de légionnaire, tu le montres dans ta tenue toujours élégante, ton comportement toujours digne mais modeste, ton casernement toujours net.

Orgulloso de tu condición de legionario, lo demuestras con tu uniforme siempre elegante, tu comportamiento siempre digno, pero también modesto, tu cuarto siempre limpio y ordenado.

Article 5: Soldat d'élite, tu t'entraînes avec rigueur, tu entretiens ton arme comme ton bien le plus précieux, tu as le souci constant de ta forme physique.

Soldado de élite, te ejercitas con rigor, cuidas tu arma como el bien más preciado que tienes, y te preocupas permanentemente por tu entrenamiento físico.

Article 6: La mission est sacrée, tu l'exécutes jusqu'au bout, à tout prix.

Tu misión es sagrada y siempre la llevas hasta el final, a cualquier precio.

Article 7: Au combat, tu agis sans passion et sans haine, tu respectes les ennemis vaincus, tu n'abandonnes jamais ni tes morts, ni tes blessés, ni tes armes.

Durante la batalla actúas sin pasión y sin odio, respetas al enemigo vencido, nunca abandonas a tus camaradas muertos, ni a los heridos, ni tus armas.

Los comandantes de la Legión crearon el Código de Honor en la década de los ochenta. En su base se encuentran los valores morales, el respeto a los oficiales y, por encima de todo, la importancia de la misión. Para cumplir con ella el legionario debe estar dispuesto a arriesgar su vida.

Durante la instrucción íbamos a tener que repetir estas leyes miles y miles de veces hasta que penetrasen en nuestra mente y se convirtiesen en parte de nosotros. Los primeros intentos de recitar el Código con el sargento Webe habían sido buenos porque teníamos el texto delante, pero cuando nos llevaron a la pradera nos confundimos y pasamos al deporte penal del cabo Boone. No nos torturó mucho pero nos hizo repetir las frases entre las series de flexiones. Así que poco antes de la medianoche ya recitábamos sin error el Código de Honor, y cuando el sargento Webe vino a escucharnos lo hicimos bastante bien.

Por desgracia, nuestro sargento consideró que nos faltaba entusiasmo y nos alineó en el césped frente a los cuartos de baño para realizar un intento más. Esta vez, pusimos más emoción durante la declamación y nos ganamos la tan esperada ducha antes de acostarnos.

Los días pasaban repitiéndose con pocas variaciones en el programa. Eso sí, siempre comiendo deprisa bajo los gritos de los cabos. La falta de sueño se notaba considerablemente al final de la primera semana. La mañana del viernes el cansancio se percibía en los rostros de todos. La falta de descanso, causado por recitar y cantar durante las noches, nos había afectado. Teníamos la esperanza de –al menos ese día– desayunar como personas normales, pero lamentablemente no estábamos allí para enfrascarnos en la cocina, sino para demostrar que podíamos ser legionarios.

Esa mañana nos había tocado en suerte el joven *foot-foot* Zakharov. Como estábamos con bastante hambre ante el primer grito del ruso "*Diebuuu, dieore!*" nadie se levantó, únicamente aceleramos el ritmo mientras comíamos y tratábamos de coger dos o tres panes más. Por un momento ninguno le prestó atención al ayudante instructor.

Zakharov de repente saltó sobre una de las mesas y pateó la taza llena de café de un polaco. El café caliente saltó sobre la cara del candidato, que agarró la pierna del ruso tratando de bajarlo de la mesa. Otros dos polacos levantaron un lado la mesa y Zakharov cayó sobre el tipo que le tenía agarrado. Se armó una lucha feroz. La mayoría de los reclutas rodearon el combate pero Yanchak, Fujisawa, algunos otros yo, aprovechamos la situación para servirnos otra taza de café con leche y tomar una ración de pan extra con mermelada, logrando comer todo con rapidez. El hambre y la falta de sueño habían agotado nuestras fuerzas y cada instante debía aprovecharse para proveer de calorías al organismo.

De pronto al comedor llegaron corriendo Minutelo y Payet. Dando patadas volaron sobre el rival de Zakharov, que había comenzado a estrangular al joven *foot-foot*. A los dos minutos el polaco yacía en el suelo rodeado por un charco de sangre. Esta vez se organizó mucho alboroto y vino hasta el comandante Khalil. El polaco ingresó en el hospital, pero a su salida también dejaría la Legión.

Nos alinearon y nos pusieron firmes frente a la cantina, dejándonos así durante media hora mientras se organizaban para llevar al polaco al hospital militar de Toulouse. Después nos quedamos bajo las órdenes de Zakharov, quien nos vociferaba algo incomprensible y parecía que nos amenazaba. Muchos de los compañeros odiaban al ruso, pero después de lo que había pasado, preferían quedarse quietos conteniendo sus nervios. Al final llegó nuestro comandante de compañía, el sargento mayor Khalil, quien nos echó una mirada severa antes de empezar con un discurso didáctico:

—¡No hay ningún sentido en dedicarse a las peleas! Ya deberían haber entendido que el combate entre legionarios está prohibido y se castiga severamente. Para ustedes el legionario Zakharov es como un cabo y tienen que obedecer sus órdenes, tal como obedecen a los otros cabos. Recuerden que aún no son legionarios y que aquí no tienen voz ni voto. Por ahora sólo deben llevar a cabo lo que les mandan los instructores, y el legionario Zakharov es uno de ellos.

Tras estas palabras nuestro comandante nos dejó en manos de su suplente, el sargento Rashita, quien nos hizo cubrir una larga y agotadora marcha de doce kilómetros. Las únicas palabras de Rashita eran: "¡Si tienen fuerzas para pelear, se las fundiremos corriendo!".

Al término de este mini-maratón no había posibilidad de ducharnos. Nos llevaron al hangar, donde volvimos a dejarnos la piel de los dedos en las cuerdas. Ni las cintas adhesivas con las que nos habíamos vendado las manos pudieron salvarnos.

Antes del mediodía nos dieron cinco minutos para asearnos y quince minutos para comer. Después continuamos con el canto y con las marchas. Si desafinábamos nos hacían subir corriendo las colinas cercanas.

Afortunadamente, en nuestra compañía había bastantes francófonos y aprendíamos el texto de las canciones rápidamente. Los que no podíamos dar el tono adecuado empezábamos cantando en voz baja mientras la melodía se formaba, y solo entonces cantábamos todos juntos. A veces los sargentos ponían tanto énfasis que por momentos me sentía como si estuviese en una escuela de música o en un coro, y no en un cuerpo militar de élite.

A las 17 horas (5:00 p.m.) nos anunciaron que de noche haríamos una marcha que incluía ejercicios de orientación, y nos dieron treinta minutos para preparar las mochilas. Tuve la suerte de ir con el sargento Webe, que caminaba con un paso más moderado que Raza y Payet.

La campaña comenzó a las 20:30 horas (8:30 p.m.). Mi binomio Yanchak iba delante de mí, y yo simplemente seguía sus pasos. Me sentí abrumado por la fatiga y empezó a dolerme la cabeza. En un momento me quedé dormido, pero aun así había seguido caminando. Me desperté por un golpe en la cabeza que me di al chocar con la mochila de Yanchak, que se había parado de repente. El sargento Webe miraba su mapa y trataba de orientarse con su brújula. Apoyé mi mochila en un árbol y, cuando estaba a punto de beber un poco de agua, el grupo partió de nuevo. Sin embargo, tuve tiempo de sacar mi cantimplora y echarme un poco de agua en la cara para no pasarme durmiendo también la segunda parte de la marcha. De pronto sentí ardor en los pies y de inmediato recordé las palabras del sargento Raza diciéndonos que esta marcha no sería larga, pero sí dolorosa. Las botas eran nuevas y teníamos que ablandarlas con nuestros pies. Por supuesto, este reblandecimiento iba asociado a ampollas y llagas.

De la segunda parte de la campaña recuerdo que caminamos a través de un espeso bosque, dando vueltas durante unas seis horas. Yo apretaba los dientes con la esperanza de que no nos alejásemos mucho de la granja. De pronto reconocí el camino por cual habíamos salido y a lo lejos divisé las luces de la finca. Eran las 3:00 de la madrugada. Rápidamente limpiamos nuestras botas, nos dimos una ducha y nos fuimos a dormir.

A la mañana siguiente, con mucha dificultad, me calcé las botas, que no eran para nada más suaves. Además sentía los pies inflamados debido a los paseos nocturnos.

Cuando nuestra esposa fiel, el fusil de asalto FAMAS, nos acompañaba durante la marcha, teníamos que limpiarlo. Este día pulimos las armas hasta el punto de que parecían nuevas. El sargento Rashita llegaba a cada rato para verificar la pulcritud, pero no se le veía satisfecho. Levantaba los cañones hacia la luz y cada vez que los miraba encontraba alguna partícula de polvo.

La limpieza de las armas continuó hasta la noche, y los que lográbamos terminar antes íbamos a lavar la ropa y plancharla. Yanchak y yo recibimos la aprobación de Rashita a las cinco de la tarde. Recuerdo aquel día porque, por primera vez, comimos con calma, sin prisa y sin los gritos de los cabos.

Nos dejaron irnos a dormir a las diez de la noche y el domingo nos levantaron a las 6:30 en lugar de las 5:30. Por fin pudimos dormir ocho horas completas. Me desperté como nuevo. El dolor en los pies prácticamente había remitido y, como era domingo y pasábamos el día vestidos con ropa deportiva, no había necesidad de calzarse las duras botas. Jugamos al fútbol hasta el mediodía y luego comenzamos a organizar y ordenar nuestra ropa y resto de equipamiento. Aquí no teníamos armarios, sino unos pequeños estantes por encima de las camas donde todo debía estar siempre perfectamente ordenado. La semana vivida en Castel con el cabo Ruja me ayudó a hacer frente a esta tarea sin dificultades añadidas.

El aprendizaje del francés por binomios continuaba, y yo tenía que revisar con Yanchak lo aprendido durante la semana. Hasta ahora no habíamos tenido tiempo de conocernos por culpa de los constantes entrenamientos, el trabajo y el canto de canciones. No en vano, a veces teníamos la sensación de ser como partes de una enorme máquina que nunca iba parar.

Aquel domingo por primera vez pude observar bien el dormitorio de nuestro grupo de combate, que constaba de ocho binomios. Los cinco franceses, un belga, un rumano y yo recibíamos la consideración de francófonos; nuestros "hermanos" eran cinco polacos, el capitán ruso Pavlov, otro rumano y un checo. Sólo en este momento me di cuenta de que Fujisawa no estaba con nosotros, sino en un segundo grupo al mando del sargento Webe. Como a menudo entrenábamos juntos me había creído que estábamos en el mismo grupo de combate.

Yanchak sentía un vivo interés en aprender el francés, y durante aquel primer domingo no paraba de preguntarme sobre el significado de varias palabras y la conjugación de los verbos. Había apuntado un pequeño vocabulario con explicaciones sobre la gramática, y una vez que respondí a todas sus preguntas le dejé leyendo y revisando mientras yo me iba a visitar al solitario japonés al dormitorio del segundo grupo.

Fujisawa tenía un binomio rumano que no podía hablaba bien francés pero que entendía todo. A pesar del deseo del japonés de avanzar en el estudio del idioma el rumano no lograba ayudarle mucho. Me senté un tiempo con ellos, tratando de explicarles algunos significados con el método de Boone, la pantomima. No sé lo que entendieron, pero al menos pasamos un rato divirtiéndonos y relajándonos en la tarde del domingo.

Volví a mi dormitorio y me senté a conversar con Pavlov, quien era un ídolo para todos los candidatos. Vi que el ex capitán no estaba muy motivado a pesar de superar fácilmente todos los obstáculos. Mencionó que era terrible ver las acciones de un idiota como Zakharov y todavía más tener que cumplir sus órdenes. No era fácil para el ex oficial del ejército rojo haber sido degrado. Aunque era totalmente consciente de que en la Legión se empieza desde cero y un novato tenía aquí la obligación de obedecer sin importar su opinión, Pavlov estaba decepcionado por varias situaciones producidas en su vida de candidato legionario.

La segunda semana transcurrió a un ritmo parecido, y la única sorpresa fue cuando, de repente, Pavlov solicitó autorización al sargento Webe para hablar con el jefe Khalil puesto que había decidido regresar a Rusia. Tuve que traducirle al ruso y acompañarle al cuarto de nuestro comandante. El sargento mayor se sorprendió mucho cuando le expliqué que Pavlov quería salirse de las filas de la Legión.

—¿Estás seguro de que entiendes lo que quiere decir tu camarada? —me preguntó Khalil con una mirada, como si no quisiese creerme—. Bueno, ¿pero por qué quiere hacer eso si es el mejor atleta de toda la compañía?

Pregunté al ex capitán ruso cuáles eran las razones de su súbito deseo de abandonar la Legión y me explicó que mientras estábamos en Castel hizo una llamada a Rusia y tenía algunos problemas familiares por los que debía regresar. Cuando se lo conté al sargento mayor frunció el ceño y respondió con un tono bastante severo:

—Explícale a tu compañero que durante la instrucción no se tiene el derecho de llamar por teléfono y no se permite ninguna conexión con el mundo exterior. Ha violado el reglamento, así que antes de tomar cualquier decisión respecto de su salida en primer lugar irá un mes a la cárcel y luego hablará con el coronel Buffteau, que es quien manda en el Cuarto Regimiento de la Legión.

Tras escuchar mi traducción Pavlov asintió con la cabeza para demostrar que lo entendía y estaba de acuerdo. De todos modos, no le quedaba otra. No tenía intención de desertar y esperaría a la decisión del coronel al mando de nuestro regimiento-escuela. Pavlov recogió rápidamente sus cosas y, acompañado por Minutelo, salió rumbo a la cárcel de Castelnaudary. El mejor atleta y el hombre con la mayor experiencia militar de los cincuenta candidatos, simplemente había decidido marcharse. De hecho, nadie podía creerlo.

Me acordé de que, solamente un mes antes en Aubagne, estaba tan eufórico como yo por ser parte del grupo elegido para la instrucción, y ahora no podía comprender cómo de repente, de un momento a otro, había perdido la motivación. ¿Existían realmente esos problemas familiares o la barrera del idioma había influido en su decisión? Hasta el momento para Pavlov no había otro problema que no fuese el aprendizaje del francés. Su binomio no lo ayudaba mucho y el propio Pavlov no ponía interés en el idioma, pero el francés era indispensable para que uno pudiera quedarse en las filas de la Legión. Yo siempre ponía como ejemplo a Yanchak cuando algunos compañeros tenían problemas con el francés. Les explicaba cómo mi binomio utilizaba cada minuto libre para leer algo y para preguntarme el significado de alguna nueva palabra.

James Ford, que se encontraba en el tercer grupo, también animaba bastante a sus compañeros a aprender el idioma. Demostró ser mejor maestro que los franceses mismos. Los camaradas de su grupo mencionaron en varias ocasiones que su éxito con el francés se lo debían en particular al norteamericano. Realmente era muy bueno con la enseñanza, y no ayudaba únicamente a su binomio, sino a cualquiera que necesitase ayuda con la lengua de este cuerpo militar.

En la Legión uno podía ver cosas muy raras, como por ejemplo a un norteamericano explicando gramática francesa a los francófonos. Todos los que hablaban inglés iban a ver a James, mientras que los candidatos de Europa del este me buscaban a mí para la traducción de alguna palabra o para resolver un malentendido con su binomio. Yo no era tan bueno en la enseñanza como el norteamericano, pero también ayudaba a todos los eslavos que buscasen mi apoyo. Yanchak avanzaba rápidamente con el francés y durante la segunda semana fue capaz de explicar algunas frases a sus compatriotas polacos. Recuerdo que encontraba –quién sabe dónde– recortes de periódico que leía varias veces y, cuando se enfrentaba con palabras que ni yo conocía, no se daba por vencido y las buscaba en su pequeño diccionario.

Fujisawa también tenía voluntad de aprender el francés, pero para él era más complicado. Aprendía las palabras con su diccionario pero pronunciarlas bien le era casi imposible. Su binomio rumano necesitaba aprender mejor el idioma francés y debido a ello no era capaz de ayudarle mucho.

Desde la semana número tres los *footing* (trotes) de la mañana comenzaron a ser más largos, aunque como con las canciones habíamos mejorado bastante podíamos irnos a la cama antes de medianoche.

El domingo de aquella semana dos compañeros del segundo grupo desertaron tras el partido de fútbol. Eran franceses y habían planeado su escapada el día que estaban de turno en la cocina. Tras cargar con ellos provisiones de pan y mermelada se fueron en ropa deportiva por la ruta del bosque. Minutelo y Boone organizaron la persecución y los encontraron a medianoche muriéndose de frío en el campo.

En el pasado, la pena por deserción era de 10 años en prisión militar, pero afortunadamente para los dos franceses la pena se había reducido a solamente dos meses de arresto mayor (calabozo) antes de regresar a Aubagne y a la vida civil. Recuerdo que durante esa misma semana el binomio de Pavlov, que había quedado solo, también pidió hablar con el comandante para marcharse a su casa. El jefe de la sección lo convenció de tener paciencia y de pensar bien las cosas para no pasar por el calabozo. La tarea del sargento mayor no era la de hacernos desertar sino la de hacer de nosotros soldados profesionales.

Por cada candidato que se negaba y no quería seguir la instrucción militar o desertaba, el jefe de la sección tenía que informar al coronel escribiendo un informe. Había empezado un período de cambios en la Legión y los coroneles se interesaban por descubrir si había casos de torturas indecentes contra los candidatos. En los últimos años se habían registrado varios casos de suicidio durante la instrucción, pero hasta hacía poco nadie pedía cuentas a los instructores. Hoy las cosas eran distintas y los altos mandos estaban muy interesados en lo que sucedía exactamente durante la instrucción.

A los pocos días el binomio de Pavlov cambió de estado de ánimo y se hundió en una depresión. Los cabos se burlaban constantemente de él, que se encerró en sí mismo. Aquel domingo, cuando los dos reclutas huyeron, traté de conversar con él pero le encontré murmurando: "Siento que he firmado un contrato con el diablo y que de aquí no hay salida. Hice el servicio regular en el ejército francés y creía que podría superar la instrucción, pero de aquí no saldré con vida. Ya no aguanto más". La depresión lo había absorbido. Como quería animarle le dije que no dramatizase las cosas, pero se quedaba mirando fijamente al techo y no escuchaba nada. Al final tuvo suerte porque al día siguiente el sargento mayor lo envió a Castel y de allí lo mandaron de regreso a la vida civil.

Minutelo nos contó que cinco meses antes, en la misma cama donde dormía el binomio de Pavlov, un joven se había cortado las venas tratando de suicidarse y casi había muerto. Yo era incapaz de explicarme cómo podía derrumbarse tan rápido la psique humana, pues sólo un mes atrás esos individuos estaban en Aubagne superando las pruebas psicológicas y muy motivados para convertirse en legionarios.

En mi caso, por ahora todo iba bien. Superaba las pruebas físicas, las tácticas de guerra, el montaje y desmontaje del FAMAS con los ojos vendados y, además de todo eso, había aprendido a cantar un poco. Me sentía como en un campamento para deportistas que incluyese un curso de canto. Por supuesto que sentía la fatiga y el hambre, pero mi autoestima y mi cuerpo hacían frente a la situación. Como dije con anterioridad, todo me iba bien, cuerpo sano y espíritu sano. ¿Qué más podría querer uno? Sin embargo, de repente, llegó mi día negro o, más bien, la noche negra. El incidente sucedió cuando mi binomio estaba de guardia y yo, como francófono, era responsable de todo. En este caso, una vez más el odioso Zakharov contribuyó a que nos fastidiaran.

El joven *foot-foot* estaba por primera vez de turno como cabo instructor y tenía que verificar las guardias. Con Yanchak nos colocábamos siempre en los mismos lugares, uno frente a la puerta de los dormitorios y el otro dando vueltas alrededor de los edificios de la finca. La hora de nuestro relevo llegó, y estábamos ansiosos de llevar a cabo el cambio ya que era finales de octubre y hacía bastante frío. Pasaron diez minutos, pero el recambio no llegaba. Como Zakharov también había desaparecido por algún lugar decidí entrar en el dormitorio y despertar al binomio que nos debía relevar. En cinco minutos se prepararon, pero en el momento en que Yanchak y yo entramos al dormitorio ellos, en lugar de quedarse en los puestos de guardia, se habían ido al baño. Y, precisamente, en este instante apareció Zakharov y no encontró a nadie de guardia.

Habíamos empezado a quitarnos las cartucheras y desabrocharnos los cinturones cuando el ayudante instructor entró en el dormitorio y se me tiró encima lanzándome incomprensibles gritos supuestamente en francés. Lo único que entendí fue que me culpaba de haber abandonado el puesto de guardia. En este momento apareció el binomio que nos acaba de sustituir, pero Zakharov no quería oír ninguna explicación porque para él yo era el único culpable y, debido a ello, Yanchak también tendría que sufrir. Con su histeria en aumento Zakharov siguió con su espectáculo y nos empujó hacia la puerta.

El joven *foot-foot* era el único ruso con quien nunca había logrado entablar una conversación normal. No sé si estaba exagerando sus modales para lucirse delante los sargentos y hacer una carrera rápida o si simplemente había decidido buscarse problemas conmigo, pero en ese momento yo era la víctima de su deseo de castigo. Entendí que nadie iba a atender mis explicaciones; el sargento mayor nos lo había repetido varias veces –nosotros no somos nadie ni tenemos derecho de voz–. Mi palabra, por tanto, no valía nada frente a la del instructor. Si me quería quedar en la Legión tendría que aguantarme y no demostrar mi enojo por la injusticia, así que apreté los dientes y me esforcé en mantener la calma.

Zakharov mandó a Yanchak a limpiar los baños y a mí me ordenó empezar con las flexiones. Vacilé un instante con los puños cerrados pero me dije a mí mismo que no tenía sentido perderlo todo por un estúpido personaje como el que estaba frente a mí, y adopté la posición para el ejercicio. Sabía que esta vez el ruso trataría de machacarme, así que traté de ahorrar algo de fuerzas sin realizar los movimientos completos. Le escuchaba gritar con su terrible acento *En haut! En bas!*, dictando el ritmo del ejercicio.

Había llegado a las setenta flexiones cuando sentí que mis fuerzas se estaban evaporando. De repente mis brazos se negaron al esfuerzo y dejé que mi cuerpo se quedase en el suelo. Acto seguido fui sorprendido por una patada en las costillas y me di cuenta de que debía continuar. Hice diez más y otra vez caí desfallecido al suelo. Ya no pensaba en Zakharov y en su deseo de patearme, simplemente hice lo que estaba en mi mano. Entonces le oí decir: *Diebuuuuuu* ("levántate"), y con dificultad me incorporé desde el gélido suelo. Zakharov estaba contento y seguro de haberme destrozado, por lo que al fin decidió dejarme en paz.

Pensaba que después de haber recibido un castigo injusto el día siguiente todo sería normal, pero me equivoqué. El sapo de Zakharov no estaba satisfecho con habernos martirizado durante la noche, ya que escribió un informe al sargento Rashita diciendo que Yanchak y yo, en lugar de permanecer en el puesto de guardia, nos habíamos ido a dormir abandonando nuestro deber. Yanchak, que había servido en el ejército polaco, me aconsejó no contestar al sargento; ya habíamos pasado por los castigos de Zakharov y podíamos volver a tener que tragarnos una vez más el insulto de alguna injusticia.

El sargento Rashita nos llamó frente a la formación y nos explicó que esta noche estaríamos de nuevo en el puesto de guardia y que nadie nos iba a relevar hasta que él mismo decidiera cuándo podíamos irnos a descansar. No había ningún problema en volver al puesto de guardia nuevamente, pero cuando escuchamos el detalle de que el uniforme para la noche serían solo *shorts* y camiseta comprendimos que la tarea no sería nada fácil.

Era el final de octubre y las noches ya eran frías. Las temperaturas descendían hasta los cinco grados y un viento fuerte nos penetraba y congelaba el cuerpo aun cuando estábamos vestidos con la ropa de combate, ni que decir lo que íbamos a sentir sólo con *shorts* y camiseta. En ese momento la tranquilidad y la paciencia de Yanchak me ayudaron mucho. No parecía preocupado por el frío. Le miré sorprendido antes de traspasar el umbral del dormitorio, pero él sonrió y me dijo en francés: *Tout est dans la tête!* (todo está en tu cabeza). Asentí imitando su parsimonia y salimos para asumir el castigo. Esa noche el sargento de guardia era el mismo Rashita, quien nos miró y dijo:

—Espero no encontrarlos dormidos otra vez. La noche está bastante fresca y agradable, así que no creo que sientan ganas de dormir. ¿Listos para la guardia, muchachos?

—*Oui, sargent!* —respondimos juntos, y seguimos con la guardia.

Yanchak se quedó en la puerta del dormitorio, donde estaba protegido del viento mientras yo daba mis vueltas por los edificios. Parecía que el viento me congelaba la médula ósea, y trataba de no pensar en el frío repitiéndome a mí mismo "todo pasa" y tratando de distraerme. Por desgracia ninguna otra cosa acudía a mi mente, únicamente la forma con que me podría calentar, y comencé a correr, después hice unas sentadillas y en el hangar, incluso, traté de subir por una de las cuerdas.

Di dos vueltas alrededor del edificio y después fui a cambiarme con Yanchak en la puerta. Le expliqué que lo mejor que mi mente había inventado para calentarme era correr y, sin esperar, se puso a correr alrededor de los edificios. En la puerta, aunque estaba resguardado del viento, sentía el frío y me quedaba rígido por completo, así que me puse a hacer unas cuantas sentadillas.

Rashita vino a controlarnos y me felicitó sonriendo: "¡Veo que esta noche están más despiertos que la noche anterior!". Quise responderle que anoche no habíamos dormido tampoco y que todo había sido un teatro montado por Zakharov, pero únicamente me limité a responder: *Oui, Sargent!*, y seguí con mis ejercicios de calentamiento. Yanchak llegó después a cambiarme el puesto y yo salí corriendo a relevarle.

Eran las dos de la madrugada y sentía que no había manera de resistir más aquella tortura. De repente me acordé de Pavlov, el ex capitán del ejército soviético, quien me había contado detalles de su servicio en Siberia. Me había dicho que contra el frío y para los resfriados los mejores medicamentos son el vino tinto y el ajo. El vino tinto era escaso por aquí, pero ajo había un montón en la cocina, y la puerta trasera estaba abierta. En este instante yo era el vigilante de los edificios, así que entré tranquilamente y saqué una cabeza de ajo.

Pasaron dos horas y media más, y me encontraba de nuevo en la puerta de los dormitorios. Parecía como si el cerebro mismo se me fuera a congelar. Apretaba fuerte en mi puño la cabeza del ajo, que no había probado todavía, pero que esperaba sinceramente que me salvara del frío. Nos quedaba ya sólo una semana más de torturas en la granja, y si ahora caía enfermo tendría que volver a pasar por todo de nuevo. Mis pensamientos giraban en torno a mi única meta: convertirme en legionario; todo lo demás era secundario.

Ya creía que el sargento Rashita se había dormido y olvidado de nosotros, cuando el segundo al mando del pelotón apareció dándome una palmadita en el hombro y diciendo: "Creo que es hora de despertar el binomio que los va a relevar. Ustedes ya pagaron por su error y mañana nadie volverá a mencionárselo más".

El sargento entró en el dormitorio, y los cinco minutos durante los cuales los compañeros del siguiente turno se preparaban se me hicieron una eternidad. En este momento Yanchak llegó agitado y sudoroso tras sus vueltas corriendo y me hizo la seña de relevo cuando le expliqué que Rashita estaba despertando al binomio que nos iba a sustituir. El alivio apareció en su rostro.

Cinco minutos más tarde estaba acostado en mi cama envuelto en el saco de dormir y masticando lentamente un pedacito de ajo. Sentía cómo mis huesos se descongelaban y mi sangre se calentaba. Pavlov estaba en lo cierto, el ajo me salvó del resfriado y, al día siguiente, me desperté como nuevo. Pagué por un error que no había cometido pero, lo más importante, resistí y no renuncié a mi principal objetivo: ganar el *képi blanc*.

El grupo de candidatos legionarios que permanecíamos después de las tres primeras semanas había mejorado bastante en términos deportivos. Por la mañana corríamos quince kilómetros, subíamos por las cuerdas, hacíamos cincuenta flexiones, diez dominadas, cuarenta abdominales y lo que se le ocurría de más a los instructores. Durante la última semana trabajamos principalmente en tácticas de guerra. Era como una imitación de las batallas. Excavábamos trincheras en el bosque y nos escondíamos por binomios mientras los sargentos nos buscaban y lanzaban hacia nosotros granadas de entrenamiento. Las pequeñas trincheras debían de hacerse de tal manera que fuésemos invisibles para el enemigo pero teniendo, al mismo tiempo, la posibilidad de dispararle.

Los instructores siempre encontraban fisuras en nuestras posiciones. Si se daban cuenta de nuestra ubicación lanzaban una granada hacia el lugar donde suponían que estábamos escondidos y, cada vez que uno o dos binomios se sobresaltaban, huyendo de sus trincheras, los sargentos gritaban: "¡Ya están muertos!". Después nos explicaban que hasta el más mínimo error durante una misión se pagaba con la vida, y a veces no sólo con la vida de un legionario sino incluso de la unidad entera. Teníamos que ser perfectos.

Yanchak y yo estábamos tan bien escondidos que nadie nos encontró. Teníamos las caras manchadas con crema de camuflaje y ramas de arbustos pegadas a los cascos. Habíamos cavado una trinchera entre las raíces de un viejo roble a unos diez metros de distancia de los demás. Dado que los sargentos no nos descubrieron nos ordenaron salir. Orgullosos de nosotros mismos nos desenroscamos del suelo y salimos por detrás del tronco del enorme árbol. Sin embargo, nuestra autoestima se vino abajo rápidamente ya que se nos criticó de inmediato. Habíamos perdido el contacto con el resto del grupo, y desde la posición que habíamos elegido tampoco existía la posibilidad de disparar a la carretera cercana, que es de donde se esperaba que el enemigo viniera. ¿Qué hacer? Éramos novatos y todavía teníamos mucho que aprender.

El grupo era un ser vivo, y los binomios sus células. Avanzando por el bosque o escondiéndose del enemigo, los binomios deben tener contacto visual para poder transmitir con señas las órdenes del comandante de la unidad. El sargento recibe las órdenes del sargento mayor y él, a su vez, del capitán de la compañía, y por el mismo orden llegamos a los coroneles y los generales, los cuales las reciben del ministro de Defensa. Los que cumplíamos las órdenes directas en el campo de batalla éramos nosotros, las secciones de combate, últimas partículas de esta enorme maquinaria militar. Para que la idea de los comandantes se ejecutase teníamos que ser tan perfectos como los engranajes de un reloj suizo.

Durante los últimos diez días de vida en la granja me sentí cual actor dentro de una película bélica. Todo parecía una guerra con la única diferencia de que las granadas que tirábamos soltaban trozos de plástico al estallar en lugar de metralla de hierro, y de que disparábamos con balas de fogueo. Por último, nuestro instinto de supervivencia empezó a mejorar. En el instante en que escuchábamos disparos de un grupo enemigo, en cuestión de segundos nos lanzábamos al suelo buscando cómo camuflarnos y responder al fuego.

El último día el sargento Webe nos dijo sonriendo: "Ahora están listos para Yugoslavia". En esos momentos los conflictos en Croacia se habían calmado, pero la Legión participaba como refuerzo de los cascos azules de la ONU o como parte de las tropas de la OTAN en Bosnia y Herzegovina. Durante aquel año, 1996, Yugoslavia seguía desgarrada por la guerra, pero las palabras de Webe habían sido solamente un cumplido para nosotros.

—He dicho que están listos para Yugoslavia —siguió el sargento— pero todavía no he confirmado que estén listos para la Legión. Les falta un último obstáculo para que sean reconocidos como legionarios, y es la marcha *képi blanc*.

Como el sargento de mi primer grupo se encontraba de vacaciones pasé la mayor parte del entrenamiento en la granja bajo el mando del senegalés blanco Webe. Con Yanchak formaba un binomio perfecto, pasábamos juntos por todas las dificultades y nunca nos peleábamos. En la mayoría de las tácticas nos relacionábamos con el binomio de Fujisawa. El japonés no había avanzado mucho en el idioma francés pero con su binomio rumano había perfeccionado la manera de comunicarse mediante señas y hasta se entendían con la mirada. Fujisawa era un soldado de verdad, acataba las órdenes y las ejecutaba sin problemas. Las palabras que no podía pronunciar las explicaba con gestos al estilo del cabo Boone. Se hacía evidente que este oriental sentía un gran deseo y tenía la determinación necesaria para hacer frente a cualquier dificultad y convertirse en legionario. Fue uno de los pocos del grupo que nunca se equivocó y no fue castigado.

La noche antes de la última marcha nos dejaron en paz para ordenar nuestro equipaje con tiempo ya que no regresaríamos más a la granja. Íbamos a salir temprano y esta vez nuestro primer grupo se completaría con el sargento Sorabela, quien nos acompañaría hasta la prueba final.

Aparte de la confianza en mi binomio, después de todo lo que habíamos vivido juntos sabía que tenía un amigo con quien contar y, aunque no habíamos hablado mucho, compartíamos solidariamente los pedazos de chocolate robados de la cocina y siempre nos ayudábamos en las tácticas militares.

Me acerqué a desearle buena suerte a Fujisawa, y él asintió con un gesto de cabeza a su manera japonesa. Como siempre, sus ojos se encargaban de mostrar los buenos sentimientos que no podía expresar con palabras. Estreché la mano a mi manera europea y después me retiré a descansar.

A la mañana siguiente y frente a la formación, nuestro comandante Khalil nos presentó al sargento Sorabela, que apareció listo para la marcha con su mochila y el FAMAS en sus manos como si hubiese pasado sus vacaciones entrenando. Cuando nuestro jefe de sección nos dejó bajo el mando de Sorabela, el italiano se giró hacía nosotros y dijo:

—¡Somos el primer grupo, y siempre tenemos que ser los ganadores! Todos han venido aquí voluntariamente y quiero que nunca lo olviden Por eso tienen que progresar en el deporte y en los estudios a diario. Si respetan las reglas del juego pasaremos ratos muy agradables juntos, pero si tratan de lloriquear y quejarse entonces me convertiré en la peor persona que hayan conocido. Recuerden siempre que todos los aquí presentes son voluntarios y que, por ese motivo, deben hacerlo todo con pasión y devoción. Esta será su primera gran prueba de vida en la Legión, pero no será ni la última ni la más difícil. No es esta marcha la que los convertirá en legionarios de verdad, sino su perseverancia. La verdadera fuerza no reside en las piernas o en los músculos, sino en la cabeza, y el verdadero propósito de esta formación y último entrenamiento es que lo comprendan.

Señalándose la cabeza, repitió:

—*C'est ici que ça se passe!* —luego miró a su alrededor antes de alzar poderosamente la voz—. Primer grupo, ¿está listo para la marcha *képi blanc*?

—*Oui, sargent!* —la respuesta fue conjunta y la marcha comenzó.

Sorabela caminaba a un ritmo increíblemente rápido que no habíamos ensayado antes. Aparentemente había descansado bien durante sus vacaciones. El cabo Boone caminaba el último en la columna y tenía la obligación de avisar si alguien se atrasaba. Íbamos pertrechados con el equipo de combate completo, es decir, una mochila de veinte kilos a la espalda y nuestra eterna compañera FAMAS colgada del hombro. Al cabo de una hora de caminata deportiva Sorabela se detuvo para hacer un descanso de dos minutos. Bebimos un sorbo de agua mientras él miraba su mapa para asegurarse de que estábamos en la posición correcta. El sargento se dio media vuelta hacia nosotros levantando la voz para animarnos:

—¡Veo que todos están satisfechos con el ritmo! Yo también estoy contento con ustedes ya que nadie se ha quedado atrás ni nadie se ha quejado en los seis primeros kilómetros, así que sigamos igual. ¡Adelante! ¡Marchen!

Partimos de nuevo tras el incansable Sorabela y seguimos así cuatro horas. Cada hora se detenía cinco minutos para orientarse y después continuábamos la marcha a su acelerado ritmo. Incluso subiendo colinas nuestro instructor no reducía la velocidad. Ese hombre era realmente una máquina. A la cuarta hora de la caminata la mayoría de nosotros teníamos que esforzarnos hasta quedar sin aliento para poder alcanzar al sargento. Si mantenía este ritmo durante el resto de la marcha pronto caeríamos como cucarachas intoxicadas por Baygon. Sorabela finalmente se detuvo y anunció:

—Por ahora estoy satisfecho con ustedes. Hemos hecho veinte kilómetros en cuatro horas, pero todavía faltan diez. Merecen un descanso, así que utilícenlo para recuperar sus fuerzas.

Bajamos las mochilas y comenzamos a relajarnos. Creía que ya estaba acostumbrado a mis botas militares, pero era falso. En el momento en que descansé las piernas sentí el ardor que provocan las heridas en los pies. Observé a mis compañeros y me di cuenta de que muchos de ellos padecían los mismos problemas. Uno de los pocos que parecía sentirse bien era mi binomio Yanchak. Había dejado el ejército polaco sólo dos meses antes de iniciar su aventura en la Legión y sus pies no habían perdido la costumbre de caminar con botas militares.

Tras el descanso me sentí recuperado, aunque sólo parcialmente, porque el dolor en los pies persistía. Afortunadamente para todos nosotros el sargento redujo la velocidad de la marcha y esta vez logramos seguirle con mayor facilidad. Superado el primer kilómetro los pies dejaron de dolerme. Aparte de que íbamos más despacio no había pendiente y se caminaba sin apenas esfuerzo. Cuando Sorabela se detuvo y pronunció la palabra de "llegamos", me costó creer lo que estaba escuchando.

—*On est arrivé premiers!* ¡Somos el primer grupo y somos siempre los primeros! Hemos superado bien la distancia del primer día, pero aún nos faltan dos días más, así que después de montar sus tiendas de campaña por binomios quiero que el cabo Boone revise las heridas de sus pies. Tienen media hora para prepararse. ¡Adelante!

Montamos con la máxima celeridad las tiendas de campaña y nos reunimos en el centro del campamento que acabábamos de improvisar. El cabo Boone nos ordenó sentarnos y quitarnos las botas. Tuve la sensación de que eran parte de mis pies e hice un gran esfuerzo para sacarlos de ellas. En los calcetines se veían pequeñas manchas de sangre.

—*Go! Go!* ¡Más rápido, esos calcetines podridos, quitar! *Fuck!* —me gritó el cabo —. ¡Hay casos peores que el tuyo!

Despegué los calcetines de la piel y comprobé que mis pies estaban inflamados. Boone, que era el paramédico de nuestro grupo, me limpió las heridas ungiéndolas con un poco de crema, y después me puso unas vendas en los pies. Así, paso a paso, el cabo nos revisó cuidadosamente a todos uno por uno. Sin este cuidado en las pequeñas heridas de los pies dudo que hubiésemos podido continuar la marcha al día siguiente. Tras el examen médico de Boone, Sorabela nos reunió de nuevo y, como de costumbre, exclamó con su voz atronadora:

—Ahora que se sienten bien, y tal y como se les ha prometido, van a descansar. Aparte de los que están de turno y tienen guardia todos quedan dispensados hasta mañana a las cinco.

Al día siguiente nos despertamos con las voces del cabo Boone: *Réveil, fucking, reveil! Go, go, allez vite do your sac! Faire le sac! Lavez your face! Rasez! Go, go, en avant!"*. Nos apresuramos a arreglar las mochilas, doblar las tiendas de campaña y afeitarnos lo antes posible. Guardábamos todo desordenado y escuchando, aparte de los gritos de Boone, la orden del sargento Sorabela:

—¡Los quiero ver alineados en formación dentro de cinco minutos! *En avant! Dépechez-vous!*

Nos reunimos en cinco minutos, pero la mayoría estábamos mal afeitados y con las botas llenas de lodo, las mochilas estaban mal cerradas y se salía parte de la ropa.

—¿Qué es esto, una banda de mendigos? ¡Aquí no veo ni un solo legionario! —el sargento nos criticaba severamente—. ¡Miren eso! Están medio barbudos, sucios y con unas mochilas que parecen bolsas llenas de basura. Esta mañana han empezado mal, muy mal, pero les daré otra oportunidad. Dentro de 20 minutos les quiero ver con la mochila perfectamente ordenada, con las caras arregladas y con las botas brillantes como para un desfile.

Tras obedecer la orden del sargento nos colocamos una vez más en formación. Sorabela nos observaba con un gesto de aprobación:

—¡Bueno, esto ya es otra cosa! Por lo menos han llegado todos a tiempo con un aspecto más decente, y aunque sus botas no brillan como yo hubiera querido, por lo menos están cubiertas de betún. Lo más importante es que todos actúen como una sola persona; si alguien se retrasa deben ayudarlo. El grupo de combate es una sola pieza y, si le falta alguna parte, se vuelve vulnerable y es fácilmente atacable por el enemigo.

Comenzamos la segunda parte de la marcha *képi blanc* y de nuevo Sorabela arrancó con su ritmo deportivo. A pesar de las vendas que me puso Boone sentía las heridas quemándome los pies, aunque después de calentarlos caminando el dolor disminuyó.

Mientras andaba sólo miraba delante de mí la mochila de Yanchak, que por el momento estaba pasando mejor que el resto del grupo la prueba de marcha. Mi binomio seguía tranquilamente el ritmo marcado por el sargento sin jadear, no como la mayoría, y además de eso no tenía ninguna herida en los pies. Parecía que estaba paseando.

Yo me concentraba en la mochila del polaco siempre delante de mí y hacía el esfuerzo de seguirla. En un momento, mientras caminaba, me perdí en pensamientos y recuerdos de Bulgaria. ¿Cómo había cambiado mi vida tan rápido? Ya no existía el roquero, el estudiante, el viajero libre... Había cambiado los viajes en moto por las caminatas de montaña, pero a fin de cuentas estaba feliz con mi elección.

Además, en este momento la Legión me aportaba algunas soluciones para mis problemas ya que mi país pasaba por una fuerte crisis económica, y la experiencia adquirida valía la pena. Hasta ayer la Legión Extranjera no era más que una leyenda para mí, y ahora era mi vida y mi realidad. Había dejado todo atrás y venido al oeste decidido a luchar solo por mi futuro. Tan sólo el recuerdo de mis seres más cercanos me hacía sentir melancolía y tristeza porque no había tenido ninguna oportunidad de hablar con ellos, pero superar la nostalgia era también parte de la instrucción. Quería ganarme el *képi blanc* y en ese instante era lo único que tenía importancia.

Así, abstraído en mis pensamientos, pasé los primeros siete kilómetros del segundo día de la marcha. El sargento se detuvo de repente y se giró hacia nosotros:

—Al igual que ayer, vamos primeros. Aquí nos encontraremos con el segundo grupo, son las órdenes que hemos recibido del sargento mayor. ¡Así que prepárense para el almuerzo!

Esperaba volver a ver a mi amigo, el solitario Fujisawa, cuando mientras calentábamos la comida apareció la columna de Webe con sus voluntarios tras él. Me di cuenta de que Fujisawa iba cojeando un poco y una vez que Webe les dejó descansar me acerqué a saludarle y preguntarle.

—¿Qué te sucede?

—¡No problema, puedo ir!

—Sí, ya sé que el kamikaze siempre puede hacerlo todo, pero sería mejor que te viese el paramédico.

—Sí, paramédico —repitió Fujisawa, aunque yo no estaba seguro de que me hubiese entendido.

—Ok, llamaré a tu binomio rumano para que venga a comer con nosotros.

—*Oui, oui,* comer con nosotros —repitió de nuevo mis palabras y me siguió.

Su binomio se colocó automáticamente detrás de nosotros porque ambos tenían que ser inseparables. Durante el almuerzo el rumano me explicó que al inicio de la marcha Fujisawa se había lastimado la rodilla, que parecía dislocada. Estaba preocupado por él porque parecía que el problema era del menisco o del ligamento extendido porque el dolor y la hinchazón se localizaban en la rodilla. El cabo Payet había ofrecido al japonés dejar la marcha para que lo llevasen a la clínica del Cuarto Regimiento, pero Fujisawa había rehusado el ofrecimiento. Había llegado aquí desde el otro lado del planeta para convertirse en legionario y un dolor en la rodilla no iba a detenerlo.

Mientras terminábamos el almuerzo llegó el tercer grupo con el sargento Raza a la cabeza. El jefe del pelotón, Khalil, nos reunió a todos y nos felicitó por el buen ritmo con cual habíamos caminado la mitad de la distancia:

—Ahora voy a acompañar al primer grupo. El segundo grupo saldrá media hora después y el tercero, una hora más tarde. Mañana al mediodía volveremos a reunirnos los tres grupos y la sección viajará los últimos cinco kilómetros de una vez. Primer grupo bajo mi mando, ¡adelante!

Nuestro comandante no caminaba tan rápido como Sorabela y todos nos sentimos aliviados durante esta parte de la marcha. Al día siguiente, como siempre, llegamos primeros al sitio de la reunión, pero esta vez el tercer grupo llegó antes del segundo. El sargento Webe se había retrasado. Cuando se comunicaron con él por radio dio su ubicación, a dos kilómetros del lugar del encuentro, pero mencionó que iban lentos porque la rodilla de mi amigo japonés había amanecido peor. El comandante llamó inmediatamente a su conductor para traer el *jeep* modelo P4. Este 4x4 del ejército francés se llamaba P4 porque el motor había sido fabricado por Peugeot pero la carrocería y el chasís parecían de Mercedes Benz.

A dos kilómetros de distancia el japonés caminaba con sus últimas fuerzas. ¿Por qué hacía este sacrificio? Nadie lo podía entender. Era por su honor. No sé si había entendido bien la propuesta del cabo para que lo llevasen a la clínica, o si realmente era un kamikaze, no lo sé, pero así era mi amigo Fujisawa.

Cargando con una mochila que parecía más grande que él apareció el nipón por la colina renqueando a lo lejos. En descenso, sin duda, su dolor era mayor, pero parecía como si se hubiese desconectado de la realidad. Le vi acercándose. Su mirada demostraba que estaba hundido en algún lugar profundo de su mente y perdido en sus pensamientos. El *jeep* del jefe del pelotón llegó al mismo tiempo.

—Boone, revisarás a quienes realmente tengan problemas y les subiremos en el coche, no quiero entrar en la ciudad con una compañía cojeando. Por supuesto, dejen un lugar para el japonés ya que se le ve bastante mal. Para los heridos la marcha se ha terminado y únicamente tendrán que aguantar de pie la ceremonia.

De los que querían subir en el *jeep* el cabo escogió solo a dos personas. Así que había suficiente espacio para Fujisawa. Cuando el grupo de Webe llegó el sargento jefe Khalil llamó a Fujisawa señalándole su lugar en el vehículo, pero el japonés negó con la cabeza y apretando los dientes de dolor solo pronunció:

—Yo bien, yo quiero ganar *képi blanc*.

—¡Usted ya ganó képi blanc! —le aseguró el sargento mayor.

—¡Yo caminar! —insistía sin entender lo que le decían el japonés.

—¡La marcha terminó! —Khalil empezó a enojarse—. ¡Entra en el *jeep*! ¡Es una orden!

—¿Terminó? —tras pronunciar él mismo la palabra Fujisawa se cayó del lado de su pierna inflamada.

Aquel hecho me había demostrado que realmente la fuerza está en la cabeza, ya que el japonés cayó sin fuerzas en el instante en que se dio cuenta de que la marcha había terminado. Me di cuenta de que Fujisawa guardaba cierta relación con el personaje del autor estadounidense Stephen King del libro *La larga marcha*.

Boone se apresuró a examinar su rodilla y sugirió que lo mejor sería llevarlo de inmediato a la clínica en Castel, pero nuestro comandante había decidido otra cosa.

—Le di mi palabra de que ganaría hoy su *képi blanc* y estoy seguro que resistirá de pie durante la ceremonia. Después le llevarás de inmediato a la clínica. El japonés ha demostrado ser un ejemplo de espíritu fuerte y merece ser parte de nuestra familia. El resto tendremos que acelerar el ritmo porque ya vamos tarde para llegar a la ceremonia donde nos espera el coronel Buffteau.

De hecho, el ritmo marcado por Khalil era más rápido incluso que el de Sorabela el primer día, pero por suerte caminábamos por una carretera de asfalto. Como los civiles nos iban a observar teníamos que presentar a una la Legión a su altura, por lo que el jefe no tenía la intención de bajar la velocidad. El último tramo lo realizamos, prácticamente, corriendo.

La ceremonia se celebraría en una ciudad antigua llamada Sorèze y el lugar exacto era una escuela militar de los tiempos del rey Luis XVI. Construida en el año 754 a los pies de la Montaña Negra, la escuela llamada *Abbaye école* había educado y formado durante siglos a varios filósofos, militares, escritores y políticos. Los ciudadanos de *la cité de Sorèze* que caminaban por las calles nos miraban con respeto, seguramente por las boinas verdes sobre nuestras cabezas que nos distinguían como legionarios.

Estábamos corriendo tras el *jeep* del jefe de la sección y, marcando el paso, gritábamos en coro: "... Cinco, cuatro, tres, dos, uno ¡cero!". Esta vez había llegado realmente el final de la marcha.

En el lugar de la ceremonia nos esperaba un camión con nuestros uniformes limpios, que habíamos preparado la noche antes de emprender la marcha. Estaban decorados con charreteras con los colores de la Legión, rojo y verde. El jefe de nuestra sección, Khalil, envió el sargento Webe para revisar el estado de Fujisawa y después nos dio la orden de cambiarnos. Diez minutos más tarde el sargento mayor llamó a Webe, quien estaba tratando de explicar a Fujisawa que iba a tener que estar parado durante una hora:

—¡Vamos Webe, date prisa con tu héroe! —le dijo el jefe—. La ceremonia comenzará pronto, y los quiero a todos alineados y con las botas brillantes.

El binomio de Fujisawa y el sargento Webe ayudaron al japonés a llegar a su lugar en las filas y allí se mantuvo firme y estirado como una cuerda de guitarra.

—Sé que no nos fallará —dijo el sargento Webe preocupado por si Fujisawa aguantaría toda la ceremonia.

Nos mantuvimos firmes sosteniendo las gorras blancas en la mano derecha y esperando la orden del coronel Buffteau para ponernos finalmente los *képis blancs* en la cabeza y ser aceptados por la familia de la Legión. En este momento pensé que mi amigo Fujisawa se merecía más que todos nosotros el gorro blanco porque había llegado hasta aquí más con la fuerza del espíritu que con el esfuerzo de sus músculos.

Finalmente, el coronel ordenó que nos colocáramos las gorras blancas en nuestras cabezas:

—Coiffez vos képis blancs!

Cuando cumplimos esa orden, Yanchak, Fujisawa, Cybulski, Ford, Karl, Erwin, Klis y todo el resto de nuestra sección S4, realmente nos convertimos en legionarios. Ese día nos sentimos orgullosos de ponernos los *képis blancs*, de seguir creyendo en la leyenda de la Legión Extranjera y de ser parte de ella. Más adelante algunos perderían la fe y se olvidarían de la fuerza que los había apoyado durante la marcha *képi blanc*, pero el día de la ceremonia todos nos saludábamos y abrazábamos como hermanos de la misma familia.

La gran fiesta se inició con una comida deliciosa, vino y cerveza. Tras el almuerzo el coronel nos reunió a su alrededor y empezó a hablarnos como si fuera nuestro padre:

—El Cuarto Regimiento de la Legión Extranjera es nuestra escuela y ustedes regresarán aquí varias veces durante su vida dentro de la Legion, pero no olviden que este es su primer Regimiento, y que ahora les reciben en la gran familia legionaria. Esto significa que ahora el Cuarto Regimiento es su hogar. Sé que todavía les queda mucho por aprender sobre la vida en las filas de la Legión, ¡pero hoy les doy la bienvenida por estar entre nosotros! ¡Salud! —gritó en el momento que levantó su copa.

Mientras bebíamos con el coronel nadie se dio cuenta que el cabo Boone se estaba yendo a la clínica con nuestro héroe japonés. Cuando busqué a mi alrededor a Fujisawa me di cuenta de que realmente había aguantado la ceremonia *képi blanc* hasta el final con sus últimas fuerzas pero que no lo vería hasta llegar a nuestro nuevo hogar, el Cuarto Regimiento.

Al día siguiente, a las 7:00 de la mañana estábamos en fila frente al edificio de la compañía.

—*Ce n'est pas fini!* (¡no ha terminado!) —fueron las primeras palabras del sargento Raza—. ¡Las pruebas no han terminado! Incluso podemos decir que, hasta ahora, apenas ha comenzado la formación. Ya son legionarios, pero tienen mucho que aprender durante los tres meses que nos quedan juntos. Así que, como he dicho, todo continúa. ¡Detrás de mí, a correr! ¡Adelante!

Salimos corriendo listos para realizar una carrera de ocho kilómetros y la instrucción de nuevo volvió a su ritmo normal. El único privilegio tras la ceremonia era que en el refectorio nos dejaban más tiempo para comer. Ahí tuve la oportunidad de conversar con un cabo de la cocina que, además de ser mi compatriota, era mi tocayo. Venía del Segundo Regimiento Extranjero de Infantería para especializarse como cocinero. Había terminado ya su primer contrato de cinco años y había firmado por otros tres años más. Era muy buena gente y siempre me servía un poquito más de lo que le pedía. Estaba terminando su formación de cocinero y esta era su última semana en el regimiento escuela de la Legión. Así que pronto regresó a Nimes, donde estaba ubicada la infantería de la Legión. En el futuro el eslovaco Erwin serviría con él, pero eso lo contaré en otro momento.

Nos quedamos una semana tras los muros del Cuarto Regimiento, donde nuestro tiempo transcurría entre el desmontaje y montaje del fusil FAMAS, el cursillo de primeros auxilios, el entrenamiento con la máscara de gas, las canciones legionarias, el aprendizaje del francés y, por supuesto, todo ello recitando nuestro Código de Honor.

Justo cuando pensaba que todo transcurriría así hasta el final, de pronto nos despertaron simulando una alerta y nos apresuramos a ejecutar una marcha nocturna. Esta vez sí que había suavizado mis botas militares tras la lucha por la gorra blanca, por lo que ya no me salieron llagas. El único problema fue que regresamos a las seis de la mañana y, en lugar de acostarnos, el día comenzó con la limpieza de los fusiles, y el trabajo duró hasta la tarde. El jefe de la sección venía cada rato a verificar y nunca estaba satisfecho.

No podíamos devolver las armas al arsenal hasta que no estuvieran perfectamente pulidas. Todos estábamos cansados, pero estaba claro que si fracasábamos en la limpieza nos tocaría una segunda noche sin dormir. Los que ya habían sido aprobados y tenían sus fusiles listos para la entrega ayudaban a sus camaradas más descuidados con un solo objetivo, ir a acostarse. Los cabos sabían que se trataba de una prueba más, y nos mantenían de pie. En la sala no había sillas y tampoco teníamos derecho a sentarnos en las mesas.

Después de la cena el sargento mayor Khalil llegó para realizar otra verificación. Con unos guantes blancos empezó a revisar los fusiles.

—Veo que al fin intentaron hacer algo bueno. Deberían haber hecho esto por la mañana, ya que si hubieran limpiado adecuadamente sus armas ya estarían descansando. Por lo menos espero que entiendan la lección y la próxima vez estén listos desde la primera verificación para poder entregar las armas en el arsenal. Ahora podemos aplicar el aceite y entregarlas enseguida. Les espero en el arsenal.

Al cabo de media hora todos habíamos entregado nuestras armas y nos dirigíamos a la cama cuando, de repente, los cabos decidieron revisar los armarios. No habíamos tenido tiempo de ordenarlos tras la marcha nocturna y, por supuesto, los vieron en pleno desorden. Procedimos a un reordenamiento de los casilleros hasta que finalmente a medianoche todo lució un aspecto excelente y, tras la esperada ducha, caí rendido en la cama muerto de cansancio.

Dos meses y quince días habían pasado ya desde que estuve en Castel, y cuatro meses desde que traspasé el umbral del cuartel Lecourbe en Estrasburgo. Desde ese momento no había salido de la Legión, no había podido conectarme con nadie de fuera, no había tenido ni un día libre y se me había olvidado por completo mi vida anterior, la de aquel estudiante sin muchas responsabilidades. Me había convertido en un hombre nuevo que se movía por órdenes y lo aguantaba todo, y el día que el sargento Rachita se nos acercó y nos anunció que en la iglesia de un pueblo cercano un padre católico organizaba misas para los jóvenes legionarios, no me lo pensé dos veces y me inscribí.

Yo no era católico y, además, me había criado en una sociedad de ateos, donde Dios había sido reemplazado por el partido comunista. Durante mi infancia las iglesias se consideraban monumentos del pasado y lugares para las personas mayores con creencias obsoletas, pero ahora esta era para mí la única oportunidad de desconectar un par de horas y ver el mundo exterior. La libertad me estaba llamando, aunque fuese por poco tiempo. Además de que quería respirar el aire fuera del cuartel, quería visitar ese pequeño pueblo por el que habíamos pasado durante una caminata nocturna. Mi curiosidad de viajero y mi sed de libertad me hicieron católico por unos instantes.

Recuerdo que al comienzo no prestaba atención a las palabras del sacerdote y únicamente esperaba a que terminase su ritual para ir a buscar café con leche y cruasanes calientes en el cercano *Bar Tabac*. Nunca había asistido a una misa católica, y cuando escuché las palabras del sermón me di cuenta de que este había sido preparado específicamente para nosotros. El sacerdote interpretaba los textos de la Biblia de una forma muy interesante que nos hacía sentir orgullosos de nuestro trabajo como soldados. Nos habló del coraje, del sacrificio... Nos explicó que en la guerra, cuando se está cerca de la muerte, la gente valora más la vida y los principios morales. El legionario árabe que se sentó junto a mí tampoco era católico, pero como entendía francés prestaba atención a las palabras del sacerdote. Hasta los cabos instructores, que habían ido a la misa por obligación, escuchaban al cura embelesados. De todo el grupo de reclutas solo los polacos, que eran católicos fieles, sabían qué hacer en cada momento del ritual. Se arrodillaban ante la cruz, hacían fila para el sacramento... El resto nos sentíamos un poco confusos al final de la misa, pero el sacerdote estaba contento porque le habíamos escuchado con atención.

Finalmente el momento tan esperado llegó cuando la misa terminó y nos sentamos en la cafetería a comer *croissants* y *pain au chocolat*. Sabía que los franceses eran maestros en la panadería y lo pude comprobar ese día. Siempre teníamos hambre y gozamos mucho de esos panecitos con chocolate. Nos dejaron una hora tranquilos ya que la gente del pueblo nos había preparado tan agradable desayuno. Estaban orgullosos de conocer a legionarios y nosotros estábamos felices de poder comer sin prisa y sin escuchar los gritos de los cabos.

Recuerdo que durante los cuatro meses que dura la instrucción, independientemente de lo que comiese, siempre tenía hambre. Los esfuerzos físicos y las noches sin dormir durante y después de las campañas exigían al organismo alimentarse bien. Me di cuenta de cómo la gente me miraba, para ellos yo era un futuro héroe que daría su vida por la seguridad de los ciudadanos.

Cuando estábamos en la cafetería apareció el coronel Buffteau, comandante del Cuarto Regimiento de la Legión Extranjera, quien se hizo unas fotos con nosotros, los nuevos reclutas. El coronel estaba vestido de civil y había llegado con su familia para asistir a la misa. Aquel domingo fue el momento más agradable vivido desde el inicio de la formación en el regimiento escuela. Fueron unas verdaderas vacaciones para el alma y una dosis de felicidad absoluta para el estómago.

Por supuesto, después del domingo llegó el lunes, y la formación siguió su ritmo habitual. La semana comenzó con un entrenamiento difícil que consistía en cruzar una pista de obstáculos llamada en francés *parcour du combatant*. Durante los primeros intentos hubo muchas raspaduras, manos y pies torcidos y algunos tuvieron que ser llevados a la policlínica del regimiento. Yo sólo sufrí un pequeño traumatismo en la mano y, tras ponerme un buen vendaje, seguí con los entrenamientos.

Esta semana volvió a las actividades deportivas, y completamente recuperado, nuestro héroe Fujisawa. No había tiempo de descanso, nos quedaba sólo un mes, diciembre. Me acordé de cómo mi amigo japonés había luchado contra el dolor de su rodilla durante la marcha *képi blanc* y decidí que no cedería a causa de un leve dolor de mano.

Yo trabajaba duro para cumplir con las normas porque al final de la instrucción nos esperaban unos exámenes muy serios y, si no aprobábamos, nuestra carrera en la Legión podía terminar. Estas últimas pruebas estaban previstas para principios de enero, y tras ellas el verdadero fin de la instrucción lo marcaría una marcha de tres días por los Pirineos.

Se aproximaban las fiestas de Navidad y la Legión, como toda familia, se estaba preparando para esas fechas. Antes de Navidad se organizaron campeonatos de fútbol, baloncesto y voleibol. El mismísimo general Piquemal, comandante de la Legión Extranjera, vino a correr con nosotros los veintidós kilómetros del semi-maratón organizado con motivo de las fiestas. El general era conocido por sus triunfos en maratones por todo el mundo y, a pesar de su avanzada edad, nos adelantó a la mayoría. Todavía recuerdo el momento en que me rebasó. Traté de mantener su ritmo, pero a los cinco minutos tuve que abandonar la lucha. Nuestra compañía ganó numerosos premios en los diferentes concursos y en el resultado global del semi-maratón acabamos primeros compitiendo con atletas de verdad.

El ambiente navideño era muy agradable y todos nos sentíamos muy unidos. Los cabos no nos castigaban por tonterías sino que, al contrario, nos apoyaban y nos motivaban para que lográsemos cada día algo más. La cena de Nochebuena era abundante y algunos legionarios prepararon los llamados *sketch*, pequeñas escenas cómicas en las que se ridiculizaba a oficiales y suboficiales. Esa noche, y por tradición, a los legionarios se le permitía hacer bromas acerca de sus comandantes.

La deliciosa cena de Navidad incluía langostinos, filetes de pescado, ensaladas, frutas tropicales y champán. Por primera vez en mi vida me sentía en una fiesta palaciega. Había comida y bebida hasta la saciedad. La vida en la Legión era difícil pero valía la pena. Esa noche hubo bastante alegría y todos nos sentimos parte de nuestra nueva gran familia, la Legión Extranjera.

La cena de Navidad finalizó a las dos de la madrugada pero estábamos autorizados para seguir la fiesta en los clubes de las compañías y éramos libres de movernos por las instalaciones del cuartel. Por primera vez se nos permitió, oficialmente, llamar por teléfono a nuestros familiares. Los que habían dejado atrás a esposas o hijos se pasaron el resto de la noche al teléfono. Sólo ahora me daba cuenta de lo difícil que había sido para ellos dejar atrás su pasado.

Caminé alrededor del recinto y me encontré con un cabo que era paisano mío. Fue muy agradable conversar con él en mi lengua materna. Además, acababa de regresar de Yibuti (la Somalia francesa), y me narró las dificultades que sufrían allí los legionarios a temperaturas de 50° C. Pero también mencionó los tan esperados fines de semana que pasaban con las chicas africanas. Yo no había visto ninguna mujer en los últimos meses, y ni siquiera tenía tiempo para pensar en tal cosa. En ese momento los fines de semana con mujeres sólo eran un sueño para mí .

A las tres de la madrugada decidí ir a mi habitación porque sabía que nos despertarían temprano. Cuando llegué al piso de nuestra sección pasé a saludar a mi amigo japonés. Todas las habitaciones estaban a oscuras porque, obviamente, mis compañeros seguían con el campeonato alcohólico. Sin embargo, toqué la puerta y entré en la habitación de Fujisawa dudando de si iba a encontrarlo dormido o no. Para mi gran sorpresa me encontré al japonés preparando la pequeña mochila de combate con ropa deportiva y artículos de tocador. Estaba vestido con el buzo de deporte, y se asustó cuando me vio.

—¿Qué pasa, Fujisawa? ¿Qué estás haciendo con ese equipaje?

—*Moi, finit Legión!* ¡Fin! ¡Voy a casa!

—¿Qué? —no podía creer lo que escuchaba, parecía como si el japonés se hubiese asustado con la borrachera de la Legión.

—Llamé a casa, mi padre ha muerto.

—¡No lo puedo creer! ¡Y justo en Navidad!

—¡Nosotros, Japón, no comprende Navidad! Eso es sólo para negocio. ¡Yo voy!

—¡Qué lástima, hubieras podido hacer una brillante carrera en la Legión!

—¡*Au revoir*, Lozev!

—Lamento lo de tu padre.

El japonés asintió con la cabeza como siempre y luego se descolgó por el balcón. Todo el mundo estaba celebrando y nadie se fijó en cómo Fujisawa escalaba la valla con paso ágil como si fuese un gato por un alambre de púas. Me lo imaginé corriendo hacia la estación y pensé en cómo iba a tomar el tren en dirección de París, dónde trataría de encontrar la Embajada de Japón para recuperar sus documentos, los cuales se habían quedado en Aubagne. De hecho, era el momento perfecto para escapar ya que todos estaban ocupados con las celebraciones y la policía militar había concentrado todos sus efectivos dentro del cuartel.

Por la mañana el cabo Minutelo detectó la ausencia de Fujisawa y se fue a avisar al sargento Raza.

—¿Están seguros de que el kamikaze no está perdido en algún lado después de la fiesta de anoche? ¿Dónde está su binomio?

El rumano dio un paso adelante y gritó:

—¡Presente, sargento!

—¿Dónde está tu binomio?

—No sé, sargento. Yo, amigos rumanos anoche, y en la mañana no encuentro Fujisawa.

—Ah, la mafia rumana se reunió ayer. ¡Abandonaste a tu binomio y te fuiste a beber con tus compatriotas!

El rumano no respondió nada.

—¿Hay alguien que haya visto al japonés? —nos miró enojado el sargento.

—Vamos a acordarnos mientras adoptamos la posición para las flexiones

Voy a inventarme varios ejercicios hasta que alguien se acuerde. En mi fuero interno me estaba preguntando si tenía algún sentido mencionar que había visto a Fujisawa. No quería impedir que mi amigo japonés se escapase pero tampoco quería que el resto de mis camaradas sufriesen por nada. Estaba con la duda en la cabeza cuando se acercó el cabo Payet y le dijo algo a Raza.

—*Debout!* ¡Hoy tienen suerte, los ejercicios de tortura quedan anulados! Vayan a lavar y a planchar su ropa y prepárense para la próxima semana. ¡Los dejo a su disposición!

Todos nos preguntábamos qué fue lo que hizo cambiar la decisión de Raza de torturarnos con ejercicios hasta que alguien mencionara algo sobre Fujisawa. Nos fuimos contentos a nuestros dormitorios para arreglarnos, pero estábamos deseosos por saber qué había pasado. Por primera vez nos dejaron un buen tiempo solos. Durante el almuerzo y la cena no tuvimos ningún control. Minutelo era el único que nos acompañaba pero nos dejó tranquilos durante cierto tiempo.

Sólo al día siguiente, durante la inspección de la mañana, se anunció oficialmente la deserción de Fujisawa. Pero durante la noche de Navidad también hubo otro desertor, y ese fue el cabo Boone. En este caso nadie entendía por qué el sudafricano había tomado tal decisión. Nunca se supo si el ex mercenario había comentado algo con alguno de los cabos. Sólo se podía suponer. Boone había simpatizado con la tropa durante los meses pasados porque sabía cómo hacernos reír con sus pantomimas, y nunca fue tan malo como parecía ser. El cabo sudafricano, que aparte era paramédico, iba a hacer falta en la sección.

Empezó una semana muy larga llena de exámenes y pruebas para cumplir las normas. Lo más importante de todo era el examen de tiro con FAMAS de tres diferentes posiciones, la prueba de francés y el test TAP. En el tiro me coloqué en una posición excelente, nunca había alcanzado un resultado tan bueno durante el entrenamiento. En francés nos evaluaron por binomios y Yanchak fue el mejor del grupo obteniendo veinte puntos, por lo que recibimos la puntuación máxima.

Quedaba solo el test TAP. El propósito de esta última prueba era correr ocho kilómetros con mochilas y armamento durante cincuenta minutos sin que la sección se dividiese. Al frente iba a estar el comandante Khalil, los cabos se quedarían atrás para ayudar a los que se pudiesen retrasar y así permanecer agrupados. Dábamos vueltas dentro del cuartel siguiendo los muros por un camino de asfalto, y el primer kilómetro lo pasamos tranquilamente charlando y bromeando entre nosotros.

Nos habíamos entrenado duro durante cuatro meses y ahora gozábamos de unos cuerpos sanos y saludables. Durante el segundo y el tercer kilómetro algunos empezaron a resoplar y el grupo se dividió. El sargento jefe redujo la velocidad, pero nos advirtió de que todo aquel que no finalizase en cincuenta minutos se quedaría afuera. Eso me preocupó mucho y me puse a correr hacia adelante realizando un enorme esfuerzo cuando, de repente, sentí que mis fuerzas se estaban agotando. No tenía ni idea si nos quedaba mucho por correr, pero empecé a bajar el ritmo. Sentí que los demás corrían detrás de mí respirándome fuerte en el cuello. Me estaban alcanzando y eso me puso más nervioso. Hice un esfuerzo por volver adelante, pero no tenía más fuerzas y en lugar de avanzar empecé a retrasarme aún más. Veía al grupo principal a unos veinte metros por delante de mí cuando a mi lado apareció el cabo Payet y gritó:

—¿A dónde vas retrasándote? ¡Te quedan solamente quinientos metros! ¡Vamos! ¡Date prisa!

Entonces me di cuenta que todo el control estaba realmente en el cerebro. Cuando me percaté de lo poco que quedaba para terminar el examen final de la instrucción mi respiración se hizo más fácil y pude encontrar fuerzas para continuar. Payet me salvó de la desesperación, que comenzaba a atacarme, con solo unas palabras de estímulo. Actué como si la aguja del carburador de una vieja moto se acabase de desatascar y empezase a entrar más combustible, con lo que pude ganar en velocidad.

En los últimos metros alcancé a Ford, en cuyo rostro se reflejaba también el agotamiento. No teníamos fuerzas para hablar, cada uno de nosotros se había encerrado en sí mismo y llevaba su lucha interna convenciendo al organismo de esforzarse a tope. Sentí que el norteamericano empezaba a respirar más rápido y avanzaba. Yo no tenía intención de quedarme atrás así que seguí corriendo a su lado a pesar de que me sentía cerca del límite de mis fuerzas. Los últimos del grupo principal se podían ver a tan sólo una docena de metros de distancia. Bueno, no pudimos alcanzar al comandante y a los líderes del grupo, pero pudimos cumplir con las exigencias y hacer el recorrido en cuarenta y nueve minutos. Así que, por fin, los exámenes terminaron.

***

Estábamos de nuevo en marcha en la última prueba de nuestra formación. Ya llevábamos cinco horas caminando por el lodo pegajoso y las lluvias torrenciales no paraban de arreciar. A pesar de nuestros ropajes impermeables, la humedad y el frío nos estaban penetrando. Incluso Sorabela caminaba lento porque con el lodo los senderos se habían vuelto bastante resbaladizos. El sargento buscaba un refugio para poder abrir su mapa y asegurarse de que nos guiaba en la dirección correcta. Esta vez salimos sin ninguna clase de alimentos. La ración de comida (porción de combate) nos esperaba escondida en algún lugar de la montaña que el sargento tenía que encontrar. Si no llegábamos allí, no habría comida. Teníamos fe en nuestro sargento, que con tanta habilidad nos había llevado durante la marcha képi blanc, y confiábamos en que pronto estaríamos en el lugar designado porque el hambre empezaba ya a atormentarnos.

Llegamos a un denso bosque de pinos donde Sorabela nos reunió para mostrarnos el mapa y proponernos dos opciones:

—Podemos pasar a través del bosque y tal vez lleguemos en media hora, pero cruzaremos varios ríos. O, si preferís, seguimos por los senderos cenagosos perdiendo tres horas más. ¡Hay que elegir ahora!

—De todos modos, ya estamos mojados —dijo Payet—. ¡Elegimos el bosque!

De nosotros nadie había hablado, pero el cabo anunció su elección y todos nos salimos del sendero metiéndonos bajo los enormes pinos. Caminábamos cada vez más lentamente porque la pendiente era muy pronunciada. Después de haber subido a un cerro comenzamos a bajar por otra pendiente, y al final nos esperaba un río bien ancho.

—Para que no se ahogue nadie voy a pasar el primero y luego lanzaremos cuerdas para que el grupo pase por encima del río —sugirió Payet.

—Tienen buena suerte con ese cabo, siempre voluntario —sonrió Sorabela.

Tras la deserción de Boone, Payet había pasado a formar parte de nuestro grupo y Zakharov lo había reemplazado en el tercer grupo del sargento Raza. Antes de meterse en la corriente turbulenta del río, ataron a Payet con una cuerda para que las aguas no lo arrastraran muy lejos. Todos admirábamos su valentía. Pero, aparte de la valentía, ese cabo tenía la agilidad y la rapidez de un venado, y saltaba de piedra en piedra entre las aguas impetuosas. Alcanzando la orilla opuesta encontró un árbol robusto y ató a él un extremo de la cuerda. Con dos cuerdas creamos una especie de puente por encima de las aguas. Eran dos cuerdas puestas una por encima de la otra. Nos agarrábamos con las manos de la cuerda superior mientras poníamos los pies en la inferior, y así todo el grupo pasó el río. Finalmente el sargento Sorabela desató las cuerdas y cruzó el río, metiéndose hasta la cintura en el agua y levantando su FAMAS en el aire por encima de su cabeza. Cruzó como un tanque sin estar atado a nada y sin ninguna clase de seguridad.

Diez minutos más tarde estábamos en el lugar de reunión, donde dimos una sorpresa a nuestro comandante, que acababa de llegar con su P4.

—¡Sorabela, te decidiste a hacer verdaderos comandos de estos niños!

—*Oui, chef!* Por eso están aquí ¿o no?

—Sí, ¡pero los quiero vivos! ¡Vamos, se han ganado su comida de hoy, puedes darles las raciones!

Habíamos llegado antes de que el sargento mayor escondiese las porciones. Su ayudante Rachita nos entregó las cajas con latas y barras de chocolate e incluso prometió porciones dobles para los que no saciasen su hambre. Nos reagrupamos en un pequeño refugio y encendimos las pequeñas pastillas de alcohol que nos ayudaban a calentar las latas. Yo fui uno de los que preguntó por una segunda porción, y la obtuve.

Cuando ya habíamos terminado con el almuerzo los otros grupos todavía ni habían llegado. El sargento mayor Khalil se decidió a partir con nosotros y dejó a Rachita esperando al resto.

Seguimos subiendo por las empinadas laderas de los Pirineos sin darnos cuenta de que la lluvia se había convertido poco a poco en nieve. Nuestra ropa y las mochilas, que estaban empapadas de agua, lentamente comenzaron a congelarse. A las cinco de la tarde todo estaba nublado y de noche el viento se exacerbó. El comandante nos reunió y nos dijo:

—Están empapados y se están congelando, por lo que no es aconsejable dormir fuera con este frío. Caminaremos otras tres horas hasta llegar a la aldea más cercana, donde hablaré con el alcalde para que nos proporcione algún refugio.

Todos estábamos de acuerdo con la decisión del comandante. Después de la lluvia y del frío que había congelado nuestras mochilas no habría sido fácil instalar las tiendas de campaña. Solo esperábamos no perdernos en ese enorme vacío blanco. La tormenta de nieve había redoblado su furia, de modo que redujimos el paso caminando muy cerca el uno del otro.

En lugar de tres horas fueron cinco hasta llegar a las diez de la noche al pueblo. El comandante y el sargento Sorabela se fueron a buscar al alcalde. Nos preguntábamos dónde nos podrían acomodar y si habría oportunidad de que la ropa se secara antes del día siguiente. A la media hora llegó el jefe de pelotón con una buena noticia. El alcalde le había dado las llaves del gimnasio de la escuela de la comunidad donde, incluso, estaba encendida la calefacción. Esto era un gran lujo comparado con la opción de las colinas y la tormenta de nieve.

El gimnasio me pareció un hotel de cinco estrellas. Sacamos toda la ropa húmeda de las mochilas y extendimos nuestros sacos de dormir. Pusimos sólo a uno de guardia a la entrada del gimnasio y el resto nos sumimos en un profundo sueño.

No nos despertamos hasta las siete de la mañana. Habíamos realizado la mayor parte del recorrido en un solo día, así que ahora teníamos que esperar a reunirnos con los otros dos grupos, que se habían retrasado. El comandante llamó por radio a Raza y a Webe y determinó el punto de encuentro cerca de un lago. Hacia las nueve de la mañana, y después de un desayuno abundante y con la ropa completamente seca, partimos de nuevo.

Los senderos de lodo se habían congelado y caminábamos lentamente. Ahora el comandante dirigía el grupo y Sorabela caminaba detrás empujando y dando ánimo a los últimos. Siempre nos repetía que éramos el primer grupo y que debíamos ser los mejores. El italiano era un ejemplo de resistencia y fuerza, un verdadero líder que nos inspiraba confianza.

Hacia las 11 de la mañana llegamos a la orilla de un enorme lago donde nos esperaban listos los especialistas del Cuerpo de Reacción Rápida bajo el agua (DINOPS) del Sexto Regimiento de Ingeniería de la Legión Extranjera. Estos soldados estaban capacitados para bucear en cualquier condición, incluso en aguas heladas usando un equipo especial. Nos proporcionaron los llamados botes Zodiac que teníamos que inflar y usar para cruzar el lago. Escuchamos por parte del comandante que nuestros compañeros del grupo dos y tres habían dormido fuera en albergues abandonados y que venían muy cansados. Así que inflamos y preparamos todos los botes para que cuando ellos llegasen solo hubiese que remar hasta la orilla opuesta.

Comenzó la travesía por el gran lago, que se encontraba en medio de las montañas. La nieve caía muy densamente y sólo el cabo que tenía la brújula en la mano sabía exactamente dónde se encontraba la costa. Me sentía como si estuviese en una galera de esclavos donde Payet nos marcaba el ritmo y nosotros remábamos sin pensar hacia dónde íbamos. Cuando necesitábamos cambiar de rumbo el cabo daba la señal de parar a la gente de un lado y la embarcación, con un solo movimiento, se giraba unos 30 grados. En la Zodiac nos habíamos metido nueve personas junto con nuestras mochilas militares, cada una de veinte kilos. Éramos ocho remeros y el cabo que daba las órdenes.

La nieve dejó de caer tan fuertemente y frente a nosotros apareció una imagen de una belleza impresionante formada por la costa blanca cubierta de nieve y, de fondo, los Pirineos. Por desgracia, no estaba en una excursión y no tuve la oportunidad de fotografiar ese paisaje fabuloso, aunque se me quedó grabado para siempre en el recuerdo.

Después de una hora remando, llegamos a la orilla opuesta, donde desinflamos los botes y se los entregamos a los sargentos del Sexto Regimiento de Ingeniería.

La sección estaba de nuevo al completo con sus tres grupos de combate, por lo que nos reunimos para almorzar todos juntos bajo una carpa. Los otros dos grupos nos contaron cómo habían dormido en un refugio abandonado de piedras, donde habían encendido fuego para calentarse. Nos dimos cuenta de que, a pesar del cansancio, había valida la pena claramente caminar más lejos para disfrutar después el calor del gimnasio de la aldea. Sabíamos que la noche de aquel día la íbamos a pasar al aire libre, pero lo importante era que teníamos ropa seca para cambiarnos.

Esta vez el comandante se fue con el segundo grupo y nosotros volvimos a caminar bajo el ritmo acelerado de Sorabela.

—Dado que hace bastante frío, ¡es el momento de calentarnos chicos! ¡Adelante!

Con estas palabras de nuestro líder nos pusimos de nuevo a caminar con un solo propósito: llegar primeros al punto de reunión. La nieve se había compactado y evidentemente era más fácil caminar así que sobre el hielo o el lodo. El único peligro era la posibilidad de hundirnos en algún agujero fuera del sendero, pero nuestro sargento caminaba al frente marcando la dirección.

A las cinco de la tarde llegamos al lugar designado para acampar y montamos las tiendas de campaña en medio de la nieve. La tormenta había terminado y la noche fue bastante tranquila. La nieve siguió cayendo y los copos eran del tamaño de harapos, pero sin el viento helado no se sentía frío.

Esa noche soñé que estaba en casa en mi país natal, Bulgaria, y que pasaba el rato con mis viejos amigos caminando por las calles de Sofía, pero el grito *réveil!* del cabo Payet me devolvió a la realidad. Con Yanchak salimos de nuestro "iglú" empujando la nieve acumulada en la entrada. Todo estaba tan tranquilo que habíamos dormido profundamente. Sólo el grito del cabo rompió el silencio a las cinco de la mañana:

—Como saben, ¡tenemos que ser primeros! ¡Así que quiero que se den prisa arreglándose y desayunando! ¡Aféitense bien! ¡Y no olviden que hoy es el último día de la marcha!

Todos estuvimos listos a tiempo salvo Ferrari, el árabe de nombre italiano.

—¡Qué vergüenza para tu nombre! —le soltó Sorabela—. ¡No puedo creer que tengamos algo en común contigo! ¡Que le vaya a ayudar su binomio!

El binomio de Ferrari era un ruso que empezó a maldecir y a insultarle en su idioma sacándole todo de la mochila para ordenarla de nuevo. Esta operación tardó quince minutos y la situación se puso definitivamente más tensa desde primera hora de la mañana.

—¡Por habernos retrasado, volveremos a ir campo a través! —gritaba Sorabela mientras nos guiaba entre bosques y colinas.

Ya llevábamos cinco horas sin descanso cuando nos dimos cuenta de que el sargento no conocía bien la zona. Dos veces llegamos frente a unas rocas que no había forma de escalar. Tratamos de ascender pero a veces nos paraban la vegetación y las pendientes demasiado pronunciadas, las cuales nos atrasaban aún más. Tras dos horas más de esfuerzo nuestro sargento dio la señal de descanso. Mientras nosotros comíamos tranquilos él se subió a un cerro cercano para observar los alrededores desde arriba. Estábamos seguros de que nuestro líder se había confundido. Desde la primera vez Sorabela nos había guiado en varias caminatas sin cometer jamás ningún error pero, obviamente, hasta los mejores se equivocan. A la media hora el sargento regresó y nos reunió a su alrededor.

—Hoy tengo que admitir que con las prisas me he perdido en el bosque y tendremos que caminar unos diez kilómetros más. No seremos los primeros, pero esta vez es sólo mi culpa, así que nuestra única meta ahora es llegar a tiempo. Los volveré a sacar a un camino por el que iremos más seguros. ¡Adelante!

Recuerdo que ese día Sorabela no almorzó y que nos conducía demasiado rápido. Ferrari, nuestro "problema" de la mañana, comenzó a quedarse muy retrasado y escuchábamos a su binomio que seguía insultándolo en ruso. Payet, que iba el último, había empezado a bromear con ellos, pero de pronto su risa se detuvo y dio señal de alerta. Sorabela llegó en unos segundos hasta el final del grupo.

—¿Qué pasa? ¿Nos atacan los españoles? —preguntó el sargento con una sonrisa porque estábamos caminando muy cerca de la frontera con España, la cual realmente ya no estaba delimitada.

—No sargento, Ferrari se siente mal —contestó Payet—. Acaba de vomitar.

—¡Oh Ferrari, eres una vergüenza para tu nombre! —gritó de nuevo Sorabela—. Su binomio que le lleve el FAMAS y el resto de compañeros se turnará para llevar su mochila. Tú, Ferrari, vas a caminar sin carga a mi lado y al frente del grupo, para que pueda ver cómo sigues. Lo único que no quiero es retrasarme más. ¡Adelante!

Y una vez más, marchamos bajo el ritmo salvaje de Sorabela. Cada uno de nosotros cargó la mochila de Ferrari durante diez minutos, luego él se sintió mejor y la cargó de nuevo. Llegamos a la ruta, que estaba cubierta por la nieve, y seguimos caminando.

Era temprano por la tarde cuando, de repente, sopló un viento ligero y empezó a despejarse el cielo. El sol apareció de nuevo revelando impresionantes vistas de los paisajes montañosos que nos circundaban, pero entre toda esa belleza lo que de verdad llenaba nuestros corazones de felicidad eran los dos camiones que nos esperaban a un kilómetro de la colina por la que acabábamos de trepar. Era el lugar del último encuentro, lo que significaba el final de la última marcha y el final del entrenamiento.

Empezamos a descender con facilidad hacia los camiones. Los otros dos grupos ya habían llegado y cuando nos acercamos vimos a Raza que, con su sonrisa de bromista, nos decía: "¡Primer grupo, siempre el primero, ja, ja, ja, ja!". Sorabela no se enojó sino que, al contrario, se rio junto a su colega. En efecto, ¿qué importancia tenía, si habíamos llegado a tiempo y cumplido con el reglamento y las normas?

Nos subimos en los camiones y nos dirigimos hacia nuestro Cuarto Regimiento, del cual había llegado el momento de despedirse porque la instrucción había terminado.

La antigua legión y su "padre", Paul Rollet

Tras la legendaria batalla de Camerone, se retiró a la Legión de México y la base principal de los legionarios siguió siendo Sidi Bel Abbes. Sin embargo, debido a que los años subsiguientes fueron pacíficos, la cantidad de los soldados disminuyó de seis mil a mil quinientos.

En el año 1870 se incluyó a una pequeña unidad de legionarios en el ejército francés para obligar a retroceder a los escuadrones de Prusia cerca de Chalôns. Durante la batalla de Sedan esa unidad de combate fue cercada y eliminada por completo por el enemigo.

En este período sobresalió el nombre del legionario Madsen, un joven originario de Dinamarca que ingresó a la edad de catorce años como voluntario en el ejército de su país, donde luchó contra Prusia. Posteriormente se incorporó a la Legión Francesa. En 1870, finalizado el entrenamiento en Sidi Bel Abbes, el legionario Madsen fue enviado junto al grupo que sirvió de apoyo al ejército francés en el combate de Loara. Participó también en el combate de Sedan, donde fue herido y tomado como rehén, aunque finalmente logró escapar.

Reincorporado a las filas del ejército francés, era el único legionario en la unidad de francotiradores. Madsen demostró una valentía excepcional en la batalla de Orleans. Al finalizar la guerra, el legionario fue enviado con honores nuevamente a Sidi Bel Abbes, donde se quedó con los restantes mil quinientos legionarios hasta finalizar su contrato en el año 1876.

Después de la Legión su carrera militar continuó en Estados Unidos, a donde emigró enrolándose como voluntario en la caballería del ejército estadounidense.

Nuevamente Madsen demostró su valentía cumpliendo el servicio militar en Oklahoma, Dakota y Wyoming. Fue promocionado a sargento, pero en el año 1891 se retiró del ejército estadounidense y comenzó su carrera como sheriff. El ex legionario, que tenía una excepcional energía y actitud de combatiente, se convirtió en una de las leyendas del salvaje Oeste. En 1911, a la edad de 60 años, fue nombrado jefe de la oficina de la Policía Federal de Oklahoma *United States Marshals Services*, adscrito al Ministerio de Justicia de los Estados Unidos de América.

***

Después de haber seguido la historia de Madsen hasta el salvaje Oeste, regresemos de nuevo a África, concretamente al 18 de junio de 1874, cuando el general Chanry, gobernador de Argelia, hizo la absurda propuesta de disolver temporalmente la Legión Extranjera. Por suerte, su idea quedó descartada de inmediato debido a que Francia se estaba preparando para ampliar sus colonias con nuevos territorios, y la Legión era de suma importancia para estos propósitos.

Entre la gran cantidad de valientes legionarios que participaron en aquellas nuevas guerras coloniales hay ciertos nombres que destacan por encima del resto. Uno de ellos es el caso del sargento de origen belga Minnaert. Inmediatamente después de su preparación militar fue enviado a Tonkín junto al primer batallón de la Legión. El 3 de diciembre del año 1883, Minnaert recibió su primer bautizo en combate cerca de la fortaleza Son Tay. El joven legionario estaba en primera línea, y con un grupo de voluntarios logró atravesar la pared de la fortaleza y colocar la bandera francesa a las puertas de la misma.

Tres meses después de esta gloriosa batalla, Minnaert volvió a ser enviado a la primera línea del frente en las batallas de Tuyen Quang. El joven legionario regresó a Sidi Bel Abbes con una medalla y más tarde fue enviado a las filas de los zapadores como albañil. Su valentía volvió a brillar en ese puesto, al salvar a dos niños de una casa incendiada.

En 1892 fue voluntario en una misión en Dahomey (actual Benín) y después obtuvo el grado de sargento. Dos años más tarde fue enviado a una misión a Sudán, donde nuevamente sobresalió. En esta ocasión fue herido dos veces: con flecha y con bala, pero nada le detuvo y prosiguió valerosamente con su participación en la batalla. Durante el tiempo que duró la guerra de Sudán recibió reconocimientos de todos los líderes y fue condecorado con la medalla Legión de Honor.

Más adelante, la Legión Extranjera envió parte de sus efectivos a África central y occidental. Un batallón se unió con las tropas del general Dodds, quien conquistó Abomey utilizando un nuevo tipo de proyectil y una nueva tecnología militar.

En el año 1885 los legionarios fueron enviados a Madagascar y participaron activamente en la ocupación de toda la región. Actualmente existe una base de la Legión en la isla Mayotte, ubicada a cuatrocientos kilómetros al noroeste de Madagascar, y que aún hoy se encuentra bajo el dominio francés.

Diez años después de las misiones en el Océano Índico y en la región de Madagascar, los legionarios volvieron a África del norte, esta vez conquistando Marruecos.

Muchos legionarios murieron en las batallas coloniales en nombre de la Tercera República, pero a pesar de este hecho la Ley de incrementos salariales de las tropas coloniales, aprobada el 18 de marzo 1889, se olvidó de los soldados extranjeros, que siempre estaban en la primera línea de las batallas. Esta injusticia fue corregida en el año 1919 por la intermediación del coronel Rollet, quien más tarde fue nombrado padre de la Legión Extranjera.

Para comprender la gloriosa historia de general Rollet debemos referirnos primero al hombre que dirigió su formación, el general Brundseaux, quien en el año 1900 tomó bajo su comandancia al joven teniente Rollet y le aconsejó en sus primeros pasos cuando asumió el mando de las tropas de caballería.

Le primera misión de Paul Brundseaux en la Legión fue como capitán en Tonkín entre los años 1889 y 1891. Su ingenio, valentía y frialdad le permitieron ganarse pronto el respeto de sus soldados. En el año 1893, en Dahomey, una tropa bajo su dirección destrozó al ejército del rey Behanzin. Dos años más tarde Paul Brundseaux se encontraba en Madagascar, donde participó en la conquista de Antananarivo.

Un año después regresó a Argelia y se hizo cargo de la dirección del Primer Regimiento extranjero en Aïn Safra, en el sur de Orán. Y de ahí fue enviado el joven oficial Paul Rollet. Aquel joven nunca olvidó las lecciones de su superior, y el día que le tocó hacerse con las riendas del Primer Regimiento estaba ya completamente decidido a construir un monumento en honor a los legionarios caídos en combate. Ordenó al artista Pourquet esculpir el rostro del comandante Brundseaux en una de las figuras principales de la obra. Hasta el año 1908 este valiente comandante dirigió a los legionarios a través de Madagascar, Tonkín y Argelia. Después fue transferido al ejército francés para dirigir el 136 Regimiento de Infantería. El incansable Paul Brundseaux finalizó su carrera como general gobernador de Córcega.

Paul Frederic Rollet fue el primer oficial que se encargó de defender los intereses de los legionarios. Nació el 20 de diciembre 1875 en una familia de tradiciones militares, ya que su padre era capitán del ejército francés. A la edad de diecinueve años Paul Rollet comenzó en la academia militar *Saint Cyr*. En el año 1899 ingresó en la Legión y participó en las primeras misiones en Sáhara. Más tarde fue enviado a Madagascar, donde la Legión se convirtió en su nueva familia. A su regreso tomó el mando del Tercer Regimiento de Bergent.

Ya de capitán, Rollet se ganó la fama por todos los rincones de Marruecos dirigiendo sus tropas en diecisiete batallas, siendo las más importantes las de Bou-Denib, Casablanca, Mèknes, Fez, Immouzer, la montaña Tsouls y Taza. Muy pocos militares pueden cubrirse con tanta gloria desde el comienzo de su carrera.

Cuando estalló la Primera Guerra Mundial, Paul Rollet regresó a su Francia natal para luchar contra los agresores alemanes, y pasó a formar parte del 33 Regimiento de Infantería.

Debido a la complicada situación de Francia, por primera vez se formó un regimiento de legionarios para participar sólo en batallas dentro del territorio francés. Las tropas escogidas para esta misión fueron lideradas por el coronel Cot, quien en febrero de 1917 traspasó la dirección al coronel Duriez, uno de los oficiales más respetados de la Legión hasta ese momento. Duriez, que lideró el Primer Regimiento de la Legión estando diez años en el territorio de Marruecos, volvió de nuevo con sus compañeros de lucha de antaño.

Pero el enemigo en el viejo continente era mucho más fuerte y utilizaba lo último en tecnología y armamento militar. Dos meses después de haber asumido la comandancia del regimiento, llevando al ataque a sus soldados, el valiente líder fue alcanzado por un proyectil alemán.

Después de la muerte del coronel Duriez, la única persona digna de dirigir a los legionarios en esta guerra sangrienta fue Paul Rollet. Años más tarde el coronel Maire, que fue uno de los mosqueteros de la vieja Legión, recordaría: "El 29 de mayo de 1917 recibí a un oficial que tenía una fama legendaria entre los viejos legionarios. Lo respaldaban veinte años de servicio en la Legión, ya que sus primeros pasos comenzaron en el año 1897. No lo conocíamos del todo cuando lo recibimos, pero muy pronto sus acciones nos confirmaron que era verdaderamente merecedor de todas las condecoraciones que había recibido. Hombre de baja estatura, simple, con expresión seca en el rostro, debajo de sus tupidas cejas brillaban unos ojos azules cristalinos, y lo acompañaba el olor potente de África. Era famoso también por su forma excéntrica de vestir, por eso los legionarios viejos le apodaron y acabaron llamándole "capitán Espadilla."

En un período de dos años la vida del teniente coronel Rollet quedó directamente ligada a la fama del Regimiento de Infantería de la Legión (Regimiento de Marcha de la Legión Extranjera). Fue él quien dirigió hábilmente a los legionarios en las batallas en la zona de Verdún, las cuales fueron de las más sangrientas. En esta región durante la Primera Guerra Mundial murieron alrededor de trescientos mil soldados y hubo cuatrocientos mil heridos, de ellos ciento sesenta y tres mil fueron soldados franceses que dieron su vida por la patria.

En las terribles batallas de Hangard, donde las tropas alemanas atacaban encarnizadamente con la finalidad de restituir territorios perdidos, el papel principal se otorgó de nuevo a la tropa de infantería del teniente coronel Rollet. En junio participó activamente en la resistencia en Ambleny y Saint-Bandry y logró contrarrestar los ataques alemanes. El 14 de septiembre Rollet condujo a sus legionarios para atacar la línea de Hindenburg, donde las tropas alemanas iniciaron su retirada. Dos meses después de este gran éxito del ejército francés finalizó la Gran Guerra y el 11 de noviembre se firmó la paz.

Después de la guerra el R.M.L.E (Regimiento de Marcha de la Legión Extranjera) se retiró a Marruecos y se transformó en el Tercer Regimiento Extranjero de Infantería. Por supuesto, encabezado nuevamente por Paul Rollet. En todo el territorio no quedó ni una sola persona que no conociera el nombre del coronel, el hombre que mantenía en alto el espíritu combativo de los legionarios aun en tiempos de paz.

En el año 1925 el coronel Rollet fue seleccionado para dirigir la casa madre de la Legión Extranjera, de donde se ganó el sobrenombre de "padre" de la Legión. Hacia el final de su carrera fue promovido a general. Inventaron un rango especial para él y se convirtió en el primer general inspector de la Legión. El general Rollet construyó el fundamento actual de la Legión, sin olvidarse nunca de las tradiciones del pasado.

La cumbre de su reconocimiento como padre de la Legión fue en el año 1930, cuando bajo sus órdenes en Argelia se construyó el monumento a los soldados caídos, que se erige hoy sobre el "Camino Sagrado" del cuartel Vienot, en Aubagne. Este monumento fue financiado por los legionarios mismos, que durante un período de cuatro años aportaron un día de su salario cada mes.

Siendo el encargado de la Legión Extranjera, el general Rollet celebró en el año 1931 los cien años de su fundación. En 1935, él, como padre de la Legión Extranjera, alcanzó la edad máxima para seguir en activo y tuvo que jubilarse, pero aun retirado de la vida activa Paul Rollet no dejó de interesarse por sus legionarios y siempre intercedió en favor de ellos, utilizando por supuesto su autoridad y la cantidad de amigos que ocupaban altos cargos militares. En este tiempo se fundó la asociación de ex legionarios con el glorioso nombre de "Caras quebradas" y, como presidente, fue elegido unánimemente el general Rollet. Desde entonces comenzó a crear una política social defendiendo los derechos de los legionarios retirados.

Hasta el final de sus días, ya fuese en tiempos de guerra o tiempos de paz, Paul Frederic Rollet trabajó duro para la Legión Extranjera y dedicó toda su vida a ella y a sus legionarios.

LOS LEONES DEL CUARTO ESCUADRÓN

Todo había terminado, aún no me lo podía creer; había pasado con éxito todos los exámenes y terminé en undécimo lugar de los cincuenta jóvenes que habíamos llegado hacía cuatro meses atrás a Castel como parte de la S4. El resultado de nuestra tropa al final del entrenamiento fue de treinta y cuatro clasificados, diez desertores y seis con la calificación de no aptos para la vida militar. Estaba orgulloso de mí y sentía que merecía el lugar que había alcanzado entre todos los que se habían clasificado porque a lo largo de esos meses había dado todo por mi parte cada día, y lo había hecho de corazón. Yo no era el mejor pero había entendido que no existen personas perfectas. Superman existía sólo en las películas, en la Legión no eres nada sin tu binomio y sin tu grupo de combate.

A cada fin acompaña un nuevo comienzo y, como decía el sargento Raza, *ce n'est jamais fini à la Legion!* ("nunca existe un fin en la Legión"). Y así, nuevamente estaba en Aubagne firme frente al coronel que debía determinar mi nueva ubicación en un regimiento de combate, o sea, mi nuevo hogar en la Legión Extranjera.

—Según el expediente que tengo en mis manos tu participación ha sido muy buena en estos meses de preparación militar —comenzó el coronel de una forma tranquila—, dime ahora, legionario Lozev, ¿cuáles son los regimientos que prefieres?

—*Le 6 REG et 3REI, mon colonel!* —contesté sin pensarlo mucho.

Mi interés principal era el Sexto Regimiento Extranjero de Ingeniería con sus diferentes especialidades, entre los cuales estaban los buzos de la división operativa de reacción rápida bajo el agua (DINOPS). Por otra parte, el Tercer Regimiento Extranjero de Infantería estaba ubicado en la Guayana francesa y era el heredero de la vieja Legión y RMLE del general Rollet. Después de todo lo que había leído acerca de este regimiento ubicado en América del Sur era el que más me atraía en un principio.

—¡Muy bien, joven! De todos modos lo más importante es que sigas voluntariamente, de la misma forma en que un día viniste a nuestra familia, la Legión. ¡Te agrego al Primer Regimiento Extranjero de Caballería (1REC)! —hablaba mecánicamente como que si no me hubiese escuchado—. ¡Hoy te vas a Orange, mucha suerte! ¡Puedes retirarte!

—*Je peux disposer, à vos ordres mon colonel!* —respondí según el orden cerrado, me di la vuelta y salí.

Estaba un poco decepcionado debido a que 1REC era un regimiento del cual no había escuchado nada y lo único que sabía de él era que tenía tanques. Pensaba que si la caballería actual era como la de antaño, subido a caballo, me iba a resultar más interesante. Un día, cuando el sargento Sorabela me vio leyendo información respecto a la Guayana, me dijo: "Donde quiera que te envíen siempre habrá momentos interesantes, y yo te garantizo que no vas a aburrirte, así que no ansíes tanto el Tercer Regimiento Extranjero de Infantería y simplemente acepta tu destino".

Después de que todos pasásemos por la oficina del coronel, quien definiría ahora nuestro futuro era el general Piquemal, que dirigía la Legión Extranjera, y nos reunió en la sala del Honor. Estábamos frente a la mano de madera del Capitán Danjou, la reliquia más sagrada de la Legión, a través de la cual los legionarios que nos habían precedido y que habían terminado su misión llegando hasta el final nos traspasaban parte de su fuerza y valentía. Estábamos inmersos en una atmósfera de honor militar. Un honor ganado por los legionarios en la batalla de Camerone.

Estos héroes habían definido a lo largo de los siglos el camino del honor destinado para la Legión. Tenía en mi mano el *képi blanc* y sentía que ya era parte de ese ejército legendario, lo que me llenaba de orgullo porque entraba en ese pequeño mundo de hombres valientes. Había entendido que ya estaba preparado para servir con honor y fidelidad en la Legión Extranjera.

Mi conciencia se inundaba de esta atmósfera, y mientras mostrábamos respeto silenciosamente hacia nuestros antecesores recordé rápidamente todos los momentos de la instrucción. Recordé a Fujisawa, quien merecía estar entre nosotros pero probablemente ya se encontraba en Japón. Recordé también a mi binomio Yanchak, con quien habíamos pasado hombro con hombro los peores momentos y quien debía partir al día siguiente para Córcega, donde hallaría su nuevo hogar en el regimiento de paracaidistas de la Legión. Su amigo, el polaco Klis, partía para servir en la Decimotercera Semibrigada de la Legión Extranjera (13DBLE), ubicada en Yibuti. El ruso Kudriavich, a quien conocía desde Estrasburgo, salía hacia la Guayana francesa en el Tercer Regimiento Extranjero de Infantería, donde yo hubiera querido estar también.

El eslovaco Erwin, también amigo mío desde Estrasburgo, partió hacia el Segundo Regimiento Extranjero de Infantería (2REI) en Nimes. El alemán Karl se dirigió junto con Yanchak hacia Calvi al Segundo Regimiento de Paracaidistas (2REP) y el americano Ford partió hacia el Regimiento de Ingeniería en las periferias de Aviñón (en francés, *Avignon*). Nuestra S4 se dispersó por todos los puntos del planeta donde existía la Legión.

Finalizada la ceremonia con el general Piquemal nos dieron dos minutos para despedirnos entre nosotros y nos ubicaron según los regimientos y destinos de cada uno. Desde aquel momento, cinco jóvenes de nuestra S4 y yo fuimos encomendados a un sargento de la caballería.

Este sargento se diferenciaba de los otros suboficiales por su uniforme. Tenía dos hombreras, los botones eran plateados y no dorados, así como también sus ribetes eran de color blanco y no amarillos. Su uniforme estaba impecable. Desde ese momento me di cuenta que en la caballería había más exigencias respecto a la apariencia. Mi presentimiento se confirmó con las primeras palabras del sargento:

—Desde un principio deben saber que en la caballería no existen cabos ni sargentos. Estos rangos se sustituyen por el *brigadier* (cabo en la caballería) y el *maréchal des logis* (sargento en la caballería). A las órdenes contestarán brevemente al *maréchal des logis* con *margis* (se pronuncia mardji). Ahora quiero que, de la manera más rápida posible, suban al camión con todo su equipaje. ¡Adelante!

Para los otros regimientos habían traído autobuses de lujo, pero a nosotros nos subieron en un visiblemente viejo camión. Más tarde supe que era un modelo TRM 4000 y que realmente se trataba de una máquina militar muy potente. Cada uno de nosotros llevaba tres bolsas en las manos y, de forma ordenada, nos preparamos para subir al camión.

—¡Rápido! ¡No es hora de descansar! ¡Adelante, más rápido! —empezó a gritarnos el sargento, o sea, el *margis*.

Nuevamente las palabras de Raza resonaron en mis oídos: *Ce n'est jamais fini à la Legion*. Realmente daba igual si estabas vestido con uniforme de gala, de trabajo o de combate, no importaba si estabas en una misión, en medio de la batalla o simplemente en la base, lo importante era que siempre estabas en la Legión, donde todo se realizaba según la normativa y de la manera más rápida posible. Así que empecé a correr hacia el camión con las tres bolsas y la mochila militar a la espalda. Los arrojé al interior y después, vestido de uniforme de gala y con mi *képi blanc* puesto, salté tras mi equipaje.

Hasta este momento no había tenido tiempo de ver a los otros camaradas de nuestra S4 con los cuales iba a partir hacia Orange. Estos eran Bonder, Quartier, Lafite, David y Cybulski. Del grupo únicamente Cybulski y yo no éramos franceses. Bonder había servido diez años en la caballería del ejército francés, conocía bien los tanques y estaba muy contento con su suerte. En el Primer Regimiento Extranjero de Caballería iba a sentirse como en casa porque ese era el regimiento que siempre había anhelado. Todos los demás nos dirigíamos hacia la incertidumbre.

Era enero y el camión viajaba a alta velocidad por la autopista de Marsella a Orange. Habíamos tenido contacto con mucha nieve y fuertes vientos en los Pirineos durante la última semana así que el frío no me daba miedo. Me acomodé en una esquina, saqué el abrigo de la mochila, me cobijé con él y me dormí profundamente.

Cuando me desperté tenía los músculos entumecidos por el frío pero había descansado bien. Parpadeé y lo primero que vi fue un anuncio publicitario en el cual se identificaba una ambulancia y donde decía con letras grandes "Las ambulancias de Orange". Antes de entender si estaban elogiando a las ambulancias o anunciaban la venta de ellas el camión dobló por una calle y se detuvo ante las puertas de mi nueva casa, el Primer Regimiento Extranjero de Caballería.

Un cabo, o mejor dicho, un *brigadier*, hizo un saludo militar a nuestro *margis* y enseguida inspeccionó el camión. Después levantó la barrera. Yo iba observando los edificios de la base militar pensando en cuál de ellos me tocaría estar ubicado. Tras recorrer la base el camión recorriese se detuvo ante el edificio más moderno, donde había un rótulo en letras mayúsculas que decía *4éme ESCADRON – LES LIONS* ("Cuarto escuadrón – Los Leones"). Esta vez no esperamos a que el sargento diera la orden y nos bajamos rápidamente del camión con todas nuestras pertenencias.

El sargento de la caballería hizo un movimiento con la cabeza en señal de que estaba satisfecho con nuestra acción y nos indicó que le siguiéramos. En la oficina del puesto de mando nos estaba esperando un *brigadier*. El *margis* nos invitó a presentarnos uno por uno al que estaba de turno.

Habíamos ensayado cómo presentarnos y cómo comportarnos desde que estábamos en Castel y sabíamos que, además de nuestro número personal teníamos que mencionar la compañía y el regimiento donde estábamos sirviendo, pero en este caso no sabíamos cuál era la compañía ni dónde íbamos a servir. De todo el grupo Cybulski era el único que hablaba mal francés y, para nuestra suerte, empezaron justamente por él:

—Legionario Cybulski. Aaa… *Moi, caporal ne sait pas comagnie ici quoi* —empezó a explicar el polaco, que no sabía en qué compañía estaba ubicado.

—¿Qué estoy escuchando? —le miró furiosamente el cabo de la caballería—. ¡Aquí no existen ni cabos ni compañía! ¡Aquí únicamente hay *brigadier* y escuadrón! ¿Hey, ustedes, todos los demás, hablan francés? —nos preguntó.

—*Oui, brigadier!* —contestamos unánimemente.

—Ahá, ¿y nadie de ustedes le explicó a Cybulski cómo tiene que contestar? Me estoy dando cuenta de que han olvidado lo más importante de la instrucción, que es ayudar a sus compañeros. ¡Todos a hacer flexiones! ¡Esta noche van a ejercitarse hasta la muerte! ¡Vamos, más rápido, todos al suelo!

Muchas veces habíamos tenido que hacer flexiones "hasta la muerte" en Castel, y todavía estábamos vivos, pero esta era la primera vez que teníamos que hacerlas en traje de gala. No vacilamos porque en la Legión sabíamos que no se debe contradecir, únicamente hay que cumplir la orden. A los cinco minutos el jefe de equipo, creyendo que habíamos llegado hasta el punto de la muerte, nos gritó:

—*Debout!* ¡Les doy dos minutos para explicarle a Cybulski cómo tiene que presentarse!

Bonder y yo comenzamos inmediatamente a cumplir la orden, y en dos minutos Cybulski estaba preparado para presentarse:

—Légionnaire Cybulski. Quatre mois de service. Matricule 187 987 1er Regiment Étranger de Cavalerie. A vos ordres mon brigadier!

—*Mon brigadier?* —le preguntó asombrado el jefe de equipo—. ¿Acaso yo soy coronel? ¿No le enseñaron en Castel que únicamente a los oficiales se dirigen con el término *mon*? Vamos, de nuevo a hacer la segunda serie de flexiones.

Tras otros cinco minutos de ejercicio nos dieron una nueva oportunidad de presentarnos, y esta vez lo hicimos bien.

—Debido a que aún no conocen su escuadrón voy a aceptar su presentación satisfactoriamente. Se quedarán durante dos semanas con nosotros en el cuarto escuadrón. Siéntanse orgullosos porque van a estar con los Leones de la Legión, y traten de cumplir rápidamente las órdenes. Después de dos semanas el coronel que dirige la caballería les ubicará en sus puestos correspondientes siempre y cuando no hayan desertado antes.

Al término de estas palabras nos dejaron en un cuarto y separados de los otros pelotones. El *margis* nos encargó limpiar y planchar los uniformes, pero luego no hizo la inspección que solían hacer los sargentos en Castel, y únicamente al día siguiente nos dijo que teníamos que preocuparnos por planchar mejor porque en la caballería los uniformes tenían que estar impecables. Nos formaron en línea y, de nuevo, separados de los demás. No éramos los Leones del Cuarto Escuadrón, sino únicamente un grupito de novatos. Empezamos a correr con el *margis*, quien había decidido asustarnos corriendo bastante rápido durante un lapso de dos horas. Salimos de la ciudad pasando por un bosque y ascendiendo colinas cercanas.

No tenía idea de cuántos kilómetros habíamos recorrido debido a que no conocía la ruta de entrenamiento del 1REC, pero sentía que mis fuerzas se estaban agotando cuando, de repente, el *margis* disminuyó la velocidad y se dio la vuelta para ver si lo estábamos siguiendo. Bonder era el único que permanecía cerca de él, Cybulski y yo nos encontrábamos a unos veinte metros detrás, mientras que de Quartier, Lafite y David no había rastro.

El *margis* se dirigió a nosotros con una sonrisa:

—Sólo ustedes tres pueden pretender quedarse en las filas de los Leones, para los otros esto es imposible. El Cuarto Escuadrón es el mejor en todas las disciplinas deportivas y por eso solamente los mejores pueden quedarse entre nosotros.

Estas palabras del *margis* me motivaron y me dieron nuevas fuerzas para continuar la carrera. Había disminuido la velocidad y ahora era más fácil seguirlo. El último kilómetro antes de acercarnos al portón del cuartel lo hicimos caminando y esperando de esta manera a nuestros compañeros, pero de ellos seguía sin haber ningún rastro.

Nos detuvimos cerca de la entrada porque todos teníamos que entrar en el mismo orden que habíamos salido. Quartier fue el primero que vimos llegar. Estaba totalmente enrojecido y se veía que corría con sus últimas fuerzas. Cincuenta metros detrás divisamos a Lafite y a David, quienes iban casi caminando. El *brigadier* les gritaba que se apresuraran.

En Castelnaudary habíamos recorrido estas distancias, pero sobre un terreno plano, mientras que aquí el terreno tenía muchas subidas y bajadas. Yo lograba descansar un poco en las bajadas mientras que en las subidas disminuía el paso y, de esa manera, mantenía mi ritmo de respiración, porque era consciente de que la dificultad es mucho más grande con este tipo de orografía.

De todas formas valió la pena el esfuerzo y quedar entre los tres primeros porque nos dejaron en paz después del entrenamiento mientras que para Quartier, Lafite y David se preparó un programa adicional bastante especial. El *brigadier* del turno les llamaba constantemente en su tiempo libre para inspeccionar sus uniformes y, por supuesto, siempre encontraba algo que corregir. Parecía como si la instrucción acabase de empezar para ellos. El cabo de la caballería a menudo se burlaba diciéndoles: "¡Voy a procurar que cuando se vayan de aquí les queden muy buenos recuerdos de su excursión en la casa de los Leones! Debido a que no pueden correr como legionarios les voy a enseñar al menos a que limpien y a que planchen".

Ahora las cosas eran diferentes a las de Castel porque ya no éramos una sola sección S4, y por ello no nos castigaban a todos juntos. Nos habían dividido en dos grupos. Los que supuestamente nos quedaríamos en el Cuarto Escuadrón y los otros que pronto serían enviados a los tanques.

Según las palabras del *margis,* en el Primer Regimiento Extranjero de Caballería había cinco escuadrones, de los cuales el Primero, Segundo, Tercero y Quinto usaban tanques, mientras que el Cuarto era "el antitanques", es decir, estaba abastecido con cohetes especiales antitanque, montados sobre vehículos blindados modelo VAB HOT. Los grupos de combate del Cuarto Escuadrón eran más bien infantería, y por eso se exigía una mejor preparación física en comparación con la de los tanquistas. Así que los mejores deportistas se enviaban al Cuarto Escuadrón. En el pasado la fama de esta unidad de combate se debía a que se enviaba a todos los soldados castigados para corregirlos por medio de la disciplina feroz y los arduos ejercicios físicos realizados con los Leones.

Bonder, Cybulski y yo le aseguramos firmemente al *margis* que cuando nos pusieran ante el coronel seríamos voluntarios para el Cuarto Escuadrón. Esta y no otra era la razón para que nos dejaran en paz. Me sentía en el grupito de los bendecidos por Dios y ello definitivamente incrementó mi motivación, así que durante las pruebas logré mejorar todos los resultados obtenidos en los exámenes realizados en Castel.

Las primeras dos semanas en el Cuarto Escuadrón las pasamos primordialmente haciendo deporte y cumpliendo normativas en las disciplinas siguientes: subir la cuerda de seis metros, la prueba del *test* de Cooper, la prueba TAP (correr con la mochila militar ocho kilómetros) y preparación física general.

El único examen diferente de Castel lo llevaba a cabo un especialista de tiro con los cohetes HOT. Nos situó frente a un simulador especial de tiros y empezamos a bombardear los tanques como si se tratase de un videojuego. Era muy divertido, pero para mí desgracia no pude hacer pleno al diez, sino que mi resultado final fue de siete tanques alcanzados.

Finalizada la segunda semana nos llevaron a los tanques, donde nos explicaron las funciones principales del tipo de tanque AMX 10RC, el cual era muy ágil y no tenía cadenas, sino enormes llantas. Esta máquina militar se utilizaba en misiones de inteligencia debido a que era mucho más pequeña que un tanque del tipo LECLERC y podía desarrollar altas velocidades. Algunos militares no consideraban el AMX 10RC como un tanque real, sino que lo veían como un carro de combate de alta velocidad. Nos enseñaron sus proyectiles y observamos cómo dos legionarios estaban limpiando su enorme cañón. A mí, personalmente, los tanques no me intrigaron nada y después de la visita estaba más convencido de que quería quedarme en el Cuarto Escuadrón.

Otro hecho que nunca olvidaría de estas semanas fue mi primer domingo libre. En las compañías de combate de la Legión se trabajaba hasta el sábado al mediodía y los legionarios que no se encontraban de misión o no estaban de turno podían salir fuera del cuartel las noches después de las 6:00 de la tarde y durante todo el fin de semana. Por supuesto que nosotros como novatos todavía no teníamos este derecho y el *margis* ya nos había advertido de que nos quedaríamos a las órdenes del *brigadier* de turno.

Nos imaginábamos pasar el domingo limpiando, planchando y ordenando cuando, para nuestra sorpresa, nadie nos despertó y tampoco nos llamaron para realizar ningún tipo de actividad. Cuando abrí los ojos este primer domingo de mi vida en la Legión eran casi las ocho de la mañana, y mi primera reacción fue de susto al pensar que era muy tarde y que no había escuchado ni el silbato, ni tampoco el grito de "*réveil*" con los cuales me había acostumbrado a despertar en los últimos cinco meses.

Salté de la cama asustado y algo traumatizado, aunque rápidamente me tranquilicé cuando vi que los demás estaban dormidos profundamente. Después de darme cuenta de que era un domingo de verdad y de que nadie iba a buscarnos para trabajar, decidí que tenía mucho sueño atrasado y de nuevo me volví a la cama. Así que dormí hasta las 11:00 de la mañana y cuando desperté vi que mis compañeros arreglaban, como de costumbre, sus roperos.

El *brigadier* de turno nos llamó a las 12:00 del mediodía únicamente para llevarnos a almorzar. Por la tarde también nos dejaron descansar y recorrer libremente la base. Dentro de ella había un bar para los legionarios cuyo nombre era *Foyer du Légionnaire*. A pesar de que no teníamos derecho a salir fuera de la base me sentí enormemente libre debido a que tenía tiempo para mí y podía descansar de todas las tareas y normas. Además de eso, por primera no tenía un cabo, ni tampoco un *foot-foot*, que anduviera detrás de mí para inspeccionarme y controlar mis pasos. Nunca había valorado tanto el descanso en domingo como lo hice aquel primer día libre de mi vida en la Legión.

***

El inolvidable domingo ya se había terminado y nuevamente estábamos en formación al lado del Cuarto Escuadrón, y como siempre separados de los demás como si fuésemos un grupito de leprosos. La tercera semana estaba orientada en un plan más administrativo. Pasamos consulta con el médico principal de la caballería y después visitamos todos los escuadrones. Al final nos presentaron a un capitán de la comandancia, quien nos preguntó detalladamente acerca de nuestra experiencia militar. Debido a que yo no había servido en el ejército búlgaro finalicé rápidamente mi exposición. El que más prolongó su entrevista fue Bonder debido a que él, verdaderamente, tenía mucha experiencia con los tanques.

Aparte del programa del día, por las noches venía a nuestro cuarto otro cabo de turno para inspeccionar nuestros uniformes, los cuales tenían que estar planchados y doblados de forma impecable. El nuevo *brigadier* también continuó cebándose más con Quartier, Lafite y David debido a que sabía que no deseaban quedarse en el Cuarto Escuadrón. Siempre le molestaba algo de ellos. Una noche decidió que sus botas no estaban lo suficientemente lustrosas y varias veces se las tiró por la ventana mandando a los tres "desgraciados" enseguida a traerlas y volver a limpiarlas. A nosotros, los voluntarios para quedarnos en el Cuarto Escuadrón, nos encargaba tareas más fáciles y, a pesar de que ponía cara de enojado, era notable la diferencia en el trato en comparación con los tres "desgraciados".

Y llegó el día de la redistribución. Yo estaba firmemente convencido de que quería ser parte de los Leones, sobre todo porque había escuchado de su próxima misión en Chad, en la cual atravesarían el Sáhara del este. Como estudiante de Geología para mí era un sueño conocer el desierto más grande del mundo, y vi una oportunidad estando en la Legión de hacer ese sueño realidad.

Antes de entrar en la oficina del coronel, nos entrevistó nuevamente el mismo capitán que hacía unos días nos había preguntado acerca de nuestra experiencia militar.

—Y bien Lozev —se dirigió hacia mí después de haberle asegurado con firmeza que quería servir en el Cuarto Escuadrón—, ojalá que verdaderamente este sea tu deseo porque tus resultados en el test TAP no son tan buenos como para que puedas servir en la infantería. Lo único que te da la oportunidad de pertenecer a los Leones es que, en comparación con los resultados de la instrucción en Castel, aquí has mejorado en todas las pruebas, lo cual demuestra que con cada día que pasa eres mejor, y eso es lo más importante en el aspecto de la preparación física. Así que voy a apoyar delante del coronel tu deseo de servir en el Cuarto Escuadrón. *Tu peux disposer!*

Esta vez, y a diferencia de en Aubagne, me escucharon y tomaron en cuenta mi voluntad. En realidad tenía la esperanza de que el capitán me apoyara, tal y como me lo había prometido. No temía las carreras, ni tampoco a las normativas, en este momento ya había entendido que todo estaba en la mente. Había aprendido a aguantar los esfuerzos físicos dominando mi cabeza y manteniendo arriba los ánimos. Llegó mi turno. Entré a la oficina del coronel y traté de presentarme de la manera más rápida e impecable posible. Había cumplido dos semanas de preparación para que mi uniforme de gala estuviera brillante.

—Ya sé —se dirigió hacia mí el coronel— que confirmaste varias veces tu deseo de servir en los Leones, a pesar de que ya los conociste. Me imagino que sabrás que no va a ser nada fácil. Respetaré tu deseo, legionario Lozev, y te enviaré al Cuarto Escuadrón. *Tu peux disposer!*

Una vez que se terminó con la distribución de los novatos me enteré de que, en el último momento, se había producido un cambio imprevisto. Bonder, como especialista de tanques AMX10RC, había acordado en el último momento con el capitán y el coronel servir en el Segundo Escuadrón, así que, en su lugar, en el Cuarto Escuadrón se quedaron conmigo Cybulski y nuestro camarada Lafite. El polaco y yo estábamos muy felices porque realmente era nuestro deseo, pero Lafite estaba escandalizado.

Este compañero había atravesado dos semanas tormentosas y había esperado con ansias el día en que, supuestamente, iba a escapar del infierno. Pero el coronel lo había devuelto de nuevo a los Leones y al joven francés no le agradaba mucho esta decisión. Dos semanas más tarde, cuando ya teníamos derecho a salir el domingo fuera de la base, Lafite se fue y nunca más regresó. Comprendí que la selección natural no terminaba en la escuela de la Legión con el final de la instrucción, sino que continuaba durante todo el servicio en los diferentes regimientos y que, por supuesto, solo los mejores permanecían en las filas de la Legión.

Como parte de los Leones del Cuarto Escuadrón y como parte del Primer Regimiento Extranjero de Caballería, tenía que presentarme frente al famoso mayor Bolens. Su personalidad estaba relacionada totalmente con el 1REC. Este regimiento situado en Orange existía desde hacía cincuenta años y el mayor Bolens había servido más de treinta y cinco años aquí. Este hombre era el cimiento de la disciplina feroz y había traído consigo las tradiciones antiguas que a través de él han llegado hasta nuestros días. Bolens era un legionario de la antigua guardia y había conocido Sidi Bel Abbes. Había participado en todas las misiones más importantes de la caballería y su labor era fundamental dentro del Regimiento de Orange. 1REC era su casa, su familia, y su vida. La caballería había cambiado muchos coroneles durante su existencia, pero nunca al mayor Bolens, quien siempre estaba pendiente del comportamiento y la presentación, tanto de los legionarios como de los suboficiales.

Recuerdo que la noche antes de presentarme al mayor, el *margis* que nos iba a acompañar planchó su uniforme al igual que nosotros y verificó el estado de los zapatos de cada uno de nosotros, porque quería estar seguro que todos estuviésemos impecables. Nos aclaró que el mayor Bolens no solamente exigía que las botas estén lustrosas, sino que también quería que todas tuvieran el mismo brillo.

Era necesario, pues, darle más brillo a nuestros zapatos porque aún tenían un aspecto mate en comparación con el brillo de las botas del *margis*. Además, debíamos planchar perfectamente las camisas a pesar de que llevaríamos los sacos encima. Nos advirtieron que el mayor a veces daba orden a los nuevos legionarios de quitarse los sacos y verificaba si las camisas estaban planchadas correctamente.

Según el *margis* había casos en que Bolens utilizaba una regla milimétrica para medir los pliegues de las camisas, los cuales debían estar dentro de los márgenes que marca la normativa propia del regimiento. Sobre cada bolsillo debíamos marcar tres líneas y en las mangas se debían realizar dos pliegues en paralelo, ya que el viejo mayor medía con su regla la distancia entre las líneas para comprobar que estaban hechas correctamente. En el Cuarto Regimiento Extranjero, que era la escuela moderna de la Legión, no habíamos oído de semejantes locuras. Ahí planchábamos los uniformes bastante bien, pero sin semejantes exageraciones.

Aquí en la caballería los trajes se planchaban como para desfilar en una pasarela, pero cuando debíamos presentarnos ante el mayor Bolens el asunto se volvía aún más exigente. El *margis* había recibido su uniforme de la tintorería pero nos aclaró que, aun con las máquinas y las planchas al vapor, los civiles no podían cumplir con las exigencias de Bolens y nuestro suboficial tuvo que volver a planchar su camisa revisando algunas partes.

Esta era mi primera noche desde que había ingresado en 1REC. A la mañana siguiente, después de vestirnos, el *margis* nos inspeccionó de pies a cabeza. Mejoró los nudos de nuestras corbatas y finalmente decidió que estábamos preparados para presentarnos ante el mayor.

Formamos frente al edificio del estado mayor. Este edificio era el palacio del veterano Bolens, conocido por su férrea disciplina. Era el único que mandaba en esta parte del regimiento, y hasta el coronel evitaba caminar mucho por aquí.

El cargo que desempeñaba Bolens en este momento era el de jefe del Estado Mayor del Primer Regimiento Extranjero de Caballería, lo que significaba que era el encargado del orden, la disciplina, la vigilancia y del cumplimiento de las normas y reglas que él mismo había formulado.

Un cabo primero de la caballería salió e hizo señas al *margis* de que ya podíamos entrar. En un minuto estábamos en la oficina del mayor formados en una línea tan recta como la cuerda de una guitarra. El *margis* también estaba firme, tenso y sin respirar. Bolens se levantó del escritorio y empezó a observar nuestros uniformes, poniéndose frente a cada uno de nosotros, incluido el *margis*. Para el mayor no había ninguna diferencia entre legionarios y suboficiales, él encarcelaba a cualquiera que violase sus reglas. Hasta este momento no nos dimos cuenta de por qué el *margis* estaba tan preocupado por que estuviéramos impecables.

En Castel nunca vimos que un sargento fuera tratado como un legionario, pero aquí, frente al mayor Bolens, los rangos no tenían ninguna importancia; lo único que importaba era la higiene, el uniforme planchado correctamente y los zapatos lustrosos.

Cuando el mayor se paró frente a mí y nos cruzamos la mirada entendí que esto no era un juego y que no lo hacía con el objetivo de asustarnos. Esa era su naturaleza, un hombre sin familia, sin patria, sin diversiones ni pasatiempos, un hombre que vivía totalmente para una única causa, la de *LEGIO PATRIA NOSTRA*. Nos daba escalofríos lo que emanaba de su ser, que era una combinación entre locura y firmeza. Para algunos era un hombre tarado debido a su largo servicio en la Legión, pero para otros era un hombre legendario. Para mí, desde el primer momento en que le vi, fue simplemente el mayor Bolens, no existía ningún otro hombre como él y no podía ser comparado con nada ni con nadie.

Esa persona había entregado su vida a la Legión y le debíamos respeto. Había empezado su carrera como legionario en condiciones muchísimo más adversas, como las de Sidi Bel Abbes y Bonifacio en Córcega. Había visto y formado a muchas generaciones de legionarios y era uno de los dos suboficiales más famosos de la Legión actual.

Tras cinco minutos observando detenidamente nuestros uniformes, el mayor bramó:

—¡Descansen! —su voz parecía que salía de la profundidad de una cueva—. ¡En mi oficina hablo únicamente yo! Están aquí para escuchar y únicamente tienen el derecho a contestar mis preguntas con *oui, major* o *non, major*. Les recuerdo que somos legionarios y que deben olvidar la vida civil con sus costumbres. La disciplina y las órdenes de sus comandantes son su vida. Todo será muy simple si cumplen las órdenes y finalizan cada una de las misiones u obligaciones dando lo mejor de ustedes. Si deciden descuidar tanto el trabajo como a ustedes mismos, no tendrán lugar entre nosotros y les haré desertar de aquí. ¿Está claro?

—*Oui, major!* —fue la respuesta al unísono.

—Deben saber también que el puesto de guardia frente al regimiento es el símbolo de nuestro orgullo y que cuando tenemos esa tarea nuestros uniformes tienen que estar totalmente impecables y las botas con bastante brillo. Les recuerdo que cada vez que yo, personalmente, supervise los uniformes, no tendré misericordia con ninguno. Al menor error cometido, incluidos los suboficiales, ¡van a la cárcel!

El mayor Bolens continúo aclarándonos las reglas de comportamiento de los legionarios del 1REC, y nos quedamos con la impresión de que dichas reglas se las había inventado él mismo. Nuestra conducta iba ser observada no solamente en la sección militar, sino también en la ciudad. En Orange, además de la base de la Legión, existía una base de la aviación y un colegio de la Gendarmería. Por supuesto, Bolens quería demostrar que los legionarios eran superiores a los demás militares, y exigía que cuando saliéramos a la ciudad usáramos los uniformes de gala. Cuando salíamos de vacaciones vestidos de civil solo teníamos derecho a ir directamente a la estación del tren, no a recorrer la ciudad. O sea, nuestras vacaciones prácticamente no comenzaban hasta que el tren se ponía en marcha, saliendo de Orange.

En resumidas cuentas, en el pelotón o en la ciudad, la policía militar siempre nos vigilaba y si no representábamos dignamente a la Legión nos esperaban severos castigos y la cárcel.

Cuando terminó con la presentación del regimiento y la severidad de las reglas, el mayor nos observó nuevamente uno por uno y nos preguntó individualmente si todo estaba claro. Nosotros contestamos con las únicas palabras permitidas: *Oui, major*. Al final, como conclusión de todo lo que nos había explicado, Bolens nos despidió con las siguientes palabras:

—Espero que todo haya quedado muy claro, puesto que a partir de este momento todo queda en sus manos. Es decisión suya si quieren ser un ejemplo para los demás o si la quieren pasar la mayor parte de su servicio en la cárcel. *Vous pouvez disposez!*

Al minuto todos estábamos fuera yendo hacia el cuarto escuadrón. Cuando nos acercamos a la casa de los Leones, el *margis* respiró en señal de alivio y nos explicó que nos esperaba una última entrevista con el capitán Lajouanie, comandante del Cuarto Escuadrón. Nos presentamos rápido y todavía más rápido nos distribuyeron en los diferentes pelotones del escuadrón. Cybulski se fue al primer pelotón, Lafite al segundo, y yo al tercero, del cual estaba al mando el *adjudant* Cormier, que equivale a suboficial del ejército francés, un grado entre sargento mayor y *adjudant chef.* El *margis* era del primer pelotón, así que me llevó hasta la oficina del *adjudant* y me aclaró que, a partir de ahora y en adelante, mi destino se decidiría en el tercer pelotón.

Entré en la oficina y me presenté según las reglas establecidas:

—Légionnaire Lozev, 5 mois de service, 4ème Escadron, 3ème peloton, a vos ordres, mon adjudant!

—*Repos!* —me miró el *adjudant*—. Se ha presentado según le han instruido, pero esto es el Primer Regimiento Extranjero de Caballería, y en lugar de mencionar los números de escuadrón o pelotón se utilizan los nombres de los comandantes, así que desde ahora su presentación será "Escuadrón Lajouanie, pelotón Cormier". ¿Está claro?

—*Oui, mon adjudant!* —fue mi corta respuesta.

—Bien, firme, y preséntese de nuevo.

—Légionnaire Lozev, 5 mois de service, Escadron Lajouanie, peloton Cormier, a vos ordres, mon adjudant!

—Muy bien, ¡descanse! —me elogió mi nuevo comandante—. Desde este momento es parte del tercer pelotón, el cual tengo el honor de dirigir. Le advierto que la próxima semana tendremos mucho trabajo relacionado con la limpieza de la maquinaria militar del pelotón debido a que vienen a supervisarnos del Estado Mayor de la Infantería Francesa. Debemos esforzarnos mucho para presentarnos de manera óptima. Después nos espera entrenamiento antes de la misión en Chad, donde tendrá la oportunidad de venir con nosotros y donde espero que reciba su primer bautizo en combate. Se quedará en la habitación número 202, así que ya puede llevar sus pertenencias ahí, pero antes de eso preséntese a su responsable de cuarto, el *brigadier* Focon. *Tu peux disposer!*

Me dirigí al cuarto 202 en el tercer piso del edificio, donde se encontraban las habitaciones del pelotón al que ahora pertenecía. Toqué la puerta y al entrar empecé con mi presentación:

—Légionnaire Lozev, 5 mois de service, Escadron Lajouanie…

—Tranquilo, ¡tranquilo muchacho! —me interrumpió el *brigadier* Focon—. Aquí no estás en la oficina de Bolens. Este es nuestro cuarto y al menos aquí podemos descansar y sentirnos como en casa. Después de cumplir con nuestras obligaciones, nos convertimos en amigos, así que cálmate, puedes traer tus cosas, arreglar el ropero y después podrás disfrutar de tu primer fin de semana. Hoy es sábado y yo me voy, así que ya nos veremos el lunes. ¡Bienvenido al cuarto 202!

—Sí, gracias —contesté ya más tranquilo dándome cuenta cuánto había cambiado y cómo me habían traumatizado en los últimos meses de mi vida.

Por primera vez, desde que había entrado en la Legión en Estrasburgo, un cabo me hablaba de forma amistosa. Por supuesto que me encontraba en la caballería del mayor Bolens, en el más temido de los escuadrones, pero lo más importante era que mis compañeros de cuarto eran excelentes y después de todos los días cargados de trabajo, deportes y pesados entrenamientos militares, tenía un lugar donde podría descansar.

En el cuarto estábamos cuatro personas: el responsable *brigadier* Focon, el legionario de primera clase Hilair, el legionario Ulianov y yo. Focon, que era mulato y originario de la isla Reunión, había llegado a Francia con el propósito de conocer el viejo continente. Se había inscrito en la Legión como voluntario con el objetivo de buscar aventuras. Era el corredor más rápido del regimiento y el responsable del cuarto más tranquilo del escuadrón.

El legionario de primera clase, Hilair, era el bohemio y juerguista más grande que jamás hubiera visto en mi vida; nadie sabía nada de su pasado, únicamente veíamos en él a un hombre despreocupado y alegre, que se gastaba todo su salario en tres días, después de lo cual pasaba una gran parte de su servicio en la cárcel.

Ulianov era ruso y novato como yo. Había entrado en la Legión a la edad de 18 años. Su padre era sargento en el ejército ruso y había aconsejado a su hijo que probara su suerte en la Legión.

Así que después de todos los procedimientos, mi verdadero servicio comenzó el lunes con una limpieza total de las grandes máquinas transportadoras y sus sistemas de disparo de los cohetes VAB HOT. Cuando las máquinas blindadas adquirieron brillo y se exhibieron en sus respectivos lugares de inspección, lustramos las llantas de los vehículos con betún como que si fueran nuestros propios zapatos. La siguiente tarea fue la limpieza de los camiones, del transporte liviano y, por supuesto, finalmente del armamento del pelotón.

Este trabajo se prolongó dos semanas. Todo lo que se hacía en la Legión se tomaba muy en serio, sin importar que se tratase únicamente de limpieza. En la víspera de la inspección del Estado Mayor de la Infantería todo el armamento se colocó ordenado en el comedor sobre manteles blancos y el *adjudant* Cormier apareció con unos guantes blancos para realizar la última inspección. Después de algunas observaciones y de otras dos horas de limpieza, la misión finalizó.

Por supuesto, el legionario novato o el ultimo llegado al escuadrón, o sea, yo, debía quedarse de guardia en la sala para cuidar todo el armamento. Me quedaba observando todas estas armas automáticas FAMAS desarmadas, así como las pistolas de los comandantes, ametralladoras, cohetes antitanques, gafas de visión nocturna… y me sentía como si estuviese en un museo del ejército, pero ni en un museo las piezas tendrían ese brillo perfecto y esa cuidada presentación. Personalmente creo que ese espectáculo se produce únicamente con los Leones del 1REC.

La mañana siguiente, y después de una exitosa presentación ante los inspectores generales del Estado Mayor de la Infantería, felicitaron a nuestro capitán Lajouani, quien por su parte reunió a los comandantes de los pelotones y les agradeció el esfuerzo. A nosotros, los legionarios que habíamos trabajado como esclavos, por supuesto que nadie nos felicitó porque esta era, sencillamente, nuestra obligación.

Concluida la etapa de la limpieza comenzamos con el entrenamiento y la preparación para la misión en Chad. A mí me encargaron aprender a trabajar con los radios de comunicación modelo PP11 y PP13. Debía aprenderme de memoria los códigos básicos y la forma de hablar ya que la comunicación en tiempo real de la misión era lo más importante. Posteriormente, el entrenamiento físico que realizábamos por las mañanas lo empezamos a hacer en uniforme y con botas de combate.

Cada día que pasaba la carga se incrementaba y, justo antes de preguntarme yo mismo si iba a aguantar el siguiente maratón, el sargento Cormier me llamó y me comunicó que me enviaba a un curso para manejar camiones. Tras los esfuerzos de preparación en el Cuarto Escuadrón, las siguientes tres semanas de instrucción en el manejo y mantenimiento de camiones me parecieron casi vacaciones.

Cuando regresé de nuevo a la casa de los Leones, orgulloso con mi licencia de conductor PL *Poids lourd*, sufrí mucho durante la primera carrera de la mañana. Aquel día todo el escuadrón estaba corriendo unido, y estaba encabezado por el capitán Lajouani y los comandantes de los pelotones, quienes daban el ejemplo a nosotros, los jóvenes legionarios. No deseaba quedarme atrás del grupo, pero cuando subíamos, sentía que mis fuerzas se agotaban.

El último obstáculo antes de finalizar la carrera era una colina de nombre Espartaco. Esta era una colina con una pendiente muy pronunciada y debíamos subirla corriendo, manteniendo el mismo ritmo. Ya tenía experiencia en la ascensión de esta colina, aunque debía poner mucho esfuerzo y concentración porque esta vez estaba tan cansado que Espartaco se convirtió para mí en una pared vertical y tuve que detenerme un segundo frente a la colina con la respiración acelerada. Había perdido el ritmo y presentía que me iban a castigar porque no podía seguir al resto del regimiento.

Justo cuando me estaba imaginando que el *adjudant* Cormier me miraría con decepción dos legionarios viejos me cogieron de los brazos y me empujaron hacia el pico de la colina.

—En nuestro escuadrón todo es muy elemental, pero al menos tienes con quien contar, muchacho —me aseguró uno de los viejos legionarios—.

Su nombre era Semeniak, era ruso y era alcohólico, pero tenía un corazón muy grande. Tras diez minutos de carrera su resaca desaparecía y al final de la misma se encontraba en excelente forma. Mi otro salvador era el legionario de primera clase Peshkov, quien pasaba por ser nuestro enfermero pero que, en realidad, era médico docente de Ucrania.

Gracias a estos dos camaradas pude subir la colina "Espartaco", y después ya sólo faltaba bajar. Me di cuenta de que no estaba solo y de que encontraría amigos verdaderos entre los legionarios más viejos. Ellos eran mis profesores en estas primeras semanas de mi servicio entre los Leones del Cuarto escuadrón.

Tras este incidente logré coger el ritmo de las preparaciones físicas, a pesar de que cada carrera de larga distancia y la ascensión a la inolvidable colina "Espartaco" me costaban mucho esfuerzo. A pesar de las dificultades, nunca me separé del grupo y siempre logré estar junto al resto.

Además del ejercicio físico, acentuamos nuestra preparación en el tiro y escogimos a dos personas como francotiradores. Uno de ellos era mi compañero Semeniak, quien a pesar de su alcoholismo era un excelente deportista y un increíble francotirador.

La última cosa que tenía que definirse en el pelotón era cómo formar los grupos precisando las funciones de cada uno de los legionarios en ellos. Estos grupos deberían partir para Chad después de un último entrenamiento que se debía hacer en campo abierto. Antes de emprender esta etapa, el capitán Lajouanie recibió felicitaciones y reconocimientos especiales por la exitosa presentación del cuarto escuadrón durante la inspección del material por el Estado Mayor de la Infantería, y decidió premiarnos con una semana de vacaciones. Esto sí que fue una agradable sorpresa.

Hasta ese momento yo no había tenido la posibilidad de salir de las instalaciones debido a que era el legionario más joven del escuadrón y siempre estaba de turno los fines de semana. Empecé a dudar si esta vez me iban a dejar nuevamente con Ulianov en la base, atareado mientras los demás se iban de vacaciones.

Resultaba que durante estas vacaciones en la base debían quedarse de guardia un suboficial, un *brigadier* y un legionario. Ulianov se ofreció voluntariamente para quedarse porque no sabía dónde ir. No conocía a nadie en Francia y no hablaba todavía tan bien el idioma como para defenderse solo. El legionario que se quedase únicamente ayudaría en algunos trabajos comunes, y sería llamado solamente en caso de necesidad.

Yo, por mi parte, sentía que necesitaba salir buscando un poco de libertad y respirar un aire diferente al de la base. Así que el sábado cuando todos formaron frente a la oficina del *adjudant* para recibir su permiso firmado y sellado por el capitán Lajouanie, yo estaba el último en la fila. Cuando finalmente entré en la oficina Cormier me miró con una sonrisa y mostrándome un papel con mi nombre, empezó a explicarme:

—Este es tu permiso de salida, para que veas que no me he olvidado de ti, pero hay un problema. En estos campos que están vacíos tienes que escribir una dirección y teléfono donde podamos localizarte en caso de alerta.

En ese momento no tenía ni idea de dónde iba a ir, además de que no pensaba quedarme en un solo lugar. Mi espíritu libre de motero se había despertado y deseaba a toda costa tener estas vacaciones.

—Si no tienes dónde ir y no me puedes proporcionar alguna dirección, debes quedarte en la base —continuó su explicación Cormier.

No quería para nada quedarme en el cuartel y rápidamente le contesté:

—Tengo una amiga en Toulouse —me inventé— pero su dirección la tengo escrita en un papel y debo ir hasta mi cuarto para traerla.

—Mmm, ¡qué extraño! —me miró con escepticismo el *adjudant.* —mientras has estado en Castel has salido únicamente dos horas a escuchar la misa en una iglesia y ¿tan rápido te hiciste una amiga? Creo que ella ni se acordará de tu nombre —Cormier me miraba de manera burlesca dándose cuenta que todo esto era invento mío—. Bueno, si tanto deseas salir de vacaciones, tienes dos minutos para traerme la dirección de tu amiga. Quedan un minuto y 59 segundos, ¡rápido!

Salí como un rayo hacia el cuarto y lo primero que vi sobre la cama de Hilair fue una revista porno. Empecé a hojearla y vi lo que necesitaba: anuncios con direcciones de mujeres que aparecían en la revista preparadas para tener sexo en grupo y otras cosas. Ni siquiera leía lo que ofrecían porque únicamente buscaba una dirección y un teléfono en Toulouse. En la Legión había un dicho para los que realizaban algo indebido, se trataba de: *Pas vu, pas pris* (no visto, no atrapado). Tenía la esperanza de que durante las vacaciones no se produjese ninguna emergencia, por lo que no me iban a necesitar, evitando así meter la pata. Cuando encontré una dirección de Toulouse en la revista de Hilair, sin pensarlo dos veces la copié en un papel y regresé corriendo a la oficina.

—¡Un minuto y 57 segundos! —sonrió Cormier—. ¡Déjame ver esa dirección!

—*Voilá, mon adjudant* —le enseñé yo el papel.

—No me interesa de donde la conseguiste —sonrió nuevamente y continuó haciendo el papeleo incluyendo la dirección de la revista porno—. Lo importante es que cumpliste con las normas y resolviste la situación. ¡Te mereces estas vacaciones muchacho! ¡Aprovecha estos días para divertirte con tu amiga o con más amigas, que después te esperan unos días muy pesados!

Creo que para todo soldado el momento más inolvidable es el de sus primeras vacaciones, o al menos para mí ese día era uno de los más felices de mi vida. Atravesar el portón vestido de civil me parecía increíble después de todos estos meses de arduo y continuo entrenamiento acompañado siempre de una tensión permanente.

Cada uno de los viejos legionarios sabía a dónde se dirigía: algunos a encontrarse con sus novias, otros con gente conocida, los terceros a hoteles o bases militares de vacaciones, pero yo hasta ese momento nunca había pensado en unas vacaciones y, verdaderamente, no tenía ni idea de dónde me llevaría el viento. A pesar de que no tenía mi motocicleta, quería viajar y para mi suerte me encontré con un amigo que albergaba el mismo deseo. Se trataba de otro novato, además de compatriota mío, que estaba en el segundo escuadrón de los tanques.

En mi cabeza comenzó a sonar una de las canciones de la banda de rock búlgara *The Crickets* (Los grillos): "...debes tener un amigo soñador como tú, sobrevivirás, guardarás dentro de ti a Don Quijote, Robinson, Gulliver...". Y de verdad que, en este momento, sentía que había encontrado a la persona indicada. Mi amigo Todorov y yo salimos juntos del cuartel Labouche para disfrutar de nuestras primeras vacaciones sin saber hacia dónde nos íbamos a dirigir pero henchidos de entusiasmo y felicidad.

Nos subimos en el tren que se dirigía a Marsella y, a cada kilómetro recorrido alejándome de Orange, del 1REC, del mayor Bolens y de la policía militar, sentía que la tensión de los últimos meses se esfumaba y un sentido de libertad nuevamente inundaba mi corazón. Todorov me propuso ir a Cannes, ya que en este momento se celebraba el famoso festival de cine e iban a presentar el estreno de una película con Bruce Willis titulada *El quinto elemento.*

Durante los primeros meses el salario de los jóvenes legionarios era una miseria en comparación con el estándar de la vida en Francia. Yo había enviado dinero a mis familiares en Bulgaria, y en mi bolsillo únicamente tenía tres mil francos (alrededor de quinientos euros), así que no tenía cómo alquilar una motocicleta. Pero podía aprovechar el derecho de los militares franceses a viajar en los trenes con un setenta y cinco por ciento de descuento, así que los ferrocarriles reemplazaron dignamente a la motocicleta durante esas pequeñas vacaciones.

Mi amigo se había traído consigo una gran cantidad de manzanas y peras que había conseguido en la cocina del regimiento, así que los primeros días los pasamos con una dieta a base de frutas, por lo que pudimos ahorrar un poco de dinero. Encontramos un hotel militar en Toulon donde la noche costaba solamente veinte francos y realmente nos dimos cuenta que no estaba nada mal ser militar en Francia. Llegamos a Cannes a las 7:00 de la mañana con el primer tren que salía de Toulon.

Las calles estaban aún vacías y no se respiraba el ambiente de una fiesta. Todorov se había comprado una cámara Canon semi profesional y empezó a hacer fotos de los bulevares vacíos y de la playa, que recibía los primeros rayos del sol naciente. Llegamos al palacio del festival y solamente ahí vimos que había gente. Era el día de la inauguración del festival de cine y todo estaba lleno de periodistas y visitantes que hacían cola en las entradas del palacio.

Todorov también se puso en la fila convencido de que iba a entrar y después ver una película. A mí no me gustaban las colas, pero por tener un nuevo amigo decidí acompañarle. Las puertas se abrieron pronto, a las 7:30, y los dos irrumpimos en el salón. Aquí había al menos veinte sitios y la multitud de personas se dividió en varios grupos pequeños.

Creímos que estaban vendiendo entradas para las diferentes películas que se proyectaban estos lugares, y estábamos dudando de si nos alcanzaría el dinero cuando nos decidimos a intentarlo. Yo escogí una de las colas, Todorov escogió otra para ver quién llegaba primero. Mi fila avanzaba muy rápido y en unos minutos ya estaba frente a la taquilla.

Una linda muchacha me preguntó el nombre. Me sorprendí un poco, pero pensé que tal vez las entradas eran nominales y por eso le dije cómo me llamaba. Empezó a escribir en el terminal y, como mi nombre era algo difícil, me pidió una identificación. Aún más sorprendido le mostré mi identificación militar. Ella siguió escribiendo en el terminal. Después se dirigió hacia mí con la siguiente pregunta:

—Señor, ¿de parte de quién es su invitación? —en ese instante entendí que no tenía nada que hacer, que no debía estar en esa recepción ni tampoco en la sede del festival y mientras pensaba en qué contestar a la señorita, apareció mi amigo empujando a la gente y estirando una mano en la cual tenía doscientos francos.

—¿No te alcanza el dinero? —dijo preguntando en búlgaro.

Colocó con orgullo su cámara fotográfica frente a la muchacha, que estaba todavía más sorprendida que yo, y nuevamente me preguntó en búlgaro:

—¿Tan caras son esas entradas?

La guapa señorita nos observaba con paciencia sin entender ni una sola palabra de lo que estábamos diciendo. Después se dirigió hacia mí:

—Señores, me parece que ustedes son periodistas extranjeros y sus credenciales las extienden en el segundo piso.

La di las gracias, cogí mi identificación militar y a Todorov del brazo y después le expliqué todo lo que estaba sucediendo.

Al inicio nos sentimos raros, como en territorio hostil, pero rápidamente se nos quitó ese sentimiento. Realmente habíamos logrado entrar en la mansión del Festival y teníamos razones para disfrutarlo. Subimos al segundo piso, el cual estaba lleno de periodistas esperando sus credenciales. Entendimos que para poder estar en la inauguración del festival se necesitaba invitación y no una entrada.

Dimos varias vueltas observando que la mayoría de las personas se colocaban sus credenciales para poder ser identificados. Estaba claro que si salíamos del palacio no podríamos entrar nuevamente. Alrededor de las diez de la mañana todos los invitados estaban ya identificados con sus credenciales, todos excepto nosotros. Los guardias de seguridad comenzaron a mirarnos de manera sospechosa. Decidimos que era tiempo de marcharnos. Tomamos agua mineral gratis y nos fuimos.

Las calles estaban ahora repletas de turistas, a diferencia de cómo las habíamos encontrado nosotros a las tempranas horas que habíamos llegado. Frente a un hotel, muchachas jóvenes gritaban histéricamente porque Michael Jackson había salido al balcón de su hotel. Demi Moore pasó a nuestro lado en su resplandeciente limusina. Las actrices debutantes, llamadas *starlettes,* danzaban en la playa con la esperanza de que algún productor de cine se fijara en ellas. Todorov consiguió hacer fotos de su estrella favorita de la película "El Quinto Elemento": Milla Jovovich, sin siquiera darse cuenta de que era ella. Era indescriptible el show que estábamos presenciando. Vi un grupo de moteros y me paré a hablar con ellos. Eran gente de mediana edad y uno de ellos manejaba una Harley. Por primera vez tocaba una verdadera Harley Davidson. Me subí a la máquina de mis sueños mientras Todorov me hacía una foto para que ese momento histórico quedase inmortalizado.

***

Ya era domingo y el último día de las vacaciones. Nos quedaban doscientos francos a cada uno. Las manzanas que llevaba Todorov se habían acabado, pero decidimos aprovechar nuestra libertad hasta el final y partimos hacia Montecarlo. Ya desde la estación de tren en Mónaco nos revisaron los documentos y nos miraron de forma extraña por nuestras identificaciones militares, pero debido a que también se celebraba un Gran Premio de Fórmula 1 y llegaba mucha gente de diferentes países, nos dejaron pasar. Los precios de las entradas eran exorbitantes, así que comenzamos a pasear de nuevo por el principado, aunque la mayor parte estaba bloqueada por un muro temporal. Todo esto era para impedir a los turistas pobres como nosotros ver la pista donde se disputaría la carrera.

Únicamente se podía llegar de manera tranquila hasta el palacio o el casino. Nos dirigimos hacia el casino y, poco antes de llegar, comenzó la carrera. Los potentes motores de las máquinas más rápidas del mundo ensordecían los gritos del público y nosotros corrimos hacia la primera valla. Como estábamos en tremenda forma deportiva después de los entrenamientos en Castel, nos costó unos segundos subirnos encima de la valla y ver cómo Michael Schumacher y los que le seguían pasaban rápidamente a unos diez metros de nosotros. Valía la pena ver este espectáculo.

No me podía quejar de mis primeras vacaciones. No tendríamos suficiente dinero, pero habíamos conocido muchas cosas y lugares con los cuales ni siquiera habíamos soñado.

***

Se habían terminado las vacaciones y nuevamente me encontraba con la mochila a la espalda saliendo hacia el último entrenamiento antes de la misión en Chad. Me enviaron en el grupo militar del *brigadier chef* (cabo primero en la caballería) Hunt, quien hablaba algo entre inglés y francés. Llevaba catorce años en la Legión y había olvidado un poco su idioma natal, y del francés había aprendido únicamente lo necesario para su trabajo. Me recordaba al cabo Boon, de Castel, y pronto me acostumbré a la forma de hablar de mi nuevo jefe. Al igual que con Boon, aprendiendo las tácticas y otras actividades militares, me sentía como en una película de acción militar americana, sobre todo cuando Hunt nos gritaba *Go, go! Fucking faster, soldier!*". A diferencia de Boon, Hunt nunca estaba contento con nosotros, y frecuentemente escuchábamos sus gritos repitiendo por décima vez algunas tácticas.

—*When you see cartouche* —gritaba él—. ¡Correrán mucho más rápido bajo el fuego verdadero de su puto enemigo! *Fucking merde*!

Finalmente nos organizamos por binomios. Mi compañero Jimmy era inglés y entendía perfectamente a Hunt. Con él íbamos a entrenar con bazucas LRAC y cohetes antitanque. A veces mi función era cargar el cohete, en otras ocasiones tenía que disparar con la bazuca, y en realidad estas eran mis principales funciones como soldado profesional. Así que, en este último entrenamiento, llevaba en la mochila dos cajas con cohetes falsos y Jimmy llevaba la bazuca.

Salimos marchando inmediatamente después del entrenamiento de tiro sin limpiar las armas y nos escondimos en el bosque cercano. Hunt nos explicó que no teníamos derecho a salir a la calle, sólo podíamos atravesar el bosque. El papel de enemigo lo desempeñaba el sargento mayor Ponce, que era el segundo al mando después de Cormier y el único que tenía derecho a andar por la carretera en su *jeep* P4. En caso de que Ponce viese a alguien de los grupos salir a la calle le "premiaría" con recorrer veinte kilómetros de distancia más de lo previsto y, por supuesto, el grupo sería descalificado del entrenamiento.

Nuestro *brigadier chef* nos ubicó en lo profundo del bosque y dividió al grupo en dos. Dejó a Focon con la mayoría de los que llevaban la ametralladora 12.7 desarmada y partimos a realizar acciones de inteligencia. Hunt quería demostrar a los suboficiales que su experiencia tenía mucho más valor que sus grados militares. Empezamos a atravesar el bosque. Jimmy y yo le seguimos lentamente llevando la bazuca y los cohetes. Llegamos a un pueblo pequeño. *Fucking good village* se alegró nuestro jefe mirando su mapa. Estaba claro que se había orientado muy bien, pero de todas maneras decidió bajar al pueblo y preguntar por su nombre antes de dar la orden a Focon de que partiera con su grupo.

A diferencia de las caminatas de invierno con las cuales había finalizado mi entrenamiento en Castel, en esta marcha el sol de la primavera nos quemaba desde muy tempranas horas de la mañana.

—*You have soif, mec?* —nos preguntó el *brigadier chef* si teníamos sed, sabiendo que no habíamos probado ni gota de agua en todo el día.

—Oui, brigadier-chef, on a un peu de soif —respondió Jimmy.

—Fucking un peu, moi j'ai big soif, man! And now mission beer!

No entendimos muy bien qué era lo que exactamente quería decir nuestro jefe inmediato cuando dijo misión "cerveza" pero seguimos corriendo detrás de él bajando las colinas. La pendiente era muy inclinada y las mochilas se mecían de un lado a otro a nuestras espaldas, pero al fin logramos descender hasta el pueblo. Alcanzamos las primeras casas y comenzamos a caminar con bastante preocupación tratando de identificar el ruido del motor de un Jeep P4. Todo estaba tranquilo y en silencio. Hunt se dirigió hacia el único bar del pueblo y, sin pensarlo, se metió como si lo estuviese conquistando militarmente. Mientras nosotros entrábamos con la bazuca, las armas automáticas y los cohetes falsos él había ordenado ya tres cervezas frías.

—Señores, ¿parece que estamos comenzando una guerra? —preguntó amablemente la dama que estaba detrás de la barra—. Había visto a una gran cantidad de militares pasar aquí a por una cerveza, pero nunca tan armados como ustedes.

—*Just exersice, miss* —contestó rápidamente Hunt.

—¿O sea que ustedes son ingleses? —preguntó nuevamente la mujer.

—*No, just Légionnaire* —fue la respuesta corta del inglés.

—¡Legionarios de maniobras! Esto es un honor para este lugar. La primera cerveza corre por cuenta de la casa —dijo la mujer, y nos dejó tranquilos.

Hunt brindó con estas palabras: *Good, fucking marche, mec! Santé!*, y después de esto ordenó por radio a Focon partir y esperarnos detrás de las rocas. El *brigadier chef* decidió motivarnos y por ello nos invitó a tomar una cerveza más. Después partimos nuevamente hacia nuestra misión de inteligencia alrededor del pueblo. Hunt ya había decidido por dónde pasaría el grupo por lo que regresamos al bosque donde esperamos hasta que Focon llegó con el resto del grupo, y después partimos todos juntos.

Rápidamente y sin ningún problema llegamos al punto de reunión del pelotón. Eran apenas la una de la tarde, pero la maniobra principal no la íbamos a realizar hasta en la noche.

—*Now, repos mec!* —respiró con alivio Hunt porque había llegado el tiempo de descanso—. *In the Legion, plus vite c'est fini plus vite c'est bon, mec!* (en la Legión cuanto más pronto termines más rápido viene lo bueno).

Habíamos llegado los primeros al punto de reunión y contábamos con suficiente tiempo para el almuerzo y la cena, y hasta nos sobraba tiempo para echarnos una siesta. El sol de la primavera estaba en su apogeo y nos sentimos como si estuviésemos en un picnic de verano. Los otros grupos llegarían alrededor de las 4:00 de la tarde, por lo que teníamos dos horas para descansar.

A las 6:00 de la tarde los tres grupos de combate estábamos formados y Cormier nos explicó que deseaba que este entrenamiento nos lo tomáramos muy en serio debido a que no iba a haber otro antes de partir para Chad, donde toda la situación iba a ser real. Explicó a nuestros jefes inmediatos dónde íbamos a reunirnos y enseguida salimos en marcha, cada grupo por su lado.

El *Adjudant* Cormier, el *legionnaire première classe* Peshkov y el *brigadier* Ming de Camboya partieron separados del resto de los grupos de combate. Representaban al equipo de mando y, en caso de necesidad, Peshkov podría auxiliar a cada uno de los grupos. Ming cargaba con una gran estación de radio PP13 a la espalda, mientras que Peshkov, además de su mochila, llevaba un botiquín que contenía todo lo necesario para los primeros auxilios.

Seguíamos a Hunt, que casi iba corriendo. Semeniak y Jean, los dos legionarios más veteranos del grupo, bromeaban con el inglés diciéndole: "*Brigadier chef,* para que lleguemos más rápido llame con su móvil a dos taxis. El sargento jefe no nos verá en los taxis". Por supuesto, Hunt no entendía nada de aquel humor y enojado les contestó: "*Fucking,* ¿ustedes son unas niñas malcriadas o legionarios? Ahora ¡*fucking* corran!", y por culpa de las bromas corrimos durante un kilómetro. Después de esta reacción del *brigadier chef,* ni Semeniak ni Jean volvieron a molestarle. Continuamos caminando sin hablar al ritmo matador que nos exigía el inglés. Alrededor de las 2:00 de la mañana Hunt, convencido de que había encontrado el lugar del encuentro y orgulloso de sí mismo, sacó la estación de radio e hizo un intento de comunicarse con Cormier:

—Nueve Charlie para Bravo, estoy en el punto Delta.

—Bravo para Nueve Charlie, lo extraño es que no te veo, porque yo también estoy en el punto Delta —le contestó el *adjudant.*

Hunt miró de forma extraña el mapa alumbrándolo con su lámpara y sacó la brújula nuevamente. Al minuto escuchamos una tormenta de malas palabras en francés e inglés y vimos que nuestro líder se ponía furioso. En el momento en que sus palabras se hicieron un poco más comprensibles y logró enunciar algo parecido a una frase entendimos que habíamos caminado cerca de los cables de alta tensión y las agujas de la brújula no habían marcado constantemente el norte por las interferencias del campo magnético.

—Bravo para Nueve Charlie, ¡posición! —escuchamos la orden del *adjudant* Cormier por la radio.

—Nueve Charlie para Bravo, *fucking*, me he confundido pero ya llegamos.

—Bravo para Nueve Charlie, entendido. Espero que me den su posición.

Nos imaginábamos cómo se iba a reír el *adjudant* Cormier, quien siempre molestaba al *brigadier chef* diciéndole que ya era hora de convertirse en sargento, aunque para ello fuese necesario volverse más inteligente. Hunt había hecho un buen trabajo por la mañana y había adelantado a todos lo demás en cuatro horas, pero por culpa de los cables de alta tensión se había confundido.

—*Brigadier chef!* —escuchamos el grito de Jean, quien salía detrás de unos arbustos que había utilizado para hacer sus necesidades—. A veinte metros de nosotros hay una gran carretera. He escuchado el ruido de un motor y he visto las luces de un vehículo.

Hunt miró el mapa nuevamente y se dio cuenta de que estábamos bastante alejados del punto de reunión. De pronto nos dimos cuenta de que había tomado una nueva decisión.

—*Nous allons faire the fucking war avec chef Ponse!* Caminaremos al lado de la carretera pero tendremos cuidado para que no nos descubra el sargento mayor. Este es nuestra última fucking oportunidad para que lleguemos a tiempo. El *brigadier chef* me dio una estación de radio PP11 y me gritó:

—Ve a la carretera y dime si está despejado. Tu código es Romeo en tercera frecuencia. ¡*Go!*

No esperé a que Hunt me repitiera de nuevo lo que tenía que hacer y me dirigí donde me había indicado. Después de dos minutos pasando a través de los arbustos, divisé la carretera. Empecé a observar los alrededores teniendo mucho cuidado de no salirme de los arbustos para que el jefe Ponce no me viera si pasaba en su P4.

—Romeo para Nueve Charlie, el camino está despejado en una distancia de un kilómetro, no hay señal del enemigo.

—Nueve Charlie para Romeo, entendido. Sigue caminando hacia el norte, nosotros te seguimos.

Estaba caminando cerca de la carretera y cada cinco minutos informaba al *brigadier chef* de que todo estaba despejado para que continuara tranquilo. Eran las 3:00 de la mañana y ya casi no pasaban vehículos pero, si se escuchaba el ruido de un motor, me tiraba detrás de los arbustos pensando que podía tratarse de Ponce.

Así caminé alrededor de un kilómetro y medio comunicándome cada cinco minutos con Hunt por radio para informarle que el camino estaba despejado:

—Aquí Romero para Nueve Charlie, RAS.

—Nueve Charlie para Romeo, ¡continúa! —era siempre su corta respuesta.

Justo cuando había transmitido el último informe vi a unos diez metros de distancia aparcado el Jeep P4 de Ponce. Me congelé y me pregunté a mí mismo si me habría escuchado o visto. Estaba petrificado, pero para mi alegría la luna no me delataba ya que me cubría la sombra de un gran árbol.

Me quede así alrededor de dos minutos, pensando que en cualquier momento el sargento mayor bajaría de su P4 y me enviaría junto a mi grupo a caminar los veinte kilómetros de penitencia. Sabía que el grupo encabezado por Hunt se acercaba y que debía comunicarme con ellos, pero tampoco podía permitir que me escuchara el jefe Ponce. *The silence is a heavy stone*, resonó en mi cabeza parte de la canción de Manowar *Heart of Steel* porque ese silencio nocturno me preocupaba profundamente. Afiné el oído y percibí un ruido leve. Con mucho cuidado escuché sin respirar y me di cuenta de que el ruido provenía del vehículo de nuestro "enemigo" y que eran los ronquidos del jefe Ponce. Tomé la radio y decidí arriesgarme:

—Aquí Romeo para Nueve Charlie. *Autorité Papa* está frente a mí pero duerme profundamente.

—Nueve Charlie para Romeo. Sigue, *fucking*, con mucho cuidado, y en un kilómetro más, después espéranos, *fucking*.

Todo el grupo logró pasar desapercibido al lado del jefe que estaba durmiendo porque quizás suponía que todos habrían llegado ya al lugar de la reunión y por ello había decidido descansar.

Nos libramos del castigo pero ya eran las cuatro de la mañana y aún quedaban alrededor de diez kilómetros para llegar al punto Delta. Logramos pasar la mayor tramo de carretera a un ritmo increíble, y los muchachos que cargaban con la ametralladora se iban turnando. En este momento yo estaba muy satisfecho de cargar con mis cohetes antiaéreos falsos, los cuales eran mucho más livianos que cualquiera de las partes de la ametralladora. Hasta Hunt bajó el ritmo alrededor de las cinco y media de la mañana.

Una hora más tarde ya ni siquiera estábamos caminando, nos estábamos arrastrando debido a que, nuevamente, nos habíamos adentrado en el bosque. Alrededor de las 7:00 de la mañana, cuando ya estaba amaneciendo vimos a lo lejos el campamento de los otros compañeros que ya habían llegado hacía tiempo y estaban durmiendo dulcemente. Sólo el que estaba de guardia caminaba alrededor de ellos. Hunt se detuvo a una distancia de cincuenta metros del grupo que estaba durmiendo y nos gritó:

—*Now, fucking* ¡dormir! ¡No tenemos mucho tiempo, así que acuéstense y duerman!

Esa era la mejor orden que había escuchado en la Legión y, debido a que el clima era agradable, a los cinco minutos nos acostamos poniendo nuestros sacos de dormir al aire libre. Hunt le dijo al guardia del otro grupo que también hiciera la ronda alrededor de nosotros. Dormimos hasta las once de la mañana, despertándonos con los gritos de Cormier:

—Hunt, despierta a tu pandilla, ¡todo el pelotón almorzará al mismo tiempo!

—Oui, mon adjudant. *We'll fucking be ready!* —fue la respuesta del *brigadier chef* que se acababa de levantar.

Después se dirigió a nosotros:

—Go, go, vite! Raser, laver! Fucking tout le monde debout!

Comenzamos a salir apresuradamente de los sacos de dormir. Habíamos descansado, pero todavía sentíamos el cansancio de la larga caminata en los pies. Habíamos caminado alrededor de cuarenta kilómetros en una sola noche, pero no había descontento y nadie culpaba a Hunt por su error, era nuestro líder y teníamos que seguirle.

A las 12:00 del mediodía nos dieron media hora para comer y después toda la sección partió para realizar la última parte de la maniobra.

Cormier había decidido guiarnos atravesando el campo hasta que llegásemos a la carretera, donde nos acechaba el jefe Ponce. Ahí los grupos se dividirían nuevamente y cada uno debía decidir cuándo y dónde cruzar la carretera donde nos esperaba patrullando el sargento mayor. Lo más problemático para cruzar era el puente del río Ródano (en francés Rhône), donde nos acecharía con facilidad el "enemigo". El *adjudant* Cormier caminaba con un ritmo normal y nosotros lográbamos seguirlo a pesar del cansancio acumulado tras la noche anterior.

Las caras de todos los integrantes de nuestro equipo, incluyendo a Hunt, mostraban que unas cuantas horas de sueño matutino no eran suficientes. A diferencia de nosotros, el *adjudant* Cormier, de 40 años de edad, estaba fresco como una rosa y caminaba animado como que si fuese a alguna excursión. Le decía una y otra vez a nuestro *brigadier chef* que debía ir a Castel para terminar los cursos y convertirse por fin en sargento, pues ahí iba a aprender que no tenía que caminar con la brújula en la mano cerca de los cables de alta tensión. Hunt le contestaba con enfado:

—*Oui, Fucking, mon adjudant!* Hoy vamos a ver quién es ¡*fucking* mejor!

El *adjudant* y nuestro *brigadier chef* eran viejos compañeros de la Legión, así que Cormier toleraba las amenazas y las respuestas vulgares del inglés. Los dos habían completado juntos la instrucción en Castel hacía catorce años. Uno de ellos había decidido comenzar una carrera de suboficial, mientras que el otro se negaba a ser sargento debido a que quería usar siempre la boina blanca y no le interesaba la carrera militar. Para Hunt todos esos rangos y estudios representaban un problema debido a que tendría que estudiar y escribir y no solamente correr y participar en batallas, además de que para él los estudios en francés eran complicados. Así que no tenía deseos de la promoción. No anhelaba los ascensos y se conformaba con el salario al final del mes y estaba contento de tener a su mando a sus legionarios del Cuarto Escuadrón. Además, los sargentos y los demás suboficiales no tenían derecho a vivir en la base y estaban obligados a alquilar sus viviendas.

Al final de la tarde nos detuvimos para descansar por un período más largo, después del cual cada grupo debía escoger su camino hasta el siguiente punto de encuentro, que sería en la entrada de Orange. Este día lo recordaré siempre por la continua sed que sufrí y el dolor en el talón derecho. Me bebí casi toda el agua al principio con la esperanza de que pasaríamos por alguna fuente en el bosque, pero no tuve suerte.

Debido al cansancio no estaba lo suficientemente concentrado y, al bajar una colina, me torcí el tobillo. Aproveché el último descanso para que me atendiese nuestro médico, el doctor Peshkov. Con mucho cuidado observó mi pie y me dijo que no estaba fracturado, pero me aconsejó que después de finalizar las maniobras consultara al médico militar. El ucraniano me frotó con una crema y empezó a vendarme. Pero en este momento Hunt nos miró y me gritó:

—*Eh you, toi fucking marcher avec nous!* No me interesa tu *fucking* pie, ¡a todos nos duelen los pies! Tú eres de mi grupo y continuarás conmigo. ¡OK!

—*Oui brigadier-chef,* ¡por eso estoy aquí y continuaré caminando!

—*OK man,* este ejercicio es como una *fucking war,* debemos llegar hasta el *fucking* Orange todos juntos. *Plus vite c'est fini, plus vite c'est bon* —finalizó nuevamente Hunt con su frase favorita.

Sinceramente, en ese momento yo también deseaba que todo finalizase lo antes posible. La sed me mataba a pesar de que ya me había bebido dos cantimploras de agua mientras estábamos descansando. Tenía una más, pero como no había manera de aprovisionarme de más agua para la caminata de la noche únicamente albergaba la esperanza de que cuando el sol se ocultara mi sed disminuyese.

Los grupos se dividieron nuevamente y nosotros seguimos a nuestro *brigadier chef* hacia nuevas aventuras. La noche anterior vimos que el sargento mayor Ponce descansaba muy bien, y por eso estábamos a la espera de que esta noche en concreto nos vigilase de cerca en la carretera. Después de la larga caminata de ayer haríamos todo lo posible para que no nos tomaran de "rehenes" porque nadie aguantaría la penitencia adicional de veinte kilómetros. Cuando nos acercamos lo suficientemente a la carretera, Hunt usó la misma táctica del día anterior, pero esta vez envió a Jimmy, a quien le toco realizar la inteligencia.

Nos movíamos lentamente pero muy seguros, y así llegamos hasta el punto crítico del puente del río Ródano. Jimmy nos esperaba en ese lugar escondido entre los arbustos. Mi compañero informó al *brigadier chef* de que aún no había observado señas del enemigo, y Hunt decidió que podíamos comenzar a cruzar el puente. Jimmy le dio la estación de radio a Jean y Semeniak, quienes se arrastrarían con mucho cuidado hasta la carretera y, si el terreno estaba despejado, correrían hasta el puente. Ahí tendrían que cruzar hasta la otra orilla del río caminando o arrastrándose en la sombra, y una vez al otro lado esconderse rápidamente entre los arbustos.

Los demás, junto con Hunt, esperábamos tensos la señal de nuestros compañeros. Diez minutos más tarde escuchamos la radio:

—Romeo para Nueve Charlie, el puente está despejado. No hay señal de *Autorité Papa*.

—Nueve Charlie, recibido.

Todos nos levantamos para continuar pero Hunt nos detuvo con las siguientes palabras: "Ustedes no conocen al *fucking chef*, seguramente está escondido entre los arbustos y nos está acechando. Así que mejor continuemos el cruce del puente por *fucking* binomios. Wolinski e Hilair, ¡adelante, y tengan *fucking*, cuidado! ¡Cuando lleguen a la otra *fucking* orilla *of the river*, espero su señal!".

Wolinski era la versión polaca de Hilair. Eran juerguistas y nadie les superaba en eso. Pero mientras Hilair era, únicamente, un "cabeza loca" dedicado a la bacanal y las aventuras sexuales, Wolinski era famoso también por ser estafador y ladrón. Estos viejos legionarios de nuestra sección habían pasado una gran parte de su servicio en el calabozo.

Después de que este binomio se dirigiese hacia el puente, escuchamos por radio la voz de Semeniak:

—Romeo para Nueve Charlie, el enemigo se acerca por el este a una velocidad aproximada de veinte kilómetros por hora.

—*Fucking, reçu!* —era la respuesta típica del *brigadier chef.*

Confiábamos en que el "enemigo" pasara rápido y no distinguiera a nuestros camaradas cruzando el puente. Este era el momento más decisivo de toda la operación. Semeniak habló de nuevo:

—Romeo para Nueve Charlie, el enemigo se está estacionando a la izquierda del puente y escondido en la oscuridad entre los árboles.

—*Fucking, fucking, reçu!* —dijo enojado Hunt, como si la vida de todos nosotros se encontrara en peligro.

Estaba asombrado pensando si, verdaderamente, el inglés establecía diferencias entre un ejercicio y una acción real cuando, de pronto, me di cuenta de que en esta situación el cansancio había afectado bastante el grupo y de que, si el sargento mayor nos encontraba, sería muy difícil caminar la distancia adicional de veinte kilómetros.

No había manera de avisar a Hilair y Wolinski; muy probablemente, Ponce los descubriría cuando salieran del puente. Sabíamos que esa noche el sargento jefe no se iba a dormir como la anterior y que haría todo lo posible por atraparnos.

Para nuestro grupo "la batalla" estaba casi perdida cuando, a veinte metros más adelante el *margis* Raisin, el más joven del pelotón, saltó desde los arbustos junto a su grupo y corrió hacia el puente. Hunt trató de advertir al *margis* pero luego cerró la boca y se escondió, acordándose de que no estaba en la guerra. El *brigadier chef* nos aseguró que esta era la única oportunidad de evitar a Ponce y que, en este caso, nuestra salvación dependía del grupo del *margis* Raisin. El joven suboficial era ex jugador de rugby de la selección nacional de Francia y, al igual que se hace en este deporte, corría rapidísimo dejando a los demás cinco metros detrás de él.

Casi habían llegado al final del puente cuando, de la nada, apareció el *jeep* del sargento jefe, quien paró en seco el ataque del jugador de rugby alumbrando con las luces del vehículo a todo el grupo que iba corriendo desesperadamente. Un metro antes del final del puente estaban nuestros dos camaradas, quienes al escuchar el ruido del motor del P4 se habían tirado al suelo. Ponce había pasado cerca de ellos sin verlos concentrado como estaba en parar el grupo del joven suboficial.

—*Maréchal des logis Raisin, vous êtes un homme mort!* —le gritó Ponce, anunciando el fracaso del grupo.

—*Oui, chef* —fue la triste respuesta del sorprendido ex jugador de rugby, a quien se veía estresado y cegado por las luces del jeep.

—Es bueno tener fuerzas en los pies —prosiguió con su charla Ponce—pero es más importante tener inteligencia. ¡No sólo ha perdido su vida sino también la de todo el grupo! Ahora váyanse a formar al final del puente y, cuando atrape a los otros, irán juntos a caminar "el premio" de veinte kilómetros.

Tras estas palabras, el jefe cruzó el puente y se dirigió hacia nuestras posiciones. Creíamos que ya nos había encontrado y que se dirigía directamente hacia nosotros cuando dobló a la izquierda y aceleró con su vehículo. Cuando las luces del *jeep* se perdieron en la oscuridad nuestro *brigadier chef* se levantó y gritó enérgicamente: "¡Corran, *fucking*! ¡corran como que les están disparando! ¡*Fucking*, más rápido, antes de que regrese el *fucking chef*!". Ahora Hunt corría cinco metros por delante de nosotros como hacía un minuto había corrido el *margis* Raisin frente a su grupo, con la única diferencia de que nosotros sabíamos que el jefe Ponce se encontraba detrás y ahora no podía sorprendernos.

Atravesamos el puente corriendo como locos frente a los compañeros derrotados y gritamos todos: "*On a fucking gagné!*

¡Ganamos! ¡Somos los campeones! ¡Eo-eo-e!". Wolinski e Hilair se unieron a nosotros en los últimos metros saliendo desde una sombra del enorme parapeto del puente donde estaban agazapados. Hunt los saludó:

—*Bien joué, fucking soldiers!* —tras estas palabras apareció Semeniak detrás de unos arbustos.

El sargento mayor Ponce, *autorité papa,* o sea, "el enemigo", y con él lo más difícil de la maniobra, había quedado atrás. Ya nos habíamos ganado el derecho de ir directamente a nuestro hogar, el cuartel Labouche en Orange. A pesar del cansancio, todos nos sentimos ganadores de la prueba.

Al instante siguiente, escuchamos la voz del *adjudant* Cormier por la radio:

—Bravo para Nueve Charlie, ¡dame tu posición!

—Nueve Charlie para Bravo. Nosotros estamos, *fucking,* a la orilla este del *fucking* river Rhône. *We are fucking champions, mon adjudant!*

—Bravo para Nueve Charlie, recibido, nos reuniremos a la entrada de Orange. Los otros dos grupos caminarán por la carretera veinte kilómetros.

—Nueve Charlie. Recibido.

"¡Somos campeones, muchachos!", alardeó nuevamente Hunt y salimos muy alegres hacia Orange. Esta vez el *brigadier chef* caminaba lentamente como si estuviera paseando porque sabía que estábamos muertos de cansancio, además de que teníamos mucho tiempo disponible mientras los demás compañeros realizaban sus veinte kilómetros de castigo.

Trascurrida la euforia por nuestro logro volví a sentir un fuerte dolor en el talón derecho. Empecé a renquear y Hunt me vio de reojo. Enseguida me gritó:

—You don't stop now, fucking soldier! Plus vite c'est fini, plus vite c'est bon!

No me iba a rendir en estos últimos kilómetros. Wolinski y Hilair me ayudaron llevando mi carga adicional de cohetes falsos. Jimmy me dio a beber de su agua dado que, como hacía tiempo que había terminado la mía, la sed me invadía nuevamente. Estos últimos kilómetros fueron uno de los momentos más pesados, y cuando me acuerdo de ello únicamente siento cómo el fuerte dolor en el talón se veía sobrepasado por una sed insoportable. El dolor me hacía sudar continuamente, y la sed me torturaba implacablemente hasta el punto de que casi me olvidaba del tobillo. Cuando entramos en la ciudad volví a beber del agua que tenían mis compañeros mientras esperábamos a los dos grupos restantes. Hunt trató de levantar mi ánimo: *You don't stop man!* ¡Quedan solamente dos kilómetros y se acabó!".

Sabía que en la Legión no existía el término se acabó porque estábamos de servicio las veinticuatro horas y siempre preparados para cualquier eventualidad, pero al menos tenía la esperanza de que al día siguiente iría a la consulta del médico militar.

Pensé que en mi vida civil nunca habría caminado una distancia tan grande con el tobillo lesionado, pero me acordé de que allí los valores morales e intereses principales están relacionados casi siempre con el dinero y las cosas materiales. Aquí, en este círculo de locos aventureros, la motivación era diferente, y por el hecho de no rendirme ante el dolor me había ganado el respeto de mis compañeros legionarios y la confianza de Hunt.

Había seguido el ejemplo de Fujisawa den la caminata por el *képi blanc,* y en esta marcha con el *quatrième escadron* es cuando sentí que, realmente, los Leones me habían aceptado. Hasta este momento yo siempre había sido el novato, pero después de las últimas maniobras, y concretamente después de la exitosa presentación de todo mi grupo en combate, me sentía realmente parte de mi escuadrón y de la gran familia que es la Legión Extranjera. Mis principios e ideales se estaban forjando de acuerdo con las reglas del juego en esa nueva sociedad, la cual me gustaba cada día más y más.

Al día siguiente me encontraba en la oficina de Cormier con la solicitud que me permitía pasar consulta con el médico.

—¡Descanse! ¿Qué ocurre? —me preguntó el *adjudant* sin levantar la mirada de la revista *képi blanc,* que estaba hojeando.

—Tengo un pequeño problema con el tobillo de mi pie derecho, *mon adjudant* —empecé a explicarle —. Y le pido permiso para visitar al médico.

—Dices que tienes un pequeño problema, pero los Leones no van a incomodar al comandante de la policlínica (el médico tenía rango de comandante) por un problema pequeño.

—Lo cierto es que tengo el tobillo lesionado y, cuando apoyo el pie, el dolor es bastante fuerte, *mon adjudant.*

—¿Dolor? Mira muchacho, yo tengo 40 años y no sé qué es el dolor y nunca he incomodado a los médicos por esa razón, así que explícame bien cuál exactamente es tu problema.

No sabía si lo que me estaba diciendo era verdad pero presentía que su única meta era avergonzarme además de convencerme de no ir a la consulta médica.

—Mi problema es que retrasaré mucho al grupo si tengo que correr una distancia larga porque, realmente, no creo que pueda correr más de un kilómetro seguido con este tobillo.

—Ese problema lo puedo resolver sin incomodar al médico. Te voy a enviar una semana a hacer turno en la cocina, y de esta manera no tendrás que correr y tu tobillo descansará. ¿Eso es todo?

—*Oui, mon adjudant!* —no tenía la intención de rogarle más para ir al médico porque en la cocina tenía la esperanza de que, en una semana, el dolor remitiese.

—*Tu peux disposer!*—de esta manera mi petición fue denegada y podría contar únicamente con la opinión de mi compañero el doctor Peshkov.

Nos quedaba un mes hasta el inicio de la misión en Chad, y durante ese tiempo el médico ucraniano se ocupó muy bien de mi pie, mientras Cormier me ahorró algunos entrenamientos que no habría suportado, y cuando tenía que hacerlo siempre me enviaba a realizar algún tipo de trabajo liviano. Así que mi problema se resolvió sin necesidad de molestar al médico del regimiento y el día de la partida hacia Chad me sentía nuevamente en excelente forma.

La caballería de la legión extranjera. Desde Marruecos hasta Siria

En Saïda, Argelia, se formaron cuatro escuadrones en el Segundo Regimiento Extranjero de Infantería. La vigésimo quinta compañía admitía jinetes franceses y extranjeros, entre los cuales había muchos cosacos del ejército blanco del zar ruso. Habían pasado a formar parte de la Legión tras la revolución rusa del año 1917. Una vez organizados los escuadrones, los legionarios de la caballería partieron hacia Túnez, donde se formó la base *Kaalashira*. Oficialmente, el Primer Regimiento Extranjero de Caballería (1REC) se formó en *Sousse*, en Tunes en 1921, y después fue enviado a diferentes misiones en Marruecos y Siria.

Los primeros caballos al servicio de la Legión se dotaron con jinetes de otras partes del ejército colonial, como son los Espahí (en francés *Spahi*) y los Cazadores africanos. En la caballería no se aceptaban yeguas, fundamentalmente sólo se aceptaban caballos grandes y saludables, escogidos por una comisión especial. Todos ellos eran de la raza berberisca.

Rápidamente se formaron los primeros binomios jinete-caballo y la relación entre ellos se tornó tan fuerte que nadie quería separarse de su equino. Muchos de los legionarios, antes de la revisión matutina, pasaban por el establo y daban azucarillos a sus caballos. Los rusos, por ejemplo, tenían la costumbre de, por las noches y antes de acostarse, compartir un trozo de pan con ellos. Cuando los caballos llegaban a la edad de "jubilación" se vendían a las ferias organizadas anualmente

251

en *Sousse*. Los jinetes se preocupaban por sus caballos incluso después de vendidos. Había casos en que alguno se quedaba en la sección después de "jubilarse". Ese era el destino de Caid y Bassour, que después de su servicio activo se quedaron para ayudar en el cuidado de los establos ya que, de alguna manera, servían para calmar a los caballos nuevos que llegaban por primera vez a la Legión.

En 1925 llegó el momento en que el Primer Regimiento Extranjero de Caballería tuvo que demostrar sus capacidades en la insurrección en Marruecos y durante la misión en Siria. Sin contar con el Cuarto Escuadrón, este regimiento contribuyó a la pacificación y la nueva conquista de Marruecos. El capitán Bourgeois encabezó a los jinetes del Tercer Escuadrón y participó con ellos en todas las misiones en el norte y noreste de Taza.

Mientras que los jinetes de 1REC cosechaban éxitos en Marruecos, sus compañeros del Cuarto Escuadrón no se quedaban atrás y participaban también exitosamente en el Medio Oriente. Francia recibió a Siria en 1920 después de la repartición de las ex provincias otomanas, pero pronto los habitantes, y específicamente los drusos (en hebreo *druzi* דרוזי), demostraron su rechazo frontal al régimen de los nuevos colonizadores. En 1925 en esta región estalló una revolución.

Las autoridades francesas entendieron que su política de pacificación no era suficiente y por eso llamaron al ejército. En agosto del mismo año llegó a Damasco el Cuarto Escuadrón y enseguida se encargó de asegurar la posición cerca del pueblo Messifre.

A mediados de septiembre tres mil drusos bajaron de la montaña Djebel-el-Arab, que operaba como base de los insurgentes, y partieron hacia Damasco. El 17 de septiembre, y a las cuatro de la mañana, los rebeldes atacaron la posición de los legionarios y, para su gran sorpresa, se encontraron con una resistencia feroz. La ofensiva de los insurgentes se prolongó al menos durante siete horas, pero sólo la derrota les aguardaba ante los valientes legionarios. Alrededor del mediodía las víctimas eran muchas y el cansancio terrible, pero a las cuatro de la tarde llegaron refuerzos y los drusos se vieron obligados a replegarse.

En esta primera batalla contra la Legión los rebeldes perdieron más de quinientos soldados y otros tantos resultaron heridos. Del escuadrón murieron catorce legionarios y un oficial, pero durante la batalla murieron todos los caballos, que habían protegido a sus jinetes con sus cuerpos.

Tras esta batalla sangrienta, el Cuarto Escuadrón se reorganizó. Contaba con cien legionarios, que recibieron caballos árabes salvajes procedentes del Décimo Octavo Escuadrón Proveedor de Alep (18 escuadrón de remonte d'Alep).

Los legionarios fueron enviados a la región de la fortaleza Rashaya con la misión de proteger esa zona estratégica por la cual pasaba el camino hacia Beirut. El 18 de noviembre, dos secciones de inteligencia cayeron en una emboscada perpetrada por varios grupos de drusos. Se desató una nueva batalla sangrienta en la que los caballos del escuadrón volvieron a ser las principales víctimas. El 20 de noviembre, mientras no paraban de llegar rebeldes, los legionarios hicieron un ademán de retirada. Pero resultó que lo hacían para obtener mejor posición y, gracias a ello, lograron resistir el ataque feroz del enemigo. La noche del 23 de noviembre los drusos se acobardaron y retrocedieron del campo de batalla llevándose consigo numerosos heridos.

El escuadrón había perdido nuevamente todos sus caballos, pero había cumplido su misión hasta el final. El Cuarto Escuadrón fue llamado a Beirut y el 3 de diciembre fue condecorado con la medalla "Cruz de Soldado", además de con la condecoración especial de las misiones extranjeras.

De esta manera, esta joven sección heredera de las tradiciones de la antigua caballería real, que servía al rey Luis XIV, demostró sus cualidades excepcionales y cubrió su bandera de condecoraciones desde sus primeros años de existencia. En el escudo del Primer Regimiento Extranjero de Caballería, no por casualidad, puede leerse el año 1635, el cual rememora los primeros escuadrones extranjeros fundados por el cardenal Richelieu (muy conocido por la novela de Dumas *Los tres mosqueteros*): *Les carabins étrangers de Saint Simon* (1635), *Régiment du Roye* (1637) y *Royal Étranger Cavalerie* (1659) ("Los Caballeros Extranjeros de San Simón" 1635, "Regimiento de Roye" 1637 y "Regimiento de Caballería Extranjera Real" 1659) son los más conocidos de estas unidades militares que estaban íntegramente compuestas de extranjeros y servían a los reyes franceses Luis XIII y Luis XIV. En su obra *Primer Regimiento Extranjero de caballería, desde su fundación hasta 1939*, Jean Charle Jauffret desarrolló la tesis de que el 1REC, al comienzo de su formación, no guardaba relación con las demás unidades de combate de la Legión Extranjera. El autor insiste en que la única relación con la Legión era el punto de recepción desde donde llegaban la mayoría de los cosacos y rusos de la caballería del zar ruso Nicolás II.

Los oficiales que encabezaron la caballería extranjera habían llegado del viejo continente (concretamente de Francia) y más exactamente de los así llamados *Les Dragons*, fundados por Napoleón, y que habían servido en la guardia del emperador. También llegaron oficiales del prestigioso colegio militar *Saumur*. Aparte de que sus oficiales y sus jinetes eran de otra clase, según Jauffret, el así fundado Regimiento de Caballería se separó del resto de la Legión Extranjera por haber sido aislado en Túnez. Con todo respeto al historiador Jean Charle Jauffret, no comparto totalmente su opinión debido a que cada escuadrón, cada sección y cada regimiento, muestra características específicas que lo diferencian. Pero lo que realmente une a los legionarios, independientemente de si están en la casa madre o en una misión en el fin del mundo y alejados de sus bases, es el fuerte espíritu combativo de cada uno de ellos, el lema *Honneur et Fidelité* (honor y fidelidad) y su entrega hacia su única patria, *Legio Patria Nostra*. Siempre cumplirán la misión encargada hasta el final, sin importar si son de la caballería, la infantería o de la sección de mantenimiento; son legionarios y servirán allá donde se los envíe.

Esto mismo ocurrió con un ex general del ejército del zar Nicolás II, llamado Boris Rostislavovich Khrestchatisky. Comenzó su carrera en la Legión como un soldado raso. Aquel gran líder militar ruso había nacido el 11 de julio de 1885 en Taganrog. Tras finalizar el colegio militar se integró en la sección de los cosacos de su eminencia el emperador ruso. El 1914 le entregaron la comandancia de la 53ª sección cerca del río Don. Boris Rostislavovich Khrestchatisky sobresalió como un excelente comandante y a lo largo de su carrera ganó muchísimas medallas, entre las cuales destaca la de "San Jorge".

La revolución rusa le cogió en la cúspide de su carrera. A la edad de 35 años ya era el general que comandaba a toda la división de los cosacos. Después el destino le llevó a París. El ex general, para el cual ya no había un lugar en su patria, decidió entonces comenzar una nueva vida en la Legión Extranjera.

A los 40 años el legionario Khrestchatisky fue admitido en el Primer Regimiento Extranjero de Caballería, con el número 3011. Dos meses más tarde se convirtió en uno de los héroes de la batalla en Messifre. El ex oficial ruso fue herido en el brazo pero no aceptó ser evacuado y siguió peleando hasta el final de la batalla. En diciembre del año 1925, Boris Rostislavovich fue promovido al rango de *brigadier* y un mes más tarde a suboficial de caballería.

Tras dos años de servicio, el ex general ruso ostentó el rango de oficial y fue promovido a subteniente, sirviendo a título extranjero. En febrero 1929 fue enviado con una selección especial de legionarios a África del norte y después al Líbano. Allí tomó las riendas del Vigésimo Tercer Escuadrón de *Haute-*

Dhezireh, cuyos miembros eran todos chechenos. Dirigiendo este grupo militar, Khrestchatisky fue promovido a teniente y pasó a dirigir las maniobras contra las tribus nómadas de los beduinos en el territorio de Alep.

En el mes de noviembre 1933 su carrera se vio interrumpida y regresó a Francia, residiendo en Marsella por un corto período de tiempo. El 8 de abril 1935 Boris Rostislavovich recibió la nacionalidad francesa y el ofrecimiento de quedarse al servicio en el Primer Regimiento Extranjero de Caballería, aunque ya hubiese sobrepasado el límite de edad correspondiente para su grado. Aceptó y permaneció en las filas de la Legión hasta la edad de 55 años, cuando un 11 de julio 1940 se jubiló y se marchó a vivir a Suiza.

Boris Rostislavovich Khrestchatisky fue condecorado tanto en Rusia como en Francia, y su figura queda para la historia como el oficial que ha recibido la mayor cantidad de medallas. Hoy día, en Orange, en la base del Primer Regimiento Extranjero de Caballería, se conserva un arma que él mismo había llevado desde los tiempos de Siria, en los que era el comandante del 23º Escuadrón de *Haute-Dhezireh*.

***

En el período entre las dos guerras mundiales comenzó la modernización de los equipos militares. Paulatinamente, los caballos se fueron sustituyendo por vehículos a motor y la caballería empezó a evolucionar. El Quinto Escuadrón se constituyó, pues, en el año 1929, y desde sus comienzos estuvo totalmente motorizado.

En el año 1937 el escuadrón que se encontraba en Sidi-El-Hani en Túnez, que operaba como escuela de la caballería, se disolvió y se formó el nuevo escuadrón-escuela en Sidi Bel Abbes, el cual, según el historiador Jauffret, acercó la caballería a la casa madre de la Legión. En este nuevo escuadrón se entrenaron jinetes que más tarde partieron hacia Tonkín y formaron la sección de caballería del Quinto Regimiento de Infantería de la Legión. En julio de 1939, en la víspera de la Segunda Guerra Mundial, finaliza la denominada primera época de la Legión, y a partir de ahora todos los escuadrones de Túnez estarán motorizados y en Marruecos se forma el Segundo Regimiento Extranjero de Caballería.

El mayor regimiento de la legión extranjera

Erwin, el enorme eslovaco con quien trabé amistad desde los primeros días en el punto de reclutamiento de Estrasburgo, había partido hacia Nimes con otros doce compañeros de nuestra S4. El cuartel, que lleva el nombre de coronel Chabrière, es heredero del antiguo Segundo Regimiento Extranjero y sigue siendo el mayor regimiento de la infantería francesa, con alrededor de mil doscientos legionarios.

Yo había pasado varios fines de semanas en Nimes, donde estaban de servicio algunos compatriotas míos y, a través de ellos, me enteré de las aventuras de mi compañero de Estrasburgo, que había sido enviado a la Tercera Compañía y servía junto con cuatro búlgaros.

A Erwin, como era el más fuerte, le asignaron la ametralladora 12.7, así que durante las maniobras militares debía llevar, además de su FAMAS, partes de la 12.7, la cual desarmada en tres se repartían entre el eslovaco y los otros novatos. Este enorme y aparatoso armamento se había utilizado durante la Segunda Guerra Mundial y en aquel momento se mantenía en excelentes condiciones gracias a los legionarios.

En el Segundo Regimiento Extranjero de Infantería, a diferencia del de caballería, no existía una obsesión maniática cuando se trataba de uniformes perfectamente limpios y planchados. Nimes es una ciudad mucho más grande que Orange y los legionarios podían salir tranquilos por sus calles sin preocuparse de que el mayor Bolens o la policía militar les estuvieran vigilando. Ni tampoco en la base militar estaban tan traumatizados por la disciplina excesiva como sí sucedía en el Primer Regimiento Extranjero de Caballería. Sin embargo, los ejercicios físicos y los recorridos de combate eran muy pesados. Únicamente el Cuarto Escuadrón del Regimiento Extranjero de Caballería podía compararse con el Segundo Regimiento Extranjero de Infantería en cuanto a entrenamiento y resistencia física se refiere. En los escuadrones de tanques había más exigencia en cuanto a técnica de tiro, mantenimiento del armamento militar y manejo de los tanques, mientras que en la infantería se potenciaba más el deporte y el entrenamiento físico.

Los legionarios de Nimes realizaban frecuentes marchas y maniobras por las montañas, y a veces les tocaba caminar alrededor de cien kilómetros en dos o tres días. Las compañías de combate del regimiento estaban siempre muy activas. La sección de Erwin había participado en muchas misiones como cascos azules de las Naciones Unidas, y también para la OTAN en África Central y en la antigua Yugoslavia. Todos estos legionarios habían sido "bautizados" ya en el campo de batalla y, por eso, el enorme eslovaco, a pesar de sus fuerzas, se había sentido un novato entre los profesionales. En su sección había cuatro búlgaros, dos de ellos, Iván y Gueorgui, habían participado en el verano de 1994 en la misión de Paz *Turquoise* (turquesa) en Ruanda.

Jacques Hogard fue el hombre que dirigió una de las divisiones que participaron activamente en dicha misión *Turquoise*. El coronel Hogard era un oficial con experiencia proveniente de la Legión Extranjera. Había participado en la mayoría de las maniobras que se realizaron en África desde principios de los ochenta. Antes de que las boinas verdes de la Legión entraran en Ruanda allí ya habían matado a dos soldados de la misión de las Naciones Unidas para el apoyo de Ruanda (MINUAR), a tres observadores militares y a un miembro de la policía civil.

La mayoría de las víctimas eran del contingente belga, por lo que Bélgica insistió en la retirada de sus soldados. El general canadiense, Romeo Dellair, que era quien mandaba en MINUAR, estaba con las manos atadas porque no había recibido el permiso para actuar. Las Naciones Unidas tardaron en tomar sus decisiones y dejaron pasar mucho tiempo antes de calificar de genocidio la situación en Ruanda. Como los cascos azules no podían resolver la situación, antes de organizar la nueva fuerza MINUAR2 para Ruanda, se asignaron grupos de combate de varios regimientos de la Legión, quienes bajo el mando de oficiales como el coronel Hogard se interpusieron entre las dos tribus enemigas, los tutsi y los hutu. La misión militar se convirtió en humanitaria porque la meta principal era salvar a los civiles, que se veían sometidos a una aniquilación masiva.

***

El búlgaro Gueorgui, a quien había conocido en la cocina del regimiento escuela de la Legión en Castel, compartió un día con Erwin sus aventuras en Ruanda.

—Nos habíamos preparado para la batalla entrenando mucho tiempo. Veníamos para intervenir pero las órdenes eran de mantener la neutralidad sin atacar a nadie y, simplemente, ayudar a los civiles. Al inicio nos decepcionamos porque no era el trabajo esperado, pero después nos dimos cuenta de que éramos la única esperanza para salvar la vida de miles de personas. En el albergue de los refugiados en el campo Nyrushishi, en la parte sur del país, había mucha gente de la tribu tutsi, que eran perseguidos y maltratados sin ninguna razón por el gobierno. Muchos habían sido macheteados antes de nuestra llegada a Ruanda. Nosotros sólo podíamos disparar en caso que nos atacasen. Es decir, que las primeras balas siempre nos las llevaríamos nosotros. Nos teníamos que cuidar de los salvajes con machetes, que en este país eran todavía más peligrosos. Estábamos en medio de una guerra entre tribus y defendíamos a los civiles que buscaban refugio en Zaire o Burundi. Recuerdo a un hombre que había venido desde Francia para buscar a sus parientes. Había emigrado hacía muchos años, pero era de la tribu tutsi y había visto por la televisión los terribles acontecimientos. Nuestra compañía, encabezada por el capitán Ancel, estaba ubicada en la parte suroeste del país cuando aquel hombre vino a buscar ayuda para llegar hasta el campamento Nyrushishi. Lo acompañamos hasta allí y finalmente logró encontrar a algunos de sus parientes. Era difícil creer que hubiera venido aquí, al verdadero infierno, donde mataban a los miembros de su tribu, simplemente para salvar a unas cuantas personas de su familia. No sé qué pasó con él, pero desde luego que se ganó nuestro respeto. Era evidente que tenía dinero porque su intención era sobornar a los soldados de los puestos hasta llegar a la frontera con Burundi. Debió de ser como un ángel para sus seres queridos. A pesar del horror del que éramos testigos, también había momentos de descanso y diversiones. Entre las muchachas de la tribu tutsi se encontraban verdaderas bellezas que eran una compañía muy agradable.

Erwin escuchaba y miraba a su amigo como una persona que había cumplido sus sueños. El eslovaco siempre había querido utilizar su gran fuerza en una misión verdadera y soñaba con aventuras semejantes. El búlgaro tenía solamente 23 años y llevaba ya cinco de servicio en la Legión Extranjera. Había participado en varias acciones en los puntos más peligrosos del planeta. El joven se había convertido ya en un soldado profesional respetado por los demás de su grupo.

—Cuenta algo sobre Yugoslavia, caporal —le solicitaba con curiosidad Erwin sin saber que los recuerdos de Gueorgui en Sarajevo no eran tan agradables porque allí había perdido a su mejor amigo.

—Estuve dos veces en Yugoslavia, una como casco azul de las fuerzas de las Naciones Unidas y otra con la OTAN. Qué puedo decirte, sucedió siempre durante el invierno, y pasamos mucho frío. Disparaban contra nosotros desde todas partes, y lo hacían, principalmente, francotiradores. De nuevo eran misiones para restablecer la paz. Estar en el puesto de guardia mientras alguien dispara contra ti sin que sepas desde dónde es algo muy terrible.

Gueorgui se sumió en sus recuerdos pensando en su amigo y compatriota Plamen, a quien habían disparado durante su turno de guardia en Sarajevo. Los dos siempre habían servido juntos, ya desde la instrucción en Castel, pero precisamente Yugoslavia había sido su primera misión verdadera. Tras la formación en Castel acabaron en la misma compañía, y en Sarajevo formaron binomio dentro del mismo grupo de combate.

Frente a sus ojos de nuevo apareció la colina Mojmilo, que se levantaba cerca del aeropuerto de Sarajevo. Esa colina era un punto estratégico para la seguridad del aeropuerto. Su amigo Plamen hacía el turno de guardia allí mientras Gueorgui estaba oculto un refugio cercano con la pesada ametralladora 12.7. Todo parecía tranquilo, y no era la primera vez que los búlgaros estaban en este puesto y vigilaban el aeropuerto. Estaban preparados para el combate, pero lo único que habían hecho durante dos meses era vigilar la posición congelándose de frío.

Les quedaban diez minutos hasta el relevo cuando Plamen decidió dar una vuelta y observar el perímetro alrededor del puesto. Por lo visto, había decidido ir a visitar a su compañero ametrallador cuando, de repente, tronó un disparo. Gueorgui escuchó a Plamen decir "me han dado" y vio, como a cámara lenta, a su compañero cayendo al suelo. Había sido el disparo de un francotirador, y Gueorgui sabía que si salía de su refugio estaría muerto. Giró la ametralladora pesada en su trípode hacia la dirección de donde había venido el disparo y respondió al francotirador con una ráfaga potente. Escuchó atentamente y repitió la ráfaga. Después decidió salir y tratar de ayudar a Plamen. Nunca había corrido tan rápido en su vida. Llegó en unos segundos hasta el cuerpo ensangrentado de su compatriota y con la misma rapidez lo arrastró al interior del puesto. Plamen estaba inconsciente y con las piernas cubiertas de sangre. La bala lo había atravesado unos cuantos centímetros por debajo de los testículos.

Gueorgui reportó la situación por radio y pronto dos helicópteros empezaron a dar vueltas sobre la colina. Uno disparó unos cuantos proyectiles hacia el supuesto refugio del enemigo mientras el otro trataba de aterrizar cerca del herido. Gueorgui tenía la esperanza de que su amigo sobreviviera. Todo había sucedido tan rápido que, antes de que pudiese entender lo que había ocurrido, Plamen ya volaba en un helicóptero médico hacia París.

—¿Cuál será la próxima misión? Estoy impaciente por participar en algo real —interrumpió Erwin.

—Creo que vas a ir a Chad dentro de unos cuantos meses, pero esta vez yo voy a desaprovechar la oportunidad, ya he visto suficiente; no volveré a estar nunca más en un grupo de combate —Gueorgui se mostraba categórico.

—Pero dijiste que habías renovado contrato, caporal, ¿acaso va a desertar después de tantos años de servicio?

—No, no tengo tal intención, ni tampoco pienso abandonar la Legión precipitadamente. Me quedaré hasta la jubilación, pero como cocinero. Mientras tú pasabas la instrucción en Castel yo también estaba allí, pero me estaban preparando para la cocina, así que pronto voy a cuidar de que tú y los demás tengáis comida —sonrió Gueorgui.

—¿Entonces te irás de nuestra compañía, caporal? ¿Y cuándo?

—No será pronto. Tengo que participar antes en unas cuantas maniobras más con vosotros para que pueda transmitiros mi experiencia de combate. Ya me han disparado y a ti todavía no aunque, francamente, te deseo que nunca estés en el punto de mira.

—Pero yo he venido a la Legión en busca del combate, caporal.

—Sí, lo sé, la mayoría de vosotros queréis combatir a cualquier precio después de pasar la instrucción en Castel, pero cuando eso suceda algunos cambiarán de opinión. Antes de irte a Chad te prepararé a fondo para que seas el mejor con la ametralladora y cuides bien de mi arma.

Una semana más tarde la compañía de Gueorgui y Erwin salió a realizar una marcha de sesenta kilómetros, que terminaría con ejercicios de tiro en un polígono militar especialmente preparado para ese tipo de maniobras. Erwin era el novato del grupo, pero su binomio era un legionario con bastante experiencia y le daría las instrucciones que fuesen necesarias durante los ejercicios.

Normalmente tenían que llevar dos cañones para la ametralladora, pero el veterano sargento había dado una señal a Gueorgui y le había dicho que iban a usar la táctica "manguera". Erwin no conocía nada al respecto de esta táctica pero ya sabía y confiaba en que a menudo los compañeros se entienden solamente con una mirada.

Los soldados veteranos, los cabos y el sargento habían participado juntos en las últimas misiones de Sarajevo, Ruanda y África central, así que en el grupo reinaba una atmósfera de amistad. Para la mayoría de ellos esta sería la última maniobra en una compañía de combate. El sargento se jubilaría después de una carrera tormentosa de dieciséis años de servicio. Los dos caporales terminaban sus contratos y retornaban a la vida civil. Gueorgui iba a pasar a la cocina, mientras que otros dos de los viejos legionarios iban a viajar a Castel y formarse como mecánicos antes de la misión en Chad. Este grupo de combate iba a renovar por completo a su personal dentro de unos cuantos meses y los legionarios con más experiencia debían transmitir su sabiduría a los novatos. El traspaso de conocimientos se llevaría a cabo durante esta última maniobra militar. Durante casi toda la marcha Erwin estuvo llevando solo la pieza más pesada de la ametralladora. A Gueorgui lo iban reemplazando los demás del grupo y, cada uno en su turno, llevaba el cañón de la ametralladora. Mientras, el enorme eslovaco había decidido ser Arnold Schwarzenegger y, obstinadamente, cargaba con la parte más pesada del arma.

Era invierno, pero en el sur de Francia el clima es relativamente suave y, en realidad, hacía un tiempo agradablemente fresco, sin lluvias y excelente para la marcha. El segundo día Erwin empezó a padecer dolores en las rodillas, pero como no quería mostrar debilidad siguió transportando su pesada carga sin pedir ayuda.

Gueorgui se dio cuenta de los esfuerzos que estaba haciendo su binomio y le explicó que ya era tiempo del relevo. "¡Durante una misión no es necesario mostrar que eres el más fuerte, aquí no competimos, sino que actuamos unidos, así que es hora de cambiar!". Erwin pensó en negarse, pero entendió que el búlgaro tenía mucha razón. No había necesidad de esforzarse porque, si le sucedía algo, todo el grupo se retrasaría.

—Gracias a ti y tus esfuerzos hemos avanzado mucho con la marcha. Te espera una carrera ilustre en la Legión Extranjera, muchacho —le elogió el sargento.

Cuando se acercaron al lugar del campo de tiro se anunció que esa primera noche sería de festejo. Inmediatamente se organizó la "actividad cerveza" y Erwin tuvo una nueva ocasión de demostrar su resistencia física trayendo cien cervezas del pueblo más cercano. El eslovaco, además, no quería beber porque era el primero en el turno de guardia del campamento, así que solamente trajo la cerveza y asumió su tarea. Al día siguiente iba a disparar con la ametralladora por primera vez en su vida y quería presentarse en un estado físico y mental excelente. Los demás se reunieron alrededor de la pequeña fogata y empezaron a compartir experiencias y recordar los años vividos en la Legión. Erwin todavía no tenía nada que relatar y por eso, cuando le relevaron, se quedó a escuchar con gran interés los cuentos de los viejos legionarios.

De todo lo que escuchó esa noche, Erwin entendió que, a pesar de sus largos años de servicio en la Legión el sargento no había avanzado en la jerarquía militar porque muchas veces había organizado fiestas durante las maniobras que al final habían terminado con peleas e incidentes. Había llegado hasta el grado de oficial de alto rango, pero por culpa de su comportamiento frívolo había sido degradado dos veces. Como él mismo mencionaba durante las fiestas, en la Legión puedes hacer lo que te dé la gana, pero no te tienen que trincar. *Pas vu, pas pri!* era un viejo proverbio legionario. "Pero a veces hasta los más inteligentes fracasan, y así sucedió conmigo, justamente cuando estaba en la cima de mi carrera. Ahora la cerveza es mi mejor amiga y voy a retirarme como jubilado con mi nuevo binomio "Kronenburg" (la marca de la cerveza más consumida en los bares de la Legión). ¡Ja-ja-ja, *santé*!". El sargento abrió una nueva lata e invitó a todos a tomar una ronda más. Erwin tuvo que incorporarse a este brindis y tomar unas pocas gotas para no ofender al jefe del grupo. Después se retiró y se dirigió hacia su tienda de campaña dispuesto a sumirse en un sueño profundo.

A la mañana siguiente, y a pesar de los brindis, todos estaban de pie listos para los últimos kilómetros de marcha que quedaban hasta el polígono. El sargento había participado muchas veces en maniobras semejantes y, cuando llegaron al lugar determinado para su grupo, dio instrucciones a Gueorgui sobre dónde fijar el trípode de la ametralladora. Instaló el cañón pesado con la ayuda de su binomio con el objetivo de fijar el arma de tal manera que las balas se dirigiesen al punto indicado por el sargento.

—En una situación real, por ejemplo cuando vigilamos un valle, fijamos la mira donde, posiblemente, pasaría el enemigo. Esperamos hasta que el blanco alcance este punto y entonces empezamos a disparar. En el caso de que vengan varios vehículos enemigos disparamos únicamente siguiendo un movimiento horizontal para así poder abarcar un perímetro más grande —explicaba Gueorgui mientras Erwin le escuchaba con la atención de un estudiante de primer grado.

En ese momento el sargento recibió el aviso por radio de que podían empezar con los disparos de prueba. Los blancos eran viejas carrocerías de camiones militares. El jefe del grupo sacó sus binoculares de campo, señaló el blanco y dio orden a Gueorgui para efectuar el primer disparo. La bala se quedó a unos veinte metros del blanco. Tras levantar el cañón un poquito más con el tornillo de regulación vertical la segunda bala dio de pleno en el objetivo. Así, uno por uno, todos los camiones viejos fueron recibiendo una lluvia de balas. Gueorgui explicaba a Erwin la manera de memorizar que, con unos cuantos giros de los tornillos de reglaje, podía fijar el blanco siguiente. Erwin disparó sus primeras balas reales y comprobó que no había nada complicado en el disparo, que lo importante era el reglaje puntual y la manera de fijar bien la ametralladora.

Por la radio se transmitió la señal del inicio del ejercicio. Los blancos empezaron a moverse mientras Erwin disparaba y Gueorgui le ayudaba con el reglaje y el cambio de la mira de un objetivo a otro. El joven teniente que mandaba la compañía de Erwin había aparecido para observar los ejercicios de disparo.

Llegó el momento en que el cañón tenía que cambiarse porque estaba muy caliente tras las series de disparos automáticos. El teniente se dirigió hacia el sargento:

—¿Entiendo que se han puesto en marcha solamente con un cañón, sargento?

—Sí, *mon lieutenant*, pero no se preocupe, vamos a continuar con los disparos una vez que se enfríe el cañón.

—¿Acaso piensa que les vamos a esperar para enfriar el cañón? No quiero degradarle una vez más antes de su jubilación.

—¡No me van a esperar, teniente!

—¿Acaso tiene un líquido especial para enfriar el cañón?

—Algo así, *mon lieutenant*. Esto lo aprendí en la Legión hace quince años y será la última cosa que voy a enseñar a los legionarios que se quedan en este grupo de combate. A veces, durante una misión hasta los dos cañones se calientan, y es entonces cuando utilizamos la táctica "manguera".

El sargento hizo una seña a Gueorgui, que ya había logrado quitar el cañón caliente de la ametralladora y lo había bajado dejándolo en una roca cercana. Tres de los legionarios que ya habían combatido con el sargento se pusieron en fila, sacaron "las mangueras" y empezaron a orinar encima del cañón. El joven teniente se quedó mudo sin poder creer lo que veían sus ojos. Cuando los primeros tres terminaron otros tres les sustituyeron mientras el sargento giraba el cañón para que quedase bien bañado de orina y, de esta manera, suficientemente enfriado. Al novato Erwin le tocó ser el último y secar el cañón antes de armarlo de nuevo.

—¡Cuando regresemos al cuartel voy a denunciar sus tácticas al coronel! —declaró enojado el joven teniente —. Y tengo muchas ganas de ver si podrán disparar de nuevo con este cañón bañado de orina.

—¡Si no me cree puede tocar el cañón, *mon lieutenant*, y también ayudar al legionario a secarlo! —sonrió el sargento, que se sentía ya jubilado y estaba seguro de que no había tiempo para degradarlo una vez más—. Creo que en "Saint Cyr" se olvidaron de enseñarle esta táctica, que nos ayuda a enfriar los metales calientes durante el combate.

Los disparos empezaron de nuevo y también fueron certeros, como los primeros. El joven teniente había aprendido algo útil, sin darse cuenta, mientras que el sargento había dado su última lección a la generación de jóvenes legionarios.

Dos meses más tarde, el grupo de combate de Erwin había renovado totalmente a su equipo. El nuevo sargento tenía solamente cinco años de servicio y venía de Castelnaudary, donde había empezado su carrera como *foot-foot*. Para él Chad iba a ser su primera misión real. En el grupo Gueorgui era el legionario más veterano y con más experiencia de combate, pero pronto iba a incorporarse a la cocina y Erwin tendría que viajar a Chad con un binomio nuevo.

La compañía se puso de nuevo en marcha en la que sería la última participación de Gueorgui y Erwin juntos. El eslovaco no podía creer que fuese a partir a su primera misión en África sin su binomio, con quien había trabajado excelentemente durante las maniobras militares y los ejercicios de tiro. De nuevo andaban hombro con hombro por los alrededores de Nimes cargando con la pesada ametralladora. Esta vez Erwin no imitaba ni a Arnold ni a Superman y dejaba llevar el arma a los otros novatos del grupo, para que cada uno de los legionarios jóvenes sintiese las dificultades de la marcha.

Ser soldado de infantería significaba tener una cintura fuerte y unas piernas robustas. El nuevo sargento era algo vanidoso y, como era joven y nuevo en el puesto, casi corría de colina en colina sin tomar en consideración que sus soldados llevaban más peso que él. Al segundo día de la marcha todos estaban agotados. Gueorgui animaba a los nuevos explicándoles que en la Legión lo más difícil son las maniobras de entrenamiento, mientras que en las misiones reales no hay tanto esfuerzo porque las fuerzas se conservan para actividades más importantes.

Cuando por fin llegó el momento de extender las tiendas y organizar el campamento para pasar la noche, el joven sargento declaró:

—¡No habrá campamento! Usaremos sólo los sacos de dormir. Descansaremos hasta la medianoche, después nos levantaremos para continuar con la marcha y estar en el cuartel temprano por la mañana. Los legionarios más jóvenes harán la guardia del campamento, para los demás habrá unas cuantas horas de descanso, después de las cuales nos espera un último esfuerzo para comprobar que somos la mejor sección de combate del regimiento.

Los novatos no estaban muy entusiasmados con la orden de su sargento, pero nadie tenía derecho a protestar, así que los legionarios veteranos sacaron sus sacos de dormir mientras que los recién llegados empezaban con la guardia.

El último turno de guardia era el de Erwin, quien debía despertar el grupo a las 23:30 para salir marchando a medianoche. Mientras caminaba alrededor de sus compañeros, la mayoría de ellos profundamente dormidos, Erwin imaginaba cómo muy pronto estaría en el desierto, donde todo, incluso el paisaje, iba a ser distinto, además de que el riesgo sería real. Aquí no existía ninguna posibilidad de que alguien les atacase, e incluso la metralleta no llevaba balas. También había cero posibilidades de que se acercase al campamento algún ladrón. A veces se hacían algunas maniobras con los otros grupos de combate de la compañía que, durante los aprendizajes, se dividían en equipos, pero el peligro nunca era real. Sólo tenían que descubrir al grupo de reconocimiento de la sección ¨enemiga¨ y capturarlo.

La noche anterior el joven sargento, junto con dos compañeros más, se había deslizado hasta el campamento del segundo grupo y había robado el cañón de su ametralladora. Además, habían manchado al vigilante con un espray especial que significaba que lo habían matado. Esa noche se esperaba venganza por parte del segundo grupo, así que, aparte de los novatos, el joven sargento tampoco cerraba los ojos y aguzaba el oído ante cualquier ruido. De repente hizo una seña a Erwin para que se le acercara y le ordenó en voz baja que en cinco minutos se sentara sobre la grama al otro extremo del campamento y fingiese que estaba durmiendo. El sargento había escuchado ruido en los arbustos y estaba seguro de que eran los "exploradores" del segundo grupo, que venían para recuperar su cañón. A los cinco minutos Erwin se tumbó sobre la grama y empezó a roncar como un actor de Hollywood. De la oscuridad salieron arrastrándose dos figuras. El sargento también se hacía el dormido, pero los vigilaba. Erwin imitaba con éxito el ronquido de un ogro profundamente dormido. El cañón de la ametralladora del segundo grupo estaba situado cerca del sargento, quien sentía cómo los dos exploradores del grupo enemigo se le estaban acercando. Ya no se arrastraban sobre la grama, sino que se movían entre los durmientes tranquilizados por el ronquido del legionario de guardia. Cuando vieron el cañón pegado al saco del sargento, aceleraron sus pasos y, justamente en el momento en que uno de ellos se inclinaba para agarrarlo y el otro sacaba el espray para marcarle, ambos se vieron súbitamente pulverizados con pintura roja. El joven suboficial había esperado el momento apropiado para darles la sorpresa. Todavía no habían vuelto en sí cuando el enorme eslovaco los agarró por el cuello y los tumbó en el suelo logrando atar a uno con su faja mientras pisaba al otro y esperaba las órdenes de su jefe.

—¡Tranquilo, tranquilo, muchacho! —le dijo el sargento—. A pesar de todo, son de los nuestros y esto es solamente un juego. Puedes desatar a este caporal y soltar a su ayudante, ya están marcados con el espray y no pueden participar más en el juego.

Los demás se habían despertado con el alboroto y se reían de sus compañeros del segundo grupo. Aun con todo, los legionarios estaban orgullosos de su sargento. En el grupo la mayoría eran novatos y este juego les parecía divertido. Solamente Gueorgui inclinó la cabeza y le dijo a Erwin: "En la acción real no es tan simple".

Los "exploradores" fueron enviados de vuelta y regresaron a su grupo con caras de pena.

—Como ya estamos despiertos —declaró el sargento— creo que podríamos continuar con los últimos kilómetros de la marcha en vez de quedarnos aquí esperando nuevos ataques del otro grupo. Estaba obsesionado por llevar al cuartel el cañón de la ametralladora del segundo grupo y presentarlo al joven teniente al mando de la compañía como gran trofeo de combate.

El nuevo sargento había empezado la marcha con dos cañones, a pesar de que el aprendizaje era de entrenamiento sin ejercicios de tiro y el segundo cañón no era necesario. Pero ahora con el trofeo adquirido los legionarios de su grupo tenían que cargar con tres cañones de la 12.7. El nuevo jefe de la sección no reparaba en que se cargaba adicionalmente a sus soldados; estaba lleno de ambición y se sentía muy contento con el botín. El sargento del segundo grupo, que llevaba cinco años más de servicio, no había querido vengarse personalmente, sino que había enviado a su caporal para mostrar a todos que este juego era para los más jóvenes.

Los miembros del grupo de Erwin estaban contentos con su nuevo jefe y junto a él se sentían vencedores y sumamente felices. Habían dado una buena lección al equipo de reconocimiento del otro grupo, pero sus fuerzas se agotaban y cada diez minutos tenían que turnarse para llevar los tres cañones. Erwin, como siempre, llevaba la pieza más pesada de la ametralladora, y no se quejaba. El sargento lo había felicitado personalmente: "¡Bravo fortachón, inmediatamente después de la misión en Chad te propondré para la formación CME (para ascender al grado de caporal)!".

Más o menos a la 1:00 de la madrugada el pequeño grupo de combate salió de entre las rocas, alcanzó la carretera interurbana y siguió la marcha por el camino de asfalto. A esa hora casi no pasaban automóviles, pero los legionarios, que estaban bien cansados, habían estirado mucho la columna. Gueorgui y Erwin habían entregado la ametralladora a su binomio y marchaban frescos detrás del sargento. Uno de los caporales, que iba el último para guardar el final de la columna, empezó a retrasarse debido a que portaba el tercer cañón consigo. Entonces el sargento colocó a los binomios de Gueorgui y Erwin al final de la columna con el fin de impedir a los últimos retrasarse. Al caporal que llevaba el cañón y estaba muy cansado lo puso a su lado al principio de la columna y así guiar el grupo a un ritmo más lento.

El sargento se había dado cuenta de que el cargamento que llevaba su grupo era exagerado. Por eso había decidido seguir al ritmo del caporal, quien para dar un ejemplo a los demás había cargado con el pesado trofeo durante la mayor parte de la marcha, aunque ahora sus fuerzas estuviesen a punto de abandonarlo.

A la hora de movimiento lento por el asfalto empezaron a brillar en la lejanía las luces de la ciudad. Esto infundió nuevas fuerzas al grupo, que estaba agotado, y logró restablecer su paso fresco de la mañana. Tenían la gran ventaja de que venían bajando desde lo alto hacia la ciudad.

El fin de la marcha estaba cerca y, justo cuando terminase esa maniobra, Gueorgui abandonaría su carrera de comando para pasar a la compañía de servicio, donde prepararía la comida de sus compañeros de combate. Ya había escrito a su madre informándola de que no tenía que preocuparse más por él porque terminaba con las acciones de combate e iba a trabajar hasta su jubilación como cocinero. Le había prometido que pasaría sus vacaciones en Bulgaria con sus parientes y amigos, a los que no había visto desde hacía unos seis años. Hasta el momento no había tenido tiempo de arreglar sus documentos y obtener el permiso para las vacaciones en el extranjero porque en los últimos años había participado permanentemente en misiones, y este procedimiento necesitaba bastante tiempo.

Ahora, después de haber superado los cursos de cocinero y de haberse quedado más tiempo en territorio francés, por fin había logrado solicitar este documento, el cual esperaba con impaciencia antes de volver a ver a sus seres queridos de nuevo.

Su vuelo a Bulgaria era dentro de una semana, y durante los últimos kilómetros de la marcha, este legionario veterano y partícipe en tantas misiones, estaba abstraído en sus pensamientos, que giraban en torno a las personas que había dejado atrás en su patria.

Su joven binomio Erwin también caminaba sin hablar, soñando con misiones fuera de Europa donde demostrar su fuerza y sus capacidades como soldado profesional. El eslovaco estaba contento de encontrarse en la Legión. Esa vida le gustaba y estaba impaciente por participar en algo verdadero; el aprendizaje y los entrenamientos permanentes ya no eran desafíos suficientes para él.

El sargento también estaba pensando en sus reclutas, que le habían apoyado abnegadamente durante esta primera maniobra en la que él había asumido el mando del grupo. Nadie se había quejado a pesar de ser una marcha agotadora por los esfuerzos añadidos de llevar la ametralladora. Entendía que había exagerado con la carga y por eso ahora andaba muy lentamente para compensar el cansancio de sus legionarios. Estaban a pocos kilómetros de la ciudad y todos marchaban sin hablar. El caporal todavía llevaba el cañón trofeo al inicio de la columna, mientras el sargento andaba muy cerca de él. La única esperanza de todos era que, en menos de una hora, iban a estar ya en el cuartel, donde pronto podrían descasar.

Pero, desgraciadamente, el destino tenía otros planes y en el momento más inesperado, cuando solamente los lentos pasos de los legionarios rompían el silencio de la noche, se escuchó el rugido de un motor de gasolina. El conductor borracho de un coche deportivo no logró distinguir las figuras oscuras de los soldados que andaban en dos columnas por la parte derecha del camino. Apenas frenó cuando sintió el golpe y chocó contra los últimos de la columna. Había tratado de girar el volante en el último momento para evitar el accidente pero el alcohol retrasó sus reflejos y los soldados fueron arrastrados. El vehículo dio varias vueltas de campana y después se estrelló contra un poste de electricidad.

El sargento corrió hacia el fin de la columna y cuando vio los cuerpos de sus soldados atropellados, se volvió loco. Se lanzó a la puerta del automóvil accidentado con el único deseo de golpear hasta la muerte al conductor borracho, pero cuando le sacó del vehículo entendió que ya era demasiado tarde. El joven conducía sin cinturón y se le había destrozado la cabeza tras el choque contra el poste.

Gueorgui, ya estaba espiritualmente en Bulgaria, y sin entender nada de lo que le había sucedido. En su rostro cubierto de sangre aún se advertía una sonrisa que permitía adivinar que en los últimos momentos de su vida se había sumergido en gratos pensamientos acerca del ansiado regreso a su patria. A unos cuantos metros del búlgaro yacía también el cuerpo sin vida de Erwin, que había desviado al vehículo después de que este chocase con él, salvando de una muerte segura al binomio que marchaba a sus espaldas.

La carretera estaba cubierta por la sangre de los dos legionarios muertos. El enfermero del grupo confirmó las trágicas sospechas de todos después de intentar encontrar el pulso de sus compañeros. "¡Están muertos, sargento!". El joven suboficial movió la cabeza en silencio y alargó la mano hasta la radio para anunciar a su teniente la luctuosa noticia. Hacía unos minutos estaba contento de sí mismo y de su primera maniobra como jefe de una unidad de combate, y aún no podía entender cómo la situación había cambiado tan drásticamente. Había perdido a sus dos soldados más valiosos, a dos de los que estaba más orgulloso —el búlgaro, de quien había comprobado su entrega en varias misiones, y el eslovaco de origen húngaro, el grandullón que había nacido para ser legionario. Sentía un profundo dolor que fue en aumento al comprender que ellos habían salvado con sus cuerpos la vida de los demás del grupo. Su muerte no se recordaría como un acto de heroísmo en combate, pero los supervivientes de ese triste e inesperado accidente jamás lo olvidarían.

Dos días más tarde los legionarios del mayor regimiento del ejército francés se encontraban en formación y firmes frente a dos ataúdes negros, cubiertos con la bandera de la Legión Extranjera. La compañía de Gueorgui y Erwin iba ataviada con el uniforme de desfile –corbatas verdes y *kepi blanc*–. El coronel del Segundo Regimiento de Infantería hizo el saludo militar y, tras un minuto de silencio, todos los legionarios del cuartel empezaron a cantar juntos:

> *Où t'en vas-tu grand légionnaire*
> ¿A dónde vas, gran legionario?
> *Je vais où le bon dieu m'attend*
> Me voy allá donde me espera el Señor,
> *Au paradis vers la lumière*
> Hacia el Paraíso y la Luz,
> *Constellée de nuages blancs*
> Poblado de nubes blancas.
> *Sur le seuil le bon vieux Saint Pierre*
> Al umbral del bueno y viejo San Pedro
> *Tenait en mains ses clés d'argent*
> Tiene en sus manos las llaves de plata.
> *Dira de sa voix débonnaire*
> Dirá con su voz bondadosa
> *Aux anges blonds et souriants*
> A los ángeles rubios y sonrientes:
> *Pour l'honneur du grand légionnaire*
> "En honor del gran legionario

Demain tenu réglementaire
Mañana todos de uniforme reglamentario
Etoile verte et nimbe blanc
Estrella verde y nimbo blanco".

El reconocimiento de la Legión Extranjera y la Segunda Guerra Mundial

El lema *LEGIO PATRIA NOSTRA* es la base sobre la cual el general Rollet construyó las tradiciones de la nueva Legión. En los años comprendidos entre 1920 y 1940 se crearon nuevos regimientos de ingeniería, además del Primer y Segundo Regimiento Extranjero de Caballería, y la Legión encontró un lugar estable en seno del ejército francés. Ya no la veían como un grupo de bandidos o mercenarios, porque sus soldados se habían granjeado la fama de excelentes guerreros. El gran general Rollet logró ganar la batalla contra la burocracia de París defendiendo los derechos de sus legionarios hasta el último momento de su vida. Por supuesto, la constitución del nuevo reglamento estaba íntimamente relacionada con las viejas tradiciones porque el propio general Rollet y sus fieles "mosqueteros" eran parte de la antigua Legión de la que luego se formó el Regimiento de Marcha de la Legión Extranjera (RMLE), que reportó la gloria a los legionarios durante la Primera Guerra Mundial.

El *képi blanc*, suspendido durante la gran guerra, apareció nuevamente en las divisiones del Segundo Regimiento de Infantería en Marruecos. Al principio esta tradición no estaba autorizada por París y, tras múltiples peticiones por parte del "padre de la Legión" Paul Rollet frente a los funcionarios del Ministerio de Defensa, en 1926 se permitió a los legionarios llevar de nuevo la gorra blanca. La Legión Extranjera era la única división del ejército francés donde estaba permitido este tipo de prenda, aunque el problema del color persistió porque en el ministerio siguieron exigiendo el color rojo al lugar del blanco. Sin embargo, los legionarios mantuvieron su color blanco, símbolo de las viejas tradiciones, y para las celebraciones del centenario reaparecieron con su gorra blanca y charreteras con los colores de la bandera de la Legión — verde y rojo con el cinturón azul. El general Rollet prefirió celebrar el 30 de abril como fecha de la creación de la Legión, y no el 10 de marzo, para perpetuar el heroísmo de la Tercera Compañía, dirigida por el capitán Danjou. Esta batalla legendaria se convirtió en un testamento de la antigua Legión para las nuevas generaciones de legionarios. Así, el día de la batalla en Camerone, desde el año 1931, fue reconocido como la fiesta oficial de la Legión Extranjera Francesa.

Ese mismo año el general Rollet defendió también a aquellos que buscaban la oportunidad de redimir sus pecados en las filas de la Legión, y el denominado *Anonymat* (servir bajo otra identidad) se aceptó en la estructura de esta unidad tan particular del ejército francés. Los comandantes de cada compañía tenían una lista de nombres de los que no debían hablar si cualquier investigación llegaba a las puertas de su regimiento.

Para la inauguración del Monumento de los Muertos y del Sagrado Camino en la casa madre en Sidi Bel Abbes, el general Rollet trajo del pasado una tradición olvidada desde el año 1870. Ese día el desfile fue encabezado por zapadores barbudos vestidos con delantales de cuero y grandes hachas al hombro. Simbolizaban a los antiguos veteranos, los cuales siempre llevaban una barba muy poblada y fueron formados por coronel Bernelle en España. La tarea de los zapadores en el pasado consistía en preparar el camino a los demás y, por tanto, pasaban primero abriendo el paso al resto. Las barbas pobladas son famosas aún hoy, y siguen siendo un símbolo para la Legión. Cada 30 de abril y cada 14 de julio los barbudos zapadores abren el desfile de la Legión Extranjera, y el resto de las compañías les siguen con sus *képis* blancos y corbatas verdes.

> *Cravate verte et képi blanc.*
> Corbata verde y gorra blanca
> *Où t'en vas-tu gai légionnaire*
> A dónde vas, legionario alegre
> *Je vais où le plaisir m'attend,*
> Voy allí donde me espera el placer
> *Le ciel est pur la lune éclaire*
> El cielo es puro, la luna alumbra
> *Bel Abbès de reflets d'argent*
> Bel Abbès con reflejos de plata
> *Et le vin rougeoit dans mon verre*
> Y el vino en mi vaso enrojece
> *Comme une joue d'adolescent*
> Como la mejilla de un adolescente
> *Loin des locaux disciplinaires*
> Lejos de los edificios de la disciplina,
> *Des gardes, des rassemblements,*
> De las guardias, de las formaciones,
> *Buvant sec, faisant bonne chère*
> Bebiendo en abundancia, comiendo bien,
> *Il s'en va le gai légionnaire,*
> Se va el legionario alegre,
> *Cravate verte et képi blanc.*
> Corbata verde y gorra blanca.
> *Cravate verte et képi blanc*
> Corbata verde y gorra blanca
> *Où t'en vas-tu beau légionnaire*
> A dónde vas, legionario guapo
> *Je vais où ma belle m'attend*
> Voy donde me espera mi bella

Elle est fidèle elle est sincère
Ella es fiel, ella es sincera,
Elle est ma joie et mon tourment
Ella es mi felicidad y mi tormenta
Lorsque dans mes bras je la serre
Cuando en mis brazos la aprieto
Je suis heureux tout bêtement
Estoy feliz como un tonto
Mon amour n'est pas un mystère
Mi amor no es un misterio
Et son coeur tout neuf me le rend
Y su corazón puro me responde
Plus heureux qu'un bon milliardaire
Más feliz que un buen millonario
Il s'en va le beau légionnaire
Se va el guapo legionario
Cravate verte et képi blanc.
Corbata verde y gorra blanca.

De la primera época de la existencia de la Legión tenemos que recordar el nombre de otro gran comandante que dirigió las batallas del Rif y de Taza en Marruecos. Era el bisnieto del rey Luis Felipe, el hijo de Valdemar de Dinamarca y Marie d'Orlean, y el príncipe Aage de Dinamarca.

Comenzó su dilatada carrera militar a los 22 años en el ejército danés. En el año 1922, el príncipe Aage renunció a sus derechos sucesorios y, tras un acuerdo entre el gobierno francés y el rey de Dinamarca, se incorporó a las filas de la Legión Extranjera con rango de capitán. Así que el bisnieto del fundador de la Legión se había alistado en el Segundo Regimiento Extranjero, participando de inmediato en las maniobras militares de Marruecos, donde fue herido por una bala en la pierna. Como reconocimiento a su valentía recibió la medalla "La Cruz de la Guerra", y se le concedió también la Orden de la Legión de Honor. Tras una misión en Estados Unidos regresó a la patria que él mismo había elegido: la Legión. Allí pasó el resto de sus días, en el Tercer Regimiento Extranjero de Infantería, donde sucesivamente alternó el mando del segundo y del primer batallón.

La Segunda Guerra Mundial ya había estallado cuando el Príncipe Aage de Dinamarca murió en Taza a los tres días de dejar el mando de su batallón. El último deseo de este valiente hombre tras servir diecisiete años en la Legión y llegar al grado de teniente coronel, fue ser enterrado en la cripta de los legionarios en Sidi Bel Abbes. En 1962, cuando la Legión se vio obligada a abandonar Argelia y su casa madre en Sidi Bel Abbes, los restos de tres soldados fueron trasladados hacia la nueva cripta instalada en Francia. Uno de ellos era el teniente coronel Aage de Dinamarca, símbolo de todos los oficiales extranjeros al servicio de la Legión.

El 14 de julio de 1939 la fama de la Legión Extranjera alcanzó su máximo apogeo cuando, con sus *képis* blancos, los legionarios formaron por primera vez junto al ejército francés en el desfile de los Campos Elíseos en París. Esta presentación oficial de los soldados extranjeros en territorio francés se llevó a cabo gracias a los esfuerzos del general Rollet. Hasta este momento el asunto del color de la gorra de los legionarios siempre había sido cuestionado, pero después de aquella presentación oficial cesaron las disputas burocráticas.

Con aquel desfile por el Arco del Triunfo y los Campos Elíseos termina la primera época de la existencia de la Legión Extranjera. Este período abarca ciento ocho años desde la creación del cuerpo por el rey Luis Felipe. Aunque todo había comenzado como una agrupación de mercenarios extranjeros sin derecho a pedir nada más que la paga, por fin el ejército francés acabó por reconocer a los legionarios fueron reconocidos, y hasta la burocracia parisina no tuvo más remedio que aceptarlos.

Así, en la víspera de la Segunda Guerra Mundial, empieza la siguiente era de la existencia de la Legión Extranjera, la cual tuvo que atravesar los años difíciles del fascismo y ser dividida por causas de fuerza mayor. Los legionarios de aquella época recordarían siempre el terrible momento en que la Legión tuvo que enfrentarse a sí misma. A pesar de todas estas dificultades los legionarios mantuvieron la tradición y el lema *LEGIO PATRIA NOSTRA* sin importar si estaban del lado del gobierno oficial de Vichy o bajo las banderas del movimiento "Fuerzas de la Francia Libre" (FFL), dirigido por el general De Gaulle.

Cuando Hitler invadió Francia el ejército francés no estaba preparado para responderle, y se decidió que los legionarios retornasen de nuevo al viejo continente. Primero entraron en batalla los escuadrones motorizados de la recién creada 97GRD (unidad de inteligencia y parte de la división de infantería). El grupo del subteniente Sokolov libró con brillantez numerosas batallas y, en tan solo un mes y medio, fue condecorado con la Orden de la Cruz Militar y la Medalla Militar para las acciones en combate, y recibió cuatro reconocimientos del Estado Mayor del Ejército, dieciocho cartas de felicitación de la división y trescientas treinta y cuatro felicitaciones de los respectivos regimientos.

Otro regimiento creado específicamente para ir a la guerra fue el Duodécimo Regimiento Extranjero de Infantería (12REI). El 6 de junio de 1940, bajo el mando del coronel Besson, los legionarios lucharon contra numerosos adversarios en *Chemin des Dames* ("Camino de las Damas"), lugar asociado con batallas de la Primera Guerra Mundial. Casi todos los soldados del 12REI murieron durante esa increíble resistencia tratando detener al poderoso enemigo. Tras aquellas batallas heroicas, el regimiento fue llamado a participar en la defensa de la ciudad de Soisson. Y aquí, de nuevo, los legionarios detuvieron al enemigo, pero justo en ese momento el nuevo gobierno francés firmaba un armisticio con Hitler entregando París a Alemania.

Durante la guerra se organizaron múltiples regimientos de infantería formados por voluntarios extranjeros (RMVE), y llegaron a ser más de veinte. Los soldados de estos regimientos fueron reconocidos como legionarios. El 21RMVE fue el primero que aceptó la bandera de la Legión celebrando oficialmente la batalla de Camerone el 30 de abril de 1940.

Tras la caída de las defensas francesas el país fue ocupado por los alemanes. El primer ministro, Paul Reynaud, renunció a su cargo y fue remplazado por el mariscal Henri Philippe Pétain –héroe de la batalla de Verdún en la Primera Guerra Mundial. Dadas las circunstancias, Pétain entró en negociaciones con los nazis, y el 22 de junio firmó un acuerdo por el que debía abandonar ciertos territorios ocupados y retirarse hacia el sur, a la así llamada "Zona Libre". El mariscal eligió como capital la ciudad de Vichy. En su casino se reunió el nuevo parlamento y votó el final de la Tercera República dando inicio al régimen totalitario de Philippe Pétain, totalmente sometido a Hitler.

Mientras el ejército francés daba paso a los invasores, soldados extranjeros de los diferentes batallones en Siria se unieron y organizaron una nueva unidad en Homs, el Sexto Regimiento Extranjero de Infantería. Esperando que los llamasen para ir a defender el territorio nacional los legionarios también formaron la Decimotercera Semi-brigada de la Legión Extranjera (13DBLE). Al mando de esta unidad de veteranos y experimentados guerreros se puso el capitán Raoul-Charles Magrin-Vernerey, conocido también como Monclar. Fue un ejemplo de lo que un verdadero oficial de la Legión debe representar: participó en la Primera Guerra Mundial, recibió once medallas y reconocimientos por su valentía y fue herido siete veces durante el combate. En 1918 fue diagnosticado por los médicos de la comisión militar con una discapacidad del 90%, pero a pesar de su estado de salud Monclar decidió continuar su carrera en la Legión. Los alemanes ya habían ocupado gran parte de Europa cuando la 13DBLE atacó un territorio dominado por el *Führer*, concretamente Bjervik en Noruega. Durante su primera escaramuza con el potente enemigo los legionarios de aquella unidad de combate demostraron su profesionalidad, lo que obligó a los alemanes a retirarse abandonando todo su equipo militar, armas automáticas y diez aviones bimotor. Las victorias continuaron con la entrada de la Legión en una parte del territorio ocupado por Hitler en Noruega, y la batalla de Narvik queda para la historia como la única gran victoria de Francia ante Hitler durante el período entre 1939 y1940. Por su denuedo, los legionarios al cargo de Monclar recibieron con todo merecimiento la medalla "la Cruz de la Guerra".

El legendario comandante volvió a Francia y, tras ser testigo del acuerdo firmado por el mariscal Pétain, decidió reunir a quinientos de sus combatientes más leales y partir hacia Inglaterra para unirse al ejército del general De Gaulle. En Londres De Gaulle recibía a voluntarios para formar "las fuerzas de la Francia Libre" (FFL), encargadas de organizar la resistencia. A tal fin, reunió las unidades de combate coloniales e instaló a las FFL en el norte de África. Monclar, por su parte, fue ascendido a coronel y participó activamente en misiones contra las potencias del eje (Berlín-Roma-Tokio, referido a los pactos firmados por Alemania, Italia y Japón antes de la Segunda Guerra Mundial). También se distinguió en la batalla de Massouah, en Eritrea, donde capturó a nueve generales, cuatrocientos cuarenta oficiales y catorce mil soldados del contingente italiano.

En junio de 1941, sin embargo, acontecería el momento más doloroso para los legionarios de 13DBLE, cuando recibieron la orden de ir hasta Siria para luchar contra sus hermanos del 6REI, los cuales habían quedado bajo las órdenes del gobierno oficial del mariscal Pétain. Monclar no pudo tolerar la situación y renunció a su cargo. Sin embargo, los legionarios no tenían otra opción, debían obedecer a sus oficiales, y en julio de 1941 ambos regimientos estaban frente a frente listos para la batalla. Tras unos primeros disparos, se interrumpió la batalla y los dos regimientos organizaron una reunión el 14 de agosto para que cada legionario decidiese de qué lado quería pelear.

En esos momentos el mariscal Pétain declaró traidor a De Gaulle y dictó sentencia de muerte contra su persona. Sólo Winston Churchill reconoció oficialmente como legítima la resistencia del general De Gaulle y aceptó "las Fuerzas de Francia Libre" como parte de la Alianza (los países unidos contra las potencias del eje).

Aunque había renunciado a la Comandancia de la 13DBLE para no enfrentarse en batalla contra sus camaradas de 6REI, Monclar fue ascendido a rango de general y participó activamente en las misiones del Líbano y en la organización del proceso de conciliación con Siria. Hacia el final de la guerra, en 1946, el héroe de Noruega se convirtió en segundo comandante del ejército colonial en Argelia y, sólo dos años después, fue el segundo en la historia de la Legión en ser nombrado Inspector General de la Legión Extranjera.

A diferencia de su predecesor, Paul Rollet, Monclar no se enfrentó con la burocracia, sino que viajó continuamente por todas las partes del mundo donde había legionarios en misiones. Durante dos años este incansable oficial cruzó el mundo alternando entre Marruecos, Túnez, Argelia, Madagascar e Indochina. En 1950 se acercaba a la edad de la jubilación, pero en vez de retirarse en silencio y aprovecharse de un merecido descanso se quitó las estrellas de general y volvió a ponerse las de coronel. Sólo así pudo permanecer en servicio activo y quedar al mando del batallón francés de las Naciones Unidas en Corea. De vuelta a París, se convirtió en director de la institución *Les Invalides* y murió en su puesto en 1964 tras cincuenta y dos años de servicio dedicado a la patria.

***

Cuando Monclar abandonó la famosa 13DBLE, al mando de los legionarios que salieron para Siria en 1941 quedó Pierre Koenig. Era un oficial forjado bajo el fuego de la Primera Guerra Mundial y uno de los capitanes fieles de Monclar. Koenig era de origen alsaciano y había sido uno de los oficiales que dejaron el gobierno de Vichy y partieron hacia Gran Bretaña para unirse a las "Fuerzas de Francia Libre". Se había presentado voluntario para tomar el mando de esa célebre unidad de combatientes con la que iba a partir hacia Siria. Más tarde ayudó en los intentos de adherir Dakar a la Francia libre, participó en la integración de Gabón y en las misiones de Eritrea y Líbano. Rápidamente alcanzó el rango de general, y en 1942 se colocó al mando de las "Fuerzas de Francia Libre" en la resistencia en Bir Hakeim.

Los soldados de Koenig tenían por misión resistir los ataques de las fuerzas enemigas hasta que la División Británica avanzase y ocupase posiciones en El Alamein. El coraje de estos hombres, que aguantaron durante dieciséis días los ataques de las divisiones motorizadas de las tropas italianas y alemanas, queda en la historia como uno de los momentos más gloriosos de las "Fuerzas de Francia Libre".

Terminada la guerra, el general Koenig se dedicó a la política y fue nombrado ministro de Defensa de la República. En 1984 recibió un reconocimiento póstumo y distinguido como mariscal por François Mitterrand.

En Bir Hakeim, y siempre al lado de Koenig, se encontraba la única mujer que participó en la sangrienta batalla, y cuyo nombre era Susan Travers. La valiente compañera era hija de un almirante de la flota inglesa y desde muy pequeña había entendido lo que era el honor militar. Antes de la guerra era jugadora de tenis y conductora de ambulancias en Finlandia. En 1941 el destino la llevó a Siria, donde se convirtió en conductora de un médico militar de la Legión Extranjera. A partir de ese momento su vida quedó íntimamente ligada a la Legión. Susan fue testigo de las batallas fratricidas en las que los legionarios leales al gobierno de Vichy se enfrentaron a sus compañeros de las "Fuerzas de Francia Libre".

Aventurera por naturaleza, la valiente inglesa llegó al norte de África cruzando el Congo y Dahomey. Durante el viaje participó en la caza de cocodrilos. En 1942 Susan ya estaba en Bir Hakeim y, a pesar de la orden de Koenig de que todas las mujeres se retirasen de las posiciones antes del ataque del potente enemigo, ella insistió en quedarse como chófer del general y participó, pues, en las operaciones militares.

La recordaremos siempre por la determinación con que dirigió la columna de vehículos a través de un campo minado acompañando al general durante la retirada de las fuerzas francesas. Ella cumplía las ordenes de Koenig: "¡Debemos mantenernos en la vanguardia! ¡Si logramos pasar, el resto nos seguirá!", y pisando el acelerador logró dirigir la columna hacia la división motorizada británica. Al llegar a las primeras líneas el coche ya no tenía amortiguadores, y los frenos ni siquiera funcionaban. En la carrocería se contaron once marcas de bala y metralla. Por el arrojo demostrado, la joven inglesa recibió más tarde la medalla de la "Cruz Militar 1939-1945".

Después de Bir Hakeim Susan siguió sirviendo a Francia y, a pesar las heridas causadas por una mina, permaneció en las "Fuerzas de Francia Libre" en Italia, Francia y Alemania.

Una vez acabada la guerra, el mayor reconocimiento a Susan Travers fue su incorporación al cuerpo de la Legión Extranjera, lo que la convirtió en la única mujer que haya tenido número de licencia en la legendaria unidad militar. Como *adjudant chef* en la Legión Extranjera Susan sirvió en Indochina, y allí conoció a Nikolás Schlegelmic, quien ejercía también como *adjudant chef,* y se casó con él. A diferencia de Susan, durante la guerra Nikolás estuvo del lado de la división de la Legión Extranjera en Chad, la cual se mantuvo leal al gobierno de Vichy, pero los misteriosos caminos del destino les unieron después de la guerra y ambos acabaron trabajando hombro con hombro en las misiones de Indochina.

En el año 2000, teniendo ya 90 años, Susan comenzó a escribir sus memorias con la ayuda de Wendy Holden. Su libro se acabaría titulando *Tomorrow to Be Brave: A Memoir of the Only Woman Ever to Serve in the French Foreign Legion* (Mañana para ser valiente: las memorias de la única mujer que sirvió en la Legión Extranjera Francesa). En francés el título es *Tant que dure le jour* ("Mientras dure el día").

***

Después de Koenig, al mando de la 13ª DBLE estuvo un oficial de Georgia, el príncipe Dimitri Amilakvari. Su familia se había visto obligada a salir de su patria tras la invasión por parte del ejército rojo en 1921. Al principio se instalaron en Estambul, pero luego decidieron emigrar a Francia.

En 1924 el príncipe se inscribió en la Academia Militar de Saint Cyry, y en cuanto terminó su formación se incorporó al Primer Regimiento Extranjero en Siddi Bel Abbes. Como subteniente sirvió para el Cuarto Regimiento Extranjero de Marrakech, en Marruecos. Prestó un servicio ejemplar en las batallas de Aït Atto i Djebel Baddou y fue promovido a capitán en enero de 1937. Después regresó al 1er RE, donde se quedó al mando de la compañía de metralletas. El 6 de mayo 1940 desembarcó en Noruega y participó en las gloriosas batallas libradas por la 13DBLE, siguiendo los pasos de su comandante general Monclar. Luego partió con el capitán Koenig hacia Siria, donde fue ascendido al rango de teniente coronel, tomando en septiembre 1941 el mando de la 13DBLE.

El hermano de Dimitri, el príncipe Constantino, también fue sargento de la vieja Legión, pero en su caso al servicio del gobierno de Vichy. Se incorporó como voluntario en una división de la Legión francesa diseñada contra el bolchevismo y preparada para atacar a la Unión Soviética. En el corazón de Constantino permaneció siempre el odio hacia los bolcheviques ya que por culpa de ellos se había visto obligado a abandonar su patria. Con mucha alegría ostentó el honorable puesto de abanderado de esta Legión creada dos semanas después de que el 22 de junio 1941 los nazis invadiesen repentinamente la Unión Soviética en el marco de la operación "Barbarroja". El gobierno de Vichy, aunque era dependiente de Hitler, intentó mantener su neutralidad para evitar que Francia se sumase a la operación. El mariscal prohibió entonces a los oficiales en servicio alistarse en esa Legión, por lo que en ella encontraron su lugar, fundamentalmente, veteranos y enemigos del bolchevismo.

A diferencia de Constantino, Dimitri no buscaba venganza, sino demostrar su gratitud hacia la patria que le había dado refugio tras haber sido perseguido por los bolcheviques. Recordaremos sus palabras pronunciadas antes de la batalla de Bir Hakeim: "Nosotros, los extranjeros, tenemos solamente una manera de demostrar nuestra gratitud hacia Francia por habernos dado refugio, ¡y es morir por ella!". Durante esta batalla el coronel Amilakvari combatió al lado del general Koenig y se presentó siempre como voluntario para las operaciones de inteligencia más peligrosas. Igualmente, en los momentos más arriesgados era él quien dirigía los ataques.

Bir Hakeim era un punto estratégico en el desierto de Libia donde lo más apreciado era el agua. El ejército del Eje, que trataba a toda costa de llegar hasta El Alamein, debía pasar por el oasis de Bir Hakeim y, justamente allí chocó contra una *roca*. Esa *roca* era la Legión Extranjera. Por su participación en esa batalla, el coronel Dimitri Amilakvari acabaría recibiendo "El

Orden de la Liberación" personalmente de manos del general Charles de Gaulle, el 11 de agosto de 1942.

Algunos meses más tarde Dimitri se encontraba de nuevo en El Alamein, lugar que seguían pretendiendo a cualquier precio las fuerzas del Eje. El príncipe estaba guiando a su brigada hacia la empinada colina Himeimat cuando, una vez coronada aparecieron los tanques alemanes y presionaron a sus valientes soldados a retroceder sobre un campo minado. La brigada se vio obligada a retirarse cuando el coronel Amilakvari fue alcanzado por un proyectil enemigo. Había mantenido su palabra con su nueva patria. Así, el príncipe Amilakvari entregó su vida por el honor de Francia en nombre de su regimiento, el 13DBLE.

***

En 1943 dio comienzo una feroz batalla por el territorio de Túnez, donde los alemanes entraron con su gran ejército convencidos de que conquistarían la colonia francesa con toda facilidad. El mariscal Pétain proporcionó todas las bases militares, los puertos y aeropuertos de los que disponía Francia en sus colonias al *Führer*. Los nazis avanzaban confiados, seguros de su poder y su superioridad numérica, hasta que se toparon con un batallón de locos valientes. Era el 3er Regimiento Extranjero de Infantería (3REI), liderado durante años por el padre de la Legión, el General Rollet.

Los legionarios atacaron y lograron traspasar las posiciones alemanas, deteniendo por un momento la invasión enemiga, aunque desafortunadamente estaban solos y no esperaban refuerzos de ningún lugar. Tras un primer asalto exitoso, los soldados del 3REI fueron sufriendo numerosos ataques por todos lados. El enemigo, que estaba equipado con tecnología militar moderna y disparaba desde puntos múltiples, derrotó al Regimiento Extranjero en aquella desesperada lucha por el honor, durante la cual el 3REI perdió su bandera. Más adelante dos franceses en Túnez descubrieron accidentalmente aquella valiosa enseña en un garaje escondida en un coche alemán y la remitieron de nuevo a la Legión. Por ese acto fueron condecorados con la medalla "Cruz Militar".

Tras el enfrentamiento en las colonias francesas, Hitler presionó todavía más a un gobierno oficial de Vichy que, a efectos prácticos, perdió su soberanía. La llamada "zona libre" (no ocupada por Alemania) estaba obligada a ayudar a la economía del Tercer *Reich* y a proporcionar trabajadores según las necesidades de las fábricas germanas. La persecución de judíos, comunistas y seguidores de Charles de Gaulle se acentuó y para tal fin se creó una fuerza especial totalmente subordinada a los intereses del *Führer*. El mariscal Pétain, cuyo régimen obtuvo al principio el apoyo de la mayoría de los ciudadanos franceses, comenzó a perder credibilidad porque sus compatriotas se dieron cuenta de que Alemania no respetaba la soberanía del gobierno francés.

A finales de 1943 el frente de las batallas se estaba desplazando a Europa y de los restos del 3REI renació el legendario Regimiento de Marcha de la Legión Extranjera (RMLE) que había participado gloriosamente en la Primera Guerra Mundial. Otro regimiento que ayudó a la liberación de los territorios ocupados fue el Primer Regimiento Extranjero de Caballería (1REC), con sus cinco escuadrones. Al mando de la Caballería Extranjera estaba situado el coronel Miquel, quien incluyó en su regimiento a una dama, la más adelante denominada madrina del 1REC. Esta mujer que tuvo el honor de formar parte de la dura sociedad de legionarios, fue la condesa de Luart.

Leila Hagondokoff había nacido en San Petersburgo en 1898. Su padre, proveniente de una familia de príncipes caucásicos, ostentaba el rango de general en la Guardia Imperial. A temprana edad a Leila le persuadió la medicina y se convirtió en enfermera. Después se casó muy joven con uno de los oficiales superiores del zar Nicolás II, por lo que después de la revolución de octubre su familia fue perseguida y forzada a escapar a China. Poco después Leila se quedó viuda. Luego logró llegar a París, y Francia se convirtió en su nueva patria. Leyla Hagondokoff se casó de nuevo en París con el conde Stanislas de Luart y, a partir de ese momento, fue conocida como la condesa de Luart.

Durante la Guerra Civil española organizó con su propio dinero un hospital itinerante dedicado a cirugía de urgencia, que posteriormente se fue ampliando con la ayuda de donantes. En 1940 la condesa creó otra clínica quirúrgica donde ofrecía servicio gratuito en su nueva patria. Ayudó a los legionarios en Túnez y en Argelia, estando siempre en las primeras líneas de combate. El coronel Miquel, el comandante del 1REC, estaba tan impresionado por el coraje y la dedicación de esta mujer que, en octubre de 1943, le pidió que fuera la madrina de su regimiento.

Las mujeres no tenían derecho a servir en la Legión, pero se hizo una excepción con la condesa y el 11 de noviembre de 1943 se convirtió oficialmente en un legionario de primera clase. En enero del año siguiente fue ascendida a *brigadier* por sus méritos durante las batallas y, en diciembre, ya era *brigadier-chef.*

Leila Hagondokoff acompañó al regimiento con su clínica y estuvo siempre al lado de los legionarios en los peores momentos.

Tras la Segunda Guerra Mundial siguió ayudando en la Legión y creó una base de reposo en Argelia donde los soldados podían ir a pasar sus vacaciones. Como buena madrina la condesa nunca se olvidó de su 1REC y hasta el final de sus días asistió a todas las fiestas importantes del regimiento: Camerone, Navidad y San Jorge. Esta última siempre ha sido una fiesta especial de la caballería y que la distingue del resto de la Legión. El santo de la espada siempre vela por su

1REC, simbolizando el espíritu del jinete. La primera vez que se celebró el día de San Jorge fue el 23 de abril de 1921 en el Hipódromo de Sousse.

El 21 de enero 1985 la condesa dejó esta vida y su cuerpo fue merecidamente llevado a la iglesia rusa de "Santa Genoveva" en París. La Legión tampoco la olvida y en el cuartel en Orange, en su honor, está puesta *La stèle de la Marraine* (estela conmemorativa de la Madrina). En 2001 el coronel Yakovleff, comandante del 1REC, le dedicó la nueva sala museo del *brigadier-chef*.

***

En las últimas etapas de la Segunda Guerra Mundial el Primer Regimiento Extranjero de Caballería fue incluido dentro de la famosa Quinta División Blindada, que formó parte de la Primera Armada del Ejército de Liberación. Los legionarios fueron equipados con tecnología moderna proveniente de los Estados Unidos y participaron en las misiones más peligrosas de esta división. El 2 de febrero de 1945, tras la caída de Colmar, el coronel Miquel recibió la orden de garantizar la conexión entre la Primera y Segunda Armada del Ejército de Liberación, pasando por los Vosgos (sistema montañoso del noreste de Francia), y repeler al resto de tropas alemanas. El Regimiento de Caballería cumplió con su misión en un tiempo récord de treinta y seis horas. El enemigo fue repelido hacia las aguas de Rin y su retirada se convirtió en estampida. A partir de ese momento Alsacia fue libre. El ministro de Defensa propuso que el 1REC recibiese un premio por el brillante ataque.

Al mismo tiempo, la 13DBLE llegaba a Italia y con el nuevamente formado Regimiento de Marcha de la Legión Extranjera (RMLE) desembarcó en la costa de Provenza. Más tarde, los dos regimientos se unieron al Ejército de Liberación y junto al Primer Regimiento Extranjero de Caballería persiguieron a los nazis hasta Austria. El RMLE llegó a Alemania y permaneció allí hasta el 8 de junio 1945, día en que regresó a su casa en Argelia y de nuevo se convirtió en el Tercer Regimiento Extranjero de Infantería. El 6 de mayo de 1946, el presidente de los Estados Unidos, Harry Truman, distinguió a la bandera del Regimiento de Marcha de la Legión Extranjera por su actuación gloriosa durante la entrada de los legionarios en Alemania, y el Regimiento de la Legión recibió el prestigioso *Distinguished Unit Citation*. En la bandera del Tercer Regimiento Extranjero de Infantería se bordó una llama azul con las palabras *Rhine-Bavarian Alps*. Después y de manera personal, el general De Gaulle hizo formar a la 13DBLE en Niza, para otorgarle la "Orden de la Liberación" el 9 de abril de 1945

El mariscal Pétain no se refugió en Alemania y se entregó voluntariamente al nuevo gobierno francés el 26 de abril de 1945. Ese mismo día dirigió su palabra por última vez al pueblo francés diciendo: "¡Soy su primer ministro y moralmente seguiré siéndolo!"; Philippe Pétain fue condenado a muerte por el Tribunal Supremo de la nueva República por traición a la patria. Debido a su edad avanzada y al mérito de mariscal durante la Primera Guerra Mundial, el general De Gaulle convirtió su sentencia de muerte en cadena perpetua.

Con el fin de la Segunda Guerra Mundial la Legión Extranjera regresó a su cuna natal de Sidi Bel Abbes y continuó sirviendo en el norte de África.

Yibuti 13dble. Decimotercera semibrigada de la Legión Extranjera

Uno de los amigos de mi binomio Yanchak, el polaco Klis, con quien habíamos pasado juntos los cuatro meses de la instrucción en Castel, ganó el denominado *jackpot* de la Legión en la primera vuelta de la ruleta de la fortuna. En mi época, que te enviasen a la Decimotercera Semi-brigada de la Legión Extranjera (13DBLE) ubicada en la República de Yibuti, África, significaba convertirte en un hombre rico y feliz. Los legionarios que tenían esa suerte recibían los salarios más altos del ejército francés. Claro que el clima era muy duro y las altísimas temperaturas justificaban dicho privilegio. Para los legionarios las condiciones meteorológicas adversas no suponían un problema porque en cualquier parte del mundo las tradiciones de la Legión se mantenían iguales, y sus integrantes no tenían miedo ni del calor sofocante en el desierto ni del frío helador en Sarajevo. Sin importar donde estén, sirven a la Legión, así que enviarlos a un lugar donde la vida durante tu tiempo libre es más interesante y el salario más alto, es un verdadero premio.

De nuestra S4 había un hombre suertudo, y ese era Klis. Después de que nos distribuyesen rápidamente por los regimientos el polaco se quedó aproximadamente una semana en Aubagne mientras se organizaba el grupo de los afortunados. Resultó que Klis fue el único novato de los elegidos para partir hacia África.

El grupo fue comandado por un *adjudant chef* de la compañía de transporte en Aubagne, a quien por segunda vez le había tocado el *jackpot* y ya conocía bien el minúsculo país africano. Tenía acumulados ya cerca de dieciséis años de servicio y para ir de nuevo hacía Yibuti había renovado su contrato tres años más a pesar de que ya tenía la posibilidad de jubilarse. El *adjudant chef* era serbio, pero desde que había abandonado la Yugoslavia comunista y se había incorporado a la Legión no recordaba nada su país. Contaba con diez años de servicio en compañías de combate en el Segundo Regimiento Extranjero de Infantería, con especialidad en mecánica. Esa fue la razón de su trasladado en su decimoprimer año a la compañía de transporte en Aubagne. Allí el serbio se había sentido como si estuviese jubilado porque en la compañía de transporte no existían la presión ni las dificultades que eran la rutina de una compañía de combate.

De la misma manera se había sentido de vacaciones el polaco Klis, para quien las semanas de descanso en Aubagne suponían un reposo completo en comparación con la vida durante la instrucción en Castel.

Hacia Yibuti partían doce personas en total, entre las cuales se contaban tres cabos de las compañías de combate del Segundo Regimiento Extranjero de Infantería, dos brigadieres y dos brigadieres jefe del Primer Regimiento Extranjero de Caballería, un sargento del Sexto Regimiento Extranjero de Ingeniería, un cabo del Segundo Regimiento Extranjero de Paracaídas, el legionario novato Klis del Cuarto Regimiento Extranjero y el *adjudant chef* Matic del Primer Regimiento Extranjero.

El grupo encabezado por el *adjudant chef* fue primero a París, donde pasó la noche en el punto de reclutamiento de Fort de Nogent. Todos estaban contentos de viajar a Yibuti y ninguno de los cabos maltrataba a Klis, sino que, al contrario, le saludaban como un gran afortunado y le daban consejos sobre su futuro en la Legión.

En el aeropuerto de París los legionarios, vestidos con el uniforme de desfile, causaban sensación entre los turistas y los demás pasajeros. La mayoría del grupo visitó al bar para tomar un trago de suerte mientras el *adjudant chef*, responsable del grupo, se quedó tranquilamente tomando café y leyendo un periódico. Estaba convencido de que nadie iba a desertar. Klis, que hacía meses que no había visto a civiles, estaba rígido e inmóvil junto a su equipaje y parecía castigado. Como había suficiente tiempo hasta el *check-in*, el *adjudant chef* invitó al polaco a sentarse y le pidió un cruasán.

—Merci, *mon adjudant chef* —algo confundido, Klis le dio las gracias y se quedó de pie.

—¡De nada, chico! Sé que durante el entrenamiento el salario no es suficiente y que tampoco hay salidas previstas para gastarlo, pero en Yibuti, aunque estarás en una compañía de combate, vas a comprobar que la vida de los legionarios es totalmente diferente, y el salario es suficiente —sonrió el *adjudant chef* dejándose llevar por los recuerdos las muchachas africanas.

—*Oui, adjudant chef*! —respondió afirmativamente Klis.

—¡Descansa, muchacho! ¡Puedes sentarte! Dentro de unas cuantas horas estaremos en África, donde después de un día duro los legionarios se relajan merecidamente con las bellezas negras. *Razumesh?* (¿comprendes?) —terminó en serbio el *adjudant chef* para convencerse que Klis le había entendido.

—*Oui, mon adjudant chef*! —seguía confundido Klis, para quien era difícil relajarse tras los últimos cuatro meses y medio de férrea disciplina.

Incluso se sentía raro en el ambiente civil del aeropuerto. El polaco era un ejemplo de cómo la instrucción en Castel puede influir sobre la mentalidad de un joven. Los legionarios veteranos y el *adjudant chef* ya estaban acostumbrados a la tensión en la Legión y la aceptaban como parte de un trabajo por el cual les estaban pagando. Separaban claramente el tiempo de servicio del tiempo libre y sabían muy bien cuándo podían relajarse. Para el novato Klis el tiempo libre todavía no existía. Tampoco se había dado cuenta de que recibiría mensualmente dos veces más de lo que había ganado en total desde su entrada en Aubagne.

El avión volaba sobre el Mediterráneo y, mientras la mayoría del grupo dormía, Klis observaba por la ventanilla el agua bajo el avión. Hacía tan solo unos pocos meses que había abandonado su patria, Polonia, para buscar una salida vital en occidente, y ahora estaba abandonando el viejo continente y viajando hacia el sur, alejándose del frío como un pájaro migratorio. Todos a su alrededor estaban felices porque cada uno de ellos había esperado este momento con impaciencia, sólo Klis había sido incluido en el grupo por casualidad y, en realidad, no tenía la menor idea de a dónde se dirigía ni de qué le esperaba.

Durante la instrucción Klis había escuchado por boca de sus compatriotas algo sobre este regimiento en Yibuti donde, al parecer, los legionarios recibían un buen dinero, pero también había entendido que, debido a las mujeres africanas y al tiempo libre de los fines de semana, los salarios se evaporaban rápidamente. El polaco había decidido ahorrar todo lo que pudiera para regresar algún día a su patria con una pequeña fortuna y no tan pobre como se había ido. A él no le interesaban las historias del *adjudant chef* sobre las muchachas negras y no tenía pensado salir mucho a la ciudad, sino ahorrar cada franco ganado. El novato Klis notaba el entusiasmo de los demás y palpaba su impaciencia ante el primer fin de semana en África, donde les esperaban aventuras sexuales. Pero él se acordó entonces de esos programas de televisión en los que se habla de África y del peligro de contagio de VIH.

Por la ventanilla de la aeronave divisó al fin tierra firme y Klis entendió que ya estaban volando sobre el continente más caliente del planeta. Pronto iba a pisar esta tierra, el sueño de todo aventurero, e iba a respirar el aire caliente del eterno verano africano. Pero Klis no se emocionaba tanto como los demás por todo eso.

El avión aterrizó en el aeropuerto de Yibuti. Cuando el grupo, encabezado por el *adjudant chef* Matic, pisó el asfalto casi incandescente por efecto del sol, Klis confirmó que estaban en uno de los lugares más calientes del planeta. Pocas horas atrás, en una temprana madrugada de enero, los legionarios habían formado filas en el cuartel a una temperatura de 5º C bajo cero, y ahora les calentaba el sol africano con cerca de unos sofocantes 48º C. La mayoría del grupo había participado en misiones en distintos lugares del continente y estaban preparados para el golpe de calor, pero el novato quedó verdaderamente sorprendido. Le parecía como si el aire que respiraba no tuviera oxígeno. Se sintió como dentro de un horno de fundir metales. Después de que le hubiesen templado durante cuatro meses en la escuela de la Legión en Castel, probablemente ahora querían fundirlo y forjarlo de nuevo. El polaco tenía que comprender que el organismo humano es capaz de resistir semejantes variaciones de temperatura.

En el rostro del *adjudant chef* se adivinaba una sonrisa de satisfacción por la agradable sensación de la brisa caliente. El calor africano le traía gratos recuerdos de su estancia anterior en Yibuti.

Un camión militar, pintado en amarillo y marrón para su camuflaje, llegó con el pequeño grupo hasta el cuartel que lleva el nombre del gran general Monclar, fundador de la Decimotercera Semibrigada de la Legión. Allí el coronel al mando de esta legendaria brigada iba a distribuir a los recién llegados según las necesidades del regimiento.

Tras pasar la noche en el cuartel el grupo quedó dividido en dos partes. El *adjudant chef* Matic, junto con los brigadieres y los brigadieres jefes del Primer Regimiento Extranjero de Caballería, viajarían al poblado Uea (en francés Oueah), donde estaba establecido el escuadrón de reconocimiento e infiltración, mientras Klis y los demás se quedarían en el cuartel Monclar. Al polaco le tocó la Tercera Compañía y, después de su entrada en un grupo de combate, volvió a sentir el ritmo de entrenamiento acompañado siempre por la tensión que había conocido en Castel.

Empezaron las revisiones de armarios, las inspecciones de los cabos y todos los demás rituales típicos de la vida en de la Legión. Pero por las noches las cosas se volvían distintas. Todos, excepto el que estaba de turno de guardia, salían a divertirse, y únicamente Klis se quedaba para descansar. Tenía muy asumido que su grupo de combate era de los más activos en el territorio de Yibuti y que participaba de forma permanente en entrenamientos y misiones de defensa de las fronteras territoriales.

La Decimotercera Semibrigada de la Legión extranjera era la unidad principal de combate de las fuerzas armadas en Yibuti (EEDJ) y sus soldados organizaban constantemente maniobras de entrenamiento en el desierto. La compañía de Klis era en concreto la que participaba con más frecuencia en las mismas. Antes de participar activamente en algunas de estas maniobras en medio de un paisaje lunar Klis tuvo que permanecer alrededor de un mes en el cuartel para poder adaptarse al clima y estar listo para las dificultades que le esperaban en medio del desierto, con un calor que podría alcanzar los 55º C. Cuando era temprano por las mañanas y la temperatura oscilaba entre los 30º o 35º C, el polaco corría con los demás de la compañía y terminaba la carrera sin problemas, pero cuando tenían que hacer el mismo trabajo al mediodía se bañaba en sudor y respiraba con dificultad. Los legionarios que no estaban realizando entrenamientos, maniobras o misiones, tenían un descanso obligatorio entre las dos y las cuatro de la tarde porque a esas horas del día las temperaturas alcanzaban su *máximum* y siempre se situaban por encima de los cincuenta grados. El trabajo empezaba de nuevo por la tarde hasta las seis, momento en que aquellos que no estaban de turno o de servicio podían salir a gozar de la vida alegre de África y de las chicas de Yibuti.

Por su condición de novato el polaco siempre lo ponían de guardia, pero incluso en los días que estaba libre él se abstenía de las seducciones y se quedaba en el cuartel. De esta manera, Klis pasó dos meses sin conocer nada de la vida fuera del cuartel Monclar. Solamente escuchaba las historias de sus compañeros, la mayoría de las cuales cada noche versaban sobre conquistas amorosas. Pero el polaco no pensaba seguir su ejemplo, y se tranquilizaba con el hecho de que su cuenta aumentase más y más cada mes.

Empezaron los primeros entrenamientos y de nuevo al novato de Klis le tocaba realizar la mayor parte del trabajo duro, por lo que dormía menos, aunque ya acostumbrado al aire ardiente del desierto se le veía en un estado de forma excelente. El capitán al mando de su compañía decidió recomendarlo para una formación en el centro de entrenamiento de comandos en Arta Plage (CECAP). Tal y como le habían enseñado en Castel, Klis siempre se presentaba voluntario aun sin darse cuenta de qué se trataba. En la escuela de la Legión el sargento Webe le había enseñado a salir adelante con las palabras *moi volontaire*, confirmándole después de que sólo de esa manera podría hacer rápidamente una carrera en la Legión.

Al tercer mes en tierra africana el polaco dejó de sentir el calor sofocante. Este calor mortal se hizo parte de su rutina y, como no tenía otra salida, aprendió a vivir en aquel horno. Tras cinco meses en Yibuti y diez meses en total de servicio, Klis se convirtió en legionario de primera clase y fue trasladado al Centro de Entrenamiento de Comandos en Arta Plage (CECAP) en Yibuti para someterse al entrenamiento *combat en localité* ("batalla en población").

CECAP es uno de los centros de entrenamiento más difíciles y está especialmente diseñado para las fuerzas especiales. Cada año pasan por la compañía de comandos más de mil aprendices, entre los cuales además de legionarios hay representantes de la aviación francesa, pilotos de aviones de combate, comandos de la marina o infantería francesas y también militares de otros países, como soldados de la infantería marítima estadounidense o comandos de Yibuti.

Para formar parte de esta élite de soldados profesionales fue enviado nuestro Klis. Cuando comenzó su entrenamiento las temperaturas en Yibuti alcanzaron su máximo sobrepasando los 60° C. De vez en cuando, a mediodía los aprendices sufrían un calor de hasta 7° C bajo el sol. Klis sudaba como en sus primeros días en África, pero soportaba las dificultades obstinadamente y hacía frente a la técnica militar y a las maniobras. Su francés no era perfecto, pero sí suficiente para entender las órdenes, que cumplía a la perfección. La formación simulaba la batalla en un lugar poblado. Los binomios buscaban refugio detrás de los muros de algunos edificios y disparaban principalmente con balas de salva (balas sin plomo). Les enseñaban también cómo evacuar a los heridos bajo el fuego del enemigo.

Además de las ocupaciones prácticas estaban también las lecciones teóricas. Klis debía estudiar la posible arma del enemigo y esta era principalmente el fusil de asalto soviético AK 47, que él conocía muy bien del ejército polaco.

El aprendizaje terminaba con una síntesis del entrenamiento en una simulación de situaciones de combate críticas donde los aprendices debían demostrar sus aptitudes para el combate real. Los instructores quedaron contentos con los resultados del polaco, que terminó exitosamente las pruebas, y cuando volvió a su compañía fue felicitado por el capitán personalmente y mostrado como ejemplo ante el resto del grupo.

A base de turnos de guardias y maniobras sin cesar Klis acumuló a sus espaldas un año entero de servicio y le llegó el momento de salir de vacaciones. Los legionarios con menos de tres años de servicio no tenían derecho a regresar a sus lugares natales, así que Klis decidió al fin probar suerte en la vida civil de Yibuti. Antes de las vacaciones había salido en un fin de semana con los legionarios de su grupo de combate, los cuales no dejaban pasar la oportunidad de divertirse en la ciudad. Un cabo ruso con cinco años de servicio que había pasado junto a Klis la formación *combat en localité* le aconsejó antes de su primera salida tener cuidado con los gastos porque el dinero en Yibuti se gastaba más rápido que en un casino:

—¡Ten más cuidado con las chicas, polaco, lleva contigo suficientes condones y vigila tu billetera! —después de este último consejo el cabo le tiró dos cajitas de condones y empezó a reírse—. Las africanas resisten el ritmo legionario y el sexo duro, así que ya puedes aprovecharlo.

—*Oui, merci caporal*—era siempre la lacónica respuesta del polaco.

Así Klis salió por primera vez a festejar fuera del cuartel acompañado de un compatriota suyo y dos franceses de su grupo de combate. Uno de ellos, Jean Philippe, era un cabo con tres años de servicio y tenía la fama de guía sexual. Se jactaba de haber estado con más de ciento cincuenta muchachas en sus noches ardientes por Yibuti y aseguraba haber probado cinco chicas en una sola noche.

El otro francés, también cabo, pero ya en su sexto año de servicio, recomendaba a las etíopes antes que a las yibutianas. Se llamaba Stephane y trataba de convencer a Klis que lo mejor era escoger a una chica e ir con el ella el fin de semana a la playa o a unas de las isletas maravillosas que hay en el mar Rojo. El compatriota de Klis propuso que empezaran, como es costumbre, de una manera legionaria, es decir, tomando cerveza en el bar "Las Vegas" y después cada uno que hiciese lo que le viniera en gana.

Al momento de cruzar el umbral de "Las Vegas" Klis percibió un ambiente familiar. Se sintió como si estuviese en el bar del cuartel porque aquí también el lugar estaba atestado de legionarios. Notó la diferencia a los pocos minutos cuando cayó en la cuenta de que algunos de sus camaradas estaban acompañados por bellezas africanas y que en el bar se encontraban otras cuantas esperando a los legionarios recién llegados. El polaco y sus compañeros se sentaron a una mesa y, tal y como habían decidido, empezaron el fin de semana con una cerveza fría yibutiana. Las panteras negras del bar no dejaban de mirar a los recién llegados y esperaban que las invitasen. Jean Philippe no resistió la tentación e invitó a dos de las chicas a sentarse en la mesa.

—Natalie —se presentó una de ellas, y se sentó con Klis.

Por supuesto que ese no era su verdadero nombre, pero el polaco también se presentó con su nombre de la Legión. El otro había quedado olvidado. Para las chicas y los legionarios los nombres carecían de importancia. Las yibutianas tenían nombres árabes, pero para sus clientes del ejército francés utilizaban nombres galos de mujeres que habían visto por la televisión.

La otra se presentó como Valerie y se sentó en las rodillas de Jean Philipe. Parecía conocerle de antes porque empezó a besarle y a cubrirle de caricias. La muchacha de Klis todavía no había iniciado su ataque y solamente pidió una cerveza. El polaco llamó al camarero y siguió tomando la suya tranquilamente, sin hacerle caso a la tal Natalie. Después de la tercera cerveza Jean Philippe desapareció con su Valerie y los demás siguieron pidiendo.

—¿Has venido hace poco de Francia? —preguntó Natalie a nuestro polaco.

—Hace seis meses —fue la breve respuesta de Klis.

—No te había visto.

—No.

—¿Entonces, es la primera vez que vienes por nuestro bar?

—Sí.

—¿Y en qué lugar te metías antes, tal vez ibas directo a "La Clínica"?

—¡No, en ninguno!

El polaco la miró asombrado, no sabía que "La Clínica" era un hotel lleno de prostitutas donde la mayoría de los legionarios acudía cada fin de semana. La muchacha comprendió que Klis no hablaba mucho y por eso le preguntó directamente:

—¿Quieres estar conmigo? ¿Vamos a ir a algún lugar solos?

—¡Probablemente más tarde, ahora cerveza!

Klis empezó a conversar en polaco con su compatriota mientras Natalie se dirigía hacia Stephane, que era más amable con ella y a los pocos segundos estaba ya abrazándola. Quince minutos después ellos también desaparecieron.

Los dos polacos tomaron una cerveza más y decidieron averiguar qué cosa era ese lugar de "La Clínica". En el bar había un cabo de su compañía que tampoco había elegido a ninguna fémina y se marchó con ellos.

Es poco probable que existan legionarios que hayan hecho su servicio en Yibuti y que no conozcan la bien famosa *Clinique*. En el momento que entraron los tres soldados salieron disparadas hacia ellos alrededor de diez muchachas. Las mujeres aparecían desde varios puntos ofreciendo sus cuerpos de ébano. Klis sonrió a una de ellas que le pareció más simpática que las demás y al instante recibió un beso al que le fue muy difícil resistirse después de un año de abstinencia sexual. Trató de decir algo, pero la lengua de la muchacha ya estaba en su boca y sus manos acariciaban la faja de su pantalón. Era evidente que si habías entrado en este hotel no podías dar un paso atrás. Klis ya estaba rendido y le tocaba los pechos a la fémina africana. La tensión en su pantalón aumentó y decidió no poner freno a su excitación.

—Vamos dormitorio —murmuró el polaco.

—¿Acaso tienes tanta prisa? —preguntó la belleza negra. —¿No quieres que tomemos algo antes?

—No, yo tomar ya —explicó en su pobre francés Klis, aunque esta vez fue más valiente y deslizó su mano bajo la falda de la muchacha.

—¡Vaya, en realidad sí que tienes prisa! —sonrió la africana enseñándole una puerta—. Allí, en aquella habitación, te voy a hacer feliz.

El cabo y el compatriota de Klis estaban rodeados de una manada de fieras pero tuvieron tiempo de conversar un poco más con las chicas antes de decidir con cuál de ellas pasar el resto de la noche.

Después de un año de abstinencia tras los muros del cuartel esta yibutiana le pareció a Klis la mujer más bella y exótica del mundo. Había sentido una atracción inmediata por ella en cuanto la vio, pero no imaginaba que ella le respondería tan rápido y con el mismo deseo.

Klis permaneció en "La Clínica" todo el fin de semana y compensó el tiempo perdido. El lunes por la mañana debía regresar de nuevo al cuartel, pero solamente una semana después le esperaban catorce días de vacaciones y el polaco ya sabía cómo los iba a pasar.

Había acumulado en su cuenta corriente alrededor de cien mil francos, ahorrando todo su salario desde su llegada a Yibuti. Tras aquel fin de semana por fin había decidido relajarse un poco y pasarlo bien al menos los días de sus vacaciones. La sangre caliente y la piel negra de la africana le habían hechizado.

Una semana más tarde el polaco entró de nuevo en "La Clínica" buscando a su princesa de ébano. Había pasado todo el fin de semana solo con ella pero no recordaba su nombre, y de hecho no estaba seguro si ella se lo había mencionado. La mayoría del tiempo a su lado lo había alternado entre sexo salvaje y sueño profundo. Klis buscaba ahora a su belleza, pero la muchacha ya no estaba ahí. Justo pensaba irse cuando dos prostitutas le cortaron el paso mostrándole sus pechos enormes. Como cualquier legionario en sus primeras vacaciones, nuestro amigo no se lo pensaba mucho y, de repente, bajó a una de las habitaciones con ellas.

Las yibutianas eran musulmanas y consideraban el sexo en grupo un gran pecado. A pesar de que eran prostitutas se declaraban creyentes, pero en "La Clínica" había excepciones, y Klis se aprovechó de ello. Pero, a pesar de haber sido bien atendido por las dos bellezas de grandes pechos, Klis no había olvidado a la chica del primer fin de semana.

Cuando pagó, y antes de salir, se percató de que la tarifa doble le había salido esta vez demasiado cara, aunque todavía se sentía rico y no dio importancia al importe de la cuenta.

De vuelta en la calle, Klis decidió pasarse por "Las Vegas" y tomar unas cuantas cervezas en ese calor sofocante donde no se podía pensar en otra bebida. Cuando pasó por la puerta del bar vio en una de las mesas al *adjudant chef* Matic. El polaco, como de costumbre, se puso firme, listo para saludar, pero cayó en la cuenta de que no llevaba su boina. En la Legión, cuando vas con traje civil, deportivo, sin gorra o boina, no se saluda con la mano, sino con un movimiento de cabeza y poniéndose firme. El serbio le miró con sorpresa y después empezó a reírse:

—¡Vaya, polaco, todavía estás traumatizado, igual que cuando te traje de Castel! ¡Ven y siéntate aquí conmigo y con el cabo primero y relájate! —Matic le invitó a su mesa—. Esta noche va a tocar una banda y tendremos música en vivo aquí en Yibuti, dicen que son de nuestra región, eslovacos o macedonios. Por lo menos veremos algo distinto de traseros negros —sonrió el *adjudant chef.*

—Podemos ver culos, pero más tarde —matizó el cabo primero.

Matic ya estaba ebrio porque había empezado a beber desde el mediodía. Junto al cabo primero había reservado una de las mesas. No se quería perder el espectáculo de la banda porque los comentarios de otros legionarios en Yibuti sobre ellos eran muy buenos.

Su compañero era búlgaro y servía con Matic en la sección de mantenimiento en el aislado Escuadrón de Reconocimiento, a cuarenta kilómetros de la capital.

—*Caporal chef Doykov*! —se dirigió Matic al búlgaro—. Venimos para un evento cultural, hoy podemos estar sin ver culos.

—Si ustedes pueden, yo no —sonrió Doykov—. Aquí tenemos que exprimir cada noche hasta el final, sexo, cerveza y *rock and roll* pero, a veces, sólo sexo no está mal.

—Bien, pero a las chicas las invitaremos después del postre, vamos a beber ahora cerveza, luego cenaremos y después veremos —concluyó el *adjudant chef* y después se dirigió hacia Klis —. ¿Cuéntanos, polaco, qué te parecen las mujeres de aquí?

—*Très bien, mon adjudant chef*! —fue de nuevo la respuesta corta.

—Esta noche tienes que dejar ese *mon adjudant chef* y, si tienes dificultades con el francés, te permitiré decirme algo en polaco. Somos eslavos, ¿verdad? De algún modo nos entenderemos. ¡Vamos, salud!

Cuando apareció la banda, el *adjudant chef* no podía creer lo que veían sus ojos. Aquí, en este caliente país, donde salvo militares franceses muy raras veces aparecían europeos, tocaba un grupo balcánico y, además, sólo canciones de los años ochenta. Matic, que había olvidado su patria hacía ya más de dieciséis años y casi no había vuelto a hablar en su idioma natal, se dirigió a los músicos después de la primera canción, para saludarles personalmente:

—¡Bravo por ustedes muchachos! ¡Señorita! —se dirigió a la cantante—. ¡Quiero que en el intermedio se sienten con nosotros, esta noche invito yo!

—Bien, general, no hay problema —respondió la cantante—. Como veo, es compatriota mío, así que primero le saludaré con una canción.

Y de repente, en medio del sofocante calor africano, sonó una canción de la famosa cantante de la antigua Yugoslavia Lepa Brena. Esa canción pertenecía a la juventud de Matic, y se quedó estupefacto. El serbio había escapado de su patria cuando el muro de Berlín y la Guerra Fría todavía seguían vigentes. Había atravesado "el telón de acero" levantado por Stalin tras la Segunda Guerra Mundial arriesgando unas cuantas veces su vida. Después de tantas adversidades, Francia resultó ser el país que le dio refugio, y había decidido agradecerlo incorporándose a la Legión. A lo largo de todos estos años en sus filas, lejos de su lugar natal, Matic nunca había sentido nostalgia. Había renegado del comunismo y de Yugoslavia y había empezado una vida nueva, pero este día su corazón se estremeció. Empezó a bailar cerca de la cantante y en su cara de persona seria apareció una sonrisa enorme que demostraba la felicidad provocada por este encuentro espontáneo. Sus ojos se humedecieron y el suboficial de la Legión casi se puso a llorar de emoción. El cabo primero Doykov, que era un juerguista profesional, acompañó a su *adjudant chef* durante los bailes e incluso incorporó a una de las chicas africanas. Klis se tomaba su cerveza sin poder entender cómo el suboficial se había convertido en un bailarín tan conmovido.

Cuando los músicos se sentaron a la mesa de los legionarios, empezaron las conversaciones en serbio, búlgaro, macedonio e incluso Klis, que se había tomado ya seis cervezas, conversaba en polaco. Así de espontáneamente se celebró una conferencia de pueblos eslavos. Resultó que los músicos eran de Macedonia y la cantante de Serbia. Todos tenían alrededor de 40 años, y eran contemporáneos del *adjudant chef.* La primera pregunta de Matic fue sobre cómo se habían encontrado en este lejano país africano.

—Eso es una larga historia —sonrió la cantante, que se presentó como Liuba—. Nos salió trabajo en Egipto y, aunque no nos negamos a ir para allá, tuve problemas para entrar y, como ya habíamos decidido viajar, aquí nos encontramos. ¿Sabes, hermano? Desde que Milosevic está en el poder, solamente tenemos problemas y guerras.

—Ahora no hay que pensar en la guerra, vamos a divertirnos —propuso Doykov apretando fuerte hacia sí una yibutiana.

—Sí, el búlgaro tiene razón —coincidió Matic. ¡Salud!

De esta manera todos ellos empezaron una fiesta con comida, bebidas y bailes. El cabo primero repetía en cada brindis: "Cuando estemos peor, que estemos siempre como ahora. ¡Salud!".

El *adjudant chef* Matic y su amigo Doykov también estaban de vacaciones y habían decidido, en vez de regresar a Francia, divertirse en el territorio africano. La vida de los legionarios en el escuadrón está muy aislada y aprovechaban cada llegada a la capital para festejar y entretenerse con la abundante variedad de bellezas de color que ofrecía Yibuti. Pero esa noche era muy distinta para el *adjudant chef* y esta vez, excepcionalmente, no se fijaba en las africanas, que aguardaban con interés que las eligiera. Matic estaba inmerso en una conversación sobre el pasado de Yugoslavia y ni por un momento se había separado de Liuba y los músicos macedonios.

Doykov, previendo que su compañero serbio iba a pasar sus vacaciones melancólico, y probablemente en los brazos de la cantante, invitó a Klis a seguir con el plan e ir a buscar más chicas a alguno de los hoteles que él mismo le iba recomendar. Ya era de madrugada cuando el búlgaro decidió dejar a la muchacha que estaba con él y llamó a Klis:

—Polaco, ¿tienes que rebajar la tensión de tus huevos? Voy a llevarte a un lugar donde hay chicas mejores que aquí.

—¡A sus órdenes, jefe! —respondió Klis medio borracho antes de despedirse.

—Veo que te hace falta el cuartel, legionario. ¡Adelante en marcha hacia el hotel *Pleine Ciel! En avant marche!* —fue la orden del también ebrio cabo primero Doykov.

Este hotel se parecía a "La Clínica", aunque las chicas no se abalanzaron tan rápido sobre los dos legionarios alegres. Aquí esperaban tranquilamente a que los mismos soldados eligiesen a unas de ellas. El menú era suficientemente abundante a pesar de la hora.

—Adelante, legionario Klis, qué estás esperando —le regañó el cabo primero.

—*A vos ordres, caporal-chef!* —gritó el polaco agarrando a la primera chica que vio de frente.

Cuando le tocó su turno el experimentado búlgaro empezó a tocar y observar a las chicas. Tocar y charlar antes de elegir se hacía sin pagar, y Doykov no tenía prisa. Acarició a casi todas las chicas y al fin eligió a una de largas piernas y altura similar a la suya.

La experiencia con estas mujeres era algo como parte de la cena, o como un postre después del postre y, a veces también, parte del desayuno. Así era la vida legionaria en ese país caliente, lleno de bellezas africanas.

Por la mañana Klis se despertó con un dolor de cabeza horrible. Era el resultado de la borrachera y del caluroso clima. Además, se hacía evidente que le hacía falta entrenamiento "especial" por parte del búlgaro parrandero, ya que se había pasado la mayor parte del año en aislamiento y soledad dentro del cuartel. El cambio brusco del régimen deportivo y la disciplina del cuartel a las fiestas, el desenfreno y las chicas, resultó, por momentos, muy difícil. El cabo primero Doykov, a diferencia del polaco, se había levantado de buen ánimo y se le veía en un estado excelente. A las diez de la mañana ya estaba desayunando con una cerveza fría.

—¡Oye, polaco, estamos de vacaciones, muchacho, tenemos que aprovechar cada minuto hasta el último segundo! ¡Vamos, relájate!

—*Oui, caporal-chef!* Pero yo prefiero un café y un poco de agua.

—Se te van a oxidar los intestinos con esta agua. Dime, ¿cómo te fue anoche con tu chica? Yo no he probado a esa todavía.

—Bien, bien, pero estoy buscando a una muchacha de "La Clínica" y no puedo encontrarla porque no sé cómo se llama —el polaco no olvidaba a la pantera negra de su primera noche de placer en Yibuti.

—¿De "La Clínica"? ¡Por qué no me lo dijiste antes, hombre! Soy viejo cliente de allí y conozco a todas las chicas. Vamos a tomarnos una cerveza y luego vamos para allá.

Tomaron tres cervezas cada uno mientras desayunaban y, en realidad, Klis se sintió mucho mejor después. El dolor de cabeza y la resaca ya habían desaparecido cuando entraron en "La Clínica".

El búlgaro, que hablaba bien francés, empezó a interrogar a las chicas por la compañera del primer fin de semana del polaco y entendió que ella ya no trabajaba en el local.

—Lo siento muchacho, pero ella ya no está aquí. Si insistes tanto tendremos que pagar a su amiga, quien ha propuesto llevarnos hasta su casa.

—¡Sí, pagaré, quiero encontrar a esa muchacha!

—¡Parece que te enamoraste a fondo! A mí me sucedió lo mismo cuando era novato, pero lo tuyo es un caso grave. ¡No tienes por qué gastar todo lo que has ahorrado con tanto esfuerzo! ¡Está bien que nos divirtamos, pero no hay que pasarse! El problema no es que estés enamorado, el problema viene cuando la chica se da cuenta de que estás enamorado de ella y entonces te empieza utilizar como su cartera; te llevará de paseo y le comprarás muchas cosas hasta que se te acabe el dinero. ¡Eres ya mayorcito, pero ten cuidado!

—¡Estoy seguro, quiero encontrarla!

—Bueno, pues andando entonces, yo voy con su amiga y, si la encontramos, iremos a una isla donde no gastaremos mucho. Ellas cocinarán mientras nosotros nos bronceamos en la playa como lagartos, y pasaremos el día bebiendo cerveza y follando. ¿Qué te parece?

—*A vos ordres, caporal-chef!* —sonrió el polaco, pero esta vez lo dijo en broma.

Los dos legionarios, acompañados por la amiga del gran amor de Klis, cogieron un taxi en las polvosas calles de Yibuti.

El polaco entendió que su amada se llamaba Rosa y que había decidido dejar la vida en "La Clínica". La nueva compañera de Doykov se presentó con su verdadero nombre árabe, que era Salamá, lo que llamó la atención del militar por su sencillez y sinceridad. Era nueva en "La Clínica" y había reemplazado a su amiga Rosa. El búlgaro no la había visto anteriormente y por eso sentía curiosidad. A diferencia de su preferida de piernas largas la noche pasada, Salamá era achaparrada, de las denominadas "amantes de bolsillo", y tenía una cara muy tierna y bella. Le había caído bien a Doykov desde el momento en que la vio y, aparte de la curiosidad por una nueva aventura sexual, el cabo primero había cedido ante el encanto de aquella chica y estaba hechizado por su delicadeza. Durante todo el tiempo la trataba como una verdadera dama, y la yibutiana se sentía adulada. Hizo todo lo posible por encontrar a Rosa y al fin lo lograron en algo parecido a un salón de belleza.

El edificio era muy antiguo y todas las mujeres estaban sentadas en el suelo, que estaba lleno de polvo. Sólo dos muchachas hacían trenzas o planchaban los rizos finos de sus clientas, por lo cual se podía deducir que era un salón de belleza. Entre las muchachas que había sentadas esperando su turno se encontraba la musa de Klis, la pantera negra a quien con tanta pasión se había entregado al polaco durante su primera jornada en "La Clínica". Cuando le vio ella no pudo creer lo que veían sus ojos y se quedó atónita. Pero después de que Salamá le explicó cómo el polaco la había buscado, en su rostro apareció una dulce sonrisa. Se levantó y le dio un largo beso a Klis, exactamente igual que lo había hecho la primera vez.

—Hoy no voy a cambiar mi peinado —decidió Rosa—. Díganme, solamente, ¿a dónde vamos?

—¡A la isla de las tortugas! —sentenció con rotundidad el cabo primero.

—¡Ouaramous! —gritaron de alegría las dos amigas.

Ouaramous era el nombre oficial de la isla, pero debido a la abundancia de caparazones de tortugas se la conocía más como la isla de las tortugas. Cuando no había corrientes fuertes se podía ir fácilmente hasta ella a pie o en camioneta por una pintoresca laguna de arena.

El polaco no entendía exactamente cuál era el lugar al que los iba a llevar Doykov, pero estaba tan feliz de haber encontrado a su Rosa que no le importaba mucho dónde iban a viajar. Un taxi destrozado con dos legionarios felices y sus elegidas para unas cortas vacaciones se dirigió hacia el mercado para aprovisionarse de productos necesarios ante la aventura inminente que les esperaba.

Las yibutianas no tenían mucho equipaje ya que en las playas aisladas donde iban a pasar la mayoría del tiempo no necesitaban ropa. El equipaje principal de los legionarios es la cerveza y la hielera, la comida pasa a ser una cosa complementaria.

Cuando llegaron a la laguna de arena empezaron a andar con cuidado hasta la isla. Klis llevaba en sus hombros casi todas las provisiones mientras que Doykov iba delante llevando otra parte del equipaje. Cuando llegaron a la isla formaron rápidamente un campamento cerca de unas chozas abandonadas y se dirigieron corriendo al agua quitándose la ropa y tirándola por la arena.

De vez en cuando las parejas se aislaban unas horas en las chozas y después entraban al agua de nuevo.

Transcurridos tres románticos días en este paraíso las provisiones empezaron a disminuir. Había llegado el momento de pensar en regresar a la costa y a la vida de la capital cuando vieron que se acercaba un hermoso yate a la playa. Klis se sorprendió de ver este pequeño barco tan cerca de la playa. Las chicas, que estaban completamente desnudas y tendidas en la arena, se pusieron unas camisetas de los legionarios a toda velocidad y así cubrieron algo sus cuerpos.

—¡Hoy no hemos bebido tanto como para tener semejante alucinación! —empezó a preguntarse Doykov—. Evidentemente, nos ha dado mucho el sol durante los tres días en esta playa, pero nunca había visto un barco navegando por las islas.

La sorpresa del cabo primero fue todavía más grande cuando constató que en la cubierta no estaba otro que el mismísimo *adjudant chef* Matic, que era quien hacía mucho tiempo le había traído aquí por primera para conocer el cementerio de tortugas.

—¡El búlgaro! ¡Jaajajaja! ¡Sabía dónde iba a encontrarte! —empezó a reírse el serbio desde la cubierta—. No puedo creer que lleves contigo solamente a una chica cuando de costumbre llevas dos o tres.

—Ahora estoy enamorado —sonrió Doykov—. ¿Y tú, Matic, acaso no estás desertando con este yate?

—No, no he llegado todavía a ese momento, sólo he decidido dar un paseo por las islas con mis compatriotas.

Doykov advirtió que a bordo del yate iban Liuba y el resto de músicos macedonios. El *adjudant chef* había aflojado su billetera y había decidido vivir al menos una semana a lo grande antes de regresar de nuevo al escuadrón, donde todo tenía asegurado. Se había alquilado el yate más caro del país, el cual contaba además con un equipo completo de buceo. En la embarcación había espacio suficiente, y dado que las provisiones de los cuatro habitantes de la isla estaban a punto de terminarse, subieron a bordo y todos juntos partieron con el yate alquilado por Matic.

La península de Somalia, conocida también como el cuerno de África, es una de las más hermosas en el mundo. El *adjudant chef* en realidad no había gastado su dinero en vano, y gracias a él todos vivieron un momento inolvidable de plena libertad navegando por las aguas del mar Rojo. En las islas por las que pasaban era muy difícil elegir dónde atracar, pero Matic, de repente, dio una orden:

—¡Viro a la izquierda! ¡Vamos a conquistar esa playa!

El cabo primero Doykov y el legionario Klis sonrieron y preguntaron juntos:

—¿Dónde atracaremos capitán?

—Cada uno donde quiera. Aquí es donde vamos a pasar las últimas horas de nuestras vacaciones. *En avant!*

El búlgaro y el polaco saltaron los primeros al agua y empezaron a nadar hacia la isla. Los músicos les siguieron pronto y Matic se quedó en la cubierta con Liuba y las yibutianas contemplando las hermosas vistas que ofrecía la naturaleza del mar Rojo. Habían alcanzado la isla Maskali y, junto a ella, se apreciaba también la isla Mousha, su hermana aunque considerablemente más grande.

De esta forma los legionarios pasaron un día más en el paraíso entre las islas de arrecife de coral de la costa de Yibuti. Las vacaciones se acabaron tan pronto que a Klis todo le pareció un sueño. El cambio brutal del régimen de cerveza por las rutinas deportivas del grupo de combate iba a ser muy doloroso.

Cuando volvió a formar filas con sus hermanos de la tercera compañía, Klis se dio cuenta de que, por primera vez desde que se había incorporado a las filas de la Legión, iba a tener dificultades serias para cumplir con el deporte matutino.

Por otra parte, el cabo primero Doykov y el *adjudant chef* Matic no tenían este problema en la sección de mantenimiento. Ellos mismos organizaban el deporte en sus respectivos grupos y a menudo preferían ir al gimnasio para ejercitar los músculos con pesas y estar de buen ver para la siguiente salida a la ciudad. El trabajo de Doykov en los últimos tiempos era sobre todo reparar unas instalaciones dañadas por los legionarios en un bar cerca del cuartel conocido como "La gasolinera". Para ello recurría también a la ayuda de su compatriota Petkov, un veterano de Yugoslavia. Plamen Petkov había sido el mejor amigo del búlgaro Gueorgui, del Segundo Regimiento Extranjero de Infantería. Todavía no podía entender cómo le había sucedido este accidente a su camarada de Sarajevo, y desde el momento en que se enteró de su muerte no había salido del cuartel. Plamen tenía intención de ahorrar todas sus nóminas y después volver a su patria o instalarse en París. Con Doykov se llevaba muy bien porque levantaban pesas regularmente en el gimnasio y, además, se entendían muy bien en el trabajo.

El cabo Petkov se merecía el respeto que le profesaban los legionarios debido a sus méritos en combate, que se podían palpar en las insignias y medallas que llevaba en su uniforme de desfile. Pocos legionarios de la generación actual podían presumir de tener tantos galardones. Casi había perdido la vida durante una misión y, gracias a la intervención rápida de los helicópteros médicos, ahora podía, no solamente caminar, sino correr y seguir en las filas de la Legión. El cabo Petkov recordaba cómo su compatriota Gueorgui y binomio fiel en Sarajevo había reaccionado de inmediato alertando a los pilotos de los helicópteros cuando él cayó herido. Antes de perder la consciencia, y pensando que aquellos eran los últimos instantes de su vida, Petkov se había dirigido a Gueorgui y había logrado susurrar "me han dado". Cuando se despertó en el hospital de París comprendió que había sobrevivido de milagro. Varias veces había intentado comunicarse con Gueorgui y agradecerle su auxilio. Le había enviado saludos a través de amigos y conocidos, pero nunca más pudo verlo. El destino les había separado, y cuando la noticia del accidente llegó a sus oídos quedó destrozado.

Después de abandonar el hospital en París, el cabo Petkov permaneció en Aubagne en el Departamento Administrativo de los Aislados (SAI), perteneciente a la Compañía Administrativa del Personal de la Legión Extranjera (CAPLE). Se había quedado casi un año en esta compañía y había pasado por diversas comisiones médicas, hasta que la última determinó que su salud estaba restablecida y podía quedarse en servicio activo en las filas de la Legión hasta terminar su primer contrato de cinco años. El coronel y los oficiales de Aubagne, después de una valoración detallada, decidieron mandarlo a Yibuti para agradecerle la valentía y la entrega mostradas durante su servicio en el Segundo Regimiento Extranjero de Infantería. Y fue de esta forma como Plamen Petkov acabó convirtiéndose en el ayudante fiel del electricista Doykov en la sección de mantenimiento.

Los legionarios de este escuadrón, situados a unos cuarenta kilómetros de la capital Yibuti y ubicados en el cuartel que llevaba por nombre Brunet de Sairigné, no tenían muchos lugares donde divertirse en el pequeño pueblo de Oueah. Este regimiento era uno de los últimos puestos aislados del ejército francés que no había cambiado de localización desde el año 1968. Los legionarios que servían allí eran llamados "los guardias del desierto". Los oficiales, suboficiales y los simples soldados que llegaban a este escuadrón acumulaban una experiencia increíble viviendo en completo aislamiento de la civilización. Las secciones estaban muy unidas y, como siempre, todos formaban una gran familia.

Se organizaban permanentemente maniobras para los tiradores y los pilotos de los ERC 90 SAGAIE, vehículo de combate denominado "tanque con ruedas de hule" o solamente máquina de combate con cañón de 90 mm. Este pequeño y rápido tanque fue especialmente adaptado para las misiones de reconocimiento del escuadrón. La meta principal del soldado era convertirse en un tirador perfecto, y por eso los legionarios del cuartel en Oueah se ejercitaban durante un mes entero en el desierto con tiroteos de entrenamiento.

La vida aislada, los incesantes entrenamientos y los suministros con los que debían cargar físicamente no solamente templaban los cuerpos, sino el carácter de esos soldados. Las secciones del escuadrón que pasaban formaciones de tres meses en CECAP lo hacían con el fin de perfeccionar todavía más su resistencia física y técnicas de combate, y debían estar listos en cualquier momento para maniobras militares.

"Los guardias del desierto" vivían como sus antecesores de la vieja Legión, separados del mundo y siempre listos para la batalla. En el ejército francés seguían existiendo solamente dos puestos alejados y separados del resto: el Escuadrón en Oueah y un destacamento de la infantería marina en la Polinesia francesa.

Los legionarios aislados en el desierto construyeron una compañía fuerte y unida porque, además de que pasaban la mayor parte de su tiempo libre en el mismo cuartel, su vida estaba especialmente vinculada de la vida de la población indígena del pueblo de Oueah. El escuadrón daba trabajo a los habitantes del pueblo, que se encargaban de la limpieza del cuartel y el mantenimiento de algunos de los edificios. Esto aseguraba a los legionarios más tiempo para dedicarse al entrenamiento y a las maniobras militares de aprendizaje. Cuando las secciones volvían de las "maniobras pesadas", era una tradición visitar el lugar más interesante del pueblo, *La Station*, un bar creado en el edificio de una gasolinera abandonada. El entusiasmo de los legionarios y su deseo de participar en una verdadera batalla quedaban patentes a menudo en una fiesta ardiente que terminaba con la destrucción completa del bar, pero sin pleitos entre las partes.

El dueño del local era el chamán del pueblo y también alcalde de Oueah. Se le conocía simplemente como el *chef du village* (el cacique del pueblo). Para conservar sus buenas relaciones con los lugareños, después de cada fiesta legionaria destructiva la sección de mantenimiento del cuartel se encargaba del trabajo de reparación de daños causados en "La Gasolinera". El *adjudant chef* Matic mandaba al cabo primero Doykov con el cabo Petkov, quienes en un esfuerzo conjunto preparaban el único bar del pueblo para el regreso de sus compañeros. Ni Doykov, ni Matic ni tampoco Petkov habían participado en estas célebres "batallas" en las que sillas, mesas, ventiladores, lámparas y ventanas sustituían dignamente las aspas de los molinos de Don Quijote.

Los miembros de la sección de mantenimiento no participaban regularmente en las maniobras, se dedicaban en organizar la vida en el cuartel y por eso disfrutaban de más tiempo libre, ratos que utilizaban para visitar la capital y probar bocado de la parte más dulce de la vida en África. Pero llegó un momento en que todo el escuadrón se tuvo que preparar para una complicada maniobra militar que incluía disparos en el desierto y una demostración de fuerza militar en los puntos fronterizos. En esta maniobra estaba incluida la sección de mantenimiento. Matic y sus ayudantes debían disparar junto a otros compañeros y recordar el servicio en los grupos de combate. Además, tenían orden de cuidar las provisiones y asegurar la distribución de agua entre las secciones.

Después de tres meses de disparos en los paisajes lunares del desierto los legionarios llegaron a la frontera con Etiopía.

El capitán, contento de los resultados, se dirigió hacia sus tiradores:

—¡Hoy los tiradores de ERC 90 SAGAIE han demostrado un nivel propio de auténticos legionarios! *Vive l'Escadron! Uraaaaa!* ¡Somos los mejores!

—*Vive l'Escadron!* —respondieron unánimemente los soldados desde las compuertas de sus tanques.

—¡Antes de levantar las narices tienen que pensar que la meta final de la maniobra de hoy no se ha alcanzado únicamente gracias a la puntería de sus disparos, sino también gracias al trabajo de todo el escuadrón! Han estado unidos y cada uno en su puesto: los tiradores, los pilotos, los conductores de P4 y, por supuesto, los compañeros de mantenimiento, los cuales con el *adjudant chef* Matic han estado en todo momento cuidando de que siempre tuviéramos comida y agua durante las maniobras.

—¡Ueeee! *Vive l'Escadron!* —exclamó Doykov, y todos siguieron su ejemplo.

Una semana más tarde todo el escuadrón volvió al cuartel de Brunet de Sairigné y, cuando se acercaba la noche, los legionarios que no estaban de servicio ni de guardia se dirigieron hacia su único bar: "La Gasolinera". Esta vez los que se preparaban para la fiesta eran más numerosos que de costumbre porque todas las secciones habían participado juntas en las maniobras. Algunos venían por primera vez a probar suerte en esas fiestas entre legionarios. Doykov y Petkov también decidieron ir a este lugar donde todo estaba listo para recibir a "los guardianes del desierto". Los militares estaban muy inspirados después de las maniobras y sus deseos de batalla aumentaban proporcionalmente a la cantidad de alcohol ingerido.

Esa noche se bebieron docenas de litros de whisky y cerveza, y la destrucción no tardó en aparecer. En esta ocasión llegó tras el grito de combate de un cabo:

—¡Vamos a aplastar a todo el que se nos oponga! ¡Ueeee! *L 'Escadron on est les meilleurs!* —gritó dejándose la garganta a la vez que tiraba una silla hacia una parte del bar donde solamente había botellas vacías.

El barman, conociendo ya las heroicidades de esos combatientes nocturnos, sabía lo que iba a suceder y se deslizó arrastrándose como un gusano entre los legionarios. Pronto otros tiradores siguieron el ejemplo del caporal, gritando: *On est les meilleurs* (somos los mejores). Se incorporaron los pilotos de los tanques, que empezaron a golpear las mesas y a patear las sillas acompañando a sus tiradores. Cada objeto en el bar se había convertido en un enemigo. Un combatiente joven y exaltado se subió a una mesa y descolgó uno de los enormes ventiladores del techo.

En pocos segundos el ventilador se desgarró y el legionario ebrio cayó al suelo, pero lejos de rendirse siguió luchando con sus hélices tratando de doblarlas.

Eran soldados preparados durante meses y años para entregar su vida en combate, pero en un combate que no había. Cada uno de ellos quería comprobar su entrega en la lucha contra el enemigo y, en los momentos de ebriedad, su energía se desataba contra el inocente bar.

—Mañana vamos a tener mucho trabajo —determinó Petkov echando una mirada a Doykov.

—Así es. ¡Pero ahora nos vamos a divertir! —gritó el cabo primero y empezó a lanzar por la ventana las botellas vacías que habían sido arrojadas al suelo—. Podemos empezar con la limpieza. ¡Adelante! ¡Tiren las granadas! —gritó a sus compañeros, todos bien beodos.

—Ueeeh —gritaron los camaradas que hasta entonces estaban ocupados en la batalla de sillas, y acto seguido empezaron a tirar fuera las botellas vacías siguiendo el ejemplo del búlgaro. *Vive le caporal-chef! En avant, jeter les granades!*

Los habitantes del pueblo se abstenían de pasar en estas horas cerca del bar de los legionarios para no ser confundidos con enemigos y ser arrastrados por la locura de los combatientes. Por suerte, después de que se tomaban todo el alcohol existente y saciaban su deseo de combatir, los reclutas se tranquilizaban y se iban a dormir al cuartel. Al día siguiente estaban como nuevos y la vida continuaba con el ritmo normal de un escuadrón aislado de la civilización.

A la mañana siguiente el cabo primero y su compatriota se encargaron de arreglar a toda prisa los desperfectos para evitar problemas con el cacique del pueblo.

Al mismo tiempo en el cuartel "Monclar" el polaco Klis tomaba cerveza con sus compañeros de destino y hacía cuentas de cuánto dinero se había gastado durante las vacaciones.

—¡Viviste bien, polaco! —le felicitó Stephane—. Incluso navegaste en un yate y lo pasaste como un millonario.

—Sí, pero ahora, haciendo bien las cuentas, resulta que me he gastado la mitad de mis ahorros solamente en dos semanas —comentó Klis.

—Bueno, así es, un legionario estando de vacaciones no puede ahorrar, y menos si lo hace entre preciosas mujeres africanas —sonrió Jean Philippe.

—Al principio todo aquí me parecía barato —se asombraba Klis.

—Sí, a todos nosotros nos parecía así al principio, y es exactamente por eso que nos pasamos con la cantidad, tanto con las chicas como con el alcohol. Una vez borrachos nos olvidamos de la realidad y exageramos en todo pensando que somos millonarios.

—*C'ést vrai. C'est exactement ça.* —le dio la razón el polaco, que había perfeccionado su francés merced a las charlas con las yibutianas—. Pero no pensaba que fuera posible gastar tanto dinero en un plazo de tiempo tan corto.

—Con ellas todo es posible —empezó a extraer conclusiones Stephane—. Nos dejan la cabeza dando vueltas hasta el punto que no entendemos cómo hemos sacado tanto dinero, algo que nos pasa más a los soldados, que tenemos sed de ellas.

—Evidentemente es la magia negra de África —sonrió Klis.

—Desgraciadamente, no solo sucede en África, polaco —añadió con una voz triste Stephane.

—Sí, pero por lo menos tú tienes una novia en Nimes que te ama, te espera y te manda cartas a menudo, mientras que las yibutianas con las que estuve recogieron mi dinero y eso fue todo, punto y final. Seguro que ya no se acuerdan ni de mi nombre—respondió Klis—. Yo pensaba que, por lo menos, una de ellas me amaba…

—Lo primero es que yo ya no tengo novia —declaró aún más deprimido Stephan—. Y lo segundo, que todas las mujeres son iguales. Nosotros queremos amarlas con pasión y ellas quieren nuestro dinero.

—No estoy de acuerdo —le cuestionó Klis—. En Polonia tenía novia y nos amábamos. Fue algo verdadero.

—¿Y dónde está ahora tu novia? —le preguntó bruscamente Jean Philippe—. Seguramente está liada con otro.

—Nos separamos —el polaco puso cara de estar confuso— y ella se casó con un conocido…

—Que tenía más dinero que tú —le interrumpió Stephane.

—No sé, pero probablemente tengas razón porque en ese momento de mi vida yo no tenía nada, y precisamente por eso vine a la Legión —coincidió Klis—. Pero, tal como os veo, creo que probablemente tengáis un problema internacional con las mujeres.

—Sí, es cierto, lo tenemos —no le desmintió Jean Philipe—. A nosotros las mujeres nos han desplumado, especialmente una.

—¿Con esta cantidad de yibutianas acaso os enamorasteis de la misma chica? —sonrió Klis.

—Como te hemos dicho, el problema no está en Yibuti, aquí pagas y recibes sexo en abundancia y de buena calidad, no hay sentimientos y todo está claro, pero en nuestro caso sucedió algo más complicado. ¡Cuéntaselo tú, Jean Philippe! —se dirigió Stephane a su amigo.

—Sí, se trata de una situación muy desagradable en la que caímos nosotros, los dos cabos del Segundo Regimiento Extranjero de Infantería —comenzó el francés. Recordarás que venimos de Nimes y llegamos junto contigo a Yibuti. Pues bien, en el Segundo Regimiento Extranjero de Infantería prestábamos servicio en distintas compañías y no nos conocíamos bien, así que mientras yo estaba de maniobras o realizando algún entrenamiento la compañía de Stephane estaba en el cuartel. Lo mismo sucedía con los servicios de guardia, cuando la compañía de Stephane asumía esta tarea yo salía a descansar, y por eso no coincidíamos nunca en los bares de Nimes. Nos habíamos visto pero solamente dentro del regimiento.

—¿Y qué tiene que ver esto con vuestro odio hacia las mujeres? —preguntó asombrado Klis.

—Bueno, te diré que se trata de la novia de Stephane, quien tan amablemente y hasta hace poco le escribía cartas de amor. A cambio nuestro amigo le estuvo enviando dinero durante diez meses. La susodicha, de la que no quiero ni mencionar su nombre, resultó también ser mi prometida, y yo también le enviaba dinero hasta hace una semana utilizando el correo militar. El *adjudant chef*, que estaba encargado de estos envíos y a quien yo le había dado el dinero, un día me preguntó por casualidad qué tenía en común con esta dama, y cuando le mencioné que era mi novia, por poco se le cayeron las gafas. Revisó los documentos y me mostró que Stephane le enviaba diez mil francos cada mes. Al principio pensábamos que se trataba de un error, pero cuando Stephane me enseñó su fotografía y comparamos el número telefónico nos dimos cuenta de que nos había engañado. Por eso tú no has perdido nada

327

en comparación con nosotros. Por lo menos has vivido como un millonario, nosotros regalamos nuestro dinero a una prostituta que nos convirtió en tontos. En caso de que la encuentre viva la voy a despellejar —amenazó el francés pidiendo una cerveza más para ahogar su pena.

—¡Bebamos entonces por las muchachas africanas! —concluyó el polaco e hizo un brindis.

A pesar de este brindis Klis no salió más a visitar los bares y los hoteles de Yibuti, sino que retornó a su vida anterior en el cuartel dedicándose al deporte intenso y a los entrenamientos de combate. Las chicas calientes e interesadas únicamente en las billeteras de los legionarios eran bastante peligrosas, y detrás de las paredes del cuartel se sentía más seguro. El polaco había entendido que pocos legionarios tenían la suerte de servir en Yibuti y ganar veinte mil francos al mes. Decididamente quería regresar a Europa con dinero.

***

En la capital yibutiana se organizaban también eventos deportivos en los que además de los legionarios podían participar jóvenes del país. Aquel año el mismísimo general Piquemal, inspector de la Legión Extranjera, había venido a África para participar personalmente en el semi-maratón organizado en medio del paisaje desértico de Yibuti. Las singulares condiciones climáticas convertían esta prueba deportiva en una prueba muy exigente para todos los participantes. Además, por primera vez iban a correr más de treinta personas de la población local, y el ambiente estaba muy animado. En años anteriores los legionarios siempre habían ganado con una gran ventaja sobre los representantes locales, pero esta vez era evidente que los jóvenes de Yibuti tenían ganas de triunfar.

El general Piquemal dio el comienzo del maratón y él mismo encabezó el grupo durante el primer kilómetro. Después de unos cuantos minutos los participantes desaparecieron detrás de la línea del horizonte y el público esperó tranquilamente el regreso de los corredores. Klis y su compañía pretendían obtener una gran ventaja ante los demás porque su compañía era la más activa en los eventos deportivos. El polaco cargaba a sus espaldas con más de un año de ejercicios en medio del calor sofocante del desierto y estaba suficientemente acostumbrado al clima como para no tener dificultades durante la carrera.

Fue uno de los primeros que se atrevió a adelantar al general Piquemal y adentrarse en la batalla por el primer lugar. Después de veinte segundos el pequeño grupo que encabezaba el maratón empezó a dividirse. El polaco, que estaba situado entre las cinco primeras posiciones, sintió que sus fuerzas se agotaban y bajó el ritmo. Sabía que había superado ya más de la mitad de la distancia pero debía ahorrar fuerzas para la parte final, así que por ahora no tenía la intención de agotar su último aliento. En el momento en que redujo la velocidad los dos legionarios de la Primera Compañía que corrían detrás le adelantaron. Klis palpó el cansancio de sus compañeros, que le rebasaron con mucha dificultad, y los dejó avanzar. Pero no resistieron mucho y a los cinco minutos el polaco estaba de nuevo en la quinta posición.

Faltaban cerca de dos kilómetros para el final cuando Klis empezó a acelerar sus pasos de nuevo alcanzando el cuarto lugar. El polaco había calmado su respiración y se sentía preparado para darlo todo en el último kilómetro cuando, de repente, uno de los corredores locales le adelantó como una flecha. No podía creerlo, ese chico del desierto corría como si el maratón acabase de empezar. En el rostro del yibutiano había una sonrisa y no se le notaba tensión alguna. A los pocos minutos Klis le perdió de vista porque el chico adelantó de la misma manera al resto de los legionarios que peleaban por el primer puesto. El cabo primero Doykov, junto a su ayudante fiel Petkov, estaban ya cerca de la línea final listos para anotar el tiempo con que llegarían primeros a la meta y determinar no solamente a los ganadores individuales, sino también la mejor compañía.

La sorpresa no fue sólo para los dos legionarios porque el público tampoco podía creer lo que estaba viendo, ¿qué estaba pasando? A la meta se acercaba uno de los civiles corriendo con la agilidad de un antílope. Además de que era el primero había dejado a los demás muy atrás e iba corriendo sin el menor cansancio. Doykov anotó el número del ganador mientras el público local gritaba en dialectos africanos de todo género. Cuando llegó el último de los civiles, a gran distancia de los legionarios, terminó el semi-maratón y el general Piquemal declaró el final de prueba llamando al vencedor para saludarlo personalmente:

—Un civil hoy tiene el honor de ganar el semi-maratón, y le voy a entregar personalmente el premio de cinco mil francos franceses. ¡Que el público escuche tu nombre, muchacho! —se dirigió el general hacia el joven campeón.

—Mohamed, Mohamed Ouadi —dijo en voz alta el corredor local y el público yibutiano empezó a jalearle de nuevo.

—Te felicito, Mohamed Ouadi, y te entrego en nombre de la Legión Extranjera la copa del maratón por este gran día, junto al premio de cinco mil francos franceses —el general estrechó la mano del muchacho y después siguió—. Además de este premio tengo una propuesta para ti. En la Legión estamos necesitados de jóvenes luchadores como tú, así que si estás interesado en servir en nuestras filas mañana puedes viajar conmigo a Francia.

—*Oui, general!* —respondió Mohamed entusiasmado, aunque después se puso algo tímido—. Es que yo no soy de Yibuti, vine a pie por el desierto de Etiopia y con los documentos...

—En la Legión no importa de dónde eres, lo importante es que quieras servir, déjame lo demás a mí —le aseguró el general y se dirigió nuevamente al público—. Como les dije, un civil ha ganado el semi-maratón, pero a partir de mañana estará en las filas de la Legión Extranjera.

Unos cuantos meses más tarde Mohamed Ouadi terminó la instrucción en Castelnaudary y fue incorporado al Primer Regimiento en Aubagne. Fue incluido en la compañía deportiva, nombrada *Equipe de Cross*, que contaba solamente con alrededor de diez soldados que eran los mejores corredores de la Legión Extranjera y los que participaban en varias pruebas y maratones alrededor del mundo.

Tras un día agotador bajo el sol africano solamente a los legionarios se les podía exigir que siguieran compitiendo entre compañías, y así llegó la hora de la última prueba, la cual debía llevarse a cabo en las aguas del mar Rojo. En competición de natación, la Primera Compañía tenía una ventaja ya que su especialidad era precisamente la inmersión y las acciones de combate en el agua.

Los miembros de esta compañía disponían de un centro especial de deportes acuáticos y pasaban la mayor parte de su tiempo en maniobras y entrenamientos. En esta disciplina deportiva eran claramente los mejor preparados. Así como en la clasificación por equipos en el maratón la Tercera Compañía encabezaba con una pequeña diferencia la puntuación, ahora los integrantes de la Primera Compañía esperaban ganar en natación y salir victoriosos de la clasificación definitiva.

La victoria estaba muy reñida. En ningún momento se notaba el cansancio en las caras de los participantes del semimaratón. En las pruebas los legionarios lo daban todo de su parte como si se tratase de maniobras de combate. El honor de la compañía era la cosa más importante, y cada participante debía hacer el máximo esfuerzo para que su compañía ganara.

Como legionario ejemplar y experto nadador, el polaco Klis esta vez no escatimó fuerzas lo más mínimo durante la prueba final. Poco antes, en el maratón, había sido humillado por el yibutiano y ahora, en esta última prueba, había decidido combatir ferozmente. Cuando se acercaba hasta la orilla determinada como punto final de la prueba, Klis vio que delante de él nadaba solamente un legionario y, alcanzándole con sus últimas fuerzas, comprobó que era uno de los sargentos de la Primera Compañía. Si conseguía adelantarle en estos últimos cincuenta metros de maratón acuático podría colocar a su Tercera Compañía delante en la clasificación final. Todo era una lucha por el honor.

Aquí no había premio de dinero ni de ninguna clase. Había que defender únicamente el honor del equipo, que en este caso era el grupo de combate que se había convertido en su única familia.

Hasta Klis mismo no alcanzó a entender de dónde le nacieron las fuerzas, o si le ayudó la marea, para conseguir aventajar en los últimos diez metros al sargento por metro y medio. Esta pequeña pero indiscutible ventaja convirtió a Klis en el héroe del día por ser la clave para que su compañía venciese en la clasificación final por equipos.

Unos cuantos años más tarde la Primera Compañía fue disuelta y sus legionarios abandonaron la base de Obock. El centro de entrenamiento acuático donde se forjaban los comandos de la Primera Compañía se traslado a Arta Plage y se creó el nuevo centro "Anfibia", que llevaba el nombre del sargento Cavagna (*Centre amphibie Cavagna*). Este valiente y lunático suboficial de la Legión se había hecho famoso en los años setenta cuando inventó el centro de entrenamiento extremo más peligroso del mundo, el cual incluía escalada y alpinismo, saltos de altura sin paracaídas y otras pruebas de riesgo sin protección suficiente. Este tipo de entrenamiento creado por el sargento Cavagna fue conocido como *La voie de l'inconscience* (el camino de la inconsciencia) por los peligros y la imprudencia a la que se veían sometidos los soldados durante los entrenamientos.

Muchos de los legionarios de la Decimotercera Semibrigada de la Legión Extranjera de esta generación pasaron por este aprendizaje, que empezaba en Obock y terminaba en Arta Plage. El sargento Cavagna mismo se encargó de realizar miles de demostraciones en el circuito de entrenamiento que él había creado y donde cada vez aumentaba más el riesgo buscando la pretendida perfección. Así, en abril de 1979 el sargento, valiente hasta la locura, encontró su muerte durante una demostración de salto en helicóptero sobre el mar Rojo sin paracaídas. La valentía es una de las capacidades que el legionario templa durante numerosos aprendizajes en los centros especiales de comandos. De este modo, durante una acción real el soldado no se ve afectado por el pánico porque durante los entrenamientos ha aprendido a superar el miedo.

***

Klis estaba de nuevo en el avión junto con el *adjudant chef* Matic, pero esta vez el vuelo salía de Yibuti para llevarles de vuelta a Francia y el viejo continente. Los dos años en Yibuti habían convertido al antes traumatizado y tímido novato en un cabo severo que se había ganado sus charreteras pasando por los variados caminos de imprudencia que ofrece el centro de entrenamiento de comandos en Arta Plage (CECAP).

El avión ya estaba en la pista y listo para despegar del continente africano cuando a Klis le invadió la nostalgia de su cuartel y su Tercera Compañía, la misma con la que había conocido el desierto y por cuyo honor había luchado de todo corazón. Después de la instrucción en Castel el cuartel de Monclar se había convertido en su nuevo hogar y, de repente, en el momento de dejar África atrás, el polaco se dio cuenta de que echaría de menos la vida dinámica de las compañías de combate en Yibuti. Se acordó de que en cada instante de su vida bajo el calor sofocante del desierto siempre tuvo a un hermano de armas a su lado que le apoyaba, le aconsejaba o

necesitaba de él. Allí, en la arena de las dunas y en las magníficas playas de la costa del mar rojo, Klis se había sentido por
primera vez parte de la gran familia de la Legión Extranjera.

Los motores del avión empezaron a chirriar y pronto atrave-
saron el aire caliente que cubría el asfalto de la pista. Ya estaban sobrevolando esa tierra africana que pronto iba a quedarse
atrás cuando el *adjudant chef* Matic notó la cara pensativa del
polaco y le palmeó el hombro preguntándole con una sonrisa:

—Veo que África ha cautivado tu corazón, polaco. ¿Qué es
lo que echarás más en falta ahora, las mujeres o el salario?

—Mi grupo de combate, *mon adjudant chef*, y la vida en mi
tercera compañía —respondió Klis.

—Mientes o estás loco, como Cavagna, que fue quien esta-
bleció estas locuras. Yo por poco me muero atravesando su
"camino de la inconsciencia". Ahora estoy muy bien en la
compañía de mantenimiento.

—Es verdad, entré en la Legión para ganar dinero —empezó
a explicar Klis—, pero la vida en la compañía de combate ha
resultado ser una cosa muy importante para mí.

—Sí, polaco, —coincidió Matic— y mis mejores compañeros son aquellos con los que estuve en la compañía de combate,
pero la Legión es una familia muy grande, y en cualquier lugar
al que te envíen tienes que servir con el mismo afán, como si
fueses el novato en la pequeña unidad de combate. De todas
maneras, siempre habrá necesidad de todos nosotros, es decir,
de las compañías y de los grupos de combate, de los mecánicos, de los cocineros, de la administración, así que todo está
vinculado y todos nosotros somos una familia, por lo que no
es justo separar a las compañías de combate de los demás. La
familia debe permanecer unida y bien integrada. Todos llevamos la gorra blanca y la boina verde y todos hemos pasado por
Castelnaudary, y después cada uno ha deambulado a lo largo
de su carrera por los distintos cuarteles de la Legión, pero al
final a todos nos guía una sola consigna, que es nuestro funda-

mento: *Chaque legionnaire est ton frère d'arme!* (cada legionario es tu hermano de armas).

El avión cruzaba ya el Mediterráneo y pronto el pequeño grupo iba a aterrizar en París. Dentro de dos días llegarían de nuevo a la casa madre de la Legión Extranjera, donde el coronel responsable del personal distribuiría a los recién llegados de Yibuti en distintos regimientos existentes en territorio francés.

Stephane y Jean Philipe regresaron también en el mismo grupo, pero a diferencia de los demás no se habían enriquecido porque se habían gastado todo su dinero del *jackpot* en Yibuti, en sus bares y en sus hoteles, con chicas ardientes, e incluso habían organizado apuestas para ver quién era capaz de pasar la noche con más mujeres. Cada fin de semana libre se habían divertido hasta empacharse, alquilando yates y navegando por el mar Rojo, y ahora volvían a Francia con los bolsillos vacíos pero con muchos recuerdos que habían logrado borrar el mal trago de aquella novia en común. No se preocupaban por el futuro porque habían decidido quedarse en las filas de la Legión, y como se dice en el viejo proverbio legionario: *La Légion est dure mais la gamelle est sure.*

INDOCHINA Y EL FIN DE SIDI BEL ABBES

La Segunda Guerra Mundial acababa de terminar cuando la Legión empezaba una nueva y sangrienta misión en Indochina. Sobre los soldados norteamericanos caídos en Vietnam se han escrito muchos libros, artículos, publicaciones, y se rodaron aún más películas y documentales, mientras que sobre los legionarios que habían combatido en ese mismo territorio unos cuantos años antes se ha dicho muy poco y sólo son recordados por sus compañeros de la Legión Extranjera.

En Francia reconozco que sí existen varios libros editados sobre el tema, aunque no son tan populares como las películas de Hollywood sobre soldados norteamericanos en Vietnam. Uno de esos libros que vale la pena mencionar es *Par le sang versé*, de Paul Bonnecarrère, corresponsal militar durante estos acontecimientos. Tenemos que reconocer también la importancia de las obras del legionario Erwan Bergot *Deuxiéme classe á Dien-Bien-Phu, La légion au combat, Narvik, Bir-Hakeim, Dién Bién Phu*. En ellas se argumenta que, en comparación con sus compañeros norteamericanos que llegaron a Vietnam años más tarde, los legionarios que combatieron en esta región contaban con menor técnica militar pero mucha más valentía, resistencia y fortaleza, ya que estaban siempre listos para morir por su patria, la Legión.

La Legión Extranjera enterró nueve mil de sus combatientes durante la Segunda Guerra Mundial, pero durante la guerra de Vietnam las víctimas fueron mayores. Los legionarios no reclamaron su gloria, simplemente cumplieron con su misión hasta el final y dejaron para siempre un gran ejemplo, entregando el testigo de la vieja Legión a las nuevas generaciones: *More majorum* (sigan el ejemplo de los antecesores).

Entre los caídos brilla con luz propia el nombre de Gabriel Brunet de Sairigné, un joven teniente entrenado en Saint Cyr e incluido en la estructura del Primer Regimiento de Infantería, donde tomó el mando de una sección de legionarios aislados en la pequeña ciudad de Kreider, Argelia. Al inicio de la Segunda Guerra Mundial se incorporó como voluntario en la Decimotercera Semi-Brigada de la Legión (13DBLE). Desde aquel momento la vida del bisoño oficial quedaría directamente vinculada al destino de esa legendaria brigada en la que recibió su bautizo de combate durante el desembarco en Narvik. De regreso a Noruega, Brunet de Sairigné hizo su elección y optó por seguir en las Fuerzas de la Francia libre.

Su camino pronto sería coronado con gloria y valentía. Estaba con Monclar en Messaouah cuando ascendió y se puso al mando del Primer Batallón en Bir Hakeim y entró como libertador en Túnez. Le siguieron varias victorias en Italia, y al final tuvo el honor de estar entre los primeros que desembarcaron en Francia. Condujo a sus legionarios de victoria en victoria y pronto se hizo famoso entre el alto mando de las Fuerzas de Francia libre. En el mes de marzo de 1945 tomó el mando del Cuartel General de la Primera División de las Fuerzas Libres (1DFL).

Al terminar la Segunda Guerra Mundial Brunet de Sairigné contaba con el brillante honor de ser el jefe de regimiento más joven, cuando el 21 de agosto de 1946 le confiaron el mando de la 13DBLE, en Indochina. El coronel Sairigné, a sus 33 años, tenía fama y condecoraciones dignas de un general. Pero al comienzo de la larga contienda de Indochina su meteórica carrera se vio truncada por las balas vietnamitas. El jefe militar más joven de la historia de la Legión y del ejército francés encontró la muerte en una emboscada en el camino a Dalat. Su alma pura se une a la del resto de grandes héroes de la Legión y su figura sobrevuela el Memorial de los Caídos en Sidi Bel Abbes.

Hoy el cuartel en Oueah, que alberga a los legionarios del escuadrón y está aislado en el desierto, lleva el nombre de este jefe militar tan precoz.

***

Poco antes del fin de la Segunda Guerra Mundial se había creado un grupo de combate de legionarios que habían sido entrenados como paracaidistas. Eran integrantes del Quinto Regimiento Extranjero de Infantería y habían sido preparados por el *adjudant* Pyl. Su misión consistía en saltar encima de Koumming, pero la misión se canceló al declararse el fin de la guerra. Así que estos reclutas no pudieron recibir sus diplomas oficiales de paracaidistas ni fueron reconocidos por el ejército francés.

Pero en 1947 ese grupo de combate de paracaidistas fue enviado a Bac Can, donde los soldados vietnamitas se habían reagrupado. Esta vez la acción estaba clara y la maniobra aérea terminó con un éxito increíble. Esta fue la razón por la que la dirección del mando del ejército francés decidió desarrollar este tipo de grupos de combate.

En Sidi Bel Abbes, en 1948, se formó una sección de legionarios paracaidistas. Con la creación de esta unidad comenzaron las disputas burocráticas acerca del color de la boina, ya que el color azul era de los paracaidistas del continente mientras el rojo era el del ejército colonial.

Tras largas disputas la Legión Extranjera se quedó con la boina verde, que hoy es símbolo no solamente de los legionarios sino también de los regimientos de paracaidistas.

Algo después se creó el 1er Batallón Extranjero de Paracaidistas (1BEP), al mando del cual estaba el capitán Segretain. Casi al mismo tiempo en Argelia, en la pequeña ciudad de Setif, se fundó el 2BEP.

Tras una serie de acciones exitosas, la compañía de paracaidistas del Tercer Regimiento Extranjero de Infantería quedó disuelta y sus miembros se incorporaron al Primer Batallón Extranjero de Paracaidistas, el cual se dirigió a Indochina. En el período comprendido entre 1948 y 1954 este batallón de la Legión Extranjera fue la punta de lanza del ejército francés, que sufrió enormes pérdidas.

En París y en Hanói, los dos puntos principales del mando de la expedición, se estaba discutiendo qué táctica elegir para la reestructuración de las fuerzas francesas en Indochina. Una de las propuestas consistía en abandonar las regiones altas y fortalecer el contingente en el delta, mientras que otra era ocupar la frontera entre China y Vietnam para cortar la relación entre los comunistas chinos de Mao Tse Tung con Vietnam. Esta discusión duró casi un año, y mientras tanto las batallas con el ejército vietnamita de liberación se volvieron cada vez más sangrientas.

El puesto de Dong-Ke, vigilado por dos compañías del Tercer Regimiento Extranjero de Infantería, había sido atacado. Los trescientos legionarios en Dong-Ke combatieron como los espartanos del rey Leónidas en las Termópilas. Resistieron desesperadamente ocho ataques furiosos de cinco batallones de la infantería vietnamita. Pero llegó un momento en que alrededor del oficial de mando quedaron con capacidad de combate diecinueve legionarios que disponían solamente de trescientos cartuchos. Pero aun así los legionarios no se rindieron y lucharon hasta el último aliento. Hasta que se disparó la última bala f y Dong-Ke cayó.

Esta pérdida obligó al Cuartel General del Regimiento de Expedición a retirar el contingente de las regiones altas, pero la orden llegó tarde y durante la retirada de las columnas de

Lepage y de Charton se produjo uno de los acontecimientos más cruentos de esa guerra.

Durante el repliegue por el denominado "camino colonial número cuatro", desde el puesto de mando enviaron como apoyo a los valientes del Primer Batallón Extranjero de Paracaidistas. Gracias a que cumplieron con su misión de sacrificio las dos columnas lograron reestructurarse y alcanzaron juntas la base en That Khé. Pero hasta que los supervivientes de 1BEP que se habían enfrentado directamente al enemigo no lograron alcanzar That Khé no se reveló el verdadero tamaño de su sacrificio.

De los 700 combatientes del batallón de paracaidistas participantes en la acción, sobrevivieron solamente cinco oficiales, tres suboficiales y diecisiete legionarios. Durante el movimiento de retirada de las columnas había muerto el jefe del batallón, el comandante Segretain.

En esta misma acción participó también el Tercer Regimiento Extranjero de Infantería, que encabezado por su comandante Forget ejecutó la misión más importante abriendo el camino a las dos columnas en su camino hacia That Khé. Como un verdadero jefe militar, Forget fue herido unas cuantas veces. Ni él ni sus valientes legionarios cedieron ante el fuego de los vietnamitas. Forget estuvo siempre al frente del ataque y por ello sufrió aún más heridas, hasta que estas llegaron a ser letales. Antes de que su alma abandonara el cuerpo, logró susurrar unas palabras de agradecimiento a sus soldados: "Se han mostrado dignos de las tradiciones gloriosas de la Legión".

Para ayudar en la zona se llamó al Segundo Batallón Extranjero de Paracaidistas (2BEP), ubicado entonces en Camboya. Como después de su misión de sacrificio la 1BEP había sido liquidada, la 2BEP quedó como único regimiento de paracaidistas de la Legión.

Fue una gran sorpresa para los legionarios paracaidistas que al mando de su batallón estuviese un oficial de la caballería. El nuevo jefe militar del batallón era el capitán Raffalli, el líder perfecto que necesitaban los paracaidistas.

El oficial de caballería era un estratega con experiencia y se ganó la confianza de sus legionarios desde el primer encuentro con el enemigo. Las habilidades de la 2BEP y la excelente táctica militar de su nuevo líder lograron frenar numerosas veces los rabiosos ataques del jefe militar vietnamita más respetado, el general Giap.

La guerra siguió. Los legionarios cosecharon éxito tras éxito siempre conducidos con habilidad por el capitán Raffalli, que fue ascendido a comandante.

El Segundo Batallón Extranjero de Paracaidistas participó activamente en la batalla por Nghia-Lo. Los legionarios saltaron sobre la región de Gia-Hoï, donde les esperaba una dura marcha por el terreno salvaje de la jungla vietnamita.

Además de las dificultades del relieve tenían que superar las innumerables emboscadas organizadas por parte de los soldados del ejército vietnamita. A menudo llegaban hasta el cuerpo a cuerpo en las batallas con el enemigo. Las duras condiciones del campo de batalla obligaban a los soldados de la 2BEP a enterrar rápidamente a sus compañeros caídos, haciendo cruces con ramas y escribiendo sus nombres en pedazos de chatarra. Con los escasos materiales disponibles fabricaban camillas para los heridos. Raffalli perdió la comunicación por radio y la situación se agravó. A pesar de ello, el líder del batallón logró llevar adelante a sus legionarios y por fin alcanzó el puesto de paracaidistas del ejército colonial. Exitosas y memorables fueron también las acciones en Río Negro, la evacuación de Hoa-Binh, así como las múltiples misiones para conquistar el delta.

En agosto de 1953 Raffalli se preparaba para entregar el mando de su batallón al capitán Blosh y dejar Vietnam, pero antes aceptó guiar a sus legionarios en una última acción. Durante la misma Raffalli fue herido en el estómago. La lesión era mortal y, a pesar de los esfuerzos de sus soldados por salvar a su líder sacándolo a toda prisa del lugar de la batalla, Raffalli murió en Saigón. El nombre de este oficial, proveniente de la caballería y que encabezó el Batallón de Paracaídas, quedará para siempre en la historia de la 2BEP, cuyos legionarios paracaidistas nombraron su cuartel en Calvi con el nombre de su valiente comandante Raffalli.

Unas de las últimas batallas de esta guerra sangrienta fue la defensa de Dien Bien Phu, durante la cual la Decimotercera Semibrigada de la Legión Extrajera perdió a su jefe, el coronel Gaucher. Poco después de esta batalla Francia retiró sus regimientos de expedición y la guerra terminó.

Según algunas opiniones, este momento marca el final de la segunda época de la existencia de la Legión Extranjera, que termina en 1954. Este período histórico destaca por las numerosas pérdidas sufridas por la Legión en distintas guerras. Los legionarios siguieron dignamente el ejemplo de sus antecesores de Camerone. De los efectivos de la Legión, que normalmente incluyen unos ocho mil soldados contando suboficiales y oficiales, cayeron más de veinte mil combatientes durante estos sangrientos quince años, lo cual significa que, casi tres veces, fueron sacrificados todos los soldados de la Legión Extranjera.

Por y para ellos nosotros cantamos:

Cravate verte et képi blanc
Corbata verde y Gorra blanca
Oú t'en va-tu dur légionnaire
¿A dónde vas, duro legionario?
Je vais où le baroud m'attend,
Me voy allí donde me espera la pólvora,
C'est mon devoir faire la guerre
La guerra es mi deber
Partout où l'ennemi m'attend,
En cualquier lugar donde me espera el enemigo

Nord ou sud toujours sur la terre
Al norte y al sur, siempre por esta tierra
Notre drapeau va palpitant,
Nuestra bandera palpita,
Tout couvert d'exploits légendaires,
Toda ella cubierta de hazañas legendarias,
La joie au coeur, la rage aux dents,
Con alegría en el corazón, pero con rabia entre los dientes,
Sur la voie tracée par nos pères,
Por el camino trazado por nuestros padres,
Combats et meurs dur légionnaire
¡Lucha y muere duro legionario!
Cravate verte et képi blanc
Corbata verde y boina blanca.

Después de este período plagado de sacrificios en el nombre de la única patria *LEGIO PATRIA NOSTRA*, los legionarios se encontraron con una nueva guerra: la descolonización de Argelia.

Los regimientos habían sufrido muchas pérdidas en Indochina y muchos de ellos habían perdido a jefes militares talentosos, mientras que los batallones de paracaidistas habían sido sacrificados totalmente. Y cuando al inicio de 1954 empezaron los disturbios en Argelia, los regimientos se completaron rápidamente con novatos sin experiencia en el campo de batalla.

La descolonización de Argelia fue un proceso lento y mal organizado. De nuevo los políticos perdieron su tiempo en discusiones sin sentido mientras los legionarios morían siempre encabezando los ataques. La guerra en Argelia para los legionarios significaba algo más que el resto de los conflictos militares, porque la mayoría de sus bases más importantes desde el momento de la creación del cuerpo estaban en esta colonia francesa. Sidi Bel Abbes siempre ha sido el hogar de los legionarios, y Argelia era el país que durante ciento treinta años había brindado refugio a todos estos ex militares, aventureros, desgraciados, prófugos, políticos y quien sabe qué más. Todos ellos habían sido rechazados por la sociedad pero recibidos por la Legión.

A comienzos de 1955 todos los regimientos se concentraron en Argelia listos para defender hasta el final su casa-madre en Sidi Bel Abbès. El Segundo Batallón de Paracaidistas se convirtió en el Segundo Regimiento Extranjero de Paracaídas (2REP). Además de la bandera y las condecoraciones bordadas en sus hombreras rojas, el 2REP heredó las tradiciones y la disciplina de hierro de los paracaidistas de Vietnam. El honor de estar al mando de este regimiento lo tuvo el coronel Vismes. Este nuevo regimiento de paracaídas fue enviado al campamento *Pehau*. Las batallas empezaron enseguida y los legionarios dieron claras muestras de que no tenían intención alguna de ceder ante los insurgentes porque, en realidad, ellos también estaban en su casa.

De estos tiempos data una historia extraordinaria. Durante la ofensiva uno de los legionarios de la gloriosa Decimotercera Semibrigada (13DBLE) halló en el campo de batalla a un pequeño burro que se estaba muriendo de hambre. El soldado se quedó pensativo y, de repente, decidió cargar con el sufrido animal a las espaldas.

El legionario logró llegar con el cuadrúpedo a la base del regimiento y de este modo el animal se convirtió en la mascota de la 13DBLE. Gracias al amor y la compasión mostrados hacia el burrito por el joven soldado, la Legión Extranjera recibió un diploma por parte de la Asociación Norteamericana para la Protección de los Animales, y también llegaron numerosas cartas así como un premio en metálico de la Unidad Real para la Defensa de los Animales de Londres. La fotografía del asno se hizo famosa y apareció en el periódico inglés *Daily Mail*.

***

El heredero del Primer Batallón Extranjero de Paracaídas fue el Primer Regimiento Extranjero de Paracaídas (1REP). A él irá siempre unido el nombre del teniente coronel Jean Pierre. Al inicio de su carrera y durante la Segunda Guerra Mundial este oficial sirvió en el Sexto Regimiento Extranjero de Infantería y fue enviado a Siria. Allí le tocó combatir contra sus hermanos legionarios y antes de la batalla tomó la difícil decisión de ponerse del lado de las Fuerzas de Francia libre.

En Vietnam, ya como capitán, condujo a su compañía en las batallas más difíciles, por no decir suicidas. En 1955 Jean Pierre esperaba que le entregasen el mando del Primer Regimiento Extranjero de Paracaidistas pero el honor finalmente recayó en el teniente coronel Brothier.

El deseo de Jean Pierre se consumó el 23 de marzo de 1957, cuando el teniente coronel recibió por fin el mando de su regimiento y se convirtió en uno de los líderes más dignos que la Legión había conocido.

Jean Pierre lideró a los legionarios en la terrible batalla que se produjo en la región fronteriza del lado de Djebel Mermera. Las órdenes del teniente coronel siempre eran iguales; los legionarios tenían que liquidar al enemigo o morir. Bajo su mando no existía la retirada. El Primer Regimiento Extranjero de Paracaídas obtuvo numerosas victorias y escribió algunas de las páginas más gloriosas de la historia de esta guerra.

Jean Pierre estaba en su helicóptero, convertido en un cuartel de mando volante, y como de costumbre dirigía la batalla desde el aire, estando siempre encima de sus soldados. Tras abrir fuego contra los insurgentes en una pendiente al lado izquierdo de Mermera, Jean Pierre siguió buscando al enemigo y ayudando personalmente en las maniobras de sus grupos de combate. Junto a él, en el helicóptero, estaba el suboficial de caballería Descamps, uno de los supervivientes de *Dien Bien*

Phu. De repente, el teniente coronel descubrió al enemigo a escasos cien metros de su Segunda Compañía, y Descamps dirigió de inmediato su máquina al ataque. Lamentablemente, a los pocos segundos una ráfaga de ametralladora pesada dañó el motor del helicóptero, que se precipitó contra la montaña. El teniente coronel se convirtió en el paracaidista ciento once caído en las sangrientas batallas de Argelia. Por todas las radios se difundió rápidamente la triste noticia de su muerte con las palabras *Soleil est mort*. Los legionarios de la Segunda Compañía, que estaba más cerca del enemigo, se lanzaron enloquecidos en un ataque feroz para vengar la muerte de su líder. En aquella tarde de plomo contaron bajo el sol africano noventa cuerpos de insurgentes caídos. El 31 de mayo en Guelma, y en presencia del general De Gaulle, se celebró una ceremonia oficial de duelo para rendir homenaje a la memoria del comandante caído y líder indiscutible de los legionarios del Primer Regimiento Extranjero de Paracaidistas.

Durante los cuatro meses que estuvieron batallando sin ningún descanso los soldados de Jean Pierre liquidaron alrededor de mil trescientos rebeldes y se incautaron de mil cien armas, entre ellas noventa y dos ametralladoras. Estas cifras demuestran a las claras la indudable eficiencia del Primer Regimiento Extranjero de Paracaidistas.

Después de tanto heroísmo y tan abnegada lucha, este destacado regimiento se vio afectado por intrigas políticas. Tras la muerte del teniente coronel Jean Pierre, el gobierno francés inició conversaciones con los rebeldes que formaban parte del Frente de Liberación Nacional. Esto enfureció a los militares que mantenían la causa de *L'Algérie Française* y que creían firmemente que el general De Gaulle no les iba a traicionar y Argelia sería siempre parte de Francia. Pero el general continuó con su carrera política y, con el tiempo, suavizó su opinión sobre el asunto de las colonias.

Uno de los partidarios más enérgicos de la causa de la "Argelia Francesa" fue, precisamente, el heredero de Jean Pierre y nuevo comandante del Primer Regimiento Extranjero de Paracaidistas, el coronel Dufour. Pero, como los militares no tienen derecho a opinar sobre la política, desde el gobierno francés llegó una orden de degradar a Dufour a rango de coronel y sustituirlo por el teniente coronel Guiraud. Dos oficiales del regimiento de paracaidistas escondieron la bandera del 1REP para que esta no se pudiera entregar al nuevo comandante, y con este acto demostraron claramente la opinión de los legionarios respecto a este asunto político.

Esta insubordinación de los dos oficiales llevó a muchos políticos de partidos de izquierda a exigir en el parlamento la liquidación inmediata de la Legión Extranjera. A esta sugerencia los legionarios paracaidistas respondieron dando un golpe militar en Argelia. El 21 de abril 1961 los cuatro generales Maurice Challe, Edmond Jouhaud, Raoul Salan y André Zeller decidieron que el general De Gaulle les había traicionado dejando Argelia en manos de los delincuentes del Frente de Liberación Nacional. La noche de ese mismo día la 1REP llevó a cabo el golpe militar y, en solo tres horas, ocupó todos los puntos estratégicos del país. Esta operación militar fue llevada a cabo por el comandante Hélie Denoix de Saint-Marc. El país se despertó con sus palabras: "El ejército tiene el control de Argelia y el Sáhara".

Este golpe militar se conoció como *le putsch des généraux* (el golpe de los generales). El general Maurice Challe hizo su primera declaración oficial por la radio: "Estoy en Argelia con los generales Zeller y Jouhaud y tenemos la comunicación abierta con el general Salan para mantener nuestro juramento (juramento del ejército de defender Argelia) y asegurar que aquellos que sacrificaron sus vidas no lo hiciesen en vano. Hoy el gobierno se está preparando para abandonar Argelia y entregarlo a una organización ajena llena de rebeldes. El ejército no va a traicionar su misión y las órdenes que daré no tendrán otros fines".

El general De Gaulle se declaró en contra de estos últimos defensores de la causa de la "Argelia francesa" e hizo un llamamiento dirigido al ejército francés y a los ciudadanos civiles para que no apoyasen el *putsch*. El resto de ejército no secundó el golpe de Estado y los cuatro generales tuvieron que cejar en su intento de retener el poder. El comandante Hélie Denoix de Saint-Marc fue condenado a diez años de cárcel, pero recibió el indulto después de pasar cinco en Tulle. Sus méritos civiles y militares fueron restablecidos en 1978, y en 2002 recibió finalmente la Orden de la Legión de Honor.

El Primer y el Segundo Regimiento Extranjero de Paracaídas fueron disueltos por el nuevo gobierno de izquierdas, pero al menos la Legión se conservó. Se formó el Tercer Batallón de la Legión Extranjera, el cual se encargó del traslado de la casa-madre de Sidi Bel Abbes a Aubagne. El cuartel Vienot se instaló al sur de Francia, cerca de Marsella, y se convirtió en el lugar donde las nuevas generaciones de legionarios tendrían un nuevo hogar. El 24 de octubre de 1962 la Legión se despidió para siempre de Sidi Bel Abbes, y así termina la tercera época de la existencia de la Legión Extranjera.

La élite de la Legión Extranjera

Mi binomio Yanchak, con quien había compartido los primeros cuatro meses en la Legión, se quedó en Aubagne con nuestro ya ex instructor el cabo Minutelo, con el francés Jean y con el alemán Karl. Saldrían al día siguiente hacia Córcega. Estos legionarios tenían que superar una nueva prueba, así que en Calvi, donde estaba ubicado el Segundo Regimiento Extranjero de Paracaídas (2REP), les esperaba un entrenamiento difícil de seis semanas.

Rodeada por el agua cristalina del Mediterráneo, Córcega es un paraíso para los turistas durante todas las temporadas del año. Para los aficionados al esquí la montaña ofrece todas las comodidades en Val D'Ese, cerca de la capital Ajaccio. Por otra parte, las hermosas playas reciben a aficionados de buceo y, sobre todo, a personas decididas a escapar del estrés de las grandes ciudades.

Sin embargo, Córcega significa algo totalmente diferente para los legionarios. En la bella isla la disciplina y las tradiciones de la vieja Legión se conservan con un rigor mayor que en cualquier otro lugar. El Segundo Regimiento Extranjero de paracaidistas es el único regimiento de la Legión donde el control nocturno es obligatorio para todos. En los demás regimientos de combate se practica solamente durante una alerta especial o durante la preparación de la salida hacia una misión. Sin embargo, la disposición para reaccionar rápido y en cualquier momento está siempre vigente para los legionarios paracaidistas. Están permanentemente en alerta a la espera de partir para una nueva acción donde la Legión y Francia les necesite.

El caporal Minutelo, que había pasado dos años como instructor en Castelnaudary, estaba feliz porque ya acariciaba el sueño de convertirse en uno más del grupo de combate de los Comandos de Reconocimiento y Acciones en el Territorio Enemigo (CRAP). No se imaginaba que, desde el momento en que había abandonado Castelnaudary para incorporarse a las filas de los paracaidistas, ya no se le consideraría un caporal instructor, sino un voluntario más que se sentía digno de la 2REP. Tendría que demostrar de nuevo sus cualidades pasando por diversas pruebas en el regimiento de paracaidistas para poder recorrer el camino de sus sueños.

El grupo que vino desde Aubagne se hospedó en el cuartel que lleva el nombre del valiente coronel Raffali. En Calvi, donde estaban los paracaidistas, no había tiempo que perder y los recién llegados, que apenas habían tenido tiempo de arreglar su equipaje en los pequeños guardarropas, tenían que formar en fila para el control nocturno con su nuevo sargento instructor.

—Para ustedes el entrenamiento en Castel ha terminado y, como veo, se consideran legionarios —empezó con su introducción el sargento—. ¡Veo que han recibido el *Képis Blanc* y que en sus boinas verdes llevan el signo da la Legión! (la granada con las siete llamas). Pero aquí tienen que luchar por otro símbolo.

El instructor señaló el signo de su boina y los novatos que venían del Cuarto Regimiento Extranjero notaron de inmediato la diferencia. En la boina del sargento aparecía el símbolo de los paracaidistas: una mano que levantaba una espada con la punta hacia arriba.

El pequeño grupo de novatos y el ex caporal instructor entendieron que, desde este momento, para ellos comenzaban nuevas pruebas de valentía y resistencia para conseguir una distinción que los convertiría en legionarios paracaidistas.

—Para que sean recibidos en nuestro 2REP tienen que pasar por el aprendizaje de paracaidistas. Aquí se quedan solamente los mejores y más dignos soldados —siguió el sargento—. Disponemos de nuestra propia escuela, así que aquí, en Calvi, terminaremos el trabajo de nuestros colegas del Cuarto Regimiento y les convertiremos en legionarios paracaidistas. Consideren que el aprendizaje ya ha empezado. Ahora tienen que sudar antes de darse su ducha nocturna. ¡Vamos, pónganse en posición de flexiones!

Todo empezó de nuevo, sólo que ahora las normas eran más rígidas. Aquí las flexiones no se hacían como castigo, sino que eran como una profilaxis y la meta era alcanzar las cien. Minutelo superaba los momentos difíciles con unos compañeros a los que hacía poco estaba entrenando. Seguía aconsejándolos y compartía con ellos su experiencia. De ser instructor el caporal se había convertido en uno de los aprendices novatos dispuestos a todo con tal de ser paracaidistas.

Y llegó el día del primer salto. El avión despegó desde el pequeño aeropuerto y empezó a dar vueltas sobre el golfo de Calvi. A pesar de que era enero el cielo estaba despejado y el sol brillaba creando una sensación agradable. La adrenalina de los soldados había aumentado hasta el máximo. En este momento las diferencias entre rangos se olvidaban totalmente. Casi todos los del grupo estaban algo nerviosos, mientras que Minutelo les animaba sin cesar: "¡Dentro de unas cuantas semanas ya seremos paracaidistas! ¿Por qué están tan tensos? ¡Relájense un poco! ¡Sean felices chicos, tenemos una tremenda oportunidad!".

Karl sonrió nervioso, la tensión estaba marcada en su rostro. Yanchak, como de costumbre, parecía totalmente quieto pero su corazón latía a un ritmo de locura mientras esperaba con impaciencia la apertura de la puerta del avión.

El momento del salto llegó y Yanchak se tiró el primero. Karl se retrasó unos segundos pero recobró la valentía y también saltó. Jean se detuvo un poco y quiso darse media vuelta pero detrás de él estaba Minutelo, que ya no tenía paciencia para seguir esperando a la nueva aventura y empujó al novato hacia el borde de la puerta abierta.

Pareció como si Jean hubiera tratado de decir algo, pero los gritos del instructor: *Go! Go!* y el empujón de Minutelo lo habían puesto ya a volar en el que sería su primer salto. Dentro de unos segundos su paracaídas estaría abierto, pero por culpa del retraso y del pánico no había saltado según las reglas, o mejor dicho, simplemente había caído, y se sentía confundido. Veía debajo los paracaídas abiertos de Karl y Yanchak y trataba de controlar sus movimientos, pero desde la mañana no se había sentido bien y por un momento pensó que iba a vomitar. Ya en el avión se le había revuelto el estómago, aunque lo había ocultado por orgullo. Su respiración se aceleró durante el descenso, empezó a sudar y sintió cómo sus jugos gástricos —mezclados con el café con leche que había tomado por la mañana— subían por su garganta, y de su boca salió un volcán. Los espasmos continuaron y no le permitieron controlar sus movimientos. Cuando se puso mejor notó que el viento le había alejado y que las aguas del mar apenas se veían en el horizonte. Jean advirtió que la fuerza del viento le llevaba hacia unos árboles y entendió que era necesario alejarse inmediatamente de ellos, por lo que empezó a buscar un lugar plano para aterrizar. A pesar de estar agotado por su malestar agarró el cordón con la mano izquierda usando toda su fuerza y tratando de controlar la dirección de la caída.

Pero aquel día la suerte no estaba de su lado ya que estaba dirigiéndose, precisamente, hacia dos árboles. Previendo que su paracaídas iba a engancharse en las ramas Jean se desesperó y perdió el coraje. Finalmente la distancia entre los árboles resultó ser suficiente para que su paracaídas no tocase las ramas aunque enseguida la tierra firme le recibió sin estar preparado, y cuando cayó su tobillo izquierdo emitió un crujido.

El dolor atravesó todo su cuerpo y Jean comprendió que no iba a poder levantarse, por lo que se quedó acostado en el suelo y enredado en su propio paracaídas.

De repente, sin saber de dónde ni cómo, apareció Minutelo. Liberó a su hermano legionario del paracaídas, levantó a Jean y le arrastró por la pendiente hacia un camino cercano. Minutelo había violado las reglas alejándose por decisión propia del lugar de aterrizaje y era consciente de que existía peligro de que le castigasen. En el último momento, y cuando ya había empujado a Jean, se había dado cuenta que su camarada no se sentía bien y por eso había decidido seguirlo.

Para Minutelo también era el primer salto de su vida y se sentía feliz, su adrenalina se había disparado pero en ningún momento había sentido miedo. Hasta había encontrado fuerzas para llevar a su compañero herido en dirección al camino.

Cuando se acercaron a la carretera dos vehículos militares P4 se dirigieron hacia ellos. Uno era de la policía militar y en el otro iba sentado el sargento instructor, que empezó a gritar:

—¡Si quieren desertar, esta no es la manera apropiada!

—*Non, sargent* —respondió rápidamente Minutelo—.Vi que mi compañero vomitó durante el salto y caía casi inconsciente. Le seguí para ayudarlo.

En ese mismo instante la mirada rigurosa y la mueca amenazante desaparecieron de la cara del sargento.

—Bien, esto explica tu conducta, pero no te justifica, así que me encargaré personalmente de tu castigo —el instructor hizo una seña a los policías militares indicándoles que podían irse y que él se encargaba del el caso—. ¡Qué estás esperando, sube a tu compañero al vehículo!

—Oui, sargent! A vos ordres!

Minutelo puso a Jean en el P4 y después trató de sentarse a su lado, pero el sargento le gritó:

—¡Tú correrás delante y así pagarás de inmediato por desobedecer mis órdenes, y así mañana todo estará olvidado!

Después el sargento se acercó a Minutelo y le dijo en voz baja "para convertirte en CRAP tu expediente tiene que estar limpio, así que tranquilo, no tengo la intención de meterte en la cárcel".

Mi caporal-instructor de Castel recibió su primer y único castigo en todo su servicio en la Legión porque, aunque había ayudado a su compañero, no había respetado las instrucciones del sargento. Además había empujado a Jean en su primer salto, poniendo en riesgo también su propia vida. A pesar de ello, el sargento había dado muestras de entender lo sucedido, razón por la cual no quiso manchar el expediente del joven caporal. Minutelo corría feliz delante del vehículo, orgulloso de sí mismo y contento de su primer salto en paracaídas.

El entrenamiento continuó al día siguiente como si nada hubiese sucedido. Solamente Jean abandonó el grupo y fue ingresado en un hospital cercano con el tobillo fracturado. Podría quedarse un tiempo en las compañías de mantenimiento hasta que se recuperase, aunque lo más probable era que trasladasen a otro regimiento, sobre todo si su trauma no le permitía continuar con el aprendizaje como paracaidista. En caso de que tuviese otra oportunidad debería realizar con éxito todos los saltos.

Para los demás el aprendizaje prosiguió y a las seis semanas ya estaban listos para sustituir a los veteranos a quienes les había llegado el momento de retirarse de la vida activa en 2REP.

El caporal Minutelo logró terminar el aprendizaje con los mejores resultados y siendo el primero del grupo, por lo que pensaba que podría pedir que lo incluyesen en la unidad CRAP. Esperaba que el coronel Puga, que era quien estaba al mando del regimiento de paracaidistas, le diera la oportunidad y le incorporase al grupo de comandos de reconocimiento y de acciones en el territorio enemigo (CRAP).

Los comandos paracaidistas (CRAP) son la élite de la Legión contemporánea y posteriormente se convertirán en el grupo de comandos paracaidistas (GSP), formado por soldados que han superado todos los obstáculos posibles y han demostrado en varias ocasiones sus espectaculares capacidades de resistencia y reacción adecuadas en situaciones críticas. No tienen margen de error porque siempre encabezan las operaciones más peligrosas y se cuenta con ellos en los momentos más decisivos de las misiones.

Después de pruebas increíblemente duras y exámenes muy difíciles, los elegidos para esta unidad de élite pasan por un entrenamiento especial. Son adiestrados para situaciones extremas y para acciones de muy alto nivel de combate, así que una gran parte de su entrenamiento se realiza en centros especiales y escuelas militares del ejército francés como el centro nacional de entrenamientos Comando CNEC de Mont-Louis (*Centre National d'Entrainement Commando*). Allí reciben un entrenamiento especial en la escuela de las fuerzas aéreas en la ciudad de Pau. Los comandos CRAP saltan con un paracaídas especial de menor superficie y caen más rápido, lo que hace su salto mucho más peligroso. Estos soldados de élite del ejército francés actúan también en misiones de rescate de rehenes, por lo que también participan en aprendizajes comunes con el destacamento de acción rápida de la Gendarmería Nacional (GIGN).

En mi época los CRAP participaban en muchas operaciones especiales, como la de 1995 en el territorio de la antigua Yugoslavia. También ayudaron en la neutralización de un centro islámico de comandos en una operación realizada conjuntamente con las unidades especiales norteamericanas. En aquellas misiones los CRAP eran los que abrían el camino del regimiento y siempre asumían la tarea más difícil y peligrosa. Debían neutralizar al enemigo y asegurar la zona donde aterrizarían las demás compañías.

Los comandos paracaidistas son equipados con armamento especial. Como a menudo pueden combatir en edificios y espacios cerrados utilizan el rifle automático alemán Hecker und Koch MP-5, que tiene mira de láser y silenciador. A veces utilizan también modelos de rifles Mossberd o Remington, y nunca abandonan su pistola Bereta. Dos integrantes de los grupos de CRAP, que son de unas diez personas, se mantienen siempre preparados con todo el equipo de combate.

Minutelo se puso firme delante del coronel Puga y recitó en un suspiro la presentación específica de la Legión.

—¡Descansa! —respondió el oficial al mando del regimiento de paracaidistas—. Veo que en todas tus aspiraciones desde tu entrada en la Legión hay solamente cuatro letras, corto y claro: CRAP

—*Oui, mon colonel!* —confirmó el cabo ex instructor de Castel.

—Sabes que no aceptamos en el grupo de comandos para-caidistas a cabos con menos de cuatro años de servicio. Por supuesto, a veces se hacen excepciones y pienso que lo único que te falta para convertirte en CRAP es la experiencia de com-bate y la participación en acciones reales. Por eso hoy todavía no puedo incorporarte a este grupo de élite, pero te voy a incluir en la Primera Compañía de Combate, donde vas a acumular la experiencia necesaria, y después nos encontraremos de nuevo y estudiaremos la posibilidad de convertirte en uno de los CRAP. ¡Bienvenido entre los paracaidistas, *caporal* Minutelo!

El camino para la realización de los sueños no siempre es tan fácil y rápido como lo imaginaba el joven cabo, y en este momento tenía que demostrar paciencia y no perder la esperanza de ser un día verdaderamente parte de esa élite de comandos a la que siempre había aspirado incorporarse.

En la Primera Compañía le esperaban experiencias inte-resantes porque estaba especializada en acciones callejeras. Lo que también caracterizaba esta unidad de combate era el grupo de los guías de perros. Los pastores alemanes se utilizaban durante las revisiones de edificios y eran los compañeros más fieles de los legionarios. Formar parte de este grupo significaba ser parte del regimiento de élite de paracaidistas, y eso le tranquilizaba un poco.

A Yanchak también le llegó el turno de pasar ante el coronel Puga. Había demostrado un comportamiento ejemplar durante el aprendizaje y, aunque sus resultados no eran tan sobresalientes como los de Minutelo, tenía el honor de haber sido incluido en una de las compañías de combate del Regimiento de Paracaidistas. Su destino le llevó a la Segunda Compañía, especializada en acciones en regiones montañosas. Los legionarios de este grupo eran magníficos alpinistas y lograban sobrevivir en circunstancias extremas. Además de ir a la escuela de esquí, debían superar los cursos de alpinismo.

Karl había expresado al coronel su deseo de ser enviado en la Cuarta Compañía porque deseaba convertirse en francotirador y, precisamente en esa unidad de combate, es donde se seleccionaba a los mejores tiradores del regimiento.

—En la Cuarta Compañía de combate tenemos necesidad de tiradores con experiencia y con una psique de hierro —explicó el coronel al joven legionario—. Así que antes de desempeñar la función de francotirador tienes que demostrar que eres un combatiente de sangre fría, y para esto se necesita una experiencia de verdad. La oportunidad de convertirte en un soldado de élite se te va a presentar en la Tercera Compañía, donde servirás desde este día.

De esta manera el alemán, con quien había pasado el largo camino hacia la gorra blanca desde el punto de reclutamiento en Estrasburgo, se colocó entre los denominados "anfibios" de la Tercera Compañía de Combate del Regimiento Extranjero de Paracaidistas, centrados en acciones cerca de playas y cuencas de agua. Estaban especializados en maniobrar con las lanchas inflables y motorizadas tipo "Zodiac". Se entrenaban mucho en nado e inmersión, y su territorio era el agua. Karl había destacado durante la instrucción en Castel como buen nadador, y precisamente eso les había indicado a los oficiales del regimiento de paracaídas que debían ponerle entre los "anfibios" de la Tercera Compañía de Combate.

***

Tras salir del hospital y pasar por los centros de rehabilitación Jean logró encontrar un puesto en la cocina del regimiento, donde podía recuperar la salud de su pierna sin someterse a esfuerzos físicos más pesados. Su carrera ya estaba determinada, iba a quedarse a trabajar en la compañía de servicio como personal de atención de los verdaderos comandos. El coronel Puga había decidido que no estaba listo para la acción y que no podía cumplir con el deber de un legionario de las compañías de combate.

Era costumbre dirigir a los soldados que habían sufrido traumatismos severos durante el aprendizaje inicial a servicios más fáciles para que pudieran recuperarse. Algunos se convertían en electricistas, otros en cocineros o conductores, y los terceros pasaban a la administración, pero si su salud no mejoraba lo suficiente como para cubrir por lo menos una vez al año las normas deportivas y la prueba TAP, la comisión médica podía negarles el servicio activo, en cuyo caso debían abandonar las filas de la Legión.

Como Jean se recuperaba a buen ritmo tras su desafortunado primer salto le ofrecieron otra oportunidad en el Segundo Regimiento Extranjero de Paracaidistas. Pero transcurridos varios meses del accidente de Córcega el galo no quiso permanecer en la élite de la Legión Extranjera.

Dos años más tarde en el hospital de Marsella me encontré con el alemán Karl, cuya rodilla no había resistido los saltos continuos y tenía que despedirse para siempre de su carrera como comando paracaidista. El alemán me relató muchas cosas de la vida en el 2REP, y también que después de la distribución en compañías de combate no había sabido nada de Yanchak porque habían perdido la comunicación. Muchas veces quise averiguar algo sobre mi binomio de Castel, pero como nuestros caminos se habían separado desde el momento en que él se dirigió a Calvi y yo a Orange, jamás lo conseguí.

**

El cabo Minutelo había estado soberbio durante el aprendizaje de táctica y técnica de combate. Era un legionario nato, buen deportista, tirador excelente, inteligente, extraordinariamente valiente y tenaz. En cada informe ante el comandante de la compañía expresaba su deseo de ser trasladado a CRAP, y a los tres meses de servicio en la Primera Compañía de Combate fue enviado al Centro Nacional de Preparación de Comandos. A pesar del frío y las condiciones adversas, Minutelo estuvo de nuevo a la altura y al final su sueño se hizo realidad, convirtiéndose en el combatiente más joven de la gloriosa unidad CRAP.

Casi no había tenido tiempo de conocer a sus nuevos compañeros cuando la primera misión ya le estaba esperando. Mi ex instructor de Castel se sintió de nuevo un novato porque todos los que le rodeaban tenían ya unas cuantas operaciones a sus espaldas y unos cuantos años de experiencia en combate. Minutelo estaba un poco nervioso pero, a la vez, deseoso de participar en algo real después de tantos exigentes entrenamientos y dura preparación.

Su destino fue la capital de Congo, Brazzaville, donde la guerra civil amenazaba con convertirse en genocidio. La misión era, junto a otros regimientos de la Legion, asegurar un corredor para evacuar a civiles franceses y demás extranjeros ajenos al conflicto. Los miembros de los CRAP en concreto debían asegurar primero el aeropuerto y enseguida entrar en la ciudad organizando la salida de los residentes extranjeros.

Nueva época

Después de las guerras coloniales, de la Primera y la Segunda Guerra Mundial y del período de descolonización, el mundo cambió su visión en cuanto a las actividades militares. Por ello se creó la Organización de las Naciones Unidas con el objetivo primordial de establecer una paz duradera y evitar una Tercera Guerra Mundial.

Los conflictos provocados por la Guerra Fría se escenificaban lejos del territorio del viejo continente. Las numerosas guerras civiles surgidas en países en vías de desarrollo o tercermundistas como Vietnam, Afganistán, Líbano, Nicaragua y otros se convirtieron en un mercado para dar salida al armamento producido por las grandes potencias. Este comercio aumentó considerablemente a raíz de los problemas en Oriente Medio y los altercados permanentes en la franja de Gaza. Francia siguió manteniendo presencia militar en la mayoría de sus ex colonias y los legionarios intervinieron en algunos conflictos de estos países jóvenes que habían logrado su independencia.

Durante esta nueva época de desarrollo mundial la Legión Extranjera se convirtió en la unidad militar más destacada de la élite de comandos del ejército francés. El nombre de la Legión no se volvió a vincular con aquella turba de delincuentes y aventureros que formaron su base en el lejano año de 1831.

Los legionarios ahora son soldados profesionales y ya nadie los relaciona con mercenarios. En términos numéricos, el personal de las compañías de combate disminuyó, aunque las exigencias para los candidatos legionarios aumentaron.

En los años posteriores a la guerra de Argelia la estructura de la Legión experimentó cambios permanentes. Se creó el Quinto Regimiento Mixto del Pacífico (5RMP) en el archipiélago Mururoa que más tarde se convertiría en el Quinto Regimiento Extranjero. Este regimiento asumió la tarea de limpiar y asegurar el archipiélago después de las pruebas con bombas nucleares que se llevaron a cabo allí.

En 1972 se restableció en Córcega el Segundo Regimiento Extranjero de Infantería, que once años más tarde se trasladó a Nimes y se convirtió en el regimiento más numeroso no solamente de la Legión, sino de toda la infantería francesa.

En 1973 el Tercer Regimiento Extranjero de Infantería abandonó Madagascar para dirigirse a América del Sur, donde en la Guayana Francesa dio comienzo el proyecto de la base espacial "Ariane". El regimiento asumió la tarea de responsabilizarse de la seguridad alrededor de la base y de especializarse en el combate en la jungla ecuatorial. Se creó un centro especializado de comandos en el cual, además de duros entrenamientos en una pista de obstáculos especialmente adaptada, los combatientes estudiaban diferentes tipos de animales de la selva ecuatorial. En ese mismo centro también se cuidaba de algunas anacondas, lagartos y caimanes que hacían las veces de mascotas del cuerpo.

En 1976, a partir del equipo del destacamento de la Legión Extranjera en las islas de Comoras, se creó el destacamento de la Legión Extranjera en la isla Mayotte (DLEM).

La compañía de aprendizaje de la Legión (GILE) se convirtió en 1977 en el Regimiento de Instrucciones de la Legión Extranjera, y dos años más tarde el Cuarto Regimiento Extranjero de Infantería (el regimiento-escuela de los legionarios) se trasladó al cuartel Danjou en Castelnaudary.

A pesar de que las bases de la Legión se trasladaron al viejo continente, sus combatientes participaban permanentemente en misiones en África. En 1969 se produjeron disturbios internos en el territorio de Chad. Gadafi, nuevo presidente de Libia, decidió intervenir en la guerra civil de este país centroafricano con el fin de imponer su influencia, pero Francia envió entonces a la Legión y los soldados de Libia tuvieron que retirarse.

Primero entró en juego el Segundo Regimiento Extranjero de Paracaidistas y, después de esta intervención, durante treinta años distintos regimientos de la Legión Extranjera han asumido la responsabilidad de salvaguardar la paz en Chad. Cada año compañías de combate del Segundo Regimiento Extranjero de Infantería, del Segundo Regimiento Extranjero de Paracaidistas y del Primer Regimiento Extranjero de Caballería se dirigen hacia el desierto para rotarse en la misión *Epervier*.

Hay que mencionar además la misión en Kolvezi (República de Zaire) llevada a cabo de nuevo por el Segundo Regimiento Extranjero de Paracaidistas. Allí los legionarios al mando del coronel Erulin perdieron a cinco de sus compañeros.

En todas estas misiones los legionarios demostraron una vez más su capacidad como soldados profesionales de élite del ejército francés pero, a pesar de ello, en 1981 los socialistas franceses prometieron en su programa electoral la liquidación total de la Legión. Habían pasado veinte años del golpe militar en Argelia y la liquidación del glorioso Primer Regimiento Extranjero de Paracaidistas pero, evidentemente, algunos políticos seguían teniendo miedo a los legionarios. Por suerte, las promesas en campaña electoral muy raras veces se cumplen, y cuando el Partido Socialista ganó las elecciones no solamente no liquidó la Legión, sino que se dio la circunstancia de que la necesitaba en el Líbano. Incluso se planificó la creación de un nuevo regimiento extranjero y en 1984 en Laudun, cerca de Avignon, el Sexto Regimiento Extranjero de Ingeniería constituyó su base; el 12 de octubre de ese mismo año recibió su bandera con honor. Entre los años 1983 y 1984 en el Líbano murieron muchos jóvenes del ejército regular francés, mientras que en las exitosas acciones de Oriente Medio los legionarios perdieron solamente a seis combatientes.

Los socialistas se acordaron del viejo dicho: "Un legionario vale por tres soldados porque primero, es un soldado adquirido; segundo, rentabiliza a un soldado francés y, tercero, es un soldado que le quitamos al enemigo".

Con sus brillantes participaciones en las interminables misiones de Chad, Líbano, Kuwait, los países de la antigua Yugoslavia, Somalia, Ruanda y muchos otros puntos calientes del planeta, los legionarios les recuerdan a sus gobernantes que son franceses. No por nacimiento, sino por la sangre derramada en nombre de Francia.

CHAD. 1997

Llegué a Chad con mi Cuarto Escuadrón a mediados del mes de mayo de 1997. Por primera vez abandonaba Europa y me sentía lleno de emociones. Nunca olvidaré el momento en que pisé el asfalto del aeropuerto de Yamena y respiré el aire caliente de África. Me pareció como si hubiese entrado en un horno. En un primer momento supuse que el calor sofocante provenía de las turbinas del avión porque percibí un fuerte chorro de aire caliente, como si alguien me soplase con un enorme secador de pelo. Algunos minutos más tarde, y ya lejos del avión, me di cuenta de que lo que había sentido era el viento del desierto, el cual según nuestro comandante era refrescante en comparación con el terrible calor del mediodía.

Nuestro escuadrón iba a sustituir al Octavo Regimiento de Paracaidistas de la Infantería de Marina (8RPIMA) y tomar el control de la misión *Epervier*. Representábamos al ejército francés en el territorio chadiano y manteníamos la influencia en esta parte del continente africano. Nos esperaban largas marchas por el desierto hasta alcanzar el oasis de Faya, ubicado en dirección a la frontera con Libia.

En un primer momento mi pelotón tomó los puestos de guardia en la capital, Yamena. Desde las torres observábamos el movimiento de los civiles y no permitíamos a personas ajenas el acceso a la base. El calor sofocante nos agotaba y debido a ello rotábamos cada dos horas.

Mi primera tarea fue estar en el puesto de la entrada principal de la base. Por la mañana temprano y durante las primeras dos horas de mi servicio todo pasó perfectamente bien. A las seis de la mañana la temperatura del aire era cercana a los 30 grado y el sol calentaba fuerte. Después de este primer turno de guardia me correspondían cuatro horas de descanso en un dormitorio con aire acondicionado, pero tenía que estar en plena disposición de combate, con los cargadores llenos de cartuchos, el FAMAS cerca de la cama y las botas militares puestas.

Llegó la hora de mi segundo turno de vigilancia. Había descansado bien y me sentía preparado para enfrentarme al calor del mediodía, pero en el momento en que crucé la entrada del dormitorio y salí fuera, noté como que el sol me golpeaba con toda su fuerza. Durante unos segundos me quedé parpadeando, después me recuperé y seguí caminando hacia el lugar del puesto. No tenía idea de cuántos grados habría bajo el sol, pero sabía que bajo la sombra la temperatura alcanzaba los 45º C.

Teníamos que controlar todo vehículo que se acercase hacia nosotros, y cada vez que salía del refugio para aproximarme al camión o al coche que venía, agarraba fuerte la culata del FAMAS como si eso me fuese a ayudar a soportar el siguiente golpe del sol.

Transcurrida una hora pensé que ya me había acostumbrado al calor, y cuando revisaba los permisos de los vehículos que llegaban ya no me apresuraba para regresar a la sombra del refugio. Empecé, incluso, a detenerme bajo el sol de mediodía creyendo que había comprobado mi resistencia al calor africano. Al principio no le di importancia al sudor que caía de mi frente. Había consumido la mayor parte de mi turno y estaba convencido de que el calor no sería un problema para mí cuando, de repente, empecé a marearme. Me dirigí rápidamente hacia el refugio pero en este momento apareció una camioneta, por lo que tuve que regresar al portón y revisar los documentos del conductor. En la base trabajaban muchos civiles, además de varios proveedores que yo no conocía, por lo que durante este primer día tenía que tener mucho cuidado con quién dejaba pasar. Sostuve el permiso en la mano mirando al conductor fijamente. Él notó que yo agarraba firmemente la culata de la metralleta y empezó a explicarme algo que mis orejas captaron como un molesto ruido. Sequé el sudor de mi cara y logré reconocer el tipo en la fotografía del documento. Sin que yo se lo indicase salió de la camioneta y me mostró unas cajas de zumo natural para nuestra cocina y el bar de los legionarios. Le hice el gesto con la mano de que podía pasar.

Con mis últimos esfuerzos conseguí volver al refugio buscando desesperadamente la sombra, pero estaba muy mareado y me entraron náuseas. Me daba apuro pedir un relevo anticipado, pero es que mi estado no mejoraba. De pronto reparé en que tenía dos botellas de agua mineral de las que no había bebido ni una sola gota debido al tráfico de vehículos. Agarré la primera botella y la derramé encima de mi cabeza. En unos segundos me sentí mejor. De la segunda empecé a beber con sorbos pequeños mientras percibía cómo el agua restablecía mis fuerzas vitales. El sargento en servicio se acercó y me preguntó si todo estaba en orden. Le confirmé con la cabeza que sólo me estaba refrescando, aunque a partir de entonces me quede siempre bajo la sombra del refugio.

Continué con mi turno hasta el final y tras unos últimos terribles diez minutos entregué el puesto a Semeniak, que también miraba con cara de mal humor el sol justiciero de mediodía. Después de aquel primer golpe del calor el resto de las dieciocho horas y los dos turnos nocturnos pasaron sin problemas.

Dejamos el puesto a las 6:00 de la mañana disponiendo solamente de media hora para bañarnos, afeitarnos y desayunar, porque a las 6:30 nuestro *adjudant* Cormier nos llevaría a correr por primera vez en el territorio de Chad.

Empezaba mi tercera jornada en tierras africanas aunque tenía la sensación de que las horas se habían fundiendo en un día interminable y abrasador. Los 30º C de la mañana ahora me parecían frescos en comparación con el calor sofocante del mediodía. Cormier empezó a marchar a ritmo ligero y tras dos kilómetros volvió de nuevo hacia la base. Todos creímos que a nuestro jefe le costaba correr con el calor pero en realidad nos estaba dando la posibilidad de acostumbrarnos al clima ya que la mayoría de nosotros era la primera vez que pisábamos el suelo de África. Cuando nos acercamos al portón pensando que ya era el momento de volver tras una carrera ligera, Cormier pasó por la entrada del cuartel y aceleró el paso. Íbamos a dar una vuelta alrededor de la base. Estimé la distancia restante en casi cuatro kilómetros más. Ulianov, mi vecino de cama, respiraba con dificultad. Nadie esperaba esta maniobra y una parte del grupo empezó a quedarse atrás. El *adjudant* corría como si fuese un robot con la cabeza ligeramente ladeada mientras su cuerpo se movía muy rápido. Mi joven compañero ruso se puso pálido pero logró seguir con obstinación el ritmo marcado por nuestro jefe de pelotón.

Yo también sentí que me faltaba aire y empecé a quedarme detrás de las primeras filas cuando, súbitamente, Ulianov cayó a mis pies. Lo había dado todo por su parte pero, evidentemente, no había bebido suficiente agua y sufrió un golpe de calor. Junto con el sargento mayor Ponce y el enfermero Peshkov acompañamos al joven legionario hasta la policlínica mientras los demás siguieron corriendo con el *adjudant* Cormier, que no tenía intención de bajar el ritmo.

En la policlínica le inyectaron suero y se recuperó con rapidez, pero el doctor militar le prohibió participar en semimaratones al menos durante dos semanas. El doctor no era legionario y se sorprendió de la crueldad de Cormier, que nos había conducido en esa carrera agotadora al tercer día de nuestra estancia en Chad.

No podíamos discutir, éramos legionarios y teníamos que seguir a nuestro jefe, que era de otra generación y estaba entrenándonos a su manera tratando de aumentar nuestra resistencia al calor. Momentos como este forjaron en mí un nuevo carácter, y del *easy rider* (el jinete libre) que había sido mutaba poco a poco en un soldado profesional, en una máquina militar lista para reaccionar ante cualquier situación.

A los dos días volvimos de nuevo al puesto y esta vez mi lugar estaba en una de las torres en la parte occidental del cuartel. Mi turno matutino, como la primera vez, fue fácil, pero a mediodía bajo la torre se reunieron tres nativos que trataban de conversar conmigo en un francés malísimo, con fuerte acento y casi incomprensible, insistiéndome en que tenía que regalarles comida. Unas cuantas veces les mandé que se alejaran, pero ellos simulaban que no entendían. Tuve que disparar al aire y meter una bala en el cañón. Este gesto, a diferencia de las palabras, lo entendieron bastante rápido y huyeron como antílopes. En segundos desaparecieron del paisaje semidesértico y no les volví a ver nunca más. Más tarde llegaron unos comerciantes vendiendo anteojos solares y relojes de pulsera. A ellos logré convencerlos de irse sin tener que amenazarlos con la metralleta, y la situación se calmó de nuevo.

Durante mi turno nocturno tuve que volver a cargar una bala en la recámara porque escuché un ruido y vi unas sombras a los pies de la torre de vigilancia, pero cuando alumbré la silueta con el proyector descubrí a una mujer que, para mi gran sorpresa, estaba orinando de pie contra el muro de la base levantando su enorme falda con las manos. Por lo visto no llevaba ropa interior.

Me quedaría una media hora más o menos para el final del turno de guardia cuando, de repente, escuché unos pasos a mi espalda. Alguien se acercaba a mi puesto desde la oscuridad. Avisé de que iba a disparar si daba un paso más cuando escuché la voz del sargento mayor Ponce pronunciando la contraseña que le permitía acercarse al puesto. Estaba acompañado por un soldado y un suboficial del Segundo Regimiento Extranjero de Infantería. Los camaradas del 2REI habían llegado el día anterior para sustituirnos en los puestos en la base de Yamena para que nuestro escuadrón pudiera, a la semana siguiente, dirigirse por el desierto hacia Faya. Ponce me explicó brevemente que había llegado una alerta y que nuestro escuadrón iba a ser el primero que entraría en la capital del Congo, Brazzaville. Tuvimos que entregar a toda prisa el puesto a los legionarios de relevo y marchar rápido hacia la pista aérea donde mis camaradas cargaban municiones y otras provisiones militares en dos aviones Transall. El legionario del regimiento de infantería me miraba con respeto porque se daba cuenta de que saldría pronto para la guerra y que, además, iba a estar en las primeras líneas de combate. Después de entregarle el puesto me estrechó la mano y me deseó suerte con toda sinceridad: *Courage et bonne chance, camarade!*

El sargento mayor Ponce, totalmente tranquilo y con una sonrisa en la cara, comenzó a relatarme su última misión en Kuwait. El Cuarto Escuadrón había participado en la operación "Tormenta del Desierto" y había completado como siempre una actuación brillante. Ponce, en aquel entonces todavía sargento, había dirigido a los tiradores de los misiles HOT que iban cargados en la gran máquina blindada VAB. Recordaba que los soldados norteamericanos tenían un campamento moderno que contaba con servicios higiénicos y cabinas telefónicas con comunicación por satélite para poder llamar a sus parientes.

—Mientras, los legionarios íbamos equipados únicamente con las pequeñas palas de combate con las cuales cavábamos hoyos en la arena para satisfacer nuestras necesidades —con estas palabras el jefe terminó su relato sobre Kuwait, y al acercarnos al avión cambió de tema—. Ahora pon tu FAMAS al lado de las armas de tus camaradas y empieza a trabajar porque tenemos que cargar quince toneladas de armamento y municiones. En Brazzaville tus hermanos del regimiento de paracaidistas han abierto fuego y necesitan nuestro apoyo. *En avant!*

BRAZZAVILLE

El pánico se adueñó de las calles de Brazzaville cuando el 5 de junio de 1997 el ejército de Pascal Lissouba rodeó la casa del candidato presidencial Denis Sassou Nguesso. Solamente un mes antes en el vecino país de Zaire los rebeldes de Loran Dezire Kabila habían derrotado al régimen dictatorial del clan de Mobuto y escogido al líder que iba a presidir la recién creada República Democrática del Congo. Desde la época de la Guerra Fría, Zaire y su capital habían sido claros exponentes del mundo capitalista, mientras que en la vecina Brazzaville se mantenían arraigadas aún las ideas del marxismo-leninismo.

La tensión en esta parte del mundo, rica en petróleo y minerales, aumentó concretamente en los últimos años de la Perestroika en la Unión Soviética, cuando los regímenes dictatoriales en ambos países entraron en fuerte oposición. En África la democracia es un lujo que países como el Congo y Zaire no pueden permitirse, y por eso las disputas se resuelven allí por medio de guerras civiles. Así, de junio a octubre de 1997, Brazzaville se convirtió en un infierno del cual los civiles inocentes trataban de escapar.

Se puso en marcha la misión "Pelícano" con el propósito de retirar a los refugiados franceses y extranjeros del territorio del Congo. Los comandos del Segundo Regimiento Extranjero de Paracaidistas llegaron primero al aeropuerto de Brazzaville e instalaron allí su campamento principal dejando sitio para los combatientes del Segundo Regimiento Extranjero de

Infantería y el Primer Regimiento Extranjero de Caballería. La situación era crítica, pero durante las primeras horas de la guerra los comandos de reconocimiento de la sección CRAP —que estaban bajo el fuego cruzado de las dos partes— lograron abrir un corredor para evacuar a la población civil hacia el aeropuerto.

**

En Brazzaville fue el bautizo en combate del cabo Minutelo, quien por primera vez escuchaba cerca de sus orejas un zumbido que no era el de las balas de salva, sino el de balas reales. A pesar de que estaba físicamente muy bien preparado, el cabo no estaba listo para la trágica escena que se iba a revelar ante sus ojos, una situación que muy poca gente puede imaginarse hoy en día. Mientras él y sus compañeros corrían por las calles, tratando de encontrar a las familias francesas que tenían misión de salvar, se convirtieron en testigos del sufrimiento de la población nativa por culpa del fuego enemigo.

Una madre con su bebé en brazos se acercó al sargento al mando del grupo de combate y le pidió ayuda. Al mismo tiempo un niño de unos cinco años se abalanzó hacia ella buscando refugio de las ráfagas de las metralletas. Un segundo después el niño caía al suelo atravesado por una bala tratando de agarrar la falda de la mujer con sus últimas fuerzas. Otros niños corrían despavoridos sin dirección alguna intentando escapar de aquel horror que tan rápido se había apoderado de la calle donde hacía poco jugaban sin ninguna preocupación.

El sargento, que tenía una tarea y debía cumplirla, sabía que no podía hacer nada por esa gente indefensa y siguió adelante buscando a las personas que tenía que llevar al aeropuerto. Si se hubiera desviado de su objetivo tratando de ayudar a la mujer y a los niños, la misión podía fracasar y arriesgar con ello la vida de sus soldados. Siguió corriendo y buscando el camino menos peligroso para su unidad de combate y para los refugiados que tenía que salvar.

Pero Minutelo sí se retrasó tratando de arrastrar a una casa cercana a la mujer que estaba en *shock* con el bebé en sus manos. La mujer gritaba y pronunciaba palabras sin sentido mostrándole al niño moribundo que todavía estaba agarrando su falda.

—¡Qué haces, por el amor de Dios! —el gritó del sargento interrumpió a Minutelo en su iniciativa de salvar a la mujer—. ¡No tenemos tiempo que perder, puta madre, no podemos salvar el mundo! ¡Tenemos una tarea y tenemos que cumplirla! ¡Todos detrás de mí, más rápido!

El grupo se adelantó y siguió buscando a los refugiados extranjeros. Al principio se encontraron con un grupo de monjas que ya habían recogido su equipaje y cuidaban a una hermana que parecía la más anciana de su orden. Ella pedía que la dejaran y siguieran el camino. Mientras, las otras monjas trataban de convencerla de que tenía que seguirlas. En ese momento el enfermero del grupo de combate de Minutelo desplegó una camilla donde la monja fue tumbada en segundos y todo el grupo se dirigió al aeropuerto. Al final todos llegaron intactos porque el sargento logró evitar el fuego del enemigo. Las monjas fueron hospedadas en el campamento principal y se quedaron esperando a un avión que vendría desde Gabón para sacarlas de aquel infierno.

El segundo contacto fue con unas cuantas familias francesas que estaban en pleno ataque de pánico y cuyo traslado resultó más difícil que el de las monjas. Las partes enemigas entraron en combate y la tensión en las calles aumentó. La gente se ocultaba en sus casas y lo único que les quedaba era rezar para que no les cayera un proyectil encima.

Parecía como si ambas partes estuviesen disparando sin apuntar porque las balas volaban en todas las direcciones, reinando un caos absoluto. El momento no era ni mucho menos el apropiado para una retirada de refugiados porque durante la batalla que había estallado se hacía imposible adivinar la mejor ruta hacia el aeropuerto. El sargento ocultó a los civiles en la casa de una familia africana, dejó a su binomio con ellos y continuó con la búsqueda de refugiados. Sintiéndose por un momento fuera de peligro, los evacuados empezaron a preguntar a los comandos qué pasaría con sus casas, con los vehículos y las demás pertenencias que tenían.

—Nuestra misión es llevarlos vivos hasta el aeropuerto, el resto no es nuestro problema —fue la breve respuesta del cabo que se había quedado para proteger a los civiles.

Justo esas palabras provocaron que los refugiados volviesen a la realidad para darse cuenta de que lo más valioso que tenían en esos momentos era la vida.

El grupo que iba con el sargento cayó bajo el fuego del ejército de Pascal Lissouba, quien ordenó disparar contra ellos por error creyendo que eran mercenarios del enemigo. Los legionarios estaban entrenados para responder al fuego y en pocos segundos tomaron posiciones. Comenzó un frenético tiroteo del que los soldados de Lissouba acabarían lamentándose por haberse atrevido a atacar este pequeño grupo de comandos. El francotirador legionario liquidó a las dos ametralladoras mientras el encargado de la bazuca LRAC disparó dos misiles antitanque contra los blindados con los que avanzaban los congoleños. El sargento se comunicó por radio con el cuartel de mando para reportar la situación y recibió órdenes de cesar el fuego y retirarse del campo de batalla. Iban a enviarle más transportadores blindados VAB para retirar a sus hombres y a los refugiados.

Mientras que desde el cuartel de mando trataban de comunicarse con las fuerzas militares locales y negociar con sus generales, los comandos paracaidistas se retiraron del campo de la batalla. Su vehículo blindado fue alcanzado por un proyectil y tuvieron que ir a pie hasta el lugar donde habían dejado a los refugiados.

Era la una de la tarde y el indicador del termómetro sobrepasaba los 40° C. Los muchachos de CRAP llevaban chalecos antibalas que pesaban más de quince kilos, pero a pesar del sofocante calor africano se movían bastante rápido.

El grupo de combate de Minutelo estaba a unos doscientos metros de la casa donde habían ocultado a los refugiados, cuando de nuevo una ráfaga de ametralladora cortó su camino. Esta vez parecía que eran los rebeldes, apoyados por Nguesso y Kabila, porque los disparos provenían de distintas partes y no se veían ni los tanques ni los vehículos blindados de los que disponía el ejército del dictador.

Esa gente disparaba contra todo lo que se moviera. Una casa ardía en llamas y de ella empezaron a salir varias personas. Los disparos silenciaron los gritos de una mujer que corría atravesando la calle con sus dos hijos.

Los legionarios tomaron posiciones a unos cincuenta metros de la casa incendiada. Esta vez no respondieron al fuego de inmediato porque suponía disparar caóticamente y las ráfagas no alcanzaban el lugar donde se habían escondido. Justo cuando iban a salir para continuar la retirada, un disparo de lanzagranadas antitanque reactivo (RPG) golpeó la casa vecina. De nuevo se escucharon gritos y más gente salió a la calle corriendo. Las órdenes que había recibido el sargento eran claras y concisas: "¡No intervengan en la guerra! ¡Retírense de la manera más rápida!".

Los disparos consecutivos alcanzaron a un hombre y a una mujer exactamente en la entrada de la casa. Se agarraron el uno al otro y, tambaleándose, cayeron frente a la ventana desde la que Minutelo observaba la calle. La mujer estaba muerta y el hombre gravemente herido. Con sus últimas fuerzas se levantó y dijo algo en un dialecto africano. La siguiente ráfaga le alcanzó en la cintura y cayó de rodillas. Minutelo se levantó y miró hacia el sargento, que le dio la señal de ocultarse y no moverse. Los disparos se efectuaban desde diferentes casas de la parte alta de la calle y el francotirador no estaba seguro de si había encontrado la posición exacta de los rebeldes. Por el momento mantenía en su mira únicamente al tirador de RPG.

En este momento el herido empezó a gritar y se agarró al borde de la ventana. Con sus últimas fuerzas se levantó de nuevo y se puso enfrente de Minutelo. De sus gritos nadie entendía nada pero en su mirada se podía leer claramente que suplicaba ayuda. El cabo no se movía y se mantenía observando el movimiento en la calle. Entonces una muchacha joven y un niño pequeño corrieron hacia el hombre moribundo, que seguramente era su padre. Se situaron a su vez frente a la ventana tratando de ayudar al herido. La muchacha vio de repente al cabo de la Legión y quedó paralizada. En sus ojos negros solamente se reflejaban el miedo y el terror. Las balas empezaron a silbar de nuevo y en ese momento Minutelo vio como ella caía al lado de su padre. La chica africana había sido herida en la pierna y su pequeño hermano gritaba horrorizado.

Para el cabo esta era su primera acción real, su bautizo en combate, eso que tanto había soñado, pero al momento se dio cuenta de que nunca lo había imaginado así.

Gente inocente moría a su alrededor mientras la orden era de no intervenir. Había llegado al lugar, precisamente, con la idea de que iba a salvar a ciudadanos inocentes y ahora contemplaba cómo la población civil moría frente a sus ojos. En un momento como este pasan por la cabeza del ser humano miles de preguntas sin respuesta en menos de un segundo: ¿acaso no era esto lo que él soñaba? ¿A quién ayudar? ¿Quiénes son los elegidos de Dios que tengo que salvar? ¿Por qué está luchando esta gente? ¿Por qué disparan contra niños? ¿Por qué estoy yo aquí?...

Los legionarios no tenían derecho a pensar. Estaban para cumplir su misión y no debían desviarse de ella. Los nervios del joven cabo se pusieron de punta y la adrenalina aumentó agudamente en su torrente sanguíneo. La muchacha herida mantenía fija su mirada en él. No sollozaba pero sus ojos negros estaban llenos de terror y tristeza. El cabo no resistió y saltó afuera por la ventana. Enseguida tronó el grito enojado del sargento: "*Putain de merde!* ¿Qué está haciendo este?". Corrió hacia la ventana donde hacía unos segundos se encontraba Minutelo y vio cómo este protegía con su cuerpo a la muchacha herida y a su pequeño hermanito. El sargento saltó también por la ventana gritando al compañero francotirador: "¡Cúbrenos!".

La situación había cambiado. El sargento era un combatiente con experiencia y que siempre seguía las órdenes del mando. Pero en situaciones críticas para él lo prioritario era cuidar de su grupo. Estos soldados con quienes compartía todo eran lo más importante de su vida y su tarea principal era sacarlos vivos del campo de batalla. A pesar de que estaba furioso por la reacción del novato se metió en el tiroteo para salvarle.

El francotirador mató al tirador del RPG pero las ráfagas de AK-47 llegaban desde diferentes lados y le era imposible adivinar las posiciones de todos. Era el momento de cambiar la posición porque el enemigo ya les había descubierto. Todos los miembros del grupo respondieron al fuego y corrieron para ocultarse detrás de la casa incendiada.

Minutelo trasladó a la joven herida mientras el hermanito pequeño corría detrás del sargento. El niño había visto que era él quien comandaba a estos soldados y pensaba que solo él podría salvarle. Su padre y su madre habían caído muertos ante sus ojos hacia apenas unos segundos. Su hermana estaba herida y él se había sentido totalmente solo e indefenso. Ahora el sargento de la Legión era su única esperanza y por eso no se despegaba de él.

Cuando alcanzaron el nuevo refugio, Minutelo cayó al suelo. Le habían impactado dos balas en la espalda. El chaleco le había salvado la vida, pero podía tener una costilla fracturada. El dolor era insoportable y Minutelo se ahogaba en su propio sudor. Habría podido morir si el paramédico del grupo no le hubiera quitado a tiempo el chaleco. El sargento, al ver que el estado del cabo empeoraba, avisó por radio de su nueva posición a los vehículos blindados que habían salido a recogerles.

Al mismo tiempo los rebeldes también cambiaron de posición y empezaron a acercarse con sigilo al nuevo refugio de los comandos de CRAP. El francotirador advirtió también quién mandaba en el grupo enemigo y se preparó para abatirlo. Justo cuando iba disparar vio que los rebeldes se echaban a correr mientras cundía el pánico. De la parte baja de la calle se oyeron los motores de los vehículos blindados. Llegaban refuerzos. El sargento salió del refugio e hizo una señal al piloto de la primera máquina VAB para que se parase.

Minutelo trató de levantarse. Era de los comandos y no quería que los demás le viesen en un estado tan débil. A pesar del dolor había logrado acompasar su respiración. Sin el chaleco ni las municiones encima el cabo se sintió liviano como una pluma y logró caminar solo y sin ayuda.

"¡Te has salvado por un pelo, muchacho! ¡Ojalá que te sirva de ejemplo!", le recriminó con rigor el sargento. Después siguió con un tono más tranquilo: "¡Recuerda que no eres Superman! ¡La fuerza CRAP actúa como una sola persona y no puedes asumir la iniciativa sin respetar mis órdenes! Has salvado la vida de dos seres humanos, pero has puesto en peligro la vida de todo el grupo".

Minutelo miró a la muchacha herida y esta vez sintió en su mirada solamente un gesto de agradecimiento. Suspiró de dolor, pero por adentro estaba contento. Cuando le propusieron entrar en el vehículo blindado designado como ambulancia se negó. Así que dentro del VAB ambulancia marcado con la Cruz Roja pusieron en su lugar a la muchacha herida y a su hermanito.

Los vehículos blindados alcanzaron la casa en la que el sargento había dejado a los refugiados franceses y a dos de sus soldados. Por suerte todos allí estaban intactos. Los legionarios crearon para los refugiados un corredor con sus cuerpos desde la entrada de la casa hasta el vehículo. Los civiles empezaron a cargar su equipaje como si saliesen de vacaciones.

Todo parecía tranquilo pero el sargento estaba nervioso. Su instinto le decía que el peligro no había pasado todavía. Al siguiente segundo se oyó un tiroteo en la calle vecina. Parecía que las dos fuerzas enemigas habían entrado de nuevo en combate.

El sargento empezó a gritar a los civiles que se dieran prisa e hizo una señal a los demás para que les ayudaran. Minutelo se había olvidado del dolor con el zumbido de los disparos y también se dirigió hacia los refugiados, que se abrazaban despidiéndose de la familia africana que les había dado refugio.

Cuando los últimos refugiados terminaron de salir de la casa, balas desperdigadas empezaron a caer como una lluvia. Los comandos cubrieron con sus cuerpos a los ciudadanos civiles antes de empujarlos prácticamente como sacos hacia la puerta del VAB.

Un dolor súbito atravesó el cuerpo del sargento. Provenía de su tobillo derecho, del que manaba un líquido caliente que le mojaba el pie. Con un esfuerzo extraordinario logró mantenerse en la puerta indicando a los últimos que saltasen dentro. Sabía que eran balas desperdigadas y por eso no había querido responder al fuego. Los legionarios se encontraban justo en medio de los dos contrincantes de la guerra civil. Los soldados africanos disparaban sin apuntar, incluso lo hacían al aire, aunque en este caso parecía que lo hacían solamente para superar su miedo. De ahí las salvas de balas caídas del cielo. Si no hubiese sido por los cascos y los chalecos, los legionarios habrían sufrido considerables pérdidas.

Minutelo se quedó como congelado, a tan sólo dos metros del VAB. El sargento quiso llamarle de nuevo pero al instante notó la mancha oscura de sangre que había en el pecho del cabo y reparó en que el comando estaba sin su chaleco. Minutelo hizo un último esfuerzo para dar un paso adelante y después cayó de rodillas con la mano en el corazón.

Los vehículos blindados se retiraron del campo de batalla y alcanzaron el aeropuerto sin problemas. Los comandos del CRAP llevaban consigo el cuerpo del cabo más joven del grupo. El sargento se había olvidado de su tobillo herido, el dolor por la pérdida de un comando de su grupo era mucho más fuerte.

Los civiles presenciaban con horror el transporte del cadáver del joven cabo que había entregado su vida para salvarlos. Por el momento la muchacha y su hermano fueron hospedados con los demás refugiados a la espera de que llegasen los aviones que les sacarían cuanto antes del infierno de la guerra.

Después de que la noticia sobre el comando caído llegase a instancias del alto mando, los generales empezaron a actuar y todos los regimientos franceses en África fueron puestos en alerta. Los cruentos enfrentamientos entre los guerrilleros de Nguesso y el ejército de Lissouba se mantenían mientras el alto mando del ejército francés no lograba ponerse en contacto con ninguna de las partes. Había llegado el momento de actuar con fuerza.

GABÓN

Habíamos cargado las municiones en dos aviones y disponíamos de media hora para una última cena antes de que la aventura comenzara. Llegamos al comedor corriendo. Las demás compañías nos dejaron pasar delante. Todos nos miraban con respeto porque sabían que íbamos a la guerra, a entrar en un combate mortal en pocas horas. Mi amigo Todorov se me acercó y me deseó suerte. Con él estaba un compatriota de infantería que había llegado ese mismo día. Se llamaba Atanasov y era amigo de Todorov desde la instrucción en Castel. Este camarada estaba más entusiasmado que yo. Nunca olvidaré su pregunta: "¿Dime cómo te sientes? ¡No puedo creer que vayas a la guerra! ¡Hombre, eso es increíble!".

Hasta este momento no había pensado a dónde iba exactamente. Sentía cansancio por los últimos turnos de guardia y, justo cuando esperaba con impaciencia el descanso de cuatro horas, tuve que empezar a cargar las municiones en el avión. Había escuchado, solamente, que salíamos en dirección a Brazzaville, donde había estallado una guerra civil. Nuestra misión era evacuar a los civiles extranjeros del territorio del Congo. Sonaba muy emocionante, pero debido al extremo cansancio de los últimos días me sentía fatal y ejecutaba mecánicamente todas las órdenes. "Creo que será interesante", respondí tranquilamente a Atanasov, quien siguió con sus exclamaciones: "¡Pero cómo que interesante, hermano, van a disparar contra ti!". En realidad en ese momento no tenía tiempo de pensar, pero sí, antes de decidir entrar a la Legión había asumido que existirían riesgos semejantes.

No había mucho tiempo para conversaciones, los aviones nos esperaban y de nuevo nos dirigimos corriendo hacia ellos. Esta vez sentí la emoción conjunta del regimiento. "Los Leones" estaban felices porque iban a la guerra. La guerra era nuestra profesión y, evidentemente, la mayoría estábamos orgullosos de ello. Desde mucho tiempo atrás nos habíamos preparado específicamente para el día de la verdadera batalla. Y ese día había llegado.

A mi lado estaba uno de los legionarios más jóvenes del grupo, Yordanov. Era compatriota mío y había llegado a la sección un mes antes del inicio de la misión en Chad. Yordanov había participado con el contingente búlgaro de cascos azules en Camboya y allí había acumulado experiencia durante las misiones de la ONU. Precisamente fue en Camboya donde había escuchado hablar sobre la Legión, y la idea de hacerse legionario lo había fascinado desde entonces. Él también estaba feliz porque nos hubiesen llamado justamente a nosotros para esa alerta. Yordanov era un excelente soldado, su único problema era el francés. Excepto las órdenes, que casi entendía y cumplía por instinto, no hablaba ni una palabra en francés, y siempre me consultaba qué se había dicho. Mientras corríamos me preguntó: "¿Contra quién dicen que vamos a pelear?". "Contra algunos africanos que pelean entre sí mismos", le respondí rápidamente. Le confirmé también que íbamos a Brazzaville, la capital del Congo y él concluyó a su manera: "¡No me jodas, ni sé dónde es eso, pero lo importante es que comienza la acción!".

Antes de subir al avión nos entregaron unos chalecos antibalas que pesaban por lo menos quince kilos, así como municiones adicionales. Nos subimos rápidamente y despegamos.

En el momento de sentarme en el avión noté de nuevo el cansancio de los días anteriores. En cuanto las ruedas de la aeronave despegaron de la pista caí dormido profundamente. No me desperté ni un segundo durante todo el vuelo, pero cuando aterrizábamos el grito del *brigadier* jefe Hunt me sacó como un trueno de relámpago del profundo sueño. "¡Apresúrense *fucking, go, go, go!*". Me puse de pie sintiendo el peso del chaleco y al segundo siguiente recordé que me dirigía a la guerra. Me imaginé cómo debería salir del avión, correr y ocultarme de las balas enemigas. En este instante mi adrenalina se disparó.

En el momento que pisé tierra firme con el equipamiento completo y listo para el combate vi que mis compañeros se estaban quitando sus chalecos. Para mi sorpresa no se escuchaban disparos y todo estaba silencioso y tranquilo. Los gritos de Hunt eran el único ruido que rompía el silencio de la noche. El *brigadier* jefe me miró y gritó: "Tú te quedas, *fucking*, aquí de guardia". Después me señaló el equipaje y las armas que tenía que custodiar. Todavía no entendía nada y me extrañaba que todos hubiesen dejado sus chalecos antibalas si, supuestamente, nos habíamos dirigido a una guerra. Respiré y sentí que el aire no era tan caliente como en Chad, aunque el clima era bastante húmedo.

Al cabo de una hora Semeniak llegó para relevarme.

—¿Qué paso con la guerra? —le pregunté.

—Bueno, dicen que sigue, pero que estaban negociando y por eso nos han mandado aquí.

—¿Dónde es aquí? ¿No estamos en el Congo?

—¿Y tú donde estuviste? En el avión dijeron que íbamos a aterrizar en Gabón y que aquí esperaríamos las órdenes.

—¿Gabón? —por lo visto me había dormido durante todo el viaje—. ¿Cuánto tiempo más tendremos que esperar aquí?

—Despiértate, hombre, yo soy legionario como tú, no soy un general. Vete y tómate un café con el jefe, puede ser que haya recibido una nueva orden. Nuestra sección está por allí —Semeniak me señaló un edificio a unos doscientos metros donde todos se habían reunido alrededor del *adjudant* Cormier y tomaban café. Habíamos aterrizado en Gabón.

Resultó que, mientras estábamos volando, desde el cuartel general se habían puesto en contacto con los comandantes de las dos facciones enemigas del Congo. El mando francés tenía un solo propósito y era que se le permitiese evacuar a sus ciudadanos sin peligro. Ni Nguesso, ni Lissouba querían entrar en conflicto con el ejército francés, así que aceptaron. A partir de este momento todas las negociaciones respecto al conflicto en Brazzaville iban a llevarse a cabo en la capital de Gabón, Libreville.

Así que los pilotos de los aviones recibieron una nueva orden y nuestra misión se vio modificada. La batalla por las calles de Brazzaville se había suspendido y la nueva misión era ocupar y asegurar el aeropuerto de Libreville. Los refugiados iban a llegar a la capital de Gabón antes de regresar a su patria, y los legionarios debíamos de velar por su seguridad.

Sin embargo, la alerta no se suspendió y el corredor por donde debían pasar los civiles de Brazzaville debía estar vigilado por alguien. Los miembros del Segundo Regimiento de Infantería junto con el Segundo Escuadrón de la Caballería despegaron de Yamena en dirección a Brazzaville.

Nadie tenía interés en que esta guerra civil provocase un nuevo genocidio en África central, semejante a la tragedia de Ruanda en 1994. La presencia de la Legión Extranjera en la región durante las negociaciones en Libreville obedecía al propósito de tranquilizar a las fuerzas enemigas y llegar a un acuerdo para cesar la matanza de inocentes.

***

El primer pelotón había ocupado el área del aeropuerto. El segundo pelotón se había dirigido al cuartel vecino, mientras que nosotros estábamos vigilando los aviones y las armas esperando a la siguiente orden. Tras una hora apareció el capitán

Lajouani, que estaba al mando de nuestro Cuarto Escuadrón, y nos explicó que por el momento íbamos a quedarnos en Gabón, donde debíamos velar por la seguridad de los refugiados provenientes del Congo. La mayoría de los compañeros estaban decepcionados después de que la batalla se hubiera suspendido.

—Veo su decepción y les comprendo —se dirigió el capitán hacia nosotros y suspiró pausadamente—. Estábamos listos para el ataque pero ahora tenemos una misión que no es menos importante y que precisa de la atención de cada uno de ustedes. Estoy orgulloso de estar al mando de "Los Leones" y estoy seguro de que no me van a decepcionar. Les dejo bajo las órdenes del *adjudant* Cormier.

Cormier se dirigió hacia nosotros y eligió a seis soldados, entre los que me encontraba. Nos dejó bajo las órdenes del *brigadier* jefe Hunt en la pista de aterrizaje y se dirigió con los demás hacia el cuartel donde iban a hospedarse los refugiados.

—Miren, *fucking*, sé que, *fucking*, no han dormido, pero no quiero fracasos. Vamos a recibir aquí, *fucking*, refugiados civiles, y además vamos a reportar y si es necesario revisaremos cada avión que aterrice.

Hice bien en dormir durante el viaje, de otro modo habría tenido muchas dificultades para mantener los ojos abiertos. Ya estaba amaneciendo cuando nos trajeron el desayuno acompañado de abundante café. Entre nosotros, los que nos quedamos en el aeropuerto de Gabón, se encontraba un joven ruso llamado Sergueev que apenas tenía dieciocho años. Su problema principal, igual que le sucedía a Yordanov, era el francés.

—А молока, нет? (¿no hay leche?) —me preguntó en ruso.

—Не видишь, нет! (¡no ves que no hay!) —le respondí yo también en su idioma materno.

—А мне мама давала молока в Сибире (pero a mí mi mamá me daba leche en Siberia).

Dudé de si había escuchado bien. Quería reírme. ¿Qué hacía este chaval allí? Mejor que se hubiese quedado con su madre. ¿Cómo había llegado hasta allí? Empezó a relatarme la vida en Siberia, donde para ir a la escuela su madre le entregaba dos piedras calientes para que no se le congelasen las manos durante la caminata. Recorría cinco kilómetros cada día para ir a estudiar. A su padre le habían despedido del ejército ruso porque después de la Perestroika las cosas habían empeorado mucho para los militares soviéticos, y el ex sargento mayor había enviado a su hijo a buscar suerte en la Legión Extranjera. Este muchacho era el legionario más joven del escuadrón y desde el momento de su llegada siempre estaba esperando que llegase la hora de comer. Era el único que no quería salir durante los fines de semana y se juntaba con los legionarios de servicio para ir al comedor incluso en domingo. Para él era como si la Legión hubiese sustituido a su madre. A pesar de que Sergueev puntuaba bien en las actividades deportivas, a mí me quedó siempre el enigma de cómo este chaval había logrado superar todas las pruebas primero en Aubagne y después en Castel.

Estábamos agotados de la noche anterior y nos cambiábamos de turno cada hora. El sol salió y pronto iba a calentar el asfalto. Llegó el turno de Sergueev para relevarme en el puesto y se puso en la pista de aterrizaje donde tenía que informar sobre los aviones que llegaban.

Los demás ahorrábamos fuerzas en una sala con aire acondicionado donde permanecíamos sentados alrededor del *brigadier* jefe, que nos estaba dando las últimas instrucciones.

—*Attention!* No quiero *fucking* problemas con los civiles. Sé que no han visto recientemente a muchachas, pero no quiero oír de *fucking* jodidas seducciones con cualquiera de las mujeres que vendrán. ¿Está claro?

—¿Bien jefe, está claro el asunto sobre las mujeres refugiadas que vengan del Congo, pero la norma se aplica también con las nativas? —preguntó con una sonrisa Semeniak.

—Escucha, *fucking* Semeniak, todavía estamos bajo alerta y tienes que aguantar hasta Chad, así que, de momento, usa las manos. Puedes intercambiarlas para que sea más interesante, una vez con la mano izquierda, otra vez con la mano derecha. Allí está el baño, te doy diez minutos, después te toca un turno de vigilancia de dos horas. ¡Adelante!

Ya nadie más bromeó con el *brigadier* jefe, pero justo antes de que Semeniak sustituyese a Sergueev el chaval se comunicó por radio con Hunt:

—Bravo, Bravo, aquí Charli.

—Bravo, escucho —respondió asustado Hunt.

—Bravo, Bravo, aquí Charli, llega un avión.

—Charli, aquí Bravo, describa el avión.

—Bravo, aquí Charli, avión militar.

—*Fucking* ruso, no entiende nada —se dirigió Hunt hacia nosotros—. ¡Semeniak! *Go! Go!* ¡Dale el relevo a este estúpido y dime el modelo del avión!

En tan solo un minuto Semeniak confirmó que lo que venía era un Transall que probablemente traía a refugiados. El *brigadier* jefe castigó a Sergueev con el típico ejercicio de flexiones hasta la muerte. Mientras tanto nosotros hicimos fila en la pista en la que el avión había aterrizado. Vimos las caras asustadas de la gente a la que ayudábamos para bajar. Estaban abstraídos en sus pensamientos.

Con Hilair entré en el avión para sacar a una monja que, a pesar de estar acostada en una camilla, sonreía y parecía menos preocupada que los demás. La anciana nos bendecía mientras la llevábamos. Hilair empezó a sonreír y a hablar amablemente.

—Oye, amigo, no quiero problemas con Hunt —le regañé yo en broma—. ¿No estabas escuchando cuando el *brigadier* jefe dijo eso de no seducir damas?

Hilair sonrió poniendo cara de culpable mientras la monja se echaba a reír.

—Vaya, caballeros, es el mejor cumplido que me han hecho en años.

—Bienvenida a la Legión Extranjera, querida señora —continuó Hilair con su gentileza.

En nuestro pelotón se le conocía por sus aventuras sexuales. En Orange le metieron muchas veces en la cárcel porque se había divertido en la cama de varias señoritas y señoras de la ciudad y se había retrasado varias veces en la inspección de la mañana.

El *adjudant* Cormier, antes de decidir con cuántos días tenía que castigarlo, le preguntaba siempre: "¿Por lo menos era guapa, Hilair?", y nuestro camarada siempre confirmaba que la chica había valido la pena. Le presentaba un informe más detallado de sus aventuras nocturnas a Cormier y después se ganaba su perdón. El *adjudant* le imponía cinco días de cárcel de costumbre, pero un día el legionario "Don Juan" reconoció que había bebido más de la cuenta y que por la mañana se había asustado al ver el enorme cuerpo de la vieja señora que estaba su lado, y ese día Cormier le envió dos semanas a la cárcel con las siguientes palabras: "¡Mal disparo, muchacho, piensa qué harás la próxima vez!". Desde entonces Hilair se había calmado, pero por si acaso Hunt nos había advertido de tener cuidado con las chicas y evitar cualquier intimidad con ellas. Incluso las monjas debían mantenerse lejos de soldados como mi compañero.

En la ruta desde el aeropuerto hasta el cuartel, el segundo pelotón se encargó de las monjas y "el peligro" para mi camarada Hilair desapareció. Regresamos enseguida a la pista del aeropuerto y seguimos recibiendo a otros aviones llenos de refugiados civiles.

Del segundo avión bajamos una camilla donde estaba tendida una muchacha negra herida en un pie. Un diplomático había asumido la responsabilidad de traerla a ella y a su hermanito. Comprendimos que se habían salvado de milagro porque habían estado en medio de un tiroteo y los legionarios CRAP les habían sacado de allí junto a otras familias de ciudadanos franceses.

Durante todo el día recibimos y acompañamos a los numerosos refugiados que iban llegando del Congo. Llegaba el sexto avión cuando el segundo pelotón nos relevó para encargarse de hacer la guardia durante la noche.

En el momento en que llegamos al cuartel nos dimos cuenta de que todas las habitaciones estaban reservadas a los civiles. Recibimos el equipamiento para la jungla ecuatorial y nos organizamos en unos cuantos campamentos que levantamos en varios puntos del cuartel y fuera de los edificios. Mi sección había acampado en el punto más lejano y pegado al muro del cuartel. Íbamos a dormir en unas camas desplegables que se usaban durante las maniobras en la jungla y cada uno llevaba consigo su mosquitero.

El chequeo nocturno pasó, y ya nos íbamos a acostar cuando mi compatriota Yordanov me dijo que cerca había una casa de prostitutas y que un pequeño grupo de cabos, que conocía la región, iba a salir unas horas saltándose el muro. Me sorprendió la manera en que, de repente, mi compatriota había empezado a entender el francés y ya no necesitaba mi ayuda. Por lo visto, cuando uno está muy interesado en algo, pocos conocimientos son suficientes para entender de qué se trata. Yordanov trataba de convencerme para irnos y divertirnos un poco, pero yo estaba agotado y le dije que no contase conmigo.

La pequeña cama desplegable con su mosquitero era lo que más podía desear en ese momento. Tenía un ancho de ochenta centímetros pero, para mí, que no había visto una cama desde hacía un buen tiempo y ya había pasado el turno de guardia, era la cama más cómoda del mundo y no tenía intención de abandonarla por unas prostitutas.

Al día siguiente nos dejaron en la zona del cuartel. Hunt nos advirtió de nuevo que no quería problemas con los civiles. Nos mencionó a un *brigadier* jefe del primer pelotón al que ya se le había relacionado con una periodista. Ella se había dirigido a fotografiar los acontecimientos en el Congo y, mientras tanto, se había quedado entre legionarios. Recuerdo que el capitán castigó al camarada que se relacionó con ella, y que transcurrido cierto tiempo la periodista expresó dentro de un artículo sus agradecimientos especiales a la Legión Extranjera y, sobre todo, al cuestionado *brigadier* jefe. Por lo visto, se había portado bien con ella.

Al mediodía el capitán Lajouanie nos puso en formación y nos explicó que, aunque por el momento seguíamos allí, estábamos en posición de alerta y en cualquier momento podíamos dirigirnos a Brazzaville. No podíamos alejarnos de la zona del campamento porque teníamos que estar listos en todo momento.

El capitán nos aconsejó usar el tiempo libre para descansar. Yo seguí su consejo y permanecí disfrutando de la pequeña cama también por la tarde. Al anochecer Yordanov empezó de nuevo a tratar de convencerme para hacer una visita a las prostitutas. Había conocido ya el burdel y había quedado muy contento.

—Con estas muchachas voy a aprender francés —aseguró mi compatriota.

—Me alegro por ti, por fin encontraste profesoras.

—Esta noche te las voy a presentar. Es verdad que no tienes necesidad de estudiar francés, pero ellas también saben otras cosas interesantes —sonrió Yordanov.

—Bien, después del recuento arrancamos —me decidí yo.

Nunca en mi vida había estado con una prostituta, pero en este momento no tenía nada que perder. En Libreville no había guerra y la aventura empezaría con una escapada al hogar de las prostitutas. Después de la inspección nocturna nos deslizamos por una esquina oscura donde los cabos que se habían escapado la noche anterior ya había cortado el alambre de púas que recubría la pared. En unos segundos cruzamos al otro lado y nos ocultamos en una cuneta. No teníamos ropa civil, y con el atuendo militar era peligroso movernos, así que habíamos salido vestidos con ropa deportiva. Corríamos por las calles escondiéndonos de cuneta en cuneta, como si nos acechase algún francotirador. Estábamos tan traumatizados por la experiencia vivida en Orange con el mayor Bolens y la policía militar que no podíamos relajarnos ni siquiera en el ambiente civil de Libreville.

A los quince minutos llegamos al burdel donde, detrás de la barra del bar, nos estaba mirando una enorme mujer. Era gorda, vieja, negra y al observar su sonrisa insidiosa advertí que le faltaban algunos dientes.

—¿Qué van a tomar? —nos preguntó tranquilamente ella.

—¿Dónde muchachas? —preguntó algo enojado Yordanov, quien durante el camino se había recreado sobre el gran surtido de bellezas negras que nos íbamos a encontrar.

—Es temprano todavía, chico —respondió la mujer del bar—. Ayer viniste a las once de la noche, mientras que ahora son apenas la ocho y cuarto.

—¡Quiero muchachas! —insistió furiosamente mi compañero de combate, que no estaba escuchando en absoluto lo que le estaba explicando la mujer negra de doscientos kilos.

—Aquí estoy yo —sonrió ella y después gritó algo en algún dialecto girándose hacia el pasillo donde estaban las habitaciones. De allí se escuchó alguna respuesta en el mismo dialecto incomprensible, y la señora gorda del bar tranquilizó a Yordanov:

—Tienen suerte chicos, hay dos muchachas que ya están por aquí.

Yo estaba parado a un lado y contemplaba el espectáculo con una sola pregunta en la cabeza: "¿Qué hago aquí?". Ya iba a proponerle a mi compatriota irnos cuando por el pasillo apareció una joven bien proporcionada y con una cara muy bonita. Nunca me había acostado con una ramera y, mucho menos, con una africana.

Chicas negras tan bellas las había visto solamente en las películas. La muchacha se acercó al bar y se dirigió hacia nosotros.

—¿Quién de ustedes viene conmigo?

—¡Eres tú quien vendrá conmigo! —de repente eché a Yordanov a un lado y agarré a la chica por la cintura llevándola directamente al pasillo que conducía a la habitación.

—Vaya, parece que de verdad tienes bastante prisa —sonrió ella—. ¿No vamos a tomar algo antes de ir a la habitación?

—Nos lo tomaremos después —respondí decidido—. Primero vamos a la habitación.

Esa fue una reacción muy primitiva por mi parte, provocada por instintos cavernícolas. Hacía escasamente un segundo todo mi ser quería escapar de ese horrible lugar olvidado por la humanidad y por Dios, pero en cuanto apareció ella las cosas cambiaron por completo. No sé si es que ella era una maestra en su profesión o simplemente respondió a mi deseo carnal con el suyo, pero el caso es que lo pasé de maravilla. De hecho, hacía más de diez meses que no había tocado a una mujer y cuando sus labios jugosos engulleron mi pene casi me desmayé de placer. Me había olvidado del peligro del SIDA y mi cerebro se había introducido, junto con mis genitales, profundamente en el interior de esta belleza de ébano.

En un momento así a uno no le interesa mucho la vida porque estás más cerca del paraíso que de los problemas terrenales. Era un legionario que pagaba por mis pecados cada día, así que Dios tendría que comprender que mis instintos salvajes me llevaran por aquel pasillo carnal. Después del sexo oral podía irme tranquilamente a la guerra. La tensión y la adrenalina se habían quedado en la boca de aquella prostituta.

Recordé las palabras de un amigo legionario que había participado en las misiones de Camboya y me había relatado cómo al salir de un burdel en Tailandia había caído de rodillas ante el sol saliente y había gritado: "¡Ya puedo morir, Señor! ¡Esta noche lo he visto todo!". Yo no estaba seguro de haberlo visto todo y, además, recordé que en el bolsillo de mi pantalón deportivo tenía condones que debía haber utilizado. Era como usar paraguas después de la lluvia, pero me estaba convenciendo de que con el sexo oral no hay modo de infectarse con el SIDA. En la Legión nos daban condones gratis, y si alguien se contagiaba con alguna enfermedad venérea le esperaba una dura cárcel.

—¿Y ahora, podemos ir a tomar algo? —insistió la muchacha.

—Es temprano todavía —la calmé yo, y saqué mis condones.

—Entonces te gustó —concluyó ella y de nuevo empezó a trabajar con sus grandes y jugosos labios.

No tenía ni idea de cuánto tiempo había pasado desde que había entrado en la habitación, pero por un momento y, a pesar de todo, mi cerebro empezó a funcionar de nuevo y recordé que no estábamos de vacaciones y que teníamos que regresar cuanto antes al cuartel. No discutí el precio, de todos modos era barato para mi nuevo salario. Salimos de la habitación para ir al bar, que ahora estaba atestado de muchachas y legionarios. Yordanov había pedido una botella de whisky y se había tomado ya la mitad.

—¿Cómo anda la fiesta? —le pregunté y le di amigablemente una palmada en el hombro.

—Me jodiste igual que el cabo de la noche anterior y, de nuevo, me fui con la gorda.

—Vi a su lado a una muchacha gordita de pechos enormes y que parecía la hija de la dueña.

—Tal como te veo compruebo que has tenido almohadas grandes sobre las que recostarte —sonreí yo.

—De esas tetas no puedo quejarme, pero ayer con ella y hoy de nuevo con ella…

—Parece que te enamoras, coño —le dije en broma.

—No jodas —concluyó Yordanov y siguió tomando su whisky—. ¡Y la tuya, vamos, relátame, que has estado aquí tres horas! La miras bien enamorado y parece que te vamos a casar —bromeó él a su vez.

—Mira, no soy ni celoso, ni egoísta y no me pienso casar —le respondí mientras abrazaba a la vez a mi prostituta demostrando que era de mi propiedad—. Hoy es mía, pero mañana, si vuelves, búscala, no lo vas a lamentar, vale la pena.

—¿Qué idioma es ese en el que están hablando? —preguntó la chica guapa.

—Búlgaro, ¿has oído algo sobre Bulgaria? —le pregunté yo.

—Sí, Estoykov, Bulgaria, en Estados Unidos, en el Mundial del 94, lo vimos aquí. Adoro el fútbol.

—Stoichkov —la corregí aunque no tuviese importancia, ya que Cristo Stoichkov nos había dado fama hasta en estos lugares tan remotos del planeta.

En ese momento me di cuenta de que, sin duda, el búlgaro más conocido del fin de milenio era precisamente nuestro atacante Cristo Stoichkov. El recuerdo de aquel famoso verano de 1994 me transportó al pasado reciente y, por un segundo, me dejé llevar por la nostalgia. Aquella fue la primera y la última vez que vi a todo el pueblo búlgaro verdaderamente feliz. Después de la victoria contra Alemania los mafiosos saltaban de sus automóviles de lujo y abrazaban hasta a los gitanos. Todos juntos hacían ondear la bandera búlgara. Por las calles se derramaba champán y nuestras muchachas bailaban como brasileñas, con la única diferencia de que iban pintadas de blanco, verde y rojo.

—Hermano, tenemos que salir de aquí —me dijo mi compatriota—. Pueden hacer un control de madrugada, sabes que estamos en alerta.

Nos marchamos por el camino de vuelta hacia el cuartel. Nos movíamos de la misma manera, como si estuviésemos en una acción militar, sin hacer caso de las miradas de asombro de los peatones casuales. Tras saltar con éxito el muro y entrar arrastrándonos a nuestro campamento, nos metimos rápidamente bajo los mosquiteros de las camas desplegables. Todo salió bien porque no nos pillaron ni tampoco nos contagiamos con ninguna enfermedad venérea. Como dicen en la Legión: *Pas vu, pas pris.*

El Congo

Tras la firma del acuerdo con las fuerzas enemigas en Brazzaville, despegaron dos aviones más desde Yamena. Uno con comandos del Segundo Regimiento Extranjero de Infantería y otro con los tanquistas del Segundo Escuadrón. Atanasov, que hacía solamente veinticuatro horas me había preguntado cómo me sentía marchándome a la guerra, iba a estar mucho más cerca que yo de los combates, moviéndose por la denominada línea blanca. Dicha línea rodeaba la franja por donde los refugiados iban a ser evacuados, mientras que fuera de ella la guerra se desencadenaba con toda su virulencia y cada uno tenía derecho de disparar para defenderse. Los miembros de la infantería controlarían la zona contigua a esa "línea blanca" para asegurar la retirada de los refugiados, que irían moviéndose hacia el aeropuerto. Mi amigo Todorov viajaba en el segundo avión. Él y sus compañeros de combate debían encargarse de la seguridad del aeropuerto. Me había deseado suerte en la acción la noche anterior, pero ahora él mismo iba a necesitar un poco más que suerte porque el cielo sobre el aeropuerto de Brazzaville estaba iluminado por diferentes tipos de relámpagos, y no eran los reflejos de fuegos artificiales, sino el fulgor de verdaderos proyectiles y misiles de guerra.

Tras las primeras horas Todorov se acostumbró al ruido permanente de la batalla e incluso empezó a contemplar detenidamente las caprichosas formas que dejaban en la lejanía las estelas de los proyectiles lanzados con cañones de gran calibre. En realidad, todo le parecía como si fuesen fuegos artificiales.

Como los soldados que terminaban su turno de guardia no tenían nada que hacer, uno de los sargentos del Segundo Escuadrón organizó un campeonato de fútbol. Era muy difícil distinguir a los dos equipos porque todos llevaban los mismos chalecos antibalas y los mismos cascos sobre la cabeza. Los refugiados civiles que esperaban con impaciencia al siguiente avión para que los llevase a un lugar seguro, miraban perplejos cómo los legionarios jugaban al fútbol bajo el sonido de los disparos vestidos con sus pesados chalecos y el resto de su equipamiento de combate.

—¡Parece que estos soldados realmente no tienen miedo a nada! —dijo una mujer rubia de mediana edad.

—Estos son legionarios y la guerra para ellos es algo rutinario —le explicó con determinación su marido—. Ayer vi sus boinas verdes cuando formaban filas para el control. La Legión Extranjera hoy se distingue precisamente por la boina verde, que ha sustituido el *képi blanc* de las guerras coloniales.

—Si la Legión Extranjera está aquí estamos a salvo —hizo otro comentario una señora de edad que hacía poco se encontraba dormida en su silla.

—Están aquí desde hace un buen tiempo —continuó hablando el hombre que, por lo visto, sabía bastante sobre la Legión—. Los paracaidistas de la Legión llegaron en los primeros días del conflicto. Recuerdo que al principio cada mañana practicaban deportes y no hacían caso del silbido de las balas. Los vi una mañana saliendo a correr vestidos únicamente con *shorts* y camisetas, y eso que la guerra ya había empezado. Son valientes en extremo, casi se puede decir que están locos, ¿pero qué hombre normal podría ser legionario?

—En vez de creerte filósofo y hacerte el importante da las gracias de que haya gente así, porque precisamente han venido para sacarnos de este infierno —le regañó su esposa, que evidentemente estaba encantada con los soldados que seguían jugando al fútbol a pesar de las ráfagas de ametralladora y los proyectiles de los cañones.

Mientras los guardianes del aeropuerto divisaban de lejos las luces de los proyectiles voladores y de los misiles, dos grupos de combate del Segundo Regimiento Extranjero de Infantería vigilaban la seguridad de la zona. Atanasov se había incorporado al segundo grupo, que estaba encabezado por el sargento Martínez. Este sargento tenía diez años de servicio a sus espaldas y varias experiencias en combate, así que dirigía tranquilamente a sus chicos siguiendo atentamente el mapa donde estaba marcada la línea blanca. Estaban patrullando con dos vehículos blindados VBL, en uno de los cuales estaba instalada la ametralladora calibre 12,7 mm.

Habían empezado su ronda en la temprana madrugada y atravesaban ya por segunda vez la ciudad cuando la radio del sargento interrumpió el silencio y recibieron una orden del comandante que mandaba a su sección a investigar una zona que se encontraba a dos kilómetros al este del camino, aproximadamente. Según él había algunos movimientos sospechosos en la zona protegida por los legionarios. Martínez miró su mapa y vio que se trataba de una colina por donde pasaba la línea blanca. El comandante repitió claramente la orden por radio y Martínez desvió su máquina blindada del camino y cruzó la cuneta.

Cuando se aproximaron dos binomios bajaron y empezaron a acercarse hacia la colina. Atanasov estaba en el primer binomio, que llevaba la bazuca y cuatro misiles. No habían pasado ni diez segundos desde que habían bajado del vehículo blindado cuando resonó una ráfaga de ametralladora. La tierra frente a Atanasov se sacudió. Siguieron disparos de un AK-47 y, como a cámara lenta, el búlgaro vio cómo las balas pasaban a centímetros de su cuerpo. Una de ellas voló entre sus piernas y quemó la tela de su pantalón de combate.

Supuestamente había un acuerdo firmado, por lo que nadie esperaba esta emboscada. Atanasov y su binomio salieron vivos de milagro. Desgraciadamente el cabo del segundo binomio no corrió la misma suerte. Una de las balas le impactó en la pierna izquierda y, prácticamente, se la destrozó. El cabo cayó al suelo y su binomio lo sacó en segundos llevándolo hacia el blindado.

En ese momento Martínez ya había tomado posiciones detrás de la compuerta de su VBL y respondió al fuego con unas cuantas ráfagas de la ametralladora pesada 12,7 MM. Atanasov tomó posición para abrir fuego con su bazuca. Su binomio cargó el misil y le indicó golpeándole el casco que podía disparar. El búlgaro apuntó con la mira a la casita que había en la cima de la colina y de donde habían venido las balas enemigas. Al instante siguiente tronó el disparo de la potente bazuca y la colina quedó envuelta en llamas. Algo dentro de la casa de la colina se había incendiado y se produjo una nueva explosión todavía más fuerte. Por lo visto allí habían guardado combustible o municiones porque la explosión tras el disparo de Atanasov voló todo el edificio por los aires. El sargento Martínez disparó una ráfaga más con su ametralladora y, como esta vez nadie respondió al fuego, se metió en su vehículo para reportar lo sucedido por radio. Pero antes de hablar por el auricular escuchó la voz del comandante gritando nervioso del otro lado:

—¡Alfa, Alfa, alto al fuego de inmediato, Alfa, Alfa, repito, alto al fuego!

—¡Alfa para Bravo, recibido! Tenemos a un legionario gravemente herido. Pido permiso para enviarlo a la base.

—Bravo para Alfa, abandonen la zona, los quiero a todos en la base.

El mando del ejército de Lissouba se había comunicado con el mando francés quejándose de que los legionarios les habían atacado y habían liquidado uno de sus puestos importantes.

Los oficiales del alto mando reclamaban a los legionarios una explicación por lo sucedido y ahora el jefe de la sección de Atanasor tenía que escribir muchas páginas de informes explicando por qué su sección se había acercado a la colina en cuestión. Tenía la tarea de patrullar por la línea blanca y, según él, había enviado a sus hombres para investigar la situación alrededor de la colina con toda razón. ¿Por qué habían disparado contra sus legionarios? No podía explicárselo.

El informe del sargento fue simple. Habían disparado contra él y contra sus hombres y habían herido a un cabo, así que habían respondido al fuego con fuego de forma completamente justificada.

En los últimos aviones, llenos de refugiados provenientes del Congo, habían logrado meterse muchos africanos que estaban felices de haber encontrado una manera de escapar del infierno de la guerra.

Nunca olvidaré cómo una mujer de Brazzaville habló conmigo en ruso y casi sin acento. En un primer momento me sorprendió mucho pero después me explicó que, durante el comunismo, había estudiado en Moscú y ahora quería volver a la capital rusa para buscar a una amiga de la universidad. Estaba verdaderamente feliz por poder viajar. Seguramente en Rusia le esperaban algunas sorpresas, no se imaginaba cómo el bloque socialista había cambiado el país en los últimos diez años. Ella, al menos, estaba viva y había escapado de una guerra civil en África.

A diferencia de los congoleños felices, muchos de los franceses a los que acompañé hasta el avión habían perdido todas sus pertenencias por culpa de la contienda. Pero recuerdo a un hombre que, en realidad, estaba destruido psicológicamente. Solamente repetía: "Mi casa, mi camioneta, mis bienes, me robaron todo, en Francia no tengo nada, ¿qué voy a hacer allí? Tuve millones y ahora soy un mendigo".

La misión finalizó con éxito. Todos los refugiados fueron evacuados. Tras la misión "Pelícano" en el Congo, los legionarios retornaron de nuevo a la misión *Epervier* en Chad. Mi escuadrón también abandonó Gabón y volvió a N`Djamena, donde me encontré de nuevo con mis amigos del Segundo Regimiento Extranjero de Infantería y los del Segundo Escuadrón de Caballería.

Cuando nos vimos fugazmente en Chad, Todorov apenas tuvo tiempo de contarme detalles sobre aquel torneo de futbol acompañado por ráfagas de metralleta y sonido de misiles. De nuevo nos subieron en el avión militar Transall y salimos volando hacia el interior del continente.

ABECHE

Aterrizamos en la ciudad de Abeche, donde nuestra base militar con sus diez cabañas, hangares y la pista de aterrizaje era el único soplo de civilización existente. Empezaron las marchas por el desierto, donde continuamos con los ejercicios de tiro con la bazuca LRAC. Usábamos misiles reales. Como blancos se utilizaban camiones viejos y otros medios de transporte destruidos veinticinco años atrás por proyectiles durante el peor momento de la guerra civil de Chad.

Mi binomio me dio una palmadita en el casco, lo que significaba que el misil estaba cargado, y se echó a un lado para que no le quemara el fuego que salía del tubo de la bazuca. A unos cuantos metros de nosotros el *brigadier* jefe Hunt supervisaba con sus binoculares de campo los disparos y movía la cabeza aprobándolos.

Estaba listo para disparar mi segundo misil cuando en el horizonte y detrás del blanco apareció una caravana de beduinos. Abrí y cerré los ojos, miré de nuevo, y esta vez claramente distinguí los camellos y la gente encima de ellos. Eran nómadas que atravesaban el desierto de la misma manera que lo habían hecho sus antepasados hacía miles de años atrás. *Alte au feu!*, escuché el grito de Hunt que me ordenaba parar el fuego. Él también había visto la caravana.

Esperamos unos minutos mientras observábamos a esos nómadas que ni por asomo sospechaban que les estaba apuntando con un misil antitanque. Cuando la caravana estuvo fuera de la zona del tiro el *brigadier* jefe dio la orden de realizar un segundo disparo.

En la región alrededor de la ciudad de Abeche me sentía como un legionario de la vieja Legión. Solamente mi equipamiento, que era moderno, sobresalía en aquel paisaje que parecía un retrato del pasado. La población nativa no había cambiado de modo de vida en los últimos mil años, y parecía que allí el tiempo no existía.

Una mañana, mientras corríamos, Cormier se alejó unos cuatro kilómetros de la base y nos condujo por unos senderos que hasta el momento ninguno de nosotros había visto. Entramos en un área de rocas donde la pendiente cambiaba y se hacía más escarpada. De repente, sobre una colina aparecieron dos siluetas. Uno de ellos se apoyaba en una lanza larga. Por un momento pensé que estaba participando en el rodaje de la película *Shaka Zulú*, pero el grito de Hunt me devolvió a la realidad: "*Mon adjudant*, estas personas están armadas". Cormier miró hacia la colina, sonrió y siguió corriendo por el sendero que solamente él conocía.

El *adjudant* estaba ya por sexta vez en Chad y había venido muchas veces a Abeche. Conocía la región como la palma de su mano. El sendero se ocultó entre las rocas y por un momento perdimos de vista las dos siluetas.

A los cinco minutos Cormier se detuvo y nos señaló la colina. En la cima advertimos las mismas dos siluetas, pero esta vez de espaldas a nosotros. Lo que sucedía es que habíamos dado la vuelta a la colina. En la espalda los salvajes portaban un arco y alforja llena de flechas. El *brigadier* jefe tenía razón, esas personas estaban armadas.

—Son cazadores y acechan a las presas —explicó tranquilamente Cormier.

—¿Y si son caníbales? En ese caso creo que nosotros seremos la caza — sonrió Hunt.

—¿Acaso tienes miedo, *brigadier chef* Hunt? —se rió Cormier.

—No, simplemente le hago un *fucking* informe de la *fucking situation*, *mon adjutant*. Ellos tienen armas, mientras nosotros *fucking* nada.

Cormier sonrió de nuevo. Después, con un tono más serio, nos dijo:

—Es cierto que si tuviesen mucha hambre podrían arriesgarse y atacarnos, son tribus salvajes, pero pienso que ha valido la pena venir por aquí para verlos porque no se les ve muy a menudo.

Mientras hablábamos sobre una colina vecina aparecieron dos siluetas más. Por lo visto ellos, al igual que nosotros, funcionaban por binomios.

Las marchas en Abeche eran inolvidables. El relieve de rocas, el desierto o semi-desierto, los cazadores sobre las colinas, los antílopes que corrían libres, las caravanas de tribus nómadas y los increíbles paisajes me hacían sentir como si hubiese dado un salto al pasado de miles de años a una parte del mundo que no cambiaría nunca. Sabía que no pertenecía a ella y que estaba aquí temporalmente, pero por lo menos tenía la oportunidad de pisar ese rincón del planeta olvidado para siempre por la civilización.

Una tarde de domingo fuimos con el camión al mercado local. Allí vendían todo tipo de baratijas y de basura, empezando por adornos de cuero y siguiendo por botellas de plástico, latas vacías de Coca-Cola, alambre, clavos viejos y muchas cosas más. Eran artículos que, habitualmente, en nuestro mundo tiramos. Al final de una fila de vendedores vi a dos hombres con una ropa extraña y sandalias de cuero. Estaban sentados en taburetes hechos de cuero de camello. No había mercancía delante de ellos, sino un saco grande que también era de cuero de camello.

—¿Qué venden? —les pregunté.

Intercambiaron una mirada y, en vez de responderme, decidieron levantarse y marcharse. Justamente cuando uno de ellos cargaba a sus espaldas el saco, un vendedor de cuero de camello que estaba a mi lado empezó a hablarles en algún dialecto raro. El más viejo de los dos hombres movió la cabeza aprobatoriamente y el comerciante se dirigió hacia mí hablando en un francés macarrónico:

—Jefe, jefe, yo explicar a usted. Estos hombres cazadores y en saco pieles de guepardo. Ellos no gustar soldados y su uniforme molestarlo. Yo explicar, usted franceses, y no hay problema pieles guepardo. Guepardo prohibido caza y yo hacer para usted taburete camello —el vendedor me señaló los taburetes donde hacía poco estaban sentados los cazadores, y después continuó—. En taburete yo coser pieles guepardo y usted, jefe, llevar taburete Francia o enviar correo.

—¿Quieres decir que ese saco está lleno de pieles de guepardo? —pregunté tratando de adivinar el significado de sus palabras.

—Sí, jefe, hay serpientes pitón.

—Cómo, ¿en el saco hay serpientes vivas?

—No, jefe, en el saco pieles guepardos y pieles serpientes —me aclaró el comerciante.

—Bien, dígales que me las muestren.

El comerciante se dirigió a los cazadores, evidentemente convenciéndoles de que no había peligro para ellos y de que podían mostrar la mercancía. Los dos hombres del desierto abrieron el saco con precaución y sacaron una de las pieles. La desplegaron en el suelo para que pudiera verla bien. La piel se había curtido rústicamente, pues no se debe olvidar que allí llevaban mil años de retraso. Revisando atentamente lo que había quedado de este pobre guepardo me di cuenta de que, a pesar de los huecos donde estaban los ojos, en la piel había seis agujeros más, cada uno de diferente tamaño. Pedí ver otra. Los cazadores recogieron la primera y pusieron en el suelo una segunda piel. Después de un vistazo rápido comprobé que en esta piel también había numerosos huecos. Puse mi dedo en uno de ellos y pregunté al comerciante.

—¿Por qué hay tantos agujeros?

—Aaa, jefe, verdad que cazador lucha guepardo lanza o flecha —en ese momento me mostró una lanza que estaba en el suelo y al lado de uno de los cazadores—. Hueco grande, lanza, hueco pequeño, flecha.

—Bien, claro que tienen que matarlo, pero con tantas lanzas y flechas me parece demasiado.

—¡Guepardo herido muy peligroso, hay que matar bien! —insistió el comerciante.

—Bien, bien, estoy de acuerdo, pero pregúntales si no tienen una con menos huecos.

Después de que el vendedor de cuero de camello les explicase mi preferencia, los cazadores revisaron atentamente las pieles y tras una larga búsqueda encontraron tres pieles menos agujereadas. Conseguí comprar las tres pieles de guepardo, una de serpiente que medía tres metros y dos taburetes de cuero de camello por un total de doscientos francos franceses, que en aquel tiempo correspondían a unos cincuenta dólares estadounidenses.

Los vendedores y yo quedamos contentos tras la negociación, nos estrechamos la mano y después cada uno tomó su camino. Los cazadores hacia su vida libre y furtiva en unión con la Naturaleza, y yo hacia el camión que me llevaría de regreso a la base.

Por correo militar envié el taburete con las pieles de guepardo a mi tío en España, y la de la serpiente a mi madre en Bulgaria. Ciertamente, me gustaban mucho las pieles, pero lo más importante para mí era el precioso recuerdo del mercado de Abeche y los contactos que hice con aquella gente de un mundo tan diferente.

***

Nos quedaban todavía dos semanas en los puestos de la guarnición aislada del desierto cuando el *adjudant* Cormier nos reunió para anunciarnos que iba a organizar un viaje con camellos por el desierto.

—Cada legionario que haya pasado por los ejercicios de Abeche tiene que sentir el soplo del desierto de la manera que lo sintieron nuestros antepasados —comenzó con su discurso nuestro comandante—. En aquel tiempo recorridos como el que les estoy organizando eran la rutina de la vieja Legión. Hoy vamos a alquilar unos camellos y vamos a tocar el corazón del desierto visitando un campamento de nómadas. El fin de este recorrido no es patrullar, lo he organizado con la única idea de honrar las tradiciones de los legionarios del pasado que murieron en el desierto para que nosotros, los legionarios de hoy, tengamos una vida mejor. ¡Todos cambiarán hoy sus boinas verdes por los *képis* blancos para que se recuerde el desierto de nuestros antepasados!

Una hora más tarde dos nómadas nos esperaban con veinte camellos en la entrada de la base. Cormier, por lo visto, los conocía, y por eso dio una señal al guardia de que todo estaba en orden. Los tres grupos de combate de nuestro tercer pelotón estábamos listos para partir hacia esta nueva aventura que íbamos a vivir entre el paisaje rocoso y el gran desierto de arena fina. El sargento Raisin tenía el honor de llevar la bandera de la Legión, y a su lado se situaba el *adjudant* Cormier a la cabeza de la caravana. El legionario que estaba de guardia se puso firme y presentó armas mientras pasábamos por el portón.

Nuestra salida gloriosa casi se malogró por culpa del comportamiento de la mascota del cuartel, un águila de alas cortadas. Esta ave, que siempre revoloteaba por los hangares de los aviones y de la que nunca se supo por qué vino a observar la salida de la caravana, de repente se lanzó sobre el camello de nuestro abanderado. El camello, por su parte, empezó a saltar como una yegua asustada. Nunca imaginé que este enorme animal pudiese saltar tan alto. Parecía como si quisiese aplastar al águila con sus cascos. Raisin, sin soltar la bandera, apretaba el cuello del camello con toda su fuerza para poder mantenerse subido en su lomo. Durante unos cuantos minutos el animal estuvo brincando como loco pero finalmente se tranquilizó, y el águila se retiró del campo de batalla hacia el hangar de los aviones.

El suboficial se acomodó de nuevo en la silla de montar, levantó la bandera y marchamos en dirección al desierto. Ya nos habíamos acostumbrado al fuerte sol y a los calores sofocantes por lo que el recorrido en camello no nos pareció una prueba, sino un paseo extravagante.

A las tres horas llegamos al campamento de los nómadas. Uno de sus caciques hablaba francés y nos invitó a tomar una taza de té. Evidentemente, no era la primera vez que Cormier alquilaba los camellos de estos nómadas porque nos saludaban como viejos amigos y todos pudimos entrar en la tienda del cacique. El té es la cosa más valiosa en esta zona del mundo porque el agua se encuentra únicamente en los oasis.

La comida principal de estos hijos del desierto son los dátiles y la leche de camello. La carne seca era un lujo. Vivían una vida muy modesta y simplemente lograban sobrevivir en esas condiciones tan duras. Hacían negocios de oasis a oasis, ganaban algo y se marchaban de nuevo en busca de nuevos horizontes.

El *adjudant* Cormier y el *brigadier chef* Hunt se quedaron para conversar con el cacique mientras nosotros nos dispersamos por el campamento de nómadas para saludar a los demás de la tribu. La única palabra en francés que los niños pronunciaban era *cadeau* y siempre querían algún regalo. Les dimos bolsas con galletas que teníamos en la porción de combate y se pusieron muy felices. Algunos nos dieron un dátil como agradecimiento.

Las personas más viejas de la tribu tenían entre treinta y cinco y cuarenta años, pero su aspecto era el de ancianos de setenta. Hilair, que tenía treinta años, parecía hijo del cacique que tenía la misma edad que él. La falta de agua, uno de los principales elementos de la vida, aumentaba la mortalidad en esos puntos del planeta tan áridos y calurosos. Por culpa de la deshidratación crónica y el fuerte sol los habitantes nativos envejecían muy rápido. A pesar de las condiciones en que vivían, esas personas se mostraban alegres y joviales. Podían ilusionarse con cosas pequeñas y tenían otro tipo de valores morales. Su pesada rutina agotaba los cuerpos, pero no su espíritu. El encuentro con ellos era como un roce con un mundo olvidado y, ciertamente, aprecié mucho su hospitalidad porque compartieron con nosotros lo poco que tenían.

De regreso a la base me sentía ya muy cómodo sobre la espalda del camello y, cuando precisamente estaba pensando que el desierto ya no tenía manera de sorprenderme, empezó a soplar un viento muy fuerte. Los animales se pusieron inquietos. Los nómadas que nos acompañaban nos mostraron unas rocas en la lejanía y nos explicaron que allí era donde íbamos a parar y ocultarnos de la tormenta que se avecinaba.

Enrollé el *képi* blanco en un pañuelo fino y después lo envolví alrededor de mi cuello y lo apreté. El viento era bastante recio pero yo, personalmente, no veía razón para pararnos y, menos aún, ocultarnos detrás de unas rocas. Por lo visto los camellos sí compartían la opinión de sus dueños y se echaron a correr hacia las formaciones rocosas que se veían en el horizonte.

Nunca había visto a un camello moverse tan rápido, y en ese momento era precisamente yo quien estaba sentado sobre la espalda de aquel enorme animal corriendo a un galope salvaje. Me agarraba con todas mis fuerzas a la silla de montar porque había soltado las bridas. Había perdido cualquier control sobre el animal y simplemente me agarraba para no caer. No podía determinar a qué distancia estaban las rocas porque yo ya no miraba de frente y lo único que quería era que el animal dejase de correr. Delante de mí Yordanov se balanceaba sobre su camello y parecía que en cualquier momento se iba a caer, pero a diferencia de mí no se agarraba a la silla de montar, sino que mantenía las bridas firmemente sujetas.

Ninguno de nosotros estaba preparado para semejante cabalgata, por lo que cada uno tuvo que improvisar a su manera. Escuchaba las palabrotas del *brigadier* jefe, que recitó todo su repertorio de palabras malsonantes. Miré hacia los beduinos que cabalgaban al lado de nuestra columna y vi como sus cuerpos estaban pegados a los de los animales. El hombre y el camello cabalgaban fusionados, el jinete era simplemente una continuación de la joroba. Por sus sonrisas me di cuenta que se estaban divirtiendo viendo nuestros esfuerzos y la manera de balancearnos sobre sus camellos.

En un momento empecé a sentir el ritmo del galope y a mover el cuerpo simultáneamente con la joroba saltante. Un poco más tarde tomé las bridas y sentí el placer del galope. Me imaginé que estaba montado en la motocicleta de mis sueños y que atravesaba el aire a toda velocidad. Mi motocicleta y yo siempre habíamos estado unidos como en un solo cuerpo, así que lo mismo estaba esperando que sucediera con el camello para poder disfrutar del galope salvaje.

Empezaba a perfeccionar mi cabalgada, sincronizando mis movimientos con el ritmo del camello, cuando de repente las rocas aparecieron ante nosotros. Los nómadas rodearon la primera roca y, antes de ocultarnos detrás de ella, nos señalaron que miráramos atrás. Giré la cabeza y abrí los ojos al máximo. A unos pocos kilómetros de nosotros el horizonte estaba negro y una masa de polvo oscura se acercaba a una velocidad increíble.

¿Acaso era esto el Apocalipsis? Aunque lo pensé por un segundo, de repente escuche la respuesta por boca del *brigadier* jefe Hunt: "¡Esto es un *fucking* huracán de arena, cierren sus *fucking* bocas y envuélvanse las cabezas con los pañuelos!".

El *adjudant* Cormier sacó de su mochila de combate los anteojos especiales estilo aviador que eran obligatorios en la equipación del desierto y se subió encima de unas rocas desde donde se veía mejor la gran nube negra que se estaba acercando. Unos cuantos legionarios curiosos, incluyéndome a mí, seguimos su ejemplo poniéndonos los mismos anteojos y empezamos a echar la mirada por encima de las rocas.

Los beduinos eligieron un lugar para establecer el campamento y ordenaron a los camellos en la base de las rocas. No podía imaginar que existiese la posibilidad de sobrevivir si esta masa de arena caía sobre nosotros. Pero observé que nuestros guías se mostraban tranquilos al lado de sus camellos acostados. La nube estaba apenas a un kilómetro y en unos segundos iba a caer sobre nosotros.

Inspiré aire profundamente, listo para sentir el golpe de la masa oscura. El viento empezó a soplar más fuerte pero no se produjo ningún golpe. Eso sí, en un segundo quedé envuelto por una nube gris que lo abarcó todo. No veía nada y sólo sabía que estaba de pie apoyándome en la roca para que el viento no me hiciese caer.

A los pocos minutos, y cuando la concentración de polvo y arena en el aire disminuyó, empecé a ver en una niebla muy densa. A un metro de mí Yordanov movía la cabeza y expresaba con gestos las emociones provocadas por el encuentro con la primera tormenta de arena de su vida. La sensación era increíble, no podía creer que esta nube espantosa no nos hubiese causado ningún daño. Solamente las orejas, la boca y la nariz se nos habían llenado de un polvo fino que había atravesado el pañuelo.

Pasada una hora aún no veíamos más que unos cuantos metros alrededor de nosotros. Después la visibilidad aumentó de súbito y todo se puso más claro. Los beduinos nos hicieron seña de que podíamos seguir. Cormier nos puso en fila y nos contó para asegurarse de que nadie se había perdido. Después del control del personal cada uno se dirigió a su camello y esta vez arrancamos muy lentamente porque aún estábamos atravesando la nube de arena.

Nuestros guías y sus camellos conocían el desierto y avanzaban tranquilamente a través de la niebla de polvo. Yo veía solamente el camello delante de mí y de vez en cuando echaba un vistazo hacia el animal que me seguía detrás. Cuando llegamos al portón del cuartel el viento se calmó y el cielo quedó despejado. Estaba feliz por el simple hecho de poder ver nuevamente el sol y respirar un aire limpio de polvo y arena.

***

Uno de los últimos días en esta parte del mundo, dejada de la mano Dios y de la humanidad, a nuestro grupo le tocó la desagradable tarea de sacar la basura del cuartel. Como de costumbre, el *brigadier* jefe Hunt nos invitó a darnos prisa con su eterna consigna: "¡Cuanto antes terminen, antes estarán bien!".

Sobre los sacos de basura con desperdicios orgánicos había nubes de moscas y todo tipo de insectos. Tenía la sensación de que todos los insectos del continente africano se habían dado cita allí, y no hubo más remedio que envolver de nuevo nuestras cabezas como en la tormenta de arena para que pudiéramos recoger los residuos de comida.

Semeniak fue el primero que tuvo valentía y penetró entre la nube de escarabajos y moscas para coger un saco lleno de residuos de alimentos podridos. Después entró Wolinski, luego yo, y después hicimos una cadena humana desde el hangar hasta el camión donde teníamos que depositar la basura. En cinco minutos el camión ya estaba lleno pero para nuestra desgracia quedaba todavía demasiada basura por cargar, así que tendríamos que hacer un viaje más. Cuando el camión arrancó, vi cómo los insectos se dispersaban y nos dejaban tranquilos.

Cuando salimos por el portón del cuartel detrás del camión aparecieron unos niños que gritaban desesperadamente *cadeau, cadeau!* Querían que les regaláramos algo de los sacos, no me di cuenta de que nuestra basura para ellos era un verdadero tesoro. Algunos niños corrían muy rápido y no solamente alcanzaron el camión, sino que trataron de saltar y agarrar algún saco. Wolinski disparó al aire y los chavales se dispersaron igual que los insectos.

Cuando llegamos al vertedero comprobé que estaba vacío y no había nada de basura. Pensé que los insectos y los zopilotes lo habrían liquidado todo, pero en el momento que empezamos a tirar los sacos de basura en el enorme foso los niños que hacía poco habían corrido detrás de nosotros, aparecieron de nuevo y empezaron a saltar sin miedo dentro de ese ancho y profundo hoyo. Esta vez no reaccionaron a los disparos en el aire porque estaban totalmente fascinados con las cosas que encontraban en los sacos de plástico. Algunos recogían botellas, otros latas vacías de Coca Cola, y unos terceros se habían abalanzado sobre la carne podrida y los residuos de pan tostado y galletas. La escena que veía era horrible. En este momento, y realmente por primera vez, me di cuenta del hambre y de la pobreza en que vivía esa gente condenada por naturaleza.

—¡Enciendan *fucking* fuego en el hoyo! Esos *fucking* niños van a enfermar si comen esa *fucking* carne. ¡Vamos, más rápido, muevan sus *fucking* traseros!

—A sus órdenes —gritó Wolinski saltando al foso y empezando a prender un montón de cartones secos.

Nos dispersamos para buscar ramas caídas de arbustos y árboles que se encontrasen en esta parte semidesértica. En diez minutos la fosa ardía con un fuego tan fuerte que poco a poco abarcó toda la basura. Los niños empezaron a escalar por el muro del hoyo y los más grandes ayudaron a los más pequeños a salir de la hoguera.

—Así, *fucking* entienden que no tienen que comer *fucking* carne podrida —concluyó contento Hunt mientras volvíamos nuevamente al cuartel.

Esta vez tuvimos la suerte de que el resto de basura cupo en el camión, y con un segundo viaje al vertedero ya habríamos cumplido la desagradable misión. Pero en el enorme foso nos esperaba una sorpresa. Mientras habíamos cargado de nuevo los sacos el fuego se había calmado y los niños descalzos de Abeche habían saltado de nuevo a la fosa. La mayoría de ellos tenían los pies quemados, pero se les veía contentos de comer carne carbonizada o encontrar un pedazo de pan quemado o de galletas en las brasas. Hunt levantó sus brazos desesperadamente y gritó:

—Otra *fucking* vez estos niños no entienden nada. Tenemos que sacarlos, *fucking*, de la fosa. ¡Vamos, todos abajo! —gritó y saltó el primero entre los restos de la basura que todavía ardía en llamas.

Viendo que todos nosotros saltábamos en la fosa los niños se asustaron y escalaron el muro de la pared en cuestión de segundos, aunque se quedaron cerca para ver qué desechos nuevos traíamos en el camión. Encendimos otro fuego potente y enseguida empezamos a tirar los sacos, uno por uno, dentro de esa fosa que se había convertido en un enorme horno. Manteníamos el fuego vivo sin permitir que los niños se acercaran a la fosa porque si alguno de ellos se metía entre las llamas, con fin de coger alguna botella vacía o un pedazo de carne podrida, podría quemarse gravemente. Nos quedamos vigilando la fosa hasta que de la basura quedó solamente ceniza y un poco de chatarra. En el momento en que nos subimos al camión y arrancamos en dirección del cuartel los niños de nuevo saltaron al foso. Así es como comprendí por qué en esa fosa nunca se acumularía la basura.

Hacia Faya-Largeau

Dos días más tarde nos dirigimos de nuevo hacia Yamena, donde mi grupo retomaba de nuevo el servicio de guardia. Esta vez por las noches, cuando no estábamos de turno, teníamos permiso para salir por la ciudad sin necesidad de hacerlo escondidos saltando el muro. La salida se organizaba en un camión que siempre nos dejaba frente a un burdel llamado "La Rosa de los Vientos". Mi amigo Yordanov se enamoró de ese lugar y allí empezó de verdad a hablar mejor el francés con la ayuda de sus numerosas maestras. En mi caso, yo seguía el ejemplo de algunos legionarios viejos cogiendo un taxi para llegar a la única calle alumbrada en Yamena, en la que había una discoteca, un casino, una pizzería e, incluso, un restaurante chino.

Cuando entré por primera vez en la discoteca y vi a una chica china bailando allí, en el corazón de África, parpadeé y me convencí de que los chinos iban a conquistar el planeta poblando todos sus rincones. Ya existía incluso un restaurante oriental. Detrás de la muchacha asiática había una chica africana con un vestido color leopardo que despertó mi curiosidad. La invité a bailar y ella aceptó con gusto. Tomamos unas cuantas cervezas pero, cuando ella me invitó a acompañarla hasta su casa, me di cuenta que ya era hora de irme a "La Rosa de los Vientos". Como en el cuento de La Cenicienta, la magia se acababa justo a medianoche, hora en que teníamos que formar y acto seguido montarnos en el camión de vuelta al cuartel. Acordé verme con la chica al día siguiente e ir directamente a su casa para no perder el tiempo en la discoteca. Así sucedió porque de nuevo tuve la suerte de no estar de servicio. Mi amiga me esperaba frente a la discoteca y de allí nos dirigimos a su apartamento.

En la ciudad casi todos los edificios eran de una altura y todas las calles me parecían iguales. Acordé con el conductor del taxi que volviese a las dos horas para llegar a tiempo a la salida de nuestro camión. Después de la adecuada dosis de sexo, cerveza y saltamontes fritos, que son los entremeses típicos en Chad, salí a la calle con la esperanza de encontrar al taxista. Pero la desagradable sorpresa fue comprobar que el conductor no había venido. Yo, vestido con ropa militar, tenía prohibido moverme por la ciudad. Los únicos lugares oficialmente permitidos para nosotros eran "La Rosa de los Vientos" y la única calle alumbrada donde estaba la discoteca. Patricia, nombre de la chica con la que estaba, me aconsejó quedarme en su casa y esperar al día siguiente. Ella no tenía ni la menor idea del problema que tendría yo si no llegaba a tiempo al cuartel.

Además de una dura cárcel bajo el sol africano, en mi expediente militar quedaría reflejado, así que salí a la calle en busca de otras posibilidades de transporte. Patricia salió detrás de mí tratando de convencerme de que era peligroso recorrer solo las calles vacías.

Así, discutiendo, llegamos hasta un camino más grande y más o menos cubierto con asfalto, aunque sobre él tampoco se veían coches circulando. Ya estaba calculando si podría recorrer a pie la ciudad, y llegar a tiempo a "La Rosa de los Vientos", cuando escuché el ruido de un viejo motor diesel que parecía que iba a estallar. Era un Peugeot 404 que apenas se movía. Le hice una señal al conductor para que se detuviera, pero viéndome en ropa militar se asustó y dio marcha atrás, después giró y desapareció entre las calles polvorientas. Estaba a punto de perder la esperanza mientras Patricia me insistía sin cesar en la idea de volver a su casa.

De repente, en medio de la oscuridad apareció un viejo Citroën dos caballos con solamente un faro, como salido de una película de Luis de Funès, el famoso actor cómico francés. Me puse de pie en el centro de la calle, convencido de que esta era mi única posibilidad de llegar a tiempo al camión de la Legión. Por suerte el coche consiguió frenar y se detuvo frente a mí. Un hombre mayor salió y levantó las manos en señal de que se rendía. Evidentemente mi uniforme y mi boina verde le habían asustado. No se había dado cuenta de que yo no tenía un arma. En el asiento de al lado del conductor una mujer anciana empezó a llorar y a gritar algo en un dialecto incomprensible. Miré a Patricia asombrado y ella trató de decirle unas palabras a la anciana para calmarla. El hombre me hablaba en el mismo idioma incomprensible mientras yo trataba de explicarle en francés que únicamente necesitaba un taxi y que le pensaba pagar por llevarme. El hombre empezó a mirarme con sospecha pero Patricia logró convencerle de mis buenas intenciones. Casi se habían tranquilizado y aceptado que me subiera al automóvil, cuando mencioné que tenía que llegar hasta "La Rosa de los Vientos". Me miraron con extrañeza y de nuevo empezó una nueva conversación en su idioma en el que vociferaban y regañaban a Patricia, mientras yo observaba el espectáculo con la boca abierta.

—¿Qué le pasa a esta gente? —pregunté sorprendido.

—No quieren ir a ese lugar. Son musulmanes, muy religiosos, y saben que "La Rosa de los Vientos" es un burdel lleno de prostitutas y mercenarios extranjeros. Para ellos es como que si fueses a llevarlos al infierno.

—¡Convénceles de que por lo menos me dejen cerca de allí!

—No quieren hablar conmigo porque piensan que soy una prostituta que estoy trabajando allí.

La mujer empezó a gritar a Patricia y, a pesar de que yo no la entendía, por su entonación supuse de qué se trataba. El hombre también hablaba nervioso y, con firmeza, se negaba a viajar conmigo en el coche.

Ya me estaba viendo en la cárcel cuando de la nada apareció el taxista que me había fallado. Salté lleno de alegría al interior del taxi y le grité:

—¡Adelante, rápido!

—Jefe, se me reventó la llanta, lo siento, perdóname...

—¡No hay tiempo para disculpas, arranca!

El taxi medio destrozado, como la mayoría de los vehículos en Yamena, era el típico Peugeot 404. Arrancamos y el coche empezó a dar saltos por un camino parcialmente cubierto de asfalto mientras yo rezaba para que el vehículo no se rompiera en pedazos antes de llegar a "La Rosa de los Vientos". Sabía que si el conductor aumentaba la velocidad el motor probablemente se quemaría, así que no le apuré más. Las calles estaban vacías y avanzábamos bien rápido. La esperanza de que después de todo llegase a tiempo se convertía en realidad.

En el momento en que el taxi aparcó frente al burdel vi que todos ya estaban en el camión, con el motor encendido y listo para arrancar. Me eché a correr hacia la parte trasera donde estaban de pie la mayoría de los compañeros de mi escuadrón. Cybulski se dirigió hacia mí:

—¡Oye, búlgaro, vete a recoger a tu amigo, porque todos estamos esperando a que termine! Desde hace una hora está en la habitación con una señorita.

Margis Raisin, responsable de nosotros en aquel momento, me dio cinco minutos para ir buscar a Yordanov, que estaba dándolo todo en el burdel y no se había dado cuenta de que su tiempo se había consumido. Eché a correr hacia las habitaciones de las prostitutas, y allí me abrí paso a codazos entre chicas que se me tiraban al cuello prometiéndome hacerme feliz en minutos. Me detuve a la mitad del pasillo y dije en voz alta y en búlgaro:

—¿Mitak, dónde estás?

—¡No me jodan, estoy jodiendo! —suplicó Yordanov desde una de las habitaciones haciendo un juego de palabras.

No tenía ninguna intención de joder, estaba enfadado, así que le di una patada a la puerta y entré en la habitación donde mi compatriota estaba fornicando con una de las prostitutas por detrás.

—No tengo necesidad de ayuda —sonrió él pero al ver mi mirada de enojo la sonrisa desapareció de su rostro—. Bueno, si tanto lo quieres, podemos compartirla.

—¡Súbete los calzoncillos y corre, nos vamos ya! —le grité yo—. El *margis* Raisin está furioso y nos va a meter a los dos en la cárcel si no estamos dentro de tres minutos en el camión.

—¿Vaya, tan rápido se terminó el tiempo?

Yordanov se enfundó sus calzoncillos y se dirigió corriendo hacia la puerta. Las prostitutas empezaron a gritar algo detrás de nosotros y comprendí que mi compatriota se había olvidado de pagar a su "querida".

La muchacha había salido al pasillo totalmente desnuda y corría detrás de nosotros. Me di la vuelta y le di cinco mil francos africanos, que correspondían a cincuenta francos franceses. Yordanov estaba ya a diez metros delante de mí y yo no tenía intención de hacerle regresar justamente ahora que Raisin contaba los segundos. Saltamos dentro del vehículo de transporte con nuestros compañeros, que nos miraban entre grandes risotadas.

—Bueno, lo consiguieron por poco, pero lograron cumplir la normativa —sonrió Raisin—. Les veré mañana durante los ejercicios para ver si tienen tantas fuerzas como esta noche.

Éramos una compañía de combate y noches de paseos nocturnos por la ciudad como esta sucedían muy raras veces. El fin de semana siguiente Patricia me invitó oficialmente a la boda de su hermana. Yo, mientras, trataba de explicarle que para mí era imposible tomarme unos días de vacaciones. A ella le resultó difícil de entender, de modo que nuestros caminos se separaron. Ella se preparaba para la boda de su hermana mientras yo preparaba mi equipo de combate para acometer la marcha más larga por el desierto. Íbamos a atravesar el Sáhara desde Yamena a Faya-Largeau, y teníamos que llegar hasta una ciudad oasis que se encontraba en el centro del desierto.

Nos dirigimos al norte, hacia la frontera con Libia, donde hacía mucho tiempo que la guerra civil se había desatado con la mayor virulencia. Los viejos camiones "Velera" eran los únicos que podían atravesar aquella ruta tan difícil. Estas máquinas habían transportado desde la primera intervención en Chad a nuestros compañeros de combate. Ya habían pasado unas cuantas generaciones de legionarios desde aquella misión, cuya única meta fue la de mantener la paz en estos lugares tan aislados de la civilización.

Había llegado nuestro turno de asumir la tarea y los cuatro pelotones del Cuarto Escuadrón, con el capitán Lajouani a la cabeza, marchamos hacia Faya. En uno de los camiones iba sentado yo al lado de mis camaradas Yordanov y Sergueev, y comíamos tranquilamente las galletas de la porción de combate.

El sargento mayor Ponce, que estaba cerca de nosotros y conocía la ruta, exponía las conclusiones de sus experiencias anteriores y nos avisaba de las dificultades que nos esperaban como si estuviese comprobando un teorema:

—Habrá tormentas de arena, es decir, masticaremos arena, muchachos. —Ponce sonrió y siguió—. Pasaremos por lugares a los cuales ninguna agencia de viajes podría llevarles. Andarán por dunas de arena a las que nunca se ha acercado un ser humano y verán muchos huracanes como aquel en Abeche. Estoy convencido de que les gustará la experiencia.

Justamente por esta clase de experiencias habíamos llegado a la Legión Extranjera, así que la mayoría de nosotros estábamos contentos de tener la oportunidad de formar parte de la misión *Epervier*.

El camión atravesaba el aire ardiente a unos noventa kilómetros por hora. Todavía la arena estaba bien compacta y nuestro conductor, el ruso Solodovnikov, pisaba el acelerador a fondo. El ex teniente del ejército rojo, a pesar de ser una persona inteligente, se distinguía por sus nervios de hierro y era de los pocos que nunca salían por la ciudad. El alcohol y las mujeres no le interesaban. Solodovnikov se había ganado el respeto de todos porque, gracias a sus resultados deportivos, nuestro pelotón siempre salía victorioso ante el resto.

Ese día, todos nosotros, incluyendo el *adjudant* Cormier, teníamos plena confianza en los reflejos de Solodovnikov, que conducía hábilmente el camión a través de las arenas del desierto. A la hora de viaje nos detuvimos y enseguida formamos. El capitán Lajouani proporcionó las órdenes a los comandantes de cada sección. Los cuatro pelotones iban a separarse y teníamos que formar cuatro columnas diferentes. El capitán quería que cubriéramos una superficie lo más amplia posible avanzando por el desierto. Íbamos a salir del camino y de la arena compactada para marchar entre las dunas. Eran las nueve de la mañana y la temperatura del aire bajo el sol alcanzaba los 50º C. Nuestro conductor desvió el camión del camino y nos adentramos, muy despacio, en el corazón del desierto. Parecía que no había nada más que arena en el horizonte, pero, de repente, aparecieron unos niños que corrían detrás del camión y gritaban *cadeau, cadeau!*

—¿Qué quieren estos? —me preguntó asombrado Yordanov.

—Como siempre, quieren que les regales algo.

—¿Qué pasa, no tienen padres? —siguió mi compatriota mientras observaba a los chavales.

—Tal como yo los veo, parece que no tienen padres, y si los tienen es poco probable que se interesen por ellos. ¡Vamos, no seas tacaño, dales algo! —y diciendo esto saqué un paquetito de galletas de mi porción de combate y se lo tiré a los chicos.

El resultado de mi acción de buena voluntad fue bastante confuso. Los niños se tiraron sobre el paquetito de galletas como perros hambrientos. Peleaban con fuerza, se tiraban uno encima de otro y se mordían, como si de aquellas galletas dependiese su vida. La imagen era horrible y me lamenté de haber tirado las galletas. Aunque mi acción había estado motivada por sentimientos nobles algunos de mis compañeros, por el contrario, se lo tomaron como un juego que consideraron divertido y cada vez que aparecían niños por el camino les tiraban algo de sus porciones de combate. Llegado un momento el sargento mayor Ponce se enfadó y nos dijo con severidad:

—El siguiente que tire galletas o pan tostado se va a quedar de guardia durante toda la noche.

Sí, el sargento mayor tenía razón, esos niños paupérrimos sobrevivían solamente con sus dátiles, y no les íbamos a salvar del hambre ni de la miseria con unas pocas galletas, así que de nada valía provocar encarnizadas peleas por un pedazo de pan. Al instante siguiente pensé: ¿de dónde vendrían esos niños y cuánto habían corrido para alcanzar nuestro camión? Los chavales del desierto son como las gaviotas en el mar: cuando estábamos cerca de un poblado, siempre aparecían.

Transcurridos cerca de diez kilómetros los niños que nos seguían corriendo desaparecieron tras el horizonte. El camión atravesaba la arena como un barco el mar. Y las dunas parecían olas gigantes. En realidad viajábamos por el fondo de un océano que había existido hacía muchos años. De repente, el camión dio un salto y acto seguido se hundió en la arena empezando a encallarse. El comandante del pelotón dio señal a Solodovnikov de apagar el motor. La orden siguiente fue para nosotros. Teníamos que bajar y cavar en la arena que se había acumulado alrededor de las ruedas. Tras quince minutos de trabajo bajo el sol ardiente conseguimos poner debajo de cada llanta una lámina de hierro con relieve donde las ruedas agarraban bien, y así logramos sacar el camión de la trampa que nos había puesto el desierto.

Durante esa marcha hacia el corazón de Sáhara se repetiría muchas veces aquella misma situación. Estaba bañado de sudor pero por un instante me puse a pensar en las generaciones anteriores de legionarios, esas que no habían tenido camiones "Velera" y que habían cruzado el desierto en camellos o a pie, incluso a veces corriendo y con pasos de marcha. Me sentí un afortunado y de nuevo salté alegre sobre la carrocería del camión. Recuerdo que pasábamos por poblados con nombres extraños como Masakori, Muzarak, Kuri-Kuri o Musoro.

Seguíamos siempre adelante cruzando un mar de arena. Hacía largo tiempo que no habíamos visto ni niños, ni oasis alguno. Por todas partes nos rodeaba solamente el desierto. No podía precisar a qué velocidad avanzábamos porque el paisaje era siempre igual. Aunque el sol seguía calentando el aire que respirábamos, en un momento todo se puso oscuro y los rayos del sol dejaron de alumbrarnos con la misma fuerza. Habíamos entrado en una nube de polvo. Envolvimos rápidamente nuestras cabezas con pañuelos y nos pusimos los anteojos con los que parecíamos más buceadores que beduinos.

Aquella tormenta de arena era mucho más pequeña y no tan densa en comparación con la de Abeche. Podíamos incluso ver bien a una distancia de veinte metros a través de la tenue niebla de polvo.

Solodovnikov aminoró considerablemente la velocidad pero siguió adelante a través de la nube de arena fina. Pasaron por lo menos dos horas en las cuales nadie se atrevió a pronunciar ni una sola palabra para que no se le llenase la boca de arena y polvo.

Cuando la nube se desvaneció totalmente algunos se permitieron dar un trago de agua para mojar un poco sus gargantas y labios. Yo permanecí envuelto en el pañuelo fino hasta que el sol volvió a brillar en todo su esplendor. La hora de almuerzo ya había pasado, pero nadie tenía hambre y nos conformamos con un poco de agua y pan tostado. A las cuatro de la tarde nos detuvimos para preparar el campamento para la noche. El *adjudant* Cormier me llamó y me mostró un fósil que había encontrado entre la arena.

—¿Tú eres geólogo, verdad? —preguntó él.

—*Oui, mon adjudant* —de repente recordé que tenía un diploma de ingeniero-geólogo.

Evidentemente el comandante del pelotón había leído todo sobre mi expediente. En los últimos meses me había olvidado totalmente de mi vida anterior. En este momento sentí cuánto había cambiado yo y cómo de un estudiante libertario me había convertido en un soldado profesional. Miré el esqueleto petrificado del pez que sostenía Cormier en sus manos y seguí con las explicaciones:

—Terminé antes de entrar en la Legión. No tenía muchas salidas en la crisis económica que…

—Ya lo sé, no eres el único de Europa del este aquí. Como sabes, nuestro enfermero Peshkov es doctor de Ciencias y fue médico de un hospital en Moscú —me interrumpió Cormier—. Ahora dime ¿qué edad crees que tiene esta antigualla?

El fósil estaba bien conservado. Si lo hubiera podido llevar a mi profesor de Paleontología él seguramente podría determinarlo mejor que yo. El interés del jefe de nuestro pelotón sobre el descubrimiento petrificado era sincero, así que forcé mi memoria y traté de darle un poco de información veraz y precisa. De repente mi mente se retrotrajo a la sala de la Universidad de Minería y Geología en la que había terminado la carrera hacía, exactamente, un año. Las eras y períodos geológicos se me aparecieron en la cabeza como si los hubiera extraído de un archivo en mi memoria. Mencioné mentalmente los períodos de la era paleozoica: pérmico, carbonífero, devónico, silúrico, ordovícico y cámbrico; después concentré mi atención todavía más atrás, concretamente en el eón Proterozoico. Cormier me observaba con sumo interés.

—Los primeros fósiles datan del Proterozoico —empecé a dármelas de científico—. Pero el esqueleto de este pez se parece mucho a los esqueletos de los peces contemporáneos, así que no es muy antiguo. La ciencia que determina con exactitud la edad de un fósil según el tipo del organismo petrificado es la Paleontología. Si tengo que responder inmediatamente le diré que este fósil es del Neógeno, que pertenece a la era Cenozoica.

—No me hables en chino, más bien explícame cuántos años tiene esta cosa petrificada y por qué lo piensas —me cortó en seco Cormier.

—Bueno, supongamos que el Neógeno empieza hace veinticinco millones de años y termina hace dos millones de años —proseguí yo en estilo académico—. En el Sahara se han encontrado fósiles de megalodón, un tiburón antiguo de dimensiones colosales que vivió durante el Neógeno. Probablemente comía peces como este que usted tiene en sus manos. Así que esa cosa tiene no menos de dos millones de años —concluí sentando cátedra como si fuese un sabio.

—¡Esa explicación sí que me gustó! —sonrió Cormier a la vez que envolvía cuidadosamente el pedazo de piedra—. Si quieres busca uno para ti, te doy permiso durante dos horas.

Me entusiasmé con el premio y mientras mis compañeros extendían una gran lona entre los camiones para protegerse del sol, yo me lancé a la que suponía mi primera expedición geológica en el corazón del Sáhara. No tuve la suerte del comandante de pelotón de encontrar un esqueleto entero, pero si hallé suficientes fósiles con partes esqueléticas de peces y huellas de vegetales que habían existido hacía millones de años. Desgraciadamente, eran tan frágiles que se despedazaron en mi mochila de combate durante el regreso a la base.

Estas mini-vacaciones de dos horas empleadas en caminar entre fósiles me devolvieron a mi pasado y en ese momento pensé que, aunque hubiera sido asistente en la universidad de minería y geología, casi con toda seguridad no habría tenido nunca la magnífica oportunidad de llegar a un lugar como este y recoger fósiles del Neógeno en el desierto más grande de la faz de la tierra.

La Legión Extranjera me brindaba la posibilidad de hollar lugares de este planeta que no había tenido siquiera la capacidad de soñar. El jefe Ponce tenía razón y esta expedición empezaba a gustarme cada vez más. Regresé al campamento después de dar una última vuelta por dunas que al día siguiente probablemente desaparecerían arrastradas por el siguiente huracán de arena.

Durante esas dos horas pensé en mi pasado, pero únicamente para constatar cuánto me había alejado de él. Me sentía como su hubiese pasado de una vida a otra. No había tiempo para la nostalgia, así que cargué la metralleta a la espalda y comencé con mi primer turno de vigilancia. Mientras hacía mi ronda alrededor del campamento, vigilando a los compañeros dormidos, pensaba en las generaciones de legionarios de siglos pasados que habían sufrido frecuentes ataques por parte de los tuaregs y otras tribus nómadas. Hoy el mundo había cambiado, la política desempeña un papel cada vez más importante y lo que no se puede comprar con dinero se logra usando el poder y, por supuesto, también mucho dinero. Probablemente hoy haya menos batallas sangrientas, pero en muchos casos es difícil hablar de justicia.

Estábamos aquí para demostrar nuestra potencia militar mientras los políticos imponían sus decisiones. Por una parte velábamos por la paz en estos lugares tan lejanos y por otra ayudábamos a Francia a mantener su influencia en ese punto remoto del planeta.

Llegó mi relevo y le entregué el puesto. Después me dormí rodeado por la arena del mayor desierto del planeta Tierra.

A las 6:00 la mañana nos despertamos con el calor, hicimos rápidamente nuestro equipaje y subimos al camión. Acabábamos de arrancar cuando Solodovnikov se hundió de nuevo en la arena y esta vez nos retrasamos casi una hora sacando el vehículo. Era una arena muy fina y avanzábamos con lentitud, de modo que el camión se hundía constantemente. Cormier decidió tomar un camino en el que el suelo estaba más compactado y por donde pasaban los camiones de los civiles. Para no crear malentendidos debo explicar que, en realidad, tal camino no existía. Se trataba simplemente de una franja en la arena por la que una vez a la semana pasaba un camión transportando pasajeros.

Llevábamos más de una hora sobre el sendero marcado cuando, en la lejanía, apareció un punto negro levantando mucho polvo a su alrededor. Resultó ser el camión en cuestión lleno de pasajeros. Cuando nos acercamos lo suficiente empecé a asombrarme, el sol había calentado tanto mi cerebro que creí que todo se trataba de una alucinación extraña. Estaba claro que esa cosa no se parecía en nada a un camión.

La carrocería o, mejor dicho, lo que había quedado de ella, estaba sobrecargada con todo tipo de sacos y bolsas que sobresalían por los lados, amarrados con sogas uno a otro. No existen palabras que puedan describir exactamente la figura que se había formado con todos aquellos equipajes colgantes por todas las partes del camión. Pero la carga, que era dos veces mayor que las dimensiones del camión, no era la mayor atracción. Cuando nos acercamos a aquel dinosaurio del desierto me quedé atónito al comprobar que sobre los sacos también viajaban personas que colgaban del mismo modo una sobre otra y se agarraban a las mismas sogas que ataban los sacos. En un primer momento deduje que algunos se caerían sin remedio del camión, pero después caí en la cuenta de que para ellos esto era un modo de transporte moderno y, supuestamente, más cómodo que el tradicional transporte en camello. Si tuviese que elegir, preferiría viajar en una caravana de camellos, pero las nuevas generaciones del desierto ansiaban tocar lo más avanzado y por eso pendían tranquilamente atados junto a su equipaje sobre la carrocería del sobrecargado camión.

Al adelantar al camión, mientras aún observaba con perplejidad a tantas personas colgadas de todas partes, advertí que el capó del motor era inexistente y que el potente motor diésel trabajaba para más inri bajo los rayos del sol ardiente. Me pregunté qué modelo sería capaz de soportar semejante calor abrasador, sin protección y con una carga excesiva y, al momento siguiente, reparé en un emblema cromado que seguía brillando sobre el hierro oxidado. Era el emblema de "Mercedes-Benz". Casualmente yo había cruzado toda Europa viajando en autoestop montándome muchas veces en camiones de ese mismo modelo, con la única diferencia de que eran medio siglo más modernos. ¿Cuántos millones de kilómetros podría tener ese anciano motor que se había convertido en el único transporte moderno del desierto en esas tierras olvidadas?

Mientras vagaba en mis pensamientos, el grotesco camión desapareció tras el horizonte y nosotros abandonamos el camino oficial yendo de nuevo sobre la arena virgen del desierto.

Tras unos cuantos kilómetros el paisaje cambió y bajo la arena aparecieron piedras y tierra seca. El viento había barrido las dunas que cubrían esta tierra yerma donde no puede crecer nada. Después de una hora atravesando un paisaje de aspecto lunar aparecieron unos pequeños cactus y después volvieron las dunas. Esta vez la arena apenas cubría la tierra gris y el camión ya no se hundía. El comandante del pelotón que estaba al lado de Solodovnikov con la brújula en mano parecía un capitán dirigiendo su barco a través del océano. Superados los cactus esta vez aparecieron pequeños arbustos con un aspecto extraño pero que en el fondo eran la evidencia de que en la zona había agua subterránea. Precisamente creía que nos acercábamos a un oasis o que habíamos llegado a la parte más húmeda del desierto, cuando los arbustos pequeños desaparecieron de nuevo y el paisaje volvió a ser gris.

Minutos más tarde en medio del desierto divisamos cinco o seis casas, o mejor dicho, edificios extraños sin techo en los cuales había niños jugando. Cómo había llegado y cómo se había conservado la vida en estos eriales para mí es todavía un enigma. Al principio los chavales se asustaron por el ruido del motor, pero a los pocos segundos cerca de una docena de ellos trató de alcanzarnos. Oímos solamente de lejos las ya familiares peticiones de *cadeau, cadeau* porque íbamos bastante rápido.

—Ya pasamos Salal —anunció con parsimonia el sargento mayor Ponce, como si un tren acabase de salir de la estación de Lion.

—¿Qué significa Salal, jefe? —preguntó el *brigadier* Front.

—Es el nombre de una de las ciudades del desierto.

—¿Estas ruinas se consideran ciudad? —sonrió Front.

—Esto son únicamente las afueras, o tal vez lo que ha quedado de la ciudad, ahora no puedo estar seguro. He pasado muchas veces por aquí pero nunca me he parado en este lugar. Siempre montamos nuestro campamento lejos de las ciudades locales para no entrar en conflictos con la población nativa.

No entendí qué conflictos podía imaginarse el jefe Ponce estando tan bien armados y equipados. Era poco probable que la población nativa buscase líos con nosotros. Ponce había acompañado al comandante del pelotón en la mayoría de sus acciones en la región y ahora, mientras contemplaba el desierto, se le agolpaban los recuerdos.

Estaba empezando a sentirme como un turista en un safari exótico cuando el camión se detuvo y Cormier nos mandó formar en pleno desierto.

—Vamos a pasar la noche aquí, así que ya pueden empezar con el campamento. Lozev hará el primer turno de guardia, que empezará dentro de dos horas.

Igual que el día anterior, habíamos viajado sin detenernos para el momento del almuerzo. Bajo los calores sofocantes nuestro apetito disminuía y por eso comíamos algo rápido dentro del vehículo, ya fuese pan tostado, galletas o chocolate. A diferencia de lo que sucedía con el apetito, la sed se triplicaba y las reservas de agua mineral sí disminuían considerablemente. El día había transcurrido tranquilamente y sin apenas incidentes, pero la monotonía grisácea del entorno y el implacable calor nos habían agotado un poco. El sol todavía no había descendido pero todos mis camaradas se acostaron a descansar. Solamente yo me quedé de pie y empecé a patrullar por el campamento. La tierra, el polvo y los arbustos secos creaban una imagen deprimente. Con ese fondo hasta la luz del sol ocultándose tras el horizonte dejaba de ser hermosa.

Tras dar unas cuantas vueltas me detuve al lado del camión donde estaban todas nuestras provisiones y, de repente, me pareció escuchar un leve ruido en la lejanía. No podía imaginarme que algo pudiese sobrevivir en este mundo vacío e incoloro aunque, en comparación con las zonas de arena, aquí surgían de vez en cuando algunos vegetales. En mi caso echaba de menos los paisajes de dunas recién formadas y la pureza de esa arena tan fina.

Empecé a mirar en la dirección de la que provenía el ruido y observé que en el horizonte se movían unas cuantas siluetas. ¿Eran seres humanos o serían fantasmas? Agarré fuertemente la metralleta y me preparé para enfrentarme a ellos. Todavía no estaba seguro de si había visto bien, cuando frente a mí se detuvo un muchacho de tal vez unos trece años y que tenía una pala en las manos. A cierta distancia estaban los demás chicos y cada uno llevaba alguna herramienta parecida a un pico o una pala. Agarré todavía más fuerte mi metralleta, lo que provocó que el líder de los jóvenes se parase ante mí a una distancia de tres metros.

—¿Qué quieren? —pregunté en francés.

—¡Regalos del camión! —respondió con tono firme el chaval líder.

—¡No hay regalos! —contesté de la misma manera.

—¡Esta es mi tierra! —continuó con una mirada amenazante el joven.

—Y este es mi camión, ¡así que no te acerques!

En ese mismo instante presentí que los chavales tenían tanta hambre y sed que saltarían sobre mí y saquearían nuestras provisiones. Cargué la metralleta, lo que les detuvo unos segundos aunque no huyeron como yo esperaba.

—¡Lárguense! —grité enfurecido a la vez que disparaba una ráfaga de tres balas al aire.

Después traté de mantener la calma pero sin dejar de apuntar al grupo de jóvenes con mi potente arma. Y entonces vi cómo de lobos furiosos pasaron a ser conejitos que se pusieron a correr llenos de pánico. Solamente su líder se quedó mirándome con odio.

La siguiente ráfaga la disparé apuntando a la tierra que había frente a sus pies y, al instante siguiente, comprobé que el odio en sus ojos quedaba reemplazado por el miedo mientras salía corriendo detrás de sus compañeros.

—¿Qué haces? —escuché detrás de mí la voz del comandante del pelotón.

—Unos salvajes con picos querían asaltar el camión, *mon adjudant*.

—¿Y por qué no diste la alerta cuando los viste acercarse?

—Todo sucedió muy rápido, aparecieron de repente entre la oscuridad gris.

—Y rápidamente también te decidiste a matarlos.

—Primero disparé al aire, *mon adjudant*.

—Bien, bien, es que los tiempos han cambiado y no podemos matar a los salvajes como antes, ahora tengo que escribir informes y dar explicaciones.

—Pero no los he matado, solamente les he asustado.

—Vaya, veo que también los legionarios han cambiado. Durante mis tiempos de juventud si un legionario disparaba a alguien este ya era hombre muerto. Bueno, ahora, aunque no haya muertos, tengo que justificarme por cada bala disparada en vano —el comandante del pelotón dirigió su foco a la zona donde habían aparecido los asaltantes nativos, y concluyó analizando los hechos—. Veo que no hay heridos así que esas balas las vamos a inscribir como gastadas durante los entrenamientos.

Al inicio pensé que no me tomaba en serio, pero después decidió doblar los puestos de guardia durante la noche. Pusieron conmigo a Ulianov. Yo debía permanecer en mi puesto una hora más.

Nadie me elogió ni tampoco me regañó porque, simplemente, había hecho mi trabajo. Y punto. Me daba cuenta de que, si los chavales me hubiesen asaltado, les habría disparado. Durante tantos meses había sido entrenado para ello que me sorprendía haber logrado sobrevivir sin matar todavía a nadie. No sé si el comandante del pelotón estaba orgulloso de mí, pero intuí que había tenido suerte. El destino, Dios, los ángeles u otra cosa parecida me había ayudado en aquel momento, así que me tranquilicé y me dormí con la conciencia limpia.

A la mañana siguiente soplaba un viento muy fuerte y de nuevo todo estaba cubierto de niebla gris. Los visitantes de la noche anterior no volvieron y cargamos tranquilamente los camiones. El sargento mayor me miró con una sonrisa y me preguntó:

—¿Entiendes ahora por qué ponemos los campamentos lo más lejos posible de ellos?

—Sí, ya lo tengo más claro, pero todavía no puedo explicarme cómo esos tipos aparecieron de la nada siendo además casi niños, no creo que mayores de trece años.

—Aquí, en las severas condiciones del desierto, los de quince años ya son hombres. No te olvides de que la mayoría de ellos no alcanzará la vejez. Estamos a unos diez o quince kilómetros de la pequeña ciudad de Beurquia y estos "chavales", como tú les llamas, recorren una distancia semejante antes de desayunar. En esta región la gente cuida de sus terrenos porque aquí hay tierra que no está cubierta por la arena y se puede cultivar, razón por la que esos chicos que has visto llevaban picos y palas.

Deduje que el sargento mayor Ponce había sido debidamente informado del incidente de la noche anterior y percibí que estaba contento de mi reacción. Esto aumentó mi autoestima, había hecho bien mi trabajo.

Solodovnikov pisó a fondo de nuevo el pedal del acelerador mientras el camión volaba por el camino oficial formado por tierra y arena bien compactada que comunicaba las ciudades. Pasamos cerca de un poblado que tenía el extraño nombre de Koro Toro y, después, el paisaje volvió a convertirse en un mar de dunas de arena. El camión empezaba a hundirse y teníamos que sacarlo de la arena a menudo. Las reservas de agua se terminaban, pero hoy íbamos a encontrarnos con los demás grupos de combate de nuestro escuadrón para recibir nuevas reservas. El punto de encuentro se había fijado en el corazón del desierto, lejos de todo ser vivo y donde los helicópteros de la base de Yamena pudiesen lanzarnos tranquilamente esas reservas de agua tan importantes para nosotros.

Tras un viaje cercano a las cuatro horas a través del desierto y desenterrando varias veces las llantas del camión de sus entrañas de arena, nuestro pelotón llegó el último al punto de encuentro donde nos esperaba el capitán Lajouani con las otras tres secciones. Los cuatro camiones y el P4 del capitán formaron como si se tratase de un desfile militar. Esta vez no se avistaba ningún ser vivo nativo, ni niños, ni pájaros, ni, incluso, cactus; éramos solo nosotros, los legionarios del Cuarto Escuadrón, formando orgullosamente en el enorme desierto.

De repente Sergueev, el más joven del pelotón, empezó a mirar como molesto hacia todos los lados.

—¿Qué estás buscando, siberiano? —le pregunté asombrado.

—Es que no hay cactus, ni tampoco dunas.

—¿Y para qué las necesitas?

—El estómago me aprieta y no busco un retrete pero sí algo detrás de lo que pueda ocultarme —explicó el joven ruso algo preocupado.

—Ja, ja, ja… te comiste las porciones de la mayoría de nosotros y ahora entiendo tu problema —miré alrededor y constaté que estábamos en un valle de arena totalmente plano.

—¿Qué puedo hacer? —me preguntó Sergueev como si yo fuera su madre.

—Vas a elegir una dirección y vas a caminar hasta que te alejes a una distancia prudencial de nosotros. Al menos para que no nos llegue la peste, que ya nos basta con este aire caliente.

Sergueev siguió mis palabras con obediencia y se alejó con un rollo de papel higiénico. Regresó al cabo de unos veinte minutos bañado en sudor. El calor empezaba a ser insoportable de verdad.

—Mientras hacía mis cosas —empezó a contarme Sergueev— salió de mí más sudor del que podía imaginarme que pudiese contener mi cuerpo. Cuando hice esfuerzo…

—No me interesan tus historias de mierda —lo interrumpí yo—. El calor es insoportable para todos todo el tiempo, no solamente cuando estas cagando.

—Solamente querría un poco de agua, la mía se acabó —me pidió con cara lastimera.

Me quedaba nada más que media botella de agua, pero como pronto los helicópteros iban a llegar bebí un poco y después se la di.

—Спасибо (gracias), eres como un papá para mí —respondió bebiéndose todo de una sola vez.

Los helicópteros se retrasaron cerca de dos horas y mi boca se resecó bastante. Recuerdo que cuando al fin escuché el ruido de las hélices sentí un gran alivio. El agua era nuestra salvación, y en el desierto aprendí a apreciarla verdaderamente. Unos paracaídas con cajas de metal empezaron a caer rápidamente sobre la arena. El P4 del capitán Lajouani arrancó hacia el lugar donde iba a aterrizar la valiosa carga acuática. Más tarde el agua sería distribuida entre todos, por lo que nuestro Cuarto Escuadrón se dirigió al completo hacia el punto final de la misión, el oasis Faya.

Acampamos a unos treinta kilómetros de Faya, nos levantamos de madrugada y arrancamos de nuevo para entrar temprano en la ciudad. Cuando sólo quedaban diez kilómetros para nuestra meta final empezaron a verse palmeras y cactus, señal de que estábamos cerca del oasis. Habíamos vuelto al camino de arena compactada y el camión viajaba a casi cien kilómetros por hora. A los pocos minutos llegamos por fin a Faya-Largeau.

Esperaba entrar en algo parecido a una ciudad grande, pero para mi sorpresa los primeros edificios que me encontré parecían excavaciones arqueológicas. Aquí la gente, por lo visto, no entiende qué es un techo y a veces faltan incluso las paredes de los edificios. Todo estaba lleno de palmeras y de pequeñas y hermosas dunas entre las cuales emergía algún cactus.

Las caravanas de los nómadas estaban ubicadas en las proximidades de la ciudad y el ruido de los camiones asustó a sus camellos. Los habitantes que se habían despertado temprano nos miraban con respeto. Habían sufrido mucho durante la guerra civil y sus dramáticos recuerdos todavía estaban muy vivos.

Después de atravesar el oasis nos apostamos como los nómadas en las afueras mientras nuestro capitán asistía a citas importantes. Estábamos en posición de combate pero todo parecía tranquilo. La atmósfera no era tensa, pero al igual que en las otras ciudades por las que habíamos pasado, era palpable la increíble pobreza de la gente, siempre padeciendo hambre y con la esperanza en los ojos de los niños de recibir algún regalo.

Nuestro campamento estaba rodeado de palmeras en las cuales había dátiles, la fruta principal de este oasis. Estaba tan harto de las conservas, el pan tostado y las galletas que por eso decidí subirme a una palmera a por dátiles. Para mi suerte no eran muy altas pero sí bastante frágiles. Desde mi llegada a África había perdido más de diez kilos de peso, así que el tronco resistió y empecé a masticar la fruta dulce felizmente. Yordanov también siguió mi ejemplo y se subió a otra palmera. Nuestro *brigadier* empezó a reírse mostrándonos a un grupo de niños que se había acercado ofreciendo, precisamente, dátiles. Él ya había cambiado su paquete de galletas por los dátiles traídos por aquellos chicos del desierto.

Nos sentamos al lado de un arbusto con un puñado de dátiles y una botella de agua y empezamos a contemplar el paisaje de palmeras, dunas y arena increíblemente fina. De repente, un ruido extraño cortó el silencio y, al darnos la media vuelta, vimos una caravana de nómadas que pasaba a escasos veinte metros de nosotros. Saque mi cámara y trate de enfocarlos.

De repente el cacique se acercó a nosotros y todos cogimos nuestras armas. Entonces se detuvo y gritó desde una distancia de seguridad:

—¡No, foto, no!

—OK —respondí a la vez que le lanzaba dos conservas.

—*Merci, merci* —hizo una reverencia y sólo entonces nos dejó fotografiarle tranquilamente.

Seguíamos comiendo dátiles cuando un grupo de niños se acercó cuidadosamente a nosotros. La mayoría eran niñas envueltas en una ropa bastante pintoresca. Cuando nos levantamos echaron a correr muertas de pánico, pero viendo que no las perseguíamos se detuvieron de nuevo y empezaron a acercarse centímetro a centímetro. Saqué dos paquetes de galletas cuarteleras y exclamé: *Cadeau!*

Como sostenía las galletas en la mano comprendieron que no tenía intención de lanzárselas como a unos perros.

—¡Venid, no tengáis miedo! —les dije con cierta amabilidad.

Las niñas, viendo las galletas, se acercaron con rapidez y todas tendieron sus manos hacia mí. Antes de distribuir las galletas le dije a Yordanov:

—¡Vamos, una foto más para *National Geographic*!

Mientras el paquete de galletas permaneció cerrado las niñas estuvieron tranquilas, pero cuando vieron que lo abría y empezaba a repartir galletas se abalanzaron sobre mí como pequeños animales salvajes. Traté de explicarles que había para todas, pero ninguna me escuchó y delante de mí se formó una especie de melé de rugby. Las galletas desaparecieron de mis manos en cuestión de segundos. Me retiré del atropello que se había formado y de nuevo me lamenté por haber tenido semejante idea. Uno no puede entender las cosas que nunca ha sentido. Yo conocía la sensación de tener hambre, pero viendo a estos niños me di cuenta de que, en realidad, nunca había pasado hambre de verdad. Yordanov dejó la cámara fotográfica y levantó su FAMAS.

En un segundo las chicas desaparecieron como si nunca hubiesen existido. Nadie más se acercó a nosotros y, de nuevo, nos sentamos a comer dátiles y contemplar el paisaje.

De repente mi compatriota me empujó emocionado y extrajo la siguiente conclusión:

—Hermano, tengo el sentimiento de que se me da bien esta profesión.

—¿Cómo, qué profesión? —le miré asombrado.

—Pues esta, la de ser legionario, comando o soldado profesional, llámalo como quieras —aclaró—. Cuando estaba en Camboya con el ejército búlgaro debo reconocer que me gustó, pero en aquel entonces pensaba que, simplemente, cumplía mi servicio militar obligatorio a la vez que hacía un poco de dinero. Pero cuando lo abandoné y volví a divertirme en las fiestas con mis amigos, siempre sentía que me faltaba algo. Ahora aquí, he vuelto a encontrar mi lugar y me digo a mí mismo que esto es una profesión hecha a mi medida...

—No puedo compartir tu opinión —le interrumpí—. Ser legionario para mí no es una profesión, y nunca va a serlo. Vine aquí buscando algo más que un oficio. Abandoné Bulgaria debido a la crisis, pero no entré en la Legión por desesperación, sino porque simplemente sentí que este era mi destino y que mi vida tenía que pasar por aquí. El día que crucé la entrada del punto de reclutamiento estaba seguro de que este era mi camino, pero no mi profesión. Para mí es como estar en una escuela de la que obtengo una experiencia vital increíble y aprendo algo nuevo todos los días...

—Tal como lo veo... tú también estás gozando —me interrumpió mi compañero—. No te pongas puntilloso y acepta que a ti también te va bien esta profesión.

—Estoy contento de estar justamente aquí en este oasis y de comer dátiles bajo estas palmeras. Estoy orgulloso de haber conseguido hacerme legionario, pero si acepto que esto es solamente mi profesión todo perderá su sentido aventurero para mí.

—Oye, hablas demasiado y no te puedo entender. Si estás contento aquí estaremos hasta que nos toque la pensión y después nos retiraremos a descansar hasta el fin de la vida.

—Quiero algo más de esta vida, la pensión no me interesa, me atrae la gente y la aventura. Si encuentro amigos como tú, Todorov, Fujisawa, Hilair, Sergueev y probablemente unos cuantos más, de qué me sirve la pensión, ¿acaso no puedo contar con vosotros?

—Hoy puedes contar con nosotros, pero mañana, cuando envejezcamos y perdamos la memoria, ¿quién sabe? Algunos caeremos en combate, otros se casarán, lo que es peor, y los terceros se dispersarán por este mundo. ¿Y tú qué harás sin pensión?

—Conduciré mi motocicleta y, cuando se me termine la gasolina, pediré dinero prestado para llenar de nuevo el depósito.

—No estás bien de la cabeza, de verdad; por eso aquí estamos gente de mala calaña. Yo pensaba que era el más loco, pero mira que tú…

—Si no te interesa escuchar más mis "estupideces" vete por tu camino. Si te gusta la profesión sigue hasta el día de la pensión, o incluso más allá. Ya te imagino formando el pelotón y en lugar del *adjudant* Cormier tendremos al *adjudant* Yordanov, que en vez de "¡firmes!" gruñirá diciendo: "¡No me jodan!".

—¡Basta de burlarte de mí, coño!

—No me estoy burlando, te lo deseo de todo corazón. Acuérdate de mí, que lo más importante en la vida es estar seguro de que sigues tu propio camino y no el de otra persona.

—Y tú recuerda que aquí en la Legión no eres el único loco y que si te burlas demasiado te encontrarás a alguien que te romperá la cabeza.

—Todavía no ha nacido ese alguien —afirmé modestamente antes de saltar sobre mi compatriota.

Era simplemente una lucha por diversión, pero el mecánico rumano, que estaba cerca, vino hacia nosotros tratando de separarnos. No había entendido de qué estábamos hablando exactamente y se asustó pensando que podía ser una pelea seria. En un primer momento no le vimos y en mi lucha por vencer a Yordanov empujé sin querer al *brigadier* con toda mi fuerza lanzándole sobre la arena.

Detuvimos la pelea y, justo cuando iba a explicarle al mecánico que todo era en broma, saltó sobre mí rojo de furia. No había tiempo para explicaciones así que bloqueé sus golpes, le agarré por el cuello y le grité:

—¡Tranquilo, vecino, por qué te pavoneas? Mi compatriota y yo hacemos ejercicios para estar preparados para el combate.

—¡Les voy a castigar a los dos! ¡Empiecen a hacer flexiones!

—Castelnaudary ya se acabó y, además, ahora estamos descansando — respondí tranquilamente sin darme cuenta de que suponía mi primera violación directa del reglamento—. No te la juegues *brigadier*, eres un hombre con oficio. ¡Quédate lejos de nosotros y no te metas en asuntos que no te incumben!

La mayoría del pelotón descansaba y nadie se percató del enfrentamiento que tuve con el mecánico del grupo. Había venido de la compañía de mantenimiento y se había incorporado a nuestro pelotón para ayudar en casos de averías con el camión. El rumano era un tipo bastante tranquilo y fue mi instructor cuando me sacaba la licencia para conducir camiones militares. Le consideraba amigo y, precisamente por eso, no hice caso de sus amenazas. Pensaba que se calmaría y lo olvidaría. No me daba cuenta de que le había ignorado por completo y ofendido sin pensarlo.

A excepción de este acontecimiento mi estancia en el oasis de Faya fue bastante tranquila y agradable. Me acuerdo de nuestro *sex-symbol*, el legionario de primera clase Hilair, que trató de flirtear con mujeres nativas con el rostro siempre cubierto. Sus desesperados intentos provocaban risa porque ellas corrían despavoridas como si fuera el diablo. Les regalaba conservas y galletas, pero ellas siempre se mantenían al menos a dos metros de distancia, y tenía que dejar los regalos en el suelo y alejarse para que sus "queridas" pudieran atreverse a cogerlos. El último día de nuestra estancia en Faya Hilair berreó desesperado hacia el grupo de muchachas con velo.

—Si no quieren mostrarme sus rostros muéstrenme por lo menos dos tetas para que me pueda masturbar. No se enfaden conmigo y miren cuánta comida les he dado.

Las muchachas se pusieron a carcajearse a pesar de que no le habían entendido todo.

—Bueno, veo que tienen vergüenza —continuó Hilair con sus juegos de seducción—. Si no quieren mostrarme nada entonces yo sí que les voy a mostrar.

Al siguiente segundo se bajó su pantalón y después sus calzoncillos dirigiéndose hacia las chicas, que estaban muertas de risa bajo sus chales. La carcajada de las nativas se detuvo de repente y fue sustituida por un grito común cuando frente a todos nosotros se produjo una escena cómica: el francés, con calzoncillos hasta las rodillas y las muchachas corriendo a gritos. A pesar de todo, algunas más curiosas que otras, se detenían de vez en cuando para echar una mirada a nuestro exhibicionista compañero.

—¡Hilair! —el grito del *brigadier* jefe Hunt asustó al legionario cachondo, que se paró en seco levantándose el pantalón—. ¡Te vas a pudrir en la cárcel, *fucking sex* maniaco!

En Chad no había cárcel, pero en cambio había castigos muy duros bajo el sol ardiente, y la pasión sexual de Hilair se evaporó mientras cavaba hoyos profundos en la arena para enterrar en ellos nuestra basura.

Al día siguiente nos dirigimos de vuelta a Yamena. Todo había transcurrido tranquilamente y sin confrontaciones con la población nativa. Habíamos constatado que la paz reinaba en el corazón del desierto y, por tanto, ya podíamos regresar. Teníamos sed de acciones y tiroteos desde el día en que nos subieron en los aviones y despegamos hacia Brazzaville pero en lugar de entrar en batalla aterrizamos en Gabón. Nos habían preparado durante meses para una acción de combate y esperábamos con impaciencia meternos en ella, pero no había acción, el desierto estaba cansado de batallas sangrientas, y la poca vida que había quedado allí quería únicamente sobrevivir en su batalla contra el hambre.

No conocimos la guerra de la manera que la habían conocido nuestros antepasados y jamás íbamos a ver algo parecido a la hazaña del capitán Danjou y sus sesenta valientes. En este momento enfocábamos las cosas bajo una óptica extraña porque recuerdo bien que la mayoría de nosotros sentíamos ese deseo increíble de participar en un ataque verdadero bajo los disparos del enemigo. Estábamos tan seguros de nosotros mismos que no pensábamos que a alguno lo pudiesen matar o que existiese la más mínima posibilidad de perder una batalla. Nos considerábamos un grupo de superhéroes dirigidos por un director de cine en una película de acción. En nuestras cabezas la palabra "pérdida" no existía. No nos dábamos cuenta de que habíamos tenido una suerte increíble porque ninguno de nosotros había perdido la vida, ni por las calles de Brazzaville ni en el resto de las misiones.

Nos quedaban todavía unos cuantos servicios y entrenamientos en las cercanías de Yamena, y después entregaríamos la misión *Epervier* a nuestros compañeros del Segundo Regimiento Extranjero de Paracaidistas. El calor sofocante nos había agotado un poco pero el comandante del pelotón siempre levantaba nuestro espíritu de combate. Lograba mostrarnos que estaba contento con nosotros, confirmando que habíamos logrado ejecutar de manera excelente cada tarea impuesta por el cuartel de mando.

Dos días después de abandonar el oasis de Faya nos encontramos con los helicópteros que nos suministraban valiosas provisiones de agua. Ese mismo día por la tarde nos acercamos a las inmediaciones de lo que, en teoría, era una ciudad, y nos topamos con una manada de cabras. Cormier dio señal a Solodovnikov de detener el camión, y tras eso bajó y se acercó al individuo negro, alto y flaco, que vigilaba la manada. No entendimos en qué idioma se comunicó con él, ni qué le dijo, pero en cinco minutos estábamos cargando dos cabras en el camión.

—Esta noche les voy a organizar un verdadero banquete, muchachos. Tengo ocultas unas magníficas botellas de vino tinto, así que vamos a festejar como se hacía después de la batalla según la vieja tradición.

Con este gesto Cormier, en realidad, nos estaba mostrando su reconocimiento personal y, una vez más, apreciamos al pelotón como nuestra propia familia. Todos estábamos con un estado de humor alterado, así que al fin nos sentimos como militares que regresaban con éxito de su misión. No habían disparado contra nosotros, pero sí habíamos entrado en la boca del león regresando intactos, por lo que en realidad habíamos hecho bien nuestro trabajo.

Cuando alcanzamos el lugar establecido para pasar la noche empezamos a organizar la fiesta. El *brigadier* mecánico se encargó de despellejar las cabras, mientras nosotros nos fuimos a buscar algunos troncos secos de madera y ramas de arbustos para iniciar la fogata. Improvisamos una enorme mesa en la que todos sacamos nuestros enseres, que eran un conjunto de cantimploras. El comandante del pelotón se soltó con un breve discurso. Y después llegó el turno del típico brindis:

—*Pour la poussière!* (¡por el polvo!)

En este momento, todos juntos empezamos a cantar:

Tiens, voila du boudin. Voila du boudin. Voila du boudin
Pour les Alsaciens, les Suisse, et les Lorrains.
Pour les Belges, il n'y en a plus. Pour les Belges, il n'y en a plus.
Ce sont des tireurs au cul. Tireurs au cul.

"Toma, aquí hay morcilla, aquí hay morcilla,
Para los alsacianos, para los suizos y los loreneses.
Para los belgas —no hay más, no hay más.
Son haraganes. Haraganes".

Los improvisados vasos tenían que vaciarse hasta el fondo para limpiar bien el polvo que había en ellos y poner a salvo nuestras gargantas. Todas estas tradiciones antiguas las habíamos aprendido en Castelnaudary y ahora las estábamos poniendo en práctica. La única diferencia era que en el viejo continente el vino se nos servía para combatir el frío, mientras que aquí, en medio del desierto, encendía pasiones de combate y hacía hervir nuestra sangre. La carne estaba increíblemente sabrosa y algunos la acompañamos con un poco más del vino de Cormier.

De repente se produjo una riña en un rincón de la mesa. Nuestro enfermero, el ucraniano Peshkov, intervino junto con dos *brigadieres* para calmar a Volinski y Semanyak, que se habían enzarzado por alguna estupidez.

En mi parte de la mesa todo estaba tranquilo hasta que el mecánico rumano enfrente de mí cogió mi tenedor. Por lo visto era vengativo y no había olvidado nuestra riña del otro día.

—¡Has cometido un error! —le grité yo—. ¡No toques cosas que no son tuyas!

—¡Eres tú el que te has equivocado! —respondió con orgullo—. ¡Estás hablando con un *brigadier* y el único derecho que tienes es el de cumplir mis órdenes!

Salté y le quité el tenedor de la mano depositándolo al lado de mi cantimplora. Al instante siguiente recibí un puñetazo que me trastocó el pensamiento y al mismo tiempo encendió mi sangre. Le propiné entonces una patada en el estómago. Con esta rápida respuesta paré la pelea por un momento. Él trató de atacarme de nuevo, pero en ese momento logré agarrar sus manos y hacerle una llave. Le desequilibré colocando mi pierna tras él y le tiré en el suelo. Pensé que ya le había asustado pero el rumano era incansable y en su mirada de borracho se notaba solamente furia, ira y odio. Saltó sobre sus pies y volvió a lanzarse hacia mí en un ataque feroz.

Como en estos últimos meses habíamos estado muy cerca de las acciones militares y siempre listos para entrar en una sangrienta batalla, este día el vino tinto liberó la tensión acumulada y por poco no armamos una gran pelea general. Me estaba preparando para recibir al rumano con otra patada cuando Peshkov se interpuso entre nosotros recibiendo golpes de ambos lados. Sólo por esta noche nuestro enfermero habría merecido recibir el premio Nobel de la Paz, pero eran varias ya las veces que había disuelto riñas para que no se convirtiesen en una pelea masiva.

La cena se interrumpió y Cormier dio orden de desarmar la mesa y cargar todo en el camión.

El vino había exaltado nuestras emociones y cada uno de nosotros estaba dispuesto a pelearse por las cosas más insignificantes. El jefe del pelotón se dio cuenta de que no había elegido el momento más oportuno para la fiesta y la interrumpió.

Mientras cargábamos las cajas metálicas con utensilios que habían servido para montar la mesa de la fiesta las emociones se calmaron, y todos empezamos a trabajar juntos y unidos como siempre. Pero en un momento dado el rumano me empujó por la espalda, fingiendo que no me veía. Le respondí de la misma manera, empujándole con el hombro, y él perdió su equilibrio cayendo al lado de la carrocería del camión. Esta vez yo estaba realmente furioso y me dirigí hacia él para reducirlo a patadas porque me sentía más fuerte físicamente y estaba seguro de que iba a ser el ganador de esta pelea. Justo antes de acercarme de nuevo, la luz de una gran linterna me cegó. El rumano se había preparado bien para la pelea, mientras que yo le había subestimado, y al instante siguiente recibí un golpe de la linterna metálica "Maglite". Sentí un mareo pero logré mantenerme de pie. Entonces levanté las manos y apreté fuertemente los puños, listos para dar todo de mí, como si esta fuese la batalla más importante de mi vida. Logré parar varios golpes pero el mareo aumentó y sentí que mi cara se cubría de un líquido caliente y pegajoso que me impedía ver bien. Me limpié como pude el ojo con la mano y traté de fijar mi mirada en el mecánico. Le veía como con niebla, y cuando por un momento mi vista se aclaró un poco y pude al fin enfocar al enemigo furioso que estaba frente a mí también vi su cara asustada. Tiró el foco a un lado y me gritó:

—¡Tu frente, mírala, la herida es grande! —todo había cambiado en segundos y frente a mí, en lugar de un contrincante, estaba un compañero de combate preocupado por mi estado de salud. El rumano siguió gritando:

—¡Peshkov, doctor Peskov, problema!

—¡Estoy bien! —dije yo, tocando mi frente aunque, cuando sentí con mis dedos la superficie del cráneo expuesto, todo cambió. La brecha en mi piel iba desde mi ceja izquierda hasta el pelo. De nuevo sentí el mareo y mis piernas se doblaron.

Me había desmayado debido al *shock* traumático o bien por la pérdida de sangre. En alguna parte, muy lejos de mí, escuchaba la voz de Peshkov.

—Tengo que ponerle suero, pierde mucha sangre. ¡Yordanov, ven aquí y háblale en búlgaro! ¡Manténgale despierto! —gritaba enérgicamente el ucraniano.

Mi compatriota se puso a mi lado y empezó a contarme algo, pero yo no tenía fuerzas para concentrarme en sus palabras. Peshkov volvió con el suero y con enojo le ordenó a mi compatriota:

—Pregúntale algo concreto, algo para que te responda, y así mientras le voy suturando.

—¿Qué te pasó, hermano, yo creía que ya habías vencido al rumano?

—¡Estoy bien! —respondí aunque la pronunciación de cada palabra me costaba un esfuerzo indecible—. Dígales que, simplemente, me caí del camión mientras descargábamos.

—Es tarde para eso, Cormier está muy preocupado. Todos se han dado cuenta de tu pelea con el *brigadier* mecánico y, además, no tienes buena pinta. Te va a quedar una cicatriz preciosa...

—¡Pregúntale cuando nació! —indicó Peshkov nervioso.

—¿Por qué empezasteis a pelear? —siguió Yordanov sin hacer caso al ucraniano.

—Por un tenedor.

—Vaya, por un tenedor, tanta pelea...

Hasta ese momento había pensado que, en realidad, no habíamos peleado por un estúpido tenedor. Estaba listo para luchar hasta la muerte por un honor mal entendido. En realidad era una coincidencia de circunstancias.

Dentro de mí aún hervía la sed de continuar la pelea, pero recordé la mirada preocupada del rumano que me había golpeado y me sentí muy confundido. Podía alimentar este odio dentro de mí o perdonar y matarlo de hambre. Todo iba a resolverse en el momento en que de nuevo me encontrase frente a frente con el *brigadier* mecánico.

—¿Cuándo nació? —insistió de nuevo Peshkov.

—¡Pues no se acuerda! —bromeó con él Yordanov.

—Entonces probablemente sufre una conmoción cerebral —dedujo el médico ucraniano mientras me inyectaba una medicina en la bolsa del suero—. ¡Hay que llamar un helicóptero!

Esas fueron las últimas palabras que escuché y, después, las voces se alejaron y empecé a soñar. En mi sueño de fantasías soñaba que volaba libremente sobre el desierto gozando con la vista de enormes dunas de arena. Pero, de repente, me desperté por el ruido de una hélice. En realidad estaba volando, pero todo alrededor de mí estaba oscuro. Ya no sabía qué era el sueño y qué la realidad. Traté de levantarme, pero mi cabeza pesaba como si estuviera llena de plomo. Recordé la pelea con el rumano y entonces toqué mi frente, que estaba rodeada por un enorme vendaje. Esto me tranquilizó por un segundo, pero al mismo tiempo recordé el momento en que había palpado el hueso de mi propio cráneo, y me di cuenta de que no todo era un sueño. Viajaba acostado en el helicóptero del coronel mientras a mi lado iba sentado el médico militar.

—Donde hay legionarios, siempre habrá peleas —escuché el comentario del capitán del cuerpo médico y de nuevo me hundí en mi sueño siguiendo el rumbo por encima del desierto. Soñé que me convertía en un águila que volaba libre y empezaba a ganar altura hasta que me di una cabezada y vi el mar en la lejanía por una de las ventanillas del avión. Esta vez el desierto parecía una enorme playa.

Me incorporé cuando aterrizábamos en la base. Dos enfermeros llevaron la camilla en la que estaba acostado hasta la clínica del cuartel, donde una linda doctora me recibió. Pertenecía al ejército francés y tenía el rango de subteniente. La doctora ordenó de inmediato que me hiciesen unas cuantas placas del cráneo, así que los enfermeros tuvieron que trasladarme de nuevo en camilla hacia la zona de radiografías. Cuando al fin me dejaron en una habitación al lado de otro legionario, el cual padecía malaria, la doctora hizo acto de presencia para revisar mi herida personalmente.

—Además de que ha logrado detener la hemorragia mi colega ucraniano ha hecho una sutura buenísima desde el punto de vista estético. La herida es grande, pero no sufres conmoción cerebral ni el cráneo está roto, solamente tiene algunos rasguños, así que dentro de pocos días estarás de nuevo en pie. ¡Ahora descansa!

Escuchaba la voz de esa linda mujer que me hablaba y me tranquilizaba. Por un momento me sentí en el paraíso y, esta vez, caí dormido profundamente. No abrí los ojos hasta la tarde del día siguiente. Desde que había llegado a la Legión no había dormido así. Todavía tenía el suero puesto pero ya me consideraba restablecido. Estaba muy confundido por todo lo que me había sucedido. En pocos segundos las cosas habían cambiado radicalmente y de una manera extraña.

Una pelea por un jodido tenedor. Además, tenían que llevarme a la base en helicóptero. Sabía que allí me esperaba un castigo, pero por lo menos estaba seguro de que iba a descansar en los siguientes días.

Todavía estaba en la cama cuando el *adjudant* Cormier vino a visitarme a la clínica. Mi grupo de combate había regresado exitosamente de su misión y ahora al comandante del pelotón le habían llamado ante el coronel para informar sobre lo sucedido. Me interrogó aceleradamente sobre la disputa, después me miró rigurosamente y advirtió:

—¡No quiero oír más sobre peleas semejantes! Ustedes son legionarios y hermanos de guerra. Necesito al mecánico para la próxima maniobra, así que tú asumirás la culpa de esta reyerta.

—Oui, mon adjudant.

A los tres días la bella doctora me felicitó por haberme recuperado tan rápido y me anunció con una sonrisa que iba a darme de alta. En vez de alegrarme empecé a pensar en lo que me esperaba cuando saliese de la clínica. Tenía la esperanza de que no me dieran de baja en la misión porque entonces mi expediente quedaría mancillado para siempre y hasta podría perder mi lugar dentro de las filas de la Legión.

Al día siguiente me llevaron al dormitorio para cambiarme la ropa y prepararme para el informe ante el coronel.

Él iba a decidir sobre mi caso y sobre el caso de un legionario más que también esperaba su sentencia. Formé junto a Brian Bailey, ex mercenario de Sudáfrica que la noche anterior había salido del cuartel sin permiso.

El sudafricano era uno de los inquilinos permanentes de la cárcel de Orange. La última vez había destrozado una cabina telefónica del cuartel sin que nadie entendiese qué era lo que le había enfurecido. Me recordaba un poco al *caporal* Boon, mi instructor de Castel. Brian Bailey tenía el mismo acento y cada dos palabras decía el típico *fucking*.

El mayor Bolens nos dirigió hacia el gabinete del coronel. En un caso de este tipo la sentencia mínima era de diez días de cárcel. Primero se presentó el sudafricano terminando con las palabras *fucking mon colonel*. El coronel lo miró asombrado y preguntó:

—¿Entonces ustedes son los dos que se pelearon en el desierto?

—¡No, yo en la ciudad, *fucking mon colonel*!

—Tú te peleaste en la ciudad, ¿pero con quién?

—Aaa no, fucking, yo salir ayer, fucking mon colonel.

El mayor Bolens se acercó al coronel y le mostró el expediente del Brian Bailey.

—Vaya, tú eres el descarado que salió solamente para emborracharse fuera, como si no tuviésemos aquí el *Foyer du légionnaire* (bar de los legionarios). Una vez más, mmm... estas pequeñas infracciones se están convirtiendo en costumbre para ti, legionario Bailey. Si sigues así es poco probable que asciendas en la Legión. ¡Piensa en tu carrera militar, muchacho! Te castigo únicamente con diez días de cárcel porque necesito combatientes fuera de los muros del cuartel, pero reflexiona sobre tu futuro.

Me llegó el turno de presentarme y di lo mejor de mí informándole según todas las exigencias del mayor Bolens.

—Legionario Lozev, hasta ahora no habías cometido faltas. Tienes un potencial para una carrera militar ilustre, así que no puedo explicarme cómo has provocado esta pelea.

—Siento lo sucedido y prometo que no se repetirá más —respondí rápido porque no tenía intención de justificarme. Cormier ya me había advertido de que tendría que asumir la culpa y punto.

—¿Recuerdas el Código de Honor?

—¡Cada legionario es tu hermano de armas, independientemente de su nacionalidad, raza y religión! ¡Y siempre tienes que comportarte con él con la misma solidaridad que une a los miembros de una familia! —recité yo de memoria y con firmeza.

—Veo que aprendes rápido y espero que verdaderamente hayas entendido tu error. Te doy diez días, pero no pienses que cada vez que decidas pelear voy a mandar un helicóptero a recogerte. Esta vez tuviste suerte porque nuestro médico militar estaba de maniobras esa misma noche y le creaste una situación real, en la cual él se comportó de un modo estupendo —el coronel nos echó una mirada severa bajo su ceño fruncido—. Les dejó a disposición del mayor Bolens.

Seguimos al mayor ya que en los siguientes diez días íbamos a trabajar bajo sus órdenes. Así que, como no había un edificio especial para penas de cárcel, nos dieron una habitación alejada donde, después de la cena, el mayor nos encerraba. Mi pelotón se había dirigido hacia una nueva misión en el desierto mientras Brian y yo cavábamos nuevos cauces alrededor de la plaza de armas. Es cierto que en Yamena muy raras veces caía la lluvia, pero cuando llovía, lo hacía a cántaros. Trabajábamos desde muy temprano por la mañana hasta tarde en la noche, vigilados siempre por el mismo mayor Bolens. Con Brian me entendía bien en el trabajo y lográbamos realizar todas las tareas que nos encargaba el mayor. Y así llegó el décimo día en que salimos de la improvisada cárcel y todo quedó olvidado.

Mi pelotón había regresado ya de la última maniobra en el desierto y salimos todos juntos a la ciudad. Cormier me llamó a su lado y me advirtió de que no quería saber nada de venganzas ni de nuevas peleas. El rumano vino a verme y en sus ojos observé un respeto sincero por haber asumido yo toda la culpa.

—Te debo unas cuantas cervezas y mi amistad para siempre.

—Te va a salir caro porque en la cárcel me mantenían sediento —sonreí a la vez que sentía que verdaderamente le había perdonado. El odio y el deseo de venganza se evaporaron en ese mismo instante.

***

Volábamos de regreso hacia nuestra vieja Europa dejando atrás el desierto y los problemas de Chad. En el aeropuerto de Marsella el avión aterrizó en una pista alejada donde los camiones del Primer Regimiento Extranjero de caballería eran los únicos que nos esperaban. Yordanov recordó con nostalgia:

—Vaya, cuando regresábamos de Camboya el aeropuerto de Bulgaria estaba lleno de parientes de soldados. Había madres llorando, esposas y niños, mientras que aquí hay sólo tres sargentos mayores y tres cabos.

—¿En realidad no te sentaba tan bien esta profesión? —sonreí—. Corre a abrazar a los sargentos mayores y no olvides darles besos ya que ahora son tus parientes más cercanos.

—Coño, te abrieron la cabeza pero no dejas de incordiar.

Me daba cuenta de que mi compatriota siempre comparaba a la Legión con esa misión en Camboya donde había participado con el ejército búlgaro como casco azul. Pero al final él también entendió que la Legión es algo muy diferente al resto de los ejércitos del mundo. La Legión es única por el modo en que junta y une a gente diversa de todo el planeta. Ciertamente, consigue hacer olvidar las diferencias entre nosotros al marcar como único objetivo el éxito de nuestro grupo de combate. Porque este grupo es nuestra familia.

Destacamento operativo de acción rápida bajo el agua

Tras su regreso de Yibuti el polaco Klis pasó de nuevo por la casa-madre de la Legión en Aubagne, desde donde fue enviado al Sexto Regimiento Extranjero de Ingeniería (6REG). Este era el regimiento más joven de la Legión Extranjera y había sido creado en el año 1984. Los legionarios, que ya tenían experiencia como constructores, en el 6REG tenían que prepararse además para especialidades nuevas y vinculadas con la limpieza de campos minados.

Klis fue inscrito en la primera compañía de combate del 6REG, la cual se había cubierto de gloria en el año 1987 limpiando de minas el oasis Faya en Chad. Gracias a su brillante participación durante esa primera misión, la compañía fue destacada con la "Cruz de Valentía". Durante su bautizo en combate el regimiento perdió a uno de sus suboficiales —el sargento jefe Panik— que murió por la explosión de una mina antitanque. Después de Chad el 6REG había concurrido con éxito en las misiones en Paquistán, Irak, Kuwait, Camboya, Bosnia, Ruanda y Somalia.

Cuando ingresó en su nueva compañía Klis no se sentía cómodo. Las nuevas especialidades no le atraían y también la nostalgia de Yibuti le afectaba.

En la nueva compañía se encontró con su viejo compañero de Castel, el norteamericano James Ford, quien también había recibido el rango de *caporal* y era uno de los mejores especialistas en la neutralización de minas. Klis, por su parte, hablaba mejor el francés en comparación con sus primeros meses en Castel, y gracias a ello la conversación con el norteamericano fue más fácil y fluida. Los dos cabos estaban tomando cerveza en el bar del regimiento cuando Klis le preguntó:

—¿Qué me cuentas de ese regimiento, Ford?

—Aquí puedes aprender muchas cosas —empezó a relatarle James—. Si te decides seriamente a aprender sobre las minas puedes conseguir en la vida civil un oficio bien pagado con un salario que ronda los veinte mil francos.

—Francamente, las minas no me atraen, y sobre el asunto del dinero, ya gané bastante en Yibuti. Gasté un poco con las muchachas africanas pero, a pesar de todo, logré ahorrar.

—Veo que tienes cosas interesantes que relatar sobre esas bellezas africanas en el desierto —sonrió el norteamericano.

—Sí, en África todo es caliente —confirmó el polaco—. En Polonia con el comunismo no habíamos visto nunca a ninguna chica negra, así que para mí aquello fue algo exótico.

—Detecto nostalgia en tu mirad y es evidente que te ha gustado bastante.

—Además de las muchachas disfruté del ambiente en el grupo de combate. Estábamos bastante unidos.

—Aquí también es así, lo verás. Con el tiempo conocerás a todos los demás.

—No sé, no me siento igual ahora con el trabajo en equipo.

—Nos están preparando desde hace cuatro meses para la misión en Kosovo y la mayoría llevamos juntos dos años, mientras que tú acabas de aterrizar desde la luna y es normal que no te sientas integrado.

—He oído algo sobre un grupo de comandos buzos.

—Sí, esto es el Destacamento Operativo de Reacción Rápida Bajo el Agua (DINOPS).

—¿Cómo puedo entrar en ese grupo de buzos? —se interesó el polaco.

—Como ya sabes, nuestro grupo se llama "anfibio" porque estamos entrenados para movernos bajo el agua y también para desactivar minas en las playas de las regiones costeras. Por nuestras funciones nos parecemos a los buzos. Así que, cuando un día pases ante el capitán, dile solamente que te presentas voluntario para el destacamento de buzos. Pero te advierto que entrar allí no es nada fácil porque hay que superar unos exámenes bastante duros.

Un mes después de mantener esta conversación Klis tenía que romper el hielo de un lago congelado y sumergirse en el agua gélida. El traje de neopreno le protegía del frío en cierto grado, pero solamente la voluntad de hierro y la disciplina personal podían subordinar al cuerpo y forzarlo a sumergirse en aquellas aguas a punto de congelarse del todo. Esta prueba era la última y, tras ella, el polaco sería recibido en el destacamento especial DINOPS, perteneciente a las Fuerzas de Reacción Rápida del Ejército Francés.

Dos legionarios jóvenes, excelentes nadadores con unos cuantos años de servicio a sus espaldas, no lograron pasar debajo del hielo y fallaron en esa última prueba. Uno se había paralizado de frío y su cuerpo no había podido responder a las órdenes del cerebro, mientras que el segundo sufrió espasmos musculares en la pierna derecha nada más tirarse al agua. Los instructores le sacaron del hielo en segundos.

Ahora le llegaba el turno a Klis. El polaco sabía que todo el control reside en la cabeza y empezó a recordar los días en que no podía respirar por culpa del calor sofocante, durante su entrenamiento para comandos en Yibuti. Había pasado por dificultades que parecían imposibles para el cuerpo humano y, ahora, el agua helada no le iba a detener. Así que simplemente apretó los dientes y saltó en el agujero. En un primer instante sintió que hasta su cerebro se estaba congelando y que todas sus funciones vitales se bloqueaban, pero segundos después recuperó el autocontrol. Debía alcanzar una profundidad determinada y tenía que dejar de pensar en el agua helada. El frío poco a poco empezó a salir de sus pensamientos y sus movimientos empezaron a ser más seguros. El polaco cumplió su cometido y, orgulloso de sí mismo, salió a la superficie. Los instructores le recibieron contentos con una sonrisa.

—¡Bienvenido entre nosotros, polaco! —le dijo el sargento buzo que vigilaba la ejecución de la prueba mientras le daba amistosamente una palmadita en el hombro.

Klis había superado uno de los ejercicios más difíciles que hay en la Legión Extranjera y se había convertido en parte de una comunidad que solamente los más dignos tenían el honor de conocer. Desde este momento iba a estar permanentemente en alerta, tanto para conflictos internacionales como en caso de desastres naturales en el territorio francés, porque en las situaciones más peligrosas bajo el agua se llama siempre al destacamento especial DINOPS.

Klis se estaba preparando para abandonar la Primera Compañía de Combate e incorporarse a su nuevo destacamento cuando se acordó de su viejo amigo de Castel y fue a visitarle a su habitación.

—¡Oye, polaco, felicidades! —se alegró James al verle—. En realidad has sorprendido a todos. Me han dicho que fuiste brillante en los exámenes y que vas a ser parte de la élite de la Legión.

—Pues sí, logré salir a tiempo de ese lago tan congelado —respondió modestamente Klis.

—Me alegro por ti. Recuerdo como si fuera ayer cuando me preguntabas, bebiendo tranquilo tu cerveza, sobre los buzos, y ahora ya eres uno de ellos.

—Pues resulta que me intrigó lo que me contaste y por eso decidí probar suerte.

James Ford echó la vista atrás y evocó mentalmente el día en que se había enterado de la existencia de la Legión Extranjera, la forma en que le había intrigado y persuadido aquello hasta el punto de que ahora ya era parte de la Legión.

—¡Sí, te entiendo, y te deseo suerte con tus nuevos amigos!

—Eres tú quien va a dirigirse a Kosovo, donde estarás en plena guerra, así que necesitarás más suerte en este momento. Además, eso que haces con las minas no es menos peligroso que sumergirse bajo el hielo.

Así, los caminos de dos viejos amigos se separaron de nuevo. James se dirigió hacia Kosovo, y Klis se quedó esperando su primera acción real bajo el agua.

La Primera Compañía de Combate del Sexto Regimiento Extranjero de Ingeniería fue elegida para limpiar de minas el camino del ejército francés antes de su entrada a Kosovo. Algunos de los cabos y el conjunto de mandos de la compañía ya tenían experiencia en varias misiones en la antigua Yugoslavia, pero esta vez las cosas parecían más serias. Había mucha crueldad, venganza y odio generado desde el pasado entre varias generaciones de las dos partes enemigas: los serbios cristianos y los kosovares musulmanes. El ejército serbio mostraba que no tenía intención de retirarse de Kosovo, mientras que los kosovares combatían por su independencia. A las puertas del nuevo milenio Europa estuvo amenazada por un genocidio. Los países de la Unión Europea y OTAN tenían que intervenir.

De regreso a Castelnaudary

Empezaba mi tercer año en la Legión Extranjera y ya me sentía verdaderamente como si esa fuese mi casa. Había pasado un curso para secretario de primer nivel y me había incorporado al cuartel de mando del Cuarto Escuadrón, donde el capitán Lajouanie había sido sustituido por el capitán Jaron. Tenía que dejar mi habitación, que se había quedado sin *brigadier* porque Faucon decidió volver a la vida civil en cuanto terminó su primer contrato de cinco años.

El nuevo que vino era un joven de México. Yo había aprendido un poco de español durante mis vacaciones en Madrid, así que introduje al novato en nuestra habitación, tranquilizándole, exactamente como hace unos años había hecho conmigo el *brigadier* Faucon. Se llamaba Miguel y tenía apenas 19 años. Al muchacho se le veía muy interesado en aprender francés y dedicarse a la carrera militar.

Nuestro escuadrón de antitanques se había convertido en escuadrón de reconocimiento, y los tiradores de los misiles HOT con sus VAB fueron trasladados a la infantería de Nimes. Hacia allí se fue otro amigo de cuarto, el francés Hilair, quien hacía las delicias de nuestro grupo de combate con sus aventuras nocturnas.

Empecé a trabajar en el puesto de mando bajo las órdenes del *margis* Cheng. Nuestro despacho se encontraba al lado de la oficina del capitán Jaron.

Y un buen día me dirigí de nuevo a Castelnaudary, donde debía ganarme el rango de *brigadier*. Las pruebas, llamadas CME (Certificado Militar Elemental), duraban dos meses y eran más duras que los primeros cuatro meses de instrucción inicial. La diferencia era que, con la experiencia de dos años de servicio en las filas de la Legión y dos misiones completadas, muy pocas cosas podían asustarme. Sería como unas vacaciones en un campamento de verano.

Escalaba la cuerda de seis metros dos veces antes de desayunar y corría los tres kilómetros del test de Cooper en menos de doce minutos. Lo hacía sin jadear. Había marchado con la mochila a la espalda en Chad bajo un calor de 48º C, así que los ocho kilómetros con el equipo completo de combate ni siquiera me molestaban. Sentía las botas en los pies cómodas como pantuflas. Tanto me había acomodado a ellas que las calzaba hasta los fines de semana.

En pocas palabras, estaba listo para convertirme en *brigadier*. Empezaron a gustarme tanto los rangos de la Legión que soñaba con una larga carrera militar en el puesto de mando del Cuarto Escuadrón. Y ya veía sustituyendo un día al *margis* Cheng, que era entonces mi jefe, y ocupando su despacho bajo mi mando. Pero parece que mi destino no estaba de acuerdo con todo ello...

Llegué a Castelnaudary en pleno verano del Mundial de fútbol de 1998. Bulgaria fue eliminada en la primera ronda del campeonato, pero Francia, que jugaba en su casa, siguió avanzando hacia la fase final tras un partido muy difícil con Paraguay que había terminado con gol de oro en el tiempo de descuento. En la escuela de la Legión nos habíamos vuelto aficionados al fútbol y la mayoría de las carreras matutinas habían quedado sustituidas por partidos entre las compañías. Así que antes de empezar con el entrenamiento militar organizábamos un mini campeonato de fútbol.

Había notado que los juegos de balón, y sobre todo el fútbol, se evitaban como deporte en los grupos de combate y, solamente aquí, en Castel, podíamos jugar libremente e incluso organizar campeonatos. El viejo *adjudant chef* responsable de la disciplina en mi Cuarto Escuadrón había prohibido el fútbol oficialmente, declarando que no tenía la intención de perder a la mayoría de sus soldados debido a traumatismos sucedidos en semejantes encuentros. Lo veíamos como algo exagerado y ridículo, sobre todo pensando en la peligrosa pista de obstáculos, llamada en francés *parcour du combatant*, donde entrenábamos permanentemente y en la que había riesgo evidente de luxación de muñecas y tobillos.

Estaba entusiasmado con mis primeros partidos en las filas de la Legión. En uno de ellos tuve que sustituir al portero, que en un lance con el delantero del rival se hirió gravemente la muñeca. Tenía buenos defensas y me sentía bastante seguro en el puesto. El resultado era de uno a uno y quedaban cinco minutos para el final del segundo tiempo. En ese momento se creó un desorden frente a mí y yo, en un último esfuerzo, salté estirando la mano y logré desviar la pelota. Vi, como a cámara lenta, el balón tocando la parte externa del poste derecho y saliendo fuera del campo. Había salvado la puerta pero caí mal al suelo y sentí cómo los tacos de la bota del delantero rival se clavaban bajo mis costillas. Un fuerte dolor cortó mi respiración y me quedé tumbado en el suelo. Al inicio pensé que simplemente había perdido el aliento y me esforcé por respirar, pero con cada aliento el dolor aumentaba y sentía un mareo cada vez mayor. Una hora más tarde la ambulancia del regimiento me llevaba el hospital militar de Toulouse. La primera pregunta del doctor de urgencias fue:

—¿Qué te ha pasado?

—Estuve de portero durante un partido de fútbol —empecé—. Se creó un barullo delante de mí y me tiré para rechazar la pelota…

—¡Bravo por la Legión! —pronunció alegremente el doctor—. Si también los legionarios han empezado a practicar intensamente el fútbol, seremos campeones seguro. Sigue, ¿qué te pasó después?

—Bueno, uno se cayó sobre mí y recibí este golpe debajo las costillas…

—No, hombre, dime si lograste defender la portería. ¿Rechazaste bien el balón?

—Sí pero por poco, pues tocó el poste por el lado exterior —expliqué yo, notando que el doctor estaba más interesado en cómo había terminado el partido, que en mi estado de salud. Qué se iba a hacer, la fiebre de fútbol se había convertido en una locura a lo largo y ancho del país.

—Bravo, muchacho, si salvaste el gol nosotros también te vamos a salvar a ti. ¿Y el resultado del partido?

—Uno a uno.

—Pues parece que fue muy interesante ese campeonato entre legionarios, así que hablaré con mi jefe para que me deje visitaros y ver un poco cómo juegan —sonrió de nuevo y después me miró seriamente—. Parece que, en realidad, te duele mucho.

—De otra manera no estaría aquí. Un legionario tiene derecho de quejarse únicamente si llega a rango de teniente, y eso es casi imposible.

—¿Y tú, cómo llegaste hasta aquí?

—El sargento de la compañía me mandó al médico y este, después de revisarme, afirma que tengo una hemorragia interna.

—¡Suero, rápido! —gritó al fin el médico militar a una enfermera—. ¡Te voy a poner algo de analgésico en el suero para calmar el dolor! Pero qué partido más interesante, ¿verdad?

Ingresé en el hospital, donde seguí retorciéndome de dolor a pesar de todos los analgésicos que me metieron en el suero.

Recordé al viejo *adjudant chef* de mi Cuarto Escuadrón y, por primera vez, le di la razón sobre la prohibición del fútbol.

El dolor a veces aumentaba y a veces disminuía, pero no perdí la conciencia en ningún momento. Durante la noche una enfermera me explicó que me habían metido un poco de morfina. Pero incluso bajo su efecto el dolor permanecía. La enfermera también me preguntó sobre la causa de mis dolores y le expliqué una vez más mi "heroísmo de combate" durante el partido de fútbol. Ella me escuchó atentamente y a los cinco minutos apareció con una bolsa de hielo.

—Póngase esta bolsita donde le golpearon o donde sienta el dolor más fuerte.

Me pegué la bolsita de hielo al lado del riñón izquierdo y sentí cómo la zona empezaba a entumecerse poco a poco. Después de diez minutos caí en un sueño profundo. De madrugada el dolor volvió a atravesarme, llamé a la enfermera y llegó corriendo con otra bolsita de hielo porque la anterior ya se había derretido.

Pasé tres días así con el suero y, cuando al fin me sentí mejor, recordé que había detectado sangre en mi orina. Entendí que el golpe había afectado también a mi riñón izquierdo.

Una semana antes me sentía en un estado de forma excelente y ya me veía con las charreteras de *brigadier* de la caballería de la Legión Extranjera, pero ahora, y debido a una estupidez, iba a perderme la instrucción CME. No me lo podía creer, iba a ir a Kosovo como legionario de primera clase, después de haber estado tan cerca de alcanzar el rango de *brigadier*.

En el momento no me daba cuenta de que las cosas eran todavía más graves. Antes de salir del hospital me hicieron pruebas en un escáner muy sofisticado y después de analizar las radiografías me mantuvieron una semana más en el hospital para someterme a nuevos exámenes. Yo ya me sentía mejor e insistía en que me dieran de alta con la esperanza de que todavía no fuese tarde para llegar a las pruebas físicas. Pero había olvidado que mi opinión no tenía importancia alguna, era simplemente un legionario mientras que el médico que estaba a cargo de mí tenía rango de coronel, así que me iba a quedar en el hospital hasta que él dijese. Lo único bueno fue que tuve la oportunidad de ver tranquilamente las semifinales y la final del Mundial en la cómoda cama de la habitación del hospital militar.

Después de cada victoria de Francia se escuchaban las exclamaciones y el ruido proveniente de la ciudad. Recordé el verano de fútbol vivido en Bulgaria en 1994. La furia del Mundial me devolvió a mi pasado y a la forma en que festejaba de joven estudiante por las calles de Sofía cada victoria de nuestro equipo. De aquel estudiante roquero no quedaba nada, excepto el sueño de comprar un día la motocicleta Harley Davidson y conducirla libremente por los caminos del mundo dejando atrás todos los problemas y prejuicios en el pasado.

Este sueño no tenía mucho sentido con una carrera profesional en la Legión Extranjera y era muy poco probable que pudiera realizarse si me quedaba hasta el día de la pensión en sus filas. Pero, a pesar de todo, ese anhelo todavía estaba vivo dentro de mí. Quedándome en la Legión tendría oportunidades reales de comprar la motocicleta de mis sueños, aunque no la posibilidad de conducirla libremente. Cada vez que salía de vacaciones este profundo sueño me venía a la cabeza y me daba fuerzas para seguir adelante por mi camino. Solamente que ahora en esta habitación del hospital sentía que estaba parado frente a un semáforo, y esperaba al doctor militar para que me diera la luz verde mientras él mantenía el semáforo siempre en rojo.

Llegó el siguiente lunes y volví a pedir que me dieran de alta, pero para mi agradable sorpresa llegó un P4 del cuartel Danjou y por fin me recogió. Lo malo es que en vez de llevarme a la compañía de instrucción me presentaron directamente ante el médico principal del cuartel, que me esperaba con un montón de placas y resultados.

—Tengo que anunciarte —empezó con un tono bastante serio— que después del traumatismo y de la hemorragia interna, no estamos seguros de que puedas continuar con tu servicio en la Legión Extranjera.

—¡Pero si pasé todos los exámenes médicos en Aubagne y no tenía nada, de verdad! —respondí asombrado tratando de no creer lo que escuchaban mis oídos.

—Sí, tus riñones funcionaban perfectamente en Aubagne, y siguen funcionando ahora, pero hemos encontrado unas complicaciones a su lado izquierdo.

Recordé que me habían inyectado un líquido de contraste en vena antes de pasar por el escáner en la primera semana de mi estancia en el hospital.

—Y, si no había pasado, ¿era por este escáner? —pregunté desesperadamente con la esperanza de que todo fuera un sueño del que pronto iba a despertarme.

—Con la vida activa de la Legión, y en tu situación actual, no podrás soportar las dificultades, por lo que lo más razonable es que dejes la compañía de combate.

¡Quién era él para decirme lo que yo podría soportar o no! Después de casi tres años de servicio en un grupo de combate en la Legión Extrajera mis riñones habían demostrado que lo aguantaban todo. En esta ocasión, simplemente el destino había decidido que la carrera militar no era para mí. Una semana después de la conversación con el medico del Regimiento Escuela de la Legión Extranjera me devolvieron al 1REC sin el galón de *brigadier*.

Cuando llegué encontré vacío el edificio de mi escuadrón porque todos se habían ido de vacaciones. Al menos en ese momento tuve suerte porque también recibí mis veinte días libres. Entonces me dirigí con mi carnet personal de legionario hacia Madrid, ciudad a las que mi tío había emigrado hacía muchos años. A pesar de todo lo que me había sucedido pasé unas vacaciones maravillosas en las cuales me restablecí totalmente de los traumas, y esto es algo de lo que todavía estoy muy agradecido a mis familiares en España.

Tras las vacaciones retorné de nuevo a mi Cuarto Escuadrón, donde se me citó ante el capitán Jaron. Él también estaba muy asombrado con mis exámenes médicos de Toulouse y me prometió que iba a pedir otros nuevos para confirmar el diagnóstico. Hasta entonces yo quedaría en servicio bajo el mando del *marechal des logis* Cheng. Así que continué en las maniobras militares como piloto del vehículo blindado ligero VBL, preparándome junto con los demás para la misión de Kosovo. A pesar de la opinión del doctor de Toulouse, mi riñón izquierdo seguía haciendo un buen trabajo.

Kosovo. 1999

En los Balcanes siempre era muy fácil provocar un brote de enemistad entre musulmanes y cristianos, sobre todo cuando eran parte de dos grupos étnicos históricamente enfrentados. El Frente Albanés de Liberación estaba considerado por la comunidad internacional como organización terrorista y, si el dictador Miloshevich hubiese sido un político más razonable, Kosovo hoy podría pertenecer a Serbia. Los intereses de Estados Unidos en prolongar el conflicto también contribuyeron a agudizar la crisis y, en vez de terminar rápido con el asunto, los bombardeos sobre Belgrado y Kosovo se mantuvieron durante setenta y ocho días.

El ejército serbio logró derribar unos cuantos aviones estadounidenses, y entonces las acciones aéreas terminaron. Europa debía resolver sola su problema. Francia decidió incluir a su aviación, su infantería y su marina en la operación TRIDENT. El batallón francés instaló su base en Macedonia y tenía como objetivo entrar en territorio serbio al noroeste de Kúmanovo.

Los escuadrones de inteligencia, apoyados por compañías del 6REG, fueron los primeros que cruzaron la frontera. Encabezaron las dos columnas que avanzaron hacia la zona determinada por la OTAN para el ejército francés, y abrieron el camino de la brigada Leclerc.

En esta misión James Ford, cabo de la primera compañía del Sexto Regimiento Extranjero de Ingeniería, fue uno de los primeros que entraron en territorio enemigo. Hasta ese momento Kosovo había sido bombardeado solamente desde el aire y nadie sabía con qué iban a tropezar los primeros destacamentos de la inteligencia francesa.

El estadounidense avanzaba valientemente con su vehículo blindado. El sargento a su lado observaba tensamente cada metro que tenían que cruzar. Una sola mina podría ser fatal. Varias veces le ordenó a James que disminuyera la velocidad para observar mejor cada ramita sospechosa del camino.

En la madrugada del segundo día de su entrada en Kosovo se encontraron con las primeras minas. Uno de los vehículos blindados recibió una explosión y por suerte nadie salió lastimado. Los integrantes del regimiento de ingeniería de la Legión empezaron a revisar muy cuidadosamente cada una de estas trampas mortales. James lo había practicado miles de veces en el cuartel y en las misiones de entrenamiento, pero este día por primera vez sintió la tensión del encuentro con minas puestas de verdad por manos del enemigo.

Cada error podía ser fatal. Un sudor frío le recorrió la frente, pero logró guardar la calma y sus manos no temblaron mientras desactivaba la primera mina.

—Cada mina que manipules tienes que tomarla tan en serio como has hecho con la primera —le aconsejó el sargento—. ¡Siempre tienes que estar muy atento, Ford, no te apresures nunca y no confíes nunca demasiado en tu experiencia!

—¡Sí, sargento! —coincidió el norteamericano mientras percibía el mismo sudor frío resbalando por la frente del suboficial.

—A la cabeza de la otra columna, que dirigía la brigada Leclerc, avanzaban con paso decidido "Los Leones" del Cuarto Escuadrón del Primer Regimiento Extranjero de Caballería. El escuadrón, que ya no era antitanques y había tomado funciones de inteligencia, de repente fue requerido en estado de alerta para la misión en Kosovo.

***

Cuando regresé de Castelnaudary, después del aquel fatal partido de fútbol, superé un curso para pilotar el blindado VBL y fui incluido en el equipo para la misión de Kosovo. El capitán Gille Jaron me había enviado al hospital de Marsella para someterme a un segundo examen, aunque a primera vista parecía decidido que me quedaría entre mis amigos de escuadrón. Pero una semana antes de partir hacia Kosovo me llamó el médico militar del regimiento y me anunció que, con el traumatismo y con la complicación del riñón izquierdo, no podría quedarme en el grupo de combate, por lo que sería trasladado a la casa-madre de la Legión Extranjera en Aubagne. El capitán Jaron contaba conmigo para esta misión, pero la decisión del médico militar no se podía discutir, ni siquiera por el coronel. Entregué mi vehículo de combate a mi compatriota Yordanov y me despedí para siempre de "Los Leones" del Cuarto Escuadrón.

Mientras la comisión militar en Aubagne decidía mi destino, mis compañeros entraban en el territorio de Kosovo investigando el terreno. El mexicano Miguel, junto a Semañak, Volinski y Yordanov, estaba en la columna de vanguardia, encabezada por el *maréchal des logis* Front. Avanzaban muy atentamente con los vehículos blindadas VBL.

—¡Volinski, baja la velocidad! —ordenó Front a su piloto.

—¿Acaso tiene miedo, *margis*? —sonrió el polaco, a quien parecía que le importaba poco la jerarquía.

—Volinski, eres el único soldado que no ha podido entender qué significa la palabra disciplina después de seis años en la Legión, de los cuales por lo menos tres te los has pasado en la cárcel. ¡Baja la velocidad, esto es una orden! —sentenció el *margis*.

El novato Miguel, que tranquilamente iba sentado detrás de ellos, no prestaba atención a la disputa porque su gran problema en aquel momento era el frío. Ni las minas ni las balas del enemigo molestaban al mexicano tanto como las noches gélidas del invierno. Había escuchado que llegaba la primavera y que el tiempo mejoraría pronto, pero él no se lo creía. Cada noche que se acostaba en su saco de dormir congelado de frío pensaba que no iba a sobrevivir hasta el día siguiente. Y cada mañana, viendo el vapor blanco que le salía de la boca, creía que su alma abandonaba el cuerpo.

Miguel creció en Tierras Calientes, donde hacía ciento treinta y seis años muchos legionarios fallecieron tras sucumbir a la epidemia del "vómito negro". En el pueblo natal del mexicano las temperaturas se situaban siempre por encima de los 25º C. La historia del capitán Danjou y sus valientes legionarios había intrigado al joven mexicano desde su infancia y desde el día que se detuvo frente al memorial de Camerone. Y ahora era él mismo quien participaba en una misión no menos peligrosa y no menos importante que aquella en México. Solamente las armas y la técnica militar, igual que las tácticas y algunos tipos de entrenamiento, habían cambiado, pero el espíritu legionario de la época se había conservado.

Una explosión repentina interrumpió sus pensamientos y sintió que estaba volando hacia el cielo.

A unos diez metros de distancia del blindado, Yordanov vio cómo el vehículo de sus compañeros saltaba dos metros por encima del suelo antes de volcar y quedarse boca abajo, indefenso como una tortuga panza arriba.

—¡*Fucking* mina! —gritó Hunt, que estaba sentado a su lado.

Cybulski, que estaba en la compuerta con su ametralladora 12.7 MM, la cargó rápidamente y se aprestó a disparar. El polaco había sido trasladado desde mi ex grupo de combate especialmente para esta misión.

Un silencio absoluto se apoderó del ambiente porque la explosión no fue seguida por disparos de armas automáticas, lo que excluía la posibilidad de emboscada. Se hizo evidente que habían tropezado con una mina de forma casual.

Los exploradores iban a necesitar de sus compañeros, los zapadores del Sexto Regimiento Extranjero de Ingeniería. Después de que nadie abriese fuego contra ellos, Hunt, Yordnov y Cybulski se acercaron al VBL que se había volteado. Volinski les ayudó desde dentro para abrir una de las puertas y salió intacto. Front estaba herido pero el mexicano estaba en peor estado y había perdido la consciencia.

A los pocos minutos llegó el enfermero de la sección, el doctor Peshkov, quien determinó que el *margis* Front no sufría fracturas, pero sí graves contusiones, por lo que necesitaba descanso. A diferencia de su jefe, el mexicano estaba inconsciente y con una fractura en la pierna. Debía ser evacuado inmediatamente. Yordanov y Cybulski prepararon la camilla donde pusieron al joven legionario y siguieron a Peshkov hacia el VAB médico.

***

Los legionarios participaban en misiones peligrosas en todas las zonas del planeta, pero a veces también se les llamaba para operar en territorio francés. En ocasiones patrullan en el metro de París o de Marsella, donde vigilan equipajes olvidados y grupos de personas sospechosas. También toman parte en operaciones vinculadas con la seguridad nacional, desastres naturales y accidentes de grandes dimensiones. Con mucha frecuencia en estos casos participan los soldados del Sexto Regimiento Extranjero de Ingeniería, y en caso de alerta, los comandos del Destacamento Operativo para Reacción Rápida bajo el Agua (DINOPS).

Así, mientras James Ford avanzaba sin miedo por el territorio kosovar, Klis era llamado para sumergirse en las aguas frías del Rona, donde por causas desconocidas dos vehículos se habían hundido en el río.

El polaco había aprendido a controlar su cuerpo mientras nadaba en aguas heladas, pero en esta ocasión la corriente era bastante fuerte y la oportunidad de éxito mínima. Los rayos de su lámpara alumbraban a muy poca distancia cuando estaba sumergido en aguas oscuras. Se daba cuenta de que ya era tarde para salvar a los ocupantes, pero desde el departamento de investigación de la policía tenían necesidad de datos concretos, y solamente un comando de DINOPS podía ayudarles en tal situación.

Klis había detectado que el oxígeno en su botella había disminuido bastante y sabía que pronto tendría que salir a la superficie cuando vio enfrente algo rojo. Cuando su lámpara lo enfocó vio claramente que se trataba del león del emblema de *Peugeot*. Descendió para alumbrar la matrícula pero cuando vio una silueta detrás del volante decidió sacar primero al fallecido. El polaco era católico y creía que cada persona tenía derecho a una sepultura. A pesar de no ser especialista en el robo de vehículos, como su ex compañero Lech, logró abrir la puerta del coche bastante rápido. Cuando se acercó al cuerpo vio que se trataba de una mujer en cuyo rostro estaba dibujado el sufrimiento. Mientras le quitaba el cinturón de seguridad su corazón empezó a latir con fuerza y su pulso se aceleró. Dejó de controlar su respiración y empezó a inhalar y exhalar como si estuviese recorriendo los últimos metros de un maratón. Por primera vez desde que estaba en la Legión, el polaco no logró mantenerse indiferente ante la imagen que veía. Finalmente controló su respiración a tiempo y consiguió arrastrar el cuerpo hasta la superficie.

En ese momento el aire en su botella se acabó. A pesar del peligro de no llegar a tiempo y la posibilidad de desmayarse, no soltó el cuerpo de la mujer. Por falta de oxígeno Klis perdió la orientación, pero por suerte sus compañeros lo notaron y se acercaron rápidamente. Él les señaló que no tenía oxígeno y les entregó el cuerpo de la mujer sin vida. Uno de los muchachos agarró el cadáver, mientras que otro ayudó a Klis lanzándose hacia él en la superficie de agua.

El polaco era respetado dentro del grupo de combate por su increíble capacidad de resistencia bajo toda clase de condiciones meteorológicas. Siempre acababa entre los primeros cuando hacían ejercicios y ganaba muchas competiciones, como ya había hecho en el primer test Cooper en Aubagne. Todavía recuerdo cómo me adelantó, respirando tranquilamente, y me hizo comprender que necesitaba entrenar duramente para mejorar mi estado físico.

Klis era apreciado no solamente por su resistencia y su fuerza, sino también por su modestia. Nunca se enorgulleció ni se sintió por encima del resto de legionarios. El polaco era feliz cuando guiaba hacia delante a su grupo de combate y podía ayudar a sus compañeros. Era consciente de que no era Superman y de que algún día también necesitaría ayuda de sus compañeros. En las aguas frías del rio Rona otros dos comandos terminaron lo que él había empezado. Cuando el comisionado de la policía se acercó a Klis para felicitarle, él respondió modestamente:

—El mérito es del destacamento de la Légion, yo solamente soy uno de ellos.

La isla Mayotte

Mientras Klis por poco perdía la vida en las aguas frías del río Rona, a miles de kilómetros mi amigo Todorov, del Segundo Escuadrón de Caballería, se sumergía en las aguas tibias del arrecife de la isla Mayotte. Llegar a ese cuartel de la Legión Extranjera, un lugar paradisíaco, era igual a una jubilación. Claro que mi compatriota era demasiado joven para ello, pero había tenido la suerte de participar en un entrenamiento de cuatro meses entre las islas Reunión y Mayotte.

En realidad se trataba de uno de los lugares más hermosos de la Tierra y cercano a la imagen que todos tenemos de un paraíso, pero los legionarios no estaban allí para descansar. El entrenamiento para comandos, sin importar dónde se llevase a cabo, estaba plagado de dificultades y peligros reales. Aparte de pruebas de buceo en el programa había ejercicios para escalar rocas y largas marchas con todo el equipo de combate.

Todorov, ya *brigadier*, animaba a sus compañeros más jóvenes con las palabras siguientes:

—Oíd, muchachos, hay gente que paga un montón de dinero por permitirse aventuras de este tipo y sueñan con tener tiempo libre para hacer deporte. Y a vosotros os pagan por eso. ¡Así que vamos a aprovechar el momento y poner a prueba esos músculos!

—Sí, Todorov, claro que hay gente así —le respondió el ruso Hmeryankov, quien tenía fama de ser algo haragán—, pero como pagan no tienen normativas que cumplir y no limpian hasta la medianoche sus armas después de haber realizado una marcha de tres días.

—Esos son detalles menores —sonrió Todorov, que estaba acostumbrado a las quejas de su camarada.

—Ah, Todorov, vas a ser como el mayor Bolens, que tanto ama a esta Legión —concluyó el ruso y continuó gimiendo mientras subía una pendiente casi vertical con la pesada mochila a la espalda.

—Prefiero al mayor Toth —siguió sonriendo Todorov—. Tiene ya cuarenta años de servicio y es veterano de Argelia. Por el momento tiene el récord de los legionarios.

—Ты сашол с ума (estás loco) —le respondió Hmeryankov en ruso, y con esto terminó la conversación.

En el cuartel en Mayotte mi amigo había tenido el gusto de encontrarse con el mayor húngaro Toth, que era otra leyenda viva de la Legión de nuestros días. Toth había participado en la guerra civil en Argelia, había entrenado en Sidi Bel Abbes y había trasladado el espíritu de los viejos legionarios a Aubagne y a los nuevos regimientos ubicados en sur de Francia. Durante su larga carrera el mayor había perdido uno de sus ojos, y su mirada de vidrio podía asustar a los legionarios jóvenes, pero los que le conocían de verdad sabían que era una persona con un gran corazón. A pesar de todo por lo que había pasado, emanaba tranquilidad e inspiraba confianza en sus subordinados. Era como de otra época y algunos le comparaban con una pieza de arqueología. Era un verdadero ejemplo que seguir.

En su último año de servicio, el mayor Toth organizaba la rutina y vigilaba la disciplina precisamente en el cuartel de la isla Mayotte. El olor a pólvora, el desierto y las batallas sangrientas habían quedado atrás, en su pasado. Y aunque estaba en el paraíso, esos recuerdos no podían ser borrados por el arrecife, los corales y los fantásticos paisajes. Hacía mucho tiempo que había dejado de conmoverse por las bellas imágenes y las cosas superficiales de la vida. Después de tantos años en las filas se había dado cuenta de que lo más importante allí eran las personas, con las cuales compartía servicio y a las que había dedicado cuarenta años de su vida en la Legión Extranjera.

En realidad hacía mucho tiempo que las actividades militares alrededor de Madagascar y Mayotte habían terminado, y el cuartel en esa isla del océano Índico contaba con un hermoso balneario y una impresionante naturaleza reconocida por turistas del mundo entero.

Algo parecido reflejaban las postales que recibí de Todorov mientras esperaba mi siguiente examen médico en el hospital "Laveran" de Marsella. Con Todorov me parecía que, a pesar de las dificultades y los peligros, el duro régimen y la disciplina de hierro, siempre lográbamos disfrutar de la naturaleza que nos rodeaba, de las aventuras y de los nuevos horizontes que descubríamos gracias a la Legión. Reconozco que era un gran viajero y un entusiasta, así que, incluso en sus vacaciones, no perdía la ocasión de cruzar Europa occidental conociendo país tras país, ciudad tras ciudad y pueblo tras pueblo, visitando diferentes destinos turísticos. Así, un día atravesó el canal de la Mancha y llegó hasta Londres. Pero allí decidió que si no había nadie con quien poder compartir las emociones durante el viaje, no tenía sentido seguir viajando solo.

Cuando regresó de sus vacaciones nos reunimos en el bar del cuartel y empezamos a soñar juntos cómo un día atravesaríamos Estados Unidos subidos en motocicletas Harley Davidson por la ruta 66.

Mururoa

A diferencia del mayor Toth, la otra leyenda de la Legión actual, nuestro mayor Bolens fue enviado durante los últimos años de su gran carrera militar al atolón Mururoa, en el océano Pacífico. A pesar de que está alejado unos dos mil kilómetros de Taití, este atolón también forma parte del protectorado francés. Las bellas playas y las lagunas vírgenes podían hacer soñar a cualquiera con pasar sus vacaciones en este rincón paradisíaco, pero hasta 1996 fue precisamente allí donde Francia llevó a cabo sus ensayos nucleares.

Los legionarios estaban desplazados a ese lugar para poner fuera de peligro todos los sectores con alta radiación, cubriéndolos con hormigón. Todos los elegidos para esta misión debían tener al menos rango de *caporal chef* y, en caso que estuvieran casados, la condición era que tuvieran hijos. Se les recomendaba no tener más descendencia después de transitar por zonas con alto riesgo. El Quinto Regimiento Extranjero (5REG) a primera vista era muy atractivo, pero la alta radiación preocupaba a los legionarios por sus consecuencias. Claro, ellos no tenían derecho a elegir. La Legión les enviaba allí y, simplemente, tenían que obedecer. Así, el viejo mayor Bolens, para quien su única familia era la caballería de Orange, aterrizó en una de las unidades más tranquilas de nuestro tiempo.

Al mismo lejano destino se había dirigido Rashita —el sargento que me castigó durante la instrucción—. Había alcanzado el rango de sargento mayor. Y a diferencia de Bolens, estaba casado y tenía dos hijos. Rashita no se preocupaba por su salud personal, su dilema era si debía traerse a su familia, porque como suboficial de larga carrera militar tenía este derecho. Según las investigaciones del foco radioactivo, las viviendas del personal estaban a una distancia alejada de los terrenos de trabajo y no había peligro para los civiles. Pero el rumano recordaba cómo en su patria ex comunista se ocultaba deliberadamente este tipo de información, y tenía miedo por sus hijos. Al final, como supo que los hijos de la mayoría de oficiales, incluyendo los del mismísimo coronel, habían llegado con sus padres al atolón, Rashita decidió traerse también a su familia.

La vida en ese regimiento era mucho más tranquila en comparación con las demás unidades de la Legión. Los entrenamientos y la aplicación de las normas se reducían a su mínima expresión. Aparte de la radiación, en esta región del mundo existía otro peligro: los tiburones. La población nativa sufría frecuentes ataques por parte de aquellos carnívoros marinos y los accidentes estaban a la orden del día. Por eso los legionarios determinaban de antemano los lugares donde, relativamente, no había peligro a la hora de bañarse. Con su llegada al Quinto Regimiento Extranjero el mayor Bolens decidió introducir nuevas reglas de seguridad, porque no tenía intención de perder a ninguno de sus legionarios por una estúpida imprudencia.

El coronel trató de conversar con el mayor y le explicó que, debido al calor y al duro trabajo, eran necesarias horas de descanso y un régimen de disciplina más leve en comparación con otros regimientos de la Legión:

—Mire, Bolens, aquí tenemos un reglamento un poco distinto debido a los riesgos de la radiación, y por eso creo que no es necesario aumentar tanto las exigencias.

—No tengo intención de cambiar totalmente el orden, coronel, pero por lo menos los que están de guardia frente al cuartel tienen que tener un aspecto impecable porque representan a la Legión, y así sucede en todos los regimientos, pues son nuestra imagen. Seré igualmente exigente con los superiores, así como lo he sido siempre con los legionarios jóvenes del Primer Regimiento Extranjero de Caballería.

—Sí, le entiendo mayor, sé que es igualmente exigente con todos, incluso consigo mismo, lo que le da más derecho para exigir más y más, pero a pesar de ello le voy a pedir que me avise siempre antes de cambiar algo en el regimiento.

—Lo único en que pienso seguir insistiendo aquí es en que todos se comporten como combatientes verdaderos y cuiden del honor de la Legión Extranjera. Los riesgos de la radiación no son un peligro más grande comparado con lo que les espera a nuestros muchachos en Kosovo, Líbano, Yibuti, Chad, Gabón o cualquier otro punto del planeta. Todas las misiones de la Legión son de igual importancia.

—Sí, lo entiendo muy bien, major —aceptó el coronel dándose cuenta de que una persona como Bolens no iba a ceder en sus principios y que desde ese momento la disciplina del Quinto Regimiento Extranjero recordaría a la de Orange o a la del escuadrón en Yibuti, donde el mayor había estado varias veces durante su larga carrera militar.

Al sargento mayor Rashita no le molestaban las reglas impuestas por el mayor Bolens porque dentro del Cuarto Regimiento Extranjero precisamente era él quien daba ejemplo a los legionarios jóvenes con su uniforme perfectamente planchado. Únicamente el brusco cambio de clima y la vida cotidiana le confundían un poco. De ser instructor de candidatos legionarios y pasar la mayoría de su tiempo en los Pirineos, de repente asumía el mando de un equipo de trabajo formado por viejos cabos, todos con bastante experiencia y con especialidades que él mismo desconocía. La mayoría de aquellos veteranos soldados tenía más años de servicio que él y provenían del Regimiento de Ingeniería. A menudo el rumano cavilaba sobre si esta reubicación era un premio o era un castigo provocado por sus permanentes peticiones ante el coronel en Castelnaudary, solicitando que lo mandasen fuera de los límites del viejo continente. Por lo menos, al llegar al atolón sus primeras preocupaciones por la radiación habían desaparecido.

Según las palabras del coronel estaba aquí para ayudar en la organización de la clausura del regimiento y la entrega de un inventario perfecto al ejército francés. El recubrimiento con hormigón de determinados sectores había llegado a su fin y la radiación en la región había disminuido considerablemente.

No era fácil para Rashita entenderse con algunos de estos cabos primeros, que se sentían dueños del campo de trabajo y le miraban casi como si fuese un oficial recién salido de la academia militar. Es cierto que ellos tenían que introducirle en el oficio y que necesitaba conocimientos de ingeniería, pero el respeto al rango está en primer lugar y desde el principio el sargento mayor tuvo que mandar a la cárcel a dos veteranos soldados basándose en las nuevas reglas del mayor Bolens.

Después de este primer enfrentamiento las cosas se calmaron y Rashita empezó a ganarse el respeto y a entenderse en el trabajo con su nuevo equipo. Le ayudó mucho un cabo primero de Kazajistán que era respetado por todos debido a su experiencia y habilidad en el trabajo con las mezcladoras de hormigón. Era uno de los pocos legionarios que evitaba las grandes borracheras, fiestas o peleas, y buscaba únicamente paz y tranquilidad.

El kazajo iba a nadar regularmente a una laguna cercana y practicaba la meditación. Rashita no podía ni soñar con tener un mejor ayudante y barruntaba con más calma que se acercaba el día en que tendría que entregar el inventario en perfecto estado.

Pero un día sucedió una desgracia y un tiburón atacó a un cabo primero mordiéndole la pantorrilla de la pierna derecha.

En la laguna donde aparentemente no existía el peligro y el kazajo nadaba cada noche, con la marea ascendente, se había colado un tiburón pequeño. Después que el paramédico de la Legión le vendase la herida, que no parecía muy peligrosa, enviaron al herido para ser tratado por especialistas en un hospital local donde se suponía que tendrían más experiencia con mordeduras de tiburón.

Durante tres días Rashita no recibió ninguna noticia y por eso decidió ir personalmente y revisar qué pasaba con su ayudante. La situación que encontró le desequilibró. Su legionario estaba acostado en una habitación sin aire acondicionado junto a otras veinte camas, la mayoría de ellas ocupadas por pescadores locales. A dos de los pacientes les acababan de amputar las piernas. Al rumano se le erizó la piel viendo la hinchadísima pantorrilla del cabo primero y después le preguntó cómo le estaban curando.

—Dijeron que la herida se había infectado y el primer día me pusieron suero. Después dijeron que esperase. Los doctores vienen, miran la herida y se van. Mientras yo sigo esperando acostado.

—El doctor militar de nuestro cuartel vendrá mañana para observarte. Tú mismo dijiste que la herida no era profunda, pero mira lo qué pasó. ¡Espero verte pronto en el trabajo y con la salud recuperada, la Legión te necesita en perfecto estado! —trató de levantarle el ánimo Rashita de una manera propiamente legionaria.

En ese momento se acercó a la cama uno de los doctores locales y empezó a observar la herida, que en realidad tenía muy mal aspecto.

—Vamos a amputar hoy —concluyó el facultativo mientras empezaba a escribir algo en el cartón colgado en la cama del legionario.

Rashita arrebató el cartón en cuestión de las manos del doctor y le gritó:

—No vas a amputar nada hasta que no venga el doctor del Quinto Regimiento Extranjero.

—Este es mi paciente, ¿quién es usted para intervenir?

—Este es un legionario en manos de la Legión Extranjera, y yo soy su jefe.

El doctor se fijó en el kazajo, que en los últimos dos años se había bronceado bastante y tenía un color oscuro de piel típico de Mururoa. Además, con sus ojos "achinados" no se distinguía mucho de los habitantes locales. El doctor se asustó con sus palabras, como si se despertase de un sueño, pero al cabo de un segundo continuó defendiéndose:

—Bien, usted es su jefe, pero no es el doctor y no le va a salvar. La infección continuará ascendiendo y tendré que cortar la pierna por encima de la rodilla.

—Veremos eso más tarde —Rashita se dirigió hacia el pobre kazajo y le miró con firmeza—. ¡Ponte la ropa y sígueme! Es una orden.

Esa misma tarde el doctor militar del regimiento examinó la herida inflamada y decidió que con las condiciones locales era poco probable que salvara la pierna, por lo que ordenó una repatriación de emergencia a Francia.

Rashita perdió a su ayudante más valioso mientras que el mayor Bolens modificaba el reglamento prohibiendo a partir de ahora el nado en la laguna. El mayor fortaleció las medidas preventivas bajo la amenaza de castigos severos porque estaba decidido a terminar de una vez con semejantes incidentes.

Quedaban solo seis meses para el cierre definitivo del regimiento en Mururoa. Junto con el final del 5REG iba a terminar la larga carrera de Bolens, que se había incorporado hacía muchos años a las filas de la Legión Extranjera.

Transcurridos los seis meses llegó el momento de la inspección de instalaciones y de todo el material confiado a la Legión por el ejército francés. Todo discurrió perfectamente y el sargento mayor recibió felicitaciones por parte de su coronel. Quedaban días contados para que el rumano abandonase el archipiélago cuando recibió una carta muy extraña de Aubagne. No consiguió leer bien el nombre del remitente porque la ortografía era tan terrible que daría pie a toda clase de críticas, pero cuando entendió la primera frase, se acordó de su cabo primero, el mismo que le había ayudado a superar los momentos más difíciles a su llegada al atolón: "Jefe, gracias, orden salir del hospital tahitiano. Yo llegar a Aubagne a tiempo y salvaron mi pierna. Ahora ando y trabajo, listo para nuevas hazañas".

Departamento administrativo de los aislados

Mientras esperaba a que la comisión médica militar de Marsella resolviera mi caso fui trasladado a la Compañía Administrativa del Personal de la Legión Extranjera (CAPLE). Cuando llegué a mi nuevo hogar me llamaron para presentarme ante el capitán Leplanque, al mando de esa compañía.

—Lozev, tengo una propuesta especial para ti. Tu capitán Jaron, que está al mando de "Los Leones" me llamó antes de dirigirse a Kosovo y te recomendó como un legionario concienzudo, trabajador, siempre voluntario y, además, con una formación de secretario. Me dijo que ya tienes cierta experiencia en la administración militar porque trabajaste en el *Bureau major* (oficina del mando) de tu escuadrón —el capitán fijó su mirada en mí y siguió con la propuesta—. En este momento la compañía que está bajo mi mando te necesita. Tenemos una orden del médico militar de tu regimiento de dejarte en reposo en la sección SAI. Sé que tu estado de salud te impide cualquier tipo de entrenamiento físico y el cumplimiento de las normativas, pero en el departamento de "Regulación" puedes ser muy útil. Si aceptas esta propuesta te doy mi palabra de que prepararemos tu cédula de residencia para que tengas derecho a un trabajo digno en Francia una vez que dejes las filas de la Legión.

—Estoy listo para trabajar, *mon capitain* —respondí sin pensar.

—Bien, desde este momento estás adscrito al departamento "Regulación" y *el adjudant chef* Kowalevski será tu jefe inmediato.

No tuve tiempo de asimilar todo lo que me dijo el capitán, pero estaba claro que si me habían puesto en el departamento administrativo de los aislados (SAI) lo más probable era que luego fuese obligado a abandonar la Legión por razones de salud. Se trataba solamente de esperar el procedimiento administrativo, pero para mí esto no tenía ninguna importancia. Yo todavía era legionario, y hasta el último instante de mi servicio trataría de ser útil.

No había pedido nada al capitán Leplanque, fue él mismo quien me propuso tramitar la expedición de mi cédula de residencia, documento que, fuera de la Legión, costaba mucho tiempo conseguir en las oficinas de inmigración. Había cumplido tres años de servicio y, según la ley, tenía derecho no solamente a una cédula, sino incluso a la ciudadanía francesa, pero entonces el procedimiento se complicaba mucho y sabía que lo mejor en este caso era pedir la cédula de residencia.

Comprendí que la llamada de mi capitán Jaron, que en este momento llevaba a "Los Leones" a Kosovo, había influido en la propuesta y por eso tenía intención de mostrar mi agradecimiento a los dos oficiales con mi trabajo.

En el Primer Regimiento Extranjero y, particularmente en el departamento "Regulación", me sentí verdaderamente apreciado. Además de mi trabajo administrativo, cuando necesitaban un intérprete me mandaban a menudo a la famosa sección "Gestapo", donde ayudaba durante los interrogatorios a los candidatos de origen eslavo. En el gabinete donde trabajaba el ordenador estaba conectado a la red interna y tenía acceso a la base de datos de la Legión Extranjera. Al comienzo mi tarea principal era solamente distribuir el correo usando un programa llamado ÁGUILA, gracias al cual lograba localizar a cada uno de los legionarios sin importar el punto del planeta en que se encontraba. La vida activa, los cambios en algunos regimientos y las misiones fuera de Francia dificulta-ban la circulación del correo postal, así que tocaba corregir las direcciones obsoletas y ayudar a las cartas para que llegaran a las manos de sus destinatarios.

Para cada soldado la carta era algo muy importante, su vín-culo con el mundo exterior. Empezaba tan rápido a distribuir el correo en cajas para cada regimiento que cuando mis colegas regresaban de hacer su deporte matutino o del polígono donde disparaban con el FAMAS, mi trabajo estaba casi terminado.

Una mañana, mientras esperaba la siguiente valija con correo no entregado, empecé a preguntarme qué habría sucedido con mi binomio de Castelnaudary, el polaco Yanchak, y escribí su nombre en mi barra de búsqueda. El ordenador confirmó de inmediato que seguía sirviendo en el Segundo Regimiento Extranjero de Paracaidistas. Mi curiosidad aumentó y empecé a teclear los números militares de los cincuenta candidatos con los que ingresé en Aubagne hacía ya unos años.

Ante mis ojos aparecían nombres conocidos: 187987 Ferrari – no apto para servicio militar; 187986 David – desertor; 187987 Cibulsky – Primer Regimiento Extranjero de Caballería, Cuarto escuadrón; 187988 Klis – Sexto Regimiento Extranjero de Ingeniería, Destacamento Operativo para Reacción Rápida bajo el Agua; 187 989 Ford – Sexto Regimiento Extranjero de Ingeniería, Primera Compañía; 187990 Kudriavich – contrato interrumpido; 187 991 Gasparovich – fallecido en maniobra; 187992 Lozev – La Compañía Administrativa del Personal de la Legión Extranjera, Departamento de los aislados; 187993 Fujisawa – desertor…

Encontré mis propios datos y me di cuenta de que, ya ofi-cialmente, estaba en la sección de los aislados y que mi carrera en la Legión Extranjera estaba a punto de terminar. Recordé los entrenamientos forzados y esos días en que antes del desa-yuno subía dos veces la famosa cuerda de seis metros; también el momento en que esta profesión atrajo a mi compatriota Yordanov y enseguida yo también empecé a pensar en una futura carrera militar. Unos meses más tarde el destino decidió cambiarlo todo obligándome a enfrentarme a nuevas pruebas. Sentía una fuerte nostalgia por mis días en la compañía de combate. Era un momento difícil, pero no permití que la melancolía se acomodase permanentemente en mi alma. Seguí escribiendo los números militares de mis primeros amigos y hermanos de armas, evocando el día en que fui simplemente un candidato y soñaba con tener el *képi blanc*.

Me resultaba sorprendente constatar que, de los cincuenta candidatos que habíamos partido tres años y tres meses atrás desde este mismo Primer Regimiento Extranjero hacia la escuela de la Legión en Castel, habíamos quedado en servicio activo apenas quince personas. El enorme eslovaco había fallecido durante un accidente de tráfico, muchos habían desertado y otros habían abandonado las filas por razones de salud.

El siguiente que tendría que irse por petición de los médicos era yo, y de nuestro grupo S4 solamente quedarían en la Legión catorce legionarios. No tenía idea de si en todos los grupos sucedería lo mismo, pero durante esos tres años más de la mitad de nuestra S4 había abandonado las filas de la Legión. Los demás, los que iban a seguir, evidentemente estaban esculpidos en una roca más dura o eran de acero templado.

***

Mientras yo hacía mis estadísticas y distribuía el correo en el 1REG, mi compatriota Yordanov, el polaco Cibulsky, el norteamericano Ford y los demás legionarios que participaban en la misión TRIDENT, ocuparon con éxito la parte norte de Kosovo. Yordanov, ya hablando bien el francés, lograba cumplir con el papel de intérprete en algunos momentos importantes de la misión. El idioma búlgaro es bastante similar al serbio. Yordanov se ganó el respeto en la sección, por su habilidad para comunicarse con los serbios, a quienes explicaba que la Legión no estaba en Kosovo para combatir contra ellos sino para prevenir la guerra civil.

—Nosotros somos un muro vivo entre ustedes y los albaneses —declaró a un grupo de serbios curiosos que se habían acercado a su puesto—. Estamos aquí para evitar que hagan estupideces.

—¿Y quiénes son ustedes para meterse en nuestros asuntos?

—Nosotros somos legionarios y solamente cumplimos con nuestra misión.

—¿De la Legión Francesa?

—Sí, de la Legión Extranjera.

—¡Búlgaro, tú eres un mercenario peleando por Francia!

—¡Yo soy legionario! —respondió Yordanov.

—Bueno, legionario y mercenario, ¿no es lo mismo?

—A los mercenarios les pagan para matar a alguien o para hacer un trabajo determinado. Reciben más dinero que yo, pero solamente durante una misión, mientras que para mí esto es mi profesión y mi vida. ¿Y tú quién eres?

—Yo soy el panadero del pueblo —respondió orgullosamente el serbio.

—Entonces mira, a ti te gusta hacer pan, mientras que a mí lo que me va es servir en la Legión Extranjera y por eso voy donde me envíe. Esto también es una profesión. Yo soy legionario, y tú panadero.

—No sabía que existiese una profesión así, pero si tú lo dices y además andas por ahí velando por la paz allí donde te envíen no me parece un trabajo tan malo.

Yordanov se ganaba fácilmente la confianza de los serbios hablando con ellos en su idioma natal. Ese factor era una gran ventaja para todo el pelotón. Una vez mi antiguo camarada recibió como regalo de los campesinos serbios una botella de aguardiente muy fuerte, que compartió con sus camaradas durante las noches heladas de Kosovo.

Por desgracia no siempre las cosas se desarrollaban a favor de los legionarios. Durante la entrada en uno de los pueblos un grupo de serbios taponó el camino del VBL y, cuando Yordanov bajó del vehículo con su FAMAS en la mano, uno de los más valientes enemigos saltó sobre él y trató de quitarle el arma de las manos. Afortunadamente el búlgaro tenía bien agarrada su metralleta y el atacante no logró sorprenderle. Yordanov era un guerrero con experiencia y respondió de inmediato a su adversario bajándole al suelo y dándole patadas. Le gritaba palabrotas en serbio y en búlgaro. Finalmente los jóvenes de la turba enemiga que impedían avanzar al pelotón se retiraron asustados. Los legionarios les habían apuntado fijamente con sus armas.

—¡Suficiente! —ordenó el *brigadier* jefe Hunt—. Hiciste bien Yordanov y fue todavía mejor que no disparases, *fucking*, porque sólo buscan provocarnos. Ya le diste su merecido, así que ahora ¡Retírate!

—¡A sus órdenes, *brigadier* jefe! —respondió de inmediato Yordanov mientras dejaba de patear al serbio.

Dos muchachos se acercaron con miedo y ayudaron a su amigo a levantarse sacándolo rápidamente del lugar. Por supuesto, Cybulski estaba apuntando listo para disparar con su ametralladora a la gente que poco antes bloqueaba el camino. Las máquinas blindadas se habían colocado en columna y esperaban las órdenes de su capitán.

"Los Leones" del Cuarto Escuadrón no participaron en una batalla sangrienta pero siguieron avanzando exitosamente y cumpliendo con las tareas que se les había asignado. Yordanov recibió la "Cruz de Valentía" mientras todo el escuadrón y el capitán Jaron gozaron de un reconocimiento colectivo por la misión TRIDENT.

***

Entre mis amigos de cuarto en la Compañía Administrativa de la Legión había un cabo primero portugués con quince años de servicio a sus espaldas. Los demás habíamos acabado aquí temporalmente por sufrir distintas enfermedades o traumas, mientras que el *caporal chef* Rodríguez estaba en su último año y se preparaba para la pensión. El servicio continuado no había afectado al humor de aquel simpático portugués. La sonrisa no se desdibujaba de su rostro cuando relataba en el bar sus historias.

Antes de la Legión había participado como mercenario en Angola y había luchado por el *apartheid*, que era una de las causas perdidas del siglo XX. Su grupo de mercenarios se había topado con el ejército cubano y nos contaba en detalle sus tremendas aventuras:

—Apenas tenía dieciséis años y me esperaba mi bautizo en combate cuando uno de los viejos mercenarios me propuso contaminar el agua de la región y traer prostitutas enfermas para dárselas a los cubanos. Después teníamos que retirarnos y esperar el momento oportuno —relataba con gracia Jino Rodríguez.

Todos los del grupo le respetaban y escuchaban sus consejos, mientras que yo estaba un poco decepcionado. Era todavía un chaval idealista y no podía aceptar que la única meta en las acciones de la legión era sobrevivir y recoger tu dinero.

—Así que dejamos el pueblo en manos del ejército de Castro, retirándonos sin gloria justo después del primer ataque. El agua contaminada y el festejo de la victoria con las muchachas que habíamos dejado dieron pronto el resultado esperado. Al cabo de una semana la mayoría de los enemigos no estaban en condiciones de combatir y los atacamos según los consejos del viejo, que era el líder indiscutible de nuestro grupo. No tuvimos piedad y matamos a todos los soldados enfermos. Aquel fue mi primer encuentro con la guerra. No había ninguna gracia ni heroísmo en ello, pero sobreviví y recibí mi paga. A pesar de nuestra pequeña victoria, el *apartheid* fue derribado y Nelson Mandela salió de la prisión, lo que obligó a mi familia a regresar a Portugal. Ya tenía dieciocho años y entonces entré en el ejército portugués como paracaidista. No conocía otra profesión que la del soldado y cuando se terminó mi contrato con el ejército de mi patria me dirigí a la Legión Extranjera, de la cual había escuchado hablar a los mercenarios en África.

—¿Ahora qué piensas sobre la Legión? —le preguntó un ruso de más de dos metros de altura que todavía sigue siendo el hombre más alto que jamás he visto.

—No me arrepiento de la elección que hice, recibí lo mío y estoy contento por ello. La Legión es la mejor escuela para mí y me dio todo lo que necesitaba. Me enseñó valores y me dio muchas oportunidades. Tras tres décadas de servicio voy a recibir mi pensión, aunque podré seguir trabajando.

Un checo que llevaba un tatuaje nazi en la mano derecha y yo escuchábamos con arrebato las historias del portugués. Rodríguez había servido en el Segundo Regimiento Extranjero de Paracaidistas, había pasado por los comandos DINOPS del Sexto Regimiento Extranjero de Ingeniería y, al final, se había aventurado durante dos años en la Guayana francesa atravesando la jungla ecuatorial. Una carrera larga, sin duda llena de recuerdos inolvidables. En realidad no tenía por qué lamentarse, y por eso ya se estaba preparando para la vida civil. Era demasiado joven para retirarse de la vida activa, así que le esperaba un entrenamiento especial para convertirse en guardaespaldas. Unos años después me lo encontré en París encargándose de la seguridad de los emires árabes durante sus visitas en Francia. Había empezado una nueva carrera entrando en el mundo de la seguridad privada.

***

Como no practicaba deporte con los demás abría el primero la oficina, inmediatamente después del chequeo matutino. Así tenía unas cuantas horas para organizar tranquilamente mi trabajo del día. Un día temprano por la mañana me encontré inesperadamente frente al gabinete a un suboficial con su uniforme de desfile perfectamente planchado. La costumbre era que los recién llegados viniesen por la tarde o, por lo menos, después del deporte. Acercándome un poco más a él distinguí las charreteras de rango de mayor y fijándome reconocí al mismo Bolens, que había regresado de Mururoa. Estaba aquí para recoger su hoja de vacaciones y dirigirse de inmediato a Orange, donde se sentía en casa y podría olvidarse de los legionarios indisciplinados del archipiélago en el océano Pacífico. En cuestión de segundos recordé la disciplina que él imponía en la caballería y me puse firme dando saludo militar.

—¡Descanse! —respondió—. ¿Cuándo va a venir el capitán?

—Después del deporte, *major*. A las nueve y media.

—¡Diablos! Pensaba llegar a Orange antes de mediodía.

Siguió murmurando algo y se fue enseguida. Ese mismo día preparé la hoja para las últimas vacaciones del mayor Bolens y se la llevé al capitán Leplanque para firmarla. Incluso después de haberse retirado del servicio activo el mayor Bolens se quedó a trabajar en el Primer Regimiento Extranjero de Caballería, donde quedó como responsable del museo del regimiento. En el fondo, él mismo formaba parte de ese museo.

Dos meses después de Bolens vino otro mayor a nuestro departamento preguntando modestamente quién iba a darle la hoja de sus vacaciones. Cuando me encontré con su ojo de vidrio me di cuenta de que frente a mí estaba la otra leyenda de la Legión, el mismísimo mayor Toth. Tuve el honor de preparar también la hoja de las últimas vacaciones del suboficial que hasta el momento tenía el récord del cuerpo con una carrera militar de más de cuarenta años.

Por mi oficina desfilaban legionarios, suboficiales y oficiales de todos los regimientos de la Legión. Unos se dirigían llenos de entusiasmo hacia nuevas aventuras, otros regresaban con historias sobre asombrosos mundos lejanos. Pero a veces los recuerdos pesaban mucho porque también me llegaban historias trágicas sobre la pérdida de algún compañero de combate.

Durante estos últimos meses de servicio sentí más fuerte la Legión dentro de mí, como una gran familia unida a la que muy a mi pesar pronto iba a abandonar. Entendí entonces que mi corazón sería parte de este cuerpo de élite para siempre. Como se dice: *LEGIONNAIRE UN JOUR, LEGIONNAIRE TOUJOURS* (legionario por un día, legionario para siempre").

El 30 de abril de 1999 fue la última fiesta de Camerone en la que participé como legionario en servicio activo y vestido con mi uniforme de desfile. Fue emocionante ver la ceremonia en Aubagne, porque sólo allí y únicamente en el día de Camerone sacaban de la cripta la mano de madera del capitán Danjou.

Después del desfile militar dieron comienzo diversas fiestas y juegos, acompañados de comida y cerveza. Yo saqué de mis pertenencias un precioso libro con fotografías increíbles con mis motocicletas favoritas Harley Davidson que había decidido compartir ese día con mis amigos y compañeros. Cuando lo vio, el capitán Leplanque sonrió:

—Harley Davidson, eso no es simplemente una motocicleta, sino un estilo de vida. Pero ese tipo de vida no tiene nada que ver con la Legión. ¡Si ese es tu sueño, Lozev, síguelo entonces! Tu lugar no está aquí.

—Parece que conoce bien esta máquina, capitán —le pregunté llegado mi turno, porque durante la fiesta Camerone legionarios, suboficiales y oficiales conversaban como viejos amigos y las charreteras se olvidaban.

—Sí, la conozco bien muchacho, pero yo ya hice mi elección y mi vida estará vinculada para siempre con la Legión Extranjera. Empecé mi carrera como legionario sin mucha ambición por convertirme en oficial, pero pronto entendí que mi lugar estaba exactamente aquí. Si encuentras tu lugar en la vida, eres feliz. ¡Salud, muchachos! —levantó la voz el capitán.

La fiesta de Camerone terminó y sentí cómo el final de mi servicio se aproximaba.

Mientras mi compatriota Yordanov se bregaba como traductor en situaciones críticas en Kosovo, a mí me enviaron al hospital "Laveran" de Marsella, donde debía ejercer de intérprete de una doctora militar de la antigua Yugoslavia que trabajaba para un proyecto en Bosnia. Así que en los últimos días de mi servicio en el ambiente flotaba una atmósfera bastante académica, y estuve trabajando a disposición de varios médicos militares. Al final del trabajo el general al mando del hospital militar de Marsella me agradeció mi labor y quiso proponerme para una condecoración por mi servicio ejemplar en su hospital.

Pero en vez de una condecoración al día siguiente una comisión militar declaró, categóricamente, que no era apto para el servicio militar y desde ese momento mis días en la Legión Extranjera estuvieron contados.

***

Cuando regresó de Kosovo, el *caporal* Ford se dirigió hacia Castel para pasar por la formación de suboficial y pronto se convirtió en el sargento más joven de su regimiento. La inteligencia del norteamericano fue apreciada por sus superiores y delante de él se abrió el camino para una larga carrera militar entre el grupo de los zapadores. En el Regimiento de Ingeniería tenían verdadera necesidad de personas como James. Era un ejemplo por sus nervios de hierro y su autocontrol.

Al Sexto Regimiento Extranjero de Ingeniería llegaron la mayoría de los legionarios del Quinto Regimiento Extranjero, el cual había cerrado sus puertas para siempre. Algunos de ellos tuvieron que prepararse para nuevas especialidades. Así, mi amigo y joven sargento James se convirtió en instructor de viejos cabos primeros y suboficiales provenientes del atolón de Mururoa. Les ayudaba a reconducir su carrera militar hacia una de las especialidades más peligrosas, es decir, la desactivación de minas.

Por entonces el regimiento de ingeniería cambió de Sexto a Primero mientras en las colinas de Plateau d'Albión, y en una base moderna, se formaba el Segundo Regimiento Extranjero de Ingeniería. La Legión continuaba modernizándose. Estaba lista para comenzar el nuevo milenio como una unidad de élite del ejército francés al servicio también de la Unión Europea.

Cada año las exigencias y los exámenes para los candidatos a legionarios eran mayores. Y, a pesar de la modernización, no se olvidaban las tradiciones de la vieja Legión. La severa disciplina y los duros entrenamientos no podían descuidarse. El espíritu de combate de los antepasados impregnaba el Monumento de los Muertos en Aubagne, tal como la mano del capitán Danjou seguía recordando el honor y la forma en que los legionarios cumplen su palabra.

¡Salud! ¡Por la legión!

El capitán Leplanque cumplió su palabra y salí de las filas de la Legión con el certificado de excelencia *CERTIFICAT DE BONNE CONDUITE* y con la cédula de residencia que me permitía trabajar legalmente en Francia. El capitán organizó también mi despedida, una tradición llamada en la Legión *Pot du Départ*. Al día siguiente cogí mi libro de motocicletas Harley Davidson, lo deposité en la mochila militar con el resto de mis pertenencias y partí hacia mi nueva vida.

En la puerta del cuartel me esperaba Vlado, mi compatriota, con quien años atrás esperé los resultados de los exámenes en Aubagne y no fue elegido por la comisión "Gestapo". Aun así se había quedado en Francia para trabajar ilegalmente como albañil y había logrado de algún modo obtener los documentos para legalizar su situación.

Me quedé una semana con él en Marsella, pero echaba en falta a mis camaradas de la Legión y la vida militar, y no pude acostumbrarme al estilo de vida de los inmigrantes. Recogí mi saco militar nuevamente y me dirigí hacia París. Vlado seguía soñando con ser legionario aunque su vida ya había tomado otro rumbo. Antes de despedirnos le regalé como adorno un *képi blanc*.

Recibí el nuevo milenio junto con mi camarada Rodríguez, que también había salido de la Legión y había llegado a París. Estuvimos juntos entre una multitud de parisienses y turistas admirando los fuegos artificiales, que se levantaban por encima y alrededor de la torre Eiffel. El momento fue simbólico, junto con el nuevo milenio nosotros empezábamos una nueva vida civil.

***

No fue fácil dejar la Legión. El 30 de abril del año siguiente regresé a Orange porque añoraba a mis amigos del pelotón de combate. Ya era civil, pero los muchachos de la caballería, con quienes había empezado mi servicio, seguían siendo mis allegados más cercanos en Francia. Así que me fui a pasar con ellos la fiesta de Camerone. Estaba sentado en una mesa con Yordanov, Sergueev, Todorov, Cybulski, Ulianov y, de repente, sentí como si estuviera de nuevo entre las filas de mi Cuarto Escuadrón. No era un simple ejercicio de nostalgia, la Legión me había cambiado por adentro y entendí que cualquier cosa que me sucediera en la vida estaría vinculada de alguna manera con mi decisión de traspasar la puerta del punto de reclutamiento en Estrasburgo. Una parte de mí se quedaría para siempre en el seno de la Legión Extranjera Francesa.

***

Un año más tarde, el 30 de abril de 2001, estaba en Lomé, capital de Togo, donde junto a un grupo de ex legionarios me dirigía a una misión especial. Fuimos contratados para liberar a la hermana de un hombre de negocios. La mujer había sido secuestrada hacía tres días en las oficinas de su empresa por trabajadores en huelga y la policía local no había intervenido por razones políticas.

Trabajábamos encubiertos con el apoyo de comandos locales. Aterrizamos en una pista alejada donde nos esperaban camionetas blindadas y nos dirigimos a una velocidad feroz hacia las oficinas en cuestión. Éramos doce personas actuando como una porque todavía conservábamos las costumbres adquiridas en la Legión Extranjera. Era justo la hora de almuerzo y los huelguistas estaban sentados comiendo tranquilamente. Saltamos de las camionetas con chalecos antibalas y apuntamos hacia ellos con nuestras armas automáticas. Probablemente les parecimos marcianos porque se quedaron petrificados y con la boca abierta. Aprovechamos el efecto sorpresa, tiramos una falsa granada en la entrada e invadimos la oficina. Diez segundos fueron suficientes para rescatar a la mujer y una hora más tarde volábamos hacia París en el avión privado de aquel hombre de negocios.

***

El 30 de abril de 2002 me encontraba aún más lejos, concretamente en Managua, capital de Nicaragua. Estaba tomando una cerveza con otro viejo compañero, el líder de las fiestas de mi pelotón, el legionario de primera clase Hilair, con quien en el Cuarto Escuadrón conviví en la misma habitación durante dos años. Él también había dejado las filas de la Legión después de seis años de servicio, de los cuales casi una tercera parte se los había pasado en la cárcel. Por una coincidencia extraña el destino nos había juntado de nuevo y compartíamos una casa en Managua.

Fui contratado por una compañía de juegos de azar que tenía negocios en Nicaragua, y un día me enviaron a recibir a unos nuevos colegas al aeropuerto Augusto César Sandino e, imagínense mi sorpresa, cuando vi descender del avión a Hilair. En realidad el mundo se había convertido en un gran pueblo, sobre todo para la gente que, como nosotros, no dejaba de viajar.

Así que, aun fuera de la Legión, celebraría de nuevo la fiesta de Camerone con un hermano legionario.

—¡Por "Los Leones" del Cuarto Escuadrón! —levanté la copa para hacer un brindis.

—¡Por la Legión Extranjera! —respondió Hilair tras haber terminado su carrera en el Segundo Regimiento Extranjero de Infantería.

—Te has olvidado de nuestro escuadrón, ¿verdad? —le pregunté buscando camorra.

—Pues allí acababa a menudo en la cárcel —sonrió—. Bajo el régimen del mayor Bolens no había perdón.

—Sí, pero recuerdo que a veces te perdonaban.

—Eso fue al principio, cuando le explicaba a nuestro *adjudant* que había estado con una belleza, una chica modelo, un bombón, un culazo, y no había podido dejarla.

—Ya empiezo a recordar por qué te suavizaron la sentencia —reí.

—A veces me castigaban solamente con libertad condicional o me mandaban solamente a dormir en la cárcel para no tener la tentación de salir tanto.

—¿Recuerdas cuando te enviaron diez días a la cárcel solamente por un retraso de cinco minutos?

—Justo esa vez cometí el error de reconocer que había estado con una vieja gorda, la cual por supuesto no se lo merecía.

—Pues sí, Cormier tenía razón, como eras el *sex-symbol* del escuadrón nos dejaste a todos en ridículo estando con esa mujer obesa.

—¡Vamos, salud!

***

Al año siguiente, el 30 de abril de 2003 decidí visitar al legendario Tercer Regimiento Extranjero de Infantería. Este regimiento había sido encabezado en el pasado por el mismísimo general Rollet. Me había comunicado con un compatriota mío, Gueorgui Prangov, que servía bajo las órdenes de la policía militar de Kuru, en la Guayana Francesa. Recordaba los tiempos posteriores a la instrucción en Castel en que no logré ser reclutado para aquel glorioso regimiento, que siempre me había intrigado bastante. Así que para la fiesta de Camerone de 2003 me las arreglé para llegar hasta allí.

El búlgaro a quien conocía e iba visitar era *caporal chef*. Había dejado la Legión después de su primer contrato de cinco años, pero como no pudo encontrar un lugar en la vida civil había regresado a su "vieja familia" firmando nuevamente otro contrato.

Logré conseguir los billetes de Managua a Cayena y, aunque hubiese muchos transbordos, lo más importante era que lograba llegar en la víspera, o sea, el 29 de abril. Estaba emocionado y listo para festejar Camerone en el regimiento de mis sueños. Desde que vi a Prangov en el aeropuerto de Cayena los recuerdos de la Legión me invadieron la cabeza y me sumergí en un extraño estado de buen humor, eso sí, un poco nostálgico porque no podía evitar rememorar el pasado. Evidentemente, mi memoria selectiva conservaba sólo los buenos momentos de aquella época.

Mientras viajábamos de la capital hacia Kuru, donde estaba la base del Tercer Regimiento Extranjero, recordé cómo muchos de los legionarios soñaban con el día en que su contrato expirase para regresar a una nueva vida civil. Unos planeaban construir casas hermosas en sus ciudades natales, otros querían regresar como héroes a su tierra y aspiraban a casarse con la mujer de su vida, pero algunos querían seguir viajando y se embarcaban para ir a Estados Unidos o Canadá y acomodarse allí. Había también tipos parecidos a mí, que pertenecían a ese grupo de idealistas atípicos cuyo anhelo estaba vinculado con viajes lejanos y aventuras a países exóticos, siempre descubriendo lugares y rutas desconocidas en busca de una respuesta a la pregunta eterna: ¿qué es la vida?

Todavía no me había comprado la moto de mis sueños, mi ansiada Harley Davidson, pero estaba cerca de mi meta. Recordaba las palabras de capitán Leplanque diciéndome que aquello no era simplemente una moto, sino un estilo de vida. Cuando lograse adquirir semejante máquina no tendría ninguna intención de ocultarla ni de guardarla en un garaje, empezaría a cruzar los largos y anchos caminos de este mundo cabalgando ese corcel de hierro.

—¿Cómo te va en la vida civil? —Prangov me sacó de mis pensamientos y de la nostalgia sentida.

—Pues no me quejo, he estado paseando por el mundo y ahora me he detenido en Nicaragua para descansar un rato.

—¿Por qué exactamente en Nicaragua?

—El destino me llevó allí, fui para dos semanas, pero se han convertido en casi dos años.

—¡Demasiado largas tus dos semanas! Parece que hasta ahora no te habías quedado tanto tiempo en el mismo lugar —sonrió mi tocayo.

—Así es, me acostumbré a viajar, pero parece que me quedaré un tiempo más en Nicaragua. Ya tengo una hija allí y dentro de un mes va a nacer la segunda.

—Sí, pero como veo, no has parado y sigues viajando.

—El camino es mi vida, si me quedo mucho tiempo en el mismo lugar me siento muerto. Cuéntame algo sobre ti, ¿cómo decidiste regresar a la Legión?

—Pues sucedió que, cuando me fui del 2REI, las cosas no salieron como esperaba. Como conductor en Francia ganaba un buen dinero pero, como sabes, eso no da la felicidad. La vida de un transportista de camiones no es tan romántica como uno cree. No disfrutaba nada de los viajes. No me gustaba dormir siempre solo en los aparcamientos de diferentes lugares y, como mis esperanzas de encontrar una profesión interesante no se cumplieron, decidí regresar de nuevo a Aubagne. Tomé una decisión correcta y ahora soy feliz. Me dedique a la carrera militar, pero también al amor de mi vida y me casé. Mi esposa es búlgara y fue muy difícil arreglar la boda como legionario, pero con paciencia eso también sucedió.

—¿De verdad estás casado, pero casado de verdad?

—Claro que sí. Tuve que obtener permiso no solamente del general, sino también del mismísimo ministro de Defensa.

—Entiendo, seguro que es la esposa perfecta si cumple con todos los criterios y exigencias de la Legión Extranjera.

Como no quería molestar en la luna de miel de los recién casados rechacé la invitación de quedarme en su casa y me hospedé directamente en el cuartel, donde había cuartos para legionarios de vacaciones. En realidad resultaron ser unas cabañas muy cómodas ubicadas en el patio del mismo cuartel.

Me contaron que, en el pasado, en esas mismas cabañas habían vivido las chicas más ardientes de la Amazonía, que trabajaban especialmente con los legionarios del Tercer Regimiento Extranjero de Infantería. Tras la prohibición oficial de la prostitución en Francia las muchachas que mantenían alegre el espíritu del regimiento tuvieron que salir de su casa y empezar a trabajar de manera ilegal en Kuru.

Al día siguiente, justamente cuando entraba en el regimiento con Prangov, me encontré con otro viejo amigo del Cuarto Escuadrón. Se trataba de Denimal, gran amigo de Hilair y que había orientado su vida seriamente hacia a la carrera militar. Tenía rango de *marechal des logis chef* o, según la infantería, de sargento mayor. Me senté a tomar una cerveza con él. Como suboficial de compañía de combate había regresado hacía poco de una marcha por la selva tropical y empezó a contarme cómo colgaban las hamacas de los árboles y aseguraban el campamento.

—En esta selva siempre hay sorpresas. Nos movemos muy lento porque el terreno es desigual y la vegetación es tan espesa que despejamos el camino con un machete. Había días que recorríamos apenas cinco kilómetros. Dicen que hay bastantes jaguares en esta jungla, así que los guardas tienen que abrir bien los ojos durante la noche y siempre están preparados para disparar. A las anacondas no les tememos porque hay unas cuantas en nuestro centro de entrenamiento de comandos y todos hemos jugado con ellas. Me gusta la vida aquí. Estoy seguro de que la Legión es mi vida. Además, me he comprado la moto con la que sigues soñando. Utilicé para ello mis primeros ahorros tras el regreso de Chad. Tenemos la misma pasión por las motocicletas y además encontré mi Harley a un precio bastante interesante.

Recordé que Denimal había comprado una vieja Harley Davidson por cincuenta mil francos justamente después de nuestro regreso de Chad, pero todavía no había encontrado tiempo para sacarla de la pequeña ciudad en la que vivían sus padres y no había logrado lanzarse con ella a un gran viaje. La había utilizado principalmente para pasear por las calles durante algunos fines de semana.

El día después de la fiesta decidí hacer una excursión hasta el Centro Espacial Guayanés. Ese lugar se creó como parte del proyecto "Ariane 5" y es la razón principal de la presencia de legionarios en la zona. La misión del Tercer Regimiento Extranjero de Infantería consiste en la vigilancia de este punto del planeta tan importante para Francia. El Centro Espacial en Kuru, gracias a su cercanía con la línea del ecuador, resulta un lugar muy apropiado para el lanzamiento de satélites, y la Guayana Francesa, que se había hecho famosa en el pasado por sus presidios, ahora se había convertido en un lugar atractivo para investigadores de astronomía.

No cogí un taxi ni tampoco alquilé un vehículo porque me apetecía dar un paseo. Mientras andaba por la carretera asfaltada, rodeada de selva, empecé a pensar en los compañeros que con sus mochilas a la espalda y con el equipo militar completo a cuestas atravesaban esa tupida vegetación. Sentí espontáneamente el deseo de partir junto a ellos hacia retos desconocidos, pero era consciente de que ya no tenía la preparación necesaria para hacer frente a una marcha semejante. Hacía años que no corría diez kilómetros por las mañanas y, a pesar de que trataba de mantenerme activo y entrenaba un poco, estaba lejos del mínimo exigido para ser un legionario activo.

***

El 30 de abril de 2004 viajaba sobre mi moto por las carreteras de América central. Por primera vez a mi lado no tenía a un hermano de la Legión para compartir la fiesta de Camerone. Hilair se había ido a África, mientras yo me había quedado en Nicaragua para poder ver crecer a mis hijas. En mi cabeza afloraban ideas de viajar a México y visitar el monumento de Camerone. Estaba solo en la carretera y lo único que escuchaba era el rugido del potente motor. Recordé aquel otro viaje en motocicleta casi nueve años atrás, cuando recorría los caminos que bordeaban las playas del mar Negro y había decidido partir al oeste en busca de nuevos horizontes.

Después de salir del hogar y cruzar más de quince países de cuatro continentes, entendí que a cada sociedad le toca vivir con sus propios problemas y que todos tratamos de conseguir dentro de ella una vida mejor. En algunos casos la pobreza está oculta, mientras que en otros está a la vista. Algunos nacen muy ricos y otros muy pobres, pero la matriz del materialismo que controla todo es igual y la mayoría jugamos más o menos con las mismas reglas.

Comprobé que cada uno tiene el derecho de luchar por sus sueños y no únicamente esperar que venga algún presidente o monarca y le asegure las condiciones para su desarrollo. Es cierto que en la vida civil no todos tenemos la misma actitud, pero eso no nos impide buscar el camino hacia nuestros sueños. A lo mejor por eso busqué la familia de la Legión Extranjera, donde todos empezábamos de cero, sin importar si veníamos de países ricos o pobres. Cuando partimos a Castelnaudary todo dependía únicamente de nosotros, no había vínculos ni amigos influyentes, sino solamente el esfuerzo de los músculos y pruebas para templar la fortaleza del espíritu. Las reglas eran simples pero más nobles que las de las sociedades donde prevalecen la corrupción y los intereses de grupos determinados de personas.

Éramos de distintas nacionalidades, color de piel, religiones; teníamos diferentes puntos de vista sobre el futuro, así como distintas habilidades físicas y psicológicas, pero una cosa era segura: el punto de partida era igual para todos. La selección era larga y difícil, y seguían solamente aquellos que verdaderamente amaban la vida en la gran familia de la Legión Extranjera.

Recordé al ex ladrón de vehículos Lech Cieslik, que había llegado a Estrasburgo muerto de hambre cuidando como un tesoro su último panecillo mordisqueado. Ahora el polaco se había convertido en *maréchal des logis* chef Cibulsky y la gloria del Cuarto Escuadrón era lo único que le interesaba.

En la sociedad cerrada de la Legión todo era más simple y estaba más claro. Lech había preferido esta vida antes que la riqueza que le aseguraba la boda con la hija de su jefe millonario. ¿Por qué? Evidentemente, así se sentía mejor. Todo es cuestión de elección propia.

El norteamericano James Ford no tenía un pasado oscuro, más bien se había negado a una próspera carrera en la universidad. ¿Por qué este ciudadano de los Estados Unidos de América no había recalado en el ejército norteamericano? ¿Por qué había preferido la carrera militar como zapador en la Legión? Porque tal vez aquí se sentía feliz por ser parte de una leyenda. Para él la Legión había sido un mito y ahora era su realidad, porque James Ford se sentía a gusto precisamente como zapador en el Primer Regimiento Extranjero de Ingeniería.

Seguía conduciendo mi moto. Había llegado hasta las montañas que se encuentran entre Nicaragua y Honduras cuando, de repente, recordé a Fujisawa. El japonés tenía todas las cualidades para ser un legionario perfecto. Había nacido para una carrera militar, pero por lo visto su lugar estaba en su patria, donde se sentía mejor al lado de su madre. Él también viajaba mucho y a menudo me enviaba postales de distintos lugares turísticos, templos y palacios. Y me invitaba a visitarle en Japón, pero el momento para ese viaje todavía no ha llegado.

Nunca olvidaré el día en que, después de cuatro años de ausencia, aterricé en el aeropuerto de Sofía. Rodeado por la alegría de parientes y amigos, mi regreso se convirtió en una verdadera fiesta. Estaba feliz porque con el dinero que había reunido pude ayudar a mis seres más cercanos, aunque la motocicleta "Harley Davidson" tendría que esperar su momento.

Viajaba casi todos los años a Bulgaria pero, a pesar de que siempre había algo que me atraía de mi patria, descubrí que la gente había cambiado tanto que a veces me sentía como un turista. Si no hubieran estado mi familia y los amigos más cercanos, apenas habría podido reconocer aquel país que deje en 1996. Para mí no había vuelta atrás, y mi hermana y hermanos pronto partirían por sus propios derroteros, sosteniendo firmemente la vida en sus propias manos.

A pesar de todo, mi madre tenía razón: en Bulgaria permanecían las personas que me querían de corazón, y con cada vuelta a mi patria sentía cómo cargaba las baterías para arrancar hacia nuevas aventuras.

Había alcanzado otro nivel en la matriz de nuestra existencia y ahora buscaría respuestas a las preguntas dentro de mí. Antes de partir hacia algún lugar tendría que sentir que ese era justamente mi destino y que realmente había llegado el momento de realizar tal viaje. Entendí que mi vida era el camino, y la motocicleta el caballo que siempre estaría conmigo. Pero la gasolina no bastaba, la verdadera energía que necesitaba la recibiría de los encuentros con las almas gemelas con que me cruzara durante el trayecto. La canción de la banda búlgara *The Crickets* resonó una vez más en mi cabeza: "Debes tener un amigo, soñador como tú, sobrevivirás, guardarás en ti a Don Quijote, Robinson, Gulliver…".

Anexo

Con la sección 4 de la tercera compañía de 4RE,
justo antes de recibir mi Kepi Blanco. Sorèze, Francia
6 de noviembre de 1996.

Salida en caravana de camellos de la base militar
en Abeché, Chad, 1997.

Maniobras de entrenamiento con vehículos blindados
VBL, antes de la misión en Kosovo. Orange, Francia,
1998.

Junto a mi compatriota Yordanov en el campamento del
4to. Escuadrón del 1er. REC en Libreville, Gabón, 1997.

Primer contacto con la población local del oasis
Faya-Largeau. Chad, 1997.

Oasis Faya-Largeau, Chad, 1997.

Los niños del desierto, por el camino hacia Faya-Largeau,
Chad, 1997.

Cruzando el desierto Sahara con el camión Velera,
entre Chad y Libia, 1997.

En maniobras operativas, usando la óptica de la bazuca
LRAC para observar la región. Chad, 1997.

Con el 3er. pelotón del 4to. Escuadrón de 1REC,
bajo la roca del Elefante. Chad, 1997.

Mi armario estrictamente ordenado, en el 3er. pelotón
del 4to. Escuadrón de 1REC, Orange, Francia, 1997.

Recepción de los ciudadanos civiles de Brazzaville
en el aeropuerto de Libreville, Gabón, 1997.

La misión en Kosovo, 4to. Escuadrón de 1REC, Kosovo,
1998.

En el avión TRANZAL, saliendo en alerta
de N`Djamena hacia Brazzaville, 1997.

Desfile bajo el Arco de Triunfo de Orange, Francia, 1998.

Con mi sueño realizado, Harley Davidson,
siendo Presidente del motoclub LOS PISTONES,
Isla de Ometepe, Nicaragua, 2011.

Índice

Editorial LibrosEnRed

LibrosEnRed es la Editorial Digital más completa en idioma español. Desde junio de 2000 trabajamos en la edición y venta de libros digitales e impresos bajo demanda.

Nuestra misión es facilitar a todos los autores la edición de sus obras y ofrecer a los lectores acceso rápido y económico a libros de todo tipo.

Editamos novelas, cuentos, poesías, tesis, investigaciones, manuales, monografías y toda variedad de contenidos. Brindamos la posibilidad de comercializar las obras desde Internet para millones de potenciales lectores. De este modo, intentamos fortalecer la difusión de los autores que escriben en español.

Ingrese a www.librosenred.com y conozca nuestro catálogo, compuesto por cientos de títulos clásicos y de autores contemporáneos.

www.ingramcontent.com/pod-product-compliance
Lightning Source LLC
Chambersburg PA
CBHW020645110726
47901CB00001B/58